現代中國文學史

適合中文系師生、國學愛好者及研究者參考

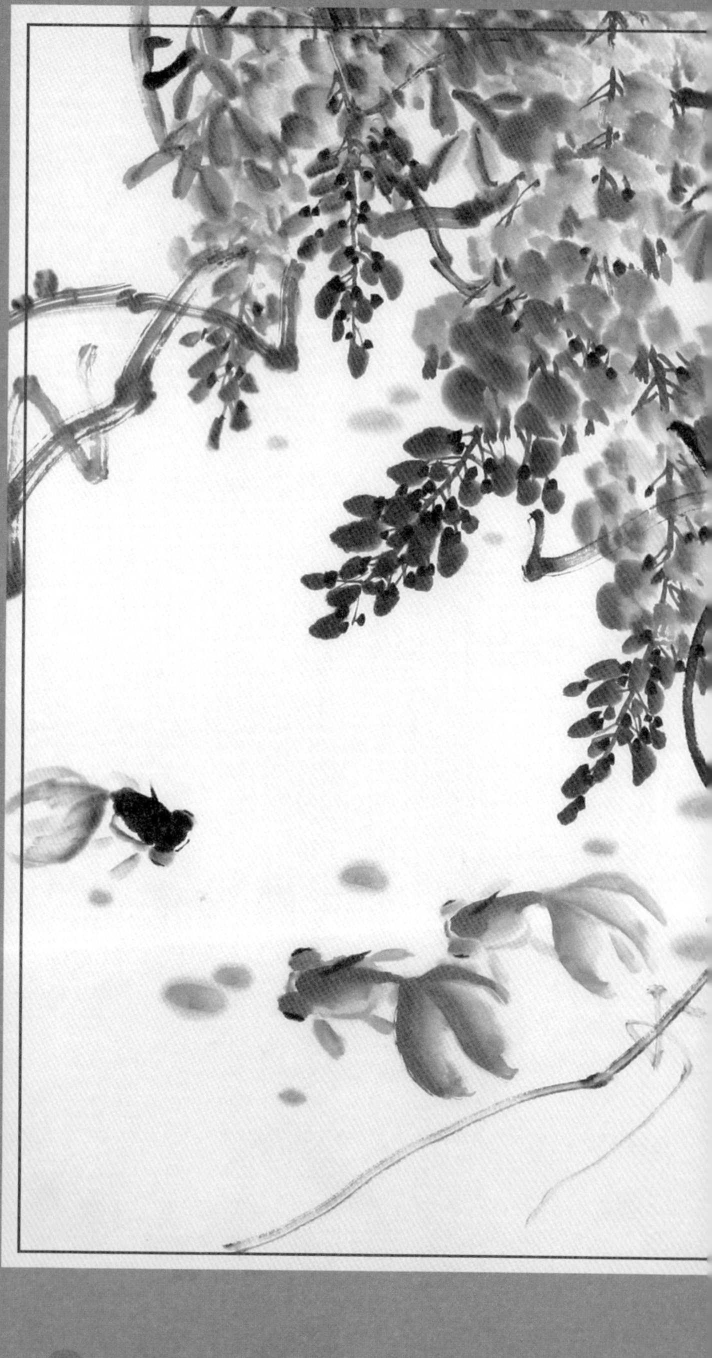

錢基博 著

五南圖書出版公司 印行

序

余讀班、范兩《漢書．儒林傳》分經敘次，一經之中，又敘其流別；如《易》之分施、孟、梁丘，《書》之分歐陽、大小夏侯，其徒從各以類此，昭明師法；窮源竟委，足稱良史。是編以網羅現代文學家，嘗顯聞民國紀元以後者，略仿《儒林》分經敘次之意，分爲二派：曰古文學，曰新文學。每派之中，又昭其流別；如古文學之分文、詩、詞、曲，新文學之分新民體、邏輯文、白話文。而古文學之中，文有魏晉文與駢文、散文之別；詩有魏晉、中晚唐與宋詩之別，各著一大師以明顯學；而其弟子朋從之有聞者，附著於篇。至詩之魏晉，其淵源實出王闓運、章炳麟，而闓運、炳麟已前見文篇，則詳次其論詩於文篇，以明宗旨；而互著其姓名於詩篇，以昭流別；亦史家詳略互見之法應爾也。特是學者猥衆，難以悉載。今但錄其卓然自名家者，著於篇。

又按《漢書．儒林》每敘一經，必著前聞以明原委；如《班書》敘《易》之追溯魯商瞿子木受《易》孔子，《范書》之必稱《前書》是也。是編亦仿其意，先敘歷代文學以冠編首；而一派之中，必敘來歷，庶幾展卷了如；要之以漢爲法。特是規模粗具，而才謝古人。《漢傳》經師，人係短篇，簡而得要。僕纂文士，傳累十紙，詳而靳盡。聞之前人：粵在明季，南潯莊氏爲《明書》，中王陽明一傳，有上下卷，共三百餘頁；其冗長無體裁可知已（陳寅清《榴龕隨筆》）。傳者以爲笑。《書》曰：「辭尚體要。」言史之論纂，貴簡不貴繁也。然史筆貴能簡要，而長編不厭求詳。昔在鄞縣萬斯同季野草《明史》，每爲一傳，必就故家長老求遺書，考問往事，旁及郡志邑乘，雜家志傳之文，靡不網羅，參伍而爲長編，纚纚數十紙，傳寫者爲腕脫；每語人曰：「昔人於《宋史》已病其繁蕪，而吾所述將倍焉。非不知簡之爲貴也，史之難言久矣，非事信而言文，其傳不顯。李翺、曾鞏所譏魏、晉以後賢奸事蹟，暗昧而不明，由無遷、固之文是也。而在今則事之信爲尤難。蓋俗之偷久矣，好惡因心而毀譽隨之，一家之事，言者三人，而其傳各異矣。言語可曲附而成，事蹟可鑿空而構。其傳而播之者，未必皆直道之行也；其聞而書之者，未必有裁別之識也。吾恐後之人務博而不知所裁，故先爲之極，使知吾所取者有可損，而所不取者必非其事與言之眞而不可益也。」（錢大昕《潛研堂文集．萬先生傳》）可謂有慨乎其言之。然則詳者簡之所自出也。會稽章學誠實齋亦言：「古人一事，必具數家之學；著述與比類兩家，其大要也。班氏撰《漢書》爲一家著述矣；劉歆、賈護之《漢記》，其比類也。司馬光撰《通鑑》，爲一家著述矣；二劉、范氏之《長編》，其比類也。古人云：『言之不文，行而不遠。』『文不雅馴，荐紳先生難言之。』爲職官故事、案牘、圖牒之難以萃合而行遠也，於是有比次之法。」（章學誠《文史通義．外篇．報黃大俞先生》）僕少耽研誦，粗有睹記，信余言之不文，幸比次以有法。徵文，則揚、馬侈陳詞賦，《漢書》之成規也；敘事，則王、謝詳徵軼聞，《晉書》之前例也。知人論世，詳次著述，約其歸趣，跡其生平，抑揚詠嘆，義不拘虛，在人即爲傳記；在書即爲敘錄，吾極其詳，而以俟後來者之要刪焉。署曰長編，非好爲多多益善也。吾爲劉歆、賈護，而聽人之爲班孟堅焉；吾爲二劉、范氏，而蘄人之爲司馬君實焉；不亦可乎？

抑史家有激射隱顯之法。其義昉於太史公，如敘漢高祖得天下之有天幸，而見意於《項羽本紀》，借項羽之口以吐之曰：「非戰之罪也，天也」。敘平原君之好客，而見意於《魏公子列傳》，借公子之言以刺之曰：「平原君之游，徒豪舉耳」。事隱於此而義著於彼，激射映發，以見微旨，是編敘戊戌政變本末，詳見《康有爲梁啓超》篇，而戊戌黨人之不饜人意，則見義於《章炳麟》篇，借章氏之論以暢發之，如此之類，未可更僕數，庶幾史家激射隱顯之義爾。至若林紓之文談，陳衍之詩話，況周頤之詞話，以及吳梅之曲話，其抉發文心，討摘物情，足以觀文章升降得失之故，並刪其要，著於篇。亦《班書．賈誼傳》裁《政事諸疏》、《董仲舒傳》錄《天人三策》之例也。要之敘事貴可考信，立言蘄於有本。聊疏纂例，以當發凡。

中華民國十九年十一月十日

無錫錢基博敘於光華大學

目錄

緒論

1. 文學

治文學史，不可不知何謂文學；而欲知何謂文學，不可不先知何謂文。請先述文之涵義。

文之涵義有三：

（甲）複雜。非單調之謂複雜。《易．繫辭傳》曰：「物相雜故曰文。」《說文．文部》：「文錯畫，象交文。」是也。

（乙）組織。有條理之謂組織。《周禮．天官．典絲》：「供其絲纊組文之物」，注：「繪畫之事：青與赤謂之文。」《禮記．樂記》：「五色成文而不亂。」是也。

（丙）美麗。適娛悅之謂美麗。《釋名．釋言語》：「文者會集衆彩以成錦繡，會集衆字以成辭義，如文繡然。」是也。綜合而言：所謂文者，蓋複雜而有組織，美麗而適娛悅者也。複雜，乃言之有物。組織，斯言之有序。然言之無文，行而不遠，故美麗爲文之止境焉。

文之涵義既明，乃可與論文學。

文學之定義亦不一：

（甲）狹義的文學。專指「美的文學」而言。所謂美的文學者，論內容，則情感豐富，而不必合義理；論形式，則音韻鏗鏘，而或出於整比；可以被弦誦，可以動欣賞。梁昭明太子序《文選》：「譬諸陶匏爲入耳之娛；黼黻爲悅目之玩」者也。「若夫姬公之籍，孔父之書，……老莊之作，管孟之流，蓋以立意爲宗，不以能文爲本；今之所撰，又以略諸。若賢人之美辭。忠臣之抗直，謀夫之活，辯士之端，冰釋泉湧，金相玉振，所謂坐狙丘，議稷下，仲連之卻秦軍，食其之下齊國，留侯之發八難，曲逆之吐六奇，蓋乃事美一時，語流千載，概見墳籍，旁出子史，若斯之流，又亦繁博；雖傳之簡牘，而事異篇章；今之所集，亦所不取。至於記事之史，繫年之書，所以褒貶是非，紀別異同，方之篇翰，亦已不同。若夫贊論之綜輯辭采，序述之錯比文華，事出於沉思，義歸乎翰藻，故與夫篇什雜而集之……名曰《文選》云耳。」所謂「篇什」者（《詩》〈雅〉、〈頌〉十篇爲一什，後世因稱詩卷曰篇什），由〈蕭序〉上文觀之，則賦耳、詩耳、騷耳、頌贊耳、箴銘耳、哀誄耳，皆韻文也。然則經（姬公之籍，孔父之書）非文學也，子（老莊之作，管孟之流）非文學也，史（記事之文、繫年之書）非文學也，惟贊論之「綜輯辭采」，序述之「錯比文華」、「事出沉思」、「義歸翰藻」，與夫詩賦騷頌之稱「篇什」者，方得與於斯文之選耳。梁元帝《金樓子．立言篇》以「揚榷前言，抵掌多識者謂之筆；詠嘆風謠，流連哀思者謂之文」，又云：「至如文者，惟須綺縠紛披，宮徵靡曼，脣吻搖會，情靈搖蕩。」劉勰《文心雕龍．總術篇》曰：「今之常言，有『文』有『筆』，以爲無韻者『筆』，有韻者『文』也。」持此以衡。雖唐宋韓、柳、歐、蘇、曾、王八家之文，亦不得以廁於文學之林；以事雖出於沉思，而義不歸乎翰藻；蓋以立意爲宗，不以能文爲本者也。夫文學限於韻文，此義蓋有由來；然而非其朔也。大抵六朝以前，所謂「文學」者，「著述之總稱」，所包者廣。六朝以下，則「文學」者，「有韻之殊名」，立界也嚴。其大較然也。然吾人倘必持狹義以繩文學，則所謂文學者，殆韻文之專利品耳。倘求文學之平民化，則不得不捨狹義而取廣義。

（乙）廣義的文學。「文學」二字，始見《論語》，子曰：「博學於文。」「文」指《詩》、《書》六藝而言，不限於韻文也。孔門四科，文學子游子夏，不聞游夏能韻文也。韓非子〈五蠹篇〉力攻文學而指斥及藏管、商、孫、吳之書者，管商之書，法家言也；孫吳之書，兵家言也；而亦謂之文學。漢司馬遷《史記．自序》曰：「漢興，蕭何次律令，韓信申軍法，張蒼爲章程，叔孫通定禮儀，則文學彬彬稍進。」舉凡律令、軍法、章程、禮儀，皆歸於文學。班固撰《漢書．藝文志》，凡六略：六藝百三家，諸子百八十九家，詩賦百六家，兵書五十三家，數術百九十家，方技三十六家，皆入焉。倘以狹義的文學繩之，六略之中，堪入藝文者，惟詩賦百六家耳；其六藝百三家，則《蕭序》所謂「姬公之籍，孔父之書」也；至《國語》、《國策》與夫《楚漢春秋》、《太史公書》之並隸入《春秋》家者，則《蕭序》所謂「記事之史，繫年之書」也。諸子、兵書、方技、數術之屬，則《蕭序》所謂「老莊之作，管孟之流，蓋以立意爲宗，不以能文爲本」者也。然則「文學」者，述作之總稱，用以會通衆心，互納群想，而表諸文章，兼發智情：其中有偏於發智者，如論辨、序跋、傳記等是也。有偏於抒情者，如詩歌、戲曲、小說等是也。大抵知在啓悟，情主感興。《易》、《老》闡道而文間韻語，《左》、《史》記事而辭多詭誕，此發知之文而以感興之體爲之者也。後世詩人好質言道德，明議是非，作俑於唐之昌黎，極盛於宋之江西，忘比興之恉，失諷喻之義，則又以主情之文而爲發知之用矣。譬如舟焉，智是其舵，情爲帆棹；智標理悟，情通和樂，得乎人心之同然者也。

文學與哲學科學不同：

哲學解釋自然　乃從自然之全體觀察，復努力以求解釋之。

科學實驗自然　乃爲自然之部分的觀察，以求實驗而證明之。

文學描寫自然　科學家實驗自然之時，必離我於自然，即以我爲實驗者之謂也。文學家描寫自然之時，必融我入自然，即我與自然爲一之謂也。

2. 文學史

文學之義既明，請論史之爲物。

《說文．史部》：「史，記事者也，從又持中，正也。」然則史之云者，又（《說文》：「又，手也。」）持中以記事也；中者，不偏之謂。章炳麟曰：「記事之書，惟爲客觀之學。」夫史以傳信。所貴於史者，貴能爲忠實之客觀的記載，而非貴其有豐厚之主觀的情緒也，夫然後不偏不黨而能持以中正。推而論之，文學史非文學。何也？蓋文學者，文學也。文學史者，科學也。文學之職志，在抒情達意。而文學史之職志，則在紀實傳信。文學史之異於文學者，文學史乃紀述之事，論證之事；而非描寫創作之事；以文學爲記載之對象，如動物學家之記載動物，植物學家之記載植物，理化學家之記載理化自然現象，訴諸智力而爲客觀之學，科學之範疇也。不如文學抒寫情志之動於主觀也。更推是論之，太史公《史記》不爲史。何也？蓋發憤之所爲作，工於抒慨而疏於記事：其文則史，其情則騷也。胡適《五十年來之中國文學》不爲文學史。何也？蓋褒彈古今，好爲議論，大致主於揚白話而貶文言；成見太深而記載欠翔實也。夫記實者，史之所爲貴；而成見者，史之所大忌也。嗚呼，是則偏之爲害，而史之所以不傳信也。史之云者，又持中以記事也。《周書．周祝》、《荀子．性惡》注：「事，業也。」又《荀子．非十二子》注：「事業謂作業也。」然則記事云者，記作業也。史之云者，持中正之道記人之作業也。文學史云者，記吾人之文學作業者也。然則所謂中國文學史者，記中國人之文學作業云爾。

中國無文學史之目：文史之名，始著於唐吳兢《西齋書目》，宋歐陽修《唐書．藝文志》因之；凡《文心雕龍》、《詩品》之屬，皆入焉。後世史家乃以詩話文評別於總集後出一文史類。《中興書目》曰：「文史者，所以譏評文人之得失。」蓋重文學作品之譏評；而不重文學作業之記載者也。有史之名而亡其實矣。

自范曄《後漢書》創〈文苑傳〉之例，後世諸史因焉；此可謂之文學史乎？然以余所睹記：一代文宗往往不廁於文苑之列。如班固、蔡邕、孔融不入《後漢書．文苑傳》，潘岳、陸機、陸雲、陳壽、孫楚、干寶、習鑿齒、王羲之不入《晉書．文苑傳》，王融、謝朓、孔稚圭不入《南齊書．文學傳》，謝靈運、顏延之、鮑照、王融、謝朓、江淹、任昉、王僧孺、沈約、徐陵不入《南史．文學傳》，元結、韓愈、張籍、李翺、柳宗元、劉禹錫、杜牧不入《舊唐書．文苑傳》，歐陽修、曾鞏、王安石、蘇軾、蘇轍、陳亮、葉適不入《宋史．文苑傳》；宋濂、劉基、方孝孺、楊士奇、李東陽不入《明史．文苑傳》，然則入文苑傳者，皆不過第二流以下之文學家爾。且作傳之旨，在於鋪敘履歷，其簡略者僅以記姓名而已，於文章之興廢得失不贊一辭焉。嗚呼，此所以謂之「文苑傳」；而不得謂之「文學史」也。蓋文學史者，文學作業之記載也；所重者，在綜貫百家，博通古今文學之嬗變，洞流索源，而不在姝姝一先生之說；在記載文學作業，而不在鋪敘文學家之履歷。文學家之履歷，雖或可借爲考證之資，歐西批評文學家嘗言：「人種、環境、時代三者構成藝術之三要素也；欲研究一種著作，不可不先考究作者之人物、環境及時代。」質而言之：即不可不先考證文學家之履歷也。然而所以考證文學家之履歷者，其主旨在說明文學著作。捨文學著作而言文學史，幾於買櫝還珠矣。

文學著作之日多，散無統計，於是總集作焉。一則網羅放佚，使零章殘什，並有所歸。一則刪汰繁蕪，使莠稗咸除，菁華畢出。是固文章之衡鑒，著作之淵藪矣。昔摯虞始作二書：一曰《文章志》，一曰《文章流別》（《文章志》四卷，《文章流別》三十集，見《晉書》本傳），今其書佚不見，而體裁猶可懸揣而知；蓋《志》如今之嚴氏《全上古三代文》，以人爲綱；而《流別》疑如姚氏《古文辭類纂》，以文體爲綱者也。爾後作者，代不乏人；梁昭明太子之《文選》，宋姚鉉之《唐文粹》，呂祖謙之《宋文鑒》，眞德秀之《文章正宗》，元蘇天爵之《元文類》，明唐順之之《文編》，黃宗羲之《明文海》，清嚴可均之《全上古三代秦漢三國六朝文》，姚鼐之《古文辭類纂》，姚椿之《國朝文錄》，李兆洛之《駢體文抄》，曾國藩之《經史百家雜鈔》，王先謙、黎庶昌之《續古文辭類纂》，王闓運之《八代文選》，其差著者也。然有文學著作而無記載；以體裁分而鮮以時代斷；於文章嬗變之跡，終莫得而窺見焉。則是文學作品之集，而非文學作業之史也。獨嚴氏書仿明梅鼎祚《文紀》，起皇古迄隋，博蒐畢載，是爲總集家變例；然與史有別者，以所孜兀者，不在文學作業之記載，而在文學作品之集錄也。此只以與文史、文苑傳、供文學史編纂之材料焉爾。

昔劉知幾謂作史有三難，曰才，曰學，曰識。而余則謂作史有三要，曰事，曰文，曰義，孟子謂「其事則齊桓晉文，其文則史，其義則丘竊取之」者也。夫文學史之事，採諸諸史之文苑；文學史之文，約取諸家之文集；而義則或於文史之屬有取焉。然設以人體爲喻：事譬則史之軀殼耳，必敷之以文而後史有神彩焉，樹之以義而後史有靈魂焉。余以爲作中國文學史者，莫如義折衷於《周易》，文裁則於班、馬。《易・繫辭傳》曰：「聖人有以見天下之動而觀其會通。」又曰：「《易》有聖人之道……以動者尙其變，……通其變，遂成天下之文。」而文學史者，則所以見歷代文學之動，而通其變，觀其會通者也。此文學史之所謂取義也。至司馬遷作《史記》，於六藝而後，周、秦諸子，若孟、荀、三鄒，老、莊、申、韓、管、晏，屈原、賈生，平原君、虞卿諸人，情辭有連，則裁篇同傳；知人論世，詳次著述，約其歸趣，詳略其品，抑揚詠嘆，義不拘墟，在人即爲列傳，在書即爲敘錄。其後班書合傳，體仍司馬而參以變化；一卷之中，人分首尾；兩傳之合，辭有斷續；傳名既定，規制綦密。然逸民四皓之屬，王、貢之附庸也；王吉韋賢諸人，〈儒林〉之別族也；附庸如顓臾之寄魯，署目無聞；別族如田陳之居齊，重開標額；徵文，則相如侈陳詞賦；辨俗，則東方不諱諧言；蓋卓識鴻裁，猶未可量以一轍矣。此盡可取裁而以爲文學史之文者也。然而世之能讀馬、班書而通其例者鮮；讀《周易》而發其義於史者尤鮮。太史公上稽仲尼之意，會《詩》、《書》、《左傳》、《國語》、《世本》、《戰國策》、《楚漢春秋》之言，通黃帝堯舜至於秦漢之世，可謂觀其會通者矣。所惜者，觀會通於帝王卿相之事者爲多，觀會通於天下之動者少；不知「以動者尚其變」耳。

3. 現代中國文學史

吾人何爲而治文學耶？曰：智莫大於知來。來何以能知？據往事以爲推而已矣。故治史之大用，在博古通今，藏往知來。蓋運會所屆，人事將變，目前所食之果，非一一於古人證其因，即無以知前途之夷險；此史之所以爲貴。而文學史者，所以見歷代文學之動，而通其變，觀其會通者也。民國肇造，國體更新；而文學亦言革命，與之俱新。尙有老成人，湛深古學，亦既如荼如火，盡羅吾國三四千年變動不居之文學，以縮演諸民國之二十年間；而歐洲思潮又適以時澎湃東漸；入主出奴，聚訟盈庭，一哄之市，莫衷其是。榷而爲論，其弊有二：一曰執古，一曰騖外。何爲騖外？歐化之東，淺識或自菲薄，衡政論學，必準諸歐；文學有作，勢亦從同，以爲「歐美之學，不異話言，家喻戶曉，故平民化。太炎、畏廬，今之作者，然文必典則，出於爾雅；若衡諸歐，嫌非平民。」又謂：「西洋文學，詩歌、小說、戲劇而已。唐宋八家，自古稱文宗焉；倘準則於歐美，當擯不與斯文。」如斯之類，今之所謂美談；它無謬巧，不過輕其家丘，震驚歐化，降服焉耳。不知川谷異制，民生異俗，文學之作，根於民性；歐亞別俗，寧可強同？李戴張冠，世俗知笑；國文準歐，視此何異。必以歐衡，比諸削足；屨則適矣，足削爲病。茲之爲弊，謚曰「鶩外」。然而茹古深者又乖今宜；崇歸、方以不祧，鄙劇曲爲下里，徒示不廣，無當大雅。茲之爲弊，謚曰「執古」。知能藏往，神未知來，終於食古不化，博學無成而已。或難之曰：「子之言自論文耳。倘文學言史，捨古何述？寧不稽古，即可成史？」請曉之曰：史不稽古，豈曰我思。然史體藏往，其用知來；執古御今，杜下史稱：生今反古；謚以「愚賤」。文學爲史，義亦無殊；信而好古，只以明因；闡變方今，厥用乃神；順應爲用，史道光焉。吾書之所爲題「現代」，詳於民國以來而略推跡往古者，此物此志也。然不題「民國」而曰「現代」，何也？曰：維我民國，肇造日淺，而一時所推文學家者，皆早嶄然露頭角於讓清之末年；甚者遺老自居，不願奉民國之正朔；寧可以民國概之？而別張一軍，翹然特起於民國紀元之後，獨章士釗之邏輯文學，胡適之白話文學耳。然則生今之世，言文學而必限於民國，斯亦厪矣。治國聞者，儻有取焉。

編首

1. 總論

昔清儒焦循以爲一代文學有一代之所勝，欲自《楚騷》以下，撰爲一集：漢則專取其賦，魏晉六朝至隋則專錄其五言詩，唐則專錄其律詩，宋專錄其詞，元專錄其曲。而胡適亦謂：「一時代之文學，周秦有周秦之文學，漢魏有漢魏之文學，唐、宋、元、明有唐、宋、元、明之文學。」披二十四朝之史，每一鼎革，政治、學術、文藝，亦若同時告一起訖，而自爲段落。然事以久而後變，道以窮而始通，殷因夏禮，周因殷禮，其所損益者微也。秦燔詩書，漢汲汲修補，惟恐不逮；其所創獲者淺也。六代駢儷沿東京之流。北朝渾樸啓古文之漸。唐之律詩，遠因陳隋。宋之詩餘，又溯唐季。唐之韓柳，宋之歐蘇，欲私淑孟、莊、荀、韓以復先秦之舊也。元之姚虞，明之歸柳，清之方姚，又祖述韓柳歐蘇以追唐宋之遺也。是則代變之中，亦有其不變者存。然事異世變，文學隨之，積久而著，跡以不掩；而衡其大較，可得而論。茲以便宜分爲四期：第一期自唐虞以迄於戰國，名曰上古；駢散未分，而文章孕育以漸成長之時期也。第二期自兩京以迄於南北朝，名曰中古；衡較上古，文質殊尚。上古之文，理勝於詞。中古之文，漸趨詞勝而詞賦昌，以次變排偶，馴至儷體獨盛之一時期也。第三期自唐以迄元，謂之近古。中古之世，文傷於華。而近古矯枉，則過其正，又失之野；律絕之盛而詞曲興，駢文之敝而古文興，於是儷體衰而詩文日趨於疏縱之又一時期也。第四期明清兩朝以迄現代。唐之韓愈，文起八代之衰，宋之言文章者宗之；於是唐宋八大家之名以起。而始以唐宋爲不足學者，則明之何景明、李夢陽也。爾後譚文章者，或宗秦漢，或持唐宋，門戶各張。迄於清季，詞融今古，理通歐亞，集舊文學之大成而要其歸，蛻新文學之化機而開其先。雖然，中國文學史之時代觀，有不可與學術史相提並論者。試以學術言：唐之經學，承漢魏之訓詁而爲正義；佛學襲魏晉之翻譯而加華妙；似不宜與宋之理學比，而附於陳隋之後爲宜。而自文學史論：沈宋出而創律詩，韓柳出而振古文，溫韋出而有倚聲，則開宋元文學之先河；而以居宋元之首爲宜。故謂學術史之第二期，始兩漢而終五代，與文學史同其始而不同其終。而第三期則始於宋而終明，與文學史殊其終，並不同其始。蓋明之學術，實襲宋朱陸之成規而闡明之；不如文學之有何李王李復古運動，軒波大起也。試得而備論焉。

2. 上古

嗚呼！文章之作也，其於韻文乎？韻文之作也，其於聲詩乎？聲詩之作也，其於歌謠乎？蓋生民之初，必先有聲音而後有話言，有話言而後有文字。故在六書未興之前，人稟七情以生，應物斯感；感物吟志，情動於中，而形於言；言之不足，故嗟嘆之；嗟嘆之不足，故詠歌之；詠歌之不足，不知手之舞之，足之蹈之也。情發於聲，聲成文謂之音；譬之林籟結響，調如竽笙；泉石激韻，和若球鍠；夫豈外飾，蓋自然耳。朱襄〈來陰之樂〉，包犧〈罔罟之章〉，葛天之〈八闋〉，媧皇之〈充樂〉，其聲詩之鼻祖也。惟上古之時，文字未著，徒有謳歌吟詠，縱令和以土鼓葦籥，必無文字雅頌之聲；如此，則時雖有樂，容或無詩，譬之則猺獞之跳苗歌耳。是以縉紳士夫，莫得而載其辭焉，厥爲有音無辭之世。是後鳥跡代繩，文字初炳，作始於羲皇之八卦，大備於黃帝之六書，而年世渺邈，則聲采莫追。唐虞文章，則煥乎始盛。堯時有〈康衢歌〉、〈擊壤歌〉，虞舜有〈卿雲〉、〈南風〉、「明良喜起」等歌，始有依聲按韻，誦其言，詠其聲，播之篇什而爲詩歌者。

虞舜詩之可信者，獨見《尚書》之「明良喜起」歌，《尚書大傳》之〈卿雲歌〉。〈南風歌〉見稱《禮·樂記》，而不著其詞；見《尸子》，而辭氣諧暢，疑若不類。然當日詩歌之屬，必已多有。孔子於《帝典》錄舜命夔之言曰：「詩言志，歌詠言。」是詩教之始也。「明良喜起」歌者，《虞書》帝庸作歌曰：「股肱喜哉！元首起哉！百工熙哉！」皋陶賡歌曰：「元首明哉！股肱良哉！百工康哉！」又曰：「元首叢脞哉！股肱惰哉！萬事墮哉！」凡三章，章三句，每句一音，雖以四言成句，而句有「哉」字語助；其實三言也。

〈卿雲歌〉曰：「卿雲爛兮，糺縵縵兮！日月光華旦復旦兮！」凡三句，每句一韻，雖以四言八言成句，而句有「兮」字語助；其實三言七言也。惟二典三謨記言之文，四言成句而寡將以助語；用「也」、「矣」、「與」、「耶」字者絕無；而「哉」字之語助亦止一二見。蓋詩歌主音節，故成句之字數奇，而綴以語助，用以叶響。而言論則非同於歌詠；故典謨記載，多四言句而不用語助。此可以證韻文散文之殊，在音節而不以句之奇與偶也。

後世有作，韻文多爲偶，而散文多用奇。然三代以上，韻文不盡偶，而散文不必奇。凝重多出於偶，流美多出於奇。體雖駢，必有奇以振其氣。勢雖散，必有偶以植其骨。儀厥錯綜，致爲微妙。試以〈堯典〉爲例：「欽明文思」一字爲偶。「安安」疊字爲偶。「允恭」、「克讓」二字爲偶。偶勢變而生三，奇意行而若一。「光被四表，格於上下」，語奇也而意偶。「克明峻德」四字一句奇。「以親九族」十六字四句偶。「協和萬邦」十字二句奇；而「萬邦」與「九族」、「百姓」語偶；「時雍」與「黎民於變」意偶；是奇也而偶寓焉。「乃命羲和」一段奇；而「昊天」、「授時」隔句爲偶；中六字綱目爲偶。「分命」、「申命」四段，章法偶而辭悉奇。自「帝曰諮」至「庶績咸熙」一段奇；「期三百」十七字參差爲偶；「允釐」八字顛倒爲偶；而意皆奇。故雙意必偶；「欽明」、「允恭」等句是也。單意可奇可偶；「光被」、「允釐」等句是也。其中「以親九族」四句，「愼徽五典」四句，凡數目之字，已無不對待整齊矣。「流共工於幽州」四句，竟居然以人名對人名，地名對地名焉；但不調平仄而已。然〈關雎〉「關關雎鳩」四句，以雎鳩雌雄相應和，興君子之必得淑女爲好逑；意似偶爾句法不偶。「參差荇菜」四句偶，而承之曰「求之不得，寤寐思服，優哉游哉，輾轉反側」，則又奇矣。首尾奇而中間以偶，駢文絡乎散文之間，猶之偶數絡乎奇數之間也。文之初創，駢散間用。數之初創，奇偶間用。厥後數理日精，奇數與偶數遂各立界說。文法日備，駢文與散文乃自爲家數。喜駢，則成詩賦一流。嗜奇，則爲散韻一派。又或合樂則以韻語，記事則以散行；而純主偶者爲駢體；純主奇者稱散文。然則駢散古合今分者，亦文字進化之一端歟。

惟聲律之用，本於性初，發之天籟。故古人之文，化工也；多自然而合於音，則雖無韻之文，而往往有韻；苟其不然，則雖有韻之文而時亦不用韻；終不以韻而害意也。《詩三百》，有韻之文也；乃一章之中，有二三句不用韻者；如「瞻彼洛矣，維水泱泱」之類是矣。一篇之中，有全章不用韻者；如〈思齊〉之四章五章，〈召旻〉之四章是矣。又有全篇無韻者；〈周頌〉、〈清廟〉、〈維天之命〉、〈昊天有成命〉、〈時邁〉、〈武〉諸篇是矣。說者以爲當有餘聲；然以餘聲相協，而不入正文；是詩亦有不用韻者也。伏羲畫卦，文王繫之辭也，凡卦辭之繫者時用韻，〈蒙〉之「瀆」、「告」，〈解〉之「復」、「夙」，〈震〉之「虩」、「啞」，〈艮〉之「身」、「人」，皆叶韻也。孔子贊《易》十篇，其〈彖〉、〈象〉傳、〈雜卦〉五篇用韻；然其中無韻者亦十之一。〈文言〉、〈繫辭〉、〈說卦〉、〈序卦〉五篇不用韻；然亦間有一二；如「鼓之以雷霆，潤之以風雨，日月運行，一寒一暑；乾道成男，坤道成女」，「君子知微知彰；知柔知剛；萬夫之望」。此所謂化工之文，自然而合者，固未嘗有心於用韻也。《尚書》之體，本不用韻；而〈大禹謨〉「帝德廣運：乃聖乃神，乃武乃文；皇天眷命，奄有四海，爲天下君」；〈伊訓〉「聖謨洋洋，嘉言孔彰。惟上帝不常：作善，降之百祥；作不善，降之百殃」；〈太誓〉「我武惟揚，侵予之疆；取彼凶殘，殺伐用張；於湯有光」；〈洪範〉「無偏無黨，王道蕩蕩；無黨無偏，王道平平；無反無側，王道正直」；皆用韻。禮之爲體，據事制範，章條纖曲；好禮君子，隨所聞見，得即錄之，名曰《禮記》，方放廢是懼；遺文掇拾，奚遑協音成韻，金聲而玉振之乎？然〈曲禮〉「行，前朱鳥而後玄武；左青龍而右白虎；招搖在上，急繕其怒」；〈禮運〉「玄酒在室，醴醆在戶；粢醍在堂，澄酒在下；陳其犧牲，備其鼎俎；列其琴瑟，管磬鐘鼓。修其祝嘏；以降上神，與其先祖；以正君臣，以篤父子，以睦兄弟，以齊上下，夫婦有所，是謂承天之祜」；〈樂記〉「夫古者天地順而四時當；民有德而五穀昌；疾疢不作，而無妖祥；此之謂大當；然後聖人作爲父子君臣以爲紀綱」；此其宮商大和，翻回取均，聲不失序，音以律文，如劉彥和所謂「標情務遠，比音則近；吹律胸臆，調鐘脣吻」者，庶幾得之。左氏傳經，亦多叶韻；見於近人著述中所舉者更難以悉數。即如四子書中，子思孟軻之書皆散文。而《中庸》曰：「故君子不可以不修身；思修身，不可以不事親；思事親，不可以不知人；思知人，不可以不知天。」又曰：「大哉聖人之道！洋洋乎發育萬物，峻極於天；優優大哉，禮儀三百，威儀三千。」七篇曰：「今也不然，師行而糧食：飢者勿食；勞者勿息；睊睊胥讒，民乃作慝。方命虐民，飲食若流；流連荒亡，爲諸侯憂。」至於諸子之書，亦多有韻者，今試舉《老》、《莊》而言。《老子》：「元牝之門，是謂天地根；綿綿若存，用之不勤。」《莊子》：「巧者勞而智者憂；無能者無所求；飽食而遨遊；泛若不繫之舟。」子思、孟軻、老子、莊子，斷非有意於用韻者也；而讀其所作，謂非用韻而不可也。蓋衝口而出，自爲宮商；此即〈樂記〉所謂「聲者由人心生」者也。故曰：「有歌謠而後有聲詩，有聲詩而後有韻文，有韻文而後有其他諸體文。」

《詩三百》之用韻，於不規律中，漸有規律，而爲後世一切詩體之宗。其用韻之法有三：首句次句連用韻，隔第三句，而於第四句用韻者，〈關雎〉之首章是也；凡漢以下詩及唐人律詩之首句用韻者源如此。一起即隔句用韻者，〈卷耳〉之首章是也；凡漢以下詩及唐人律詩之首句不用韻者源如此。自首至末，句句用韻者，若〈考槃〉、〈清人〉、〈還〉、〈著〉、〈十畝之間〉、〈月出〉、〈素冠〉諸篇，又如〈卷耳〉之二章三章四章、〈車攻〉之一章二章三章七章、〈長發〉之二章三章四章五章是也；凡漢以下詩，若魏文帝〈燕歌行〉之類源如此。自此而變，則轉韻矣。轉韻之始，亦有連用隔用之別，而錯綜變化，不可以一體拘，於是有上下各自爲韻，若〈兔罝〉及〈采薇〉之首章，〈魚麗〉之前三章，〈卷阿〉之首章者。有首末自爲一韻，中間自爲一韻，若〈車攻〉之五章者。有隔半章自爲韻，若〈生民〉之卒章者。有首提二韻而下分二節承之，若〈有瞽〉之篇者。此皆詩之變格，然亦莫非出於自然，非有意爲之也。

孔子博學於文，好古敏以求之。子貢曰：「夫子之文章，可得而聞。」蓋繼往開來，而集二帝三王文學之大成者也。稽之載籍，可考見者五事：

（甲）正文字。孔子在衛，曰「必也正名」，鄭玄以正名謂正書字也。蓋孔子將從事於刪述，則先考正文字。春秋之時，文字雖秉倉史之遺，而古之作字者多家，其文往往猶在，或相詭異；至於別國，殊音尤衆。孔子之至是邦也，必聞其政；又觀於舊史氏之藏、百二十國之事，佚文祕記，遠俗方言，盡知之矣。於是修定六經，將擇其文之近雅馴者用之以傳於學者，故以周公《爾雅》教人，其餘亦頗有所定。六經文字極博，指義萬端；間有倉史文字所未贍者，則博稽於古，不主一代；刑名從商，爵名從周之例也。春秋異國衆名，則隨其成俗曲期；物從中國，名從主人之例也。太史公往往稱孔氏古文，以雖同是倉史文字，而經孔子考定以書六經，則謂孔子古文焉。意孔子當日必別有專論文字之書，其見引於許愼《說文》者不一。孔子曰：「一貫三爲王。」孔子曰：「推十合一爲士。」孔子曰：「黍可爲酒，禾入水也。」「儿，仁人也。孔子曰：『在人下故詰屈。』」孔子曰：「烏，盱呼也，取其助氣，故以爲烏呼。」孔子曰：「牛羊之字，以形舉也。」孔子曰：「狗，叩也，叩氣吠以守。」孔子曰：「視犬之字，如畫狗也。」孔子曰：「貉之爲言惡也。」孔子曰：「粟之爲言續也。」許愼謂孔子書六經皆以古文。《論語》「《詩》、《書》執禮」謂之「雅言」；文字自孔子考定，始臻雅馴也。此孔子定文字之證。

（乙）訂詩韻。孔子曰：「吾自衛反魯，然後樂正，〈雅〉、〈頌〉各得其所。」蓋古詩皆被弦歌，詩即樂也。近世言古音者，如顧炎武、江永以來，並以《詩》爲古之韻譜。夫《詩三百》刪自孔子，是即孔子之韻譜也；以殊時異俗之詩，其韻安能盡合；意孔子就原採之詩，不惟刪去重複，次序其義；而於韻之未安者，亦時有所正；故曰「樂正，〈雅〉、〈頌〉各得其所」也。《史記．孔子世家》曰：「《三百五篇》，孔子皆弦歌之以求合〈韶〉、〈武〉、〈雅〉、〈頌〉之音。」則孔子未正以前，或不協於弦歌；既正以後，學者即據之爲韻譜，故《易象》、《楚辭》、秦碑、漢賦用韻與《詩三百》合，皆本孔子矣。

（丙）用虛字。上古文字初開，實字多，虛字少。周誥、殷盤，佶屈聱牙，虛字不多，木強寡神。至孔子之文，虛字漸備；贊《易》用「者」、「也」二字特多。而《論語》、《左傳》，其中「之」、「乎」、「也」、「者」、「矣」、「焉」、「哉」無不具備；作者神態畢出，尤覺脫口如生。此實中國文學一大進步。蓋文學之大用在表情；而虛字者，則情之所由表也；文必虛字備而後神態出焉。

（丁）作〈文言〉。「文言」者，孔子之所作也。孔子以前，有話言而無文言。近人蔡元培稱：「文言用古人的話傳達今人的意思。」雖然，古人之話，果足當今之所謂「文言」乎？余不能無疑也。不知古人自有古人之話，古人自有用話所作一種通俗之白話文學書，即《尚書》、《詩經》是也。夷考《尚書》之〈堯典〉、〈皋陶謨〉、〈高宗肜日〉、〈西伯戡黎〉、〈微子〉、〈洪範〉、〈康誥〉、〈無逸〉、〈君奭〉、〈立政〉、〈顧命〉、〈文侯之命〉諸篇，當日對話之文也。〈甘誓〉、〈湯誓〉、〈盤庚〉、〈牧誓〉、〈多士〉、〈費誓〉、〈秦誓〉諸篇，當衆演說之辭也。〈大誥〉、〈多方〉、〈呂刑〉諸篇，當日演說之文也。太史陳詩以觀民風，而十五國風，則採自民間歌謠。斯二者，在當日義取通俗，文不雅訓。「格」之訓至也，來也。「殷」之訓中間之中也。「采」之訓事也。「肆」之言於是也。「劉」之言殺也。「誕」與「純」之言大也。「台」與「卬」之言我也。「莫莫」之言茂密也。「揖揖」之言會聚也。「薨薨」之言群飛也。「惄」之言飢也。「旁旁」之言馳驅也。「邁」之言去也，行也。「監」之言終了也。「伾伾」之言有力也。如此之類，古人用語，隨在可以考見。然則《尚書》者，古人之白話文也。《詩經》者，古人之白話詩也。惟話言不能無隨時變遷，後人讀而不易曉，遂覺爲佶屈聱牙焉。《爾雅》一書，有〈釋詁〉、〈釋言〉、〈釋訓〉三篇；是即以中古以來通用之文言，而注釋《詩》、《書》之古語也。蔡元培云：「司馬遷《史記》……記唐虞的事，把『欽』字都改作『敬』字，『克』字都改作『能』字；記古人的事，還要改用今字。」若自余觀之：司馬遷以「敬」改「欽」，以「克」改「能」，乃是依孔子以來通用之文言，改訂唐虞之古語；而非如蔡氏所云「記古人的事，改用今字」也。此爲中國最古之白話文學。此外十三經之中，如《春秋》、《左氏傳》、《孝經》、《論語》、《孟子》、《禮記》之類，作於孔子之後者，皆文言而非白話；與《尚書》、《詩經》不同。所以字句之間，後人讀之易曉，便不似《尚書》、《詩經》之聱牙澀舌；此可以見今之所謂「文言」，是從孔子以來到今通用，而不似古人之話之受時間制限。《書．盤庚》：「乃話民之弗率。」東坡《書傳》曰：「民之弗率，……以話言曉之。」是〈盤庚〉之爲古人之話，明也；而〈盤庚〉之佶屈聱牙特甚。孔子作《易》〈乾〉、〈坤〉兩卦〈文言〉，明明題曰「文言」而不稱做「話」；然而句法字法，與今之所謂「文言」無大殊。更可見古人之話，自別有一種，而非即今之所謂「文言」也。自孔子作〈文言〉以昭模式，於是孔門著書皆用文言。左丘明受經仲尼，著《春秋傳》，文言也。有子、曾子之門人，記夫子語，成《論語》一書，亦文言也。曾子問孝於仲尼，而與門人弟子言之，門人弟子類記而成《孝經》，亦文言也。〈檀弓〉、〈禮運〉，皆子游之門人所記，亦文言也。可見仲尼之徒，著書立說，無不用夫子之文言者；故曰：「夫子之文章，可得而聞也。」雖然，夫子之文章，不曰「誦」而曰「聞」者；蓋古用簡策，文字之傳寫不便，往往口耳相授。阮元曰：「古人以簡策傳事者少，以口舌傳事者多；以目治事者少，以口耳治事者多；故同爲一言，轉相告語，必有衍誤，是必寡其詞，協其音以文其言，使人易於記誦，無能增改；且無方言俗語雜其間，始能達意；始能行遠。此孔子於《易》所以著〈文言〉之篇。」然則「文言」非古人之話，明也。大抵孔子以前，爲白話文學時期；而孔子以後，則文言文學時期，孔子曰：「辭達而已。」「達」即《論語》「己欲達而達人」之「達」。達之云者，時不限古今，地不限南北，盡人能通解之謂也。如之何而能盡人通解也？自孔子言之，只有用文言之一法。孔子曰：「書同文。」又曰：「言之無文，行而不遠。」此之所謂「遠」，指空間言，非指時間言；是「縱橫九萬里」廣遠之遠，而非「上下五千年」久遠之遠。推孔子之意，若曰：「當今天下各國，國語雖不同；然書還是同文。倘使吾人言之無文，只可限於方隅之流傳；而傳之遠處，則不行矣。」所謂「言之有文」者，即阮元所謂「寡其詞，協其音，……無方言俗語雜於其間」之言也。時春秋百二十國，孔子三千弟子，七十二賢，所占國籍不少；當日國語既未統一，如使人人各操國語著書，則魯人著書，齊人讀之不解。觀於《公羊》、《穀梁》，已多齊語魯語之分，更何論南蠻鴃舌如所稱吳楚諸國。此孔子於《易》所以著〈文言〉之篇而昭弟子之法式者歟？蓋自孔子作文言，而後中國文學之規模具也。

（戊）編總集。古者《詩》三千餘篇；及至孔子去其重，取可施於禮義，上採契后稷，中述殷周之盛，至幽厲之缺，始於衽席；故曰：「〈關雎〉之亂以爲〈風〉始，〈鹿鳴〉爲〈小雅〉始，〈文王〉爲〈大雅〉始，〈清廟〉爲〈頌〉始。」三百五篇，厥爲詩之第一部總集。孔子觀書周室，得虞夏商周四代之典，乃刪其善者，定爲《尚書》百篇，所以宣王道之正義，發話言於臣下，故其所載，皆典謨訓誥誓命之文。厥爲文之第一部總集。則是總集之編，導源《詩》、《書》，而出於孔子者也。惟《詩》者〈風〉、〈雅〉、〈頌〉以類分，而《書》則虞夏商周以代次。則是《詩》者，開後世總集類編之先河；而《書》則爲後世總集代次之權輿也。子以四教，而文居首。及游夏並稱文學之彥，而子夏發明章句。懿歟休哉，此所以爲六藝之宗，稱百世之師歟！

3. 中古

凡經之《易》、《詩》、《禮》、《春秋》，傳之《左》、《公》、《穀》，子之《墨》、《老》、《孫》、《吳》、《孟》、《荀》以及《公孫龍》、《韓非》之屬，集之《楚辭》，莫非戛戛獨造，自出機杼。是上古之世，文學主創作；而中古以後，則摹仿者爲多。《史記．律書》仿《周易．序卦》；司馬相如〈大人賦〉仿屈原〈遠遊〉；揚雄爲漢代文宗，而其《太玄》摹《易》，《法言》摹《論語》，《方言》摹《爾雅》，〈十二箴〉摹〈虞箴〉，〈諫不許單于朝〉摹《國策．信陵君諫伐韓》，〈甘泉賦〉摹司馬相如〈大人賦〉，幾於無篇不摹；而班固《漢書．地理志》仿〈禹貢〉；陸機〈辨亡論〉、干寶《晉紀．總論》仿賈生〈過秦論〉。如此之類，不可悉數。

章學誠曰：「西漢文章漸富，爲著作之始衰。然賈生奏議入《新書》，相如詞賦但記篇目，皆成一家之言，與諸子未甚相遠；初未嘗匯次諸體，裒焉而爲文集者也。諸子衰而文集之體盛。」吾則謂文集興而

「文」、「學」之途分，何也？韓非子〈五蠹篇〉力攻文學，而指斥及藏管、商、孫、吳之書者。秦丞相李斯請悉燒所有文學詩書百家語，而以「文學」二字冠「詩書百家語」之上。太史公自序其書，舉凡一切律令、軍法、章程、禮儀，皆稱之爲「文學」。蓋兩漢以前，文與學不分。至兩漢之後，文與學始分。六藝各有專師；而別爲經學。諸子流派益歧，而蔚爲子部。史有馬、班，而史學立。文章流別分於諸子，而集部興。經史子集，四部別居；而「文」之一名，遂與集部連稱而爲所專有。

李延壽《北史．文苑傳．序》曰：「江左宮商發越，貴於清綺。河朔詞義貞剛，重乎氣質。氣直則理勝於詞，清綺則文過其意。理勝者便於時用，文華者宜於詠歌。此則南北詞人得失之大較。」蓋北人擅言事之散文，而南人工抒情之韻語也。然戰國以前，如《經》之《易》、《書》、《禮》、《春秋》，傳之《左》、《公》、《穀》，子之《老》、《莊》（老子楚苦縣人，苦縣即今河南鹿邑縣。莊子蒙人，蒙縣在今河南商丘縣之東北。本柳詒徵說）、《孟》、《荀》等，其體則散文也；其用則敘述也，議論也；皆北方文學也。獨《詩》三百篇，《楚辭》三十餘篇，爲言情之韻文耳。《楚辭》之爲南方文學，固也。考《詩》之所自作，《呂氏春秋》載：「禹行功，見塗山之女。禹未之遇，而巡省南土。塗山之女，乃令其妾候禹於塗山之陽。女子乃作歌曰：『候人兮猗！』實始作爲南風。周公召公取風焉以爲〈周南〉、〈召南〉。」而鄭樵爲之說曰：「周爲河洛，召爲岐雍。河洛之南瀕江，岐雍之南瀕漢。江漢之間，二南之地，《詩》之所起在於此。屈宋以來，詩人墨客多生江漢，故仲尼以二南之地爲作《詩》之始。」然則《詩三百》之始自南音，有明證矣。戰國以前，所謂言情之韻文，可考見者，惟此與《楚騷》耳。未能與散文中分天下也。是爲北方文學全盛時代。漢興，而南人如枚叔、劉安、司馬相如、王褒、揚雄之徒，寖與賈誼、晁錯、董仲舒、劉向輩抗顏行。而司馬遷撰《史記》，以史筆抒騷情；班固作〈兩都賦〉，以賦體羅史實；且融裁南方文學以爲北方文學矣。此實南方文學消長之一大樞機也。爰逮晉之東也，篇製溺乎玄風；嗤笑徇務之志，崇盛亡機之談。孫綽、許詢、桓、庾諸公雖各有雕采，而辭趣一揆，所以景純〈仙篇〉挺拔而爲俊矣。宋初文詠，體有因革。

黃老告退而山水方滋，儷采百字之偶，爭價一句之奇，情必極貌以寫物，辭必窮力而追新，顏謝騰聲，鰺以鮑照，尤足啓後代之津途。自漢以來，模山範水之文，篇不數語；而謝靈運興會標舉，重章累什，陶寫流峙之形；後之言山水也，此其祖矣。晉之陸雲，對偶已繁，而用事之密，雕鏤之巧，始顏延之；齊梁聲病之體，後此對偶之習，是其源矣。然較其工拙，延之雕鏤，不及靈運之清新，亦遜鮑照之廉儁。延之嘗問鮑照己與靈運優劣，照曰：「謝五言如初發芙蓉，自然可愛；君詩若鋪錦列繡，亦雕繢滿眼。」延之終身病之。照以俊逸之筆，寫豪壯之情，發唱驚挺，操調險急，史稱其文甚遒麗，信然！然其所短，頗喜巧琢，與延之同病；至其筆力矯健，則遠過之；與謝並稱，允符二妙。然〈國風〉好色不淫，《楚辭》美人以喻君子，五言既興，義同《詩》、〈騷〉，雖男女歡娛幽怨之作，未極淫放。至鮑照雕藻淫艷，傾側宮體，作俑於前。永明天監之際，顏謝寖微而鮑體盛行，事極徐庾，紅紫之文，遂以不返。既而徐陵通聘，庾信北陷，北人承其流化，「矜一韻之奇，爭一字之巧，連篇累牘，不出月露之形，積案盈箱，惟是風雲之狀。世俗以此相尚，朝廷據此擢士」。李諤上隋高祖《革文華書》嘗慨乎言之。厥爲南方文學全盛時代。物極則反。《唐書．韓愈傳》載：「愈常以爲魏晉以還，爲文者多相偶對，而經誥之旨，不復振起。故所爲文抒意立言，自成一家。後學之士，取爲師法。」論者謂「文起八代之衰」，實則唾棄南方文學，中興北方文學耳。

燕趙多慷慨悲歌之士，江左擅綺麗纖靡之文，自古然矣。顧有不可論於三國者。魏武帝崛起稱伯，開基青豫，以文武姿，掞藻揚葩，把酒臨江，橫槊賦詩，固一世之雄也。子桓、子建，兄弟競爽，亦擅詞采；然華而不實，上有好者，下必殆甚。陳琳、阮瑀以符檄擅聲，王粲、徐幹以詞賦標美，劉楨情高以全采，應瑒學優以得文，皆一時之秀；已萌晉世清淡之習，開江左六朝綺麗之風矣。夫江左六朝，建國金陵，阻長江爲天塹，與北方抗衡，其端實自孫氏啓之。孫權稱制江東，號吳大帝，然文筆雅健，不爲綺麗；〈與諸將令〉、〈責諸葛瑾詔〉卓犖有西京之風焉。虞翻〈諫獵〉之書，簡而能要。駱統〈理張溫表〉，語亦詳暢。而諸葛恪救國之論，慨當以慷，尤吳人文之可誦者。吳之末造，韋曜〈博弈論〉，華覈〈請救蜀表〉，漸近偶麗；

然質而不俚；以視魏武父子之風情雋上，詞釆秀拔，固有間矣。誰則謂南朝文士盡華靡者乎？至蜀爲司馬相如、揚雄詞賦家產地，而陳壽稱「諸葛亮文采不豔」，范頵謂「陳壽文豔不及相如，而質直過之」。是南人之文質直，轉不如北人之藻逸工言情矣，可謂變例也。

自魏文帝始集陳徐應劉之文，自是以後，漸有總集；傳於今者，《文選》最古矣。昭明太子序《文選》也，其於史籍，則云「不同篇翰」。其於諸子，則云「不以能文爲貴」。蓋必文而後選，非文則不選也。六朝之人，多以文筆對舉。《南史．顏延之傳》：「竣得臣筆，測得臣文。」劉勰《文心雕龍》云：「無韻者筆，有韻者文。」或疑「文筆區分，《文選》所集，無韻者猥衆。夫有韻爲文，無韻爲筆，是則駢散諸體，一切是筆非文」。近儒章炳麟氏之所爲致誚於昭明者也。不知六朝人之所謂「有韻者文」之「韻」，乃以語章句中之韻；非如後世之指句末之韻腳也。六朝不押韻之文，其中奇偶相生，頓挫抑揚，皆有合乎宮羽。故沈約作《宋書．謝靈運傳論》曰：「五色相宣，八音協暢，由乎玄黃律呂，各適物宜；欲使宮羽相變，低昂合節。若前有浮聲，則後須切響。一簡之內，音韻盡殊；兩句之中，輕重悉異。妙達此旨，始可言文。」其指實發於子夏〈詩大序〉，謂：「情發於聲，聲成文，謂之音」。又曰：「主文而譎諫。」鄭玄曰：「聲，謂宮商角徵羽也。」「聲成文」，宮商上下相應。「主文」，主與樂之宮商相應也。此子夏直指詩之聲音而謂之文也，不指翰藻也。然則《詩．關雎》「鳩」、「洲」、「逑」押腳有韻，而「女」字不韻；「得」、「服」、「側」押腳有韻，而「哉」字不韻；此正子夏所謂「聲成文之宮羽也」。此豈詩人暗與韻合，匪由思至哉？子夏此序，《文選》選之，亦以抑揚詠嘆，其中有成文之音也。六朝人益衍暢其指而爲韻之說。《南史．陸厥傳》云：「王融、謝朓、沈約等文，將平上去入四聲制韻，有平頭、上尾、蜂腰、鶴膝，世呼爲永明體。」所謂「平頭」者，前句上二字與後句上二字同聲；如古詩：「今日良宴會，歡樂難具陳。」「今」、「歡」同平聲；「日」、「樂」同入聲；是「平頭」也。又如古詩：「朝雲晦初景，丹池晚飛雪。」「朝雲」、「丹池」同平聲；是「平頭」也。所謂「上尾」者，上句尾字與下句尾字俱用平聲，雖韻異而聲同；如古詩：「西北有高樓，上與浮雲齊。」「樓」、「齊」平聲；是「上尾」也。所謂「蜂腰」者，每句第二字與第五字同聲；如古詩：「聞君愛我甘，竊欲自修飾。」「君」、「甘」皆平聲，「欲」、「飾」皆入聲，是「蜂腰」也。所謂「鶴膝」者，一句尾字與三句尾字同聲；如古詩：「客從遠方來，遺我一詩札；上言長相思，下言久離別。」「來」、「思」皆平聲，是「鶴膝」也。然則後世之所謂韻者，以句末之同為適而求其大齊；而六朝人之所謂韻者，則以句中之同為犯而求其不齊。是以聲韻流變而成四六之駢文，亦只論句中之平仄，不謂韻腳也。而章氏乃謂「《文選》所集，無韻猥衆」；特以其無句末之韻腳耳。安知六朝以前之所謂「韻」者，非此之謂哉。

4. 近古

唐之興也，文章承江左遺風，陷於雕章繪句之弊。貞元、元和之際，韓愈、柳宗元出，倡為先秦之古文；一時才傑如李觀、李翺、皇甫湜等應之，遂能破駢儷而為散體，洗塗澤而崇質素。上踵孟荀馬班，下啓歐蘇曾王，蓋古文之名始此。古文者，韓愈氏厭棄魏晉六朝駢儷之文，而返之於六經兩漢，從而名焉者也。其文章之變，即字句駢散之不同；而駢散之不同，則詩文體製之各異也。文勢貴奇；而詩體近偶。重駢之代，則散文亦寫以詩體。重散之世，則詩歌亦同於散文。即如范曄生劉宋之時，增損東漢一代，成《後漢書》，自謂「無慚良直」；而編字不隻，捶句必雙，修短取均，奇偶相配；故應以一言蔽之者，輒足為二言；應以三句成文者，必分為四句；瀰漫冗沓，不知所裁。初唐襲南朝之餘，《晉書》作者，並擅雕飾，遠棄史班，近宗徐庾。夫以琢彼輕薄之句，而編為史籍之文，無異加粉黛於壯夫，服綺紈於高士；著譏《史通》，非虐謔也。近世趙翼則謂：「以文為詩，自韓愈始。至蘇軾益大放厥詞，別開生面；天生健筆一枝，有必達之隱，無難顯之情。」故曰：「重駢之世，則散文亦寫以詩體；重散之世，則詩歌亦同於散文」也。詩有六義，其二曰賦。賦者鋪也；體物寫志，鋪采摛文，濫觴於詩人，而拓宇於文境者也。是以重駢之代，賦中詩體多於文體。重散之世，賦中文體多於詩體。試觀徐庾諸賦，多類詩句；而王勃〈春思賦〉則直七字之長歌耳。此重駢之代，詩體多於文體也。若歐陽修之〈秋聲賦〉，蘇軾之前後〈赤壁賦〉，則又體勢同於散文。蓋宋襲韓柳之古文，而歸於質；重散之世也。論古文之流別，韓愈以揚子雲化《史記》，柳宗元以《老》、《莊》、《國語》化六朝，王安石以周秦諸子化韓愈，曾鞏以《三禮》化西漢，蘇洵以賈誼晁錯化《孟子》、《國策》，蘇軾以《莊子》、《孟子》化《國策》；於此可悟文學脫胎之法；而唐以後之言古文者，莫不推韓柳為大宗。然唐宋八家，韓柳並稱；而繼往開來，厥推韓愈。獨愈之文安雅而奇崛：李翱學其安雅，皇甫湜得其奇崛。其衍李翺之安雅一派者，至則為歐陽修之神逸；不至則為曾鞏、蘇轍之清謹。其衍皇甫湜之奇崛一派者，至則王安石之峻峭；不至則為蘇洵、蘇軾之奔放。其大較然也。

惟駢儷之文，雖權輿於中唐之韓柳；而駢儷之詩，則大成於初唐之沈宋。夷考其始，漢魏六朝詩，祖述〈風〉、〈騷〉，陶寫情性，篇無定句，句無定聲，長短曲折，惟意所從；世號曰古體。唐調以聲律，加以排整，句有繩尺，篇有矩矱，謂之近體，以別於古體也。古體近體，唐代始劃立鴻溝。近體詩者，合五七言律、五七言絕而稱也。然詩之化散為駢，至唐而要其成耳。蓋自沈約創聲病之說，爾後諸家遵軌，競為新麗，益與律體相近。陳隋之間，江總、庾信、虞茂、陸敬、薛道衡、盧思道等所作，往往見五律七律排律之體，此可以證六朝之散體趨駢，詩亦不在例外。然其初非出有意，不過偶合新調，故未能別成一格。凡其集中用律詩格調者，或僅六句，或至十句。至沈佺期、宋之問出，揣其聲韻，順其體勢，始與六朝以前之古詩，判然分途而為律詩。蓋前者之作，不期而成八句。後者之律，則立意而為四韻。詩之有沈宋，猶文之有徐庾也。絕之聲調，與律同，或不與律同亦可；章四句，有全體屬對者，有前二句或後二句屬對者，蓋由律詩中截來，故又號曰截句。然李白、杜甫，唐推詩聖；運古於律，縱橫揮斥。李白五言律，穠麗之中，運以奇逸之思；而杜甫更能於四十字中，包涵萬象。七言律，李白所短；而工於絕，純以神行，獨多化工之筆。杜不工絕，而善七言律；八音和鳴，濟以沉雄。後世之言律絕者莫尚焉。是律絕之極工者，不拘於聲律對偶；而鏗鏘鼓舞，自然合節，所以爲貴也。然唐詩之有李杜，猶唐文之有韓柳。韓柳並稱，而繼往開來，韓愈之力爲大；李杜競爽，而入雅出風，杜甫之傳稱盛。一傳而爲元和，得韓愈、白居易焉，皆學杜甫者也。特韓更欲高，白更欲卑，韓得其峻，白得其平。自白衍而益爲綺，則爲溫、李（溫庭筠、李商隱），爲宋之西崑。自韓流而入於奧，則爲郊、島（孟郊、賈島），爲宋之西江。杜詩之有韓愈、白居易兩派，猶韓文之有李翺、皇甫湜兩家矣。請得而備論之。

唐以詩名一代，有初、盛、中、晚之分。大抵高祖武德元年以後百年間，謂之初唐。唐玄宗開元元年以後五十年間，謂之盛唐。代宗大曆元年以後八十年間，謂之中唐。宣宗大中元年以後至於唐亡，謂之晚唐。初唐詩人，王勃、楊炯、沈佺期、宋之問承陳隋之後，風氣漸轉而骨格未完；齊梁濃艷，尚有沾濡；排比之跡，蓋亦精整。而陳子昂特起於王楊沈宋之間，始以高雅沖淡之音，奪魏晉之風骨，變齊梁之俳優，力追古意。後代因之，古體之名以立。杜審言、劉希夷、張說、張九齡，亦各全渾厚之氣於音節疏暢之中。盛唐稍著宏亮，儲光羲、王維、孟浩然之清逸，王昌齡、高適之閒遠，常建、岑參、李頎之秀拔，李白之朗卓，杜甫之渾成，元結之奧曲，咸殊絕寡倫。而李白、杜甫獨以雄渾高古，稱盛唐之宗。其次當推王孟高岑。王維詩豐縟而不華靡，秀麗疏朗，往往意興發端，神情傳合，由工入微，不犯痕跡，所以爲佳；七言律尤臻妙境。孟浩然專心古淡，句法章法，雖僅止於五言四十字，而悠遠深厚，超以象外，不犯寒儉枯瘠之病。高岑不相上下。高適跌宕，一起一伏。岑參遒勁少遜高，而婉縟過之。選體，岑差健也。儲光羲有孟浩然之古而無其深遠。岑參有王維之縟而掩以華靡。李頎工七言律，稱與王岑並駕。然李有風調而不甚麗。岑參才甚麗而情不足。惟王差備美爾。中唐彌矜卓練；劉長卿以古樸開宗，韋應物、錢起以雋邁擅勝。而韋應物尤工五言，閒澹簡遠，境界絕高。大抵應物詩韻高而氣清，王維詩格老而辭麗，並稱五言之宗匠；然互有得失，不無優劣。以體韻觀之，王維詩格老，而味遠不逮應物；至於詞不迫切而耐人咀味，應物自不可及也。下暨元和，則有柳宗元之超然復古，韓愈之雄深博大，元稹、白居易之清新，張籍、賈島、孟郊之峻刻，李賀之奇詭，尤稱一時之傑也。張籍工樂府，與元稹、白居易並稱，專以道得人心中事爲工。但白才多而意切，張思深而語精，元體輕而詞躁爾。晚唐體愈雕鏤。杜牧高爽欲追老杜；而溫（庭筠）李（商隱）婉麗自喜，開宋初西崑之體；皮（日休）陸（龜蒙）鹿門唱和，亦爲西江拗體之先河。斯皆晚唐之勝矣。晚唐人單辭片語，一聯數句之間，實有精到之處；然格局未完，雕鑱愈工，眞氣彌傷，此其短也。

律絕莫盛於唐，然律絕盛而詞興；而詞者，則又律絕之破整爲散者也。考詞之濫觴，厥推李白之〈憶秦娥〉、〈菩薩蠻〉，及張志和之〈漁歌子〉，實破五七言之絕句爲之。如〈菩薩蠻〉云：「平林漠漠煙如織，寒山一帶傷心碧。暝色入高樓，有人樓上愁。玉階空佇立，宿鳥歸飛急。何處是歸程，長亭更短亭。」合五言七言而成。而張志和之〈漁歌子〉曰：「西塞山前白鷺飛，桃花流水鱖魚肥。青箬笠，綠蓑衣，斜風細雨不須歸。」則裁七言絕一字者也。至〈憶秦娥〉云：「簫聲咽，秦娥夢斷秦樓月。秦樓月，年年柳色，灞陵傷別。樂遊原上清秋節，咸陽古道音塵絕。音塵絕，西風殘照，漢家陵闕。」長短錯落，亦裁之於七言或有餘，或不足，皆以協和其調也。明楊愼云：「唐人之七言律，即塡詞之〈瑞鷓鴣〉也。七言之仄韻，即塡詞之〈玉樓春〉也。」然則詞不惟破絕，並破律爲之矣。

詞上承詩，下啓曲，亦唐代一大創制也。蜀趙崇祚編有《花間集》十卷。其詞自溫庭筠而下十八人，凡五百首，爲後世倚聲塡詞之祖。陸務觀曰：「詩至晚唐五季，氣格卑陋，千人一律；而長短句獨精巧高麗，後世莫及，此事之不可曉者。」至於宋以詞爲樂章，熙寧中，立大晟府，爲雅樂寮，選用詞人及音律家，日製新曲，謂之《大晟詞》。於是小令中調之外，又出長調，而其體大備。故詞之有宋，猶詩之有唐。宋初沿《花間》舊腔，以清切婉麗爲宗；至蘇軾出，始脫音律之拘束，創爲激越之聲調，一洗綺羅香澤之態，擺脫綢繆婉轉之度，使人高瞻遠矚，舉首高歌，逸懷浩氣，超乎塵垢之表；或以其音律小不諧，自是橫放傑出，曲子內縛不住者；比之詩家之有韓愈，遂開南宋辛棄疾等一派。辛棄疾才氣俊邁，好爲豪壯語，即法蘇軾，爲南宋詞家大宗。然姜夔、張炎仍以清切婉麗爲主。故宋詞分二派，一派詞意蘊藉，沿《花間》之遺響，稱曰南派，是爲正宗；一派筆致奔放，脫音律之拘束，稱曰北派，號爲變格。遺集尤著者：南派有晏殊《珠玉詞》一卷，晏幾道《小山詞》一卷，柳永《樂章集》一卷，張先《安陸集》一卷，歐陽修《六一詞》一卷，秦觀《淮海集》一卷，李清照《漱玉詞》一卷（以上北宋），姜夔《白石道人歌曲》四卷、《別集》一卷，張炎《山中白雲詞》八卷，吳文英《夢窗稿》四卷，《補遺》一卷，高觀國《竹屋痴語》一卷，史達祖《梅溪詞》一卷，王沂孫《碧山樂府》三卷，周密《草窗詞》二卷。北派有蘇軾《東坡詞》一卷，黃庭堅《山谷詞》一卷，辛棄疾《稼軒詞》四卷，劉過《龍洲詞》一卷，皆傳誦人口者也。獨周邦彥於南北宋爲詞家大宗，有《片玉詞》二卷、《補遺》一卷，所作皆精深華艷，而長調尤善補敘，用唐人詩語，隱括入律，渾如己出，實兼綜南北之長焉。

宋詞至蘇軾而變《花間》之舊腔，宋詩至蘇軾而胚江西之詩派。宋初詩人如潘閬、魏野，規規晚唐格調，寸步不敢走作。楊億、劉筠則又專宗李商隱，詞取妍華，而倡所謂西崑體者。歐陽修、梅堯臣始變以平淡豪俊，而規模未大。及蘇軾出，乃以曠世之逸氣高情，出入韓白，驅駕萬象，雄偉軼蕩，故是宋詩人之魁也。其門下客有江西黃庭堅者，得其疏宕豪俊之致，而益出之以奇崛，語必驚人，字忌習見，蒐羅奇書，穿穴異聞，得法杜甫而不爲蹈襲，自成一家；鍛煉勤苦，雖隻字半句不輕出；世以其詩與蘇軾相配，稱曰蘇黃，所謂江西詩派者宗之，是爲宋詩一大變。而黃之所爲不同於蘇者，蘇詩曲折汪洋，如長江千里。而山谷險峻奇崛，如太華三危。一深一闊，一難一易，故不同也。彭城陳師道者，亦遊蘇軾之門，喜爲詩，自云學黃庭堅。然庭堅學杜，脫穎而出。師道學杜，沉思而入。寧拙勿巧，寧樸勿華，雖非正聲，亦云高格。後來惟呂本中克肖師道，棄所學學黃庭堅；黃致廣大，陳極精微，天下詩人北面矣。乃作《江西宗派圖》，遂以師道次庭堅之後，而並稱開宗之祖焉。

夷考六朝之駢文，一變而爲唐宋之散體古文，又一轉而爲宋元之語錄及章回小說，文之破整爲散則然也。唐之律絕，一變而爲宋之詞，又一轉而爲元之劇曲，詩之破整爲散則然也。然則中古文學之由散而整者，近古文學則破整爲散；其大較然矣。雖然，近古文學之破整爲散，特爲社會士夫言之耳；要非所論於朝廷功令。唐以詩賦取士，宋以經義取士，皆儷體也；遂爲近代取士模楷。然則近古而後，社會士夫既厭儷體之極敝而救之以散行；而朝廷功令，方挽儷體之末運而歆之以祿利；而朝廷之祿利，不足以易士夫之好尙；此則不可不特筆也。

5. 近代

夷考明自洪武而還，運當開國，其文章多昌明博大之音。永、宣以後，安享太平，多臺閣雍容之作。作者遞興，皆沖融演迤，不事鉤棘，而楊士奇文章特優；一時制誥碑版，出其手者爲多。仁宗雅好歐陽修文；而士奇文得其彷彿，典則穩稱，後來館閣著作，沿爲流派，所謂臺閣體是也。廟堂之上，鬱鬱乎文。弘、正之間，茶陵李東陽出入元宋，溯流唐代。擅聲館閣，推一代文宗；而門下士北地李夢陽、信陽何景明，乃起而與之抗曰：「文必秦漢，詩必盛唐，非是者弗道！」曰：「古文之法亡於韓。」爲文故作艱深，鉤章棘句，至不可句讀；持是以號於天下，而茶陵之光焰幾燼。洎北地信陽之派，轉相摹擬，流弊漸深。論者乃稍稍復理東陽之傳以相撐拄。蓋宋元以來，文以平正典雅爲宗；其究漸流於庸膚；庸膚之極，不得不變而求奧衍。王李之起，文以沉博偉麗爲宗；其極漸流於虛憍；虛憍之極，不得不返而求平實。一張一弛，兩派迭爲勝負，蓋皆理勢之必然。然漢魏之聲，由此高論於後世，而與韓歐爭長。唐宋之文運，至此乃生一大變化矣。然較其得失：秦漢之文，玉璞金渾，風氣未開。後世文明日進，理欲其顯，故格變而平；事繁於昔，故語演而長；此亦天演自然之理。而何李以其偏戾之才，矯爲聱牙詰屈，無其質而貌其形，爲文彌古，於時彌戾。故何李之徒卒爲委罪之壑。至嘉靖之際，歷城李攀龍、太倉王世貞踵興；更衍何李之緒論，謂「文自西京，詩至天寶而下，俱無足觀」。而世貞才最高，地望最顯，聲華意氣，籠蓋四海。獨崑山歸有光紹述歐、曾，毅不爲下，至詆世貞爲妄庸巨子。自明之季，學者知由韓、柳、歐、蘇沿洄以溯秦漢者，有光之力也。雖然，有光之文，亦自有其別成一家而不與前人同者。蓋有光以前，上而名公巨卿，下而美人名士之奇聞雋語，劌心怵目；斯以廁文人學士之筆。至有光出而專致力於家常瑣屑之描寫。桐城方苞謂：「震川之文，發於親舊及人微而語無忌者，蓋多近古之文。至事關天屬，其尤善者，不事修飾，而情辭並得，使覽者惻然有隱；其氣韻蓋得之子長。」而姚鼐亦以爲：「歸震川之文，於不要緊之題，說不要緊之語，卻自風神疏淡，是於太史公深有會處。」其尤惻惻動人者，如〈先妣事略〉、〈歸府君墓志銘〉、〈寒花葬志〉、〈項脊軒記〉諸文，悼亡念存，極摯之情而寫以極淡之筆，睹物懷人，戶庭細碎，此意境人人所有，此筆妙人人所無。而所以成其爲震川之文，開韓、柳、歐、蘇未闢之境者也。

讓清中葉，桐城姚鼐稱私淑於其鄉先輩方苞之門人劉大櫆，又以方氏續明之歸氏而爲《古文辭類纂》一書，直以歸方續唐宋八家，劉氏嗣之；推究閫奧，開設戶牖，天下翕然號爲正宗。此所謂桐城派者也。方是之時，吾家魯思先生實親受業於桐城劉氏之門，時時誦師說於陽湖惲敬、武進張惠言。二人者，遂盡棄其考據駢儷之學而學焉。於是陽湖古文之學特盛，謂之陽湖派。而陽湖之所以不同於桐城者：蓋桐城之文，從唐宋八家入；陽湖之文，從漢魏六朝入。迨李兆洛起，放言高論，盛倡秦漢之偶儷，實唐宋散行之祖；乃輯《駢體文抄》以當桐城姚氏之《古文辭類纂》；而陽湖之文，乃別出於桐城以自張一軍。顧其流所衍，比之桐城爲狹。然桐城之說既盛，而學者漸流爲庸膚，但習爲控抑縱送之貌而亡其實；又或弱而不能振。於是儀徵阮元倡爲文言說，欲以儷體嬗斯文之統。江都汪中質有其文，熔裁六朝，導源班蔡，祛其縟藻，出以安雅；而儀徵一派，又復異軍突起以樹一幟。道窮斯變，物極則反，理固然也。厥後湘鄉曾國藩以雄直之氣，宏通之識，發爲文章，而又據高位，自稱私淑於桐城，而欲少矯其懦緩之失；故其持論以光氣爲主，以音響爲輔；探源揚、馬，專宗退之，奇偶錯綜，而偶多於奇，複字單詞，雜廁相間；厚集其氣，使聲彩炳煥而戛焉有聲。

此又異軍突起而自爲一派，可名爲湘鄉派。一時流風所被，桐城而後，罕有抗顏行者。門弟子著籍甚衆，獨武昌張裕釗、桐城吳汝綸號稱能傳其學。吳之才雄，而張則以意度勝；故所爲文章，宏中肆外，無有桐城家言寒澀枯窘之病。夫桐城諸老，氣清體潔，海內所宗；徒以一宗歐、歸，而雄奇瑰瑋之境尙少；蓋韓愈得揚、馬之長，字字造出奇崛。至歐陽修變爲平易；而奇崛乃在平易之中；桐城諸老汲其流，乃能平易而不能奇崛；則才氣薄弱，勢不能復自振起，此其失也。曾國藩出而矯之，以漢賦之氣運之，故能卓然爲一大家，由桐城而恢廣之，以自爲開宗之一祖，殆桐城劉氏所謂「有所變而後大」者耶？

自明以來，言文學者，漢、魏、唐、宋，門戶各張，一闔一闢，極縱橫軼宕之觀；而要其歸，未能別出於漢、魏、唐、宋而成明之文學。清之文學也，徒爲沿襲而已。清初詩家有聲者，如錢謙益、吳偉業、龔鼎孳爲江左三大家，皆承明季之舊，而曹溶詩名，亦與鼎孳相驂靳。大抵皆步武王、李也：明末公安袁宏道矯王、李之弊，倡以清眞。竟陵鍾惺復矯其弊，變爲幽深孤峭；與譚元春評選唐人詩爲《唐詩歸》，又評隋以前爲《古詩歸》。鍾、譚之名滿天下，謂之竟陵體，亦一時之盛也。新城王士禛肇開有清一代之詩學，枕葄唐音，獨嗜神韻，含蓄不盡，意有餘於詩，海內推爲正宗。與秀水朱彝尊、宣城施閏章、海寧查愼行、萊陽宋琬所匯刻者，曰《六家詩》。彝尊學富才高，始則描摹初唐，繼則濫氾北宋，與士禛齊名，時人稱爲「朱貪多，王愛好」。又有南施北宋之目；蓋閏章以溫柔敦厚勝，琬以雄健磊落勝也。當是時，商丘宋犖亦稱詩宗，與士禛頡頏；而詩主條暢，又刻意生新，其源出於蘇軾；遊其門者，如邵山人長蘅等靡然從風，亦於士禛之外自樹一宗。獨王士禛名最高，然清詩之有王士禛，如文之有方苞也。清初詩人皆厭王李之膚廓，鍾譚之纖仄；談詩者頗尙宋、元，而宋詩之質直，流而爲有韻之語錄；元詩之縟豔，化而爲對句之小詞。王士禛崛起其間，獨標神韻；所選古詩及《唐賢三昧集》，具見其詩眼所在；如《三昧集》不取李、杜一首，而錄王維獨多，可以知其微旨；蔚然爲一代風氣所歸。但士禛之詩，富神韻而餒氣勢，好修飾而略性情。汪琬戒人勿效其喜用僻事新字，而益都趙執信本娶士禛女甥，習聞士禛論詩，謂「當如雲中之龍，時露一鱗一爪」，而執信作《談龍錄》糾之，謂：「詩當指事切情，不宜作虛無縹緲語，使處處可移，人人可用。」論者以爲足救新城末派之弊。大抵士禎以神韻縹緲爲宗，而風華富有。執信以思路巉深爲主，而刻畫入微。王之規模闊於趙，而流弊仍傷膚廓；趙之才力銳於王，而末派再病纖仄；兩家並存，其得失適足相救也。執信既著《談龍錄》，發難士禎；而山左之詩一變。錢塘厲鶚《樊榭山房詩》，精深峭潔，參會唐宋，於王士禎、朱彝尊外，又別樹一幟；而兩浙之詩一變。錢塘袁枚、鉛山蔣士銓、陽湖趙翼並起，號江左三大家；而大江南北之詩無不一變矣。然乾、嘉之際，海內詩人相望，其標宗旨、樹壇坫、爭雄於一時者，要推沈德潛、袁枚、翁方綱。王士禎之詩，既爲人所不饜，於是袁枚倡性情以矯士禎之好修飾而涉於泛。翁方綱拈肌理以救士禎之言神韻而落於空。沈德潛論格調以藥士禎之工詠嘆而枵於響。袁枚論詩，以爲「詩者，人之性情也。性情之外無詩。王士禎主修飾而略性情，觀其到一處必有詩，詩中必用典，此可想見其喜怒哀樂之不眞。」此袁枚論詩之旨也。翁方綱以學爲詩者也。其論詩，謂：「士禎拈神韻二字，固爲超妙，但其弊恐流爲空調。」故特拈肌理二字，蓋欲以實救虛也。所爲詩，自諸經注疏以及史傳之考證，金石文字之爬梳，皆貫徹洋溢於其中。王士禎之後，詩有翁方綱；猶桐城之後，文有曾湘鄉乎？然言言徵實，亦非詩家正軌；故其時大宗，不得不推沈德潛。德潛少從吳縣葉燮受詩法，其論詩最崇格律。嘗曰：「詩以聲爲用者，其微在抑揚抗墜之間。」此說本發之趙執信，謂：「漢魏六朝至唐初諸大家，各成韻調；談藝者多忽不講，與古法戾。」乃爲《聲韻譜》以發其祕；亦猶曾湘鄉論文從聲音證入，以救桐城儒緩之失也。德潛又曰：「詩貴性情，亦須論法。所謂法者，行所不得不行，止所不得不止；而起伏照應，承接轉換，自神明變化；貴能以意運法，而不能以意從法。」及自爲詩，古體宗漢、魏，近體宗盛唐，尤所服膺者爲杜，選《古詩源》及《三朝詩別裁》以標示宗旨。天下之譚詩者宗焉。踵其後而以詩名者：大興有舒位，秀水有王曇，昭文有孫原湘，世稱三君。四川有張問陶，常州有黃景仁、洪亮吉，江西有曾燠、樂鈞，浙中有王又曾、吳錫祺、許宗彥、郭唐，嶺南則有馮敏昌、胡亦常、張錦芳三子，而錦芳又與黃丹書、黎簡、呂堅，爲嶺南四家。大率皆唐人之是學，未嘗及德潛門，而實受其影響者。其中以舒位、孫原湘、黎簡三家，尤爲特出。位與原湘皆自昌黎、山谷入杜；而簡則學杜而得其神髓者也。於是宋詩之徑途漸闢。道光而後，何紹基、祁寯藻、魏源、曾國藩之徒出，益盛倡宋詩。而國藩地望最顯，其詩自昌黎、山谷入杜，實衍桐城姚鼐一脈。鼐每詔人，謂「學詩，須先讀昌黎，然後上溯杜公，下採東坡，於此三家，得門徑尋入，於中貫通變化，又繫各人天分」；及其自爲詩，則以清剛出古淡，以遒宕爲雄；由韓學杜，已開晚清同光體之先河，與文之蕭然高寄者異趣；而特爲文所掩抑不甚著。至國藩乃昌言「姚氏詩勁氣盤折，能以古文家之義法通於詩」；而用其法，旁參山谷，益恣爲生嶄奧衍。洞庭以南，言聲韻之學者，稍改故步，而湘潭王闓運則爲騷選盛唐如故，比之古調獨彈矣。王闓運始與武岡鄧輔綸、鄧繹，長沙李壽蓉，攸縣龍汝霖四人者相善也，喜吟詠，日夕賡和；而輔綸尤工五言，每有作，皆五言，不取宋唐歌行近體，故號爲學古，標曰湘中五子。而五子之中，闓運獨推服鄧輔綸云。

清詩有唐宋之殊；而詞則宗宋。詞學至南宋之季，幾成絕響；知比興者，金之白樸、元之張翥而已。樸詞曰《天籟集》，清雋婉逸，意愜韻諧，可與張炎《玉田詞》相匹。而翥《蛻岩詞》，婉麗風流，亦有南宋舊格。惟樸所宗者，多東坡、稼軒之變調；而翥所宗者，猶白石、夢窗之餘音；門徑微有不同。明初作者，猶沾溉張翥之舊，不乖於風雅。永樂以後，南宋諸名家詞，皆不顯於世。盛行者，爲《花間集》、《草堂詩餘》二選。楊慎、王世貞輩之小令、中調猶有可取，長調皆失之俚。惟陳子龍之《湘眞閣江籬檻詞》，直接唐人，可謂特出。明社既屋，京兆士大夫雖依新朝，猶慨滄桑，特假長短之句，借抒抑鬱之氣，始而微有寄託，久則務爲諧暢。而吳越操觚家聞風興起，作者選者，妍媸雜陳，遂不免有怪詞、鄙詞、游詞之三大弊。王士禎之數載廣陵，實爲斯道總持。蓋皆祖述南宋，唯《草堂詩餘》是規，罕及北宋以上；殆若文之禰唐宋八家而祧東西京；詩之學蘇、黃而不知有蘇、李十九首；未可謂善學也。洎士禎在朝，位高望重，絕口不談倚聲；獨朱彝尊、陳維崧兩人並世齊名，妙擅倚聲，合刻《朱陳村詞》，而清朝詞派始成。惟朱才多，不免於碎。陳氣盛，不免於率。朱之情深，所作詞高秀超詣，綿密精美；其弊爲餖飣。陳之筆重，所作詞天才艷發，辭鋒橫溢；其弊爲粗率。繼之而起，名重一時者，實惟納蘭成德，門地才華，直越北宋之晏小山而上之。其詞纏綿婉約，能極其致，南唐墜緒絕而復續；故論清初詞家，當推成德爲一把手；朱、陳猶不得爲上。所惜享年不永，門戶未張耳。然乾隆以前，言詞者莫不以朱、陳爲範圍。錢塘厲鶚，吳縣過春山，近朱者也；興化鄭燮，鉛山蔣士銓，近陳者也。其後作詞者遂分浙西、常州兩派。浙西派始於厲鶚，鶚詞宗彝尊，而數用新事，世多未見，故重其富；後生效之，每以捃摭爲工，後遂浸淫而及於大江南北。然抄撮堆砌，音節頓挫之妙，未免蕩然。特是綺藻韻致，詞家之有厲鶚，如詩之有王士禎。有《樊榭山房詞》一卷，《續集》一卷，生香異色，超然神解，如入空山，如聞流泉，節奏精微，輒多弦外之音；然標格僅在南宋，以姜夔、張炎爲登峰造極之境；流極所至，爲餖飣，爲寒乞。亦與詩之漁洋末派同。武進張惠言乃起而振之，與其弟琦選唐宋詞四十四家百六十首，爲《詞選》一書，闡意內言外之旨，推文微事著之原，比傅景物，張皇幽渺；雖町畦未闢，而奧窔已開；蓋以深美閎約爲主，其意在尊清眞而薄姜、張，視蘇、辛尤爲小家，貴能以氣承接，通首如歌行然，又須有轉無竭。嘉慶以來名家，大抵自張惠言而出。其學於惠言而有得者，歙縣金應城金式玉也。其以惠言之甥而傳其學者，則武進之董士錫也。此常州派之所由起也。荊溪周濟稍後出，嘗謂：「詞非寄託不入，專寄託不出。」其所立論，實足推明惠言之說而廣大之。蓋自濟而後，常州派之壁壘益固矣。詞之有常州，以救浙派俳巧之弊；猶之文之有湘鄉，以矯桐城儒緩之失也。桐城之文，富神韻而餒氣勢，略如詩之有漁洋，詞之有浙派；然而有不同者，蓋崇雅淡而排塗飾，不如漁洋詩、浙派詞之好修飾而略性情。此以流派論；若就詞論詞，南宋而還，極盛於清；然惟納蘭成德、項鴻祚、蔣春霖三人爲當家耳。成德《飲水詞》，哀感頑艷，得南唐後主之遺；雖長調多不協律；而小令則格高韻遠，極纏綿婉約之致。鴻祚《憶雲詞》（甲、乙、丙、丁稿），古艷哀怨，如不勝情；蕩氣迴腸，一波三折，有白石之幽澀而去其俗；有玉田之秀折而無其率；有夢窗之深細而化其滯；殆欲前無占人。其《乙稿自序》云：「近日江南諸子競尚塡詞，辨韻辨律，翕然同聲，幾使姜、張俯首；及觀其著述，往往不逮所言。」云云，婉而可思。《丁稿自序》云：

「不爲無益之事，何以遣有涯之生！」亦可以哀其志矣。以成德之貴，項氏之富，而塡詞皆幽豔哀斷，異曲同工，所謂別有懷抱者也。浙中塡詞爲姜、張所縛，百年來屈指惟項鴻祚有眞氣耳。蔣春霖爲詩，恢雄骯髒，若《東淘雜詩》二十首，不減少陵秦州之作；乃易其工力爲長短句，鏤情劖恨，轉毫於銖黍之間，直而致，沉而姚，曼而不靡。文字無大小，必有正變，有家數；春霖《水雲詞》，固清商變徵之聲，而流別甚正，家數甚大；與納蘭成德，項鴻祚二百年中，分鼎三足。咸豐兵事，天挺此才，爲倚聲家杜老；而晚唐、兩宋一唱三嘆之意則已微矣。或曰：「何以與成、項並論！」應之曰：「清初王士禎、錢芳標（錢芳標，字葆馚，華亭人，所著《湘瑟詞》有「驚才絕艷」之譽）一流，爲才人之詞，張惠言、張琦、周濟一派，爲學人之詞。惟三家是詞人之詞，固不以流派限矣！」

此近代文學之大略也。現代文學者，近代文學之所發酵也。近代文學者，又歷古文學之所積漸也。明歷古文學，始可與語近代；知近代文學，乃可與語現代。既窮其源，將竟其流，爰述歷古文家爲編首。

上編　古文學

文（一）

1. 魏晉文

王闓運（附：廖平、吳虞）——章炳麟（附：黃侃）——蘇玄瑛

方民國之肇造也，一時言文章老宿者，首推湘潭王闓運云。

王闓運，字壬秋，又字壬父。生時，父夢神榜其門曰：「天開文運。」因以闓運爲名。顧天性愚魯，幼讀書，日誦不及百言，又不能盡解。同塾者皆嗤之。師曰：「學而嗤於人，是可羞也。嗤於人而不奮，無寧已！」闓運聞而泣。退益刻勵，昕所習者，不成誦不食；夕所誦者，不得解不寢。年十五，始明訓詁。十九補諸生，與武岡鄧輔綸、鄧繹等結蘭陵詞社，號湘中五子。二十通章句。二十四而言《禮》，作《儀禮講》十二篇。二十八達《春秋》。其治學初由《禮》始，考三代之制度，詳品物之體用；然後通《春秋》微言，張《公羊》，申何休，今文家言於是大盛也。時則讓清之季，學者承乾、嘉以來訓詁章句之學，習注疏；爲文章法鄭玄、孔穎達，有解釋，無紀述，重考證，略論辨，掇拾叢殘，而不知修辭爲何事；讀者竟十行，輒

隱几臥。而闓運不謂是，因慨然曰：「文者，聖之所託，禮之所寄，史賴之以信後世，人賴之以為語言。詞不修，則意不達；意不達，則藝文廢，俗且反乎混沌。況乎孳乳所積，皆仰觀俯察之所得；字曰文，言其若在天之星象，在地之鳥獸蹄跡，必其燦著者也。今若此，文之道或幾乎息矣。」故其為文悉本之《詩》、《禮》、《春秋》，而溯莊、列，探賈、董，旁涉釋乘；發為文章，乃蕭散似魏晉間人；大抵組比工夫，隱而不現，浮枝既削，古艷自生。平湖張金鏞方督學湖南，科試錄遺才，得闓運卷，驚曰：「此奇才也！他日必以文雄天下。」急延見，稱勉之，且曰：「湖岳英靈鬱久必發，其在子乎！」

中咸豐癸丑舉人；應禮部試，入都。肅順柄政，待為上賓。一日，為草封事，文宗嘆賞，問屬草者為誰。肅順對曰：「湖南舉人王闓運。」上問：「何不令仕？」曰：「此人非衣貂不肯仕。」上曰：「可以賞貂。」故事，翰林得衣貂。時闓運在公車，意不欲他途進也。既，文宗崩，孝欽皇后驟用事，誅肅順。而闓運方客山東，得肅順書招之，將入都，聞肅順誅，臨河而止，有〈人日寄南昌高心夔伯足詩〉曰：「當時意氣各無倫，顧我曾為丞相賓。俄羅酒味猶在口，幾回夢哭春華新！」即詠肅順也，不勝華物山丘之感。後數十年，闓運老矣；而主講船山書院時，一夜朗誦此詩，說肅順故事，曰：「人詆逆臣，我自府主。」淚涔涔下。某歲走京師，託言計偕，而實未與試，陰以賣文所獲數千金，恤肅順之家云。闓運詼諧善謔，獨於朋友死生之際，風義不苟如此。

肅順既敗，乃踉蹌歸，伏匿久不出。旋參兩江總督曾國藩軍事。國藩，闓運通家也；其初簡屏儀從，延納士人，重法以繩吏胥，嚴刑以殛奸宄，皆納闓運議。闓運謂「國藩之文，欲從韓愈以追西漢，逆而難。若自諸葛忠武曹武王以入東漢，則順而易。」而國藩不能用也，獨謂闓運文有慧業，極稱其〈秋醒詞序〉。其辭曰：

戊午中秋既望之次夕，余以微倦，假寢以休。懷衿無溫，慓焉而寤。方醒之際，意謂初夜；傾聽已久，乃絕聲聞。攬衣出房，星漢照我。北斗搖搖，庭院垂光。芳桂一枝，自然勝露；秋竹數莖，依其向月。青扉半開，知薄寒之已入。垩牆如練，映苔地以逾陰。象床低彩鳳之帷，金釭續盤龍之焰。羅幬輕揚而已驚蚊宿，瑣窗無聽而坐聞蟲語。湛湛之露，隔鴛瓦而猶涼。瑟瑟之風，送雞聲而俱遠。遼落一聲，旁皇三嘆。豈象罔三求之後，將鈞天七日之終？憮然自失，旋云有得矣。嗟乎，鏡非辭照，眞性在不照之間；川無停流，靜因有不流之體；然則屢照足以疲鏡，長流足以損川；推移之時，微乎其難測也。且齊有穿石之水，吳有風磨之銅，油不漏而炷焦，毫不墜而穎禿，積漸之勢也。笋一旬而成竹，松百年而穿天，遲速之效也。人或以百年爲促，而不知積損之已久。或以耄期爲壽，而不知佚我之無多。是猶夏蟲之疑冰，冬鶡之忌雪矣。一年已來，偶有斯覺；未覺之頃，相習爲安。況同景異情，覺而仍夢；庸得不即機自警，依影冥心者哉！於斯時也，從靜得感，從感生空；意御列風之是非，乘軒雲而升降，接盧敖之汗漫，入李叟之有無；猶陳思之登魚山，茂陵之嘆敝屣也。俄而侍娃旋起，閨人已覺，一庭之內，群籟漸生；似華胥之頓還，若化城之忽返；是知安閨房者，苦人之擾天；棲空山者，必靜而慕動。神仙縱可以學至，倘非智慧之士所得而息機焉。居塵途而談玄寞，在金門而希隱遁，懸車之願徒設，拂衣之效無聞。與夫北山軒眉，終南捷仕，牛巢論禪代之事，武陵知漢晉之遷，亦有欣哀，未容相笑也。若出而思隱，將隱而思出乎？子思所以有素行之箴，許行所以有一瓢之累也。但幸契遐心，堪祛勞慮，信有爲之如六，悟還眞之用九。蓋夢在百年之中，而愁居七情之外，由是澄心眇言，然脂和墨，聊賦其意，命曰《秋醒詞》。浣筆冰盂，叩聲霜磬。飛螢入户，引幽想以俱明；早雁拂河，聞秋吟而不去。人間風月之賞，別有會心；道場人天之音，切於常聽也。

自詫以爲生平妙文，無過此者。

文章雍容，邀遊群帥間。而是時，天下大亂，將帥各開幕府，招致才俊。曾國藩尤稱好士。賤人或起家爲布政，裸身來，歸資巨萬，士爭自效。闓運獨爲客，不受事，往來軍中，或旬月數日即歸。後國藩益貴，賓客皆爲弟子，闓運仍爲客。嘗至江寧謁國藩。國藩未報，遣使招飲。闓運笑曰：「相國以我爲餔啜來乎！」即攜裝乘小舟去。國藩追謝之，則已歸矣。撰〈湘軍志〉，敘曾國藩之起湘軍，及戡平太平軍本末；雖表揚功績，而言外見意，於國藩且有微辭；不論其他；文辭高健，爲唐後良史第一。惟驕將憚其筆伐，造作蜚語，謂得暮夜金，所纂有乖故實，購毀其板，欲得而甘心焉。然闓運自以爲記事追太史公，趦趄不多讓也。

其記事之流傳者，〈湘軍志〉而外，有〈錄祺祥故事〉，其辭曰：

恭忠王母，文宗慈母也；全太后以託康慈貴妃；貴妃捨其子而乳文宗，故與王如親昆弟。即位之日，即命王入軍機，恩禮有加；而冊貴妃爲太貴妃。王心慊焉，頻以宜尊號太后爲言。上默不應。會太妃疾，王日省視，帝亦省視，一日，太妃寢未覺，上問安至。宮監將告，上搖手令勿驚。妃見床前景，以爲恭王，即問曰：「汝何尚在此？我所有，盡予汝矣！它性情不易知，勿生嫌疑也！」帝知其誤，即呼額娘，太妃覺焉，回面一視，仍向內臥不言。自此始有猜，而王不知也。又一日，上問安入。遇恭王自內而出。上問：「病如何！」王跪泣言：「以竺。意待封號以瞑。」上亶曰：「哦！哦！」王至軍機，遂傳旨令具冊禮。所司以禮請，上不肯卻奏，依而上尊號；遂慍王，令出軍機，入上書房；而減殺太后喪儀，皆稱遺詔減損之。自此遠王同諸王矣。庚申之難，令王留守。至熱河，帝疾。獨軍機諸臣在；王及醇王皆不侍。八月初，王具奏請省視。帝疾竺，以不能坐起，強起倚枕手批王奏曰：「相見徒增傷感，不必來覲！」其猜防如此。故肅順擬遺詔，亦緣上意，不召王與顧命也。肅順本鄭王房，以功世爲親王；與襲鄭王異母；以才敏得主知，自輔國將軍爲戶部尚書，入軍機，專斷不讓。怡王即世宗弟，亦以寵世王；襲王載垣與襲鄭王端華皆依肅順爲用。初詔謁陵出都，實辟夷兵，而諱其行。行日之朝，猶有詔言「君死社稷」。獨肅順先具行裝，備路費。自都啓行，供張無辦；后妃不得食，帷以豆乳充飯；而肅順有食擔，供御酒肉。後御食有膳房，外臣不敢私進。孝貞、孝欽兩后不知其由，以此切齒於肅順。及之熱河，循例進膳。孝貞又言：「流離羈旅，何用看席？請蠲之。」文宗曰：「汝言是也，當以告肅六。」明日，詔問云云。肅順知上旨，則對以：「貴亡幾。若驟減膳，反令外驚疑。」上心喜所對，即詔后曰：「肅六云不可。」后益惡肅順矣。已而大行，遺詔八臣受顧命如故事。孝貞詔顧命臣，以防雍閣爲詞；日進章疏，仍由內發；軍機擬旨，上后覽發，以小印爲記；小印曰「同道堂」，不知何時人刻；漢玉爲之。漢玉者，汗玉也；殉葬玉，皆假名漢。文宗初晏朝。后至御寢，問侍寢何人，升坐責數之。上既視朝，心念后未還，恐有變；即還寢，則官監森然侍立；知后升坐，即戒毋報知皇后；潛步入，則后方上坐，侍妃跪前。后見上至，下迎；帝即坐后坐，跪者猶未敢起；后立帝旁。帝陽指跪者，問后：「此何人也？」后跪奏：「自祖宗以來，寢興有定法。今帝以醉過辰不出朝；外間不知，皆以奴無教；故責問彼何以多勸上酒。」帝嘆曰：「此自我過，彼何能勸我？且宜恕之！」后奉詔，因曰：「此主子宥汝。以後無論何處醉，惟汝是問。」帝慚，即索所佩，唯一玉印，解賜后以謝。「同道」章自此始，今乃以爲信；而或說不知，安有傳僞云。既而御史高延祜上請垂簾，本后意也。以示顧命臣。肅順即言：「按制當立斬。」孝貞心怍焉，即曰：「我輩不用其言足矣，不必深求。」及票擬上，議斬。奏下，獨留高摺不發。於是軍機三日不視事；孝貞問，則以對前摺未盡下。於是孝貞涕泣，自起檢奏予之；擬高摘爲披甲奴。越日大臨，后見醇王福晉而泣。醇王福晉，孝欽妹也；孝貞亦妹之，故相親善，訴其事，曰：「欺我至此，我家獨無人在乎！」福晉言：「七爺在此！」孝貞喜曰：「可令明晨入見！」及明，醇王入直廬前。肅順問：「何爲？」對以「召見」。肅順哂曰：「焉有此！」斥令退。王退，立外階。俄宮監來窺直房，旋去；而軍機至晏，竟不叫起。叫起者，召見分班，一見爲一起；軍機則皆同入爲頭起；此日不召頭起，先召醇王。宮監來窺者三，終不見醇王至；三至，乃自語曰：「七爺何不來？」王在外聞之，即應曰：「待久矣！」來監亦曰：「待久矣！」遂引王入。肅順在內坐，不能阻王。既對，孝貞訴如前。醇王曰：「此非恭王不辦！」后即令往召恭王。醇王受命，馳還京。三日，與恭王至，軍機前輩也；至則遞牌入，謁梓宮；因見后。后訴如前。恭王對：「非還京不可。」后曰：「奈外國何？」王奏：「外國無異議。如有難，惟奴才是問。」后即令王傳旨回鑾，令肅順護梓宮繼發。既之京，即發詔罪狀顧命八臣，俱拿問。怡、鄭二王猶在直房，恭王出詔示之，皆相顧無語。王問：「遵旨否！」載垣曰：「焉有不遵！」王即拱之出，則以備車送宗人府。於是遣醇王迎提肅順，即廬殿旁執詣刑部。肅順罵曰：「坐被人算計，乃以累我！」臨刑，罵不絕；卒以攔阻垂簾斬於市，而賜二王死。一時無識者謂之「三凶」。即詔旨亦不知垂簾之當斬也。先是改元祺祥，至是改同治。設三御坐，召見聽政如常儀。名治肅黨，以常酒食往來者當之。而恭之任事，委權督撫，朝政號爲清明。頗採外論，擢用賢才能特達者，不爲遙制。然官監婪索；親王密邇，時有交接，輒加犒賚，則不足於用。而國制：王貝勒不親出納；奉給莊產，皆有典主者，率盜侵以自給；及入樞廷，需索尤繁。王恆憂之。福晉父，故總督也，頗習外事，則以提門包爲充用常例。王試行之而財足用。於是府中賕賂公行，珍貨猥積，流言頗聞。福晉亦患之，而不能止矣。王既被親用，每日朝，輒立談移晷，官監進茗飲。兩宮必曰：「給六爺茶。」一日，召對頗久。王立御案前，舉甌將飲，忽悟此御茶也，仍還置故處。兩宮哂焉。蓋是日偶忘命茶。而孝欽御前監小安方有寵，多所宣索。王戒以：「國方艱難，宮中不宜求取。」小安不服，曰：「所取爲何？」王一時不能答，即曰：「如瓶器杯盤，照例每月供一分，計存者已不少，何以更索？」小安曰：「往後不取矣！」明日進膳，則悉屏御磁，盡用村店粗惡者。孝欽訝問，以「六爺責言」對。孝欽愠曰：「乃約束及我日食耶！」於時蔡御史聞之，疏劾王貪恣。它日，詔王曰：「有人劾汝。」示以奏。王不謝，固問：「何人？」孝欽言：「蔡壽祺！」王失聲曰：「蔡壽祺非好人！」於是後積前事，遂發怒，罪狀恭親王，有「曖昧不明，難深述」之語。朝論大驚疑。而外國使臣亦詢軍機事所由，用是得解。復召見，王痛哭謝罪，復直如初。以疑忌擠去者八人，軍機有前後八仙，與前顧命者爲對，皆以目恭王云。然恭王自是益謹。而安得海以擅出京師，誅於歷城。李蓮英繼用事，炬赫過於小安，而謹飭愼密，竟終事孝欽。恭王亦以功名終，得謚曰賢，不遇禍敗。然王大臣納賄之風，及孝欽頗留意進獻，皆自王倡之。五十年來，議和主戰，終歸於服從，亦孝欽之過慮也。恭王、孝欽皆有過人之敏智，而俱爲財累。乃至德宗末年，天下惟論財貨；及禪讓亦以賄成；用兵惟先言餉，動至千百萬；和款外債遂巨兆。舉古今不聞之說，公言之而不怍，開闢以來未有之奇，蓋又成、同以來所不料者。以前史論之，戰國、秦、楚之際，庶幾肇茲。自非張四維，革澆風，吾烏知其所底哉！

蓋作於國變以後；然婉而章，盡而不汙，與〈湘軍志〉同爲遜朝大掌故文字也。

既以肅黨擯不用於時，大治群經，出所學以開教授。謂：「文章之道，同不追古，則意必循今。率意以言，違經益遠。是以文飾者胥尙虛浮，馳騁者奮其私知。故知文隨德異；寧獨政與聲通。欲驗流風，尤資總集。但蕭樓留《選》，僅存梗概；梅紀旁搜，未區門目。自余捃摭，莫識津涯。蔽所稀聞，咻於衆楚。」因輯《八代文粹》，廣甄往籍，類分仍夫《蕭選》，正副略仿《李鈔》，要以截斷衆流，歸之淳雅；並爲述其本由，使必應於經義。四川總督丁寶楨欽其賢，延爲成都尊經書院院長。至之日，則進諸生而告之曰：「治經要道：於《易》，必先知《易》字含數義，不當虛衍卦名。於《書》，必先斷句讀。於《詩》，必先知男女贈答之詞，不足以頒學官，傳後世。一洗三陋，乃可言《禮》。《禮》明，然後治《春秋》。」又曰：「說經以識字爲貴，而非識《說文解字》之爲貴。」又曰：「文不取裁於古，則亡法。文而畢摹乎古，則亡意。」「然欲取裁於古，當先漸漬乎古。先作論事理短篇，務使成章；取古人成作，處處臨摹，如仿書然，一字一句，必求其似；如此者，家信帳記，皆可摹古。然後稍記事，先取今事與古事類者，比而作之；再取今事與古事遠者，比而附之；終取今事爲古所無者，改而文之；如是者，非十餘年不成也。人病欲速。」遂教諸生以讀《十三經注疏》、二十四史及《文選》之法。諸生日有記，月有課，暇則習禮，若鄉飲投壺之類，三年皆彬彬進乎禮樂。厥後廖平治公羊、穀梁《春秋》、《小戴記》；戴光治《書》；胡從簡治《禮》；劉子雄、岳森通諸經；皆有師法，能不爲《阮氏經解》所囿，號曰蜀學。既還，主長沙校經書院，移衡州船山書院，江西大學堂。弟子數千人。學者稱爲湘綺先生。

湘綺先生者，蓋因闓運自署所居之樓而稱也。闓運閑雅廣達，饒文史之樂，早歲偕妻賃廡，殊逼仄不甚適，自署曰湘綺樓，誦謝儀曹詩曰：「高文亦何綺，小儒安足爲！」自以「好爲文而不喜儒生，綺雖未能，是吾志也」。故以爲名。然是時實未有樓也。後於長沙定王故臺之旁，得三楹而居，有樓甚廣，開窗即見湘水接天，山巒起伏，蒼波無際，悠然景物，悉納戶牖。闓運於是大樂，欣得其所也，曰：「此眞湘綺樓矣！」夫人蔡氏名菊生，亦知書，能誦《楚辭》以娛媚於闓運。先是闓運之少也，謁於蔡氏。有女貞不字，窺簾見以爲豐裁獨秀。其父微測其意，告於祖母，問曰：「湘潭王生尙有文才，惜太貧耳。」女默然久之，第曰：「貧亦何害！」祖母曰：「然則汝肯嫁若耶？」女益默然。父友丁取忠方善闓運，繩而媒焉，闓運少喜標置，不樂土風，未之許也。他日丁取忠乃言蔡女高傲，或勸勿媒。闓運遽曰：「女中安得高者？」請願聘焉。問名之夕，夢通謁者紅錦金書，惟媞字朗然；旦得庚貼；越二歲來歸，故字以夢媞。既習禮容，尤矜風格，明眸廣額，鬢髮稠如。姻家黃嘗大會族親，滿堂黻佩。或問誰爲王嫂。黃母笑曰：「劉婦萊妻，一望識矣。」自以居貧，恆嚴取受。頃歲絕食。有饋金求闓運文者；笑曰：「當作則與，文可鬻耶？」已而闓運果卻之，相視輾然。

闓運居湘綺樓之一年，而太平軍作難，曾國藩起湘軍，闓運奮焉有用世之志，出參軍謀，歸讀我書。鄰園有鶴夜鳴，輒起徘徊，賦詩曰：「鶴唳華池邊，氣與空秋爽。平生志江海，低羽歸塵鞅！」翛然有世外之致也。既，兵久不解，瘡痍遍地，白日閉城，但有師旅，干戈之光映月，而哭聲盈野，變故陳沓。闓運乃絜妻避兵明岡，六年還城，則困甚！自言：「家無儋儲，月供房稅；靡菽水之福，有泉刀之苦。」乃身之廣州，寫所經途，有〈到廣州與婦書〉，其辭曰：

吾自度揭嶺，日遠故國。下灘乘瀧，並值冬涸，川石露列，溪流清弱，瀧船柔脆，篙師拙獰。自平石至樂昌，乃昔遷客涕泣驚怖之地。凡有六瀧，酈道元所謂「崖壁千空，交柯晦景」者也。瀧原由溱入洭，漢桂陽太守周昕疏鑿巨石，始通舟楫；舊有祠祀昕；今惟祠禱韓愈。素湍激雪，風濤凜厲；估舟驚望，嘆若天塹。

然觀其水勢，淺狹殊甚。徒極奔濺之狀，實無浩洶之奇。吾舟下瀧時，觸破來舫，移岸遷貨，纖毫得濟；非有江湖稽天之浸，風濤呼吸之危也；而衆人矜惜衣裝，嬰於濡沒，重載輕發，自取碎破。清水白石，遂受惡名；耳口相傳，自爲眩惑，致使衣帶之水，與呂梁齊險。禱求謫臣而使君廢祀。以愈生時，猶不自濟，欲其爲福，不亦難乎？由樂昌下大舟，東至曲江，五嶺之口也。縣以曲紅岡而名：「江」、「紅」聲同，因改字矣。設府建關，控引吴楚；浮橋橫江，以榷舟税。大艑巨艦，駢闐於此。韶石在其北，酈生所記二仙分憩之處也。自唐以前，傳虞舜奏樂於此，乃英德亦有堯山。道元引耆舊之言，云「堯行宮」。王韶之記亦謂「堯故亭」。又曰：「父老相傳南巡登此。」然則禹跡以前，斯爲內地。且金銀輪王治四天下；唐虞二聖，豈局步於五嶺乎？從英德至清遠，經歷三峽，即湞陽大廟中宿也。大廟介二峽之間，趙佗築萬人城；楊僕伐破尋狹，亦此岸地。然是陸地之要區也。江行之奇，則在湞陽。道元云：「兩岸傑秀，壁立亏天。」張子壽亦言：「晴晝山陰，先秋水冷。」後人始開棧道峽山寺於上。懸崖長嘯，江帆蕭瑟，雖詞客尋玩，淹流忘俗；而旁山剝落，翠秀靡依；以吾臥觀，未爲佳勝也。且南州炎德，草木恆青；藻麗山川，宜增幽映。而石壁竦仄，勢若火燎，丹皮赭骨，寸莖不附；孰如蒸湘，岩樹蔥蘢，松竹移柏，陵冬鮮碧？故過嶺以南，無可瞻悅。但此峽擅名既久，未躋絕壁；江山嘉會，步步異形；若登臨俯觀，或當有異。故周夔云：「碧瀾之下，寸寸秋色，乳枝磬落，松風瑟縮。」得此石室，題爲難到矣。〈吴都賦〉以閩禺楫師，習御長風。今老龍河西等船，實爲蠢陋；舟形彭亨，水手粗疏，每下篙竹，喧呼叫跳，足若蹄踣，號聲慘烈；清旦黃昏，聞者駭悸。兼劫盜肆出，人人自危。下至三水，乃稍稍清曠。三水今縣，〈漢地志〉所謂「涯水南至」，四會之地也，涯水自清遠來曰湞江；牂牁水源流萬里，自肇慶來，曰西江；晉康水自廣寧來，曰綏江；均會昆都，故爲縣號。綏江至縣，復分二派；同爲一川，故昔言四會矣。冬水盡涸，舟楫無利；始以季冬六日至於廣州。此州實四宅之南交，荊州之下徼。自漢迄今，繁富有名。往在他方，聞彼土人，説其物產，矜炫殊絕，云甲天下。及躬覽風物，考之圖志，要其土俗，可得而言焉：州爲秦南海郡地。《山海經》所謂賁禺，郭景純云：「今番禺也。」姚文式言：「城東南偏有水坑陵，此縣人名之爲番；城倚其上，在番山之隅也。」城始築自越人公孫隅，號曰南武；楚威王時有五羊銜谷穗之瑞，乃增築楚亭，城周十里，號五羊城。及任囂趙佗始成都會。吳步騭又廓番山之北。及宋，築子城瓮城，又增兩翅以衛居民。明永嘉侯朱亮祖始連三城爲一，即今省城制也。市廛逼窄，第宅堅狹，街衢垢穢，無潔清之容。民言侏儒，貪利好奢，自外中國，別爲風氣。地性蒸暖，易生疾疫，蚊蠅乘其昏運，蛇鼠充其毒食。瘴癘風淫，尤多盲女。昔人言之詳矣。島夷雜糅，詭服殊形；刀劍火槍，縱橫於路。民無正業，習爲博盜，白晝攫金，露刃連隊，不知其非法也。俗取周興嗣〈千字文〉，列字八十，分爲一章，四分取一，任人射覆；凡出三錢，許射一條；由一至百千萬，不限字數；全中，其利千倍；一錢之資，償以十金。國人若狂，夢想顛倒，號曰白鴿標，此斂財之巧術也。意錢擲骰，割肉懸壺，戴鉤懨牌，皆供賭輸；愚者傾家，智者疲神，古博徒所未聞也。凡娼女冶容，多樂隱蔽；獨此邦中，視同商賈，或連房比屋，如諸生齋舍之制；或聯舟並舫，仿水師行營之法；卷髮高尾，白足著屐；胭脂塗頰，上連雙眉；當門坐笑，任客擇視。家以千計，人以萬數；弦唱撮聲，盡發鴃言。遠遊之人，窈窕之性，入於其間，若抱虎狼；斯實男女之一厄乎。異物恆產，來自番舶，土人所甘，良亦奇詭。菜必生辛，羹必稠甜。若夫檳榔酸澀，蕉子甘爛，薯重十斤，芥高七尺，君遷小柿，新會大橙，不合霜雪，多復皺腐。醃橄欖以鹽豉，取蟻糞爲奇南，榕樹不可爨，木棉不可絮。奇器巧製，則故賤其直；水火菽粟，則盡昂其賈。陸生所記「南越之境，五穀無味，百花不香」者，信非他方之所取也。冬至初過，桃榮梅落，餘花生紅，多不辨名；但有其質，聊無其姿，亦何取於長春乎？邦人市海鮮，別爲廚館，則有鯊魚之翅，海蛇之皮，章舉馬甲，鱁鮧天蚝，鹹蟹龍蝦，雄鴨臘鵝，腥穢於市井，紛錯於樓館者，不可勝計。又俗好燒炙，物喜生割，操刀持叉，千百其徒，乞人待肉食而餐，賓筵以多殺爲豪；婚禮燒豬，輒列數百。俗無羞恥，取歸以得女爲奇；床第之私，守宮之驗，明告六親，誇以爲榮。知禮之家，亦復隨俗。亦既覯止，我心則降，此猶可笑嘆者也。通商之夷，何止百種，蟠據城府，傲几大官；屈心事之，惟恐不歡；況敢設備豫乎？外郡土客，仇殺未已；且不受官勸，誰能用武。鄉村族居，多建炮臺。縣官催科，動必發兵；幸而戰勝，懼乃納稅。省中錄囚，日屠百人，皆無辜之窮老，受泉而代死。子賣其父，如犬羊然。輕命嗜貨，三綱絕矣。早富則爲大豪，夕貧則充盜魁。昔南漢劉鋹奢僭自雄，樂裸逐之戲，制燒煮之刑。今久漸皇風，猶爲惡俗；若非猛厲廉正，貴士賤商，先教禮讓，後禁淫盜，則伊川之野，不百年而爲戎乎！尉佗天理以止鬥，陳祖奮武而勤王，彼何人哉。吾鄉遊宦士大夫，多懷歸思。亦有強壯，無瘴而夭，柳生夏凋，翁君冬亡，雖會冥數，誠可悲懼也！容兄以卑官居韶，十口飢寒；其妻與妾居，比肩鈞敵，呼嫡子爲兒，視所生如奴。山農新娶南女，以爲繼妻。此女矜其華年，輕鄙老夫，動即叫罵，坐必偃蹇；同之南海，便蹇裳而去，獨坐夷船，還其母家；雖馮敬通之悍妻，賈公閭之妒婦，以今方古，未足云奇。亦近世之新聞，女史之鑒也。夫陰教不修，夫妻同過；但責女德，豈足云乎？想卿聞斯，達此誼也。吾好爲遠遊，何必樂土；優遊自如，身心無患。比讀莊生之文，悟其元旨，知物論生於是非，生死累於形骸，頗欲逍遙以化成虧，何覺哀樂之殊境，離合之異軌乎？惟恐淑子獨處幽憂。聊書所經，以爲笑噱。冬寒日輕，春物方妍，起坐眠食，勉當自愼；時復手書，以慰勞動。

誦者謂「辭章之美，情必極貌以寫物，辭必窮力而追新」；先民有作，鮑照〈大雷〉差相擬也。詩才尤牢罩一世，各體皆高絕。而七言近體則早歲尤擅場者。其重悼師芳（闓運女，適鍾，未逾年夭）詩曰：

初月無端入玉櫺，露痕如白又如青。不成眉樣依明鏡，遙想啼痕染素馨。自是長愁甘解脫，未應多慧語娉婷。文姬死後知音少，吟盡傷心只自聽！

又〈泰安岱祠〉曰：

三重門闔敞清暉，碧殿丹墀對翠微。路入仙壇孤影靜，氣通天座百靈歸。秦碑古蘚青成字，漢柏神風綠暈衣。祠令奉高嚴祀久，不同諸嶽倚岩扉。

〈斗姥宮尼院〉曰：

瑤階翠柏不知霜，仙地宜分玉女房。鏡裡雲霞烘月影，川中脂粉帶天香。靈官定有珠爲蕊，塵世應知海未桑。朱鳥窗前幾人到，等閒邪見莫思量！

〈雪霽登玉皇頂〉曰：

黃河如線海如杯，表裡泱泱四望開。戰國曾嫌天下小，登封常見聖人來。扶桑浴日光先照，匹練浮雲首重回。一片空明盡冰雪，便疑身在九璜臺。

雅健雄深，頗似陳臥子，有明七子之聲調而去其庸膚；此其所以不可及也。顧其集中所存，無七言近體；蓋晚年手訂全稿時刪去者；惟湘中舊刻本內有七言絕律二卷，曰《杜若集》，《夜雪集》。而七言古最著者，莫如所作〈圓明園詞〉一篇；韻律調新，風情宛然，乃學唐元稹之〈連昌宮詞〉，不爲高古，於《湘綺集》爲變格；然要其歸引之於節儉，而以監戒規諷終其篇；亦仿元稹〈連昌宮詞〉之體也。網羅園故，序而行者，則署名長沙徐樹鈞焉。其詞曰：

圓明園在京城西，出平則門三十里，暢春園北一里許；世宗皇帝藩邸賜園也。聖祖常遊豫西郊，次於丹棱汧，樂其川原，因明武清侯李偉清華園舊址，築暢春園。藩邸賜園故在其傍。雍正三年，乃大宮殿朝署之規，以避暑聽政；前臨西山，環以西湖。湖水發原玉泉山，曰甕山；度宮牆東，流入清河；《水經注》所謂「薊縣西湖，淥水澄淡，燕之舊池」者也。東流爲洗馬溝，東南合高梁之水，故魚稻饒衍，陂泉交綺。高宗皇帝嗣位，海宇殷闐，八方無事；每歲締構，專飾園居。大駕南巡，流覽湖山風景之勝，圖畫以歸。若海寧安瀾園、江寧瞻園、錢塘小有天園、吳縣獅子林，皆仿其制，增置園中；列景四十，以四字題匾者爲一勝區，一區之內，齋館無數。復東拓長春，西闢清漪，離宮別館，月榭風亭，屬之西山；所費不計億萬。園地多明權璫別業；或傳崇禎末，諸奄皆以珍寶窟宅於茲；乾隆間浚池，發金銀數百萬。每歲夏幸園中，冬初還宮。內廷大臣賜第相望；文武侍從並直園林，入直奏對，昕夕往來，絡繹道路。歷雍、乾、嘉、道，百餘年於茲矣。文宗初，粵寇踞金陵，盜賊蜂起。上初即位，求直言，得勝保、曾國藩、袁甲三三臣，既以塞、程、徐、陸先朝重望，相繼傾覆，始擢用前言事者，各畀重任。三臣支柱，賊不犯畿；然迭勝迭敗，東西數省，蹂躪無完土。主上憫蒼生之顛沛，慨左右之無人，九年冬，郊宿於齋宮，夜分痛哭；侍臣淒惻；大考翰詹，以宣室前席發題，憂心焦思，傷於禍亂；然後稍自抑解，寄於文酒；以宮中行止有節，尤喜園居；冬至入宮，初正即出。時園中傳有四春之寵，皆漢女，分居亭館；所謂杏花春、武陵春、牡丹春、海棠春者也。然上明於料兵，委權閫外，超次用人，薄內稱哲；而部院諸臣，無所磨厲，頗襲舊敝；晚得肅順，敢言自任，故委以謀議。先是道光二十年，英吉黎夷船至廣東香港，求通商不得，又以燒煙起釁；執政議和，予海關稅銀兩千八百萬。英夷請立約，廣督者英與期十年；屆期而徐廣縉督兩廣。夷使至廣州，拒不許入以受封爵。夷酋恨焉，志入廣州。咸豐元年，英吉黎、佛朗西、米利堅各國，乘粵寇鴟張，中國多故，復以輪船直入大沽口臺。王僧格林沁託團練之名，焚其二船，盡擊走之。夷人知大皇帝無意於戰，特臣民之私憤；乃潛至海岸買馬數千，募群盜爲軍，半年而成。再犯天津，稱西洋馬隊。聞者恐栗。夷馬步登岸，我未陳而敵騎長驅矣。十年六月十六日，上方園居，聞夷騎至通州，倉卒率后嬪幸熱河；道路初無供帳，途出密雲，御食豆乳麥粥而已。十七日，英夷帥叩東便門；或有閉城者，聞炮而開，王公請和，和議將定。十九日，夷人至圓明園宮門，管園大臣文豐當門說止之。夷兵已去，文都統知奸民當起，環問守衛禁兵，一無在者；索馬還內，投福海死，奸人乘時縱火，入宮劫掠；夷人從之；各園皆火，三晝夜不熄；非獨我無官守詰問，夷帥亦不能知也。初英夷使臣巴夏里已拘刑部，和議成，以禮釋囚；於是巴夏里與夷帥各陳兵仗，至禮部，訂約五十七條，予以海關稅銀三千六百萬；而夷人抵償圓明園銀二十萬。十一年七月，文宗晏駕熱河。今上即位，奉兩宮皇太后還京，垂簾十載，巨寇削平；而夷人通商江海，往來貿易，設通商王大臣以接夷使。然常言「某省士民毀天主教堂」，「某省不行其教」，「某省民教挑釁」，日以難我，應之不暇；蓋岌岌乎，華夷雜處。又忽忽十有一年；園居荒虛，鞠爲茂草；西山大寺，夷婦深居。予旅京師，惻然不敢過也。同治十年春，同年王壬父重至輦下，追話舊遊；張子雨珊亦以計偕來，約訪故宮，因駐守參將廖承恩許爲東道主，四月十日，命僕馬，同過繡漪橋，尋清漪園遺跡，頹垣斷瓦，零亂榛蕪，官樹蒼蒼，水鳴嗚咽。由輦路登廊如亭，望萬壽山，但見牧童樵子，往來林莽間。暮從昆明湖歸，橋上銅犀臥荊棘中，犀背御銘，朗然可誦。明日訪守園者，得董監，自言：「年七十餘，自道光初入侍園中。今秩五品。居福園門旁。」導予等從瓦礫中循出入賢良門而北，指勤政、光明、壽山、太和四殿遺址，至前湖，圓明寢殿五楹，後爲奉三無私殿，九州清晏殿，各七楹；壞壁猶立，拾級可尋。董監言：「東爲天地一家春，后居也。西爲樂安和，諸妃嬪貴人居也。洞天深處，皇子居也。」清輝殿爲文宗重建，與五福堂、鏤月開雲臺、朗吟閣，皆不可復識。鏤月開雲者，即所謂牡丹春也。世宗爲皇子，當花時迎聖祖至賜園；而高宗年十二，以皇孫召侍左右。三天子福壽冠前古，集於一堂，高宗後製詩，常誇樂之；經其廢基，裴回惄焉。東渡湖爲蘇堤、長春仙館、藻園；又北爲月地雲居、舍衛城、日天琳宇、水木明瑟、濂溪樂處；僅約略指視所在。東北至香雪廊，階前葦荻蕭蕭，廢池可辨。復渡橋，循福海西行，爲平湖秋月，水光溶溶，一瀉千頃；望蓬島瑤臺，島上殿宇，猶存數楹；惜無方舟，不達其下；流水潺湲，激石成響。董監示余，「此管園大臣文公死所也。」西北至雙鶴齋，又西過窺月橋，登綺吟堂，經採芝徑，折而東，仍出雙鶴齋，園中殘毀幾遍，獨存此爲劫灰之餘，亂草侵階，窗櫺宛在，尤動人禾黍悲爾。雙鶴齋西，爲溪月松風；翠柏蒼藤沿流覆道；斜日在林，有老宮人驅羊豕下來。東過碧柳書院，地跨池，東爲金鰲，西爲玉蝀，坊楔猶存。又東去，皆敗壞難尋，遂不復往，暮色沉沉，棲烏亂飛，揖董監出福園門，還於廖宅。廖，澧州人，字楓亭；少從塞尚阿、僧格林沁軍，亦能言行間事；感予來遊，頗盡賓主之歡。既夕言歸，則禮部放榜日也。雨珊既落第南去，余與壬父每相過從；言念園遊，輒罔罔不自得。壬父又曰：「園之盛時，純皇勒記，必殷殷踵事之戒。然仁宗始罷南幸，宣宗尤憂國貧，秋獮之禮，輟而不舉。惟夫張弛之道，宜及嘉、道時補純皇倦勤之功；而內外大臣惟務慎節；監司寬厚，牧令昏庸，諱盜容奸以爲安靜。八卦妖徒，連兵十載；無生天主，教目滋繁；由遊民輕法，刑廢不用故也。江、淮行宮既皆斥賣；國之所患，豈在乏財！」又曰：「燕地經安、史戎馬之跡，爰及遼、金，近沙漠之風矣。明太宗以燕王舊居，不務改宅，仍而至今，地利竭矣。又園居單外，非所以駐萬乘；廢而不居，蓋亦時宜。」余曰：「然！前年御史德泰請按户畝鱗次捐輸，復修園工。大臣以侈端將啓，請旨切責；謫戍未行，忿悔自死。自此莫敢言園居者。而比年備辦大昏，費已千萬，結彩宮門，至十餘萬；公奏朝廷，動用錢糧。婚以成禮，豈在華飾？若前明户部司官得以諫爭，余且建言矣。又余聞慈安太后在文宗時，有脱簪之諫；〈關雎〉、〈車轄〉之賢，中興之由也。又園宮未焚前一歲，妖言傳上坐寢殿，見白鬚老翁，自稱園神，請辭而去。上夢中加神二品階。明日至祠，諭祠之。未一稘而園毀，豈前定歟？子能詩者，達於政事，曷以風人之意，備〈繁霜雲漢〉之采？」於是壬父爲〈圓明園詞〉一篇；而周學士、潘侍郎見之，並嘆其傷心感人，筆墨通於情性。余以此詩可傳後來，慮夫代遠年逝，傳聞失實；詞中所述，罔有徵者；乃爲文以序之。同治十年立秋日，長沙徐樹鈞撰。

宜春苑中螢火飛，建章長樂柳十圍。離宮從來奉遊豫，皇居那復在郊圻？舊池澄綠流燕薊，洗馬高梁游牧地。北藩本鎮故元都，西山自擁興王氣。九衢塵起暗連天，辰極星移北斗邊。溝洫塡淤成斥鹵，宮廷映帶覓泉原。渟泓稍見丹棱沜，陂陀先起暢春園。暢春風光秀南苑，霓旌鳳蓋長遊晏。地靈不惜罊山湖，天題更創圓明殿。圓明始賜在潛龍，因爲邸第作郊宮。十八籬門隨曲澗，七楹正殿倚喬松。軒堂四十皆依水，山石參差盡亞風。甘泉避暑因留蹕，長楊扈從且韜弓。純皇纘業當全盛，江海無波待遊幸。行所留連賞四園，畫師寫放開雙境。誰道江南風景佳，移天縮地在君懷。當時只擬成靈囿，小費何曾數露臺。殷勤〈無逸〉箴驕念，豈意元皇失恭儉！秋獮俄聞罷木蘭，妖氛暗已傳離坎。吏治陵遲民困痛，長鯨跋浪海波枯。始驚計吏憂財賦，欲賣行宮助轉輸。沉吟五十年前事，厝火薪邊燃已至：揭竿敢欲犯阿房，探丸早見誅文吏。此時先帝見憂思，詔選三臣出視師。宣室無人侍前席，郊壇有恨哭遺黎。年年輦路看春草，處處傷心對花鳥；玉女投壺強笑歌，金杯擲酒連昏曉。四時景物愛郊居，玄冬入內望春初；裊裊四春隨鳳輦，沉沉五夜遞銅魚。內裝頗學崔字髻，諷諫頻除姜后珥。玉路旋悲車轂鳴，金鑾莫問殘燈事。鼎湖弓劍恨空還，郊壘風煙一炬間；玉泉悲咽昆明塞，惟有銅犀守荊棘。青芝岫里狐夜啼，繡漪橋下魚空泣。何人老監福園門，曾綴朝班奉至尊；昔日喧闐厭朝貴，於今寂寞喜遊人。遊人朝貴殊喧寂，偶來無復金閨客。賢良門閉有殘磚，光明殿毀尋頹壁。文宗新構清輝堂，爲近前湖納曉光。妖夢林神辭二品（自注曰：咸豐九年，文宗一日獨坐若瞑，見白鬚老人跪前。上問何人。對曰：「守園神。」問何所言。云：「將辭差使耳。」問汝多年無過，何爲而去。對以彈壓不住得去爲幸。上曰：「汝嫌官小耳，可假二品階。」未一年而亂作矣），佛城舍衛散諸方。湖中蒲稗依依長，階前蒿艾蕭蕭響；枯樹重抽盜作薪，游鱗暫躍驚逢網。別有開雲鏤月臺，太平三聖昔同來；寧知亂竹侵苔出，不見春花泣露開。平湖西去軒亭在，題壁銀鉤連到鬒。金梯步步度蓮花，綠窗處處留螺黛。當時倉卒動鈴駝，守宮上直餘嬪娥。蘆茄短吹隨秋月，豆粥長飢望熱河。上東門開胡雛過，正有王公班道左；敵兵未爇雍門荻，牧童已見驪山火（自注曰：夷人入京，遂至宮園，見陳設巨麗，相戒勿入，云恐以失物索償也。及夷人出，而貴族窮者倡率奸民假夷爲名，遂先縱火，夷人還而大掠矣）。應憐蓬島一孤臣，欲持高潔比靈均；丞相避兵生取節，徒人拒寇死當門。即令福海冤如海，誰信神州尚有神！百年成毀何匆促，四海荒殘如在目。丹城紫禁猶可歸，豈聞江燕巢林木。廢宇傾基君好看，艱危始識中興難；已懲御史言修復，休遣中官織錦紈。錦紈枉竭江南賦，駕文龍爪新還故。總饒結彩大官門，何如舊日西湖路！西湖地薄比郇瑕，武清暫住已傾家；惟應魚稻資民利，莫教鶯柳鬥宮花。詞臣詎解論都賦，挽輅難移幸洛車。相如徒有〈上林頌〉，不遇良時空自嗟。

蓋同治十年所作。詩出，輦下爭寫。大學士周祖培、侍郎潘祖蔭見之，並嘆爲傷心感人也！獨普定姚大榮議之曰：「杜子美〈曲江行〉、白樂天〈長恨歌〉、元微之〈連昌宮詞〉，皆歌詠天寶遺事，大率據事直書，細微曲折，羅縷盡致。惟〈長恨歌〉託言漢皇，楊家有女，養在深閨，稍從曲筆。然文宗誦〈曲江行〉，輒思復升平故事，命浚曲江池，營宮殿於四岸以狀之。宣宗弔白居易詩，有『童子解吟〈長恨曲〉』之句；文人之榮極矣。元相遭逢尤奇：其〈連昌宮詞〉流播禁掖，妃嬪近習皆誦之，目爲元才子；中官崔潭峻錄以奉御，穆宗大悅，遽召見，迭加拔擢，遂參政事。可見唐時公論猶重，是非昭著，天子不得曲護其私；而名流詩歌，並得於君父之前，指陳既往以警將來，尚有古代陳詩觀風之遺。余自少喜誦元白詩歌，〈連昌宮詞〉尤讀之爛熟。竊疑所述宮殿景物，歷歷如繪，當是曾經目擊；恐得諸人言者，不能如是親切也。顧乃託於宮邊老人之言以生文。及觀鄭賓光〈津陽門詩序〉，述其『開成中，下帷石甕僧院，甚聞宮中陳跡』云云。『甚聞』者，巨細備悉之寓詞；蓋有不僅耳聞而兼得之目驗者；及其裁刻爲詩，則又託諸旅邸主翁口授，與元相同一用意。豈故蹈前人窠臼耶？蓋皆有所避忌，而懍然於刑名之不敢干也。按《唐衛禁律》：『闌入宮門者徒二年；殿門，徒二年半；守衛不覺，減二等；主帥又減一等；故縱者各與同罪。』當二家作詩時，連昌、華清二宮曠閉已久，雖循例守衛；而頹廢之餘，糾察從寬，典守者自不必斷斷與遊人爲難；而徇隱疏縱，容或有之。蓋人情於名勝之區，往往神遊目想，冀得親嘗其境以爲快；況先朝離宮，陳跡故事，熟在人口，垂諸記載，艷溢心目。苟機會可乘，混跡得入；較之他項冒不韙觸禁令者，情殊可原。雖糾察不及，而播爲詩歌，則須衷法度；書而不法，後嗣何觀。此二家詩詞，所以必託諸人言，而未敢自承親見之微意也。昔宋崇寧中，崔德符以擅入景華御苑，爲主者劾奏罷職，事載《容齋隨筆》。光緒丙申，合肥李文忠公奉使俄羅斯，回國入覲頤和園行宮復命，便道至圓明園遊觀，爲所司糾舉干譴。蓋御苑非公園之比；主帥守衛，無許人出入特權；往遊者即不自爲計，獨不爲主帥守衛計乎？曩閱喬重禧《陔南池館遺稿》有〈敬瞻避暑山莊前後七十二景恭紀詩〉，甫展卷，即詫其未嫺禁令，不啻自具枷杖供招。今湘綺此詞，亦未檢點及此。而彼周學士、潘侍郎乃翕然稱之。嗟乎，禮、刑相爲表裡，士大夫不知律，即不知禮，亦實不恤國體，又何怪其後外部溺職，不嚴引律條以拒絕外人遊觀之請乎！且湘綺方慨然於遊民輕法，刑廢不用；抑思士大夫爲民表率，尙自弁髦刑章，又何責乎小民？此甚關文章體要，非其他小疵可比。嗟乎，有唐詩人之不可及，豈徒以其詩哉！即以詩論：首二句『宜春』、『建章』、『長樂』並用，似涉塡湊，合下二句『離宮』云云，意殊凡近。起勢平弱，入後便難振奇。中間『山石參差盡亞風』句法，出自老杜；然杜係題畫，風鼓洪濤，山木自偃，轉似洪濤在上，山木在下，畫中風色，確有此狀；故云『山木盡亞洪濤風』。若山石是不動物，云何『亞風』？此等死句，殊難索解。然尙係小疵。其巨謬則在不考事實；就所見聞，一斷以心，而爲莫須有之案證。既作詩，慮故實不詳，傳聞或失，復自序之，而託名於同遊之主事徐樹鈞。第詩以紀事，敘以明詩，如二者皆非紀實，則不足徵信。且紀事之文，最重年月日；年月日一不分明，則事實可臆造，必啓虛誣顚倒之弊。庚申之役，釁起換約。先是咸豐八年（戊午）四月，英、法、俄、美四國以兵輪至天津議款。英、法聯兵攻陷大沽炮臺，挾兵要撫。文宗命大學士桂良等至天津查辦，津民遮謁道左。初，發匪北竄，擾及畿南諸地；津郡團練御賊有功。至是乃請率民團助官軍拒敵。桂相不允，慰遣之。嗣津民與洋人鬥毆，有英使行營參贊李國太在場幫助。李國太者，廣東嘉應州人，世通番，爲英人爪牙。津民惡之，糾衆生擒，謀殺之，桂相恐誤和局，設法解散，釋李國太回船，此咸豐八年五月事也。文宗以津沽密邇宸垣，海防緊要；特命蒙王僧格林沁爲欽差大臣；駐津督辦海防事宜。九年（己未）五月各國至津換約。英人背約，闖入大沽口，且用炮炸裂我截港鐵鎖；僧邸飭防軍擊之；英衆殲焉。《中西紀事》所謂大沽前後之役，是也。而序以爲『咸豐元年，僧邸託團練之名擊走之；夷人知大皇帝無意於戰，特臣民之私憤』云云；蓋誤以津團剿匪，暨擒李國太之事，併爲一談。而不知文宗歷年宵旰憂勤，選將籌防，意在決戰；其和乃不得已耳。十年（庚申）六月，英法大舉北犯；二十六日，闖入大沽口，陷騎兵防營；七月五日，襲踞北岸炮臺，提督樂善戰死；初七日，陷天津，畿輔大震，遂有駕幸木蘭，舉行秋獮之議。八月初一日，洋兵逼通州，文宗命怡親王載垣馳往議款。英使額羅金遣其參贊巴夏里督帶散衆數十人來會。巴夏里狂悖無理，或告洋人有異志。怡邸密商僧邸，以計擒巴酋及其衆二十六人，解送京師。兵端復起。初七日，洋兵長驅而北。僧邸及大學士瑞祺、副都統勝保迎擊，皆敗。僧邸不及具折，馬上書片紙飛奏御園，請暫幸熱河；遂定北狩之計。初八日寅卯間，文宗詣安佑宮行禮，啓蹕。六宮及諸王從焉。《東華錄》及《中西紀事》所載年月日皆同，《中西紀事》於此役皆據當時公牘纂輯，故悉與奏案合，而序乃以爲『十年六月十六日』；與上所述『咸豐元年』事直接；於此役本末，尚在雲霧之中；而又傳述脫節，信筆舞文；議論可以自爲，豈年月日與事實亦可以自爲乎？至洋軍攻海淀、焚御園及景山、昆明湖一帶，先後凡二次；初次在八月二十二、二十四等日，二次在九月初四等日（湘綺以爲六月十九日，大謬），皆因巴夏里被釋出獄，挾被捕及虐殺其從者十三人之恨（捕繫及監斃人數，《中西紀事》不詳。茲據日本岡本監輔《萬國史記》）意圖洩忿，乃爲此不道之行。先是有建議殺巴夏里者，幸而未殺；若果殺之，則英人仇我愈甚，豈僅焚掠淀園而已乎？吾淀園之焚，由巴夏里積怨深怒所致。設當時操縱得宜，抑或命有學問閱歷之漢大臣主持其事，不拘辱巴酋並致死其從人，則圓明園至今猶在，何至後來別築頤和園，糜盡天下膏血，府怨召釁，以買無窮之禍哉！謀國者不愼於一日，其禍必及於百年；非偶然也（世多以淀園之焚爲仁和龔孝珙奇計，不然，英兵將且屠都城，此特孝珙妄言，不衷事實）。而湘綺於事實不屑屑討論；其杜意只謂朝廷不當有郊外遊觀之樂；若徒侈遊觀，必失民心；民心既失，必乘機構亂；淀園之焚，由奸民縱火；洋兵乃從之。置巴酋修怨之師不講，只歸獄於園居過侈以垂炯戒；豈非言之成理，而隔膜太甚！譬諸村嫗出入侯門，雖復醉臥泉石，指陳亭館，頌德陳箴，均違事實，無當芻蕘之採也。夫愚民迫於飢寒，乘亂劫掠，誠所不免；至於御園，在當時有恭邸及桂相率禁旅駐守；事棘時，僧、瑞二軍並移往偕守；何物奸民，敢揭竿倡亂乎（庚子義和拳之亂，奸民聚衆殺人放火無算，然不敢擾及官署或公所。至於御園，尤其不敢。庚子之亂，甚於庚申；以後證前，其誣立辨）？不斥洋酋挾屢勝之威，縱火焚掠；而歸罪於孱弱之貧民，何其不衷於事實乎（《萬國史記》云：英法聯軍聞清兵據圓明園，進攻；又走之，蹂躪宮殿，掠奪寶貨。自是此案公論）！傳曰：『俗語不實，流爲丹青。』其湘綺之渭歟！」然闓運此詩，模範唐賢，踵武梅村，淫思古意，流播輦下，傳寫紙貴；觀其竊比相如，恨不遇時，自負亦不淺矣。

然所自喜者尤在五言古，宗尚庾、鮑，上窺建安，華藻麗密，詞氣蒼勁，自詫不作唐以後詩。蓋其沉酣於漢、魏、六朝者至深，雜之古人集中，眞莫能辨也。訶之者則云：「惟莫能辨，故不必自成湘綺之詩矣。」然闓運則自以盡古人之美，熔鑄以出；其教人亦從摹擬人手，以爲：「詩則有家數，易摹擬；其難在於變化。於全篇模擬中，能自運一兩句，久之可一兩聯，久之可一兩行；則自成家數矣。」有〈詩法一首示黃生〉。其辭曰：

詩有六義，其四爲興。興者；因事發端，託物寓義，隨時成咏；始於虞廷「喜起」及〈琴操〉諸篇，四五七言無定而不分篇章，異於〈風〉、〈雅〉；亦以自發情性，與人無干；雖足風上化下，而非爲人作。或亦寫情賦景，要取自適；與〈風〉、〈雅〉絕異，與「騷賦」同名。明以來論詩者動稱《三百篇》，非其類也。太白，能詩者，而其說曰：「五言不如四言，七言又其靡也。」太白四言如〈獨漉篇〉，其靡殆甚，豈古法乎？無亦以大言欺人，託於《三百篇》。而不知五言出於虞時，在《三百篇》千年前乎？漢人四言乃是箴銘一類，有韻之文耳，非詩也。嵇康四言則誠妙矣，然是從五言出，蓋五言之靡者也。七言出於〈離騷〉，開合縱橫，可謂靡矣；而其氣足以振靡，故與五言亦分兩途；非出於五言也。今欲作詩，但有兩派：一五言，一七言。五律則五言之別派，七律亦五律之加增。五絕七絕，乃眞興體，五言法門，皆從此權輿。既成五言一體，法門乃出，要之只蘇、李兩派。蘇詩寬和，枚乘、曹植、陸機宗之。李詩清勁，劉楨、左思、阮籍宗之。曹操、蔡琰，則李之別派。潘岳、顏延之，蘇之支流。陶、謝俱出自阮；陶詩眞率，謝詩超艷。自是以外，皆小名家矣。山水雕繪，未若宮體；故自宋以後，散爲有句無章之作，雖似極靡，而實興體；是古之式也。李唐既興，陳張復起，融合蘇、李以爲五言；李、杜繼之，與王、孟競爽。有唐名家，乃有儲、高、岑、韋、孟郊諸作，皆不失古法，自寫性情。才氣所溢，多在七言。歌行突過六朝，直接二曹，則宋之問、劉希夷道其法門；王維、王昌齡、高、岑開其堂奧；李頎兼乎眾妙，李、杜極其變態。閻朝隱、顧況、盧仝、劉乂，推宕排闔，韓愈之所羨也。二李（賀、商隱）、溫岐、段成式，雕章琢句，樊宗師之所羨也。元微之賦〈望雲騅〉，縱橫往來，神似子美，故非樂天之所及。張、王樂府，效法白傳，亦推於〈新豐〉、〈上陽〉諸篇乎？退之專尚詰詘，則近乎戲矣；宋人披昌，其流弊也。詩法既窮，無可生新：物極必反，始興明派，專事摹擬，但能近體；若作五言，不能自運。不失古格而出新意，其魏（源）鄧（輔綸）乎？兩君並出邵陽，殆地靈也。零陵作者，三百年來，前有船山，後有魏、鄧；鄙人資之，殆兼其長。比何李、李王。譬之楚人學齊語，能爲莊岳土譚耳。此詩之派別，自漢至今之雅音也。今則從容爾雅，自然同聲；天下作者，無復鄙音庸調，雖工拙不同，而趣向已一；斯則風會使然，不由人力矣。詩既分和勁兩派，作者隨其所近，自臻極詣；當其下筆，先在選詞，斐然成章，然後可裁。詩者，持也，持其志，無暴其氣；掩其情，無露其詞。直書己意，始於唐人，宋賢繼之，遂成傾瀉；歌行猶可粗率，五言豈容屠沽？無如往而復之情，豈動天地鬼神之聽！故曰「先王作樂，後哲爲詩」，觀〈樂記〉之言，即知詩之體用。功成作樂，學成作詩，詩之終也。十三舞勺，能言作詩，詩之始也。樂必依聲，詩必法古，自然之理也。欲己有作，必先有蓄；名篇佳製，手披口吟，非沉浸於中，必不能炳著於外。故余遇學詩人，從不勸進，以其功苦也。古人之詩，盡美盡善矣；典刑不遠，又何加焉。但有一戒，必不可學元遺山及湘綺樓。遺山初無功力，而欲成大家，取古人之詞意而雜糅之，不古不唐，不宋不元，學之必亂。余則盡法古人之美，一一而放之，熔鑄而出之，功成未至而謬擬之，必弱必絭，則不成章矣。故詩有家數，猶書有家樣，不可不知也。甲寅五月，書以示黃生鐵臣。

蓋議論偏至如此。

起自孤童；未冠之時，即與諸貴人遊，恐不禮焉；則高自標置，一生不受人慢；而成名之後，彌以誇誕。貌似逍遙，意實矜持，牢落不偶意，壹以諧謔出之。至京師，恭王奕訢慕其名，造問政。闓運曰：「國之治也，有人存焉。今少荃之洋務，佩蘅之政事，人才可睹矣，何治之足圖哉！」少荃者，直隸總督李鴻章；佩蘅者，大學士寶鋆；一世所推偉人長德也；而闓運譏之如此。奕訢曰：「是處士之徒爲大言者！」遂不復請謁。然闓運則自以爲賢。其鄉人左宗棠總督甘陝，方拓土西域，朝論倚重。而闓運與之書，怪其不以賢人見師，謂：「天下之大，見王公大人衆矣；皆無能求賢者。今世眞能求賢者，闓運是也；而又在下賤，不與世事，性懶求進，力不能推薦豪傑。以此知天下必不治也」。又嘗謁兩江總督曾國荃，詒以詩有：「若論上將功多少，試問長江水淺深。」誦者問：「是何義諦？」闓運曰：「汝意云何？」曰：「歸功水師。」闓運笑曰：「否，此乃見景生情也。是時曾饋余五十金；余報之以詩，身在江船，對水賦此耳。」宣統之世，岑春蓂撫湘，以闓運老儒，上所著書，賜翰林院檢討；鄉試重逢，晉侍讀。至辛亥革除，士大夫爭剪髮，西冠西服；而闓運不改裝。會八十壽辰，湖南都督譚延闓以鄉後生，具大禮服往賀。闓運則紅頂花翎，衣袍襲褂，拖辮髮而出；延闓不得已屈膝焉。既坐，闓運謂之曰：「子毋詫，吾胡服垂辮，子西服髡首，皆外國制也，有何文野？若能優孟衣冠，乃眞睹漢宮威儀矣。」相與一笑。

總統袁世凱致聘問；復書渭：「今之弊政在議院，而根由起於學堂。蓋椎埋暴戾，不害治安；華士辯言，乃移風俗。其宗旨不過弋名求利，其流極乃肆無忌憚；此迂生所以甘跧伏而閉距也！」持論不根，好惡拂人，大率如此。世尤盛傳其民國總統之聯曰：「民猶是也，國猶是也，何分南北？總而言之，統而言之，不是東西！」額曰：「旁觀者清。」諛之者曰：「此所謂戲笑怒罵，皆成文章者也！」闓運則彌以自喜。以民國三年入都，就職國史館館長。年八十有三矣；步履飲食談諧，健如五十許人；童姿鶴髮，攜姬周招搖上道。時段芝貴爲湖北將軍；便道謁焉，指語周曰：「汝欲看段大少爺，即此人也；有何異相？」芝貴恧然。既而抵京；袁世凱以自用車迎入公府，集百官大開筵宴以寵之；宴罷，互相道故，世凱辭極卑謙。闓運退而語人曰：「袁四的是可兒。」過新華門，仰視太息曰：「何題此不祥字耶？」同行者大駭而詢之。曰：「吾老眼花。額上所題，得非『新莽門』三字乎？」聞者不敢應也。都下諸貴人爭張燕相逢迎。以前賞翰林院檢討，頗用沾沾，願以後輩禮見諸老大前輩。大會於江亭，賦五言古一章。亭有遼壽昌幢；石屏袁家谷賦一律，中有云：「車聲蘆蕩人如海，花影槐廳夢化煙！白髮漫談天寶事，金幢兼感壽昌年！」一座稱雅切也。同坐者問公集中前後〈憶梅曲〉、〈紫芝歌〉何爲而作？闓運曰：「昔年十八九時，在長沙與左氏女相愛，欲娶之。左女亦誓非我不嫁，乃格於其母，不得。左女抑鬱以死。此三詩及〈采芬女子墓志弔舊賦〉皆爲伊人作者。」因戲言：「此事不足爲外人道。恐笑我八十老翁，猶有童心也。」一日，謁國務卿徐世昌，袖出一額曰：「以此爲贈，可乎？」展視，則「清風徐來」四字也。世昌爲之軒渠不置。旋歸，得病，知不起；命兒孫持紙筆陳臥榻，倚枕疾書自挽曰：「《春秋》表未成，幸有佳兒傳《詩》、《禮》；縱橫計不就，空餘高咏滿江山。」擲筆而逝。次子代功，能傳其學，懸諸靈石，泣語弔者曰：「此吾父實錄也！」年八十五。所著有《周易說》、《尚書箋》、《尚書大傳補注》、《詩經補箋》、《禮經箋》、《小戴記箋》、《周官箋》、《春秋公羊箋》、《春秋例表》、《論語訓》、《湘軍志》，注《墨子》、《莊子》、《列子》，正諸史《藝文》，纂《春秋遺傳》。門弟子輯其詩文箋啓，爲《湘綺樓集》，凡若干卷。晚年文章稍頹喪，而氣矜之隆不減。所作〈華山遊記〉，假酈善長《水經注》徵證以記山遊，自詡「結構之奇，直千年來未嘗見也」。闓運既以主講成都尊經書院，開蜀學，廖平獨稱高第弟子，名尤著。

廖平，原名登廷，光緒己丑進士，以知縣即用，自謂才不勝百里，請改教；選授綏定府教授。嘗分校廣州廣雅書院，成都尊經書院。著有《公羊論》、《穀梁義疏》、《周禮考》、《論語徵》等書；師王闓運而欲以自名一家；所著《公羊論》，與闓運《公羊箋》陳義多不侔。闓運賞之曰：「睹君此作，吾愧弗如。」而平則哂闓運經學爲半路出家。其書最先成者曰《今古學考》，據漢許愼《五經異義》，專裁禮制，定今學主〈王制〉孔子，古學主《周禮》周公。然不久即變其說，謂六經皆新經，非舊史，以尊經者作《知聖篇》，辟古者作《辟劉篇》。方分校廣雅書院，乃與義烏朱一新、蓉生及康有爲遇。一新以御史疏劾內侍李蓮英，爲慈禧太后所惡，降官主事，而張之洞爲兩廣總督，延爲廣雅書院山長；既有直節高名，爲定院規，先讀書而後考藝，仿古顓家之學，分經、史、理、文四者，延四分校主之。而平則主經。所居室與一新鄰；一日，聞一新與客言：「學問須自作主人，勿爲人奴隸！」因亟叩戶問：「如何方能作主人？」一新謂：「近世漢與宋分，文與學分，道與藝分。豈知聖門設教，但有本末先後之分，初無文行與學術治術之別。」其論學術，一以宋儒義理爲主；而亦不菲休寧戴氏、高郵王氏之漢學，謂：「訓詁通而義禮益明。」平則笑之曰：「此仍奴隸之奴隸也！高郵王氏，惟談校勘，但便學僮，實不知學：故其所著之書，牽引比附，望文生義，絕不知有師說。近日俞蔭甫（樾）講學衍高郵，而知《穀梁》一家喜用某字；王氏則不知也。自陳蘭甫（澧）主講廣雅，調和漢宋，王湘潭謂之『漢奸』。朱蓉生即其一派。蓋略看數書以資談助，調和漢宋以取俗譽，又多藏漢碑數十種以飾博雅。京師之爛派，大抵如此；其實中無所主，不中作人奴僕。」於是一新意大迕。而康有爲則聞其說而大喜，遂從問學焉，乃述《辟劉篇》以作《新學僞經考》，述《知聖篇》以作《孔子改制考》。平嘆：「倚馬成書眞絕倫也！」顧有爲諱所自出；而平則又詆《僞經考》外雖炳琅，而內無底蘊，不出史學目錄學之窠臼。既舉進士，以複試停科，不准殿試，遂出京，漫遊之武昌。張之洞爲兩湖總督；因謁見，歷指所著《書目答問》之誤。之洞爽然久之曰：「吾老矣，豈能再與汝遞受業帖子耶？」平遂爲論陳左海父子（壽祺、喬樅）所著書，皆今學；陳卓人（立）則有八分今學，二分古學。之洞問：「卓人所著《公羊義疏》何如？」應曰：「專心講禮制，不知經例；以注《白虎通》之法注《公羊》，故凡傳中言禮制者，必詳徵博引；至言經例處，則承用舊說。凡考據家不得爲經學家。眞正經學家，即當以經爲根據；由經例推言禮制；凡禮之條例，必由經而生，此乃爲專門經學。蓋十四博士所言，皆由經文而生，彼此不同。若不根據經文，但詳典禮，如說《公羊》而牽涉《詩》、《易》舊說，則於本經爲贅說，每至矛盾矣。漢學乃惠、戴出死力探求而得者，如尋美洲之哥倫布也。清初諸老，皆宋學而參漢學者耳。清代今學，無成家者。孫淵如（星衍）以《今古文尚書疏證》合而爲一，此必不可通之說；晚年自悟其非，於是將原著《今古文尚書》中古文家說，別提出爲一書，曰《尚書古文說》；而今古文之說始分。陳左海父子則集爲今文《尚書歐陽夏侯師說考》，此本乃專爲今學；特其書又於文字專詳聲音訓詁，不知今古典制之別。又其書但抄古說，不能推考，融爲一片，所謂『明而未融』。至於張皋文（惠言）、魏默深（源），龔定庵（自珍）妄詆康成爲草莽，實則於經傳少有心得。王湘潭半路出家，所爲《春秋例表》，至於自己亦不能尋檢。世或謂湘潭爲講今學，眞冤枉也。康長素本講王陽明學，而熟於《廿四史》、《九通》，蓋長於史學者；於今學則門外漢。章太炎文人，精於小學及子書，不能謂爲通經也。」詞波瀾翻，揚榷今古，其中多非常異義可怪之論。之洞爲之色動神移。仁和譚獻復堂、瑞安孫詒讓仲容在之洞幕；而詒讓治《周官》，獻喜譚《公羊》，今古異學；然皆不饜平說。湘潭趙啓霖方從闓運學，以平之高自標置，故與闓運立異，亦大不洽。而平則自言：「居蜀時，未敢自信其說；出遊後，會朱蓉生、俞蔭甫諸公，以所懷疑質之，皆莫能解，膽乃益大。」而於闓運之學，亦更不爲依違。闓運每語人曰：「楊度但以慕名之心，轉而慕利，暗爲梁啓超所移而不自知。前之師我者，亦以名也，非求益者也。與夏時濟同，與廖登廷異。廖登廷者，王代功類也，思外我以立名。楊、夏依我以立名；名粗立，則棄余如遺矣。故康、廖猶能自立；而楊、夏則隨風轉移。」康，指康有爲也。

入民國，平遊京師，而有爲既不慊於共和，敢爲異說而不讓，刊行《不忍雜誌》，遂以相詒而通書問焉。平則答書曰：

長素先生足下：

羊城分袂，倏忽廿年，音書未通，情感常切，想同之也。世運變遷，浮雲蒼狗；台端以高騫而見疑；鄙人潛伏，亦不能免咎。國事差池，忽焉揖讓；個人升沉禍福，亦何足云。頃因事北遊，詢悉近況；妙悟任公，積愫良慰。君未肯渠來；我不能驟往，東望茫茫，彌切怛耳。憶昔廣雅過從，談言微中，把臂入林，彈指之頃，七級寶塔法相莊嚴，得未曾有。巍然大國，逼壓彈丸；志欲圖存，別構營壘。太歲再周，學途四變：由西漢以進先秦；更由先秦以追鄒魯；言新則無字不新，言舊則無誼非舊。前呈《四變記摘本》一冊，求徵高明；周璞鄭鼠，不知何似。子雲言：「高者入青天。」自非同遊舊侶，恐山陰道上，轉成迷惑爾。惠頒《不忍》二冊，流涕痛哭，有過賈生。然中外優劣，後起者勝；積非成是，洽髓淪肌，非有比較，難決從違。間嘗判五洲爲昆弟，推世界於中華；據撥亂言之，禮爲孔創，使別獸禽；《春秋》所譏，〈坊記〉所防，皆與海外程格相同。中人日用，舊疾久癒；藥方流傳，博施同病，洋溢蠻貊，今當其時。前陳《倫理約編》，頗爲中叔、無量所許，以爲戰勝攻取，非此莫由。特鈎深索隱，難得解人；以石投水，端在足下。政學中外，同剖野文，指揮若定，進退裕如，所謂深入黃泉者非耶？以是爲救時保教奇策，台端其許之乎？鄙人畢生勞瘁，晚成二編，一以尊孔，一以救國。尋行數墨，世不乏人；若此祕微，惟恃知我。獨是臣精衰竭，亡力擴充；非借群才，難肩巨任。匠門多材，何止七十；深望閱兵秣馬，分道守攻；大功告成，克副素志；敢不撰奏凱歌，歡逆大纛，亦世界未有奇樂耳。倉卒臨穎，不盡所懷。廖平再拜。

平自明所學如此。

其弟子蒙文通著〈議蜀學〉一文以褒大其師曰：「清儒述論，每喜以小辯相高，不務守大體，碎辭害義，野言亂德，究歷數，窮地望，卑卑於章句文字之末；於一經之大綱宏旨，或昧焉。雖矜言師法，又未能明於條貫，曉其義例。道窮則變；迨其晚季，井研廖先生崛起，乃一屛碎末支離之學不屑究，發憤於《春秋》，遂得悟於〈禮制〉；於是廖氏之學，自爲一宗。蓋三百年間之經術，其本在小學，其要在聲韻，其詳在名物，其道最適於《詩》、《書》，其源則導自顧炎武者也。廖氏之學，其要在《禮經》，其精在《春秋》，不循昔賢之舊軌；其於顧氏，固各張其幟以相抗者也。廖氏本《五經異義》以考兩漢學說。《今古學考》成，而昔人說經同異之故紛紜而不決者，至是平分江河，若示諸掌。尋廖氏之學，則能推知後鄭之異乎賈馬，而賈馬之別乎劉歆，劉歆之別乎董伏二戴；漢儒說經分合同異之故，可得而言。廖氏既成《今古學考》，遂欲集多士之力，述《十八經注疏》以成蜀學；而自致力於《春秋》，匡何范注以闡傳義；復推《公》、《穀》之：孰爲先師之故義，孰爲後師所演說，本之於經以折中三傳之違異。蓋自五家並馳以來，言《春秋》，固未有盛於廖氏者也。漢儒窘於師法，是謂知傳而不知經。宋儒於傳猶有未喻，則經於何有。清儒之高者，或能發明漢師之說，是謂知注。惟先生本注以通傳，則執傳以匡注；由傳以明經，則依經以決傳；七十子喪而大義乖。《穀梁》屬傳，當尸子孝公之世。蓋自子夏之歿，徒人各安其意以離其眞，而《春秋》晦。先生起數千載之下，獨探其微緒，申其本義，不眩惑於三家之言；六國而後，未易比擬。嗚呼偉矣！」文通，名爾達，以字行，又作聞通；四川鹽亭人；曾任北京大學教授，著有《經學導言》，亦以闡明師說；蓋平弟子之尤稚齒者也。方清末造，儀徵劉師培以《左氏春秋》世家，講學來蜀，而不以平之導揚今學爲嫌；獨稱「廖氏長於《春秋》，善說《禮》制，足以名一家」云。

平不屑意爲詞章；然論文則頗申闓運引而未發之旨；謂：「《白虎通》爲十四博士專門之說，實諸經之精華。此書即十四博士之講義；而錄講義者爲班孟堅，文筆尤妙。當時招集十四家博士講說，其事體重大，用度繁巨；非皇帝之力量殆難辦到。而所論皆今學，眞中國僅存之書。詞章家不能深研經學。能精此書，殆可橫行天下。專精之書，一部已足；豈在多乎！然看《白虎通》，宜先看陳左海《五經異義疏證》，方易了晰。今人讀書，務博而不求精；不知精之中自有博；即如《史記》、兩《漢書》注中，人跡不到之地正多。老僧寸鐵殺人，豈在多也。一部《楚辭》，所用事實，不出《山海經》。昔年看《文選》，每日看文一篇，請湘潭講之。湘潭喜謝詩，〈通蔽互相妨〉一篇，尤所酷好。《文選》之佳勝，在每一文，李善必詳注其作此文之原因及其關係；唐以來之選本，未有佳於《文選》者。欲爲有才識之文，宜從史書中所錄文觀之，然後能詳其此文之關係何在，而其文之妙處始可求；但看選本則不能。如屠京山（寄）爲文專學《宋書》，是其例也。史書所錄之文，非於當時有關係之作，必當時最有名者，讀之增人才識；視姚鼐、林紓選本，自有天淵之異。屈、宋、揚、馬諸人，皆出道家，觀〈大人賦〉可見。故詞章有源於道家者，有源於儒家者，《易》與《詩》所衍一派，是也；觀〈大招篇〉後半，實具皇帝之學術，而有撥亂世反之正之思，則詞章一道，何可輕哉！一部《文選》，不用道家之意，必用道家之詞，如劉孝標〈辨命論〉，全本〈淮南．俶眞訓〉；而讀《文選》之佳者，觀其注，必係《老》、《莊》、《列》文之語可悟；殆直可以《文選》合於道家也。湘潭重徐而不滿於庾，後學深信其特識。蓋學徐可上合於任、沈諸家；學庾則不能，因庾既自立一幟，與古人大異，不能復合也。後來學庾者，多不再向上求，故從而尊庾；猶李、杜並稱，而後人尊杜是矣。學汪容甫、洪稚存文者，宜熟於《文心雕龍》、《水經注》、《列子注》、《淮南子》、《世說新語》、《宋書》。至桐城派古文，天分低者可學之。桐城派文但主修飾，無眞學力，故學之者無不薄；其欲求亂頭粗服之天姿國色，於桐城派文，不可得也。吳伯朅及宋芸子（育仁）兩先生，其文實出《淮南》，但自諱之耳；故其文多紆徐漫衍，須多看數行，乃能知其意之所在也。曾季碩（彥）詩，爲四川第一；季碩伏案既勤，且未讀唐以後書也；沉雄壯邁，不及男子，則會朋友閱歷少之故。凡人伏處山林，詞章斷難造成；蓋人闊，然後詞章乃得佳也。季碩在四川時，篆書並未寫成；出遊後，始工矣。」所稱吳伯朅者，名之英，四川名山人，亦闓運尊經書院弟子也，熟精選理，尤好誦說司馬相如、揚子雲之文，曰：「吾蜀人，當爲蜀文爾。」平以民國二十一年卒，年八十三歲。

吳虞，字幼陵，四川成都人；學爲文章於吳伯朅，問鄉人卿雲之學；又奉手問業於廖平。蜀處奧壤，風氣每後於東南，自中外互市，上海製造局譯刊西書，間有流布；蜀中老宿，蹈常習故，指其政治輿地兵械格致之學爲異端，厲禁綦嚴，不啻鴆酒漏脯。虞則不顧鄙笑，搜訪棄藏，博稽深覽，十年如一日；蓋成都言新學之最先者也。以光緒三十一年，遊學日本，始抗言非孔。回國以後，潛心讀東西洋法律哲學之書，益明儒家之非；著有〈李卓吾別傳〉、〈家族制度爲專制主義之根據論〉、〈儒家大同之義本於老子說〉、〈儒家重禮之作用〉、〈儒家主張階級制度之害〉、〈消極革命之老莊〉、〈讀荀子〉諸篇；旋以所纂《宋元學案粹語》例言，引李卓吾之說；學部飭四川學政禁止發行；護總督王人文移文逮捕。顧虞持非孔之說益力；入民國，主《新群報》筆政；內務部電令制止。會陳獨秀主編《新青年》，以非周孔、廢禮教爲天下號；錢玄同、胡適從而和之，聲生勢張。虞則大喜，貽書陳獨秀以明所見之同，且示以著書。獨秀亦大喜，以爲得強佐，刊布其說於《新青年》；遂以騰譽，歷任國立北京大學及成都大學、四川大學教授。其論學，疑六經，非孔子，非孝非禮；以爲：「孔學之助張君主以行專制，借禮制法制而確立；其專制不平，直接關係於吾人之生命財產權利義務者極大。苟由禮制法制之精神，以推論其得失，而再以各立憲共和國家之憲法民法刑法所規定者，一一比較對勘之；而後孔子之學說，二千年來貽禍於吾人者昭然若揭。」世儒之非孔者，多以倫理道德爲依據；而虞獨以法制立論。又謂：「六經皆出荀子，漢唐以來所傳之孔學，皆荀學。」又極稱諸子而非孔孟；諸子中最崇老子，以爲：「孔子問禮於老子。老子或告以大同小康之說。但孔子背其師說，捨道德而崇仁義，不說大同之道，而偏主張小康之天下，以重差別的禮，謂『貴賤有等，長幼有差』；曲學阿世以媚顯貴。」大抵襲章炳麟、康有爲、梁啓超早年之餘論。康有爲疑六經而不非孔。梁啓超非孔而不徹底。虞則非孔疑經，徹始徹終，放言不論；而笑章炳麟、梁啓超之不徹底，謂：「章炳麟《諸子學略說》，攻孔子最有力；其《訄書》並引日本遠藤隆吉『支那有孔子，爲支那禍本』之言。梁啓超《新民叢報》攻孔子誅少正卯，以爲吾國歷史之最大汙點。而炳麟於後著之《檢論》，每去前說。啓超於近年講演，不復攻孔。蓋炳麟於革命之頃，啓超於變法之際，幾不保首領，追怨專制壓力之由來，多本孔學；切身之痛，故言之不憚其詳。其後炳麟雖欲爲籌邊使而未得，然求田問舍，油碾之業，已足安居；遂受賄而與孫傳芳擬電，投降軍閥而不惜；艷羨尊貴，故不復攻孔。啓超自任司法總長時，即非雙馬車不坐；王淩波之香巢，流連忘返；近則汽車如電。財產增多，安富尊榮，咀嚼孔學有餘味焉；逃亡之危險，六君之授命，已忘之久矣。至於尊孔之人，其行爲多不足道。試舉其著者：王闓運五經皆有著述；身入民國，不改滿清衣冠；乙卯十一日，首先電請袁世凱稱帝，附會讖語，一錢不值。康有爲著〈大同書〉、〈孔子改制考〉，昌明孔教；而保皇之會，復辟之謀，皆反抗民國；甚乃侵占西湖，盜竊經卷，穿窬之智，尤爲可醜。」虞爲王闓運再傳弟子。闓運好爲荒唐之言，無端崖之辭，上說下教，時恣縱而不儻；一轉手而爲蜀學之廖平，粵學之康有爲；再轉手而爲吳虞，決棄一切，喜爲異說而不讓，敢爲高論而不顧，如石轉崖，不墜地不止。同光間，一時稱大師者三人，曰興化劉熙載融齋、番禺陳澧蘭甫及王闓運。劉、陳務平實，其學不顯；王獨好振奇，厥道乃光。固由人情之厭舊而喜新，亦適會世運之窮而欲變也。

虞文章以儷爲體，依仿《文選》，兼拾周秦，詆韓愈之抒意立言爲不足法，而主李兆洛《駢體文抄》之說，其實亦衍王闓運《八代文粹》之餘論；刊有《吳虞文錄》、《續錄》、《別錄》，而《文錄》中〈愛智廬同香祖（虞之妻曾氏，有文采）玩月詩序〉，即依仿闓運〈秋醒詞序〉也。余獨愛誦其〈重印曾季碩桐鳳集序〉，不爲組比，自然朗秀。辭曰：

勝清之世，文學丕興，遠軼前古。康、乾、嘉、道之際，作者如林；而吾蜀之士，乃闃然莫預。至同治十三年，始建尊經書院於省城以造士。張香濤、譚叔裕、朱肯夫先後督學，振拔淹滯，宏獎風流；而吳仲宣、丁稚璜、易笏山諸當道，愛才樂士以左右之；又得王壬秋先生高才碩學爲之師表；於是蜀士彬彬向學，同風齊魯矣。其時則有若吾師名山吳伯朅先生、井研廖季平、德陽劉建卿、富順陳元睿、新津周雨人、酉陽陳子京、華陽顧印愚、成都胡念孫、漢州張子馥、綿竹楊叔嶠，靡不洋洋炳炳，蔚然並著；其他瑰瑋淹雅之材，不可勝數。於時，王壬秋先生之女師芳，易笏山之女玉俞，俱擅才藝。季碩乃起而與之相應和，直出其右。嗚呼盛已！季碩通經術，工文辭；篆書仿鄧石如，秀氣靈襟，獨得天然之美；畫尤研麗，傳其家法；風流文采，爲一時之冠。吾觀近世女士，如王采薇、金五雲、席道華、歸珮珊，皆最有名；比於季碩，遠不逮矣。夫何地無才，左思所嘆。巴蜀文雅，文翁始興；顧居上者之教養何如爾。吾頃用暇日，遊於尊經閣下，覽其題名碑記，睹縹帙之凋殘，悼蒿萊之勿翦，朋徒息散，風景頓殊，念益都之耆舊，慕華陽之士女，未嘗不眷眷於懷，悵吾生之不及見也。季碩是集，初刻於吳中；蜀中罕見，故重爲印行。在昔蔡琰之作，僅附於《范書》；徐淑之詩，不登於《蕭選》；季碩方之，斯爲優矣。後之覽是集者，其亦將有感於斯文盛衰之故，而爲之掩卷三嘆歟！

詩之取徑，則與闓運頗殊；獨文章爲合轍。其自敘學詩學文之途轍曰：「湘潭主講尊經書院，其七言古詩以李東川爲宗。而吾師名山吳伯朅則以《楚辭》、〈漢郊祠歌〉、鮑照、吳均、薛道衡、盧思道、李白、杜甫爲宗；其言曰：『李杜之體清剛，故罕有長篇；元白之詞鋪敘，故特乏勁氣。惟合二派而融化之，則大或千言，小或數百，兼二派之美，無二派之短矣。』予學七言古詩，大抵本於名山而加變化耳。湘潭五言古詩，以陸士衡、謝康樂爲宗。友人鄒受丞以爲教人學陸、謝，不如教人學阮、鮑。予極以爲然。故予以曹子建、嵇叔夜、阮嗣宗、左太沖、張景陽、郭景純、陶淵明、鮑明遠、謝玄暉、江文通、李太白爲宗，與湘潭頗殊。名山不屑爲近體詩；而予五言律詩宗李太白、杜少陵、王摩詰、孟浩然、劉文房；七言律詩宗杜少陵、劉文房、劉夢得、李義山、溫飛卿、陸天隨、皮襲美、吳子華、韋端己、韓致堯、陳臥子、吳梅村；此其大校，固異於今日之言江西派者也。名山爲文出於周秦諸子。劉申叔謂名山人品文學，當於周秦間人求之。湘潭之文，上規范史，下摹徐庾；而予之文，則僅上法沈休文、蕭子顯二家之書，下逮汪容甫、洪稚存而已；於名山門下爲小卒矣。戊戌以後，兼求新學；乙巳東遊，習其政法。廿年來所講學術，劃然懸絕。即爲詩文亦取達意而止，非復當年謹守師法，刻意爲文苦心矜練矣。」虞利口有筆舌，於當世學人，何所不譏彈。雖以王闓運之先生長者，亦在不免；顧獨稱闓運與章炳麟爲皆有以自成其學而獨立；以爲：「章太炎，王湘潭，皆一代之怪人也。太炎國學既深，又富於世界知識；在日本時，讀其高等師範講義，悉能理解，高等師範生與之談，恆爲所窘。常評嚴幾道之知識深，梁任公之知識寬，則自負可知矣。故其學識去國家社會最近。湘潭長於文學，而頭腦極舊，貪財好色，常識缺乏；而自恃甚高，脣吻抑揚，行藏狡獪，善釣虛譽；故其學說去國家社會最遠。遠則遨遊公卿，不爲所忌，依隱玩世，以無用自全；近則影響政治，易惹波瀾，激切人心；引起贊成與反對，其力至偉，而常不免賈禍。蓋王怪屬於舊，章怪屬於新，要皆有以自成其學而獨立；與夫近來口談名教，依草附木，毫無新舊學之可言者，誠有鳳凰雞鶩之別矣。」虞謂「王怪屬於舊」；然闓運晚年倦倦遜朝，致譏民國；而不知其張《公羊》以言改制，爲今文學者固其壁壘，即不啻爲革命家言導其前茅；此固闓運所不及料也。大抵晚清學者，有言《公羊》改制而嫌革命者，王闓運是也。亦有斥言《公羊》改制而革命非所嫌，則章炳麟是也。章炳麟稍後出，治經持古文，言《周官》、《左氏》，不言《公羊》，所學與闓運違異；而論文乃喜闓運，至以爲闓運能盡雅者；則以闓運文出《蕭選》而散朗，不貴綺錯；與炳麟之衡文魏晉者意有契焉。

章炳麟，原名絳，字太炎，浙江餘杭人也。清末，嘗及事經師德清俞樾，又嘗問業於定海黃以周，謹守古學，以治《左氏春秋》見知於兩湖總督張之洞。之洞自負在當日督撫中，恢廓有意量，能汲引天下士；見炳麟所爲《左氏書》故，謂有大才，可治事。其幕客侯官陳衍又力爲言。之洞曰：「此君信才士。然文字譎怪。余生平論文最惡六朝；蓋南北朝乃兵戈分裂，道喪文敝之世，效之何爲？凡文章無根柢詞華，而號稱六朝，以纖仄拗澀字句，強湊成篇者，必斥之。書法不諳筆勢結字，而隸楷雜糅，假託包派者亦然。嗟嗟，此輩詭異險怪，欺世亂俗，習爲愁慘之象，舉世無寧宇矣！」衍力爲解曰：「雖然，終是能讀書人。」因屬其鄉人錢恂羅致，索得炳麟上海。而炳麟方在《時務報》館，與梁啓超及順德麥孟華哄。啓超、孟華，皆康有爲弟子，以其師爲教皇，又目爲南海聖人，謂：「不及十年，當有符命」。舌鋒所及，目光炯炯如岩下電，聞者慴而崇信。獨炳麟而訶以爲：「此病狂語，何值一笑；而好之者乃如蜣螂轉丸，則不得不大聲疾呼，直攻其妄。」嘗謂：「鄧析、少正卯、盧杞、呂惠卿輩，咄此康瓠，皆未能爲之奴隸。若鍾伯敬、李卓吾狂悖恣肆，造言不經，乃眞似之。」私議及此，屬垣漏言，啓超之徒銜次骨矣。啓超門人曰梁作霖者，憤欲毆炳麟，昌言於衆曰：「昔在粵中，有某孝廉，詆康氏；於廣坐毆之。今復毆章某，足以自信其學矣。」炳麟呵曰：「噫嘻！長素有若數輩，其遂如仲尼得由，惡言不入於耳耶？」持不下。恂至，則攜之赴鄂，炳麟意氣甚盛，喜爲高睨大譚，與之洞幕客朱某言革命。朱以告武昌守梁鼎芬。一日，鼎芬晤之，問曰：「人傳康祖詒欲爲皇帝，有諸？」炳麟曰：「我聞其欲爲教皇，未聞皇帝也。其實帝王思想，人皆有之；而以教皇自居，未免想入非非矣。」鼎芬聞之大駭，將縶而榜之。炳麟聞，倉皇逃走，之上海，遺書別陳衍，告其事，且曰：「之洞非英雄也！」

亡何，以序巴縣鄒容《革命軍》一書，偕逮繫西獄罰作；乃究心釋典，治因明有所入。謂容曰：「學此可以解三年之憂矣。」蓋因明之學，以分析名相始，以排遣名相終；從入之途，與平生古學相似，易於契機也。既出獄，東走日本。嘗寓小石川，集留學國人二十許，爲講書，因以干食。睹國事敗壞，大憤，思適印度爲浮屠，資斧困絕，不能行；寓廬至數日不舉火，日以百錢市麥餅果腹而已。或饋以魚肉；則亦恣啖，一餐而盡，不爲隔宿計也。開講之前一日，共議講何書。有人言講《白虎通》爲佳。炳麟默然而罷。衆不曉所以。一人歸語友，友曰：「是其中多《公羊家》言，非所願。蓋以許慎《五經異議》請？」翌日，其人如言。炳麟即欣然登座，敷演不倦。既多涉獵西籍，以新知附益舊學，日益閎肆。而治《說文》尤精。嘗翻閱《大徐本》數十過，一旦解悟，的然見語言文字本原，以音韻爲骨幹；於是初爲《文始》。而經典專崇古文，記傳刪定大義，往往可知。由是所見與箋疏瑣碎者殊矣。顧好盛氣攻辨，言革命而不贊共和，治古學而兼稱宋儒，放言高論，而不喜與人爲同。時論多詆秦專制；而炳麟不然，曰：「人主獨貴者，其政平；不獨貴，則階級起。秦皇負扆以斷天下，而子弟爲庶人；所任將相李斯、蒙恬，皆功臣良吏也。後宮之屬，椒房之嬖，未有一人得自遂者。富人如巴寡婦築臺懷清；然亦誅滅名族，不使併兼。夫其卓絕在上，不與士民等夷者，獨天子一人耳。天子以秉政勞民貴。帝族無功，何以得有位號？授之以政而不達，與之以爵而不衡，誠宜下替與布衣黔首等。夫貴擅於一人，故百姓病之者寡；其餘蕩蕩平於浣準矣。明制貴其宗室；孽子諸王，雖不與政柄，而公卿爲伏謁；耳孫疏屬，皆餼稟於縣官。秦皇無是也。漢世游俠兼併養威於下，而上不限名田以成其厚。武帝以降，國之輔拂不任二府；而外戚竊其柄。秦皇無是也。要以著之圖法者，慶賞不遺匹夫，誅罰不避肺腑，斯爲直耳。秦制本商鞅，其君亦世世守法；要其用意，使君民不相愛，塊然循於法律之中。秦皇固世受其術，雖獨制，必以持法爲齊。借令秦皇長世，易代以後，扶蘇嗣之；雖四三皇，六五帝，不足比隆也；何有後世繁文飾禮之政乎！」

時論方崇漢黨錮；而炳麟不然，曰：「黨錮之名自漢始。迄唐、宋、明皆有黨人。原其用心，本以渴慕利祿之心，務求速化；一朝擯斥，率自附於屈原、韓愈之徒；蓋魏公子牟有云：『身在江湖之上，心在魏闕之下。』莊周述之以爲熱中之戒；而是族反舉此以爲美談。觀葛洪《抱朴子．外篇．漢過篇》曰：『歷覽前載，逮乎近代，俗微道敝，莫劇漢末也。』然又云：『懶看文書，望空下名者，謂之業大志高。結黨合譽，行與口違者，謂之以文會友。』則黨錮諸公皆在所譏矣。〈刺驕篇〉曰：『聞之漢末諸無行自相品藻次第，群驕慢傲，不入道檢者，爲都魁雄伯；四通八達，皆背叛禮教，而縱肆邪僻，訕毀眞正，中傷非黨，口習醜言，身行敝事；凡所云爲，使人不忍論也。』〈名實篇〉曰：『聞漢末之世，靈、獻之時，品藻乖濫，英逸窮滯，饕餮得志，名不準實，賈不本物，以其通者爲賢，塞者爲愚。』則知黨人之口，變亂黑白，甚於青蠅；其視閹尹，亦齊楚伯仲之間耳。若鄭康成以山東大師，傳授經術，未嘗問王朝治亂之事；名在黨中，實由株連所及；此本不得以黨人論者。若夫汝南許劭有臧否人倫之鑒，而與其兄許靖不協，擯之馬磨；則知朋黨相傾，不足以協人望，久矣。郭林宗以在野之士，昵邇公卿，雖不應徵辟，終不出於浮華競名之域。是以葛洪正之曰：『聖者憂世，周流四方，猶爲退士所見譏彈。林宗才非應期，器不絕倫；出不能安上治民，移風易俗；入不能揮毫屬筆，祖述六藝；行炫自耀，亦既過差，收名赫赫，受饒頗多。然卒進無補於治亂，退無跡於竹帛，街談巷議以爲辯，訕上謗政以爲高。時俗貴之歙然，猶郭解、原涉見趨於曩時也。』雖然，黨人之所以自高者，率在危言激論；而亦藉文學以自華。今之新黨，於古人固不相逮。若夫誇者死權，行險僥幸以求一官一秩，則自古而有之。明之黨人，名爲與逆奄相抗。然自江陵、新鄭之時，朝士已分省自植。以熊廷弼之長於兵略而不附東林，則鄒元標、魏大中輩必欲置之死地，其私心有可見者。會魏忠賢用事，廷弼、東林同時俱盡。海內黨人，不得不解仇相助。忠賢既誅，而分省之事復亟。乃者東林之汪文言，復社之張溥，皆以善行賄賂，爲黨人所依賴；此漢、唐、宋之黨人所不爲者。若其內行點汙，瞑瞞聲色，則又前世清流之所未有。張溥喜服房中之藥，見於醫師喻昌書中。如瞿式耜之忠純而猶有內寵五姬；臨命桂林，欲與妾訣，爲張同敞所引止，況復延儒、謙益之流乎。明思文帝有言：『北都覆於東林，南京亡於馬阮，厥罪維均！』信哉，黨人之死權而忘國事也！今之新黨，與古人挈長則相異；與古人比短則相同。自弘曆歿而黨人絕，百年之間，朝野士庶寂然寧息，國政軍實墮於暗昧。洪王起於金田，虜始震動，旋踵亦滅。外有晰人之禍，北露、西歐交徵諸夏。迄於載湉嗣位，醜聲起於禁掖之間。李鴻章擁兵於外，朝士嘩然，皆謂其有異志。梁鼎芬以劾李鴻章罷官，朱一新以言李蓮英廢黜，天下冤之，則新黨之萌芽始作。甲午遼東之役，喪師靡財，疆埸日蹙。臺灣之割，旅順之割，青島之割，威海之割，接踵而至。大酋垂拱於上，失其帝天之尊；而宮掖亦時有詬誶。康有爲乘七次上書之烈，內資翁同龢之力，外借張之洞之援，設強學、保國諸會以號召天下。當是時，有鄭孝胥、陳三立之徒，以詩歌目錄聞於世；而湯壽潛善持論，爲吏有聲，世比之陳仲弓；數子者，名爲通達時事，並相和會。嘉應黃遵憲與有爲交最深；元和江標以掇拾中外末流之學，視學湖南；熊希齡輩和之於下；皆更相驅馳爲一朋。有爲既用事，欲收物望，樹楊銳、劉光第於軍機；以宮闈相擠之故，復結二妃。時文廷式既廢，亦扼腕欲自發舒。其外則有俞明震者，與陳三立父子有連；嘗佐唐景崧稱副總統於臺灣，世人稱其忠義，與有爲亦相引爲重。而諸貴遊爲京朝官者，各往往參錯其間。新黨自此立矣。惟譚嗣同、楊深秀爲卓厲敢死。林旭素佻達，先逮捕一夕，知有變，哭於教士李佳白之堂。楊銳者，頗圓猾知利害；既入軍機，知其事不可久；時張之洞子爲其父祝壽京師，門生故吏皆往拜；鋭舉酒不能飲，徐語人曰：『今上與太后不協，變法事大，禍且不測。吾屬處樞要，死無日矣。』吾嘗問其人曰：『鋭之任此，固爲富貴而已。既睹危機，復不能去。何也？』其人答曰：『康黨任事時，天下望之如登天。仕宦者爭欲饋遺，或不可得。鋭新與政事，饋獻者踵相接，今日一袍料，明日一馬褂料，今日一狐桶，明日一草上霜桶，是以戀之不能去也。』嗚呼！使林旭、楊鋭輩皆赤心變法無他志；頤和之圍，或亦有人盡力。徒以縈情利祿，貪著贈賄，使人深知其隱；彼既非爲國事，則誰肯爲之效死者！有爲既敗，楊、劉死。張之洞、梁鼎芬始與有爲抵拒，其黨人亦稍稍引去；而江標以連蹇死。惟黃遵憲終始依之。傾側擾攘，至於庚子漢口之役，有爲以其事屬唐才常。才常素不習外交，有爲之徒龍澤厚爲道地。其後才常權日盛，凡事不使澤厚知，又日狎妓飲宴不已。澤厚憤發，爭之不可得。乃導文廷式至武昌發其事。才常死，其軍需在上海，共事竊之以走。有爲再敗，則同黨始有告密於諸藩，自戕其氣類者。然新黨之萌芽，本非自有爲作，挾其競名死利之心，而有爲所爲，足以達其所望，則和之；不足以達，則去之；足以阻其所望，則畔之。故有爲雖失助，而新黨自若。綜觀十餘年之人物，其著者或能文章矜氣節；而下者或苟賤不廉，與市儈伍；所志不出交遊聲色之間，人心不同固如其面，吾亦不敢同類而共非之；特其競名死利則一也。幸其用事日淺，穢行不彰。不然而康氏事成，諸新黨相繼柄政；吾知必無葉向高、高攀龍輩；而人爲謙益，家效延儒，可無待蓍蔡而決矣。猥俗之論，多以晚明方比後漢，此未得其情。後漢可慕，蓋在〈獨行〉、〈逸民〉諸傳及夫雅俗孝廉之士而已；其黨錮不足矜。然則孝弟通於神明，忠信行於蠻貊，居處齊難，坐起恭敬，道途不爭險易之利，冬夏不爭陰陽之和，見利不虧其義，見死不更其守；此後漢賢儒所立著於鄉里，而本之師法教化者也。晚明風烈，獨有直臣；直臣可式，獨有楊繼盛。餘瑣瑣皆黨人矣。義色形於在公，流湎彰於退食；骨鯁聞於王路，唐行闕於草茅；而世以歸厚，則過矣。」

時論咸薄宋程朱；而炳麟不然，曰：「戴震生清雍正末，見其詔令謫人不以法律，顧摭取洛、閩儒言以相稽，覘伺隱微，罪及燕語。九服非不寬也，而迴之以叢棘；令士民搖手觸禁，其傷已多。震自幼為賈販，轉運千里，復具知民生隱曲，而上無一言之惠；故發憤著〈原善〉、《孟子字義疏證》，專務平恕，為臣民訴上天，明死於法可救，犯於理即不可救。又謂衽席之間，米鹽之事，古先王以是相民，而後人視之猥鄙。其中堅之言盡是也。究極其義，及於性命之本，情欲之流，為數萬言。夫言欲不可絕，欲當即為理者，斯固蒞政之言，非飭身之典矣。辭有枝葉，乃往往軼出閾外，以詆洛、閩。紀昀攘臂扔之，以非清淨潔身之士，而長流汙之行。晚世或盜其言以崇飾慆淫；今又文致西來之說，教天下奢，以菜食網衣為恥，為廉節士所非。誠明震意，諸竅言豈得託哉。洛、閩所言，本以飭身，不以蒞政；震所訶又非也。凡行己欲陵而長民欲恕。陵之至者，止於釋迦，其次若伯夷、陳仲；持以閱世，則〈關雎〉為淫哇，〈鹿鳴〉為流湎，〈文王〉、〈大明〉為盜言矣。不如是，人不與鳥獸絕。洛、閩諸儒躬行雖短，其言頗欲放物一二，而不足以長民。長民者使人人得職，筱蕩其性，國以富強。上之於下，如大小羊擰相韡積而已；本不可自別於鳥獸也。徒以禮義厲民猶難；況遏其欲？民惟有欲，故刑賞可用；向若以此行己，則終身在鶉鵲之域也。洛、閩之學，明以來稍敝蠹。及清為佞人假借，世益視之輕。然方苞、應撝、張履祥之徒，修之田舍，其德無玷。至今草野有習是者，雖陋猶少虛詐；屬之以事體而無食言；寄之以財賄，幸而無失期會，無妄出入；雖娽娽無奇節，亦以周用。往者程、朱既廢，古籍又不恆諷誦，行誼已薄；然野士猶不駘蕩逾軌。自頃談者以鄒、魯比德蠻俚；謂顏回乞兒，孫卿屠家公，老聃木偶行屍，古籍復盡不誦；十稔之間，雖總角之僮，鼓篋之子，已狂狡不自攝矣。世人頗以東國師任王學，國以富強；此復不論其世。東國者，初脫封建，人習武事，又地狹而性摶固，治王學固勝；縱程、朱之言，猶自振也。夫其民志強忍，足以持久；故借王學，足以粉墨之。中國民散性偷久矣；雖為王學，奚所當匡敝救衰？且夫本王學以任事者，不牽文法，動而有功，素非可以長世也。觀自文成以後，徐階復習其術以僕嚴嵩，輔主數年，而政理昏惰，子姓恣軼，又未能去嵩絕遠；此則其術足以猝起制人，不足以定天保，僕大命明矣。其飛鉗制伏之術，便習之，則可以為大佞；校其利害之數，而程、朱寡過矣。古之所謂成人者，見利思義，見危授命，久要不忘平生之言；其本要將在斯也。」

時論方蔑道德，獎革命；而炳麟不然，曰：「今與邦人諸友同處革命之世，偕爲革命之人，而自顧道德，猶無以愈於陳勝、吳廣。縱令瘏其口、焦其脣、破碎其齒頰，日以革命號於天下，其卒將何所濟？道德者，不必甚深言之，但使確固堅厲、重然諾、輕死生可矣。雖然，吾聞古之言道德者曰：『大德不逾閑；小德出入，可也。』今之言道德者曰：『公德不逾閑，私德出入，可也。』道德果有大小公私之別乎？於小且私者，苟有所出入矣；於大且公者，而欲其不逾閑；此乃迫於約束，非自然爲之也。政府既立，法律既成，其人知大且公者之逾閑，則必不免於刑戮；其小且私者，雖出入而無所害；是故一舉一廢應於外界而爲之耳。政府未立，法律未成，小且私者之出入，刑戮所不及也；大且公者之逾閑，亦刑戮所不及也。如此，則恣其情性，順其意欲，一切破敗而毀棄之，此必然之勢也。吾輩所處革命之世，此政府未立，法律未成之世也。方得一介不與，一介不取者；而後可與任天下之重。若曰：『有狙詐如陳平、傾險如賈詡者，吾亦可以因而任之。』此自政府建立後事，非今日事也。今世之言革命者，則非直以陳平、賈詡爲重寶，而方欲自效陳平、賈詡之所爲，若以此爲倜儻非常者；悲夫，悲夫！方今中國之所短，不在智謀而在貞信，不在權術而在公廉；其所需求，乃與漢時絕異。楚漢之際，風尚淳樸，人無詐虞，革命之雄，起於吹簫編曲。漢祖所任用者，上自蕭何、曹參，其下至於王陵、周勃、樊噲、夏侯嬰之徒，大抵木強少文，不識利害。彼項王以勇悍仁強之德，與漢氏爭天下，其所用皆廉節士。兩道德相若也，則必求一不道德者而後可以獲勝；此魏無知所以斥尾生、孝己爲無用，而陳平乃見寶於漢廷矣。季漢風節，上軼商、周。魏武雖任刑法，所用將士，愍不畏死；而帷幄之中參預機要者，鍾、陳、二荀，皆剛方皎白士也。有道德者既多，亦必求一不道德者而後可以獲勝；故賈詡亦貴於霸朝矣。其所以貴者，以其時傾險狙詐之才，不可多得而貴之也。……風教陵夷，機械日構，至於今日，求一質直如蕭、曹，清白如鍾、陳、二荀，奮厲如王陵、周勃、樊噲、夏侯嬰者，則不可得；而陳平、賈詡，所在有之。盡天下而以詐相傾；甲之詐也，乙能知之；乙之詐也，甲又知之；其詐亦即歸於無用。甲與乙之詐也，丙與丁疑之；丙與丁之詐也，甲與乙又疑之；同在一族，而彼此互相猜防，則團體可以立散。是故人人皆不道德，則惟有道德者可以獲勝。此無論政府之已立、未立，法律之已成、未成，而必以是爲臬矣。今之習俗，以巧詐爲賢能，以貞廉爲迂拙，雖歃血蒞盟，猶無所益。是故每立一會，每建一事，未聞其有始卒。其或稍畏清議而欲食其前言，則曰：『吾之所爲，乃有大於此者。』知禍患之將至，則借口於遠求學術，容身而去矣。見異己之必勝，則遁辭於大度包容，委事而逸矣。『言必信，行必果，久要不忘平生之言』，貫四時而不改柯易葉者，蓋有之矣，我未之見也。若能則而行之，牽履不越，則所謂確固堅厲、重然諾、輕死生者，於是乎在。嗚呼，端居讀書之日，未更世事，每觀管子所謂『四維』，孔子所謂『無信不立』者，固以是爲席上之談爾；經涉人事，憂患漸多，目之所睹，耳之所聞，壞植散群，四海皆是。追懷往誥，惕然在心；反是不思，亦已焉哉！」

時論方慕共和，稱代議；而炳麟不然，曰：「代議政體者，封建之變相。其上置貴族院，非承封建者弗爲也。民主之國，雖代以元老，蛻化而形猶在。其在下院：《周禮》有外朝詢庶民，慮非家至而人見之也，亦當選其得民者以叩帝閽。春秋衛靈公以伐晉，故遍訪工商。訖漢世去封建猶近，故昭帝罷鹽鐵榷酤，則郡國賢良文學主之，皆略似國會。魏晉以降，其風始息，至今又千五六百歲，而議者欲逆反古初，合以泰西立憲之制；庸下者且沾沾規日本。不悟彼之去封建近，而我之去封建遠；去封建遠者，民皆平等；去封建近者，民有貴族黎庶之分。與效立憲而使民有貴族黎庶之分，不如王者一人秉權於上，規模廓落，則苛察不遍行，民猶得以紓其死。蓋震旦亦無他長耳。旁睨鄰國，與我爲左右手者，印度以四姓階級亡。西方諸國，上者藩侯，下者地主，平民皆不得與抗禮；其廢君主立總統者，以貧富爲名分，若天澤冠履然；彼其與印度興亡雖異，以階級限民則同。獨震旦脫然免是。必欲闓置國會，規設議院；未足佐民，而先喪其平夷之美。他國未有議員時，實驗未著，從人心所懸揣，謂其必優於昔。今則弊害已章，不能如向日所懸擬者。其被選不以功賢，有權力者能以勢借結人，大佞取給於口舌，嘩衆嘯群，其言卓犖出疇輩，至行事乃絕異。家有闒妻，又往往以色蠱人，助夫眩惑；既與舉者交歡，騁辯未終，令聽者魂精顛沛，俄而使其良人上遂矣。美國之法：代議士在鄉里，有私罪不得舉告；其尊與帝國之君相似；猥鄙則如此，昌披則如彼，名曰國會，實爲奸府。徒爲有力者傅其羽翼，使得膢臘齊民。震旦尚不欲有一政皇，況欲有數十百議皇耶？民權不借代議以伸，而反因之掃地。他且勿論。君主之國有代議，則貴賤不相齒；民主之國有代議，則貧富不相齒；橫於無階級中增之階級，使中國清風素氣，因以摧傷；雖得宰制全球，猶弗爲也。吾儕所志，在光復宗國而已；光復者，義所在，情所迫也。光復以後，復設共和政府，則不得已而爲之也；非義所任，情所迫也。世人矜美、法二國以爲美談。今法之政治以賄賂成，美人亦多以苞苴致貴顯；而爲代議士者，榮求入選，所費金無慮巨萬，斯與行賄得官何異？舉總統者又踊是。且衆選者，誠民之同志哉？馳辯駕說以彰其名；人爲之樹旗表，使負版販夫皆勸譽；民已愚無知，則以爲誠賢。賢否之實，不定於民萌，而操於小己；此猶出之內府，取之外府；求良田大宅者，持人短長，而辭苛奪之名，使人署券以效其地也。既選，又樹其同己者以爲陪貳；下及茸騎騶伍，亡不易位；不考功實，不課疲能，而一於朋黨。下者乃持大賂名琛，田之租賦，市之幣餘，適妻薦席，外婦奉匜以求得當。議官司直，交視而莫敢議其後。然則政制之可鄙厭；寧獨專制？雖民主立憲，猶將撥而去之。藉令死者有知，當操金椎以趣冢墓，下見拿破侖、華盛頓，敲其頭矣。」

時論方興學校，廢科舉；而炳麟不然，曰：「昔漢時舉博士，年五十，始應科。今之世，有晨朝卒業，比暮已爲父師者矣。而學官弟子，復以其業爲足。循是以往，懼猶不如科舉之世。何者？科舉文辭至腐朽；得科舉者猶自知不爲成學；入官以後，尚往往理群籍、質通人；故書數之藝，六籍之故，史志之守，性命之學，不因以蠹敗；或乃乘時間出，有愈於前。今終以學校之業爲具，則畫地不能進一武。老聃有言：『天下皆知美之爲美，斯惡已。』彼學校者豈不美於科舉耶？猶曰未已，而在學者以奸政。學校諸生，非吏也，所習不盡刑名比詳；雖習之，猶未從政，輟業不修，以奸當途之善敗，則士侵官而吏失守。士所欲惡不盡當官成；又不與齊民同志；上不關督責之吏，下不編同列之民，獨令諸生橫與政事，恃誇者之私見以議廢置，此朋黨所以長。蓋昔鄭公孫僑不毀鄉校者，期其私議橫舍之中，以風聞者而理察之；不期其公議於廷。僑雖不毀，當是時，校士好議，忘其肄業，不嗣管弦之音而佻達於城闕，猶詩人所譏也。」

自詡前識，其言往往而中。然世儒之於炳麟，徒贊其經子詁訓之劭，而罕會體國經遠之言；知賞窈眇密栗之文，未有能體傷心刻骨之意。世莫知炳麟，而炳麟紛論今古，益與世為迕；剽剝儒墨，雖老師宿學不能自解免焉。

炳麟論文，右魏、晉而輕唐、宋，於古今人少許多迕。顧盛推魏、晉之論，謂漢與唐、宋咸不足學；獨魏、晉為足學而最難學；述《論式》。其大旨謂：「雅而不核，近於誦數；漢人之短也。廉而不節，近於強鉗；肆而不制，近於流蕩；清而不根，近於草野；唐宋之過也。有其利，無其病者，莫若魏、晉。魏、晉之文，大體皆埤於漢，獨持論彷彿晚周；氣體雖異，要其守己有度，伐人有序；和理在中，孚尹旁達，可以為百世師矣。效唐宋之持論者，利其齒牙；效漢之持論者，多其記誦；斯已給矣。效魏、晉之持論者，上不徒守文，下不可御人以口，必先豫之以學。」斯其盛推魏、晉也。於清儒推汪中、李兆洛；並世推王闓運、吳汝綸、馬其昶三人。此外雖其師俞樾之文亦致不滿。因著〈校文士〉以見意曰：

近代學者率椎少文，文士亦多不學。兼是兩者，惟陽湖之張生（張惠言），又非其至者也。然學者不習通俗之文；而特雅馴可誦，視歐、曾、王、蘇將過之。先戴（戴震）《句股割圜記》，吐言成典，近古之所未有。遹者黃以周以不文著；惟黃氏亦自謂鈍於筆語；觀其撰述，密栗醇厚，庶幾賈、孔之遺章，何宋文之足道。戴君（戴望）在樸學家，號為能文；其成一家言者，則信善矣。造次筆札酬對之辭，顧反與宋文相似。故知世人所謂「文」者，非其最上；而「椎少文」之云，特以匪色不足，短於馳驟曲折云爾。惟俞先生（俞樾）文瀿濫，不稱其學；此則軼出於恆律者也。史家若章、邵二公（章學誠、邵晉涵）記事甚善；其持論亦在《文心》、《史通》間；然史家固無木訥寡文之誚，故不悉論。若通俗不學者，其文亦略有第次；善敘行事，能為碑版傳狀，韻語深厚，上攀班固、韓愈之輪；如曾國藩、張裕釗，斯其選也。規法宋人，而能止節淫濫；時以大言自衛，亦不敢過其情：如姚鼐、梅曾亮，則其次也。聞見雜博，喜自恣肆，其言近於縱橫，視安石不足，而擬蘇洵為有餘；如惲敬輩，又其次也。自放塵埃之外，傲睨萬物，而陋不能持論；載其清靜，亦使窮儒足以娛老；如吳敏樹輩，又其次也。又夫文質相扶，辭氣異於通俗，上法東漢，下亦旁皇晉、宋之間；而文士以為別裁異趣，如汪中、李兆洛之徒，則可謂彬彬者矣。魏源、龔自珍，則所謂偽體者也。源故不學，惟善說滿洲故事；晚乃顛倒詩書以釣名聲；凌亂無序，小學尤疏謬；而詡詡自高，以為微言大義在是。其持論或中時弊，而往往近於怪迂。自珍承其外祖之學，又多交經術士，其識源流、通條理，非源之儕，然大抵剽竊成說而無心得，其以經為史，本之《文史通義》而加華辭；觀其華，誠不如觀其質者。若其文辭側媚，自以取法晚周諸子，而佻達無骨體，視晚唐皮、陸且弗逮；以較近世，猶不如唐甄《潛書》之近實。而後生信其詆耀以為巨子；誠以舒縱易效，又多淫麗之辭，中其所嗜；故少年靡然鄉風。自自珍之文貴於世，而文學塗地將盡；將漢種滅亡之妖耶！孔子云：「觚不觚，觚哉觚哉！」

大率衡論諸家，猶以為得失互見；而於後生崇信之龔自珍，極口詆誹，致以為「漢種滅亡之妖」焉；世或不以為允也。既而入民國，炳麟故以文字張革命而有成功；譽望高，講學推為大師。而持論逾峻厲。閩縣林紓方以能文章治桐城家言，為士論所歸；尤遭炳麟嫉訶。其〈與人論文書〉曰：

來書疑僕持論褒大先梁而損置徐、庾以下，又稱中唐韓、呂、劉、柳諸家，次及宋世宋祁、司馬光等；然上不取季唐，下不與吳蜀六士（謂歐陽、曾、王、蘇），若兩取容於姚、李二流者。僕聞之「修辭立其誠」也，自諸辭賦以外，華而近組則滅質，辯而妄斷則失情，遠於立誠之齊者，斯皆下情所欲棄捐；固不在奇偶數。徒論辭氣，太上則雅，其次猶貴俗耳（主意）。俗者，謂土地所生習（《地官．大司徒》注），婚姻喪紀舊所行也（《天官．太宰》注）；非猥鄙之謂。孫卿云：「有雅儒者，有俗儒者。」李斯云：「隨俗雅化。」夫以俗爲縵白，雅乃繼起以施章采，故文質不相畔。世有辭言襲常而不善故訓，不綦文理，不致隆高者；然亦自有友紀。佻儇側媚之辭薄之，則必在繩之外矣，是能俗者也。先梁雜記，則隨俗而善，文盡雅；陳已稍替，乃南北混合，其質大撓。故有常語盡雅。畢才技以造瑰辭，猶幾不及俗者，唐世顏師古、許敬宗之倫是也。致文則雅；燕閑短語，有所記述題署，且下於俗數等；近世阮元、李兆洛之倫是也。且北朝更喪亂久，文章衰息，浸已絀於江左。魏收、邢子才刻意尚文，以任、沈爲大師，終不近。會江左文體亦變。徐陵通聘，而王褒、庾信北陷，北人承其葩色，其質素醜，外自文以妖冶，貌益不衷。傳曰：「白而白，黑而黑。夫〈賁〉，有何好乎？」陵夷至於唐世，常文蒙雜，而短書媟慢，中間亦數改化。稍稍復古以有韓、呂、劉、柳，自任雖誇，顧其意豈誠薄齊、梁耶？有所欲於徐庾；而深悼北人之效法者失其軼麗，而只黨莽不就報章；欲因素功以爲絢乎？自知雖規陸機，摹傅亮，終已不能得其什一；故便旋以趨彼耳。北方流勢本臃腫也，削而襲之，大分不出後漢；碑誄尤近；造辭竄句，猶兼晉、宋賦頌之流。宋世能似續者，其言稍約；亦獨祁、光諸子。今夫韓、呂、劉、柳所爲，自以爲古文辭；縱材薄不能攀姬漢，其愈隋、唐末流猥文固遠。宋世吳、蜀六士，志不師古，乃自以當時決科獻書之文爲體；是豈可並哉？曩嘗與足下言：「僕重汪中，未嘗薄姚鼐、張惠言。」姚、張所法，上不過唐、宋；視吳蜀六士爲謹（原注云：誇言稍少，此近代所長。若惲敬之恣，龔自珍之儇，則不可同論）。僕視此雖不與宋祁、司馬光等；要之文能循俗，後生以是爲法，猶有壇宇，不下墮於猥言釀辭；茲所以無廢也。並世所見：王闓運能盡雅，其次吳汝綸之下，有桐城馬其昶，爲能盡俗（原注云：蕭穆猶未能盡俗）。下流所仰，乃在嚴復、林紓之徒。復辭雖飭，氣體比於制舉，若將所謂曳行作姿者也。紓視復又彌下，辭無涓選，精采雜汙；而更浸潤唐人小說之風。夫欲物其體勢，視若蔽塵，笑若齲齒，行若曲肩，自以爲妍，而只益其醜也。與蒲松齡相次，自飾其辭而祇敬之曰：「此眞司馬遷、班固之言」（原注云：紓弟子記師言，援吳汝綸言以爲重。汝綸既歿，其言有無不可知。觀汝綸所爲文辭。

不應與紓同其謬妄。或由性不絕人，好爲奬飾之言乎）！若然者，既不能雅，又不能俗，則復不得比於吳蜀六士矣。僕固不欲兩取容於姚、李，而惡夫假託以相爭者。揚子曰：「見弓之張弛而不失其良，曰檠之而已矣。」夫先梁與中唐者，勢有張弛；豈其爲良異哉？使奇偶之言，文章之議，日競於世；失其所以檠，而詭雅異俗者據之，斯亦非足下之所懼耶？

蓋斥嚴復、林紓爲詭雅異俗云。而訶林紓尤甚。又以林紓小說爲世俗稱道，於是明述作之意，又署後曰：

小說者，列在九流十家，不可妄作。上者宋鈃著書，上說下教，其意猶與黃老相似；晚世已失其守。其次曲道人物、風俗、學術、方伎，史官所不能志，諸子所不能錄者；比如失遺，故可尚也（宋人筆記尚多如此，猶有江左遺意）。其下或及神怪，時有目睹，不乃得之風聽；而不刻意構畫其事；其辭坦迤，淡乎若無味，恬然若無事者，《搜神記》、《幽明錄》之倫，亦可以貴。唐人始造意爲巫蠱媟瀆之言，晚世宗之，亦自以小說名，固非其實。夫蒲松齡、林紓之書，得以小說名者，亦猶「大全」、「講義」諸書，傅於六藝儒家也。

炳麟詞意刻急，大率視此。惟炳麟之所貶絕者，特林紓耳，未嘗貶絕桐城家言也。人問：「桐城義法何其隘耶？」曰：「此在今日，亦爲有用。何者？明季猥雜佻脫之文，霧塞一世；方氏起而廓清之。自是以後，異喙已息，可以不言流派矣。乃至今日，而明末之風復作，報章小說，人奉爲宗。幸其流派未亡，粗存綱紀。學者守此，不至墮入下流；故可取也。若諦言之：文足達意，遠於鄙倍，可也。有物有則，雅馴近古，是亦足矣。」然則炳麟之所貶絕者，固非桐城而林紓也。顧林紓不平於炳麟之斥絕，往往引桐城家以自障焉。錯具林紓篇中。

炳麟論文，謂當以文字爲主，不當以彣彰爲主；而「文」之爲名，包舉一切著於竹帛而言；故有成句讀之文，有不成句讀之文；而成句讀者，復有有韻無韻之別；無韻文中，當有學說、歷史、公牘、典章、雜文、小說六科；而欲以書志疏證之法，施之於一切文辭。命其形質，則謂之「文」；狀其華美；則謂之「彣」。凡彣者必皆成文，而成文者不必皆彣，援經據典，述《文學論略》一篇，博辨強證，洋洋萬餘言；茲以繁不能具錄，僅節約其旨曰：

《論衡．超奇篇》云：「能說一經者爲儒生。博覽古今者爲通人。採掇傳書以上書奏記者爲文人。能精思著文，連結篇章者爲鴻儒。」又曰：「州郡有憂，有如唐子高、谷子雲之吏，出身盡思，竭筆牘之力；煩憂適有不解者哉。」又曰：「長生死後，州郡遭憂，無舉奏之吏，以故事結不解，徵詣相屬；文軌不尊，筆疏不續也。豈無憂上之吏哉？乃其中文筆不足類也。」又曰：「若司馬子長、劉子政之徒，累積篇第，文以萬數；其過子雲、子高遠矣。然而因成前紀，無胸中之造。若夫陸賈、董仲舒論說世事，由意而出，不假於外；然而淺露易見。觀讀之者猶曰傳記。陽城子長作《樂經》，揚子雲作《太玄經》，造論助思，極窗冥之深；非庶幾之才，不能成也。桓君山作《新論》，論世間事，辯照然否，虛妄之言，僞飾之辭，莫不證定。彼子長、子雲說論之徒，君山爲甲。自君山以來，皆善鴻眇之才，故有嘉令之文。」據此所說，所謂文者，皆以作奏記爲主。自是以上，乃有鴻儒。鴻儒之文，若司馬子長、劉子政所著，則爲歷史；陸、董、陽城、楊四子所著，則爲經說；君山所著，則爲諸子。是歷史、經說、諸子三者，彼方目以最上之文；非如後人擯此於文學之外，而沾沾焉惟以華辭爲文，或以論說記序碑志傳狀爲文也。或言：「學說文辭之所以異者，學說在開人之思想，文辭在動人之感情；雖亦互有出入，而大致不能逾此。」此亦一偏之見也。就彼所說，則除學說而外，一切有韻無韻之文，皆得稱爲文辭。而一以激發感情爲主，則其誤亦已甚矣。無韻文中，專尚激發感情者，惟雜文小說耳。歷史之中，目錄學案，則於思想有關，而於感情無涉。其他敍事之文，固有足動感情者；然本非以是爲主。蓋敘事者，在得其事之眞相耳；其事有足動感情與不動感情之異，散其文亦有足動感情與不動感情之異。若強事而就辭，則所謂削足適履者也。至於姓氏之書，列入史科，此則無關思想，亦無關於感情者也。公牘之中，詔誥奏議，亦有能動感情者；然考績升調之詔，支銷舉劾之書，則於感情固無所預；其取動感情者，惟爲特別事端，非其標準在此也。訴訟之詞狀，錄供之爰書，當官之履歷，經商之引帖，此足動感情乎，抑不足動感情乎？典章之中，思想感情，皆無所預。若評論典章，與尋求其原理者，此則諸子之法家，當在學說；非彼所謂文辭矣。然則無韻之文，除學說外，有歷史、公牘、典章、雜文、小說五科；而三科皆不以能動感情爲主。惟雜文、小說則以是爲標準耳。有韻之文，誠以能動感情爲主矣；然則著龜象象之文，體皆韻語，命曰占繇；《周易》而外，見於《左氏》者多。乃於揚子之《太玄》，焦贛之《易林》、東方朔之《靈棋》，其文古雅有餘，而於感情實無所動。其他詩賦、箴銘、哀誄、詞曲之屬，固以宣情達意爲歸；抑揚宛轉，是其職也。雖然，儒家之賦；意存諫戒，若荀卿〈成相〉一篇；固無能動感情之用。毛公傳《詩》，獨標興體；所謂「興」者，即能動感情之謂；則知比、賦二式，宜不以此爲限。傳稱「登高能賦，謂之德音」。然則原本山川，極命草木，若相如之〈子虛〉，揚雄之〈羽獵〉、〈甘泉〉，左思之〈三都〉，郭璞、木華之〈江〉、〈海〉，奧博翔實，極賦家之能事矣；其感情動耶否耶？其專賦一物者，若荀卿之〈蠶賦〉、〈箴賦〉，王延壽之〈王孫賦〉，禰衡之〈鸚鵡賦〉，侔色揣稱，曲盡形相；讀者感情亦未動也。今之言詩，與古稍異；故詩、賦分爲二事。漢世〈郊祀〉、〈房中〉之歌，沉博絕麗；而莊敬之情，覽者曾不爲動；蓋其感人之處，固在被之管弦，非局於詞句也。若夫〈柏梁〉聯句，語皆有韻，後世遵之，自爲一體；今試紬繹其辭，惟是夫子自道；而〈上林令〉詩則以「桃李橘柚枇杷梨」七字垛積成言，無異《急就篇》中文句。若以〈柏梁詩〉爲不善，則固詩人所尊奉也；若以〈柏梁詩〉爲善，則無可動人之感情也。然則謂文辭之妙，惟在能動感情者；在韻文已不能限；而況無韻之文乎？彼專以雜文小說之能事，概一切文辭者；是眞知其一而不知其二也。或云壯美，或云優美，學究點文之法，村婦評曲之辭，庸陋鄙俚，無足掛齒，而以是爲論文之軌，不亦過乎？吾今爲一語曰：一切文辭，體裁各異：以激發感情爲要者，箴銘、哀誄、詩賦、詞曲、雜文、小説之類是也；以浚發思想爲要者，學説是也；以確盡事狀爲要者，歷史是也；以比類知原爲要者，典章是也；以便俗致用爲要者，公牘是也；以本隱之顯爲要者，占繇是也。其體各異，故其工拙亦因之而異；其爲文辭則一也。夫以學説與文辭對立者，其失在惟以彣彰爲文，而不以文字爲文；故學説之不影者，則悍然擯之於文辭之外。惟《論衡》所説，略成條理。先舉奏記爲質，則不遺公牘矣；次舉敘事、經説、諸子爲言，則不遺歷史與學説矣。有韻爲文，人所共曉，故略而不論；雜文漢時未備，故亦不著。不言小説，或其意存鄙夷；不列典章，由其文有缺累。此則不能無失者也。雖然，王氏所説，雖較諸家爲勝，亦但知有句讀文，而不知無句讀文；此則不明文學之原矣。吾今當爲眾説：古者書籍得名，由其所用之竹木而起；此可見語言文學，功用各殊；是文學之所以稱文學也。且如「經」之得稱，謂其常也；「傳」之得稱，謂其轉也；「論」之得稱，謂其倫也；此皆後儒訓説，未必睹其本眞。欲知稱「經」、稱「傳」、稱「論」之由：則「經」者，編絲綴屬之謂也；是故六經而外，復有緯書，義亦同此；如《佛經》稱素怛纜（亦云修多羅），素怛纜者，直譯爲線，譯意爲經；蓋彼貝葉成書，故不得不用線聯貫；此以竹簡成書，亦不得不編絲綴屬；其必舉此爲號者，異於百名以下，專用版牘者耳。蓋經本官書，故《吳語》有「挾經秉枹」之説（韋昭解：『經，兵書也。』此説未確也。豈有臨陣而讀兵書者？蓋尺借伍符之屬，臨陣攜之，取便檢點）。字既繁多，故用策而不用版也。「傳」者，專之假借也；《論語》「傳不習乎」，是其明證。《説文》訓專爲六寸簿，簿則手版，古謂之忽（今作笏），書思對命以備忽忘，故引申爲書籍記事之稱。書籍名簿，亦名爲專；專之得名，以其體短有異於經。鄭康成序《論語》云：「《春秋》二尺六寸，《孝經》一尺二寸，《論語》八寸。」則知專之簡策，當更短於《論語》所謂八寸者也（《漢書·藝文志》言：劉向校中古文《尚書》，有一簡二十五字者。而服虔注《左氏傳》則云：古文篆書一簡八字。蓋二十五字者二尺四寸之經也。八字者六寸之傳。古官書皆長二尺四寸，故云二尺四寸之律。舉成數言，則曰三尺法。經亦官書，故長如之。

其非經律則稱短書，皆見《論衡》）。「論」者古只作「侖」；比竹成冊，各就次第，是之謂侖。籥亦編竹爲之，是故侖字從侖，引申則樂音之有秩序者，亦稱爲侖，「於論鼓鐘」是也。言說之有秩序者，亦稱爲侖；「坐而論道」是也。推尋本義，實是「侖」字。《論語》爲師弟問答，而亦略記舊文，散爲各條，次編成帙，故曰侖語。要之「經」者，繩線貫聯之稱；「傳」者，簿書記事之稱；「論」者，比竹成冊之稱；各從其質以爲之名，亦猶古言「方策」，漢言「尺牘」，今言「札記」也。雖古之言「肄業」者（左氏傳：『臣以爲肄業及之也』），亦謂肄版而已。〈釋器〉云：「大版謂之業」，所習之書，各有篇第；而習者移書其文於版，故云肄業，《管子．宙合篇》云：「退身不捨端，修業不息版。」以此證之，則「肄業」之爲肄版明矣（學業之名，由此引申；與事業功業異義）。據此諸證，或「簡」或「牘」，皆從其質爲名；此所以別文字於言語也。其所以必爲之別者何也？文字初興，本以代言爲職；而其功用有勝於言者。蓋言語之用，僅可成線，喻如空中鳥跡，甫見而形已逝；故一事一義得相連貫者，言語司之。及夫萬類坌集，棼不可理；言語之用有所不周，於是委之文字。文字之用，可以成圖；故表譜圖書之術興焉。凡排比鋪張，不可口說者，文字司之。及夫立體建形，向背同現，文字之用，又有不周；於是委之儀象。儀象之用，可以成體；故鑄銅雕木之術興焉。凡望高測深，亦不可圖表者，儀象司之。然則文字本以代言，而其用則有獨至；凡無句讀之文，皆文字所專屬者也。文之代言者，必有興會神味。文之不代言者，則不必有興會神味。不代言者，文字所擅場也。故論文學者，不得以感情爲主。今分無句讀文爲圖畫、表譜、簿錄、算草四科。而有句讀文則分有韻、無韻；有韻文者：賦頌、哀誄、箴銘、占繇、古今體詩、詞、曲；無韻文者：學說、歷史、公牘、典章、雜文、小說也。其中學說、歷史、公牘、典章、雜文又當區爲各類。以此分析，則經典亦當散入各科：如《周易》者，占繇科也。如《詩》者，賦頌科也。如《周禮》者，典章科之官禮類也。如《儀禮》者，典章科之儀注類也。如《禮記》者，典章科之儀注類（〈曲禮〉、〈內則〉、〈投壺〉、〈公符〉諸篇皆是）、書志類（〈祭法〉、〈明堂〉、〈月令〉諸篇皆是），學說科之諸子類（〈中庸〉、〈禮運〉、〈三朝〉諸篇皆是）、疏證類（〈昏義〉、〈冠義〉、〈鄉飲酒義〉諸篇皆是），歷史科之記傳類（如〈五帝德〉篇是）也。《春秋》者，歷史科之編年類；《世本》則表譜科；《國語》則歷史科之國別史類；「二傳」則學說科之疏證類也。《論語》、《孝經》者，學說科之諸子類也。《爾雅》、《說文》者，學說科之疏證類也。至於正史一書之中，分科各異：如紀傳，則歷史科之紀傳類也；書志，則典章科之書志類也；年表，則表譜科也；若〈百官公卿表〉，則又典章科之官禮也；〈宰相世系表〉，則又歷史科之姓氏書類也。於書志中，有〈藝文〉、〈經籍〉等志，則又歷史科之目錄類也。文人所作總集別集之屬，大抵多在雜文科中；而碑志，則歷史科之款識類；傳狀，則歷史科之行狀類別傳類也；若〈翰苑集〉，則公牘科之奏議類也；若〈順宗實錄〉，則歷史科之紀傳類也。凡自成一家之書，名爲諸子。然《別錄》、《七略》，兵書、方技、數術、皆爲獨立，不入〈諸子略〉中。晉荀勖《簿錄中經》分爲四部；而兵書、數術，遂與諸子合符。梁阮孝緒作《七錄》，子、兵爲一，而技術復在其外。隋〈經籍志〉始以兵家、天文家、曆數家、醫方家盡入諸子，自今以後，科學漸興，則諸子所包，其數將不可計；儒家、道家，同爲哲學；墨家、陰陽家，同爲宗教；似亦不須分立矣。此與歷史、公牘、典章、小說諸科皆相涉入；惟於雜文則遠耳。其次或自成一家，或依附舊籍，而皆以實事求是爲歸者，則通名爲「疏證」。上自經說，下至近世之札記，此皆疏證類也。其最古者，若《尚書》有〈太誓故〉（見《周語》）；《管子》有〈形勢解〉、〈立政九敗解〉、〈版法解〉、〈明法解〉；《韓非》有〈解老〉、〈喻老〉；此亦疏證類也。而近人別集，如戴震、錢大昕、段玉裁、阮元輩，其間雜文甚少，而關於考證者多；是亦疏證類也。此類與歷史、公牘、典章、雜文、小說諸科，則皆相涉入者也。其有商度文史，自成一家者，名曰「平議」；若荀勖之《雜撰文章家集敘》，摯虞之《文章志》、傅亮之《續文章志》，《隋書》皆列入《史部．簿錄篇》中，皆爲近似；而後人則於「別集」、「總集」而外，又立一「文史」類，搜集此種，錄入其中；則名實相去遠矣。今之史評，若《史通》是也；今之文評，若《文心雕龍》是也。其關於款識者，若《金石要例》是也，其關於古今體詩者，若《詩品》是也。其通評文史者，若《文史通義》是也。此則與無句讀文、有句讀文皆相涉入者也。故凡有句讀文，以典章爲最善，而學說科之疏證類，亦往往附居其列；文皆質實而遠浮華，辭尚直截而無蘊藉，此於無句讀文最爲鄰近。魏、晉以後，珍說叢興，文漸離質，作史者能爲紀傳而不能爲表譜書志。今觀陳壽之《三國志》，范曄之《後漢書》，姚思廉之《梁書》、《陳書》，令狐德棻之《周書》，李百藥之《北齊書》，李延壽之《南史》、《北史》，惟存紀傳，而表志絕焉（惟沈約《宋書》、蕭子顯《齊書》、魏收《魏書》有志。若《續漢書》之志，則司馬彪作，非范曄所能作也。《隋書》成於官撰，紀傳與志分任纂修，蓋作紀傳者亦不能作志也。《晉書》亦官撰，故得有志）。江淹所以嘆『作史之難，莫難於作志』也。中唐以後，「三傳」束閣；降及北宋，論鋒橫起，好爲浮蕩恣肆之辭，不惟其實；故疏證之學漸疏。劉攽、劉奉世、洪適、洪邁、婁機、吳曾、王應麟之徒，雖能考證叢殘，持之有故，言之不能成理；屬文者便於荒陋，反以疏證爲支離；此文辭所以日趨浮僞也。雖然，既已謂之文辭，則書志必不容與表譜簿錄同其繁碎，疏證必不容與表譜簿錄同其冗雜。故書志之要必在訓辭翔雅；若《漢志》、《隋志》、《通典》之文則得矣；宋、元、明志、《通考》、《續通考》輩，非其任也。疏證之要必在條理分明；若江永、戴震、段玉裁、王引之、金榜、黃以周之文，則得矣。余蕭客、王昶、洪亮吉輩，非其任也。以典章科之書志，學說科之疏證，施之於一切文辭；除小說外，凡敘事者尚其直敘，不尚其比況；若云：「血流漂杵。」或云：「積干曳甲與熊耳山齊。」其文雖工，而爲偭規改錯矣。凡議論者尚其明示，而不尚其代名；若云：「顏淵雖篤學，附驥尾而行益顯。」或云：「足歷王庭，垂餌虎口。」其文雖工，而爲雕刻曼辭矣。乃若疊韻雙聲，連字連義，用爲形容者，惟於韻文爲宜；無韻之文，亦非所適。所以者何？韻文以聲調節奏爲本；故形容不患其多。無韻之文，便與此異。前世作者用之符命，是爲合格；其他諸篇，倘見則可，過多則不適矣。相如、子雲湛深於古文奇字；〈移檄〉、〈解嘲〉之屬，用此亦多。後人當師其奇字，不當師其形容語也。乃如舉地稱官，皆從時制；雖當異族秉政。而亦無可詭更，所謂「名從主人」也。近世爲文例者，只以此爲金石刻畫之程式；其實雜文亦爾；特歷史、公牘諸科，需此尤切耳。夫解文者，以典章學說之法，施之歷史、公牘，復以施之雜文，此所以安置妥帖也。不解文者，以小說之法施之雜文，復以施之歷史、公牘，此所以骩骳不妥也。或曰：「子前言一切文辭體裁各異，故其工拙亦因之而異，今乃欲以書志疏證之法施之於文辭，不自相刺繆耶？」答曰：「前者所說，以工拙言也。今者所說，以雅俗言也。工拙繫乎才調，雅俗者存乎軌則。軌則之不知，雖有才調而無足貴；是故俗而工者，無寧雅而拙也。雅有消極、積極之分。消極之雅，清而無物；歐、曾、方、姚之文是也。積極之雅，閎而能肆；揚、班、張、韓之文是也。雖然，俗而工者，毋寧雅而拙；故方、姚之才雖駑，猶足以傲今人也。吾觀日本之論文者，多以興會神味爲主，曾不論其雅俗；或其取法泰西，上追希臘，以「美」之一字橫梗結噎於胸中。故其說若是耶？彼論歐洲之文，則自可耳；而復持此以論漢文。吾漢人之不知文者，又取其言以相矜式；則未知漢文之所以爲漢文也。日本人所讀「漢籍」，僅中唐以後之書耳。魏、晉、盛唐之遺文，已多廢閣；至於周、秦、兩漢，則稱道者絕少；雖或略觀大意，訓詁文義，一切未知，由其不通小學耳。夫中唐文人，惟韓、柳、皇甫、獨孤、呂、李諸公爲勝。自宋以後，文學日衰，以至今日。彼方取其最衰之文、比較綜合以爲文章之極致，是烏足以爲法乎！」

或曰：「子之持論，似明世七子所言，專以唐爲封域；而蔑視宋後諸公，寧非一偏之論耶？」答曰：「七子之弊，不在宗唐而祧宋也，亦不在效法秦、漢也；在其不解文義而以吞剝爲能，不辨雅俗而以工拙爲準。吾則不然。先求訓詁，句分字析而後敢造詞也；先辨體裁，引繩切墨而後敢放言也。此所以異於明之七子也！」

或曰：「子謂不辨雅俗，則工拙可以不論。前者已云：『以便俗致用爲要者，公牘是也。』彼公牘者，復何『雅』之足言乎？」答曰：「所謂『雅』者，謂其文能合格。公牘既以便俗，則上準格令，下適時語，無屈奇之稱號，無表象之言詞，斯爲雅矣。《漢書．藝文志》曰：『書者，古之號令；號令於眾，其言不立具，則聽受施行者弗曉。古文讀應爾雅，故解古今語而可知也。』是則古之公牘，以用古語爲雅；今之公牘，以用今語爲雅。或用『軍門』、『觀察』、『守』、『令』、『丞』、『倅』以代本名，斯所謂屈奇之稱號也。或用『水落石出』、『剜肉補瘡』以代本義，斯所謂表象之言詞也。其餘批判之文，多用四六，昔在宋世，已有龍筋鳳髓之書；近世宰官相率崇效，以文掩事，猥瀆萬端。此弊不除，此公牘所以不雅也。公牘之文，與所謂高文典冊者，其積極之雅不同，其消極之雅則一，要在質直而已；安有所謂便俗致用者，即無『雅』之可言乎？非獨公牘然也，小説之文，與他文稍異矣；然亦有其雅者，《史記．滑稽列傳》，《漢書．東方朔傳》，此皆小説所本；而《漢書．藝文志》之稱小説，則云『街談巷語、道聽途説者所造』，是所謂詢於芻蕘者也；故如邯鄲淳之《笑林》，劉義慶之《世説》，多當時實事也。其有意構造者，則如《漢志》所載小説諸家，多兼黃老；而其後亦兼鬼神，若《搜神記》、《幽明錄》者，非小説之正宗矣。然猶不以譎怪恢奇相尚，雖云『致遠恐泥』，而無淫汙流漫之文；是在小説，猶不失爲雅也。自明以來，文人誇毗，惟懷婚姻，自詡風流，廉恥道喪，於是有《祕辛雜事》、《飛燕外傳》諸作，浸淫至今，而其流不可遏矣。反古復始，故亦有其雅者。近世小説，其爲街談巷語，若《水滸傳》、《儒林外史》；其爲神怪幽祕，若《閱微草堂》五種；此皆無害爲雅者。若以古艷相矜，以明媚自喜，則無不淪入惡道。故知小説自有雅俗，非有俗無雅也。公牘小説，尚可言雅；況典章學説歷史雜文乎？若不知世有無句讀文；則必不知文之貴者，在乎書志疏證。若不知書志疏證之法可施於一切文辭，則必以因物騁辭，情靈無擁，爲文辭之根極。宕而失原，惟知工拙，不知雅俗；此文辭所以日弊也。」

炳麟生平論文之旨大略具是矣，然未及文之所由生也。炳麟以爲文生於名，名生於形，修辭必原本小學；而自以造辭先求故訓，窮理能爲玄言，高出時輩，不欲爲伍。與鄧實書曰：

昨聞上海有人定近世文人筆語爲五十家，以僕紆廁其列。僕之文辭爲雅俗所知者，蓋論事數首而已，斯皆淺露其辭，取足便俗，無當於文苑。向作〈訄書〉，文實宏雅；篋中所藏，視此者數十首；蓋博而有約，文不掩實，以是爲文章職墨；流俗或未之好也。定文者以僕與譚復生、黃公度偶。二子志行，顧亦有可觀者；

然學術既疏，其文辭又少檢格。復生氣體駿利；以少習儷語，不能遠師晉、宋，喜用雕琢，悰而失粹；輕佻之病，往往相屬。公度喜言經世，其體則同甫、貴與之儕；上距敬輿，下摧水心，猶不相逮。僕雖樸陋，未敢與二子比肩也。近世文士王壬秋，可謂遊於其藩，猶多掩襲聲華，未能獨往。康長素時有善言，而稍譎奇自恣。僕亦不欲與二賢參儷。謂宜刊削鄙文，無令猥廁；大衍之數，虛一不用，亦何傷於蓍卦哉？故非欲掎摭利病，泛僄時彥以自崇也。以爲文生於名，名生於形；形之所限者分，名之所稽者理；分理明察，謂之知文。小學既廢，則單篇摦落；玄言日微，故儷語華靡，不揣其本而肇其末，人自以爲卿、雲。家相譽以潘、陸，何品藻之容易乎？僕以下姿，智小謀大；謂文學之業，窮於天監；簡文變古，志在桑中；徐、庾承其流化，淡雅之風，於茲沬矣。燕、許諸公，方欲上攀秦、漢；逮及韓、劉、呂、權、獨孤、皇甫諸家，劣能自振。晚唐出以譎詭，兩宋濟以浮誇；斯皆不足劭也。將取千年朽蠹之餘，反之正則；雖容甫、申耆，猶曰「採浮華，棄忠信」爾；皋文、滌生尚有謏言，慮非修辭立誠之道。夫忽略名實，則不足以說典禮；浮辭未翦，則不足以窮遠致。言能經國，絀於籩豆有司之守。德音孔膠，不達形骸知慮之表。故篇章無計簿之用，文辨非窮理之器。彼二短者，僕自以爲絕焉。所以塊居獨處，不欲寄群彥之數者也。夫代文救僿，莫若以忠；撰錄文辭，諒非急務。然彼之爲是，亦云好尚所至而已。遂事既不可諫；僕之私著，出內在我，宜告以鄙懷，無令署錄，玉石朱紫，庶其有分。

炳麟故意高自標置；並世文人，獨稱王闓運能盡雅。或問如何能雅？曰：「抒所欲言，成章以達；而汰其虛字，不廁筆端，則盡雅矣。」爲文章尤喜以古字易今字，曰：「六書本義，廢置已夙。經籍仍用，通借爲多。捨借用眞，茲爲復始。」然盡雅而不便俗；後生小子讀其文者，罕能竟焉。徒震其高名，相爲矜耀而已。

炳麟論文，薄宋六士；而言詩又不取宋詩，作《辨詩》。其大旨以爲「宋世詩勢已盡，故其吟咏情性，多在燕樂。今詞又失其聲律，而詩龍奇愈甚。考徵之士，睹一器，說一事，則紀之五言，陳數首尾，比於馬醫歌括。及曾國藩自以爲功，誦法江西諸家，矜其奇詭，天下鶩逐，古詩多詰詘不可誦，近體乃與杯珓讖辭相等。江湖之士，艷而稱之，以爲至美；蓋自〈商頌〉以來，歌詩失紀，未有如今日者也！物極則變，今宜取近體一切斷之；古詩斷自簡文以上；唐有陳、張、杜、李之徒，稍稍刪節其要，足以繼風雅，盡正變。」以故生平爲詩不作近體；五言古最多。早歲亡命日本，因詠〈東夷詩〉以譏之，其第一首曰：

昔年十四五，迷不知東西；曾聞「太平人，仁者在九夷。隴首餘糇糧，道路無拾遺」。少壯更百憂，負紲來此畿。車騎信精妍，艨艟與天齊。窮兵事北狄，三載熸其師；將率得通侯，材官毦由雞。帑藏竟塗地，算賦及孤兒。天驕豈能久，愁苦來無圻。偷盜遂轉盛，妃匹如隨麇；家家懷美疢，鼾間生瘍微。乃知信虛言，多與情實違。

誦者嘆爲實錄。然炳麟爲詩，擬古之跡太甚；往往意以詞奪，卒不可通曉，蓋與文章同病云。刊有《春秋左氏傳讀敘錄》、《劉子政左氏說》、《文始》、《新方言》、《小學答問》、《說文部首韻語》、《莊子解故》、《管子餘義》、《齊物論釋》。又重定本《國故論衡》、《檢論》、《太炎文錄》、《葑漢微言》凡四十八卷，曰《章氏叢書》；而《葑漢微言》最晚出。炳麟負氣自高，又挾所學。辛亥國變，孫文以首倡革命，被推爲臨時大總統，又組國民黨而爲之魁，雖袁世凱亦屈意交親。而炳麟不爲之下，創設統一黨，組織《大共和日報》，自爲總主筆，爲文多相繩糾。及袁世凱代孫文爲臨時大總統，炳麟則與以書曰：「以光武遇赤眉之術，解散狂狡；以漢高封雍齒之術，起用宿將；以宋祖待藩鎮之術，安慰荊吳。大端既定，然後政治可施。當法紀之未成，惟人才爲急務。徇故吏，則不才者任事；安反側，則無賴者入官。殊途同歸，皆以紊政。夫變革之世，貴跅弛才。興作之時，尚精白士。」世凱答曰：「至理名言，親切有味。」特授勛二位。而炳麟性不受羈縻，一出任籌邊使，高談大論，漸爲世凱不耐，召入京，錮之龍泉寺，慮其文字扇亂，欲殺之。內史監阮忠樞諫曰：「武曌讀駱賓王之檄布，猶許爲人才；燕王受方孝孺之口誅，尙欲其不死。章之文章學術，不可多得，無罪而戮之，公之智豈下於燕王、武曌乎！」世凱動容，乃止。世凱死，乃釋出。及國民軍之再起也，孫傳芳撫有蘇、浙、皖、贛四省之衆，專制江以南，割地自封。國民軍將致討焉。而炳麟則借辭於孫文之聯俄容共，詬厲國民軍以爲不道，大放厥詞；孫傳芳亦以自張其壘而卒無救於敗。於是孫傳芳走，炳麟隱；杜門卻客。有晤論學，則憮然曰：「論學不在多言，要於爲人。昔吾好爲《菿漢微言》，闡於微而未顯諸用，核於學而未敦乎仁；博溺心，文滅質，雖多亦奚以爲！欲著《菿漢昌言》以竟吾指也。」生平有章瘋子之目，而彌爲詭誕，題署多名，初本名炳麟，後私淑崑山顧亭林氏，而易名絳，於是字曰太炎；以亭林名絳，又名炎武也；既則自以治漢學，而所服膺者在劉歆，輒署「劉子駿之紹述者」。迨研《大乘起信論》，每作梵文敘言，後題「佛滅度後二千三百八十三年，震旦優婆塞章絳序」，或署「震旦白衣章炳麟序」。及爲袁世凱所幽，邏卒在門，從遊者皆不得見，至以爲苦。既而世凱亦知炳麟徒書生好大言，實無他；意解，移之錢糧胡同，稍弛其禁，然仍不得出，則慨然曰：「余惟待死矣！」與其弟子黃侃書，則署「待死人章某」也。每慨然曰：「吾死，諸夏文化亡矣！」既以國民黨用事而擯於世，無所發憤。會前大總統黎元洪死，則挽以聯曰：「繼大明太祖而興，玉步未更，綏寇豈能干正統。與五色國旗同盡，鼎湖一去，譙周從此是元勛。」弦外之音，令人驚異。而下署「中華民國遺民章炳麟挽」也。繼而孫總理奉安新都，寄挽一聯曰：「舉國盡蘇俄，赤化不如陳獨秀！滿朝皆義子，碧雲應繼魏忠賢！」以總理前停櫬北平碧雲寺，舊傳出魏閹建也，則又公然誹謗，擬不於倫。誦之者嘩曰：「此眞瘋子矣！」既而主張讀經救國；以民國二十三年，講學蘇州之錦帆路，設章氏國學講習會。銳意治《書古文》，以太史公爲準繩。其弟子汪柏年親聞微言，移錄成書。蔣中正方當國，以其一代大師、邦人矜式而佐以萬金。又欲聘之主國史館；而炳麟謝不就。以二十五年六月十四日卒，年六十九歲。弟子數百人，錢玄同、黃侃最著。而玄同中途畔去；獨侃稱高足也。

黃侃，字季剛，號運甓，別號病禪，一作病蟬，湖北蘄春人。炳麟逃難日本，與侃遇；侃數稱道《毛詩傳》、《說文解字》，自言受父四川按察使黃君雲鵠爲《兒時書笛》誦之，以更《千字文》。遂受學炳麟稱弟子。讀書多神悟，尤善音韻；文辭淡雅，上法晉宋。炳麟亟稱之曰：「季剛清通練要之學，幼眇安雅之辭，並世吾未見有比也！」嘗著〈夢謁母墳圖題記〉，炳麟尤所賞異！辭曰：

乘撥逆蘄水而上，可百三十里，溪水清泊，平潭彌望，有水自東來會，是爲白水，其右有市，名曰包茅；對溪孤山，孽然高舉，峭不可上；則螭堆也。山麓精廬，云洗心閣；寒泉步倚，所在深窈。渡此以上，堤綿半里；松檜棽映，中有豫章，繚以周垣，扶疏四布，干可十圍；與溪西一樹相直；悉是三百年物。堤外廣陂，扶渠滿中；小渚二三，雜植槐樫。循池東走，得黃氏祠墓，前直螭堆，若樹重表。黃氏始自江西，占籍此地；有信甫是其初祖，鄉人謠俗以人表地，及其自署，乃云螭堆黃氏。蓋山水清邃，錯以腴壤，良宜聚族而居者矣。先人相宅，在山之陰。前有三丘，駊騀相屬；右爲章丘，亡母周孺人墓在焉；面西背東；水出其北；白石爲塋，碑崇三尺。隴首長松，高可二丈，下覆冢兆，有如羽蓋。升虛反望，便見吾家。墓下田舍庳隘，借以守冢，山田數畝，有圃有池；其前溪袤十里，璇環可睹，俠溪遠阜，青蒼掇天。臨溪一面，重巘峻削，與螭堆齊。自爾而下，堤皆樹柳；墓前單椒，陡入溪脅；堤則盡矣。先時下葬，神靈聽從；意母之潛魂，眷懷舊地；煢煢孤子，可以朝夕顧守斯墳。曾不幾時，違患遠遊，既流竄東夷，恐遂不得返鄉里，上先人冢墓，一旦溘死，復不能依母泉下。宵中魂夢，恆來是丘，既寤悲傷，至於昒旦。因請沙門曼公繪爲是圖，粗存較略，借用寄思。但望之匪遙，遠則萬里，詩曰：「豈不懷歸？畏此罪罟。」每念斯言，所以零涕沾衣者也。黃侃題記。

侃入民國，歷北京大學、武昌師範大學、南京中央大學文科教授；以民國二十四年十月八日卒，年五十歲。

平生於當代老宿，多譏彈；惟於炳麟則始終服膺。儀徵劉師培學贍文高，為炳麟所敬服；師培在北京大學，而侃與商量學術，心折靡已，亦師事焉。徒以生性狷潔，恆與人忤。而詞筆高簡；初見方訝其奇字澀句，細玩又覺雋永深醇；小賦可追魏、晉；五言詩有晉、宋之遺；則固足以繩徽於炳麟而為高第弟子焉。顧有炳麟同時交好，不稱弟子，而造辭傀麗，依於炳麟，以言譯事者，蘇玄瑛也。然玄瑛志潔而行芳，超然塵埃之表，可以儀刑澆世；則軼乎炳麟矣。

蘇玄瑛字子穀，號曼殊，即所稱「沙門曼公」為黃侃繪〈夢謁母墳圖〉者；小字三郎，始名宗之助。其先日本人也。王父忠郎，父宗郎，母河合氏。生數月而父歿、母子煢煢靡所依，而河合氏綜覽季世，漸入澆漓；思攜所生託根上國，會粵人香山蘇某商於日本，因歸焉，遂籍香山而父蘇某。蘇某固香山甲族，在國內已娶妻生子矣。至是得玄瑛母子，並挈之歸國；時玄瑛方五歲也。居三年。河合氏不見容於蘇婦，走歸日本。玄瑛依假父獨留，顧蘇婦甚玄瑛甚，族人亦以玄瑛異類，群擯斥之。假父無如何，則分資遣就外傅於香港，從西班牙羅弼氏、莊湘處士治歐羅巴文。莊湘奇賞焉。學二載而假父亦歿。乃歸於蘇；則蘇婦遇玄瑛益虐。年十二，遂為沙門，始從慧龍寺主持贊初大師披剃於廣州長壽寺，法名博經，號曰曼殊。旋入博羅，坐關三月，詣雷峰海雲寺，具足三壇大戒；嗣受曹洞衣鉢，任知藏於南樓古剎。亡何，以師命歸廣州。值新學方張，爭言毀寺；而長壽寺亦被其厄，玄瑛則特筆記之曰：「不意長壽寺已被新學暴徒，毀為墟寺，法器無存。」乃東渡日本，依河合氏，居神奈川，顧自居中國人而樂重其風土。學泰西美術於上野二年，學政治於早稻田三年，皆無成。清使汪大燮以使館公費助之學陸軍八閱月；卒不屑竟學；則思為遠遊，發抒其意志。得故師莊湘資助，整裝之暹羅，隨喬悉磨長老究心梵章二年。初玄瑛以漢土梵文作法，久無專書；其存於龍藏者，惟唐智廣所撰《悉曇字記》一卷；然音韻既多齟齬，至於語格一切未詳；蓋徒供持咒之用而已。嘗欲有志造術而未果也。至是喬悉磨長老勖以成書；而見西人撰述《梵文典》，條例彰明，與慈恩所述八轉六釋等法，正相符會；因成《梵文典》八卷，章炳麟為序焉。遂盡通梵漢暨歐羅巴諸國典籍；嘗謂「世界文字簡麗相俱者，莫若梵文；而梵文之典麗閎雅，莫如〈摩訶婆羅多〉、〈羅摩衍那〉二章，爲長篇敘事詩，雖吾震旦〈孔雀東南飛〉、〈北征〉、〈南山〉諸什，亦不足比其閎美。考二詩之作，在吾震旦商時；此土向無譯本，惟《華嚴疏鈔》中述其名稱，有云《波羅多書》、《羅摩延書》，謂出馬鳴菩薩手，文固曠劫難逢，特玄奘當日以其無關正教，而不之譯也。然二詩於歐土早有譯本，《婆羅多書》以梵士哆君所譯爲當。」更援《婆羅多書》以證「支那」之音非「秦」轉；其大旨謂：「中夏國號曰『支那』。有謂爲『秦』字轉音者；歐洲學人皆具是想，而不知其非然也。嘗聞天竺遺老之言曰：粵昔民間耕種，恃血指，後見中夏人將來犁鋤之屬，民咸駭嘆，始知效法，從此命中夏人曰『支那』。」「支那」者，華言巧慧也。是名亦見《摩訶婆羅多書》，前此有王名婆羅多，其時有大戰，後始統一印度，遂有此作，王言：「嘗親統大軍，行止北境，文物特盛，民多巧智，殆『支那分族』云云。考婆羅多朝西紀前千四百年，正震旦商時；當時印人慕我文化，稱智巧耳。證得音非『秦』轉矣。」旋至上海，從陳獨秀、章士釗遊，爲《國民日報》翻譯，譯法人囂俄書；名曰《慘社會》，刊諸報端；蓋獨秀之所刪潤也。時玄瑛雖博學而不工爲文章，造辭多乖律令；而獨秀殷勤牖迪，不啻師之於弟子焉。而於是玄瑛中國文學之天才始浚發也。

已而玄瑛赴蘇州，任吳中公學教授。繼渡湘水，登衡嶽以弔三閭大夫，主講實業、崇正、明德、經正諸學校。授課以外，終日杜戶。忽一日，手筇杖著僧服而出，云將遊衡山；則飄然去矣。尋重遊暹羅之盤谷，時讓清光緒二十九年癸卯，玄瑛年二十矣。明年甲辰，主講盤谷青年學會；旋赴錫蘭，駐錫菩提寺。暹羅古稱扶南；錫蘭則法顯《佛國記》所謂師子國也；遂作《法顯佛國記》、《惠生使西域記地名今釋》及《旅程圖》。乙巳之南京，會池州楊文會仁山方創祇洹精舍，招玄瑛及李世由爲講師。而玄瑛則大喜過望，與友人書曰：「瑛於此亦時得聞仁老談經，欣幸無量。仁老八十餘齡，道體堅固，聲音宏亮。今日謹保我佛餘光，如晻嵫落日者，惟仁老一人而已。」德國柏林大學教授法蘭居士者，適來遊，遇玄瑛談及英人近譯《大乘起信論》，以爲破碎過甚。玄瑛喟然嘆曰：「譯事固難，況譯以英文，首尾負竭，不稱其意，滋元論矣。又其卷端謂馬鳴此論，同符景教，是烏足以語大乘者哉！」法蘭屬玄瑛爲購《法苑珠林》，版久蠹蝕，無以應其求也。因語法蘭曰：「震旦萬事零墜，豈復如昔時所稱天國？亦將爲印度、巴比倫、埃及、希臘之繼耳！」感喟身世；發嘔血疾，東歸，隨河合氏居徑子櫻山，侍母之餘，惟好嘯傲山林。一日，夜月照積雪，泛舟中禪寺湖，歌拜輪〈哀希臘〉之篇，歌已哭，哭復歌，抗音與流水相應，蓋哀中國之不競而以拜輪身世自況。舟子惶駭，疑其痴也。亦以其間從章炳麟學爲詩焉。丙午，輯《文學因緣》二卷成，自爲序。之蕪湖，主講皖江中學，識懷寧鄧繩侯。已復之南京，主講陸軍中學，識丹徒趙聲。旋以病起胸鬲，遄歸將母，與黃侃同譯《拜輪詩》；而意趣所寄，尤在〈去國行〉、〈大海〉、〈哀希臘〉三篇；則玄瑛與黃侃草創之；而章炳麟潤色以成篇者也。玄瑛重繫之讚曰：「善哉，拜輪以詩人去國之憂，寄之吟詠；謀人家國。功成不居；雖與日月爭光可也！夫詩歌之美，在乎氣體，譯之所不能概；然其情思幻眇，抑亦十方同感。如予舊譯〈熲熲赤牆靡〉、〈去燕〉、〈冬日〉、〈答美人贈束髮𧝓帶詩〉數章，可爲證已。」所稱〈答美人贈束髮𧝓帶詩〉者，亦拜輪之作也。凡六章，章四句，辭曰：

何以結綢繆？文紕持作緄。曾用繫卷髮，貴與仙蛻倫。
繫著羼衣裡，魂魄還相牽。共命到百歲，殉我歸重泉。
朱脣一相就，汋液皆芬香。相就不幾時，何如此意長！
以此俟偕老，見當念舊時。摯情如根荄，句萌無絕期。
今髮乃如銑，波文映珍鬋。顙首一何佼，舉世無與易。
錦帶約鬖髮，朗若炎精敫。赤道瞧無雲，光景何鮮暐！

歐詩之譯，自玄瑛始；而出以五言，辭必典則；彷彿晉宋，不爲鄙倍，斯可謂王闓運、章炳麟之同調也已。至〈去燕〉者，英人師梨詩也；玄瑛常言：「英人詩句，以師梨最奇詭而兼疏麗；蓋合中土義山、長吉而熔冶之者。」乃譯以五言四章，章四句，辭曰：

燕子歸何處？無人與別離。女行蹇誰見，誰爲感差池？
女行未分明，蹀躞復何爲。春聲無與私，尼南欲語誰？
遊魂亦如是，蛻形共驅馳。將翺復將翔，隨女天之涯。
翻飛何所至？塵寰總未知。女行諒自適，獨我棄如遺。

玄瑛有《師梨詩》一冊，稱爲西方美人之貽，甚寶貴之。炳麟題其端曰：「師梨所作詩，於西方最爲妍麗；猶此土有義山也。其贈者亦女子，展轉移被，爲曼殊闍黎所得，或因是懸想提維與佛弟難陀同轍。於曼殊爲禍爲福，未可知也。」師梨與拜輪咸以詩人多愁善感，又年少美風儀；蛾眉曼睩之流，多傾心焉。而玄瑛以飄泊流徙之軀，東西南北，隨人裊其情絲；瓣香所在，意以自況身世；各題以一絕曰：

秋風海上已黃昏，獨向遺篇弔拜輪。詞客飄蓬君與我，可能異域爲招魂？（《題拜輪集》）

誰贈師梨一曲歌，可憐心事正蹉跎。琅玕欲報從何報？夢裡依稀認眼波。（《題師梨集》）

詩人寄託，別有懷抱，每謂：「拜輪猶中土李白，天才也。師梨猶中土李賀，鬼才也。」然拜輪豪放，師梨淒艷，而玄瑛字擬句放，譯以五古，晦而不婉，啞而不亮，衡其氣體，似傷原格。其譯拜輪〈星耶峰耶俱無生〉一章，則幾不成語矣。不特於譯學三事，皆未周匝也；所自爲詩，又不爲譯詩之奧古，而以七絕最爲工。然亦僅足備司空表聖所云「窈窕深谷，時見美人」一格；而往往有故作虛神，其實無遠味者。散文蕭閑有致，小品彌佳，而長篇皆冗弱，無結構，無意境，無情趣，筆舌散漫；所謂儁人而非大才也。徒以抗心希古，依於炳麟，沾溉所被，所譯遂稱高格。而後生睹其古體，相驚漢、魏，又多淫麗之辭；中於所嗜，推崇過當，異議亦起。然玄瑛詞旨雅令，自稱儁才。

丁未，爲譯學會譯師，交遊婆羅門憂國之士；願捐所有舊藏梵本，與陳獨秀、章炳麟議建梵文書藏；人無應者，卒不成。已而劉師培爲《天義報》，倡無政府主義，邀玄瑛同居，刊其畫於報端。師培婦何震則從玄瑛習繪事，號稱女弟子；震爲玄瑛輯刊書譜；玄瑛自有序；又思刊布所著《梵文典》，印度波羅罕學士暨炳麟、師培爲序，獨秀爲題詩，震爲題偈。顧咸未集事，僅於《天義報》刊其序跋諸作而已。別取《文學因緣》刊布之，亦僅成其半。戊申，刊《拜輪詩選》成；復廣爲《潮音》一書，即移錄《拜輪詩選序》弁其首。己酉，南遊星加坡，値莊湘處士及其女雪鴻於舟次。初，莊湘欲以雪鴻妻玄瑛。玄瑛垂淚曰：「吾證法身久，辱命奈何！」遂已。顧猶以文字寄情款，〈與友人書〉曰：「衲謂凡治一國文學，須精通其文字。昔瞿德逢人必勸之治英文；此語專爲拜輪之詩而發。夫以瞿德之才，豈未能譯拜輪之詩？以非其本眞耳。太白復生，不易吾言。此次南渡，舟中遇西班牙才女羅弼氏，亦以此說爲當；即贈我西詩數冊，每於榔風椰雨之際，挑燈披卷，且思羅子，不能忘弭也。」時玄瑛方譯《燕子箋傳奇》爲英吉利文；甫著稿而雪鴻約以相詒，刊行歐土，欲以志文字因緣。顧玄瑛好言譯事而致難其詞，以爲未易！每稱「譯事之劇，莫難於詩；而歐土詩伯，無過拜輪、師梨。拜輪足以貫靈均、太白；師梨足以合義山、長吉；而沙士比、彌爾頓、田尼孫以及美之郎弗勞諸子，只可與杜甫爭高下。此其所以爲國家詩人，非所語於靈界詩翁也。近世學人均以爲泰西文學精華，盡集林、嚴二氏故紙堆中。嗟夫，何吾國文風不競之甚也！嚴氏諸譯，我未經目。林氏說部，獨《魯濱孫飄流記》、《金塔剖屍記》二書，以少時曾讀其原文，故售誦之，服其精能。餘如《吟邊燕語》、《不如歸》，皆譯自第二人之手。而林不解英文，可謂譯自第三人之手，所以不及萬一。甚矣，譯事之難也！獨辜鴻銘氏譯《痴漢騎馬歌》，可謂辭氣相副。惜乎辜氏之無意文學一也。至其中土之美，轉移歐方；獨誦莊湘師〈葬花詩〉，詞氣湊泊，語無增減。若法譯〈離騷經〉、〈琵琶行〉諸篇，雅麗遠遜原作。夫文章構造，各自含英；有如吾粵木棉素馨，遷地弗為良。況歌詩之美，在乎節族長短之間，慮非譯意所能盡也。文章之美，身毒為最，漢文次之；歐洲番書，瞠乎後矣。漢譯佛經，自然綴合，無失彼此。蓋梵、漢字體，俱甚茂密；而梵文八轉十羅，微妙瑰琦；斯梵章所以為天書也。」旋之爪哇，主講喏班中華會館；庚戌，始遊梵土，居中印度芒碣山寺。辛亥夏，歸日本，詣王父墓所；會其遠親金閣寺僧飛錫為刪定《潮音集》，與蓮華寺主刊印流通，囑玄瑛重證數言，玄瑛曰：「余離絕語言文字久矣。當入鄧尉，力行正照，吾子其毋饒舌！」時玄瑛年二十有八也，復渡爪哇，得莊湘處士書，為序所譯《燕子箋》，並論佛法。而玄瑛答書千餘言，其中極論懺之非佛法，大指謂：「應赴之說，古未之聞。昔白起為秦將，坑長平降卒四十萬；至梁武帝時，志公智者，提斯悲慘之事，用警獨夫好殺之心，並示所以濟拔之方。武帝遂集天下高僧，建水陸道場，凡七晝夜；一時名僧咸赴其請，應赴之法自此始。檢諸內典，昔佛在世，為法施生，以法教化。一切有情，人間天上，莫不以五時八教，次第調停而成熟之；諸弟子亦各分化十方，恢弘其道。迨佛滅度後，阿難等結集《三藏》，流通法寶。至漢明帝時，佛法始入震旦，風流向盛。唐、宋以後，漸入澆漓，取為衣食之資，將作販賣之具。嗟夫異哉！自既未度，焉能度人？譬如落井救人，二俱陷溺。且『施』者，與而不取之謂。今我以法與人，人以財與我，是謂貿易；云何稱『施』！況本無法與人，徒資口給耶？縱有虔誠之功，不贖貪求之過。若復苟且將事以希利養，是謂盜施主物，又謂之負債用；律有明文，呵責非細。志公本是菩薩化身，能以圓音利物。唐持梵唄，無補秋毫；矧在今日凡僧，相去更何止萬億！田延雲棲廣作懺法，蔓延至今，徒誤正修，以資利養，流毒沙門，其禍至烈。至於禪宗本無懺法，而亦相率崇效；非但無益於正教，而適為人鄙夷。思之寧無墮淚！」並著其說於《斷鴻零雁記》，辭意悲慨，而出之大聲疾呼，如聞獅子吼矣。

既聞漢土光復，而玄瑛亦以興會標舉，航海來歸，遂之上海。臨時大總統孫文，亦香山人也，初亡命日本，以與玄瑛鄉里雅故；海內才智之士，望風慕義者，鱗萃輻湊，人人願從玄瑛遊，自以為相見晚。玄瑛翺翔其間，若莊光之於南陽故人焉。及是南都建國，諸公者皆乘時得位，爭欲致玄瑛。玄瑛冥鴻物外，謂：「山僧日醉卓氏爐前，則亦已耳；何遂要山僧坐綠呢大轎子，與紅鬚碧眼人爲伍耶？明末有童謠曰：『職方賤如狗，都督滿街走。』不圖今日滬上所見，亦復如是！」徒以稟性孤潔，悄然獨往，不肯爲翕翕熱，每謂「南雷有言：『人而不甘寂寞，何事不可爲？』『籠雞有食湯刀近，野鶴無糧天地寬。』特爲今日之名士痛下箴砭耳！」時章炳麟方持節爲東三省籌邊使，意氣洋洋，甚自得也。而玄瑛則語人曰：「此公興致不淺，知不慧進言之緣未至；不欲見之矣。」然而炳麟則稱之曰：「廣東之士，儒有簡朝亮，佛有蘇玄瑛，可謂厲高節、抗浮雲者矣。若黃節之徒，亦其次也；豈與錄名黨籍，矜爲名高者同日語哉！」而玄瑛遠矣。

玄瑛工愁善病；顧健飲啖，日食摩爾登糖三袋，謂是茶花女酷嗜之物，又嘗一日飲冰五六斤，比晚不能動，人以爲死，視之猶有氣；明日仍飲冰如故，以是得腹疾。尤嗜呂宋雪茄煙；偶囊中金盡，無所得資，則碎所飾義齒金質者，持以易煙。其他行事都類此，人目爲痴。然談言微中，玄瑛不痴也。嘗過張園，有女如雲，競爲歐妝以相炫耀；因悲嘆曰：「『艷女皆妒色，靜女獨檢蹤；任禮恥任妝，嫁德不嫁容；君子易求聘，小人難自從；此志誰與諒，琴弦幽韻重。』此孟郊〈靜女吟〉也。所見吾女國民，皆競邪侈，新妝靚服，招搖過市，殊自得意，以爲如此則文明矣；又奚望其有返樸還淳之日哉？衲敬語諸女同胞，此後勿徒效高乳細腰之俗，當以靜女『嫁德不嫁容』之語爲鏡臺格言，則可耳。」又謂：「吾國今日女子殆無貞操，猶之吾國殆無國體之可言；此亦由於黃魚學堂之害。女必貞而後自由。昔者王凝之妻，因逆旅主人之牽其臂，遂引斧自斷其臂。今之女子何如？若夫女子留學，不如學毛兒戲。」或問「黃魚學堂」何意。曰：「衲效吳中語耳。蘇稱女子大足者曰黃魚。」又謂：「吾國多一出洋學生，則多一通番賣國之人。」又告友人曰：「吾在滬見各國麵包遠不及法蘭西人所製者。惟牛肉牛乳，勸君不宜多食。不觀近日少年之人，多喜牛肉牛乳，故其情性類牛？不可不愼也。吾發明一事，以中華腐乳塗麵包，又何讓外洋痴司牛油哉！」傷心之言，出以戲笑；言之無罪，聞者足戒也。〈國風〉好色而不淫，〈小雅〉怨悱而不亂，若玄瑛者，可謂兼之矣。癸丑以還，袁世凱既擅政，剪滅異己，孫文、黃克強皆亡命出國；而玄瑛棲遲上海，顧偵者則指為黃克強之間也。玄瑛既躬更喪亂，乃垂涕曰：「嗟夫，四維不張，生民塗炭，寧有不亡國者！吾但奉承阿母慈祥顏色可耳。」遂東歸養痾。一日，之上海，與友人握手道故，形容憔瘁甚，但言：「邑廟新闢商場極絢爛；顧求舊時擔錫粥者弗可得；蓋大商壟斷之術工，而細氓生計盡矣。天下之所謂新政者，類如此耳！」玄瑛生平絕口論政事，獨其悲天憫人之懷，流露於不自覺，有如此者。七年戊午，再之上海，臥病金神父路廣慈醫院數月，竟不起，卒年三十有五：少時假父為聘女曰雪梅，假父歿，女家絕玄瑛婚，雪梅侘傺死。既東渡，河合氏有姊，欲以女靜子嬪玄瑛，卒謝之。顧美利加有肥女重四百斤，脛大如汲水甕，玄瑛視之，問：「求偶耶？安得肥重與君等者？」女曰：「吾故欲瘦人。」玄瑛曰：「吾體瘦，為君偶何如？」傳者以為笑。玄瑛獨行之士，不儕流俗；而遭逢身世，有難言之痛。間為小詩，多綺語。自言有〈無題〉三百首；索閱，乃弗肯出，卒亦無見其稿者。尤工繪事，精妙奇特，自創新格。既交丹徒趙聲，索為〈荒城飲馬圖〉，未應；聲起兵廣州事敗，嘔血死；玄瑛則繪寄所好，焚之墓上。自是遂絕筆，不復作也。玄瑛既歿之十年，其友吳江柳棄疾亞子始搜其遺著，刊成《蘇曼殊全集》，凡七類，曰《詩集》、《譯詩集》、《文集》、《書札集》、《雜著集》、《譯小說集》、《小說集》，旁採博搜，加以考證，而於是玄瑛之文章，乃大白於天下也。玄瑛交遊滿四海，尤多賢豪長者。而一死一生，乃見交情；獨借棄疾以不朽其文章云。棄疾，字安如，別號亞子，江蘇吳江人，蓋南社之發起人也；別著於篇。

2. 駢文

劉師培——李詳（附：王式通）——孫德謙（附：孫雄）——黃孝紓

王闓運弘宣今學，章炳麟敦尚古文，蘇玄瑛皈心釋典，所學不同；而文尚魏、晉，以淡雅為宗，則蹊徑略同。顧有敦崇古學，與炳麟契合，而文章不同者，劉師培是已。

劉師培，字申叔，江蘇儀徵人；曾祖文淇，祖毓崧，伯父壽曾，均以治《左傳春秋》，名於清道、咸、同、光之世，列傳國史；三世傳經，世稱儀徵劉氏者也。父貴曾，亦以經術發名東南。師培少承先業，服膺漢學，以《春秋》三傳同主詮經；《左傳》為書，說尤賅備；審其義例，或經無傳著，或經略傳詳；以傳勘經，知筆削所昭，類存微旨。漢儒說《左氏》，據本傳以明經義，凡經字相同，即為同指；又引月冠事，明經有繫月不繫月之分；創獲實多，亦校「二傳」為密。爰闡厥科條，著之凡例，成《春秋左氏傳列略》一卷。又據《漢志》，《禮古經》五十六卷，卷與篇同；謂於今文十七篇外，增多三十九篇，故合五十六篇言，則曰《古經》，亦曰《古文禮》；即三十九篇言，則曰《逸禮》。至五十六篇所自出，劉歆移書太常博士云：「魯恭王得古文於壞壁之中，《逸禮》有三十九篇，《書》十六篇。天漢之後，孔安國獻之，藏於祕府，伏而未發。」據是，則祕府所藏，即係孔壁所得。〈志〉云出於魯淹中及孔氏；孔氏，即安國也；是則《古經》篇目，當據《班書》；《逸禮》源流，當宗歆說。西漢之時，其古文舊簡，蓋惟藏於祕府，民間亦私有傳授；然其說不昌，是以絕無師說。東漢古經之行於民間者，別本滋多，然《逸禮》三十九篇，當世經師，均不作注，計其散亡，蓋在東晉以前；而遺文佚句，時見鄭氏及諸家稱引；宋王應麟、元吳澄並事考輯，所採未備，爰舉佚禮篇名之確可徵信者，成《佚禮考》一卷。又以《禮經》十九篇目，大小戴及劉向《別錄》所次不同；

鄭注據《小戴》本，其篇次則從《別錄》；〈既夕〉、〈有司徹〉二篇，篇名仍從《小戴》。魏、晉以下，推崇鄭本；三家舊誼，遂以湮沒。考鄭氏《目錄》，於經文十七篇分屬吉、凶、嘉、賓四禮，前此禮家並無此說。鄭義雖合古文，然不得目為此經舊誼；爰廣徵兩漢經師之說，為《禮經舊說考略》如干卷。

又以《周禮》先師說六鄉之吏，即冢宰六官，亦即六軍之將；知者，賈公彥引賈逵說：「以為六鄉之吏，則冢宰以下是。」《說文》「鄉」字注云：「封圻之內六鄉，六卿治之。」勘以《五經異義》所引古《周禮》之說，符契適合。自馬鄭始以鄉吏別六官，則王國之卿十有二人；並數三孤，則為十五，迥異古說。近孫詒讓為《正義》，一是折衷馬、鄭，疹發實鮮；爰申古誼，正其違失，著《周禮古注集疏》二十卷。

又以《古文尚書》，安國所得，既獻漢廷，因藏祕府。仁和龔自珍顧云：「秦燒天下圖書。漢因秦宮室，不應獨藏《尚書》；假使宮中有《尚書》，不應安國獻孔壁書始知增多十六篇。」不知漢收圖籍，非謂《詩》、《書》；若實有書，安國無緣再獻；史公云「獻」，則是未有其書。是知中祕古文，藏自武帝。既為孔壁之書，即匪嬴秦之籍，觀劉歆言：「安國獻古文！」又言：「藏於祕府，伏而未發，成帝乃陳發祕籍，校理祕文。」所云「祕藏」，即謂「中文」之屬；所云「校理」，蓋即劉向所司；是則劉向所觀，安國所獻，既無殊本，應即一書；龔氏所疑，不析自解。著《駁太誓答問》一卷。

又以《漢志．書》類著錄《周書》七十一篇；自注云「孔子所刪百篇之餘」，近儒每援之以說群經；爰參校同異，詳加編次，成《周書補正》六卷。若五官、三監、五服、濮路、月令、明堂諸考，則別著為編，成《周官略說》一卷。

清代經師治古文者，自高郵王氏父子以降，迄於定海黃以周玄同、德清俞樾曲園、端安孫詒讓仲容，各揭厥識，匡微補缺，闡發宏多。若夫廣徵古說，足諍馬、鄭之違，且鉗今師之口，則諸家未之或逮。故述造視前師為省，而精當寖寖過之。信乎研精覃思，持之有故者矣。又歷檢群籍，至於《內典》、《道藏》，無不究宣；嘗取老、莊、荀、董之書，仇正訛脫，獨創新解。按文次列，成《老子校補》一卷，《莊子校義》

一卷，《荀子校補》若干卷，《呂氏春秋校補》一卷，《楚辭考異》八卷，《賈子新書校補》一卷，《春秋繁露校補》三卷，計所發正，凡數百事，均王、洪、俞、孫之所未詮；一事論定，必旁推交通，百思莫能或易，乃著簡畢；而術業專攻，則在《周官》、《左氏春秋》。

生平精力奪於著述，世變紛綸，匪所能悉。而早歲過從，獨契章炳麟。炳麟治《周官左氏春秋》，其說多取之師培，而有不同，輒下己意。師培無以難也。炳麟著《新方言》，師培爲疏數十事。師培說「有」字，疑《說文》從「月」不諦，炳麟曰：「『有』者，本義爲日月食。《開元占經》引西方說，言月日食者，阿修巨靈所爲；浮屠書謂手遮蔽之；上古諸神怪語，多自西域來。『有』從月，又兼會意也，不然者，《春秋》書日食；必言『日有食之』，辭繁不殺，何也？日月蔽遮爲『有』，凡有所蔽曰囿，或謂之『宥』；反『宥』則謂之別，皆『有』字也。言有無者，當作『宥』；莊子所謂『在宥』矣。」師培曰：「〈釋詁〉『賚、畀、卜』皆訓『予』，義云何？」炳麟曰：「『畀』與『鼻』同聲，古文『鼻』但作自，畀借爲自。《說文》：『吾，我自稱也。我，施身自謂也。』《春秋》有邾畀我，季芊畀我，即自我也。『卜』者，僕也；《記》卜人師，注改爲『僕』，是古『卜』、『僕』通也。王侯稱『不穀』，不穀合音即爲『僕』；世以『不善』爲說，無由知爲『僕』字，亦戇矣。不竢不來，『來』、『以』一聲；『賚』即『台』字，是故『賚』、『畀』、『卜』訓『予』，非付予也。」炳麟問師培：「魯冉雍字仲弓，義云何？」師培曰：「闢雍、泮宮，類也，河間獻王奏對三雍宮，『弓』借爲『宮』，『宮』從『躳』省聲，『躳』又作『躬』，明『弓』、『宮』聲通也。」

炳麟說：「劉氏向、歆，父子治《左》。」著《劉子政左氏說》。師培曰：「《漢書》本傳言：『歆以爲左丘明好惡與聖人同，親見夫子，而公羊、穀梁在七十子後，傳聞之與親見之，其詳略不同。歆數以難向；向不能非問也；然猶自持其《穀梁》義。』辭意明白如此，胡云『父子治《左》』也？」炳麟曰：「是有說。君山《新論》明言劉子政、子駿、伯玉父子，呻吟《左氏》，下至婢僕，皆能諷誦。君山親見二劉，語當可信。而君以《漢書》爲疑。僕則以爲仲任論次人材，『鴻儒』、『通人』，本與『儒者』有別。漢世儒者，墨守一先生之說，須以發策決科，此專持家法者也。向、歆本好博覽，左右採獲，自在鴻儒通人之列，與墨守者有異。即觀子駿之說《左氏》，猶多旁引《公羊》，則向之兼通二家，未爲異也。《穀梁》與《左氏》義少違戾，與《公羊》復非同趣。上自孫卿，下至胡常、翟方進輩，皆以《左氏》名家，而亦兼治《穀梁》；蓋二家本皆魯學；異夫《公羊》齊學，絕不相通者。則子政貫綜二氏，宜也。《新論》本書，今已亡佚，所引數語，見於《論衡》；素丞相之遺跡，猶可搜尋，量其時代，本在叔皮之前，似不應信《漢書》而疑《新論》也。《說苑》、《新序》所舉《左氏》成文，多至三十餘條，慮非徵據他書者；其間一字偶易，適可見古文《左傳》不同今本。且子政之改易古文，代以訓詁者，亦皆可觀。太史公《世家》所述，大略同茲。蓋字與今異者，則可見河間古文；訓與今異者，則本之賈生訓故；籀繹古義，斷在斯文。」師培說：「杜預《春秋釋例》，以經之條貫，必出於傳；傳之義例，歸總於凡。《左傳》稱『凡』者五十，其別四十有九，皆周公之垂法，史書之舊章，仲尼因而修之以成一經之通體。然頗疑五十凡例，不足盡傳文之旨。」炳麟曰：「君言誠是。而劉、賈、許、潁復於傳文之外，自爲枝梧，則不足致意者。今欲作疏，惟就徵南《釋例》，匡救其違；先於篇首爲條例數十篇，然後隨事疏證，各附其年，斯綱紀秩如矣。康成箋《詩》，必先作譜。輔嗣說《易》，亦有《略例》。凡此揭示大義，自與隨文訓說有殊，可據以爲法者也。徵南《釋例》，惟拘於赴告者必當匡救，其餘可採者多。即賈侍中言，『《左氏》義深君父』，此與《公羊》反對之詞耳。若夫稱國弒君，明其無道，則不得以『義深君父』爲解；徵南如此最爲宏通。而近世鯫儒多謂借此以助典午，如沈小宛、焦理堂輩；則所謂『焦明已翔乎寥廓，弋者猶視乎藪澤』也！」師培曰：「賈、服雖善說經，然於五十凡例，間有所補，或參用公、穀，不盡左氏家法，宜存而弗論。」炳麟曰：「然也，僕懷斯疑甚久。始謂劉、賈諸儒，曾見左氏微言，或其大義略同二傳；而杜徵南不見，遂疑諸儒詭更師法。後復紬繹侍中所奏，有云『左氏同《公羊》者十有七八』，乃知左氏初行，學者不得其例，故傳會《公羊》以就其說；亦猶釋典初興，學者多以老、莊皮傳。徵南生諸儒後，始專以五十凡例爲揭櫫，不復雜引二傳，則後儒之勝於先師者也。然以是爲周公舊典，抑又失其義趣。其間固有史官成法，如赴告諸例是也。自茲而外，大抵素王新意，賓禮有會盟而無宗覲，官職汰孤卿而存大夫，其非周、魯舊史，固已明白。《公羊》以殷禮自文，誠辭遁；《左氏》末師又謂當時霸制，其於會盟之禮則從矣。抑豈孤卿之秩，亦霸制所無乎？故知酌損《周官》，裁益齊晉，亦素王之制也。」

二人者，皆書生好大言，負所學以自岸異，不安儒素；而張皇國學，誦說革命，微詞諷諭，託之文字；又假明故，以稱排滿。師培〈書曝書亭集後〉以見意曰：

> 秀水朱氏博極群書，雖考古多疏，然不愧博物君子。夫朱氏以故相之裔，值板蕩之交；甲申以還，蟄居洛誦，高栗里之節，卜梅市之居，東發深寧，差可比跡。觀於〈馬草〉之什，傷滿政之苛殘；〈北邙〉之篇，弔皇陵而下泣。亡國之哀、形於言表；此一時也。及其浪遊嶺嶠，回車雲朔，亭林引爲知音，翁山高其抗節；雖簪筆佣書，爭食雞鶩；然哀明妃於青冢，弔李陵於虜臺，感慨身世，跡與心違；此一時也。至於獻賦承明，校書天祿，文避北山之移，徑誇終南之捷；甚至軺車秉節，朵殿承恩，仕莽子雲，豈甘寂寞；陷周庾信，聊賦悲哀；此又一時也。後先異軌，出處殊途；冷落青門，憶否故侯之宅；蕭條白髮，難沽處士之稱。此則後凋松柏，莫傲歲寒；晚節黃花，頓改初度者矣。秋風戒寒。朗誦遺集，因論其行藏之概，以備信史之采焉。

二人者，既高儒雅望，緣飾經術；與鄧實、黃節諸人，創國學保存會於上海，刊行《國粹學報》，放言高論，語有據依；而後無君不爲叛亂，排滿即云匡復，持以有故，言之成理，胥爲囂暴鮮事者之所欲借寵。而師培儒生修邊幅，不習劍客；雅步從容，動遭陵懱；意恆鞅鞅。而與炳麟則競名分崩；又好內，婦何震敏給通文史，而悍銳能制其夫，以師培亡命日本久，不獲志於同盟會，遂牽以入兩江總督端方之幕，而爲之偵伺也。

炳麟恨焉，貽之書曰：

申叔足下：

與君學術素同，蓋乃千載一遇；中以小釁，剪爲仇讎；豈君本懷？慮亦爲人詿誤？兼以草澤諸豪，素昧問學，誇大自高，陵懱達士。人之踐忿，古今所同；鋌而走險，非獨君之過也。天牖其衷，公權殞命。君以權首，眾所矚目；進無博擊強御之用，退乏山林獨善之地。彼帥外示寬弘，內懷猜賊，閑之游徼之門，致諸干掫之域；臧谷扈養，由之任使；賃舂執爨，莫非其人。猜防積中，菹醢在後；悲夫悲夫，斯誠明哲君子，所爲嗟悼者也！夫恩素厚者怨長，交之親者言至。僕之於君，藝術素同，氣臭相及。猥以形壽有逾，恆人視之，若先一飯；精義冥思，亦有多算。君雅好聞望，不怡於先我；自謂文學緒業，兩無獨勝，懷此觖望，彌以恨恨。然僕豈有雍蔽之志哉？學業步驟，與年相將，悠悠之譽，又非由己。疇昔坐談，蓋嘗勤攻君過；時有神悟，則推心歸美；此蓋朋友善道之常，而君豈忘之耶？自頃鞅張，退息墳典，胸懷相契，獨有黃生；思君之勤，使人髮白。何意株附，乃尋斧柯，令中夏無主文之彥，經術有違道之謗，獨學少神解之人，干祿得鼎烹之悔，以此思哀，哀可知已。君雖絓繬鞅絆，素非愚暗；內奉慈母，亦聞史家成敗之論：潔身遠引，雖無其道；陽狂伏梁，爲之由己。蓋聞元朗、沖遠，皆嘗爲凶人索引矣，先迷後復，無減令名。況以時當遁尾，經籍道息；儉德避德，則龍蛇所以存身；人能弘道，而球圖由之不墜；禍福之萌漸，廢興之樞機，可不察乎！然則唐棣之華，翩然如反，未之思也，何遠之有。

師培得書不報。以舉人揀選知縣，保洊知府。會王闓運以端方之迎，來遊江寧。師培寫文百篇以示。闓運曰：「非但爲人所不能闡發；即索解人亦未易得。」師培大喜過望。既而端方去兩江，後來者不致饋焉。師培惘惘失志，則去而之四川，爲國學院講師。端方以督辦粵漢川鐵路入川，聘師培爲顧問官。及端方之被殺也，川人縶師培而囚焉，欲以逞志。炳麟則以書爲解，師培乃得脫。既抵滬，其仇又將肆志焉。炳麟慨然曰：「今者文化陵遲，宿學凋喪。一二通博之才如劉師培輩，雖負小疵，不應深論。殺一人無益於中國；而文章道盡；使禹域淪爲夷裔者，誰之責耶！」又爲之道地以主講北京大學文科，曰：「劉生儒林之秀；使之講學而不論政，亦足以揚明國故，牖迪我多士；未可以一眚廢也！」既袁世凱欲以大總統稱帝；而未有以發。師培則以參政楊度之提挈，與孫毓筠、嚴復、李燮和、胡瑛等六人，發起籌安會，推楊度爲理事長，孫毓筠爲副理事長；而師培則與嚴復、李燮和、胡瑛爲理事，欲以研究君主、民主國體，二者以何適於中國。世稱籌安六君子。而師培名次嚴復，在第四也。乃著〈君政復古論〉以明勸進之旨，曰：

夫國無強弱，視乎其政；政無良窳，視乎其人。是故千里之勝，決於廟堂；萬化之原，基於用捨。至於創制天下，賓屬四海；至大之統，非至辨者莫之能分；至重之業，非至強者莫之能任。伊古膺期贊世之主，必有顯懿翼天之德。德象天地謂之帝，仁義所在謂之王，斯必竹帛以載之，金石以昭之，立天下之美號，制天下之大禮。表明功德，故立名正度；繼天治物，故以爵事天。紬尋謨典，歷聽風聲，損益雖殊，其揆一也。是以天生烝民，無主則亂。事弗稽古，無以承天。往者清承明祚，天地板蕩，斗機絕綱，攝提無紀，黃炎之後，踣弊不振。被髮之痛，甚於伊川；左衽之悲，興於微管。迄夫季末失馳，帝命殞越，內外混淆，庶官失職；國政迭移於親貴，強鄰窺伺夫衽席；綴旒之喻，未足爲方；守府之靈，於斯亦泯。上失其道，民背如崩。用是雄傑揚聲，雷動電發。偕亡之嘆，兆生於革夏；雲集之眾，事浮於張楚。斯實金火相革之交，抑亦天命去就之會也。天祚有聖，纂作民主，懸三光於既墜，揚清風於上列，萬姓廓然，蒙慶更生。誠宜踵跡靈區，扶長中夏，顯彰國家竺古之制，以拒閒氣殊類之災，紹胤漢勛，俾知族類，保育生人，使得蘇息。其在《詩》曰：「民亦勞止，迄可小康。」厚下安宅，靡切於斯。顧復虛建極之尊，遵興能之典，宸位曠而不居，皇統替而弗續。是蓋繼變化之後，示撥亂之法；深惟厲揭隨時之義，以慰遠方瞻望之觀；非謂王政乏致治之圖，世及非經國之術也。惟是捨澄鑒沫，未爲善監；揚湯弭沸，計劣抽薪。故道術之要，百世不移；行權反經，《春秋》所疾。今也以一朝之計，違萬世之軌；委成功之基，造難就之業。道乖於經始，義昧於愼終。卒之巨猾竊靈，下陵上替；侵弱之釁，綿歷歲年。陵夷之禍，曾不終日。雖曰天命，豈非人事。得失之故，可略而言：夫民生有欲，假物斯爭。好惡無節，致亂之源。然峻城十仞，樓季弗逾；鑠金百鎰，盜跖不搏。蓋必爭之情，民所恆具。無冀之利，眾所弗干。先王因民之情以爲之節。名以定分，分以止爭，爰峻其防，俾無或潰；譬之户必有牖，器必有範。襄陵之浸，制以金堤；覂駕之馬，驅以銜策；所以重齒路之防，定逐鹿之分，成長久之計，定永年之功也。是以大寶之位，必屬大德之君。斗筲之器，不經棟梁之任；藪澤之夫，弗希雲龍之軌。下無覬覦之望，上無偏謬之授，人心專壹，風化以淳，覿化上機，於是乎在。撫民定業，恆必由茲。遭時圮絕，諸夏無君，元后之尊，下儕匹豎。九服之廣，民無定主。火澤易位，數見換易。蕩滌等威，墮損威重，改玉改行，習爲固常。用是徒步之人，繩樞之子，曾無體睿之明，合元之德，十室之資，百乘之賦；拔於陪隸之中，俯越什伯之際，挾負舟之力，忘折足之凶。功遜強晉，不戢請隧之圖；地劣荊楚，思假九鼎之問。則是神器可以力征，而天鈞可由竊執。是必分威共德；禍成於偶國；比知同力，釁兆於土崩；雖無下人伐上之痾，必有炕陽動眾之應。湘贛之難，自是而生；滬寧之師，勢有必至。至於黨爭之弊，則又可得而說矣。夫醜言異計，見恥前志。阿黨比周，先聖所戒。自古善言庸違之眾，必生滔天泯夏之凶。以黨舉官，適滋奸幸。往者邦朋枋政，列士養交；一哄之市，不勝異意；頻頻之黨，甚於鷽斯；傾動輔頰之間，反覆齒脣之內；下以受譽，上以得非。陰行取名，則伐技以憑上，取予自己，亦肆意而陳欲。及夫私議成俗，名器雙假，授位乖越，署用非次：詆訐之民，密通要契；賕納之政，更共飭匿；出入逾侈，犯太上之節；溪壑靡厭，峻大半之賦；民萌之命，危於累卵，刑屋之凶，生於喜怒。民神痛怨，億兆悼心。葡墨覆車，其跡弗遠。今者約法更新，頗易前敝：垂石室之制，頒金匱之法，斯蓋應時偶變之具，詘伸濟用之術；杯水之益，其與幾何；釋根務枝，孰云有濟。至於存名漏跡，損敝襲新；張歙失序，既昧彝憲；眞僞相貿，尤爽昔談；

非所以昭示國典，垂無窮之制也。是以群才大小，咸斟酌所同，稽之典經，假之籌策；靜惟屯剝，延首王風，亦猶群流之歸巨壑，眾星之拱北辰。夫積力所舉，無弗勝之業；眾知所爲，無或隳之功。邦命維新，屬當今會。世之論者，則以昭功之本，莫尚於寧民；懷遠之經，莫先於體信。若復法禁屢易，位號數革，信不可知，義無所立，轉易之間，慮滋民惑。知弗然者，昏明相遞，晷景恆度。豹變之義，《大易》所著。流之濁者澄其源，景之枉者正其表，是蓋自然之物理，抑亦前世之明鑒也。方今百姓，盛歌元首之德，股肱貞良，庶事寧康，吏各修職，復於舊典。雖復屯沴屢起，金革亟動，幸蒙威靈，遂振國命，畢殲群丑，載廓氛祲；〈采芑〉之什，弗足闡其功；〈戕斧〉之歌，未足喻其捷。蒿其戎謀，民服如化，此實天下義安刑措之時也。顧復邦國殄瘁，惠康未協；野澤有兼併之民，江介有不釋之備，賦發充於常調，生人轉於溝壑，上貽日昃之憂，下重倒懸之厄，失不在人而在於制，是可知已。夫臨政願治，莫如更化。創制改物，古以顯庸。追觀季末傾覆之戒，宜有蠲法改憲之道。緬維逐兔分定之義，深慰瞻烏知止之情，外植國維，內酬人望，正受始之大統，乘握乾之靈運，用協大中之法，俾抑禍患之端；則磐石之安易於反掌，休泰之祚洪於來業矣。

文出，好者以爲〈劇秦美新〉，子雲之亞也。袁世凱敗，而師培望實並墮，愈爲士論所鄙；然文章爾雅，澤古者深，人亦以此多之。

師培與章炳麟並以古學名家，而文章不同。章氏淡雅有度而枵於響。師培雄麗可誦而浮於艷。章氏云追魏晉，與王闓運文爲同調。師培步武齊、梁，實阮元文言之嗣乳。此其較也。師培於學無所不窺；而論文則考型六代，探源兩京，嘗謂：「積字成句，積句成文。欲溯文章之緣起，先窮造字之源流。上古之時，有語言而無文字；未造字形，先有字音，以言語流傳難期久遠，乃結繩爲號，以輔言語之窮。及黃帝代興，乃易結繩爲書契，而文字之用以興。故『字』訓爲飾（《廣雅》、《玉篇》並言：『字，飾也。』《廣韻》注引《春秋緯說題詞》亦云：『字，飾也。』）與『文章』之訓相同（文章取義與藻繪，言有組織而後成文也）。

足證上古之初，言與字分，以字爲文。然文字初興，勒書簡畢，有漆書刀削之勞，抄胥非易，傳播維艱。故學術授受，仍憑口耳之傳聞，又慮其艱於記憶也，必雜於偶語韻文以便記誦（阮芸臺〈文言說〉云：古人以簡策傳事者少，以口舌傳事者多；以目治事者少，以口耳治事者多。故同爲一言，轉相告語必有愆誤，是必寡其詞、協其音以文其言，使人易於記誦，無能增改。且無方言俗語雜其間，始能達意，始能行遠）。而語言之中有文矣（故《易》言『文言』）。及以語言著書冊，而書冊之中亦有文。是則上古之前，文訓爲字（故許書稱『說文』）；中古以降，『文』訓爲章；故出言之有章者爲文（詩曰：『出言有章。』），著書之有章者亦曰文。觀於三代之書，諺語箴銘，實多韻語。若六藝之中，《詩》篇三百，固皆有韻之詞，即《易》、《書》二經，亦大抵奇偶相生，聲韻相叶；而《爾雅．釋訓》『子子孫孫』以下，用韻者亦三十條；惟《戴禮》、《周官經》言詞簡質，不雜偶語韻文，則以昭書簡冊，懸布國門；猶後世律例公文，特設專門之文體也；故與文言不同。降及東周，直言者謂之『言』，論難者謂之『語』（見《說文》）。修詞者謂之『文』。而《易》曰：『修詞立其誠。』《說文》：『修，飾也。』詞之飾者，乃得爲文；不飾詞者，即不得謂之文。不獨言與文分，亦且言與語分；故出言亦分文質，言之質者，純乎方言者也（方言者，猶今俗語也。《說文．序》云：秦代以前，諸侯各邦『文各異形，言各異聲』。是三代以前各邦之中皆有特別之語言文字矣）。言之文者，純乎雅言者也（阮芸臺曰：雅言者，猶今官話也。『雅』與『夏』通。夏爲中國人之稱，故『雅言』即爲中國人之言。『爾雅』者，乃方言之近於官話者也）。《春秋》之時，言詞惡質，故曾子斥爲鄙詞，（曾子曰：『出辭氣，斯遠鄙倍矣。』）荀子譏爲俚語，而一語一詞，必加修飾。《左傳》曰：『言之無文，行而不遠。』又曰：『非文詞不爲功。』『文辭』，猶言『文言』也，『文言』者，即文飾之詞也。孔子言『詞達而已』，即不文飾之詞也。言『詞達而已』，不言『文達而已』；足證『詞』與『文』不同；詞，非文也。至春秋時代之書冊，亦大抵文與語分。文近於經，語近於史。故曾子作《孝經》（觀《孝經》雖無韻語，而偶語實多。如『加於百姓，刑於四海』，『非法不言，非道不行』，『口無擇言，身無擇行』，皆偶語也。

其語句互相爲偶者尤多），老子作《道德經》（其中多韻文，且多偶句。揚氏《太元經》亦然），屈原作〈離騷經〉（如《太素》、《靈樞經》等書，皆多偶句韻文也），皆雜用偶文韻語者也。若《春秋左氏傳》以及《國語》、《國策》諸書，乃史官記言記事之遺；非雜用偶文韻語者也。至諸子之書，有文有語。《荀子．成相篇》、《墨子．經》上下篇，皆屬於文者也。莊、列、孔、孟、商、韓，皆屬於語者也。『文』猶後世之文詞，『語』猶後世之演稿。惟古人言詞，一經書冊之記載，或加潤色之功，致失本文之舊。俞氏蔭甫謂左氏一書，由丘明潤色，非其本文之舊也；則語而飾以文矣。又古代之初，虛字未興，罕用語助之詞；故典謨誓誥，無抑揚頓挫之文。後世以降，由實字假爲虛字，渾噩之語，易爲流麗之詞；文士互相因襲，致偶文韻語之體，亦稍變更；則文而涉於語矣。西漢代興，文區二體：賦頌箴銘，源出於文者也。論辨書疏，源出於語者也。然揚、馬之流，類湛深小學，故發爲文章，沉博典麗，雍容揄揚；注之者既備述典章，箋之者復詳徵詁故；非徒詞主駢儷，遂足冠冕西京。東京以降，論辯書疏之作，亦雜用排體，易語爲文。魏、晉、六朝，崇尚排偶，而文與筆分，偶文韻語者謂之『文』，無韻單行者謂之『筆』。觀魏晉六朝諸史，各列傳中多以『文』、『筆』並言；則當時所謂『筆』者，乃直樸無文之作也，或用之記事之文（《唐書．蔣楷傳》：『踵修國史、世稱良筆。』亦爲記事之文。張說稱『大手筆』，亦指其善修史及作碑版耳，亦記事之文也。故孔子作《春秋》，必言筆削。陸機〈文賦〉不及傳志碑版之文，蓋以此爲史體非可入之於文也），或用之書札之文（《漢書》稱谷永『善筆札』，而《晉書》亦言『樂旨潘筆』，皆指書札之文而言之也）。體近於語，復與古人之語不同。蓋魏、晉之時尚清談，即古人所謂『語』也；而『筆』則著之書冊，故又與古人之『語』不同。梁元帝《金樓子》云：『至如不便爲詩如閻纂，善爲章奏如伯松，若此之流，泛謂之筆，吟詠風謠，流連哀思者，謂之文。』劉彥和《文心雕龍》云：『今之常言，有文有筆，無韻者筆也，有韻者文也。』文筆區分，昭然不爽矣。故昭明之輯《文選》也，以沉思翰藻者爲文：凡文之入選者，大抵皆偶詞韻語之文；即間有無韻之文，亦必奇偶相成，抑揚詠嘆，八音協唱，默契律呂之深（見阮芸臺〈文韻說〉所引《宋書．

謝靈運傳論》，及沈約〈答陸厥書〉；甚爲的當〉，故經子諸史，悉在屏遺。是則『文』也者，乃經史諸子之外，別爲一體者也。齊、梁以下，四六之體漸興，以聲色相矜，以藻繪相飾，靡曼纖冶，文體亦卑；然律以沉思翰藻之說，則駢文一體，實爲文體之正宗。降及唐代，韓、柳嗣興，始以單行易排偶，由深趨淺，由簡入繁，由駢儷相偶之詞，易爲長短相生之體；與詩歌易爲詞曲者，其理相同。昔羅馬文學之興也，韻文完備，乃有散文；史詩既工，乃生戲曲；而中土文學之秩序，適與相符；乃事物進化之公例，亦文體必經之階級也。韓柳之文，希蹤子史，即傳志碑版之作，亦媲美前賢；然繩以文體，特古人之語而六朝之筆耳。故唐代之時，亦稱韓文爲筆。劉禹錫〈祭韓侍郎〉文云：『子長在筆。』趙璘《因話錄》曰：『韓公文至高，時號韓筆。』是唐人不以散行者爲文也。至北宋蘇軾，推崇韓氏，以爲『文起八代之衰』。明代以降，士學空疏，以六朝之前爲駢體，以昌黎諸輩爲古文，文之體例莫復辨。而近代文學之士，謂天下文章，莫大乎桐城；於方、姚之文，奉爲文章之正軌。由斯而上，則以經爲文，以子史爲文。由斯以降，則枵腹蔑古之徒，亦得以文章自耀；而文章之眞源失矣。惟歙縣凌次仲先生以《文選》爲古文正的，與阮元〈文言說〉相符。而近世以駢文名者，若北江、容甫步趨齊、梁。西堂、其年導源徐、庾。即穀人、蘘軒、稚威諸公，上者步武六朝，下亦希踪四傑。文章正軌，賴此僅存。而無識者流，欲別駢文於古文之外，亦獨何哉！」此論小學爲文章之始基；以駢文實文體之正宗也。又曰：「六朝以前，文集之名未立，及屬文之士日多，後之君子，欲觀其體勢，以見性靈，乃匯萃成編，顏曰文集。然古人學術，各有專門；故發爲文章，亦復旨無旁出，成一家言，與諸子同。試即唐宋之文言之：韓愈、李翺之文，正義明道，排斥異端；歐、曾繼之，以文載道；而下逮南宋朱、陸，闡發性天；儒家之文也。子厚永、柳遊記，善言事物之情，出以形容之詞，而知人論世復能探原立論，核覈刻深；如〈桐葉封弟辨〉、〈晉趙盾許世子議〉、〈晉命趙衰守原論〉諸作是也。宋儒論史，多誅心之論，皆原於此；名家之文也。明允之文，最喜論兵，謀深慮遠，排兀雄奇，兵家之文也。子瞻之文，以粲花之舌，運捭闔之詞，往復卷舒，一如意中所欲出；而屬詞比事，翻空易奇；縱橫家之文也。南宋陳同甫之文，亦以兵家兼縱橫家者也。介甫之文，侈言法制，因時制宜，而文辭奇峭，推闡入深；法家之文也。若夫邵雍之徒，爲陰陽家。王伯厚之徒，爲雜家。而葉水心之徒，亦近於法家兵家。近代以還，文儒輩出。望溪、姬傳，文祖韓、歐，闡明義理，趨步宋儒；此儒家之支派也。慎修、輔之，綜核禮制，章疑別微（近儒治三禮者，如秦蕙田、凌廷堪、程瑤田之流，咸有文集，集中一多論禮之作。考《漢志》言名家出於禮官，則言禮者必名家之支派也）。若膺、伯申考訂六書，正名辨物（近儒喜治考據，皆從《爾雅》、《說文》入手。而諸家文集亦以說經考字之作爲多。古人以字爲名，名家綜核名實必以正名析詞爲首。故考據之文亦出名家）。皆名家之支派也。叔子、崑繩洞明兵法，推論古今之成敗，疊陳九土之險夷，落筆千言，縱橫奔肆；此兵家之支派也。子居之文，取法半山，喜論法制，而文章奇峭峻悍，亦頗彷彿。安吳之文，洞陳時弊，兵農刑政，酌古準今，不諱功利之談，爰立後王之法；此法家之支派也。朝宗之文，詞源橫溢；簡齋之作，逞博矜奇，若決江河，一瀉千里；此縱橫家之支派也。若夫詞章之家，侈陳事物，嫻於文詞，亦當溯源於縱橫家。雍齋（沈濤）、於庭之文，雜糅讖緯，靡麗瑰奇，凡治常州學派者皆然；此陰陽家之支派也。大紳、台山之文，妙善玄言，析理精微；彭尺木亦然；此道家之支派也。維崧、甌北之文，體雜俳優，涉筆成趣；凡文人之有小慧者，其文皆然，此小說家之支派也。旨歸既別，夫豈強同，即古人所謂『文章流別』也。惟詩亦然。子建之詩，溫柔敦厚，近於儒家。淵明之詩，淡雅沖泊，近於道家（陶潛雖喜老、莊，然其詩則多出於《楚辭》，若嵇康之詩，頗得道家之意。郭景純詩亦有道家之意）。康樂之詩琢磨研煉，近於名家（凡六朝之詩，喜用煉句以狀事物之情，且工於刻畫，如何遜、陰鏗之詩皆是也。然康樂之詩，其濫觴也）。太沖之詩，雄健英奇，近於縱橫家。蓋在心爲志，發言爲詩，諷詠篇章，可以察前人之志矣。隋、唐以下，詩家專集，浩如淵海，然詩格既判，詩心亦殊。少陵之詩，倦懷君父，希心稷、契，是爲儒家之詩（杜詩云：許身亦何愚，竊比稷與契。又云：法自儒家有。此杜詩出儒家之證）。太白之詩，超然飛騰，不愧仙才，是爲縱橫家之詩（後世惟辛稼軒、陳同甫之詞慷慨激昂近於縱橫家）。襄陽之詩，逸韻天成（出於陶淵明）。子瞻之詩，妙善玄言，是爲道家之詩。儲（光羲）王（維）之詩，備陳穡事，追擬〈豳風〉，是爲農家之詩。山谷後山之詩，喜用瘦削之語，出以深峻，是爲法家之詩。由是言之，辨章學術，詩與文同矣。要而論之：西漢之時，治學之士，侈言災異五行；故西漢之文，多陰陽家言。東漢之末，法學盛昌；故漢、魏之文，多法家言（西漢之文，無一篇不言及天象者。三國之文，若鍾繇、陳群、諸葛亮之作，咸多審正名法之言，與西漢殊）。六朝之士，崇尚老、莊；故六朝之文，多道家言。隋、唐以來，以詩賦爲取士之具；故唐代之文，多小說家言（觀唐代叢書可見矣）。宋代之儒，以講學相矜；故宋代之文，多儒家言。明末之時，學士大夫多抱雄才偉略；故明末之文，多縱橫家言。近代之儒，溺於箋注訓詁之學；故近代之文，多名家言（此特舉說經之文言之）。雖集部之書，不克與子書齊列，然因集部之目錄，以推論其派別源流，知集部出於子部；則後儒有作，必有反集爲子者；是亦區別學術之一助也。會稽章氏、仁和譚氏稍知此義，惟語焉未精，擇未詳，故更即二家之言推論之，以明其凡列焉。」此論文章流別，同於諸子也。又曰：「古人詩賦俱謂之文（阮芸臺〈咸秩無文解〉云：古人稱詩之入樂者曰文，故子夏〈詩大序〉『聲成文謂之音』。孟子『不以文害辭』。趙注：『文，詩之文章也。』）然詩賦之學，亦出行人之官。蓋賦列六藝之一，乃古詩之流。古代之詩，雖不別標賦體；然凡作詩者，皆謂之賦詩（見左氏隱三年、閔二年及文六年傳）；誦詩者亦謂之賦詩（見左氏襄二十八年傳）。《漢志》敘〈詩賦略〉，謂：『古者諸侯卿大夫交接鄰國。以微言相感，當揖讓之際，必稱詩以喻其志，蓋以別賢不肖而觀盛衰；故孔子言不學詩，無以言。』夫交接鄰國，揖讓喻志，咸爲行人之專司；行人之術，流爲縱橫家；故《漢志》敘縱橫家，引『誦《詩》三百，不能專對』之文以爲大戒；誠以出使四方，必當有得於詩教；則詩賦之學，實惟縱橫家所獨擅矣。試考之古籍，則周代之詩非徒因行人而作，且多爲行人所賡誦。有知行人之勤勞，而賦詩以慰恤者（見《詩·周南·卷耳》篇序及鄭序）。有獎行人之往來，而賦詩以褒美者（見《詩·小雅·四牡》篇序及『四牡騑騑』句毛傳。《小雅·皇皇者華》篇序及『駪駪征夫』句毛傳）。或行人從政，而室家賦詩以勸行（見《詩·周南·殷其雷》序及鄭箋）。或行人於役，而僚友賦以寄念（見《王風·君子於役》篇序及正義）。或行人困瘁，賦詩以抒其情（見《詩·小雅·北山》篇序及『或不已於行』句毛傳，又見〈綿蠻〉篇序及鄭箋）。或行人閔憂，賦詩以述其境（見《詩·王風·黍離》篇序及『行邁靡靡』句毛傳，又見《小雅·小明》篇『我征徂西』句孔疏）。是古詩每因行人而作矣。又以《左氏傳》證之：有行人相儀而賦詩者（見襄二十六年傳），有行人出聘而賦詩者（見襄八年傳）；有行人乞援而賦詩者（見襄十六年傳）；有行人莅盟而賦詩者（見襄二十七年傳）；有行人當宴會而賦詩者（見昭元年傳）；有行人答餞送而賦詩者（見昭十六年傳）。是古詩每為行人所誦矣。蓋采風侯邦，本行人之舊典（見《漢書·食貨志》）；故詩賦之根源，惟行人研尋最審（吳季札以行人觀樂於魯，此其證）；所以賦詩當答者，行人無容緘默；而賦詩不當答者，行人必為剖陳。由是言之，行人承命以修好，苟非登高能賦者，難期專對之能矣。兩漢以前，未有別集之目，《漢志》所載詩賦，首列屈原；而唐勒、宋玉次之；其學皆源於古詩（《漢志》言『屈原作賦以諷，咸有惻隱古詩之義』。而《史記·屈原傳》亦言〈離騷〉兼〈國風〉、〈小雅〉之長），雖體格與《三百篇》漸異；然屈原數人，皆長於辭命，有行人應對之才；《史記·屈原傳》云：『嫺於辭令，出則接遇賓客，應對諸侯。屈原既死之後，楚有宋玉、唐勒、景差之徒者，皆好詞而以賦見稱；然皆祖屈原之從容詞令。』其確證也。西漢詩賦其見於《漢志》者，如陸賈、嚴助之流，並以辯論見稱，受命出使；是詩賦雖別為一略，不與縱橫同科，而夷考作者之生平，大抵曾任行人之職。則後世詩賦，皆縱橫家之支與流裔矣。欲考詩賦之流別者，盍溯源於縱橫家哉。」此推詩賦根源，本於縱橫也。凡所持論，見《文說》、《廣文言說》、《文筆詩筆詞筆考》。蓋融合昭明《文選》、子玄《史通》以迄阮元、章學誠，兼縱博涉，而以自成一家言者也。於是儀徵阮氏之〈文言〉學，得師培而門戶益張，壁壘益固。論小學為文章之始基，以駢文實文體之正宗，本於阮元者也。論文章流別同於諸子，推詩賦根源本於縱橫，出之章學誠者也。阮氏之學，本衍《文選》；章氏蘄向，乃在《史通》。而師培融裁蕭、劉，出入章、阮，旁推交勘以觀會通；此其柢也。又裒次所為辭賦詩文如干首，成《左庵文集》五卷。以民國八年十一月二十日卒，得年三十有六，特其生平文章之譽，掩於問學；而同時揚州文士，駢儷名家，揭幟阮元、汪中以自標置者，則有興化李詳焉。

李詳，字審言，揚州府興化縣廩生，與師培諸父名富曾者遊，名輩特先；而迍邅過之。其爲人聰穎夙成，甫六歲倍諷異常兒。父增親督教之，攜誇坐賓。比長，瞻顧非常，泛嗜群言。於詩，唐則少陵、昌黎、義山，宋則東坡、荊公，靡不精熟，假館戚氏許。許爲鹽城大姓，藏書富；而詳見《汲古閣十七史》、《十三經注疏》、《文選》，乃大喜；而於《文選》尤篤嗜焉；日盡十頁，夜則繞案背誦。聞者笑以迂；而詳不顧也。羞爲功令之文。年二十，江蘇督學使者瑞安黃體芳漱蘭始錄爲附學生員；詳銜感次骨；爲作〈思君子賦〉。出遊落落無所合，羈貧失志。聞淮揚海道桂林謝公好士，往謁之；留門下爲書記。謝居京師久，於廠肆搜羅故籍，四部略備。詳得縱觀，常云：「僻處海隅，學無師承，至是始識門徑，尤喜四劉之學。」人莫解所謂；蓋言《漢書．藝文志》、《世說》、《文心雕龍》、《史通》也；皆有所發明。而於乾嘉先輩，則極稱汪中《述學》，服膺拳拳，每效其體。阮元之《研經室集》，錢大昕之《潛研堂集》，亦所篤好；謂之「二研」，以名其堂。合肥蒯光典禮卿，以道員候補南京，陰求文士談諧爲樂。詳以介往見。光典欽其學行，厚禮焉。詳感其意，從之遊。而光典以名公子宦達，過其門者皆一時名公貴人。詳衣冠粗樸，揖讓其間；而傖父輩指擿禮數，借爲口實；意鞅鞅不自得。謁石埭居士楊文會仁山，參究生死。文會湛深佛典，謂曰：「爾亦頭陀，墮落受苦。」詳爲悚然。既以蒯光典之介，得識江陰繆荃孫藝風，一見如舊相識；荀、陸睹面，不作常談；蘇、李知心，託諸詩句。言之兩江總督端方，委充江楚編譯官書局幫總纂。時實無書可纂，支官錢，治私書，即端方之《陶齋藏石記》是也；總纂本爲荃孫，以爲端方撰《銷夏記》，論列書畫，不遑兼顧；舉臨桂況周頤夔笙領之。周頤擇拓本無首尾，及漫漶模糊不辨字跡者，一以屬詳，而時刺探釋文何若；將以抵巇送難。顧詳於王述庵侍郎《金石萃編》及錢少詹、阮文達、翁覃溪、武授堂集，精研有素，周頤無以中也。然詳目耗精銷於此書矣。其記經詳所編凡一百六十餘種，擇其釋文略經考定者，別輯爲《分撰陶齋藏石記釋文自定本》。端方視詳，頗加敬禮。丹徒某妒詳之進，與長洲朱孔彰仲我皆為所齮所齕，以為「名士」，非學人也。詳以應曰：「是何害！」撰《名士說義》以解。其辭曰：

《小戴記．月令》：「季春之月，聘名士。」鄭君注：「名士。不仕者。」孔沖遠疏引蔡氏云：「名士者，德行貞純，道術通明，王者不得臣，而隱居不在位者也。」按此「名士」之稱，自足高式人表，矯排浮競。故潁川仲達持此以目臥龍；琅玡茂宏下教而尊衛虎。求之於古。必如魯儒卓立，萬變不窮；郢臣好修，九死靡悔；始能民譽允孚，昭示來代。自唐而後，俗化澆訛，鄉曲猥子，江湖小集，李赤胡生之流，遊神火馬之輩，並得揖讓公卿，驕稚里闈。飲酒作達，率師嗣宗；躡屐通訊。強附子敬。致使往昔榮名，降淪輿隸。三丫五葉，乃得蕪菁；千里一曲，遂積濁渭。黎邱冒形，欺魄失質，集矢巧詆，有自來矣。然有高世絕俗，砥礪廉隅，好奇服而不衷，稟幼清而未沬；特以宗尚有別，旨趣稍殊，比黨交攻，詫為異類。陰擠下流，陽奉此號；一若鵩服適集，惡其鳴聲；魑魅可御，宜投絕遠。昔之君子，今直不肖。九變復貫，孰云可回？溯遊相從，《周禮》宛在。是以耿介之士，側身人間，容止不改其常，風雨貞於如晦。脫有相輕，偶蒙品目；方如寵錫之膺，慚負嘉貺；詎敢引為繆丑，縱斧本根？嗟乎，苟令大蒐狂易，勿蹈藩籬；二三有道，力行不惑；則揆厥所元，朔可考也。

文出，益以兀傲見嫉。而詳不顧。王闓運以端方之召，來遊江寧，為文士之宴。與會者數十人，迭相問難。詳獨默坐。會論《文選》，闓運曰：「明遠、元暉，已開唐初律體。」詳舉「朔風吹飛雨，蕭條江上來」句以證。闓運喜甚，寫小幅為贈，惟詳稱「先生」；其餘或「弟」或「兄」，皆兒子輩畜之；未有稱「先生」者也。既而端方移督直隸，詳與朱孔彰往送，時值盛暑，兩人衣冠拱立；端方微頷之。孔彰以為大辱。詳曰：「第忍之，何妨！世方譽陶齋為畢鎮洋，即此慢士一端，去畢已不如遠甚。」尋端方以驕蹇無狀褫官；其再起也，特以鐵路大臣督師入川，抵資州，爲革命軍所殺，事聞，詳見《陶齋藏石記》印本，感賦三絕以哀之：

> 槐影扶疏紅紙廊，冶城東畔又滄桑。摩挲石墨人空老，憶到金陵便斷腸。
> 脱略曾非禮數苛，上宮有女妒脩蛾。濮陽全集儒書客，那得揚雄手載多！
> 觥觥含憲出重閽，傳命居然奉勑尊。輕薄子玄猶並世，可憐不返蜀川魂！

情見乎詞，蓋猶不忘前恨也。自嗟迍邅，媿於汪中，宗尙所寄，以況身世。嘗爲其文箋注，語必溯源。上元周鉞左盦亦好汪文。詳以〈廣陵對〉「忠孝存焉」四字出陳壽《三國．蜀志．諸葛瞻傳》注後鉞舉示座客，謂：「李某強識絕人，能尋不經意處。」儀徵劉富曾謙甫一日談汪〈黃鶴樓銘〉。詳言：「『桃花淥水，秋月春風』，出蕭子顯《南齊書》，而李延壽襲之。」富曾驚起曰：「先兄恭甫昔校《南齊書》，得汪語所出，喜慰數日；不意君叩即應！」詳彌以自喜。每謂「容甫之文，出范蔚宗《後漢書》；而承祚《國志》，先於范氏；裴松之注所採諸家，規模如一；觀其約疏爲密，繼以閎麗，文之能事，盡於此矣。容甫窺得此祕，節宜於單復奇偶間，音節遒亮，意味深長；又甚會沈休文、任彥昇之樹義遣詞，而不敢輕涉鮑明遠、江文通之藩籬；此其所以獨高一代而推爲絕學也（仁和譚獻仲修撰《師儒表》於汪氏稱爲「絕學」）。「駢文一道，清初以來，名輩迭出。浙派初宗雲間，後亦別開戶牖；轂人以後，彌共畦畛。仲瞿梅伯，披猖無已。稚威閎覽，虬戶筱驂，隸事詭越；學渠者死，誠亦不免。定庵錯綜金石，其弊日甚。湖口、碧湄，刻意模放，眩目瀕耳，語至累譯。〈卷葹〉之體，鑽仰猥積，胠篋探囊，非止旁採；舉其偏詞，即揣對句。凡此之類，僕所不喜。僕論駢文，以自然爲宗，以單復相間爲體，以貌爲齊梁僞體爲戒，以胡稚威爲不足法；而以孔巽軒不薄初唐，阮儀徵、孫淵如簡淡高古爲趨向。容甫主小倉氣矜之隆，後又鑒同郡吳園次之流靡，異軍突起，衍爲宗派；惟我能尋得容甫所出之途而改轍辟之。我行我法，何嘗於容甫集中作賊！」意思牢落，託之文章。

而州郡交契，最稱顧石孫，爲〈顧石孫四十生日壽序〉以寄慨曰：

今之生日何昉乎？履端於《楚騷》，祝延於《顏訓》。唐宋而嬗，墨儒藻士，往往肸飾華曼，製詩摛文，以是爲頌禱焉；蓋亦雅材之憲典，伐木之幽贄也。余與顧子石孫生幸同歲，交傾輩流。龐、馬不問主賓，殷、劉至陷輕薄，窮則撫翼濡沫，歡則揚眉抵掌；西陵弭棹，辛苦相詒；南館鳴葭，起居互訊。三年不見，綿思憯於風霜；一夕九逝，勞結紆於書疏。違離之感，爾我同之。比遘多幸，適君遠歸。灑練神明。沐浴膏澤。彌年疢疾，贈并州之一丸；永日譚諧，預泉明之三益。君則意氣干雲，余則坎壈失職，榮悴寒暑，未足相仇。顧景徂年，各登卅九。置酒見屬，爲慶更生；値君初度，詎能默息？昔陳遵、張竦，志趣小異；阿瞞、伯業，孟晉各殊。咸履途軌，同躡好尚。敬相比附，用資嗢噱。君詞宗累葉，門第蟬嫣。夜光專曜，良璧獨玩。北海年少，居龍腹而不慚。東國人倫，附驥尾而立顯。余植根異所，借蔭柯條。汝南應瑒，略有著書；陳留阮瑀，雅善筆札。僂指宗衮，俱非一貫。此不如君一也。君幼稟挺至，噪譽髫辰。慧析楊梅，玄參荷棘；炊糜忘箄，聽長者之談。盜酒不跽，動家尊之喜。余少役里衖，荃蕙爲茅；蹴踘意錢，間侶甲乙；司空城旦，屢廢研尋；逮解裳衣，升堂嗟晚。魯國男子，逢盛憲而已遲；槐里朱生，師蕭倩而不獲。此不如君又一也。君瞻矚異等，卓犖冠時。元龍置上下之床，嗣宗爲青白之眼。魏其坐次，讋氣要人；金閶亭前，斂跡群小。余鉗舌弭謗，危行仄視，裁量月旦，揚抑時流，片言積忤，詒安國之寒灰。微文見刺，近支離之攘臂。此不如君又一也。君鴻篇巨制，矞宇旁魄，長河一瀉，修桐百尺。宋玉口多微辭，江總尤工側體。銅蠡麗製，持喻瓊瑰；碧玉娼家，結言環佩。余役才苦短，顛躓宮商；仲宣不足起文，子雲常病少氣；閨中邃遠，陫側揚靈；昌豐輟詠。譬之工臏不屬先施，賁侶終非陽五。此不如君又一也。君任俠自喜，豪舉稱雄。設醴以款穆生，揮金以希疏傅。鄰女炳燭，往就徐吾；修齡乞米，唯在謝尚。余胥疏人世，雅志開拓；亦嘗質衣恤隱，解佩盱衡；銅山之賚未賡，歸墟之水旋焦。以至王陽衣被，微儌輕名；陳湯丐貸。取譏無節，此不如君又一也。

總此五慚，謬蒙心賞。流波析引，寒谷熙春。鄱陽暴謔，欣與平叔爲曹；敬禮小文，輒付陳思是定。稱藥量水，棲屑曾經；泛舟褰裳，歡情自接。申四海之敬，各存斷金；獻三託之辭，請賡溉釜。粗窺崖涘，略挈都凡。佐公感知己之賦，願君不行兮夷猶；顏遠思友人之詩，慰余自憐兮惆悵。善保黃髮，勉貽令名！

借題抒慨，以己度人。又爲〈自序〉一文以模汪氏，至云：「容甫比於孝標，已爲不逮。余於容甫，又愈下焉。是知九淵之深，未及劫灰；餐荼之苦，劣於含鴆。」辭意激楚，可概見焉。

詳論文不主桐城，論詩又薄西江，與時流異趣；而特心折侯官陳衍石遺。衍著書，揭幟西江以成詩派。而詳之砭西江特甚；每謂「余學詩五十年，初嗜《文選》，繼宗杜韓，又復流連義山；而深以宋派傷於徑直，涪翁、後山學杜，直可謂之生吞活剝。半山一老學究語。陳簡齋乃涪翁之肖子。誠齋、後村，質傖樸野，太無興會。放翁稍有雅人深致。南宋始終，皆西江派所流衍而不能自成一隊。北宋之初，自西崑體後，不失唐人正軌。歐公學韓，冗長馳騁，毫無歸宿。蘇長公出，傷盡，傷巧，傷譬喻太多，傷聰明太露；心知爲一大家，意所重者，不在是也。乃清道、咸以降；涪翁派曼延天下；又以定庵恢奇鬼怪，淆亂聰明子弟；如聚一丘之貉，篝火妄鳴，爲詳爲制，至於亡國。聲音之道，不可不正也。余論詩好從實處入，又喜直起直落，而略致情款；不喜作僞語及仙佛一切雜碎比於奸聲者。」語詳所著《拭觚》。而陳衍見詳篇什，謂非近日詩人妙手空空者可比。詳聞之，意不足，謂石遺殆未知余論詩之說見於《拭觚》者；記一詩曰：

偶聞北海知劉備，惜未任華遇少陵。儇薄自迷三里霧，煩歊誰辨一柈冰。遊吳物論惟輕宋（自注：趙秋谷遊吳，事阮吾山，謂所指者西陂耳），朝魯宗盟竟長滕。心折長蘆吾已久，別材非學最難憑。

陳衍見之曰：「滄浪論詩，以謂別材非學，余所不憑；曾於羅癭庵詩敘暢言之。惜審言所著《拭觚》，終未見之；至此詩使事雅切，仍以非妙手空空兒評之耳。近人能詩者，皆好自欺欺人語；又千篇一律，語熟口臭，閱之不一行，使人欲睡。」詳應之曰：「有子部雜家之學，偶爾爲詩，必有可傳。若就詩求詩，架上堆得《隨園全集》、《湖海詩傳》，交不出鄉里，材料皆家人筐篋中物。鍾記室以任昉爲戒，但揭『羌無故實』，『詎出經史』，相爲裁量。因之一千餘載之後，白話詩出，爲大革命。公詩避俗好奇，直高於我；而僕敢執弭以從者，以好爲子部雜家之學，詩格雖不同，內函子部雜家語；即和意不和詞，亦箭鋒相直；絕非若盧子諒之酬劉越石、李謫仙之嘲杜少陵也。沆瀣一氣，久而加敬，如文殊師利之叩維摩詰，爲二士之談道。兩家弟子，各處一方。公託閩海，弟家淮滋，天公不捉在一處囚，泥鰍專制，孽狐作祥，各傳其學而已。」顧所自喜者，尤在文章。自謂初好容甫，又嗜昭明《文選》之序，日加三復；阮太傅〈文言說〉，尤所心醉也。然詳駢文，精隸事而乏韻致。特其書札，詞筆疏俊，而氣調岸異；繁采既削，古艷自生，乃正蕭散似魏晉間人作。答〈江都王翰棻論文書〉曰：

渥然仁兄足下：

日者之集，以有坐客，不能暢談。客未來時，某已略陳狂瞽。茲奉來書，洋洋盈耳，色然以駭；不意足下少年，所造至此，殊可羨仰。足下起自孤童，與某相等。其無師承，一以古人爲歸。足下尚居郡城；某則村落僻左，求一卷之師不得也；又苦無書可借。早歲自致，不能如足下百分之一；而困學則同。稍觀古人文字，喜蔚宗《漢書》、昭明《文選》，以求中阮氏〈文言〉之旨。阮氏之言，亦昭明立意能文之區畫也。文章自六經、周秦、兩漢、六代以及三唐，皆奇偶相參，錯綜而成。六朝儷文，色澤雖殊；其潛氣內運，默默相通，與散文無異旨也。其散文亦爲千古獨絕。試取《三國志注》、《晉書》及《南》、《北》兩史、酈善長《水經注》、楊衒之《洛陽伽藍記》與釋氏《高僧傳》等書讀之，皆散文之致佳者；至今尚無一人能承其緒。蓋誤以雕琢視之，而未知其自然高妙也。唐之肅、代以下，文字亦多追響南北兩朝；特韓、柳稍異耳。夫韓、柳亦偶也，觀其全集，何曾有子家言連犿恣肆，渺無岸畔，參廁其內？北宋初元，爲師承未墜。自穆伯長、柳仲塗、蘇子美、尹師魯倡爲古文，胸中初無所儲，而務紆其詞以爲古，曳其聲以爲韻，裁復爲單，改短爲長。歐陽兗公雖師昌黎，而小變其體；未爲背師法也。蘇老泉以布衣求之於縱橫、名、法家言，異以自達。二蘇繼之，馳騁而好爲策士議論，重以比況爲長，文遂往而不返；後雖別爲一派，而文章正宗不在是也。本朝自望溪以古文自命，惜抱擁護於後，曾文正演程魚門言，比於禪林宗派。後生小子粗有見地，一若文非桐城，即爲叛道；比於漢人，且有甘背師法以求祿利。於是天下靡然向風，相逐於不悅學之一途，而摹其章法起訖，以爲古文在是。滄海橫流，其誰主之？異代必有推原禍始者，某不敢盡言也。足下涉獵諸書，已見一斑。惟近人文字，相戒弗觀，其害人如鴆，著人如膩。求之於古則得矣，安有今人之足師耶！治經治小學亦不易。但觀大意與訓詁假借引申，用之於文字不謬；若精研之，非數十年功力不可。且必求勝於諸老；否則公然剽襲，可勿爲也。某所嗜者，《左氏傳》、《文選》、《杜詩》、《韓集》、《容齋隨筆》、《困學紀聞》、《曝書亭集》、錢少詹《潛研堂》、阮文達《研經室集》、汪容甫《述學》、高郵王氏之諸書、《說文》段氏注、《郝氏遺書》，此皆某之師也；敢以薦於左右。足下今持盛意，欲執贄衰朽以爲論文之地。在昔昌黎好爲人師，其門下皇甫湜、張籍、李翺，未有以師稱之者。翺又娶其兄女，尚稱退之爲兄。某何敢屈足下爲弟子？謙必稱「受業」，尊必稱「夫子」；噫，此市道交也，奈何效之！且韓門至劉叉；況今之逢蒙、呂步舒比比耶？《通鑑》某亦好此；胡注於地理最佳，其他亦有望文生義者；足下如有所見，可互相推勘。相距甚遠，以書往來，不異面談；毋以未相推奉，謂有隔閡。某非讓以鳴高，亦以古人論學，不規規於是也。某再拜。

蓋持論不慊桐城如此。而一時揭幟桐城以號於天下者，則爲侯官林紓畏廬；而詳則訶之曰：「觀林氏所譯小說，重在言情，纖穠巧靡，淫思古意。三十年來，胥天下後生，盡驅人猥薄無行，終以亡國。昔人言王何之罪浮於桀紂；畏廬之罪，應科何律？畏廬既以此得名，可以已矣；而又強論文章，因擇舉世所宗，又爲時貴傾向，遂復附和其說，張之無已，氣矜之隆，寖至不可向邇。畏廬本佳人，而入迷途。其初多文爲富，炫鬻自媒，致敗風俗；後又出其緒餘，高論文章，取究韓、柳文法，復起桐城之焰，鼓以爐韛，勢令海內學子，從風而靡，一與其小說等；而其富厚之願始畢。此僕七十老公，所未不平，而欲義形於色者也。」國變以後，嘗謁嘉興沈曾植子培於上海。曾植以名士爲達官，座客常滿；輒指詳稱說曰：「此江淮選學大師李先生也。」慨然謂：「光緒中葉，李順德（文田）及翁文恭、潘文勤迭主文柄；公車之士，無不識者。何獨不見此君！」金壇馮煦夢華總纂《江蘇通志》，引詳爲佐；所上條陳，無不曲納；綜其議論，署爲《碎金》；別有〈藝文志商例〉；煦尤極賞之，函令採訪分纂，依例核眞；而衆畏其難。惟松江、南通、太倉如所云云，著見本末；餘則重性貤謬而已。它如江都、甘泉、儀徵三縣〈人物〉、〈儒林〉、〈文苑〉及〈藝文〉，又〈輿地沿革表〉，皆詳所修定也。煦於志事，深相委重。而詳以煦之鄉里姻親，熒惑視論，差與分謗；遂膺東南大學之聘，教授《文選》及《陶淵明集》、《韓昌黎集》。尚氣好攻辯，人畏其口；亦以此累不得志。而文章自矜重，駢文尤所得意，以爲「駢文全貴隸事，不可拾人唾餘。揚雄賦甘泉，爲之病悸少氣。曾爲一駢文，汗出不止，幾殆；服參附乃免。」因改定潤例，凡求駢文，要先兩月通問，先奉潤金三百元；不依此格者，付之不答，其自矜貴如此。論者亦以相推，冒廣生鶴亭言：「方今駢文，北王南李。」王謂汾陽王式通書衡，讓清光緒戊戌進士，入民國，官大理院推丞；亦以駢文有名，而與李詳不同。李詳以雕藻，式通以秀潤。而馮煦之敘孫德謙《六朝麗指》也，仿陳思王〈與楊德祖書〉，以爲「並世作者，可得而言；夔生鷹揚於嶺表（況周頤）；芸子猿吟於蜀都（宋育仁）；靜山鴻冥於毗陵（屠寄）；審言鶴峙於淮左；並抽祕騁妍，標新領異。今益葊異軍突起，獨秀江東。」與冒氏品藻不同。而以詳所爲，固已躋之作者，名以一家矣。以民國二十年四月三日卒，年七十三歲。

孫德謙者，益葊其字，一號隘堪，江蘇元和人，歷任東吳、大夏、交通諸大學教授；其論學究心流別，以治會稽章學誠《文史通義》有盛名。李詳嘗以語曰：「會稽之學，君與錢塘張爾田孟劬，海內稱爲兩雄；有益一人而不得者。」自稱少而從事聲音訓詁，好高郵王氏之學，久之；病其破碎，遂有事於會稽之學，以上溯《班書》六略，旁逮周季諸子，考其源流；觀其會通，成《諸子要略》五十篇。而目錄家言，三十以前，即有偏嗜；《班書》六略，《隋志》四部，時用鉤稽。徒見世子講版本者，得宋、元以矜奇祕，而於書之義理，則非所知；又斷斷在字句之間，以爲劉氏向、歆之所長，只此瑣瑣辨訂，未克條其篇目，撮其指歸；於是纂《〈漢書·藝文志〉舉例》、《劉向校讎學纂微》兩書。蓋生平得力，在周秦名家之術，於一切學問異同得失，咸思核實以求其眞；與世之穿鑿附會者不同科矣。然生平志在千秋，以爲：「詩文戔戔，何足稱不朽絕業？」弱冠之歲，有友箴之曰：「君子之學，所貴文質相宜，學貫天人，尤貴潤以文章。」意有感發。而文之爲體，駢散而已；自以散文非性所近，遂致功於儷偶；日取武進李兆洛申耆所選《駢體文鈔》專一誦習，苦不得其奧窔，第領其音節氣息而已。既讀朱一新《無邪堂答問》，論六朝文云：「上抗下墜，潛氣內轉。」大悟，創血脈之說；以爲：「顏黃門謂文有心腎筋骨皮膚，而不知有血脈。血脈者，以虛字使之流通；亦有不假虛字而氣仍流通，乃在內轉。劉成國訓『脈』爲幕，謂幕落一體，則其貴尤在於通體之氣韻。」以故爲文不尙塗澤，唯務氣韻天成。尤喜讀范蔚宗《後漢書·敘論》，愛其遒逸；而濟之以江文通，欲更加研煉。一時論儷體者，以李洋爲第一，德謙次之。而海寧王國維靜安則語之曰：「審言過於雕藻，知有句法而不知有章法。君得疏宕之氣；我謂審言定不如君。」德謙每引自重。而以儷體必溯六朝，因撰《六朝麗指》一書而敘其端曰：

麗辭之興，六朝稱極盛焉。夫沿波者討源，理枝者循幹。作爲斯體，不知上規六朗，非其至焉者矣。唐、宋以來，各擅其勝。爰迨近彥，頗亦爲工。然北江傑材，別成其派衍；南城輯略，群奉爲正宗。六朝之氣韻幽閑，風神散蕩，飆流所始，眞賞殆希。亦由任陸楷模，得世纘而顯；魏邢優劣，唯孝徵則知。未有下帷鑽堅，升堂睹奧，沾逮來哲，闢曉密微故也。夫論文之制，託始子桓。厥後宏范謂之《翰林》；仲洽條其《流別》；士衡詮賦，曲盡於能言；公曾撮題，雜撰乎集敘；自是孳多於世矣。其在六朝，往往間出，彥昇《緣起》，乃原六經；休炳一編，備稽江左。若夫隱侯述志，水德博徵；仲偉周遊，風謠自局。其古今隱括，體用圓該，東莞《雕龍》，可云殆庶。然宋、齊而下，不復詳言；則以世近易明，無勞甄敘；六朝盛藻，嗣響鮮聞。將師曠知音：且期異代；惠施妙處，未獲傳人；意者豈其然乎？加以昌黎崛起，古文代雄。後來辭人，遞相師祖，震「起衰」之說，近蔽眉山；矜「載道」之華，遠承泗水。語乎六朝富艷，方且俳優黜之。夫迭相奇偶，前良所崇；雖簡文嗤其懦鈍，士恢訾其華僞；爾時氣格，或不免文勝之嘆；然其縟旨星稠，逸情雲上，綴字通《蒼》、《雅》之學，馭篇運騷賦之長，駢儷之文，此焉歸趣。又況王筠妍煉，獨步名家；仲寶典裁，騰芬當世者焉。余少好斯文，迄茲靡倦，握睇籀諷，垂三十年；見其氣轉於潛，骨植於秀；振采則清綺，凌節則紆徐；緝類新奇，會比興之義；窮形抒寫，極絢染之能。至於異地俊才，剛柔昭其性；並時齊譽，希數觀其微；凡皆成誦在心，借書於手，符羊子百章之數，準馬談六家之論，亦已著之篇中，茲蓋試言其略也。評非月旦，敢覬乎高名；禮毋雷同，豈資於剿說。因知言不盡意，恆患攸存，庶六朝之閫規密裁，於是焉在。若乃鏡鑒源流，銓綜利病，善文之士，類能道之；斯則非所急矣。

籀其歸趣，大旨主氣韻，勿尚才氣；崇散朗，勿嬗藻采。其論以爲：「駢文之有任、沈，猶詩之有李、杜。彥昇用筆，稍有質重處；不若休文之秀潤，時有逸氣，爲可貴也。《詩品》云：『昉既博物，動輒用事，所以詩不得奇。』然則彥昇之詩，失在貪用事，故不能有奇致；吾謂其文亦然，皆由於隸事太多耳。語曰：『文翻空而易奇。』以此言之，文章之妙，不在事事徵實；若事事徵實，易傷板滯。後之爲駢文者，每喜使事，而不能行清空之氣；非善法六朝者也。六朝之文，無不用頓宕之筆；後人但賞其藻采，而於氣體散朗，則不復知之。故即論駢文能入六朝之室者，殆無多矣。」此崇散朗，勿嬗藻采之說也。又謂：「長沙王益吾選《駢文類纂》若干卷。其持論大旨，則在不分駢散，而以才氣爲歸。夫駢文而歸重才氣，此固可使古文家不復輕鄙，無所借口。惟既言駢文，則當上規六朝；而六朝文之可貴，蓋以氣韻勝，不必主才氣立說也。《齊書．文學傳論》曰：『放言落紙，氣韻天成。』若取才氣横溢，則非六朝眞訣也。昌黎謂：『準其氣盛，故言之高下皆宜。』斯古文家應爾；駢文則不如此也。六朝文中，往往氣極遒練，欲言不言；而其意則若即若離；上抗下墜，潛氣內轉，故駢文蹊徑與散文之『氣盛言宜』，所異在此。」此主氣韻，勿尙才氣之說也。主氣韻，勿尙才氣；則安雅而不流於馳騁；與散行殊科。崇散朗，勿矜才藻；則疏逸而無傷於板滯，與四六分疆。德謙以爲：「駢體與四六異。四六之名，當自唐始；李義山《樊南甲集序》云：『作二十卷，喚曰《樊南四六》。』知文以四六爲稱，乃起於唐；而唐以前，則未之有也。且〈序〉又申言之曰：『四六之名，六博、格五、四數、六甲之取也。』使古人早名駢文爲四六，義山亦不必爲之解矣。《文心雕龍．章句篇》雖言：『四字密而不促，六字格而非緩』，此不必即謂駢文。不然，彼有〈麗辭〉一篇；專論駢體；何以無此說乎？吾觀六朝文中，以四句作對者往往只用四言，或以四字五字相間而出。至徐、庾兩家，固多四六語，已開唐人之先；但非如後世駢文，全取排偶，遂成四六格調也。」而駢文又與律賦異。以爲：「駢文宜純任自然，方是高格；一入律賦，則不免失之纖巧。〈文心雕龍．詮賦〉與〈麗辭〉各自爲篇，則知駢文且不同於賦體。賦體出以雕纂，而駢文尤貴疏逸。」疏逸之道，則在寓散於駢。以爲：「駢體之中，使無散行，則其氣不能疏逸，而敘事亦不清晰。故庾子山碑志諸文，述及行履，出之以散；每敘一事，多用單行，先將事略說明，然後援引故實，作成駢語以接其下。推之別種體裁，亦應駢中有散文。倘一篇之內，始終無散行處；是後世書啓體，不足與言駢文矣。」德謙之書，此爲精核；其他著有成書，曰《古書讀法略例》、《諸子通考》、《孫卿子通誼》、《呂氏春秋通誼》、《太史公書義法》、《古書錄輯存》、《補南北史藝文志》、《文選學通誼》，各若干卷；而駢偶文特以餘事爲之而已。李詳以爲駢文全須隸事，不可拾他人唾餘。而德謙則病任彥昇隸事太多，不如沈休文之秀潤有逸氣；以爲「文章之妙，不在事事徵實」。此可以徵兩家蹊徑之不同。李詳以隸事新穎自詡，德謙以逸氣清空為尚。《北齊書．魏收傳》，見邢（子才）、魏之臧否，即任、沈之優劣。吾則謂任、沈之優劣，即是李、孫之優劣爾。然德謙好自標置，特工議論，而所作或不逮。若論秀潤有逸氣，蓋不如同郡孫雄云。以民國二十四年九月十五日卒，年六十三歲。

孫雄早歲治經宗東漢，願學鄭玄，以玄字康成，原名同康，字師鄭，亦號鄭齋；別號楼盦，以明嚮問所在也；昭文人。高祖原湘，為清代乾隆、嘉慶間詩人，世稱子瀟先生；著有《天眞閣詩文集》六十四卷。雄幼承家學，十歲即能詩。弱冠以後，從德清俞樾、定海黃以周遊，始知服膺東漢大儒鄭康成之學，而治三《禮》、《毛詩》尤邃。中式光緒甲午進士，授職吏部主事。大學士張之洞管京師分科大學，奏派為文科大學監督。輯近人詩，約得二千餘家，為《道咸同光四朝詩史一班錄》；無貴賤老幼與相識不相識，旁搜博採，每人綴以小傳，其題《薛褧銘詩稿》後有云：「朱子論作文，勿使差異字。選言戒鉤棘，說理尚平易（《朱子語類》卷一百三十九云云）。詩文體縱殊，探源靡二致。」又云：「謫仙曠世才，逸足追風驥。落筆撼五嶽，絕塵飛六轡。少陵鬱忠肺，字字流血淚。高歌泣鬼神，獨醒喚衆醉。慷慨南董筆，從容北山議。天若假之鳴，詞取達其意。蛇神牛鬼徒，形穢三舍避。」又云：「詩中隱有我，詩外更有事。回甘道味濃，叩寂餘音嗣。古云貂裘雜，不如狐裘粹（見《淮南子》）；哂彼飣餖儒，獺祭誇多識。作詩如用兵，操縱身使臂。奇兵不在衆，敢戰推驃騎。」即此可見論詩宗旨；蓋所貴達意，而無取使事也。其為駢文不以逋峭為古；而氣味自淵懿。年二十許，遊京師，客其鄉人尚書翁同龢所，與會稽李慈銘蒓客相過從。慈銘工駢文，又宿學；索觀所作，亟賞之；謂曰：「君文精潔簡雅，淵乎經籍之光。妙在命意遣詞，必以盅粹為本，雍和為節；視世之矜奧衍，逞才情者，或雕飾以為古，或恢詭以示奇，正宗旁門，判若涇渭。此經生之文，異乎瑰士也。」為加點定，因輯為《師鄭堂駢體文存》上下二卷，都十七篇；而慈銘尤推其〈居庸關至宣化府行記〉、〈賀曾孟樸新婚序〉、〈讀元祕史注書後〉、〈與胡敻修書〉四篇，辭趣淵雅；非徒苟為炳炳琅琅而已。若論懷文抱，徵見性情，則莫如〈與翁師漢書〉，其辭曰：

執別數日，相思千里，冬序忽來，秋思彌甚。北地苦寒，冰厚寸許。車聲雷奔，馬足霧亂；黃塵飛揚，兩目爲障；紫沙堆積，半體若塑。昨日之午，爰抵深州；征驂甫停，即覺疾首。寒氣侵骨，倚枕不寐。遙念足下，澄慮經史，削跡家衖。入有吹塤之雅，出有盍簪之歡。委蛇偃仰，誠足悆樂。僕本乏技能，唯耽文史。謬蒙長者推獎，爲之先容。羈鳥借一枝之安，勞魚得蹄涔之水。靜言思之，已爲非分。矧以順德先生中朝冠冕，海內斗山；幕府群才，孔多鴻碩；相與推襟送抱，佩韋質弦，證古史之對音，論駢文之異體。松盟柏悅，生幸同時。月落參橫，談猶未倦。以此稍慰岑寂；暫忘離憂。然南望之心常懸，北堂之膳誰侍。門前別子，何限歔欷；夢裡覲親，難酬顧復。每當魚更三躍，掩卷就寢；魂遊江南之國，身在華胥之鄉：婢僕賀其遽歸，弟妹喜而起舞；高堂扶杖，話面目之瘦肥；良友叩門，問著作之多寡，鄰僮解事，樂聞笑言，山妻賦詩，互相贈答。恍惚自思，疑爲幻境。頹然而醒，仍復獨處。呼僕舉燭，亦在睡鄉。仰視東方，天光已白。一夜十起，只益悵然。嗟呼，北江先生有言：「積瘁之士，寡至四十者。」僕之年齒，已近三十；而學問事業，迄用無成。倘得策名清時，委質京國，竊懷負石赴河之義，力挽琅湯凌鑠之風；破柱求奸，作守天之一鶚；開城創制，爲南溟之大鵬；此乃上願所存，不可必也。若夫輯高密之遺書，申汶長之奧說，誦龍門之雄文，校蘭陵之異字；含毫邈爾，思通古人；伸紙斐然，精騖八表。休息經籍之圃，馳騁文雅之囿。百家雜語，淵匯乎一編；六籍微言，囊括夫萬象。覃思以終其業，咀華以潤其流。則我心區區，亦竊慕乎是。昔北齊劉孔昭云：「使我數十卷書傳於後世，不以易齊景之千駟也。」僕嘗嘆此達言，以爲美談。至乃以科舉爲性命，視富貴若神仙。鶩向而尋聲，承意而揣色，牡群牝友，殷殷澐澐；齒豁頭童，灌灌蹻蹻。偶邀顧盼，如登天而坐雲；略失援繫，便墜心而危涕。百年倏忽，時不我與。幸得稟乾坤之至靈，承鞠育之遺體，寧忍驅役魂夢，眩惑耳目，隨草木以同腐，動朋友之茹嘆哉？吾鄉諸子，並雄於學：夐修研思乎《國策》，謙齋振響乎《淮南》，孟樸殫勤乎《漢志》，秉衡覃精乎《晉書》，隱南肆力乎古文，木強疲神乎目錄。開篋而視，咸有成書；閉門而造，無非確論；足下又淹貫眾長，自成絕學。惟善蓄光彩，益彰令名。道遠言略，各自努力耳。

十日以後，使車返都，再達箋繒。發函烏邑，不盡所云。同康再拜。

時雄未舉進士，以翁尚書之介，隨侍郎順德李文田仲約按試承德府，文字賞會。初文田實以光緒戊子主江南鄉試，號能得士；題爲《論語》「可與共學」兩章。雄主反經行權古說，合兩章爲一章；通篇散體，不拘拘八比格，中有云：「君臣者，天地之常經也；而讀『鷹揚』之詩，有以臣伐君者矣。兄弟者，亦天地之常經也；而讀〈鴟梟〉之詩，有以弟殺兄者矣。是何也？曰反經以行權也。蓋經爲已定之權，而權實未定之經；反經者，非離乎經，乃合乎經耳。」卷由房考吳承志呈薦。文田擊節嘆賞，而以語意過激，未敢取中；至是追述前事，引爲大恨，如東坡之失李方叔也。文田熟精《遼》、《金》、《元》三史，及碑版地理考證之學；以長春眞人《元祕史》晚出，於蒙古立國強域世系，頗具梗概；乃廣搜紀載，兼採近世泰西譯籍，辨析考訂，作注十六卷；成書以示雄，此《讀元祕史注書後》之所爲作也。文田誦之，嘆曰：「拙著《元祕史注》，本極猥鄙；然經通人一覽，抉摘無遺。惟博聞強記於平時，故能提要鉤玄於一日！」蓋雄之學，兼綜條貫，而於文章流別，辨之尤嚴，故其文篤雅有節，光氣黝然。而不尙雕藻，與孫德謙辭趣一揆。然未能以駢文上說下教，發凡起例如德謙所云爲也。亦於民國二十四年九月卒，年七十三歲；別有《師鄭堂散文存》、《舊京詩存》、《舊京文存》行世。

馮煦論近世能爲漢魏六朝文者，自李詳及德謙外，尤稱閩縣黃孝紓警煉俶詭，後出居上。孝紓靈悟天挺，弱而好文；通習訓詁，多識奇字；根柢經史，皋牢百家，瑰辭奧義，亭蓄萬有。於清代喜汪中、洪亮吉，因以上窺六朝，尤致力於范曄、酈道元、庾信諸家。嘗與馮煦書論文曰：「晚近士夫，驅騖耳學，掞張目論；嘩衆取寵，乃市詅痴之符；飾智矜愚，私竊狄鞮之說；抵掌於裨瀛，而茫昧於衣履之近；哆口於經濟，而乖舛乎人倫之常；左書而右契，北轍而南轅，是謂浮誇。吾無取焉。亦有胸臆是任，溝瞀爲懷，《鄦書》視犬之字，斥爲委談，揚雲雕蟲之文，謂之小技；祖韓柳而祧徐庾，軒秦漢而輕齊梁；究之方聞樸學，但屬空談；

販舌張頰，取飾儉腹；自蔽益深，誤人彌甚，抑亦近世之通病也。若夫廣麗制之規，繹文言之義，千金享帚，謂有其人，則又目營兔園之冊，耳習鬮蛙之音，金針單慧，誤迦陵之讕言；繡裾諸幹，溺隨園之僞體；凡諸骳骫，曾何足云！紓家有賜書，少聞庭誥，治經之暇，竊好斯文。嘗以六朝人士祖尚玄學，吐屬清拔，高在神境；譬夫車子轉喉，有聲外不言之悟；湘靈鼓瑟，得曲終無人之妙。以才雄者，類物賦形。以情勝者，言哀已嘆。潘陸聯鑣於典午；江鮑驂靳於蕭齊；道元經注，山水方滋；蔚宗史才，論贊獨絕；曹思王之誄碑；吳季重之箋奏；庾信多蕭瑟之思；劉峻得雋上之致。各專一體，並有千秋。求之昭代，容甫北江，雅稱復古。平生證向，略罄斯言。」可以覘孝紓蘄向矣。

孝紓，字頵士，號蜀厂。父某，光緒中以翰林轉御史，出爲守，歷官皖魯；更世嬗變，傺然以遺佚隱勞山，年幾八十矣。孝紓服習庭訓，潔身養志，濱海一樓，朝夕相慰藉於風雨瀟晦之會，其心亦良苦焉。嘗仿庾信〈哀江南賦〉體，撰〈哀時命〉一文，低徊家國盛衰之故，驚心動魄，傳播逮大江南北。其辭曰：

西漢嚴忌遭時不偶，賦〈哀時命〉一篇；後世讀其言而悲之。余涉歷艱屯，蹉跎歲路，仰視先哲，其境尤戚。而古人之間，獨以梁之庾信，庶爲近之。爰仍嚴生之舊名，兼用子山〈哀江南賦〉體並韻，暇日抽思，更爲新製。嗟乎，茫茫來日，誰可晤言？瞢瞢彼蒼，豈云可問！枯植江浦，非可假以逾淮。玉熸昆岡。或當同夫焦石。卷葹之心已死，鷦鷯之枝未安；自非茂陵銅狄，武擔石人，疇能無身世之感，俯仰之慨哉？削藁潸然，薄抒胸臆。勞者自歌，無嫌鄙屑；知我罪我，亦無瞢焉。辭曰：

橫艾紀歲，元冥莅官。日薄無色，雲流有瀾。時逼歲暮，土靡寸安。亂脊脊而胡底，意回回而無主。家竄梁鴻，神傷衛虎。摶沙何常，斷梗靡聚。翳蘭錡之舊族，爰肇興於我祖。廁七姓以從王，入八閩而宅土。作流舊於侯官，甄勛格於軍府。文無曠僚，武無律竭。奕世簪纓，嬗家鉞節。或宰邑而稱循，或殫忠而蒙烈。陸浚儀揭像而表圖，杜元凱臨流而湛碣。猗惟大人，啓躍秀民。通籍俠陛，勵志埋輪。烏臺論列，玉府浮筠。

重吒作牧，申命詞臣。南莅皖服，北來濟濱。翔旟起隼，綰佩鏤麟。作郡十載，頌聲在人。余隨侍於丱歲，值開元之季年。雖外侮之間至，乃國事其猶賢。玉棓隱耀，寧鋤列筵。鐘鼓周序，歌吹沸天。家頌塞晏，國安幅圓。朝夜無事，薰風泛弦。運極熾則中屯，天降疵於下武。道竟失於夷庚，厄乃丁於典午。摧躐四維，昌言九主。杞人憂天，仲尼嘆魯。涕出未央之鐘，襖鳴歷陽之鼓。西望川陝滇黔，南極湖湘江浦。地覆坤維，天傾乾柱。券裂十華，讖興三户。鍾離麇君，宣宮巽羽，莫不共鱉封而宵熸，與貜疏而晝舞。頹垣有雲，洗兵無雨。武昌首義，遂復天下。鼙鼓乏死節之臣，軺車恥覲軍之使。責干城於剩員，假閫寄於債帥。部曲星離，將士麻沸。閫外有執冰公徒，軍中號摸金校尉。廟堂偷樂，士皆不學。上下周章，老成凋落。習媚高尻，偷容崩角。清談則夷甫，元老則長樂。腰扇者竊附褚公，捫虱者自矜景略。志士顏汗，尸臣氣索。人爲藏窟之鵵，士半乘軒之鶴。曹社鬼謀，吳宮塵濁。國改宗枋，野多壁壘。漢失靈蛇，秦亡寶雉。值銅駝於棘中，屑金人之鉛水。九廟之祀忽諸，八紘之禍兆矣。本初竊命，爲蜮爲獍。安忍無親，侜張蠱性。伏地咶天，瞽實聾正，仲家自爲，東絇自縻。嗟雞尸而牛從，亦羊質而虎皮。九世卿族，百年宗枝。醜不勝載，僥無俟吹。促威斗於一瞬，問神鼎其何窺。時則方鎮阻兵，精迺擐胄。勒軍則燒掇焚杅，逐帥則仆表決漏。韜未諳於孫吳，謂不逮於貫寇，亦復狠逾貪羊，酷如鷙獸。赤眚降天，妖霧蔽宿。肆函谷之鯨吞，駭鄭城之蛇鬥。原燎籔扇，眴眴禹甸。摟趙連齊，跨州並縣。路習槍雷，士狃被練。望鰍籃而逋誅，據貊盤而歡宴，遂乃稱戎纖輔，搶攘契箭。火徹謻門，矢驚朵殿。范陽魏博之卒，犯闕而合圍。函箱背嵬之軍，乘勢而激變。十二年中，輦轂五戰，日空返干揮戈，軍難銷於揮扇。權則上替，策靡遠綏。發號不越十步，施令詎式九圍。金雌告讖，鐵牡宵飛。乃有兩戒分裂，榱崩棟折，舟沮南檣，車迷西轍。倏爚旄頭，張皇箕舌。奮旅番禺，窺兵武穴。屍積洞庭，甲齊大別。勍敵五嶺飛芻，將軍三湘馳節。城堡榛曠，兜烽冥滅。地殫芻茭，國罷丁壯。不聞繫纓之呼，坐見僨軍之將。鞭臨江而可投，籌無糧而奚唱。楚氛甚惡，吳師齊喪。楓林化械，鬼聲愀愴。始滇池之易幟，乃致嘆於鞭長。疽潰非針鍉所治，川決非石楗所防，綿延萬里，禍起蕭牆。尉佗左纛，半壁云亡。

草寇竊發，雲屯霧勃。揭竿有知世之郎，斬木則漁陽戍卒。狐火千村，鴟茗萬窟。四序遊魂，三軍暴骨。鋌險呼號，負隅出沒。天醉難言，毒痡誰假。擾擾海岱之郊，茫茫荊河之野。隝列賊眾，城高人寡。環伊洛而爲墟，攻即墨而竟下。里第巢烏，轣車繫馬。兔竄頹垣，獸嗥破瓦。於是民力殄瘁，生計傾覆。火熱八鴻，水深獨鹿。千危萬困，上墋下黷。暴烈風禽之災，禍甚日烏之酷。小民不遑假寐，君子無望旻睦。加以政密秋荼，家空杼軸。人之無良，穿窬技熟。上多掊克之臣，野有中宵之哭。秉筭牢盆，設征要塞。杓欄並徵，桁楊相對。苛義和之五均，值楊炎之兩稅。賈肆錢荒，通途壅礙。矧復巨浸掀舟，河傾下流。彼淮海與閩越，又頻患於江流。溢溉浦之故道，漂利津之譙樓。誰堙息壤，高築哀丘。巢居架灶，陸行用舟。嗟我黎獻，湛茲陽侯。有邑皆沼，何地非洲。人聚化於魚鱉，里無鎮於犀牛。風雪載路，人靡生趣。泣單復而無衣，望慈航而不渡。築堰儆徭，防河設戍。大旱繼之，烏靡棲樹。野稿穜稑，鄉刊桑梓。連歲爲災，呼天孰恃。豫陜燕齊，赤地千里。禱剪爪而不靈，慣刺泉而無水。極目傷心，民焉逃死！永嘉板蕩之辰，王粲流離之始，朝改鈞維，家謝宦仕。寄命瘻楊，脫身安史。遇逢萌而愴三綱，從箕余而譏九洛。徘徊死生，崎嶇靡託。載鐵籠而憂來，泣露車而淚落。傔從飄零，輕裝蕭索。始則窮島鏟跡，荒陬杜扉。與蟄燕而分食，更茅龍舄而乏衣。惟吟越，臘不從王。溷茶坡之逆旅，採薇蕨於首陽。打頭有屋，躞步無堂。腸折羌笛，夢縈歸檣。北不見鐵嶺，南不見琴江。地則僑置鹿督，臺則惟登雁王。海氣鑠肌，寒冰攪泗。鴻雁寡飛，蛟龍大至。言半雜於侏儺，居近鄰於魑魅。謂僻陋之可居，復甘寢之莫冀。突未黔於寒灶，兵忽訛於凶器。氈屋彌山，怯苴匝地。城郭蟲沙，樓臺蜃氣。東播西流，心力交瘁。若乃指南郭之柳泉，傍東門之瓜圃。海岱大郡，稱名自古。賃廡有伯通破舂，卜宅有太初焦柱。雖無榱題之觀，自慰室家之聚。然而避秦不入於武陵。障塵恐汙於元亮。杜陵瀼西，介推綿上。境迫愈艱，神摧難曠，彼濉陽之被兵，又百里而可望。不聞中翼稍兵，屢見恇公對仗。驚禽墮飛繳，潛鱗泣遊綸。獨閉門而任命，徒運甓而習勤。去國有爰居之恨，偷生皆蟣虱之臣。霸陵醉尉，貴於漢李廣。吳門市卒，溷於梅子眞。與木石而爲友，逃蓬藋而無人。呂肆販葱，眷言已遠。高臺落葉，長謠恨晚。唏髮風前，行吟嗒然。難回長沙之袖，誰贈繞朝之鞭。鬢亂拚鶴，肩削異鳶。蕭綜之北歸無日，王褒之南渡何年！家世清貧，甑塵竊恥。以蠛柖而佐餐，無魚菽以供祀。點金之術未諳，吹玉之憂方始。侯光但熱不因人，伯龍則鬼竊笑己。靜言思之，慨其嘆矣！平原之雅志典墳，思公之與爲臥起。慕書淫於北地，抑文棟於東吳。雕蟲等視，覆瓿之徒。資髦而適蠻越，貨冠而索戎渝。辱正平以俳優之伎，嘲張紘於大小之巫。但敝帚之自享，幸瓜硎之得娛，文不能磨盾作檄，武不能盤馬彎弧。譬命官於磨蝎，等骯髒於豬都。世路艱難，積憂百端。擯桂林而移植，雜橘枳而爲安。檀公則餓麟不噬，應生之枯魚已殘，言語獨忤，笑啼亦難。俗則蒙蜎集蜮，身則疊棋累丸。跬步足躓，伏念心寒。雖使盼馬角於一日，招猿鶴於故山，而兵燹屢經，交視凋殞。鍾堅侵於強宗，陋巷欄於車軫。中條之墅已荒，下潠之田復盡。茲復襖氣瀕洞，綱氣經冤。晉楚不睦，鄭息違言。馬江兵哄，獅岩軍屯。帳啓環玉之館，馬繫還珠之門。進肉籬於碧海，鑿下瀨之弋船。八閩則彌望狼煙，三山則流離雁户。星指牽牛，雲愁參虎。目空擊於漁滄，夢漸迷於霞浦。未斬鯨鯢，空占狐蛊。徐陵則歸去無家，鮑照則憂來擊柱。昔之豪氣縱橫，霞起赤城。八極口侈，四海目營。返烏桓於義御，探驪珠於墨兵。講道藝者慕王子，談武略者陋士行。親戚嘉樂，友生嚶鳴。令原啓花樹之宴，砥路寢桴鼓之聲。曾幾何時，棲屑無地；家以亂離，志難氣帥。等孤篷之無依，共秋蒂而吹沸。侘傺屏營，憂思潮沸。欲賡〈同谷〉之歌，長下窮途之淚。哀天下之營營，已濁亂於渭涇！喻紛謀於道室，譬聚訟於灶陘。眾僉昧夫飛幕，泣誰愴夫新亭。枯木生蝨，腐草爲螢。上則罝君如棋弈，下則貧劣汙汗青。燕雀高飛而刺天，鴟鴞難馴於集泮。等周鼎於康瓠，謂白徒爲黃散。已成五代之風，難弭九州之亂。滄海乃昔日之桑田，深谷爲當年之高岸。北邙夜長，南山石粲。孟敏有破甑之悲，魏牟動敗縱之嘆。倀離山河。飄若逝波。內亂方亟，外患孔多。魯仲連之蹈海，申屠狄之沉河。見被髮者識瓜分之先兆；問故國者起〈黍離〉之哀歌。嗚呼！國家之維曰廉恥，上下之別有等威。道背馳而絕遠，《詩》何怨於〈式微〉。棼絲孰斬，遊騎無歸。陸沉則四海共盡，劫灰則六合俱飛。哀此道否，孰爲禍始！雖黨人之不競，亦亂階之自起。始則鑄錯一時，終則流毒萬祀。

奉侏離爲功令，侈游談於學子。吃詬以多力遺珠，渾沌以鑿竅而死。杞侯下恥於用夷，晁錯幸逃於肆市。大道既亡，皇運不昌。置仁義於屎尿，棄蕉萃於姬姜。故秦之賊是爲公孫鞅；趙之覆由於武靈王。雖復暉臺返鼎，乾宮正位。革囊之運未幾，敝屣之業旋棄。朽索非奔馬之駕，深山黯興龍之氣。嗟呼！天道難言，人心如醉。屯不極者剝不復，否不甚者泰不旋。俯仰身世，感慨繫焉。嘆緯繣於大化，消余身於逝川。日詭月異，千變萬遷。邁宗慤破浪之日，迨陸機入洛之年。拔劍斫地，呵壁問天。加以髀肉復生，前程杳然。月窮星紀，春回歲始。萬慮迫於窮冬，百憂叢於茂齒。警鳴雞於中宵，歌闈蛙於下里。欲援雍門之琴，何處燕臺之市。誤我儒生，伊誰國士！長言當哭，屬辭代史。豈直感哀時命，獨有西漢嚴生；蓋亦蕭瑟文章，竊擬江南庾子。

孝紓以盛年富才藻，而奉親孤往，與山林枯槁之士同其微尚；識者悲之。刊有《匑厂文稿》六卷；大抵融情於景，而抒以警煉之詞，效鮑照以參酈道元；夾議於敘，而發以縱橫之氣，由庾信以窺范蔚宗；辭來切今，氣往轢古；以視李詳之好雕藻而乏韻致；孫德謙又尚氣韻而或緩懦；其於孝紓，當有後賢之畏焉。孝紓亦善畫、工詩、善倚聲，有三絕之譽。以民國十三年來鬻畫上海，遂有人介以主吳興劉承翰之嘉業堂者十年，遍讀所藏書；四方請業者踵繫，隱然爲東南大師矣。至其治偶文，則又力主因聲求氣，毗陰毗陽之說；默契桐城諸老緒論。紀述山水，數稱柳子厚；而爲散文特雅潔遒粹，則又不爲桐城之故爲閒情眇韻云。

3. 散文

王樹枏——賀濤（附：張宗瑛、李剛己、趙衡、吳闓生）——馬其昶（附：葉玉麟）——姚永概永樸——林紓

民國更元，文章多途；特以儷體縟藻，儒林不貴。而魏晉、唐宋，駢騁文囿，以爭雄長。大抵崇魏晉者，稱太炎爲大師。而取唐宋，則衍湘鄉之一脈。自曾國藩倡以漢賦氣體爲文，力追韓昌黎雄奇瑰偉之境，欲以矯桐城緩儒之失；特是冗字縟句，時傷堆砌；所幸氣沉而力猛，掉運自如，故不覺耳。桐城吳汝綸、武昌張裕釗衍其緒。而裕釗筆遒而氣未雄；汝綸則氣恢而力未渾；然造語潔適，特爲簡練，不如國藩之縟也。武強賀濤，北方之強，得法汝綸；而步趨韓軌，特爲樸厚，章妥句適，自然雄肆，不同曾氏之爲縟瑰，亦異張吳之少遒變，渾灝流轉，大力包舉，以視師門，可謂出藍。其次新城王樹枏，體勢宏遠，辭筆警煉，而出以沉鬱跌宕，生創奮勃，得韓公風力之駿邁，而不徒尋章摘句之瑰偉；此其所以勝曾氏而爲張吳之所畏也。

王樹枏，字晉卿；光緒丙戌進士，以主事分戶部，改官知縣，選授四川之青神，改署資陽新津，治邑有威惠。初入川，王闓運之學方熾；其弟子井研廖平曼衍其說，多士風動；自節帥以下，罔不致敬，聲生勢張。而樹枏下邑宰，無氣力，獨抗不爲下，昌言排之，發憤而道曰：「蜀學之興，始自南皮張之洞。自湘潭倡爲新學；而廖平今古文之說，鑿空虛構，益以猖披；決蕩屏棄一切先儒之說，敢爲無忌憚大言，淫蠱以眩當世。至謂東西海國大通而後，始悟『六經』皆孔之假設之辭，舉《詩》之所謂十五國者，一一實之於五洲諸地。其說荒唐曼衍，奇離誕怪，不可思議。嗚呼，孔學之不明久矣！其下焉者不具論。而今之所謂老師巨子，或錮守經生家法，支言割裂，破道無術。而矯其弊者，又復專言理性，過爲幽深要眇之詞，是孔學若帝天之不可方物。廖氏者出，乃更創爲皇帝王霸之世以分配六經；於是孔之學，幾等於《齊諧》志怪之書。誣聖蝨經，說愈奇而道愈裂。謷者遂謂孔子之學，疏闊遷冥，不切於國家之用；至欲取聖人之微言大法，所以垂教萬世者，一切抹殺而糞除之，悲夫！此孟子之所謂自伐人伐，不能不爲今之學者咎也。」平聞之，乃更低首輸心於樹枏。樹枏岸異自多。其爲政也，不憚禮接士民，而未嘗爲上官屈；因事罷職，而從戎於甘肅。總督陶模器其能，奏復其官，而以佐其幕府。尋出知中衛縣，遷鞏秦階道；以光緒三十二年三月，補授新疆布政使。自海國通市，而中外接構，皆謀於海；故海防議起，朝廷以全力注之。新疆西北接俄境，狡焉思逞，禍且甚於東南；當事者未嘗不引爲深憂，而終以海防爲重，不能畢力於西陲。日俄之役，日帥在遼東壘中，得俄人祕冊；於是其國豪俊智勇有志之士，聯袂接武，爭赴新疆，覘俄人動靜安危，以定外交政策之所在。樹枏既之官之明年正月，日本上原英東偕南州少佐日野強遠踔北庭，匝遊西域五十餘國，圖其山川險要；因得出入布政使署，每雪夜過從，置酒抽劍畫地，縱談西北大局，輒相與奮衣起舞，感喟歌呼。樹枏因爲論：「新疆大勢：天山之北，地氣寒冽，宜於牧；天山之南，地氣暑濕，宜於耕。然觀全疆土宜，皆殖五穀；黍稷稻粱麥菽胡麻之屬，長穗碩實，滿車滿篝。而大藪具區，豐草彌望無際；南北郡邑，所在皆是。蓋全疆之地，皆宜耕牧，而牧之利尤大且厚。若夫莎車、英吉沙爾、葉城、皮山、和闐、洛浦之蠶桑，吐魯番之麻棉葡萄，哈密之瓜，焉耆、庫車之梨杏，葉城之石榴，綏來寧遠之蘋婆，類皆垂名西域。中外商賈販易絲棉毛革者，跡屬於道。洵土著之佳植，物產之巨宗。而鹽澤之利，家給人足，不假財力。生之有道，爲之得法，庶富之效，可馴致也。曾子曰：『有人此有土，有土此有財，有財此有用。』今考世界地理諸書，新疆面積四百四十九萬一千一百方里；以五百四十畝爲一方里計之，現墾之田，僅一千七百七十五分之一耳。此其故不在於無土，在於無人。無人，則雖有土與無土等耳。財出於土，而土出於人。新疆地廣民稀，勞來生聚。實邊之策，蓋莫有先於此者。方前大學士左宗棠聚天下財力兵力以事西域；若及是時，專撥十營壯勇，仿漢時田卒之制，開渠墾荒，招來流散，分給田畝耕植以爲生聚之計；十年之間，舉天山南北，可以盡地利，無復棄土。乃捨此不圖，安於苟簡，坐失良會。今則關內諸行省協金不繼，府庫空匱，歲入不能當所出；求曩日財力，舉此大政，不可復得；是足惜耳！」言下慨然。又謂：「西域自古不通中國。自漢鑿空開四郡，闢南北大道，斥堠亭障，出長城數千里，上下相望。唐時，踐漢舊跡，置過郵六十八所，具群馬湩肉以待使客；了望之卒，更番之吏，不絕於路。其所以開通荒服，鞏衛邊圉者，其機全在於此。蓋新疆爲四塞天塹之國，不患其不能守，而患其不通；通則強，不通則弱；通則富，不通則貧。況夫環我邊界之上，俄人輪軌，包絡西北，風馳電掣，朝覯夕至，我苟不謀所以通之，一旦禍發，必有束手受困之勢。夫一國，猶一身也。人之一身，血脈貫通，筋絡條達；則百體厭然，無復殗殜痿躄之虞。鐵路者，一國之血脈筋絡也。將以告於大府，謀所以通之之道；而先仿西人汽車之制，由古城以達歸化，爲將來鐵路之先驅。」顧財匱而未暇以爲。慨然念前人沐櫛之勞，文治武功，歷時愈遠，愈益湮沒墜失，無可徵信；乃招集二三博雅同志之士，網羅文獻，分纂《新疆圖志》，而自以意潤色，成書八十冊，考之上古，驗之當今，殫見洽聞，洵創前古之所未有，而足爲後來殖邊者之考監；不徒文章之典茂淵懿，獨翹然而出其類也。

樹枏少善駢偶之文。吳汝綸之知冀州也，延主州之信都書院，索觀其文，笑曰：「此非晉卿之文也。」樹枏始不服，已取《太史公書》以下治之數月，試操筆爲之，以示汝綸。乃曰：「此眞晉卿文矣。」於是盡屏駢偶之文不爲；益浸淫於兩漢，而出入於昌黎、半山之間。及其成就，乃一掃桐城末流病虛聲下之習；氣骨遒上，其文戛戛獨造，一洗俗囂；而生創奮勃處，尤得力於昌黎者爲多。樹枏爲文不規規桐城，而亦不悖其義法，以謂：「義法者，文之質幹也；捨義法，則無以言文。知義法者，質幹立矣；由是進而上焉，而各就其性之所近，專一其蘄向，以廣己於深造之域。毗於陽者其文雄以直。毗於陰者其文紆以和。陰陽相翕，則如樂之諧而克幾於大成。故當其始之端吾向者，雖桐城是適，可也。若詣乎其極，則神明變化，充然塞天地，橫古今而無乎不至；夫豈姝姝焉守一成之跡者所能自振於其間？」樹枏居常所自勉，而亦以勉人者，大略如此。刊有《陶廬文集》九卷。集中〈代李傅相爲合肥張靖達公墓志銘〉，又〈琴師黃勉之墓碑〉，皆直敘作一氣奔放之勢，極似王荊公〈田太傅墓志〉、〈兵部員外郎馬君墓志〉；而選字造句，又似昌黎〈曹成王碑〉、〈貞曜先生墓志〉。〈祭曹子清先生文〉、〈祭鄧景亭軍門文〉，奇章瑰句，噴薄進出，四言韻文至此，直欲方駕昌黎。而〈祭曹子清文〉中寫釣獵處，最有逸致，實脫胎昌黎〈祭河南張員外文〉。方其時在冀州書院，一日放聲大哭。門人駭而問焉，則得曹訃書也。樹枏篤於交友，此文可見。其辭曰：

嗚呼！君往規我，「身若膏煎。膏以火烤，身以心腹。」君胡蹈此，一蹶而顛！君昔聆學，大父之門。頻於先子，又申以姻。予輩僔僔，君獨仁我。我儐我翼，方戲而鬌。予謏多問，繞几嘈啁；君誶我數，掩聽交眸。君貢於鄉，我籲於學；鏖藝鬥策，載牙載角；交嘲互聖，淫愓騰踔。顧謂時榮，如俯而啜。君熟不獲，乃墮於泥；亦罔我食，鄙棄爲梯。自此相失，我別君啼；風搖雨蕩，南北東西。我貽君詩，君寄我簡；一有不嗣，目裂至睅。光緒初載，訪君於郊。衰草彌原，風烈沙飄。椎馬彎弧，獵彼豐毛。勁矢脫把，兔殰狐號。間歲顧君，偕釣於水：波流澄夐，叢草生沚；巨餌長綸，手登大鯉。飛觥狂嚼，搖喉裂齒。一嗽而踣，君舞我歌。何鬱於中，有涕滂沱。去歲之冬，君來我顧；逾年相期，一再晤語；夜臥一榻，加股於腹。君返故里，我來冀州。詎謂一訣，遽爾千秋！君始漸癘，繼痤於頭。我往哭君，乃蘗而甹。余嘗語人，天右吉士。今胡不仁，遘虐至死！余性狂拙，百喙是唁；知我誨我，惟君一人。今忽我棄，一厝成塵。搏膺大慟，洟涕沾脣。涿水之南，督亢之土。琢辭馳哀，以告終古。嗚呼哀哉，尚饗！

其〈琴師黃勉之墓碑〉曰：

琴師黃勉之者，不知何許人也。或曰「本姓章氏，初坐法逃金陵某寺爲僧，繼又與人遘訟，變姓名走匿燕市。」而勉之則自言：「金陵僧有枯木禪師者，善彈琴，非其徒不傳。於是始削髮從之學，學成復還俗。」然卒無能道其詳者。京師人無識與不識，皆呼黃勉之云。勉之以其琴學教授弟子，惟寧遠楊詩伯得其傳，知之最深。丙寅之冬，吾友章曼仙招飲其室；詩伯、勉之皆先在。勉之兀坐枯寂，貌如濕灰，終夕默默，不出一語；既檢客授琴，雄峻凝整，若武夫按劍危坐凜凜然不可肆以干也。其用指力重能透木，聲清而響堅，觸撝櫟捋，以神爲宰，以氣爲使，安趨詭赴，貫以始終。古人所謂疾而不速，留而不滯者，勉之皆能罄其妙，不可以名狀言也。勉之時時自稱其法得廣陵正宗。其教人也，以對彈法反覆啓迪之；雖其愚且拙，茍好而習之，無不得其意以去。丁巳，湘人賓楷南玉瓚聘往長沙，集校中聰穎子弟數十人，專授琴法，年餘而歸。己未正月二十八日，以疾歿於宣南之寓廬，享年六十有六。閩縣劉崧生謀諸馮君公度，即以其年二月十一日，葬於龍樹寺張文襄公祠之西偏；文襄公，蓋亦嘗從勉之學琴者也。銘曰：

昔吾聽勉之之彈琴也，座中之客，大都先朝遺老，去國羈臣；莫不收目注耳，長欷累呻；愴怳慘淒，橫臆沾脣；初不知涕泗流湎之何因也。嗚呼，〈廣陵散〉於今亡矣。然有不亡者存。刊石松下，以妥幽魂。後之人過其墓者，流連慨慕，當有感於余文。

碑入民國作，亦以發身世滄桑之感。大抵恢詭以發其沉鬱，恣肆而出之頓挫，生氣遠出，蔚成奇觀。而奇不爲難，氣能舉之爲難。然樹枏文亦有茂情遠韻，含毫邈然，而用熙甫之質淡，得永叔之芳逸者，集中〈漱芳園記〉、〈書鈔本金剛經後示青生資生兩兒〉、〈奉貞葬志〉、〈六兒衛官葬志〉、〈孫女存壙志〉、〈送日本上原英東之伊犁序〉諸篇是也。其〈漱芳園記〉曰：

余性喜藏碑，不喜藏帖；以碑足以備經史考證，故余所收唐以上碑至數千種。至於通儒碩夫，殘墨敗紙，雖書不工，亦不惜出重資購之。顧頗不喜丐書於人；其能即甚赫著耳目，獨以其爲今人，不足輕重。若其人已往，則又常百計搜訪其遺跡，什襲之有若珍寶。獨往者於武昌張廉卿之書，不能守此。廉卿書法，一矩漢隸，巧力變化，自爲一體；視之，若古衣冠人環列揖讓；又若怪石古木，肥瘦蠡秀之不假鑿飾也。向嘗求其書，不可即得；因作書與廉卿，謂：「予以古人待君，而君乃以今人自處。」故廉卿喜余之知言，爲余書甚多。而往來書簡及詩歌唱酬之什，皆篋藏之，雖千金之寶，不以易也。宣恩李君彰五者，廉卿之同里人也，宦遊四川，通敏達政體，爲當世大人所器。余始至蜀，人爭稱其能書。戊子七月，余奉分校秋闈之檄，來居成都凡七十餘日，始與彰五相晤；又見其所摹晉帖，形解神合，通於自然，始所謂天機闔闢而不知其故者。

於是乃自笑向之不丐書於人，皆其能之不足移吾性而奪吾守者也。因復作書以求書於廉卿之意，請之彰五。彰五則曰：「余昔年買宅於成都之南城，拓其隙地爲園，蒔花種竹，構書室數楹，窮晝夜爲書自娛於其間；取陸士衡〈文賦〉『漱六藝芳潤』之語，名曰漱芳；亦以書爲六藝中之一事云爾。子善爲文者，其爲我記以易吾書，其可乎？」余曰：「唯唯。」爰於返任青神之十日，述吾兩人相要之詞，爲之文馳寄其園，並以索其所以易吾文者。

紆徐委備，於質淡中出波瀾，機神湊泊，韻味盎然，乃熙甫勝境；而文筆之拗折，仍出荊公。其他〈書鈔本金剛經後示青生資生兩兒〉、〈奉貞葬志〉、〈六兒衛官葬志〉及〈孫女存壙志〉，敘瑣事有生氣，以氣遣情，情至文生，故拉雜敘之，無一不應節諧聲，蓋脫胎熙甫〈先妣事略〉、〈項脊軒記〉、〈寒花葬志〉，而自出變化；中間聲情進出，悲哽欲絕；乃知能者無所不可。而樹枏尤才高意奢，群經子史。皆有撰說；又廣爲詩文以經緯世事。而於外國載籍，搜討最勤：嘗欲取彼制度器物，提扼綱領，推類以求，包括萬有，作《西雅》。取彼用弱爲強大有爲之君，捃摭政跡，顯揭其功，而歸本君術，作《海國君鑒》。而尤自喜者，《希臘春秋》八卷，《歐洲列國戰事本末》二十二卷。《希臘春秋》以年爲經；《戰事本末》以事爲經；辭筆雅練而發之鏗訇，學左丘明，神到秋毫，雅壯多風，亦瑰作也。其文無所不學，亦無所不似；而提頓折轉，意象渾雄，要以昌黎、荊公爲歸宿云。

樹枏爲詩，雄恣怪瑰，亦以昌黎爲宗，而特參以孟東野之淒苦，李昌谷之警麗，則與曾國藩之由黃山谷以學昌黎者，蹊徑微不同。自記稱：「詩凡屢變，然每爲詩，必守昌黎『念難須勤追，悔易勿輕踵』二語，不敢以輕率出之。」亦可知宗尚所在矣。至於律絕，渾樸而不爲槎枒，頓挫而饒能沉著，直可追蹤老杜，不止步趨韓軌也。刊有《文莫室詩》八卷，中《紫水集》一卷、《樊輿集》一卷、《信都集》一卷、《西征集》三卷、《幽裝集》一卷、《隴塵集》一卷。而《西征》以下，益臻渾化，則從戎甘肅以後之作。如〈入子午谷〉曰：

薄曉發石泉，冬日含春暉；行行入層岩，草木青不腓。夜來北風勁，吹起雲千堆；天女剪寒花，撒手片片飛；漫天三日雪，不辨山徑蹊。攀藤陟崔巍，下臨千丈溪。麻鞋踏冰石，性命懸微絲。一谷通秦喉，萬險無一夷；當關塞丸泥，諸葛不敢窺。老亮愼用兵，善正不善奇。天心久去漢，空作鷸蚌持。惜哉魏延策，一失不可追！

〈雞頭關〉曰：

寒風山陰崖，吹我度雞頭。重關倚層雲，下顧猿狖愁。眾水匯一泉，滾滾東南流。漢中大如丸，萬舍隨沉浮。南瞻漢王城，片瓦不可抔。當時逐鹿人，零落同山丘；英雄一骸骨，千載空悠悠！

〈龍門關〉曰：

兩日山中行，復沓如平垣。崎嶇百餘里，巍然見龍門。修棧踏蒼虺，首尾雲中蟠。並峰祖群峭，羅列高曾孫。陰柯舞魑魅，矗壁愁猱猿。頑龍穴山腹，穿破盤古根；一水入無底，哆口汩汩吞；西出吐涎腥，駛入長江奔。女媧補天能，失手塞漏坤。吾欲探其幽，趦趄喪精魂。

〈望朱圉山過羲皇故里〉曰：

伏羌之西朱圉山，先儒傳注相流傳。朱圉反在鳥鼠下，道山次序毋乃顚？昔與陶君（拙存）討山脈，陳子（子康）爲説洮西偏。中有一山類伏虎，兩峰夾之雄且般。「朱圉」、「祝敔」本同義，卓尼字變音流遷；土司取名實可證，有若「豬野」訛「居延」。古來地輿失圖學，〈禹貢〉誤説尤連篇。行行廿里近城郭，義皇故里豐碑鐫。曾聞義都在天水，遺址又復留秦安。世儒嗜古好附會，名人名地爭依攀。驅車訪古日已暮，下馬四顧心茫然。

其他類是。侯官陳衍得而讀之，謂：「如讀岑參之〈涼州〉、〈北庭〉、〈隴頭〉、〈磧西〉、〈交河〉、〈臨洮〉、〈輪臺〉、〈燕支〉、〈熱海〉、〈火山〉，杜陵之〈赤谷〉、〈寒峽〉、〈鐵堂峽〉、〈木皮嶺〉、〈泥功山〉、〈石櫃閣〉、〈桔柏渡〉諸詩也。能詩者不必至其地；至者不能詩，能之亦才力不稱其景物之壯遠。安得如晉卿者，歷少陵、嘉州所歷之地，而爲少陵、嘉州所爲之詩哉！」遂以序其詩焉。

樹枏早惠夙成，既通籍，由牧令以躋監司，躓而再奮，夙夜在公，鍥學不捨。已而民國肇建，樹枏年則六十矣。自傷終不得有爲於世，乃棄官走京師，而母夫人猶在堂，細弱數十口，無所投止；每與知交言之太息也。袁世凱爲大總統；而樹枏以宿望爲參政院參政。既清史館開，徐世昌方柄用，屬取畿輔先正遺集，蒐討而論述之，以備一方文獻。而其時賀濤死；獨樹枏健在；北方之學者，最推老宿云。始吳汝綸官直隸也，以興學爲務，尤重擇師；其知冀州，欲得樹枏以主書院；而黃子壽方主修直隸通志，倚樹枏，靳不肯與，騰書互爭。總督李鴻章爲和之，令樹枏居冀與志局各半歲，乃解。而樹枏既去；繼之者則賀濤，號大師，教冀士最久。然賀濤執業張裕釗、吳汝綸稱弟子；而樹枏獨抗顏爾汝。自裕釗、汝綸主講保定之蓮池書院，先後十餘載，北方學者多出於其門；此兩人者，皆嘗親承緒論於曾國藩，於是燕薊之間，始有湘鄉之學。惟樹枏亦適以文學崛起於是時，且於義理、考據、詞章三者皆有深得；其爲文尤有合於國藩標舉之旨。裕釗、汝綸並皆引爲畏友，不在弟子之列。而樹枏生平亦雅不欲標榜門戶，謬託師承。顧當北學絕續之交，獨能異軍突起，以與東南爭一席之長；非卓卓克自樹立者，烏能若是？嗚呼，可謂豪傑特立之君子者已！

賀濤，字松坡；先世自山西洪洞遷武強之段家莊，移居北代。世以文學有聲於時。曾祖云，舉進士，江寧督糧同知。祖式周，四川瀘州州判。父錫璜，以舉人官故城訓導，孝友敦謹，有學行。濤少承家學，與弟沅以文字相砥礪，中式同治庚午順天鄉試舉人，兄弟同榜。而濤考取國子監學正，改官大名縣教諭；又與沅同榜舉光緒丙戌進士；濤以學使按郡至大名，不及殿試而歸。吳汝綸知冀州，邀之主講信都書院，因調署冀州學正。十五年己丑殿試，以主事分刑部。而自以不樂爲官，刑部尤非所宜。而時勢所值，又不能決然捨去；仍兼冀州講席，凡十有八年。汝綸在蓮池書院久，且辭去。會袁世凱督直隸，堅留。汝綸舉濤自代曰：「賀君在，斯文之傳可以不絕。某去，猶不去也。」既而世凱因蓮池書院故址，創文學館，請濤主之；語所屬曰：「賀先生不至，則館可廢也。」再三聘，始應。南皮張宗瑛願來受業爲弟子焉。宗瑛，字獻群，狂士也；後慕揚雄爲人，以《玄》之尚白也，更字雄白。負氣好奇。生五六歲，習聞古名將兵法，畫地聚沙石爲營陳以戲；稍長，採取歷代史傳，自《左氏》以來，凡言兵事者，繪圖案書，懸擬其進退攻取拒守所道，與奇正開闔變化張弛之機，口狀手摹，雖窒困不已。既又研求法律及國家典章制度，山海輿地形勢險要。學爲詩於膠州柯劭忞，亦習爲訓詁音韻之學。西學入中國，又徙爲之。其爲學數遷，然不數月輒棄去；獨言兵刑最久，幾十年。性急隘婞直，不見容於世，發憤走海外國，踔海西邁，出亞丁灣，之柏林，遂蹤巴黎，躡英倫，經大西洋，入華盛頓，窮探恣覽，浮東海，躡日本。自倦終得當以歸；而觸忤逾多，又遭父喪，故強力自負，至是益困憊。私居嘆詫，悔向時馳騖繁碎，鑠精挫銳，終無所成。偶見張裕釗、吳汝綸所爲文，則驚叫大喜。求其門人，得濤。濤曰：「此怪物也！世不能容；吾當寶有之爲己私。」宗瑛乃痛自折屈，抑抑諸生後，執卷從濤問難，一志爲文，抗心追韓；豪情侈志，遏謐屏絕；而波濤光怪，璘彬駭幻，炎爍熠爛，紛借紙墨，苞英涵靈，神趡鬼伏，孤往敻出，蠲寢與饙。時既莫之知；顧益自喜曰：「吾其幾矣！」刪定所著，曰《雄白文集》。其時宗人太保張之洞方柄國，能以文章奔走天下士，號有氣力。嘗進宗瑛，詢說術業。宗瑛以所學對。之洞無言；既退，之洞目之曰：「此子爲吳摯甫所誤！」摯甫者，汝綸字也。或以告宗瑛。宗瑛如故也；而自謂得法濤。濤之主文學館也，宗瑛實首從。初汝綸之官畿輔，倡爲古文之學；其知深州也，見濤所爲〈反離騷〉，大奇之；遂進而詔以所學。「奇寶遺我」，濤深德之。及張裕釗北行，來主蓮池書院。汝綸復使往受學於裕釗。裕釗嘆曰：「北行得松坡，吾道爲不孤矣！」益勖之使進宏肆之境。濤欣然意會，而於裕釗之歸也，乃爲序以送之曰：

經詞質；《詩》獨爛然而華。楚人既侈其體以爲賦。而賈誼、司馬相如、枚乘、揚雄、班固、張衡之倫用以薦功諷時，抒懷愫，狀物變，益瑰放詭怪而不可窮。承效者多，沿用僞體，其弊也厖蕪而纖僞。唐韓愈氏急起而持之，汰繁抑浮，一歸於樸。群天下學者，惟韓之從。自漢迄唐，曠數百年而文章始復於古。習傳之既久，或孤抱韓氏之義法而不敢他有所涉；其弊也意固而言俚。國朝姚姬傳氏纂錄古文，益以楚辭漢賦，其說既美矣。曾文正公取其說。而益恢之以自治其文；而宋後數百年沿用之體，於是始變。漢文偉麗矣，而所謂質者固在也；末流汩焉耳。韓文簡樸矣，而漢文氣體固在也；末流靡焉耳。韓氏振漢氏之末流，反之古。曾公振韓氏之末流，反之漢。先生師曾公，嘗取姚氏所纂錄，而獨說其辭賦以示學者。濤既蒙不棄，以爲可與於茲事，而數進以閎肆之境。夫閎肆之境，捨先生所說，固莫由達也；而孰思之而莫窺其涯。於先生之歸也，敬以問之。

裕釗受之，告曰：「『無望其速成，無誘於勢利』，兩語盡之矣；吾固無以易韓愈氏之說也。」濤既從裕釗遊學，益搏精於古人之文，六經子史以逮唐宋八家，心維口誦，深有契於姚氏、曾氏義理、考據、詞章三者不可偏廢之說，尤必以詞章貫徹始終，而兢兢於因聲求氣之說，日與從學者討論，不厭不倦，以爲：「古之論文者以氣爲主。桐城姚氏創爲『因聲求氣』之說。曾文正論『爲文以聲調爲本』。吾師張、吳兩先生亦主其說以教人；而張先生與吳先生論文書，乃益發明之。聲者，文之精神，而氣載之以出者也；氣載聲以出；聲亦道氣以行；聲不中其窾，則無以理吾氣；氣不理，則吾之意與義不適，而情之侈斂，詞之張縮，皆違所宜而不能犁然有當於人。質干義法可力索而具也；聲不能強搜而得也。冶金以爲鐘，斫桐以爲琴，截竹以爲管，依古譜而奏之，伶人樂工蓋可學而能矣。至於感陰陽，動萬物，而辨治理之盛衰，則伶倫夔曠之外，蓋無幾人。以其神解妙會，無法之可傳，不能據成跡以求之也。後之學者，將取合乎古，必取古人之文，長吟反覆而會其節奏；其徐有得也，捨而咀之，毋操毋忘，薰炙浸灌，而漸而進焉以契乎其微而幾於自然。然後吾之氣，與古人之氣相翕合；而吾之文乃隨其意之所向，措焉而皆得其安。此之不能，羅列纂排，章摹而句仿之，其精神意象，豈有合哉！」及爲文章，導源盛漢，泛濫周秦諸子，唐以後罕措意也。其規模藩域，依仿曾吳，宏章巨製，差欲相埒：而矜練生創，意境渾化，則欲過之。大抵方姚之文，由歐陽修、歸有光以學史公，擯絕班固，而欲以潔其辭，淵其味；其聲色格律，務以簡淡寂寞爲歸。而曾、吳所作，則學韓愈、王安石以窺史公，旁及班固，而務欲茂其氣，偉其辭；其句調聲響，必叶鏗鏘鼓舞之節。此曾、吳之所以不同方、姚也。然曾國藩矯爲雄而厲之已甚，又好襲成語，時有脫支失節之處；所幸氣足以載其辭。吳汝綸則片段較整，又失之描頭畫角，不如國藩之高視闊步，舉止岸異。桐城馬其昶與濤皆早受業於汝綸。汝綸矜寵之甚，亦通之於張裕釗，以故兼受兩家學，雖與濤同，而辭筆則異。其昶矜慎以斂，濤則雄峭以渾；其昶之學粹，而濤之才高，於汝綸皆有出藍之譽。義寧陳三立題其昶《抱潤軒集》目後曰：「曾、張而後，吳先生之文至矣。然過求壯觀，稍涉矜氣，作者之不逮吳先生，而淡簡天素，或反掩吳先生者以此也。」然其昶之不逮汝綸者，在矜慎而未能雄峭。而濤之所以智過其師，則在雄峭而出以渾厚，沛然出之；言厲氣雄，行所無事；不如汝綸之跌宕頓挫，捫之有芒。然濤誦說汝綸，以爲得法所自；謂：「吳先生論文，每推崇曾文正公及張廉卿先生。自吾觀之，先生所造，殆出曾張之上；宋以來一人而已。其記近事、闡新理，尤可師法。」又曰：「文章固爲宋以後所無；而尺牘尤能浚發新知，激厲志氣。」汝綸之歿也，濤既推本深、冀二州人士之意以爲之狀，又以其子闓生之請，表於墓；所以揚詡學行者，如恐不及。其〈吳先生行狀〉曰：

先生，諱汝綸，字摯甫，姓吳氏，安徽桐城人。曾祖諱太和，候選府經歷。祖諱廷森。父諱元甲，以諸生舉孝廉方正；武昌張廉卿先生嘗表其墓，所謂吳徵君者也。母氏馬；其卒也，張先生又有馬太淑人祔葬之志。自先生貴，封贈兩世如其官。先生幼喜讀書；少長，以文章見知於曾文正公，遂從受學。同治甲子，舉於鄉。乙丑，成進士；文端公倭仁見其廷試策而奇之，拔置一甲。先是今湖廣總督南皮張公以第三人及第，其策不用當時體；先生所爲策，其體亦異。某公曰：「此有所效而爲之者。」抑置三甲，以中書用。曾公督兩江，奏調先生至金陵；移督直隸，又調先生北來，補深州直隸州知州。以父憂歸，又丁母憂；服除，署天津府知府，補冀州。先生之言曰：「不可於上，守吾法。不可於法，利吾民。不可於民，行吾志與學。」故其爲政：可博美政，取上考，而實無裨於民，且擾之者，一不屑意。逆民之情，實則利之，則毅然而行；雖觸上官之怒，不顧也。初治深，布政使錢敏肅公令復廢倉積穀；州縣趨爲之。先生爲言其弊，以爲擾民，獨置不復。州舊有義學二百四十餘區，其學田，豪氏攘有之；前知州多注意於此，屢變其法而弊不除。先生曰：「上務其名，民私其利，不責實之過也。」乃廢義學，沒入其田千四百餘畝，歸之書院；又爲書院追償二十年負員五千金，厚給師生，廣置書籍，而書院以興。道光初，議均減徭役。知州張傑以爲宜用攤丁法均之田畝，乃三分所轄村而更取之。同治十二年，謁東陵；吏以故事白。先生曰：「均徭於畝，張傑之議善矣。村户改變不常；而班分而更取，仍以故籍爲率，猶之不均也。」於是統境內田畝，依徵糧冊而一均之，而均徭之法遂簡易而無弊，垂爲永式焉。其在冀，開冀衡六十里之渠，泄積水於滏，變沮洳斥鹵之田爲膏腴者且十萬畝。時財用匱竭，官錢不易得。先生既上言大府以請；苟可出力以助吾謀，無不通以書，情感勢劫，與相違復；牘牒書問，日數十發，卒得白金十萬兩，而功以成。功之未成，先生與人書曰：「百計哀求，情同無賴。」既成，則又曰：「吾於事百無一能，至於籌款，可謂有作金之術矣。」其於書院，如在深州時；故二州人士，皆知務實學。先生在冀久，成材尤多；兩書院遂爲畿輔冠。冀之役法：合若干村爲一官村，官村歲出錢若干；官取之官村；官村，村取之；村，户取之；官不問也，已有不均之患。村之豐嗇，户之貧富，今昔不同，而官與官村之遞相科斂者，不改其舊；而民之苦樂，遂至復絕。先生一以深州均徭之法均之；民以爲便。在深代遊公智開；在冀代李公秉衡；皆世所稱廉能吏也；而今之稱道先生所爲者不容口，於二公之治頗忽焉；以先生所施皆實政也。先生既受學曾公；曾公國士目之，與聞大謀，輒爲草奏。李文忠公代曾公總督直隸，尤倚重焉。與外國互市通好之始，中國人不知外事，輒召侮受欺；李公出而外交之道始明；其後交際事繁，有疑難，必取決於李公。故外交之政，皆所建立；而仿效西法，歲有興改；其造端發難，惟先生是咨，而以章奏屬之。張靖達公，劉壯肅公，亦皆虛懷接納，訪以救時所急。中國建築鐵路，劉公發其端；先生實勸之；其疏，先生所屬稿也。先生數與諸公議天下事，既行其言矣；顧不樂仕進。在冀八年，引疾乞退。李公繫時安危，故先生竭誠贊劃，知無不言。數爲李公辨謗，遭口語，而未嘗有所求。嘗一入幕府，已而辭不往。李公以先生天下才，説從計聽；其居官，所請無不允。屢欲薦之，而先生辭，不強。故先生入仕二十年，未嘗遷官增秩，而品服如初。及乞退。李公問其故。先生曰：「無仕宦才。」李公曰：「才則有餘；性剛，不能與俗諧耳。」先生笑不言；遂聽其去官，而留主蓮池書院；其倚辦於先生者如前。李公失勢，先生爲盡力有加於初；故〈祭李公文〉，有曰：「不佞在門，或仕或止。跡疏意親，謂公知己。」嗚呼，賢者之相與。固不易測度哉！先生之學，何所不究，而以能濟時變爲歸宿。於古人書，率以文衡之。以謂：「文者，精神志趣寄焉；不得其精神志趣，則辭之輕重緩急離合失其宜，而不能得其要領；或悖其旨而旁趨。」又嘗言：「古人著書，未有無所爲而謾言道理者。」故治群經子史，必因文以求其意；於古今眾説，無所不採，亦無所不掃。文法司馬子長，旁逮諸家以極其變；其論事之文，無高論膚説，不爲苟快意之詞，必使言之可行，行之可久。海外諸國，近百年，日出其所得新理，施之政事，遂致富強；挾其術東來。相逼日甚。中國相沿之政俗，不足以當之，非講求其術，殆無以自立。三十年前，先生固嘗以新學倡天下矣；近更旁搜廣取，窮險闡幽，大暢厥旨；而文益博奧醇懿。侯官嚴幼陵先生博學能古文，精通外國語言文字，所譯西書，自譯書以來，蓋未能及之者；而必就質於先生。先生每爲審正，輒嘆而服曰：「非所及也！」其教人，既以古學進之；又必語以當世之務，奪其舊習：故自外交事起，士大夫毀所不見，以無所挾之驕，不自量之憤，爲進退失據之說，謂之正論，散布於朝野上下間，使當事者有所牽率，不敢恣所爲；民氣亦因之不靖，禍亂屢生。而從先生遊者，則類能通知世變，不爲時所搖，而以息囂龐，啓愚昧爲己任。於古學亦能破除庸陋，以所獨得發爲文章。先生於學者引掖獎薦。既出於至誠；故學者多樂從而愛慕之，意久而彌篤。在保定十餘年，深、冀之人，歲時往謁者不絕於途。嘗有急需，二州人醵金以進；先生不能卻也。光緒二十六年，外釁開，諸國兵並至，京師不守。先生避地至深。李公受命與諸國議和，以書招先生；先生遂至京師。和議成，天子憂世變之靡有屆也；大新庶政，與天下更始，而以作育人才爲先；詔天下用西國法立學，建大學於京師以統攝之；而命吏部尚書長沙張公爲管學大臣。於是張公聘先生爲大學總教習。先生辭；固請不可。直隸搢紳魏鐘瀚等千二百人，上書先生，請就張公之聘；猶未應也。張公欲遂其事，遞聞於朝。天子許之，命以五品京堂充大學總教習。先生既受命，思報張公之知遇，而慮學校初立，其法未能盡善也，日本用西法久，學制尤明備；自請赴日本考求之。既至，自長崎、神户、大阪與東西京所有之學校，無不往也；自文部大臣以及教師學徒，與凡以教育名家者，無不晤語也；自大學下至村町之學，其學地、學舍、與於學事之人、學所應具之器物，無不博稽而詳察也。教授之法，論學之旨，則必深求其所以然之故；求而不得，思之至困。日行數十里，日接數十人，而文部聽講，尤必日至不少間；舉所聞見之涉乎學制者，編以爲《東遊叢錄》，既備既精。在日本，凡百日而歸；便道桐城，至數日，又如安慶，謀立桐城小學堂；議定乃還，還數日而病，病數日而卒，二十九年正月十二日也；春秋六十有四。先生聲播中外，歐美名流皆喜與過從，推爲東方一人。日本人尤信慕；學者或航海西來，執弟子禮受業；其居中國者，無不造門請見，贈珍物，通殷勤，而乞詩文以誇示其國。及先生東渡，傾一國人，無貴賤男女，皆以得一見爲幸；更進迭來，或伺候言動以登報紙。有識其國人趨謁不時，使不得休息，爲不愛客者。其國君亦延見致敬愛。而有識之徒，則爭出所有自效，曰：「吾國維新之初，號稱多才，無先生比者。」見所纂錄，則又以爲吾國人自爲論次，不能如此精審。先生之始至，其士大夫及中國人之居遊是邦者，結會相迎，謂之歡迎會。及其卒也，則又相與弔祭，爲追悼會云。先生友於兄弟；伯兄病，屏去僕役，躬執煩辱。季弟病羸，服食藥餌，必具必精；苟可以娛其意，竭財力爲之；得閒，則守視不去；積十餘年，不怠。叔弟官山東，亦多病；先生時在保定，歲走千里往省之，爲經紀其公私所應爲者。兄弟歿，孤寡皆依焉。配汪氏，封淑人。女四人；長適直隸候補知縣薛翼運。次適舉人汪應張。次適翰林院編修、湖南學政柯劭態。次適直隸候補知縣王光鸞。側室歐氏。子閶生，年少有軼才，遊學日本；學且成矣；聞先生病，乃歸。女一。所著書有《書說》三卷、《易說》二卷、《寫定尚書》一卷、《詩文集》五卷、《深州風土記》二十卷、《日記》十二卷、《東遊叢錄》四卷。所讀書皆章乙句絕；其文辭之美，以丹黃識別之，而評騭其醇疵高下；其考證校勘，亦雜識其中；書數萬卷，皆有手跡。先生雖不樂久宦，未嘗以忘世爲高；李公事業，嘗以所學濟之；又將佐張公以新教法。雖未獲竟其志，聲光所被，已足增重國家，激厲士氣。而所採錄，法明義闡，尤可據以措施。厥功偉矣。其吏治於法不必；而紀二州政績，必詳且盡者，二州人皆以先生私我，輒欲私報之；故備書焉，以慰我二州人之私也。門人賀濤謹狀。

〈送張先生序〉，歷敘文章之變，提頓折轉，而義必相輔，氣不孤伸，自是國藩法脈；然氣體閎遠，而獨發以高簡之筆，則非國藩所能。至〈吳先生行狀〉，則尤氣厚色穆，靠實發揮；雄贍而歸於樸，絕不張皇。其神鬱動；寫一人而當時政治之得失與其習尚所趨，皆歷歷如繪在目前；而究其極，不立間架，循其人之生平直敘，作一氣奔放之勢，而起伏照應，意象渾融，一望不能窮其際；此境惟退之有之；宋以後人不能爲也。及其卒也，徐世昌爲刻《賀先生文集》四卷，而序其首。濤以張裕釗、吳汝綸爲師，以徐世昌爲友；而讀其文集所載，涉於三人者不少。〈送張先生序〉、〈武昌張先生七十壽序〉、〈上張先生書〉、〈祭張廉卿先生文〉，皆爲張裕釗作也。〈上吳先生書〉、〈送吳先生序〉、〈復吳先生書〉、〈吳先生六十壽序〉、〈再上吳先生書〉、〈吳先生行狀〉、〈吳先生墓表〉、〈吳先生點勘史記序〉，皆爲吳汝綸作也。至〈吳熙甫先生墓表〉，則吳汝綸之季弟也。〈馬太恭人墓表〉，則熙甫之妻，而汝綸之弟婦也。〈吳宜人傳〉，則汝綸之第四女也。〈歐太淑人墓表〉，則汝綸之妾，而闓生之母也。〈復吳辟疆書〉、〈復吳辟疆送籍亮儕之日本序後〉、〈送吳辟疆序〉，則汝綸之子所謂闓生，而嘗問學於濤者也。其他若〈徐君少珊墓志銘〉，則徐世昌之父也。〈徐母劉太宜人六十壽序〉，則世昌之母也。〈北江舊廬記〉、〈書天津徐氏族譜後〉、〈題江樓送別圖〉、〈題御製十臣贊冊〉、〈送徐尙書序〉、〈上徐制軍書〉、〈復徐制軍書〉、〈上徐尙書書〉，皆爲世昌作也。世昌起自孤寒，而與濤爲同年進士；文章賞會，道義切磋，氣類之感，非徒以勢利相結云。

濤既精於爲文，以爲：「國之積弱，由於人才之消歇；欲起而振之，必有賴於文學。」而又深喜西儒學說，欲以彼國之法，匡我之所不逮，蓋汝綸之教然也。乃作《國勢篇》，推世界進化之理，以啓吾國改革之基。逮見西學大興，舉國從風；則又憂吾道之將墜，斯文之將喪，而思有以存國粹、立大本。集中〈復吳辟疆書〉，尤深切言之，不隨時俗爲轉移。其教弟子，必以博通世務爲有用之才；深以取近名、謀小利爲大戒。一方一時之事，不爲喜戚。而精力趨注，尤在文學；自幼至老，卷冊不去手，雖舟車逆旅，人事叢雜，而不以溷所學。中歲以後，病目失明，仍講學不輟；日令從學者誦說中外群籍，爲之解說；而評騭古書，及所爲文章，亦得諸病目者造詣爲多；而冥思孤往，彌臻神解，足以發作者之奧旨，詔後生以楷式。其論古之立言者曰：「《易》不可爲典要，以變動不居也。微獨《易》；凡書皆然，其時、其人、其事各有取爾也。孔子答門人各異。觀其以父兄退由而不知進；及觀其進求，則又見人之退者而疑之；其可乎？孟子論湯武放伐，以爲『誅獨夫』，抑齊王之侈心耳；使問者爲人臣，必曰『有湯武之志則可，無湯武之志則篡也』；語以語齊王者，豈非助之亂乎？論放太甲，歸本伊尹之志；使人君問之，則必如師曠之對晉悼公矣。兩說相輔，理乃具；知其一焉，惡有無蔽之言乎？『三傳』述春秋時事各異；而諸子雜紀古人言行尤不合；或有激而寓之古人；或據古人素行以爲宜爾，而撰具其事與言；其託跡以示義也，殆如《易》之取象，隨地與時而變；豈有常形之可泥乎哉，荀子曰：『持之有故，言之成理。』孟子曰：『以意逆志，是謂得之。』據是而求，庶乎其無抵滯。而韓非乃取古人之事，一一難之，作〈難〉篇，誠多事矣；然吾觀非所爲書，其徵引古人，亦輒遷就其事以佐吾說；則其所謂『難』者，同將假之以抒所蓄，意不在難古人也。柳子厚好《國語》，爲文輒效之，而作《非國語》六十餘篇，其意蓋與韓非同。蘇氏之文長於辨，往往間古人所爲而代之謀，殆亦抵觸於事，而謬託古人以見意歟？不然，以事後爲人籌萬全之策，蘇氏固若是之矯誣哉！」其讀《國語》曰：「《吳語》以越事爲主，所述越事，又詳言大夫種之謀，而不及范蠡；越之上篇亦如之；其下篇則專言范蠡而不及大夫種；既皆非史法所宜，而造端搞辭，亦不類史氏所纂，而近於晚周諸子之所爲。《漢書．藝文志．兵．權謀家》有〈大夫種〉二篇，〈范蠡〉二篇；疑後人取此二書，附之《國語》。」其論《史記》曰：「《太史公書》綴輯舊聞，既創爲記敘之體；而敖睨古今，揮斥萬有，孤行其意於若隱若見之間，乃一如諸子所爲。故其體，史也；後人名其書爲《史記》；實則以其文鳴不平於姬周以後。劉子政、揚子雲、班孟堅，稱其『有良史才』，以爲善敘事理，又以爲實錄；其於論史盡矣；而未爲知史公。至韓退之儕其書於莊周、屈原、司馬相如、揚雄之列，而上與諸經相衡量，乃歸重於文，不以史稱矣。然自漢以來，歷二千年，史家既沿用其體以爲例，莫之或逾；而文士代興，殫智竭才，卒不能入其堂室；則以史有法可據；文無定勢而其妙難窺也。歸熙甫、方望溪以文字之說發明其旨趣，乃稍有途轍可尋；其後知文者，各有平議。而桐城吳先生研說之尤深，章疏句櫛，鉤玄闡幽，益精以備；其參考異同，訂正僞謬，亦惟取適於文；至是而文之奧窔乃大豁露。濤嘗以爲《左氏》，傳經也；捨經以求之，而左氏之文乃見。《史記》，史家言也；離史以求之，而史公之文乃見。」其論《三國志．蜀志》曰：「蜀無史可徵，其志略。諸葛公海內所仰，咨說者衆；故述之特詳。自二牧、二主、妃子、諸葛外，僅十篇，亦往往託於諸葛以傳；其人之臧否高下，既多取其言以爲斷；而生平識趣功用，與夫言論書教，本傳不及載者，則雜載之諸傳。諸傳闕不具矣，以諸葛事緯經其中，隨所指稱，輒能得其大者；合觀之，爲諸葛一傳，可也。陳氏於三國時，所伏膺惟諸葛一人，至擬之咎繇、周公；故言之不厭如此。因事制義法，破除舊常，此其閎旨孤詣，固宜肩隨馬班；而非蔚宗以下所能追步也。」其論古文之淵源曰：「張籍勸退之爲書排釋老，劉秀才勸之作史，退之皆推而卻之。其心期殆他有所屬；答書云云，特詭遁其詞，非其實也。〈答孟簡書〉云：『使其道由愈而粗傳，雖滅死萬萬無恨。』何恤身之有？抗疏觸天子之怒，讜死不顧，而畏嘵嘵之口乎！〈上李巽書〉所謂『舊文一卷，扶樹道教』；當指〈原道〉諸篇；時永貞元年；退之年三十八，不待五十六十，而所以排釋老者，固已有成書矣。〈順宗實錄〉，於當時權幸小人罪狀，直書無所憚；何云畏禍乎！且其初志固非無意於史也。『求國家之逸事，考賢人哲士之終始，非唐之一經』；嘗與崔立之言之矣；今何自謝不能？古之作者，皆自闢區宇嶢然而特立，不相師放；而後乎我者，胥於是取則焉。使退之爲史，則司馬子長而已；爲書距異端，則孟子而已；二子者，固退之所亟稱而宗奉之者也；然遽蹈循途軌，而爲其所爲，猶不甘也。漢魏以來，多能文者，匯所雜著爲一編，名曰文集；循俗應世之文耳。退之獨約群經、子、史之義法則而爲之；其標類也不易其故，而辭體則由我造焉；而『古文』之名以稱。故六經之外；爲編年之史者，本左氏；爲志傳之史者，本司馬子長；指事揭義，傍問設辭，意盡語止，不標體格，本孔孟門人所記述；不隸於事，不離於人，不淆於數度，探根構空以論道，本老子；辭賦，本屈原；而古文則本退之。退之之文出，凡從事於此者，舉不能外所爲而別啓途徑；而其文遂與左、馬、孟、屈諸家並峙於天地；此退之所以敖睨古今，獨抱偉志而不肯告人者也。退之文多以奇勝；而少年與晚年之作尤奇。少作之奇，由於陳言務去，力爲其難。晚年之奇，則涵育珍怪，積而愈多，不能自蔽遏。是固韓公之特質也。孫可之才學不能過絕人，特求奇於句調，故不免後人之譏。奇澀不可不常用，欲其習也；然用之不可太多，恐人疑我以此見長也，且恐傷我自然之元氣。」其論治古文之法曰：「《春秋》旁事設辭，而文之屬乎辭者，即事而異，遂以得事情而盡其變；辭如事；是非如辭。歉焉則不達；侈焉則辭侈而事晦；偏焉私焉則失平。韓退之文本諸經，而於《春秋》則取其謹嚴。太史公謂孔子制義法以次《春秋》；謹嚴，其義法也。其稱《儀禮》，以為考於今無所用之，而獨取其奇辭奧旨，殆亦慕乎其文耳。吾嘗以為諸經皆綴輯而成，獨《禮》與《春秋》成於一聖人之手，尤學者所宜究心。《春秋》者，聖人治事之書也。《儀禮》者，聖人盡性之書也。春秋時，公卿大夫習於儀矣。孔子處朝廟鄉黨，亦只如經所言，而《論語》詳志之，若志所獨者。其儀，夫人習而能之；而情隨事變，發乎容色，不待勉強而中乎其節，則非聖人能盡其性者不能也。非聖人能盡其性者不能行，則亦非聖人能盡其性者不能言也。其書誠無所用之；而讀其書而神遊其時，不覺肅然自斂其侈邪，而愛敬哀樂之心怦然動於中而不能自已焉；豈非其文之至耶？旌要以題事，節屬以備典，標一以類餘，參通旁達以盡變，貌所形而情著，斷所不然而義顯，稱名舉物以隸乎事而麗乎辭，相所宜命之，奇而雅，典而不居，則於所謂義法，乃廣而益備矣。治古文者，以謹嚴為之基，以禮之詳博拓其規，然後合衆林以具體焉。則庶幾乎大雅之林矣。」其論〈左文襄公年譜〉曰：「今山東提學使湘潭羅公知兵能古文；所纂〈左文襄公年譜〉言兵事甚精。其言兵分四事：佐湖南幕為一事；東征為一事；而西征，則關內外各為一事；皆具事之本末而自為一文；於西事尤注重焉。自文襄始受命西征，至功成還朝，其籌劃之見於章奏書牘者，既擇精提要而備載之矣；而公所撰輯，洪贍堅重，一如譜所載文襄之文。昔趙充國降服西羌，言兵事利害及屯田諸奏，翔實矜慎，一洗賈晁浮誇之習；於漢文中為最知體要。班氏論次其傳，亦即仿效之；而其文乃與充國諸奏無異。文襄勛伐大於充國，而謀略則同；公所為譜文，如文襄，與《班傳》之仿充國諸奏亦同，『惟其有之，是以似之』。桐城吳先生撰《深州風土記》自謂篇篇成文。公所為譜，挈大拾零，捃摭遺佚，至繁博矣；而融以精意，經緯成章，如吳先生所云。因論其大旨以歸重於文。」其論《深州風土記》曰：「《深州風土記》，〈河渠〉、〈賦役〉、〈兵事〉三篇，嚴密而縱宕，蓋兼《漢書》、《史記》之長；而遠識孤懷，傲睨今古，則子長所獨擅；孟堅不能也。自餘諸篇，亦皆奇而法，正而譎。而論黃彭年、張映樞及肆禮堂三事，尤為神妙。其論人物，或不立體格，任舉一二事，淡蕩似〈五宗世家〉；或以數語括其人之生平，簡要似〈先友記〉。〈物產後序〉仿〈貨殖傳〉，〈序目〉仿〈法言〉，奇古皆足與埒，而識力過之。

總之，體例皆自我創，而變動不居；文辭則翕受古人，而並攘其美。至於貫串往籍，抉精指誤，亦非國朝考據家所能。」其詔學者，必以文字爲入德之門，亦以此要其歸，不惟喻其理而已；安章宅句之法，必深研而詳討之。以爲義法明，而古人之精神乃可見。自周孔以降，若左丘明、孟軻、莊周、太史氏、韓氏之書，未嘗一日不致其思而誦於口，通微合莫，若躬處其間而相唯諾也。然於群經尤觀其通；每誦汝綸「於學無所不採，無所不掃」之說。於《易》、《書》則手錄諸家說，積成巨帙。《儀禮》、《周官》講之尤精；宮室車服之圖，登降拜跪之節，與後生解說，一若身與其事而周施之者。以爲《儀禮》非聖人不能行，亦非聖人不能言；故編次古今文章而首《儀禮》；實以古聖自著之書，傳至近世無僞訛者僅此。又謂：「左氏非解《春秋》之書；太史公固與《虞氏春秋》、《呂氏春秋》同稱；取經文而釋其例，蓋漢劉歆所爲；後人誤入之傳耳，不得與《公羊》、《穀梁》比。」爲說甚具。又爲天算輿地之學。於天象，凡割圜曲線諸新理新術，皆錄其要而會通之；行星軌道邃遠，觀象以求其密合，輒因圖而悟其理。輿地爲治史要術；乃探源〈禹貢〉、《水經》，下採歷代地志，於顧氏祖禹諸人所言形勝，李氏兆洛諸人所爲考證，近世江防海防中外疆界險要，尤極注意；自州縣山水方域以至大地渾圓，皆爲之圖，細書精繪，纖如毛髮，別以五色，依其犬牙鉤縆裁剪之，使行省自爲圖可分合；與學者說《史記》、《漢書》，輒取所圖，上溯春秋戰國，以爲沿革明，文章乃可讀也。嘗曰：「吾無過人之才，惟不敢爲無益之學擾其神明而費時日。爲人爲學，尤宜善養其氣象，使淵然穆然爲不可測；宋程氏每求古人之氣象，可謂善學矣。」以民國元年五月一日卒，年六十一。

門下箸籍弟子數百人；獨張宗瑛最爲高第弟子，刊有《雄白集》。今觀其文，專志於韓，得其雄奇，而模擬之跡太甚，尚未臻於渾化。然體簡詞足，自然老健。大抵選字造句，務於奇崛，學韓之〈曹成王碑〉、〈許國公神道碑〉、〈貞曜先生墓志銘〉一路。運氣使筆，刻意橫恣，學韓之〈與崔群書〉、〈答崔立之書〉、〈贈太傅董公行狀〉一路。軼宕陵跨，從茂厚出莽蒼，遠勝孫樵、王安石之以刻削爲峻峭。集中〈鈔三十以前所爲文書後〉云：「我不肯爲文；苟爲，則非靡退之之壘、抉介甫之藩不止。」可謂言有大而非誇。然稟命不融，年止三十有三。而造詣至此，於吳門弟子，駸駸與濤爭後先矣。其次南宮李剛己。剛己以字行，爲吳汝綸官冀州時所得士，俾受學於通州范當世及濤。汝綸每嘆剛己詩文雄肆淋漓，殆爲絕足；贈聯曰：「奇文間出漢三輔。閎識下規禹九州。」然得科第早，以光緒甲。午進士，補官山西大同知縣，詩文不自檢拾；傳有《李剛己遺集》五卷，乃其死後桐城吳闓生搜刻而爲序之。其文大抵由王安石以學韓愈，亦衍曾國藩一脈；雖未臻韓公之雄奇瑰偉，而頗得介甫之瘦折拗勁。其在師門，雄茂遜張宗瑛，而清遒則勝趙衡；蓋衡縟蕪不免塡砌；而剛己瘦硬乃饒風力也。其詩則由李長吉以學韓愈，略似王樹枏早年作，往往警麗，而不免雕琢傷樸。以民國二年卒。張宗瑛死尤早，爲讓清宣統二年；皆未能以所學傳授其徒。賀濤既死，獨吳闓生、趙衡克承父師之緒，以文章爲北學所宗。衡字湘帆，冀州人，爲濤之弟子；又嘗奉手問業於吳汝綸、王樹枏；亦從徐世昌受所謂顏李之學。及世昌當國，衡出入其門，管書記；受世昌指，取顏習齋存人、存性、存學、存治語，倡四存學會。而論文，則一宗韓愈、曾國藩以導揚吳汝綸、賀濤之說；刊有《敘異齋文集》八卷。大抵碑傳文以瑰奇窮筆勢，彷彿皇甫湜、孫樵學韓一流；而氣不能運掉，不免硬砌。議論文以拗折入深際，差似王安石學韓一流；而理不見精透，亦時膚絮。在濤弟子中，不如張宗瑛之鮮明緊健；而視韓門弟子，差勝皇甫湜之膚縟庸絮也。吳闓生者，汝綸之子也，字辟彊；早濡家學，作文呈父，奇許之曰：「琢煉警聳，可與學韓！」俾受學於濤。及爲文章，縱恣轉變，能究極筆勢；辭氣噴薄，而出以醞釀深醇；興象空邈，而能爲沉鬱頓挫。其勢沛然，其容穆然。震蕩錯綜，是眞能得父師之血脈者。濤每嘆曰：「文章，天下公器；自今日觀之，已爲吾師家事。」闓生既以守汝綸遺緒，窮數十年之力，傳寫父書，盡布於世；復以餘力評騭各家之文，摘其微詞奧義，開導後學；而抒發所蓄，著之於文。論文以奇爲主，獨稱張宗瑛；以爲：「文章苟無淵懿之思，沉博之氣，而徒炫奇於字句間，皆爲識者之所棄。雖然，沉博矣，淵懿矣，則其字句光釆，自爾不凡，有不求奇而自奇者。此境未可驟幾，但當積功力以俟之爾。如張獻群文，豈易效耶？彼浸漬於《史》、《漢》、揚、馬，步武於昌黎、永叔者，工力至深；非世俗之貌爲高古而中無有者所可襲似於萬一也。龍川所謂『不爲詭異之體而自宏富，不爲險怪之辭而自典麗』。若韓公以鐫鑱造化爲能事，艱窮變怪得而後造平淡，則從險怪入手，又何不可之有？但懼不得師承而失古人規矩準繩之法耳。蓋沉潛於古人者深，而神明於矩矱者熟，則平易可也，險怪可也；非然者，險怪不免支離，平易亦入流俗矣。退之曰：『文無難易，惟其是爾。』是眞知言。魯直以好奇語爲一病，殊不盡然。彼魯直，固好奇語者也。」刊有《北江先生文集》七卷行世。

馬其昶，字通伯；先世居六安，姓趙氏；始祖明永樂中贅桐城馬氏，遂爲桐城人。父起升，爲諸生，務益發名成業；從同縣戴鈞衡、方東樹受學，爲詩古文，守鄉先輩方、姚義法；有《趣園詩文稿》八卷。四體勢宗懷寧鄧山人完白，有《愼庵字範》四卷。而篤學媚古，尤服膺韓、歐、朱、王四家；韓、歐文宗，朱、王道統，極詣而互通，有《載道集》十二卷，稽討義例，終其身不厭；謂文與道，不得而離也。其昶少承家學，刻意爲古文詞，請業於吳汝綸。汝綸則戒作宋元人語，曰：「是宜多讀周秦兩漢時古書。」又言：「今天下宿於文者，無過張廉卿；子往問焉，吾爲之介。」則賦詩一篇，諧莊雜出，謂：「得之桐城者，宜還之桐城。」其昶持往江寧，謁裕釗於鳳池書院。裕釗則大喜，賦詩爲答；且詔之曰：「文之道至精。古之能者，義不苟立，詞不苟措；陳義必取其最高而尤雅者；造言必深古，不使偏詞雜乎凡近；其句調聲響，必在叶乎鏗鏘鼓舞之節。」又曰：「培其源，無速厥成。善學者宜俟其自至。」其昶欣若有會，方年二十一歲。意氣甚盛，自以守其邑先正之法，禪之後進，義無所讓也。潛思力探，每有所作，益復勁悍矜練，力矯凡庸。汝綸誦之，嘆曰：「某老朽，於文事已無可望。朋友中，范肯堂困於貧病；賀松坡目已失明；唯吾通伯，尚精進不懈。」而裕釗亦引歐陽修語，謂：「老夫當讓此人出一頭地矣。」惟其昶自以始學文時，受知愛於汝綸最深；而開闢徑途，不迷其源，不阻其修，其得力於汝綸者爲多。汝綸之歿也，賀濤既爲之狀，且表其墓；而其昶則更爲〈吳先生墓志銘〉以章之；其辭曰：

光緒二十年，畿輔民肇亂，構外釁。八國聯兵內犯。京師不守。既和議成，朝廷喟然，圖所以自立，更庶政；郡縣罷書院，用西國法立學；而建大學堂京師，命吏部尚書長沙張公爲管學大臣。於是張公奏薦桐城吳先生學行高，兼綜中西，可以師多士。天子俞其請，命以五品卿銜，充大學總教習。先生堅辭不得，則請赴日本，考學制。既至日本，自其國君相，下至教育名家，婦孺學子，皆備禮接款。海內外欽遲風采；而先生亦素以興學育才濟時變自詭，博搜精咨，窮日夜不怠息；思彼族所以驟盛，而度吾力之所能及，與時所宜，必得當以稱天子明詔，塞知遇。歸未及返命而卒。嗚呼，悲夫！先生諱汝綸，字摯甫。祖庭森，縣學生。父元甲，以諸生舉咸豐元年孝廉方正。母馬太淑人。兩世皆以先生貴，贈如其官。徵君孝友博愛，養育宗親數十人，家日以貧。先生幼刻苦，向嘗得一雞卵，不食，易松脂以照讀書；篤嗜古文詞。少長，受知曾文正公，文益宏肆高潔；以同治甲子舉於鄉，明年，成進士，用內閣中書。曾公督兩江，奏調至金陵；移督直隸，隨調至北，補深州直隸州知州；連丁外內艱，服除，署天津府知府，補冀州，所至有跡。先生既師事曾公，與聞大謀，參章奏。曾公薨，李文忠公繼督直隸，尤倚重焉。初在官，凡有請必得。任冀州八年，方敘遷，一旦投劾去；李公留之；不可；則處以賓師，聘爲蓮池書院山長；機要疏牘，必就咨視草；自是十餘年不離直隸，遂與李公相終始。先生爲政，於世所矜尚爲名高者，一不屑；獨留意教化，經畫書院；苟力所能至，不憚貴勢；籍冀州已廢學田爲豪民所攘奪者千四百餘畝充書院經費；聚所屬之高材生，求賢師而教之。深冀二州書院，遂爲畿輔冠。其在冀州，成材尤多。又時時求其士之賢有文者禮先之，凡得十許人；自謂「每得一士，雖戰勝而得一國，不足喻其喜」也。此十許人，皆守高不喜親官府。先生強起之；與此十許人者，月一會書院；凡所施爲便不便，興革於民，必與此十許人者共之。開冀衡六十里之渠，泄積水於滏，以溉田便商旅，費白金十萬兩；公私無一儲，百方斂輸，勢劫情化，功卒以成。民或初不便其所爲，既去而人思之。先生爲人簡易佚蕩，不矜持威儀爲曲謹；其宏奬好士出天性。始爲吏，繼爲師，一以文術誘進之；以謂：「文者，天地古今之至粹；苟入之不深，其精神意脈一有失，則所載道無幸焉。」其教始學，必本周秦古籍，由訓詁以求通其文詞；而要以能知當時之變，備緩急。其於西國新法，冥心孤探，得其旨要。歐美名流，皆傾誠締結。日本學者，踔海請業。遠近以文字求是正者，四面而至；又愈益以其暇，裨助李公謀略。李公操國柄久，其防海、交鄰、購器，皆前古所未有。拘學恣意妒毀。先生憤國勢弱，李公牽於異議，不克盡其能；爲之剖析疑謗。李公嘗失勢，先生尤爲之盡。其實先生入仕二十年，李公國士目之；而顧未嘗有所迁官增秩；其於李公無分毫私也。先生既不樂仕宦，隨李公媾和至都。李公薨，益浩然思歸；不得已於張公之薦，殊亦無意教授；獨欲考究學制得失，厘爲定法，竢能者。其歸自日本也，自乞先返籍省墓，因興辦桐城小學堂；數月，學堂成；北行有日矣；臥疾遂不起；二十九年正月十日也，春秋六十有四。嗟乎！處數千年遞積遞敝之俗，非大有以奪其故習，其勢不足以振起。世方懲任事銳往之失；以先生之所挾，而揆時之須，其遂能有合耶？則不幸中駕而稅，使夫朝野上下，以逮殊鄰絕域之區，獻欷鬱悼，謂「其人若存，其所爲何遽若是」，以爲斯世之不幸；而其於先生，猶未爲不幸也。此其尤可慨痛者已。先生配汪氏，封淑人，前卒；側室歐氏。子啓孫有軼才，能世其學。女五人，長適候補直隸州知州薛翼運。次適舉人汪應張。次適翰林院編修湖南學政柯劭態。次適直隸候補知縣王光鸞。幼女許聘姚氏。所著書有《易說》、《書說》、《深州風土記》、《詩文集》、《日記》、《東遊叢錄》，凡若干卷。啓孫將以某年月日，營葬某所。門人馬其昶爲銘。銘曰：

　宋後儒賢，睨之亡有。道吾不知，文抑何朽。嘲噱風發，而行則修，我昆我弟，萬古殊尤。苟恣其好，身命可漚。眞性結牢，鬼愉神泣。惟其大偏，乃匪能及！寤姬鍥孔，高跖遠睎。亦圖於新，造莫追微。競存強力，救我民痡。凡此二行，世謂二反。饌德鑱辭，九幽是烜。

昔唐韓愈死，其弟子李翺爲行狀，皇甫湜爲墓銘。而李〈狀〉演迤條暢，自然渾成；湜〈銘〉則句鑄字煉，讀者即以覘二人造詣之攸異。今觀其昶此志，以與賀濤〈吳先生行狀〉相衡。其昶綜括一生，筆力堅淨；拗峭之筆，饒有嫵媚；瀏亮之詞，妙能頓挫；不爲雄邁驅馳，而爲瘦削拗折，是誠得王安石學韓愈之神者。然不如濤之出以高渾，而提折頓挫，在筆墨蹊徑之外也。其昶承汝綸斯文之傳，與濤爲南北兩宗，皆由王安石以學韓愈，而衍湘鄉一脈。特濤則積健爲雄，欲追韓愈。而其昶由拗得勁，乃比安石；氣脈不如濤之大，骨節不如濤之渾，不敢出大筆重筆，而好用瘦筆拗筆。其昶嘗以〈上孫方伯書〉就質於張裕釗。裕釗謂曰：「學介甫文已甚峭似；此後便可上窺昌黎。介甫之瘦硬精勁，誠爲罕儔；恨意境少狹。更進以他家恢廓之，使不窘於邊幅，則善之善者已。」今觀所作，則終其身於介甫，而未臻渾化者也。特以身丁喪亂，蒿目瘵心，常岌焉若不克終日；故其思深，其辭婉，其言雖簡而意有餘，往往幽懷微旨，感喟低徊；令人讀之，而靡戛之音、醇醲之味沁人心脾。刊有《抱潤軒文集》二十二卷。

其昶性淡泊，貌莊而氣醇；自少於俗尚外慕一不屑意；而刻苦銳進於學。三十以前，治古文辭；既而悼世變日亟，未可以文章經國；自識涯分，絕意進取，闔聲光一室之中，十餘年不出；所治自《易》、《書》、《詩》、《禮記》、《大學》、《中庸》、《孝經》，旁及諸子史暨梵典之說，編摹撰述，尋躡要眇，而一衷於斯文。每謂：「學之始，利在實；其成也，利在虛。虛也者，所以超萬類而莫滑其靈者也。自堯舜之事業，鄒魯之道術，千古所震駭；而其自睇，常廓然不有其一物。文之爲方也亦然；不實，則植干不立；不虛，則氣爲之累。居常讀顧亭林先生書，甚好。又嘗喜讀陸桴亭《思辨錄》，私謂國朝諸儒之學，平湖、楊園，步趨朱子，至矣。顧氏之博，桴亭之通，近代曾文正之大，此三家者，不專主朱子；實與朱子爲近，綜賅本末，確然可施行。顧氏獨好五經及宋人性理書，其自述蓋如此。惟其論學論治，銳於自信，詞旨矜高；且鑒明季空言之失，矯枉或過；其後學者遂祖其說，稱述漢京，輕詆宋賢，風尚變焉。乃吾觀其書，務求經世之業，固非章句小儒所可託也。夫古之君子自任以天下之重者，深知事變無窮，故嘗有退讓審慎之意；矜其所學，而概欲施之天下，古若今操此而蹶者有矣。吾讀《文正集》，歉然於學問之不足，事功之未可易言；其識固有過人者哉，抑更事多而後知量遠也。然文正生平頗致力文事，務推大之。顧氏則一以禮教風俗爲己任，於文若有不屑意。二者不同之致，果孰爲得失乎？」又曰：「佛經譯自梵文，誠不可律以常格；然立一意於此，宣之口，布之簡冊，言必有其序，義必有所歸。無古今中外，人情一而已；況佛說法，普度愚智；豈故其辭，使人不能了其意緒之所在乎？余讀《金剛經》，仍以章句文字之法求之；向之苦其繁複者，今見其親切也。諸家之解，不免鑿之使深；正如說《易》者之見智見仁，引《詩》者之斷章取義，非不自成其說；然按之本文，或遼遠矣。古人超悟自得，全在行解相應，不恃文字，亦不離文字也。文字明，而受持誦讀者便焉。昔之人讀是經而證悟者不可勝數；今則分畫章段，條理晰，誦讀便矣；而自反身修，乃無異常士。獲者不必求知；知者又未必獲；既不獲矣，則其所謂知者，果有當乎？一日，讀《圓覺》云：『末世衆生，希望成道；無令求悟，惟益多聞，增長我見；但當精勤；降伏煩惱，起大勇猛；未得令得，未斷令斷；貪瞋愛慢，諂曲嫉妒，對境不生；彼我恩愛，一切寂滅。佛說是人，漸次成就。』釋之者曰！『求悟，則有攀援心，則必於經論文句間理會；理會益明，只益識妄耳。』然後知吾之爲說，雖明於文句，皆有攀援也，益多聞也，長我見也；成就之道，固在彼不在此！」每有詮論，聽者咸犁然當於心。廣西巡撫合肥李經羲者，李鴻章從子也；乃延其昶於家，教諸子弟；其中國松字木公者最知名，號能傳其學，爲刻所著《周易費氏學》、《莊子故》、《屈賦微》、《法言章義》等書。光緒三十三年，詔求人才。安徽巡撫馮煦以經明行修薦辟。其昶自以「少無殊邈之操，粗解文句，亦嘗從諸生後求舉，累進累躓；今年逾五十，智能才力，無一可效用於世，因自退伏。非以此爲高節；閒居無聊，其平素之所業，不欲中廢。時時有所述作；而亦曠觀當世之變，爲剖以來所未有；應之者不得持故常，阻道化不進；既群天下之才爭新於其際，而數百千年先聖留遺之籍，爲舉世所不爲者，亦必有人焉賡續而保存之。揣己度分。願以自任。」上書辭不應。宣統二年，學部聘之編輯《禮經課本》，遂入都。會吏部奏請考驗續到人才，隨同報到；特旨以學部主事補用；觀政兩月，即實授。其昶睹當國之操切，哀民生之況瘁，〈上皇帝疏〉不啻痛哭言之。

時朝論厲行新政，而其昶不謂然，曰：「方今朝廷發憤圖治，罷科舉，興學校，獎遊學，設巡警，廣徵兵，勸工業，啓商會，變刑律，改官制，開咨議局，許地方自治；甚至損獨裁威幅之柄，定九年立憲之期；宜若富強之效可睹矣。而天下乃反岌岌不終日。此何故也？則以凡事務其虛名，而百姓受其實禍也。蓋天下之窮甚矣。〈王制〉曰：『國無九年之蓄曰不足；無六年之蓄曰急；無三年之蓄曰國非其國。』今非特無三年之蓄；每歲出入相較，虧四千餘萬，逐年籌備憲政，則逐年增出，又不啻數十百巨萬。夫無三年之蓄，已曰國非其國；況虧短至數十百巨萬而可以爲國乎？夫辦事必先籌款。度支無款應付，固一事不能舉行；倘度支竟能應付，其爲禍烈更不忍言。何則？度支總全國之財政；請款於度支，度支無款也，則索之於督撫；督撫亦無款也，而事又非款不辦，則其所應付者，仍是多方搜括，虐取於民耳。天下之患，莫大乎是非利害顯然明白，而朝野上下知之而不言，言之而不盡。吾國舊政，是古聖君賢相及我祖宗所行之而效者；然流弊至今日而極；不以實心行實政，此其失，人人能言之。今之新政，亦東西各國行之而效者。然而不以實心行實政如故也。此其失，人人知之而勿敢言；言之即被阻撓新政之名，而目爲狂怪。今上自樞臣疆吏，下逮文儒搢紳之彥，莫不私憂嘆息，以爲未來之效茫如捕風，必至之患危如厝火；而奉行猶恐不力者，督之以至嚴之功令，限之以至迫之時日，困之以至窘之財政，劫之以至新之學說，而莫可如何也。張皇耳目之舉，其聲譽騣騰於報章；愼固邦本之圖，則譏嘲已遍於衆口；如是而求免子罪戾，其政策之出敷衍也必矣。夫變法，大事也；立憲，尤創舉也。今欲變法而創古今未有之舉，而上下承以敷衍之心，誠不知其可也。舊政之失，失之因循。新政之失，失之紛擾。因循之失，聽民之自生自死，而不爲之所。紛擾之失，日日爲民謀所以生，而實迫之以死。何則？苛斂重而民不堪命也。《傳》曰：『長國家而務財用者，必自小人矣。小人之使爲國家，災害並至。』又曰：『與其有聚斂之臣，寧有盜臣。』今災害亦可謂並至矣。炸彈起於輦轂；民變兵叛時有所聞；水火旱蝗迭見層出；歷稽無人相與之故，必有感召致此之由。當今在位之公卿大臣，其存於心者未嘗無公忠體國之志；觀其設施則皆財用聚斂之謀。豈得已哉？百端待舉，兼營並進，不務財用而不得也。利之所在，上與下爭，內與外爭，紳民與官爭；爭之而民窮：親民之官亦窮。國家愈窮，遂成災害。夫以公忠體國之人，迫之使務財用而爲災害於國家，臣誠惜之。而說者且曰：『歐美納稅重於吾國。人民應盡義務，多取之不爲虐。』凡此皆亡國之言，不可聽也。今日中國之民，其應享利益，何一事可比泰西？而獨欲效其納稅。竊恐憲政成而民無孑遺矣。人莫不有室家妻子之愛；其欲就安利、去危殆，含生之倫殆有同情。今不顧室家妻子，奮然一逞以阻遏新政，非其勢萬不容已，詎肯出此？諭旨何嘗不嚴切責之曰：『是皆不肖州縣辦理不善之所致？』州縣，亦人也；豈眞甘爲不肖哉？責以就地籌款，而又以籌款激變罪之。籌款未有不滋怨毒者。民間無衣無食，無以爲生；而朝程一法，出費若干；暮厘一事，出費若干；曰『爲爾圖治安』。養生救死之不暇，而責之費無已時；治安未睹，而民死已久矣。州縣親民之職，古時所貴，今所甚賤。自新政興，上下之言籌款者，莫不以州縣爲質的，同心而射之。於是其職非獨賤也，貧乃益甚。夫人生仕宦，固以試其所學，亦欲自贍身家；若官累私虧，因而加重，自謀無術，何暇治民。賢者乃潔身思退；中材碌碌，豈能自守？是直迫之使爲不肖。賢者退，而中材不能自守；察吏之術至此益窮，此眞天下之大患也。是故今日之四民，至窮者農人也；今日之百官，至窮者親民之官也。親民之官窮，而民愈不聊其生矣。堯舜禹相授曰：『四海困窮，天祿永終。』四海困窮而天祿遂終，可不懼哉？自古喪亡之道不一，皆由暴君汙吏虐政害民之所致；未有圖強而反得弱，圖富而反得貧如今日者。」

　　時朝論亟練新軍；而其昶不謂然，曰：「今夫生計蹙而盜賊起；謀國者始惶然以養兵爲要圖。民以無所養而爲盜。不悟其然，乃括民財以養兵；養兵，則民愈貧而盜賊愈熾；仍不寤，又益增兵。今之養兵如驕子，會操如兒戲，用財如泥沙。剝膚敲髓以練三十六鎭之兵，而叛者四起。陸軍不足恃，更謀海軍。夫練兵平亂，而亂者即兵，兵可易言乎？故大學士曾國藩論湘軍之功，在一二督兵大臣，能以忠誠爲天下倡。聞忠誠能倡天下；不聞虛憍之氣可以鎭天下、懾四夷。內治不修，人才不出，縱竭全國之力，專供海軍，猶未堪一戰；況財力竭，外人即藉口債權而攫財政；亂民起，又藉口保商而干涉兵事；在在可以亡國，奚暇海戰。則何如移其費以辦實業，使內亂不作，猶可以圖存乎？耗財莫甚於養兵。生財莫要於實業。危急存亡之秋，財者民命，豈堪浪擲？有識引爲大戚，而皇上曾不聞知者，以海陸軍政皆寄之親貴，天下遂緘口結舌而不敢道也。從來親貴用事，流弊滋大。位高，則窮於賞。親近，則窮於罰。魁柄久持，趨附者衆，勢不能復就閑寂；緣竿百尺，有上無止，豈不至危？裁之，則生怨；斷之，則傷恩；縱之，又無以善其後。我朝開國之初，專征秉鉞，實賴親藩；然皆起自艱難，有雄偉蓋世之略。自后皇子概不預聞朝政。中興以還，主少國疑，親王輔政，事非得已。醇賢親王以非成憲爲言。今貝勒載洵、載濤慨然欲救危亡，以練兵爲急務。然兵事變化，必資實驗，非可坐談；出洋考察，匆遽一過，豈遂得其深際！彼鄰邦接待之優崇，皆其外交之機智，爭欲售船炮於我耳。而海軍一經開募，用費既廣，用人尤多。急功喜事之徒可以坐致通顯，自必肆其營求。夫以生長貴富之王公，受外人優待，則不免有自是之心；樂群下推崇，更有勿能中止之勢。聚無數急功喜事之徒，奉少不更事之王公，而握全國之軍政，遊歷考察，靡費無已，徒豪舉耳。西國王子，肄習軍事，與齊民同編伍，勞瘁不辭；若一望能了，又何爲自苦哉。」

時朝論放廢禮教；而其昶不謂然，曰：「立國於天地之間，能傳嬗數千年之久，必有其所以存立不敝之道，是曰國粹。吾國開化最早，自堯舜至於孔子，文教大備；其遞相講明而爲法子天下後世者，無他，亦曰人倫道德而已；君臣，父子，兄弟，夫婦，朋友，五者相維繫，相親愛，而天下治矣。此眞所謂國粹。若夫析陰陽造化之微，窮製作之巧，此泰西之能事矣。吾聖人非不重之。《易》曰：『備物致用，立成器以爲天下利。』是聖人未嘗不以開物利天下爲亟亟；特聖人啓其端，後之學者不能極而精之。然泰西製作之巧，其發明亦多在近世，不以是而輕其耶穌也。今乃以科學疑聖教，何其妄也！泰西之學，析理誠微，製作誠巧；要其國之所以存立不敝，必不僅此；而於人倫道德之意，亦必有其合者矣。謂其不如聖人之詳備，可也；因其禮俗之異，謂其一無當焉，不可也。吾所未能極而精者，不可不效法於彼；幸而聖人之所講明詳備者，而顧可棄之歟？效法於彼，可也。皮傅，不可也。皮傅西學者，見吾國勢之不振，遂疑聖人之教不宜於今。不知世變雖大，而人倫道德不能變也。試問今國勢之不振，果束於聖人之教而然乎？皮傅聖人之教，以至成爲今之天下；又皮傳西學而毀棄聖教，更不知成爲何等世宙！今之學堂，特造成皮傳西學之士，驅天下之在位，以爲災害於國家；更驅天下之學者以毀棄聖教，視三綱爲桎梏，等六經爲弁髦；大亂之道，其在此矣。向使專務富強，置人倫道德於不顧；則是舉天下唯利是趨，強凌弱，衆暴寡，臣不知有君，子不知有父，妻不知有夫；當是時，雖船堅炮利，能一日安乎！」心所謂危，語語警惕；疏上忤旨，以謂迂闊而遠於事情也。然驗之後日，有如蓍蔡。「維此老成，瞻言百里」，其昶有焉。

尋充京師大學堂教習。吳汝綸既逝，世之歸仰桐城者，必曰：「是馬通伯先生，當世之能古文者，承方、姚道脈而且見淑於吳先生！」其昶則自謂爲文而不求之經，是無本之學也。時方治《費氏易》既卒業，復治《毛詩》，治《尚書》，及秦漢諸子，乃於文若有所不暇爲者。民國肇造，其昶近六十矣。雖爲教習如故；而自以不獲安鄉里，孤寄京師；廁搶攘囂哄之場，危禍交乘，聽睹惶惑；怏鬱之極，浸淫佛乘，覃精窮思，鬚髮盡白；然神完氣凝，老而不衰。以民國十三年，領清史館總纂；無日不到館屬稿，晨出夕返，風雨寒暑不少間；退値，則注《尚書》，成《尚書誼詁》八卷，夜半不輟，如是以爲常；既而握管稍久，戰悸不寧。醫者曰：「心血盡矣。」遂以十五年夏南歸養痾。四方問學者日至，酬對移晷，娓娓忘倦。肢體久不仁，而與人短札，猶力疾自書，密行小楷，無一筆苟者。十七年戊辰冬十一月十四日卒，年七十四歲。先卒之四日，疾已不支，告家人曰：「無害。吾將以十四日行。」及期，天未明，命侍者扶起更衣，移坐於椅，南向合掌，自卯至午不少欹；親友誦佛號於前；其昶注視，神定色夷，漸以目瞑。釋徒聞之，歡喜讚嘆曰：「往生淨土矣！」

其昶既死，而號能傳其學以授徒者，曰同縣葉玉麟，字浦蓀，諸生，與李國松受業其昶最早，爲高第弟子；刊有《靈貺軒文鈔》一卷，中有〈含純女士傳〉，題下注代通伯師，而其昶《抱潤軒集》亦收之。其昶晚年文，多以屬玉麟代筆；亦甚矜寵之矣。今觀其文，樸而不茂，宕而欠逸；意盡於言，故少味；語不免絮，斯傷潔；喜爲閑情眇狀，搖曳其聲，以取姿媚，而乏高識遠韻；又控御縱送，用筆未極伸縮轉換之妙。此誠桐城之支與流裔，而獨抱逸響以殁齒不二者矣。然未足以紹其師也。

其昶及賀濤皆不爲詩，而文亦不規規桐城姚氏義法。獨桐城姚永樸、永概兄弟爲古文，亦兼能詩，禪其家學；爲文淡宕而坦迤，每不欲盡；其詩清刻而峭發，又不害盡；蓋篤守姚鼐之教也；而永概名尤著。

永概，字叔節，號幸孫。五世祖範，字南青，乾隆壬戌進士，官編修，著有《援鶉堂文集》六卷；學者稱姜塢先生。姚鼐以從子受業焉；姚氏之學所由起也。祖瑩，字碩甫，以諸孫受學於鼐；嘉慶戊辰進士，官終湖南按察使，著有《後湘詩集》二十一卷，《東溟文集》二十六卷。父濬昌，字慕庭，承累世宦業，而貧困幾不能自存；獨以詩受知於曾國藩，遂佐戎幕，洊保知縣，終湖北竹山縣知縣，爲治一本經術；自少至老，書未嘗一日去手；而尤深於《易》，著有《讀易推見》三卷；喜爲詩，晚年自訂其集爲十二卷。姚氏自範以詩古文義授從子鼐；嗣是海內言古文者，必曰桐城姚氏。而鼐之詩，則獨爲其文所掩。自曾國藩昌言其能以古文之義法通之於詩，特以勁氣盤折；而張裕釗、吳汝綸益復張其師說；以爲天下之言詩者，莫姚氏若也。於是桐城詩派始稱於世。有清一代自王士禎以神韻言詩；其敝也綽約而無實。而矯其失者，則又傈悍以騁才，儻蕩以使氣，而溫柔敦厚之旨蕩然無復存餘；識者蓋益病焉。獨範之爲詩，事料醲郁，善於儷事；蕭子顯所謂「以新變爲雄」者也。瑩既焯有祖風，又師事鼐久，詩文之美，頗亦兼擅；然其中多感慨沉鬱之音。濬昌則一秉家法，屬辭比事，蔚然與姜塢同風；而骨力之清遒，神情之俊朗，則鼐之遺也。其昶早爲濬昌女夫，獨工文而不爲詩。其次女夫，則通州范當世，尤以詩有大名；恨其昶不爲詩而愧厲之。其昶發憤欲試一爲。汝綸解之曰：「子毋然！子爲詩，徒見短耳；終莫能勝彼。」因相與一笑而罷。先是其昶甫逾冠，就婚姚氏；永概則十一歲耳。其長兄曰永楷，次永樸，每從其昶商論文史；以永概幼，未遽語也；永概則慍見辭色，謂：「奈何輕我！」永概以其昶及范當世爲姊婿，以永樸爲兄，耳目濡染，神與古會。年十八，補諸生。二十有三，中式光緒戊子江南鄉試舉人，實爲解首。考官李文田、王仁堪皆負時望；病科舉文日即靡敝，以江南多才俊，思得老儒宿學振起多士；得永概文，置第一；謂耆碩也。撤卷，頗訝其年少；及觀其先祖父有高名，乃喜相告，慶得士矣。後屢試禮部不第。既以家貧衣食於奔走，所主如長沙王先謙，婺源江人鏡，皆當世名公；而依吳汝綸冀州最久，得力亦最深。汝綸嘗稱其詩才氣俊逸，足使辭皆騰踔紙上，雖百鈞萬斛，而運之甚輕；故能出入於李、杜、蘇、黃諸家，而自成體貌也。嘗以大挑二等，選授太平縣教諭；又舉博學鴻儒；皆不就。當是時，變法之議興；朝旨既罷科舉，各行省皆興學，以永概充安徽高等學堂教務長，改師範學堂監督。永概爲人孝友篤至，其教士必根本道德，以文藝科學爲戶牖；與人友，披瀝肝腑無不盡；廣坐高談，音響震越。安徽數更大吏，咸欽才望；有大計，輒就決，是非得不謬，鄉里往往被其惠。而謗議滋起，於是浩然無用世之志矣。會范當世亦以興學通州，卒遭謗侮，遂病不起。乃爲之墓志銘以發其旨曰：

太史公曰：「《詩三百篇》大抵皆聖賢發憤之所爲作也。」豈不誠然乎哉？詩體至唐而大備。然世之論者，每稱李白杜甫；二人者，途轍不同，其憂時疾俗之情則一。厥後以詩鳴者至多；而蘇軾，黃庭堅，陸游，元好問爲之最。四子之爲詩，猶白、甫也。自是以降，競於格律聲色，公然模襲；其發憤也不深，則立乎中者不誠；中不誠，則氣不昌；氣不昌，則不足震動而興起。孔子曰：「《詩》可以興。」興於發憤也。惟我清載逾二百，五洲交通，藝術競勝，僅持一國窳敗不振之故習，不足敵彼族之方新；而朝野之論又斷斷不可合併，故釀爲甲午、庚子之再亂。於時，范君起江海之交，太息悲傷，亡所抒泄，一寫之於詩；震蕩開合，變化元方。讀者雖不能全喻精微，無不知愛而好之；以一諸生名被天下，噫，何其盛也！君，諱當世，字無錯，號肯堂，世爲江蘇通州儒族。祖某，父某，皆不仕。君少出語驚長老，壯而益奇，武昌張先生裕釗有文章大名，客江寧。君偕張謇、朱銘盤謁之。張先生大喜，自詫一日得通州三生，茲事有付託矣。其後君弟鍾、鎧相繼起；世又稱三范；而稱君爲大范云。吳先生汝綸官冀州，見君與謇、銘盤唱和詩，貽書鈎致。君亦樂依吳先生，遂之冀。而張先生亦來主講保定，益相與論定古聖賢人微言奧誼，學更大進。是時，君方喪前夫人。吳先生爲介，聘吾仲姊；因就昏先子安福署中。先子故能詩；吾姊亦嫻吟詠；君往來二年，得詩益多。其後吳先生居保定，吾往從之。君方攜吾姊客李文忠公所，見即飲酒賦詩，詼調間作；別十日不見君寄詩，即寄聲誚責以爲樂。迨甲午戰敗，文忠公得罪；君與吾皆東歸，又復北遊，視曩時遊燕如易世矣。君初在冀，所教諸生，多爲通才，知名於世。家居及道途所遇人士，有一語之善，必扶植之：其經承君講授者，悉有成就，收科第者相望。兩弟一成進士，爲令河南；一拔貢朝考一等，爲令山東；而君卒以諸生終。學堂令下，君已病肺臥，慨然強起，以助國家長育人才爲己任。迂儒老生，極口嫠嗷；至投書醜詆。君一接以和，而論文諭，使有端序。病且篤，就醫上海，遂以光緒三十年十二月初十日卒，年五十一；逾年，葬於通州東門外范氏之阡，前夫人吳之右。吳夫人生二子，罕，況，皆諸生，有文學，足以推大君志；以況爲弟鍾後。一女適義寧陳衡恪，早卒。後夫人姚。君所爲詩，嘗自寫定爲十八卷，合文十卷，藏於家。方今海宇學術棼起，雲變川增，治斯事者，材力已患不給；而吾國文至繁奧，習之尤費時日，議者乃欲更張之就淺易。君詩雖至工，眞知其意者無幾人；數世以後，又孰能測君所用心乎？然巴比倫、埃及之古碑，希臘、印度之詩，西士好古者搜釋之不餘力也。以吾國文字精深微妙，實有不可磨滅者存。意必有魁傑之士，寶貴而研索之，殆可決也。於君詩，又何憂乎？君事親教弟，極於孝友；待朋友有終始。將葬，弟鍾來問銘，未敢應也。既久，乃寫所得於君者以紓吾哀，而繫之以銘。銘曰：

猗與仁人，世有范君。大本既立，發爲高文。若最其行，以儒而俠。友死孤稚，娟娟者妾；君引任之，以濡以沫。囊亡一泉，求者踵門，計子而貸，女褌女釬。胸中恢恢，齊其仇恩。欺不女疑，背不女怨。有李生者，嘗爲人言：豈大奸歟，不即聖賢？何奸何賢，有韞弗宣。吾銘末信，曷讀詩篇。

意以自抒感慨，而跌宕昭彰。其他未能稱是。往往寂寥短章，聲幾欲下，詞不敢盡，而未能以發其意。刊有《愼宜軒文集》若干卷。侯官林紓則序之曰：「氣專而寂，澹宕有致，不矜奇立異，而言皆衷於名理，是固能彌其祖矣。」特詩則秀爽而爲警煉，沉鬱而能頓挫；早喜梅宛陵、陳後山，晚乃出入遺山，語必生新，而意在獨造；是則曾國藩所謂勁氣盤折，欲以古文義法通之於詩；亦其家風然也。方爲安徽師範學堂監督時，布政使沈曾植嘗爲刊《愼宜軒詩》八卷；其中如〈寒夜寄肯堂〉曰：

西風吹芭蕉，片片都成絲；蟋蟀辭碧野，唧唧鳴霜闈。感物遽如此，懷君結夢思。海水淨霜空，狼山矗崔巍。蒲團一龕內，坐對維摩師（原注：來書云近借鄰庵養疴）；梅花繞紙帳，香氣砭膚肌。惝怳捫我手，喃喃頗有辭。伸足忽夢斷，天雞風送悲。恩情同骨肉，款曲未一時。明年君當來，我轅又北馳。但祝身長健，會面自有期。寄此當尺素，莫作揚雄麾！

又〈書梅宛陵集後〉曰：

《梅集》六十卷，買自武昌市。刻者明嘉靖，宋君巡按使。屬工宣城令，字大殊可喜。惟其訛謬多，又闕數十紙。借得道光本，彌月事校理；所闕抄使完，其訛難訂矣。我思文字貴，在切時與己；要使眞面目，留與千秋視；時爲何等時，士爲何等士，當其入微妙，不在文字裡。閱歷助胸襟，天資加踐履，四事不關詩，詩固得此美。俗士動誇古，終身寄人籬；一體效一家，自矜工莫比。乞人衣百寶，不稱徒爲嗤。揚眉識杜韓，況說宋諸子。告以先生詩，笑口或大哆。孰知六一翁，低首直到趾。古董何人責，病在古入髓。東坡尚嫌酸，餘賢可知爾。檢之笥篋中，我歡獨在此！

又〈贈陳靜潭〉（淡然）曰：

有田不能耕，有屋不能住；七尺不資軀，竟爲漂泊具。昨日金陵潮，今朝瓜口路。眼中三百里，未必當虎步。天門蕩蕩開，白日昭宿霧。帝旁玉女多，妒此修眉嫭。山盧鮮芳草，江徑饒蘭杜。著述百千言，蟠胸猶鬱怒。呼叫千秋亭，痴人愕相顧。信陵骨已朽，肝膽向誰露？但取意氣傾，錢刀何足慕！

侯官陳衍尤極稱其〈方伯愷仲斐招遊天壇觀古柏作歌〉一首，以爲音節蒼涼，氣息沉鬱，極近遺山者也。辭曰：

天壇鎖鑰放三日，士女長安空巷出。琉璃廠內鞭影驕，正陽門外車聲疾。方生邀客及衰朽，微醺莫放斜陽失。未到先驚勢駿雄，出門已覺情蕭瑟。繞壇一碧皆種柏，羅列駢生咸秩秩；元耶明耶世不知，百株千株數難悉。陰森奪日色淒涼，慘淡生風寒凜栗；怪根直下渴重泉，霜皮縐裂蟠修綷。眞宜虎豹據爲官，恐有狐狸攫作室。旁幹猶承累葉露，中枝折爲前宵颾。無情樹木尚如此，繫日長繩知乏術。祈年殿上望西山，金碧依然暮靄間；王氣已隨龍虎盡，夕陽只見雁鳥還。往聖千秋垂教澤，嚴祀吳天威百闢。彼蒼視聽悉依民，精意分明存簡冊。大道原爲天下公，此心不隔耶回釋。齋宮肅穆水環垣，想見千官助駿奔；中夜燔燎半空赤，連營宿衛萬夫屯。五千運過蒼天死，更聞開作公園矣。倚天拔地之古柏，願與遊人重愛惜！

此歌八卷本未收，蓋民國改元後作矣。方段祺瑞爲國務總理，以高等顧問官聘；總統徐世昌招入晚晴簃，選詩；皆笑謝曰：「吾如處女，少不字，老乃字耶？」顧殫心教學，一出應北京大學之聘，爲文科學長。蕭縣徐樹錚方佐段祺瑞用事，尤相禮敬；創正志學校，延爲教務長；而永樸及馬其昶、林紓爲教師，皆一時宿學；士風肅靜，出京師諸校上，天下無異詞。清史館之開也，永樸、永概皆從事爲協修焉。永樸故短視，步行趦趄；每適館，永概則肩隨扶持。趙爾巽方以前朝大老領館長，見之，迎永樸笑曰：「吾年八十矣。倘與君競走，未知孰爲後先。他日君逮吾年，欲無顚蹶，將終若弟是賴乎？」衆爲粲然。永概少秉先訓，長博覽群書，遍交海內賢士大夫，其論學不分門戶，而制行一以宋賢爲歸。初以解元計偕入都，父猶在官，方年少氣盛，顧恂恂自飭，無纖毫矜誇之習。姚氏風規：凡令節若誕辰，弟於兄必四拜；兄揖之而已。及永概之老也，永樸止無拜，曰：「白首兄弟，何尚乃爾？」永概率禮如故。人第服其強記多聞，議論雄辯；豈知修己之謹，乃如是耶！晚年耽心內典，得趣頗深。以民國十二年癸亥夏六月十九日卒，年五十八歲。而永樸亦以老病歸。趙爾巽聞而唏曰：「今海內學人，求如二姚者，豈易得乎！」

永樸，字仲實，光緒甲午舉人。少與永概以文章相礲切；年二十五歲，北行，過上海，遇同縣蕭穆，諄諄然勖以經史之學；既抵都，復與遷安鄭杲遊，於是銳意治經。吳汝綸知冀州，聞其名，延而賓禮之。永樸遂請業焉，始知精誦爲學文始事；因取古人之文，悉心讀之，久之乃渙然有得。顧自謂治學之途徑，穆實開之；又以穆論議與汝綸異同，而交久益敬；乃作《蕭先生傳》曰：

蕭先生，諱穆，字敬孚，桐城諸生；少謁曾文正公於安慶。文正語人曰：「異日纘其邑先正遺緒者，必此人也。」先生屢應江南鄉試，不售；客上海製造局廣方言館，得俸，輒購書，築小樓於家，度之；不戒於火，燼焉。踵求不怠，久乃逾其舊。猶謂未足，踔海至日本求之。所儲皆善本，或孤行於世，人未見者。蓋先生所至，書賈每盈座焉。是時吾邑先輩如方先生宗誠著書多談性道，及軍國利病、吏治得失。徐先生宗亮亦究心邊事。吳先生汝綸尤喜以泰西學說爲吾國倡。惟先生一意編摩古籍；與後生言，於字句異同，刊本良否，以及前聞軼事，歷歷然如數室中物；而無一語及世務。吳先生每思廣以異域之事，見必極論。先生意不與之合，譏嘲轟發；然吳先生退，未嘗不重先生。在上海，凡數十年，四方賢公卿，下逮遊客，語及聞見洽熟，必曰蕭君。先生既篤意文獻，見有力者，必誘之刊書；所刊數十種，皆躬爲仇校，不取酬。初先生嘗從市中得邵陽魏公光燾先世遺稿。其家無副本，聞之，輦金以求。先生笑曰：「父祖之業，固宜傳之子孫，何言財乎！」卒歸其書。及光緒末，先生老矣，而家益貧。總辦製造局者不相知，奪其事。會魏公總督江南，過上海，首詣先生，縱談三日。總辦大驚，急謝過增俸至倍。先生嘆曰：「是謂我將不利於若而貨之也。」仍受故俸，而稱其所長於魏公。人以爲長者。先生於光緒某年月日卒，年六十有幾；所著曰《教孚類稿》，嘉興沈子培提學合肥蒯禮卿觀察爲鳩資刊行，凡十六卷。

論曰：當今之世，如先生，有不以爲迂闊者乎？顧其學於古，深有所得，宜乎愛之篤而護之周也。永樸少學古文辭。一日，過上海，先生勸之用力經史，謂非是無以爲文章根本，語意肫勤；由是始知從事樸學。今先生亡久矣，天下多故，聞所藏書散佚殆盡。而永樸浮沉斯世，深夜懷舊，愧負先生；撰次遺事，慨焉不知涕下也。

其文隨手起落，不爲張皇，坦迤平直中，自然感激頓挫；不如並世諸公之好做段落，狠其容，亢其氣，硬斷硬接；而我用我法，餘味曲包；此眞姚鼐血脈也。刊有《蛻私軒詩文集》五卷，《續》一卷。其詩則無意雕琢，而簡括堅琢，能以清道出醲郁。如〈夜起〉曰：

雨過山氣涼，虛室夜增爽。搴帷忽窗明，孤峰月初上；林疏竹螢流，石冷壁蟲響；微風動高檐，暗香入幽幌。披衣下前除，悠然絕塵想。

又〈雪中戲作呈大兄時將之湖口〉曰：

人生聚散何所似？正如池萍闔復開。有時暫聚當痛飲，一舉定須累百杯。幽居況逢三日雪，山川皓潔無塵埃；老鴉不飛枯木折，寒月自照牆邊梅。天地不令生意絕，溪堂頓覺春風回。快棄筆硯陳尊罍，低頭几几胡爲哉！明朝齊放射蛟臺，吾將舉棹江之隈，安得從容試綠醅！

就詩論詩，永概挺拔，有俊逸之才；永樸清越，得沖淡之味；迭用短長。亦無懵焉。永概交滿海內，好議論天下事；而永樸聲華寂寞，專志讀經三十餘年，不立門戶，視唐如漢，視宋元明亦如唐，博稽而約取，會通衆說，有不安，乃下己意；曰：「傳經者必守師說；治經則取其通而已。」或問鄭杲：「今世爲漢學者幾人？」杲曰：「吾未見也。獨如姚仲實者，捨書無他營，捨經無他書，虛心以求眞，若將終身焉；其殆庶歟！」嘗客旅順。泰興朱銘盤見其書，大驚曰：「吳越士夫有此，早取聲名一世。君乃掩覆不肯曝，今日見古人矣！」因投詩訂交，而永樸意落落也。永概每太息曰：「余同母兄弟三人。伯也早逝，不竟其學。惟仲實及余存。余好爲詩古文辭，而治之不專精；不如仲實耽於書，數十年如一日；每見輒用自慚焉。」方清末造，科舉制廢；永概嘗參皖學政，每以興學育才爲身任；蓋承汝綸之教也。永樸獨慮興學之無以善其後，上學部書，大旨謂：「曩時鄉閭中，蓋家有塾矣；弦誦之聲，遍於四境也。今則自學堂外，其自延師訓課者，乃日少一日。查憲政編查館、資政院會奏憲法大綱，方期逐年籌備，至第九年，人民識字者可得二十分之一。豈知興學之效，人民識字者，且有減無增哉？此其故由於公款未充，學堂不能多設；民間窮困，更無力入學。事之可憂，孰大於是！蓋一學堂之設，其始建築有費，開辦有費；至每年延聘管理員教員及一切雜需，尤爲不貲。將募之人民歟？以徵費之故，釀成他變，屢見報章矣。將索諸求學者歟？今之所定膳費學費，不可謂多；然諸生強半寒畯，往往不任。此創設所以難也。且合群少年麇集一校，約束稍寬，黠者擾於前，頗者和於後。此辦理所以難也。爲今之計，莫若高等小學堂以下，聽民間自爲，勿拘人數多寡以濟其窮，第令開塾初報明提學使立案；及畢業，由提學派員考試，果年限程度與部章合，即給文憑。是，民之廬舍，即學堂也，何須建築？民之父兄，即管理員也，何須延聘？其爲費僅教員修脯而已。生徒無多，氣習何患不謹？財用即節，教澤何致不周？於一道同風之中，稍爲變通，豈不可大可久哉？」永概無以難也。民國既建，永樸亦受聘爲北京大學教授，因著《文學研究法》，凡二十五篇；每成一篇，輒爲諸弟子誦說，危坐移時，神采奕奕，恆至日昃忘倦；僕御環聽戶外，若有會心者。其發凡起例，蓋仿之劉勰《文心雕龍》；而自上古有書契以來，論文要旨，略備於是焉。既以老病南歸，尋受聘爲東南大學教授、安徽大學教授，猶強學不怠云。

永樸、永概生長桐城；而爲文不矜奇奧，爲詩自然清遒，恪守姚氏家法，顧不以桐城張門戶。獨有產匪出桐城，文不盡淡雅，異軍突起，而持桐城姚鼐以爲天下號者，厥有林紓焉。特是姚鼐學歸而祛其庸絮，運實於虛，紓徐委備，以幾永叔之逸，而失之不深厚。林紓學韓而無其雄博，融情於景，鬱結蒼涼，以得柳州之幽，而不免傷纖刻；於湘鄉爲轉手；與桐城爲異調。惟其爲詩曠如奧如，尚清遒而不貴綺錯，則庶乎姚鼐之具體而微焉。

林紓，原名群玉，字琴南，號畏廬，又自署冷紅生，福建閩縣人也。天性敦摯。年十歲，從同縣薛錫極讀，字之曰徽。一日，錫極湊〈檀弓〉，至防墓崩，捧卷大哭。紓愕然。錫極曰：「若非人子乎？吾哭而若不動，何也？」紓曰：「徽重闈在上，不知所哭；雖然，聞先生哭，亦滋悸矣。」錫極嘆曰：「諒哉徽也！」錫極家絕貧，夏日嘗不舉火。紓歸食既，度先生未炊，乃覓得父襪，實米滿中，負之以獻。錫極大怒，叱曰：「徽！若年十一，竟行竊耶？」紓泣曰：「先生侵晨授徽書，逾午未食；歸而對食心動，故自以其米來；非竊諸他氏也。」錫極曰：「他氏益不可矣！吾已得米，且至，無須此。若將歸，當請杖於若母。吾竟不忍夏楚若矣。」紓歸白母。母笑曰：「女以米餉師，奈何以襪？」易以巨橐，重益之，別令人賫以往。錫極乃受，因授紓歐文及杜詩，務於精熟；曰：「吾不爲制舉文。若熟此，可以增廣胸次。」然紓貧無所得資買書，則雜收斷簡零篇，用自摩治。偶發篋，得季父所讀《毛詩》、《尚書》、《左傳》、《史記》四種殘本，則大喜過望。而喜《史記》特甚。嘗語人曰：「《史記》之文，純一紀事之文也。然〈本紀〉、〈世家〉、〈列傳〉中，有同時之事，不並敘，無以取證。已往之跡，不插敘，無以溯源。繁賾之文，不類敘，無以醒目。」爲箋識，用力頗巨。自十三歲及於二十以後校閱不下二千餘卷。迨三十以後，得與同縣李宗言交，乃盡讀其家所藏書，不下三四萬卷。強記多聞，爲駢文，慕王曇、金應麟。爲古今體詩，追吳偉業、陳恭尹。能畫。能經世文。才名噪里黨，與林崧祁林某有三狂生之目。久之，一切棄去，爲古文，祈向桐城諸老，寖饋昌黎；自謂善遏抑蔽匿，當伯仲吳敏樹、梅曾亮，不敢多讓。或翹其闕，則勃怒於言。中式光緒壬午舉人，再應禮部試不遇，大挑用教諭。以二十六年入京師，爲五城中學國文教員，年五十矣。因得與吳汝綸遇，爲論《史記》竟日。紓曰：「〈大宛〉一傳，不劃斷諸國，融爲長篇；猶散錢貫之以繩，前半貫以張騫，騫卒，續貫以宛馬；於是安息、奄蔡、黎軒、條枝、身毒之通，皆爲馬也；零落不相膠附之國，公然與漢氏聯絡矣。但觀傳首大書曰：『大宛之跡，見諸張騫』，則史公當日用心，因張騫以貫諸國，故能融散爲整。又〈絳侯世家〉，敘侯功頗簡約；至亞夫事，則文筆婉媚動人；猶歐西人之構宇，集民居爲高樓，擴其餘城成公園，以待遊侶。此文字疏密繁簡之法也。〈彭越傳〉疏率若不經意，不如淮陰之詳，且與魏豹同傳。然世稱漢初功臣，必曰韓彭者，幾不得解；乃不知〈高帝本記〉中，累書『彭越反梁地以牽掣項羽，使不得過成皋』，厥功與韓信垓下之役實同。讀《史記》者，能於不經意中求之，或得史公之妙乎！」汝綸大韙紓說。及讀紓文，稱曰：「是抑遏掩蔽，能伏其光氣者。」日人伊藤氏問漢文高師誰何。汝綸應曰：「吾見惟林琴南孝廉紓。」於是聲名益起。自言：「少時博覽群書。五十以後，案頭但有《詩》、《禮》二疏、《左》、《史》、《南華》、韓歐之文，此外則《說文》、《廣雅》，無他書矣。」其詔學者，恆令取徑於《左氏傳》及馬之《史》、班之《書》、韓之文，以爲：「此四者，天下文章之祖庭也。自周秦以迄於元明，其間以文名而卒湮沒勿章者何限，胡以左、馬、班、韓巍然獨有千古？正以精神詣力，一一造於峰極，歷萬劫不復漫滅耳。而後人之稱昌黎者，曰『文起八代之衰』；此專言昌黎一人之文，不屬於唐人之文也。唐之名家，如裴度、李華、獨孤及、段文昌、權德輿、元稹、劉禹錫之流，力摹漢京，自以爲古；然響枵而氣促，體贗而格俗；偶與皇甫湜、李翺、孫樵之文雜陳，則意境神味，迥然不侔；矧能肩隨退之哉？平心而論：六朝之文，去古尚近；而後來則彌不及。范曄、陳壽、魏收三君，較之馬、班，固不能望其項背；然三家之文，咸沉穆方重，饒有古趣。自唐以下則漸殺。至於宋之劉原父、宋子京之倫，力欲求古而彌不古，則時時發爲傖獰之音。迨及明之陳仁錫、李夢陽、王元美曰以贗體侈衆，猶復唾棄南北朝爲凡猥；則不可解矣。天下之理，製器可以日求其新；惟行文則斷不能力掩古人而自侈其厚。六朝時，古書未盡毀，又去漢魏不遠，元氣深厚，製局用筆，斂而不散，精而能卓；雖體格弗高，然能遏光弗揚，亦其精力有獨至者。故文家取材，知窺涉子書，而取其古色；不知六朝人之吐屬名貴，亦故家風範，不能不用以蕩滌其傖氣。」是紓早年崇唐宋，故亦未嘗薄魏晉者。然又謂：「爲文師古人者，亦師其醇於理、精於法、工於言、神於變化者而已。凡是數者，求之古人，或不可得兼；兼者其惟昌黎乎？蓋昌黎之文，理蓄於內，文肅於外，篇同而局不復；則先後處置之適宜也。語激而詞不囂，則吐吞研練之出於自然也。或千旋百繞而不病其繁細。或東伏西挺而愈見其奇崛。」其所以推大韓愈而傾倒之者至矣。唐皇甫湜謂：「圖王不成，其蔽猶可以霸。」紓文則學韓不至，其趣乃迫近柳。柳宗元云：「漱滌萬物，牢籠百態。」而興化劉熙載著〈文概〉，以爲：「自喻文境。乃若其文如奇峰異嶂，層見迭出；所以致之者有四種筆法：突起，紆行，峭收，縵回也。」觀紓所譯小說，蹊徑正同。韓愈自言其文亦時有感激怨懟奇怪之辭；而紓之文，多含悲涼凄激之音，怨懟非所敢，奇怪又不能。其論古文，以文氣、文境、文詞爲三大要；三者之中，文境尤重。謂：「古文不能造境，即淪於塵濁。方望溪斥錢虞山其穢在骨，即其造境俗也。下至竟陵、公安，非特不能造境；直以流漫媟涵之筆，入於古文，則文境尤不堪問。文章惟能立意，方能造境，故謂之『意境』。至於文氣則附理而行；理足則氣堅凝；理亡則氣虛枵；捨理言氣，皆欺人之言。古文，猶人身也；動作言語，皆氣所使；動作言語可見，氣不可見，實則一一皆氣所運動。能多讀書積理，則文氣所發，聲之短長高下皆宜矣。以理遣詞，胡爲不工？然必澤之六經諸子，又湛深於小學，則一字一句，皆有來歷矣。」及自爲文，則矜持異甚。或經月不得一字，或涉旬始成一篇。獨其譯書，則運筆如風落霓轉，而造次咸有裁制，不加點竄。蓋古文者，創作自我，造境爲難；而譯書則意境現成，涉筆成趣已。

初紓與長樂高氏兄弟鳳岐、鳳謙敦昆弟歡。鳳岐、鳳謙歷佐大府，為東諸侯上客有聲，與紓相引重。而謙摯友王壽昌精法蘭西文；亦與紓歡好。紓喪其婦，牢愁寡歡。壽昌因語之曰：「吾請與子譯一書，子可以破岑寂；吾亦得以介紹一名著於中國，不勝於蹙額對坐耶？」遂與同譯法國大仲馬《茶花女遺事》，至傷心處，輒相對大哭。既出，國人詫所未見，不脛走萬本。既而鳳謙主干商務印書館編譯事，則約紓專譯歐美小說；前後一百五十種，都一千二百萬言；其中多泰西名人著作，若卻而司．迭更司，若司各德，若莎士比亞，均有之；而以譯卻而司．迭更司為尤高。最先出者為《茶花女遺事》，致自得意。蓋中國有文章以來，未有用以作長篇言情小說者；有之，自林紓《茶花女》始也。紓移譯既熟，口述者未畢其詞，而紓已書在紙，能限一時許就千言，不竄一字，見者競詫其速且工。然屬他文，亦坐此率易命筆矣。自以工為文辭，雖譯西書，未嘗不繩以古文義法也。其序英哈葛德《斐洲煙水愁城錄》曰：「哈氏所遭蹇澀，往往為傷心哀感之詞，以寫其悲；又好言亡國事，令觀者無歡。此篇則易其體為探險派，言窮斐洲之北，出火山穴底，得白種人部落；且因遊歷斐洲之故，取洛巴革為導引之人；書中語語寫洛巴革之勇，實則語語自描白種人之智。書與《鬼山狼俠傳》似聯非聯，斬然復立一境界；然處處無不以洛巴革為針線，何乃甚類我史遷也？史遷〈大宛傳〉，其中雜沓十餘國。文章之道，幾長編巨製，苟得一貫串精意，即無慮委散。〈大宛傳〉因極綿褫，然前半用博望侯為之引線，隨處均著一張騫，則隨處均聯絡；至半道張騫卒，直接入汗血馬；可見漢之通大宛諸國，一意專在馬；而綿褫之局，又用馬以聯絡矣。哈氏此書，寫白人一身膽勇，百險無憚，而與野蠻並命之事，則仍委諸黑人；白人則居中調度之，可謂自占勝著矣。然觀其著眼，必描寫洛巴革為全篇之樞紐，此即史遷〈大宛傳〉篇法也；文心蕭閑，不至張皇無措，斯真能為文章矣。」序英卻而司．迭更司著《孝女耐兒傳》曰：「天下文章，莫易於敘悲；其次則敘戰；又其次則宜述男女之情；等而上之，若忠臣孝子義夫節婦，決脰絕血，生氣凜然。苟以雄深雅健之筆施之，亦尚有其人。從未有刻畫市井卑汙齷齪之事，至於二三十萬言之多，不重複，不支離，如張明鏡於空際，收納五蟲萬怪，物物皆涵滌清光而出，如憑欄之觀魚鱉蝦蟹焉。則迭更司者，蓋以至清之靈府，敘至濁之社會，令我增無數閱歷，生無窮感喟矣。中國說部，登峰造極者，無若《石頭記》，敘人間富貴，感人情盛衰，用筆縝密，著色繁麗，製局精嚴，觀止矣。其間點染以清客，間雜以村嫗，牽綴以小人，收束以敗子，亦可謂善於體物；終竟雅多俗寡，人意不專屬於是。若迭更司者，則掃蕩名士美人之局，專爲下等社會寫照，奸獪駔酷，至於人意所未嘗置想之局，幻爲空中樓閣，使觀者或笑或怒，一時顛倒，至於不能自已；則文心之邃曲，寧可及耶？余嘗謂古文中敘事，惟敘家常平淡之事爲最難著筆。《史記．外戚傳》述竇長君之自陳，謂：『姊與我別逆旅中，丐沐沐我，請食飯我，乃去。』其足生人惋愴者，亦只此數語。若《北史》所謂隋之苦桃姑者，亦正仿此；乃百摹不能遽至，正坐無史公筆才，遂不能曲繪家常之恆狀。究竟史公於此等筆墨亦不多見；以史公之書，亦不專爲家常之事發也。今迭更司則專意爲家常之言，而又專寫下等社會家常之事，用意著筆爲尤難。此書特全集中之一種，精神專注在耐兒之死；讀者跡前此耐兒之奇孝，謂死時必有一番死訣悲愴之言，如余所譯之《茶花女日記》；乃迭更司則不寫耐兒，專寫耐兒之大父淒戀之狀，疑睡疑死，由昏憒中露出至情；則又於《茶花女日記》外別成一種蹊徑矣。」序迭更司著《塊肉餘生述》曰：「此書爲迭更司生平第一著意之書。分前後二部，都二十餘萬言，思力至此，疑絕頂天。古所謂鎖骨觀音者，以骨節鉤聯；皮膚腐化，揭而舉之，則全具鏘然無一屑落者。方之是書，則固赫然其爲鎖骨也。大抵文章開闔之法，全講骨力氣勢；縱筆至於灝瀚，則往往遺落其細事繁節，無復檢舉，遂令觀者得罅而攻；此固不爲能文者之病，而精神終患弗周。迭更司他著，每到山窮水盡，輒發奇思，如孤峰突起，見者聳目；終不如此書伏脈至細，一語必寓微旨，一事必種遠因，手寫是間，而全局應有之人逐處湧現，隨地關合；雖偶爾一見，觀者幾復忘懷，而閑閑著筆間，已俯拾即是；讀之令人陡然記憶，循編逐節以索，又一一有是人之行踪，得是事之來源。綜言之，如善弈之著子然，偶然一下，不知後來咸得其用；此所以成爲國手也。施耐庵著《水滸》，從史進入手，點染數十人，咸歷落有致；至於後來，則如一群之貉，不復分疏其人，意索才盡，亦精神不能持久而周遍之故。然猶敘盜俠之事，神奸魁蠹，令人聳懾。若是書特敘家常至瑣至屑無奇之事跡，自不善操筆者爲之，且懨懨生人睡魔；而迭更司乃能化腐爲奇，撮散作整，收五蟲萬怪，融匯之以精神，眞特筆也。史、班敘婦人瑣事，已綿細可味矣；顧無長篇可以尋繹者，唯一《石頭記》；然炫語富貴，敘述故家，緯之以男女之艷情而易動目。若迭更司此書，種種描摹下等社會，雖可噲可鄙之事，一運以佳妙之筆，皆足供人噴飯；尤不可及也。」又法森彼得著《離恨天・譯餘剩語》曰：「凡小說家立局，多前苦而後甘；此書反之。然敘述島中天然之樂，一花一草，皆涵無懷、葛天時之雨露；又兩少無猜，往來遊衍於其中，無一語涉及纖褻者，用心之細，用筆之潔，可斷其爲名家。中間著入一祖姑，即爲文字反正之樞紐，余嘗論《左傳》楚武王伐隨，前半寫一『張』字；後半寫一『懼』字。『張』與『懼』相反，萬不能咄嗟間撇去『張』字轉入『懼』字。幸中間插入『季梁在』三字。其下輕將『張』字洗淨，落到『隨侯懼而修政，楚不敢伐』。今此書敘葳晴在島之娛樂，其勢萬不能歸法，忽插入祖姑一筆；則彼此之關竅已通。用意同於左氏。」如此之類更僕難數，嘗語人曰：「中西文字不同；而文學不能不講結構一也。」即此可以徵已。

紓之文工爲敘事抒情，雜以恢詭，婉媚動人，實前古所未有。固不僅以譯述爲能事也。其自作〈冷紅生傳〉曰：

冷紅生，居閩之涼水；自言係出金陵某，顧不詳其族望。家貧而貌寢，且木強多怒。少時見婦人，輒踧踖匿隅。嘗力拒奔女，嚴關自捍；嗣相見奔者恆恨之。迨長，以文章名於時，諫書蒼霞洲上。洲左右皆妓寮。有莊氏者，色技絕一時；夤緣求見，生卒不許。鄰妓謝氏笑之；偵生他出，潛投珍餌，館僮聚食之盡。生漠然不聞知。一日，群飲江樓，座客皆謝舊昵。謝亦自以爲生既受餌矣，或當有情；逼而見之。生逡巡遁去。客咸駭笑，以爲詭僻不可近。生聞而嘆曰：「吾非反情爲仇。顧吾褊狹善妒，一有所狎，至死不易志。入未必能諒之；故寧早自脫也。」所居多楓樹，因取「楓落吳江冷」詩意，自號曰冷紅生，亦用志其僻也。生好著書，所譯巴黎《茶花女遺事》，尤淒惋有情致。嘗自讀而笑曰：「吾能狀物態至此。寧謂木強之人，果與情爲仇也耶！」

又以中日之戰，海軍敗績，用叢詬厲；傷毀者之例以一概也，作〈徐景顏傳〉曰：

徐景顏，江南蘇州人，早歲習歐西文字，肄業水師學堂；每曹試必第上上。箏琶簫笛之屬，一聞輒會其節奏；且能以意爲新聲。治《漢書》絕熟，雖純史之家，無能折者。年二十五，以參將副水師提督丁公爲兵官。壬辰，東事萌芽時；景顏歸輒對妻涕泣：意不忍其母。母知書，明大義，方以景顏爲怯弱；趣之行。景顏晨起，就母寢拜別；持簫入臥內，據枕吹之；初爲徵聲，若泣若訴；越炊許，乃陡變爲慘厲悲健之音，哀動四鄰；擲簫索劍，上馬出城。是歲，遂死於大東溝之難！

論曰：余戚林少谷都督於大東溝之戰，所領兵艦碎於敵炮。都督浮沉海中，他舟曳長繩援之，都督出半身推繩，就水上拱揖，俾勿援。如是三四，終不就援以死。又楊雨亭鎮軍軍覆威海時，以手槍內齦齶之間，彈發入腦，白漿潰出，鼻竅下垂徑尺許，端坐不僕，日人驚以爲神。二公皆閩人，與景顏均從容就義者也。恆人論說，以威海之役，詆全軍無完人；至三公之死節，亦不之數矣。嗚呼，忠義之士，又胡以自奮也耶！

又作〈趙聾子小傳〉以非相者；其辭曰：

趙聾子，楚人；以相術至閩。三日，闔之薦紳先生集其門，至不可過車馬。納金屏息，聽決於聾子。聾子曰：「某頤豐壽耋。」群客聞之，皆自摩其頤也。「某準隆位相。」群客聞之，又皆自按其準也。神色惴恐，惟患聾子之詆己者。「若者神木而色朽，當死。」則淚承睫，他客亦蹙然若憫其果死者；更撫其項，審其頰曰：「是紋佳，可勿患。」則淚者笑矣。壽夭貴賤，惟聾子一言。聾子詭譎多智；嘗陰飾姝麗若貴家者而亦至求相。聾子僞叱曰：「若倡也，若何相！」相者泚而栗，引去。見者大神之。士之應舉者麇至，聾子皆許售。闈試得售者百有三人耳！聾子許售已百數。榜木未出，至於更欲有問者，晨款其扉；而聾子以夜去矣。

畏廬曰：「有某公者，擁資巨萬，已任方面，事聾子甚恭。聾子策三年必開府；今已後期無驗；病攣，不復良行。公恭儉峻整，親故嚴憚，無敢陳乞；於聾子特厚。嗚呼，聾子亦神於乞矣！

此《畏廬初集》之文也。其他若〈先妣事略〉，若〈周養庵篝燈紡織圖記〉，若《蒼霞精舍後軒記》，若《先母陳太宜人玉環銘》，每於閑漫細瑣之處，追敘及母，音吐淒梗，令人不忍卒讀。蓋文章通於性情，不盡關功力也。晚年名高，好爲矜張，或傷於蹇澀；不復如初集之清勁婉媚矣。《初集》出，一時購讀者六千人；蓋並世作者所罕覯焉。

當清之季，士大夫言文章者，必以紓爲師法。遂以高名入北京大學主文科。嘗教學者以作銘之法曰：「銘者，有聲之文也；與序事之體異。昌黎爲〈鄭君弘之墓志銘〉曰：『再鳴以文進途辟。佐三府治藹厥績。郎宮郡守愈著白。洞然渾璞絕瑕讁。甲子一終反玄宅。』用『辟』字、『藹』字、『讁』字，不特取其字，亦兼取其聲也。顧但用其聲，其中無波折停蓄之態，則聲亦近梘；讀之索然。故每句須用頓筆；用頓筆，則斷不流利；故有『拗』字、『蹇』字、『澀』字之訣。歐公爲〈安陸侯墓銘〉，亦用七字；其文曰：『思無邪，容則莊；蔚然有儀人所望。學而不止久愈彰。銘昭厥美示不忘！』可謂不『拗』不『澀』矣。然讀之無聲響。廬陵散文能至；而有聲之銘詞未必至。其不能至者，由少拗筆蹇筆與澀筆也。南宋之詞，至白石、草窗，亦皆沉啞，然播以聲律，又復悠揚動聽，如『暗香疏影』，字字皆啞，亦字字皆圓。塡詞小道，尙須沉啞；況銘詞高貴，安可以油滑之調出之？至於昌黎作銘時，不作七古之想；故力求蹇澀，正以斂避七古。」又曰「或以爲班固〈封燕然山銘〉用《楚辭》體者，非也。《楚辭》之聲悲；而〈班銘〉之聲沉。《楚辭》之聲亢；

而〈班銘〉之聲啞。其詞曰：『鑠王師兮征荒裔，剿凶虐兮截海外，敻其邈兮亘地界。封神丘兮建隆碣。熙帝載兮振萬世。』班氏深知銘體典重，一涉悲亢，便爲失體；故聲沉而韻啞；此訣早爲昌黎所得，爲人銘墓，往往用七字體，省去兮字，聲尤沉而啞。然此體尤難稱；不善用者，往往流入七古。七古在近體中，別爲古體，以不佻也；然一施之銘詞，則立見其佻。法當於每句用頓筆，令『拗』，令『蹇』，令『澀』，雖兼此三者，而讀之仍能圓到，則昌黎之長技也。」紓讀書能識古人用心，抉發闡奧。及其老也，雖散文亦以拗筆、蹇筆、澀筆出之，固非其倫；而名亦漸衰。

初紓論文持唐宋，故亦未嘗薄魏晉。及入大學，桐城馬其昶、姚永概繼之；其昶尤吳汝綸高第弟子，號爲能紹述桐城家言者；咸與紓歡好。而紓亦以得桐城學者之盼睞爲幸；遂爲桐城張目，而持韓、柳、歐、蘇之說益力。既而民國興，章炳麟實爲革命先覺；又能識別古書眞僞，不如桐城派學者之以空文號天下。於是章氏之學興，而林紓之說熸。紓、其昶、永概咸去大學；而章氏之徒代之。紓憤甚。〈與姚永概書〉曰：

僕潛蟄京師久，咫尺之地，不與足下相聞。既見足下南歸，不居大學。有人言校長不直足下；尋校長亦不見直於學子，且不見直於司學之人，而校長行矣。繼其事者不知爲誰。然以足下之鴻學方論，宜其不見容於大學也。夫普然不審中國四千餘年之繼紹絕學，則蔽於東人之言；此少年輕剽者所爲，雖力攻吾學，而不即隳墮於其手。敝在庸妄巨子，剽襲漢人餘唾，以挦扯爲能，以飣餖爲富；補綴以古子之斷句，塗堊以《說文》之奇字，意境義法，概置勿講。侈言於眾：「吾漢代之文也。」傖人入城，購播紳殘敝之冠服，襲之以耀其鄉里；人即以搢紳目之？吾不敢信也。王、李之相競以能古，震川先生皭然不之卻；而後來古文之紹其傳者，未聞以滄溟、鳳州爲正宗，矧鳳州晚年之於震川又何如？震川之痛詆鳳州，已不以能古屬之，矧今日妄庸之巨子，其道又左於鳳州萬萬也。古人因文以見道；非能文即謂之知道。蓋古文之境地高，言論約；不本於經術，爲言弗腴；不出於閱歷，其事無驗。唐之作者林立，而韓、柳傳。宋之作者亦林立，而歐、曾傳。

正以此四家者，意境義法，皆足資以導後生而進於古；而所言又必衷之道；此其所以傳也。孔孟之徒，傳之勿替者，以其善誘也。莊、列恃其聰明，高蹠遠步，惟晉人紹之；已而光焰熸然；然莊、列之文，亦豈掊扯飣餖，如今日妄庸之巨子者耶？近者其徒某某騰噪於京師，極力排媢姚氏，昌其師說；意可以口舌之力撓蔑正宗；且黨附於目錄之家，矜其淹博；謂古文之根柢在是也。夫目錄之學，書賈之帳籍也。京師書賈之老暮者，叩以宋、明之槧歷歷然，謂文之有根柢者，必若書賈之帳籍，其可乎？貢父兄弟讀書多於歐公，今日《二劉遺集》，寧足與居士集並立？矧庸妄之謬種，又左於二劉萬萬也。桐城之派，非惜抱先生所自立。後人尊惜抱爲正宗，未敢他逸而外軼，轉輾相承而姚派以立。僕生平未嘗言派，而服膺惜抱者，正以取徑端而立言正。若弗務正，而日以掊扯飣餖，震眩流俗之耳目，吾可計日而見其敗。離違久，不得足下之書，故拾其所聞以相語。非斤斤與此輩爭短長；正以骨鯁在喉，不探取而出之，坐臥皆弗爽也。

蓋卑卑無甚高論，而持唐以前之古爲不可法，立說與前殊矣。既不得志於大學；會徐州徐樹錚爲段祺瑞謀主，以北洋軍人魁桀，盜國之鈞；自謂有文武才，喜談桐城之學；以紓三人文章尊宿，遂引之入所辦正志學校。一時言桐城者咸得皈依，而紓尤傾心焉。其撰〈徐氏評點古文辭類纂序〉曰：

總集昉於《文選》，梁以前未有也。昭明創立體例，法嚴而律精。迨宋之《文苑英華》出，始捨精而責多，凌雜失統，柳宗元、白居易、權德輿、李商隱、顧雲、羅隱諸人，至全卷收入。姚鉉輯《唐文粹》，始鏟刈繁蕪，師承穆修、柳開一派，而獨孤常州乃列爲正宗。顧衡以退之，尚有間也。燕、許宗漢京；四傑尚駢儷；置韓、柳、李、孫四公於全唐文中，翹然莫肖其類。然非深於文者亦不能別。自是以來，呂祖謙之《宋文鑑》、蘇天爵之《元文類》、程敏政之《明文衡》出；謂之備列三朝人之文，可也；謂之鑒別三朝文格之精，不可也。蓋必深於文者，始能去取古人之文。若徒備數而取足；則梅鼎祚之《文紀》，合東西晉、南北朝而

> 盡錄之，直匯書耳，寧復謂之選本？故茅鹿門之選八家，失之濫收；儲同人之選八家，亦未必得其傳作。獨惜抱先生沉酣於古文近六十年，獲成是書；心力瘁矣。蜀中趙堯生侍御，稱是書爲「姚氏學」。余曰：「惟姚氏始有是學，他氏惡能有者！」姚氏之文，近於歐、歸。夫歐非學韓者耶？韓之變化，不可方物；歐則出之以沖融，顧外融而中矯，如〈送徐無黨南歸序〉，其中化單而偶，化偶爲單，跡象渾然，讀之不辨其爲韓也。震川沉厚不及歐；而因事設權，能不自襲其舊；是亦解變化者。惜抱則綜二氏之長，潛其脈而永其趣，脈潛則不見其僨張，趣永則彌覺其淵邃，殆所謂陰柔之文也。凡文近於陰柔者，恆深沉而善思；故亦精於鑒別。韓之文，崇義而履忠者，凜乎其陽剛也；敘哀而述情者，粹然其陰柔也。而歐公則寓陽剛於陰柔之中。惜抱近歐而慕韓，故集中所選韓文特多，歐次之。凡余平日所愜於韓、歐者，惜抱則皆錄之矣。黎氏王氏均有續集，黎則古今雜收而不審擇；王本專收近人，於桐城之弟子爲多；幸皆不悖於法；然其行世仍不如姚選之盛。吾友徐君又錚崇禮《姚氏全集》，已一一加墨。且集諸家評語標之眉間，間亦出以己意。又錚韜鈐中人，而篤嗜古文如此，較余之駑朽爲甚矣。夫文評始於《典論》，次則摯虞之《流別》，劉勰之《文心雕龍》，然皆自成一集。至宋明諸老則務求深解，好作高談，非毀前人，毛舉細事，用矜其識，又錚均不以爲可。其刊成是篇，蓋發明古人用心所在，用以嘉惠後學者。嗚呼，天下方洶洶，又錚長日旁午於軍書，乃能出其餘力以治此；可云得儒將之風流矣！

其所以推姚氏學者甚至。顧徐樹錚軍人干政，時論不予；而紓稱爲儒將，或者以莽大夫揚雄〈劇秦美新〉比之，惜哉！

方清末造，譚詩者既宗宋之西江派，章炳麟既力闢之。而天下之倡宋詩者，如閩縣陳寶琛、鄭孝胥、侯官陳衍之倫，皆林紓鄉人也。顧林紓不以爲然，語於人曰：「漢之曹、劉，唐之李、杜，宋之蘇、黃，六子成就，各雄於一代之間；不但沿襲以成家；既就一代之人言，亦意境各別。凡侈言宗派，收合黨徒，流極未有不衰者也。時彥務以西江立派，欲一時之後生小子，咸爲蹇澀之音。有力者既爲之倡，而亂頭粗服，亦自目爲天趣以冒西江矣。識者即私病其鮮味。然宗派既立，亦強名之爲澀體；吾未見其能欺天下也。陳後山之詩，猶寒潭瘦竹，光景清絕；性情稍弗近者，即弗能入。妄庸者乃極意張大之，力闢李、杜，惟此是宗。然閩中文人，在嘉、道間咸彬彬能詩，幾見爲枯瘠之語者？」是紓不惟不主宋詩；且斥閩人之主宋詩者爲「妄庸」，如其以「妄庸巨子」之斥章炳麟矣。及其老也，自謙其詩，謂少作已盡棄斥；近年始專學東坡、簡齋二家七言律。又稱「方今海內詩人之盛，過於晚明；而余所服膺者，則陳伯嚴、吾鄉陳橘叟、鄭蘇戡而已。」陳伯嚴者，義寧陳三立、而橘叟則陳寶琛、蘇戡則鄭孝胥，皆西江派之健者也。按林紓論文不薄六朝，論詩不主西江，不持宗派之見，初意未嘗不是。顧晚年昵於馬其昶、姚永概，遂爲桐城護法；昵於陳寶琛、鄭孝胥，遂助西江張目。然「侈言宗派，收合徒黨。流極未有不衰」；紓固明知而躬蹈之者，毋亦盛名之下，民具爾瞻；人之借重於我，與我之所以見重於人者，固自有在；宗派不言而自立，黨徒不收而自合，召鬧取怒，卒叢世詬？則甚矣盛名之爲累也。或者以桐城家目紓，斯亦皮相之談矣。

未幾，績溪胡適自美國哥倫比亞大學卒業歸，倡文學革命之論，蘄於廢古文，用白話，以民國七年入北京大學爲教授，陳獨秀、錢玄同諸人和之，斥紓三人爲桐城餘孽。紓心不平，作小說《妖夢荊生》諸篇，微言諷刺，以寫鬱憤。又致北京大學校長蔡元培書曰：

> 大學爲全國師表，五常之所繫屬。近者外間謠諑紛集，我公必有所聞，即弟亦不無疑信。或且有惡乎闒茸之徒，因生過激之論。不知救世之道，必度人所能行；補偏之言，必使人以可信。若盡反常軌，侈爲不經之談，則毒粥朝陳，旁有爛腸之鼠；明燎宵舉，下有聚死之蟲。何者？趨甘就熱，不中其度，則未有不斃者。方今人心喪敝，已在無可救挽之時；更侈奇創談，用以嘩眾。少年多半失學，利其便己，未有不糜沸麕至、附和之者。而中國之命如屬絲矣。晚清之末造，慨世者恆曰：「去科舉，停資格，廢八股，斬豚尾，復天足，

逐滿人，撲專制，整軍備，則中國必強！」今百凡皆遂矣，強又安在？於是更進一解，必覆孔、孟，鏟倫常爲快。嗚呼，因童子之羸困，不求良醫；乃追責其二親之有隱瘵，逐之，而童子可以日就肥澤；有是理耶？外國不知孔、孟；然崇仁、仗義、矢信、尚智、守禮，五常之道未嘗悖也；而又濟之以勇。弟不解西文，積十九年之筆述，成譯著一百二十三種，都一千二百萬言，實未見中有違忤五常之語；何時賢乃有此叛親蔑倫之論！此其得諸西人乎？抑別有所授耶？弟年垂七十，富貴功名，前三十年，視若棄灰；今篤老尚抱守殘缺，至死不易其操。前年梁任公倡馬、班革命之說。弟聞之失笑。任公非劣，何爲作此媚世之言？馬、班之書，讀者幾人？殆不革而自革，何勞任公費此神力？若云「死文字有礙生學術」，則科學不用古文，古文亦無礙科學。英之迭更，累斥希臘、臘丁、羅馬之文爲死物；而至今仍存者，迭更雖躬負盛名，固不能用私心以蔑古。矧吾國人尚有何人如迭更者耶？須知天下之理，不能就便而奪常；亦不能取快而滋弊。使伯夷、叔齊生於今日，則萬無濟變之方。孔子爲聖之時，時乎井田封建，則孔子必能使井田封建一無流弊；時乎潛艇飛機，則孔子必能使潛艇飛機不妄殺人；所以名爲時中之聖。時者，與時不悖也。衛靈問陳，孔子行；陳恆弒君，孔子討；用兵與不用兵，亦正決之以時耳。今必曰天下之弱，弱於孔子。然則天下之強，宜莫強於威廉，以柏林一隅，抵抗全球，皆敗衄無措，直可爲萬世英雄之祖。且其文治、武功、科學、商務，下及工藝，無一不冠歐洲；胡爲懨懨爲荷蘭之寓公？若云成敗不可以論英雄，則又何能以積弱歸罪孔子？彼莊周之書，最擯孔子者也；然《人間世》一篇，又盛推孔子；所謂《人間世》者，不能離人而立之謂；其託顏回，託葉公子高問難孔子，而陳以接人處眾之道；則莊周亦未嘗不近人情而忤孔子。乃世士不能博辯爲千載以上之莊周，竟咆哮爲千載以下之桓魋，一何其可笑也！且天下唯有眞學術，眞道德，始足獨樹一幟，使人景從。若盡廢古書，行用土語爲文字；則都下引車賣漿之徒，所操之語，按之皆有文法，不類閩、廣人爲無文法之啁啾；據此，則凡京、津之稗販，均可用爲教授矣。若《水滸》、《紅樓》，皆白話之聖，並足爲教科之書。不知《水滸》中辭吻，多採岳珂之《金陀萃編》；《紅樓》亦不止爲一人手筆；作者均博極群書之人。總之非讀破萬卷，不能爲古文，亦並不能爲白話。若化古子之言爲白話演説，亦未嘗不是。按《説文》：「演，長流也。」亦有延之廣之之義；法當以短演長，不能以古子之長，演爲白話之短。且使人讀古子者，須讀其原書耶？抑憑講師之一二語，即算爲古子？若讀原書，則又不能全廢古文矣。矧於古子之外尚以《説文》講授。《説文》之學，非俗書也；當參以古籀，證之鐘鼎之文，試思用籀篆可化爲白話耶？果以籀篆之文雜之白話之中；是引漢、唐之燕、環，與村婦談心；陳商、周之俎豆，爲野老聚飲；類乎不類？弟閩人也；南蠻鴃舌，亦願習中原之語言；脱授我者以中原之語言，仍令我爲鴃舌之閩語可乎？蓋存國粹而授《説文》，可也。以《説文》爲客，以白話爲主，不可也。大凡爲士林表率，須圓通廣大，據中而立，方能率由無弊。若憑位分勢力，而施趨怪走奇之教育；則爲穆罕默德左執刀而右傳教，始可如其願望。今全國父老以子弟託公，願公留意，爲國民端其趣向。故人老悖，甚有幸焉。愚直之言，萬死萬死！

是時胡適之學既盛，而信紓者寡矣；於是紓之學，一絀於章炳麟，再蹶於胡適。會徐樹錚又以段祺瑞爲奉直聯軍所敗，紓氣益索。然紓初年能以古文辭譯歐美小説，風動一時；信足爲中國文學別闢蹊徑。獨不曉時變，姝姝守一先生之言；力持唐、宋，以與崇魏、晉之章炳麟爭；繼又持古文，以與倡今文學之胡適爭；叢舉世之詬尤，不以爲悔，殆所謂「俗士可與慮常」者耶？然有繫於一代文學之風會者固非細；不可不特筆也。性勤事不少休，晚年賣文譯書外，益肆力作畫。自珂羅版書畫盛行，雖家乏收藏，不難見古名人眞跡。珂羅版者，西法用藥水玻璃，照印字畫，毫髮不爽。紓用得飽臨四王、墨井、南田，上及宋、元諸大家傑作，駸駸擅能品；而時出恢詭以發其趣。嘗以二尺小橫披，繪二乞兒爭食。一乞前立者得食，意頗自得，掀蓋將傾於釜。其一分食不得，意甚憤，自後拔其足使顚。神態栩栩。題其後曰：「遇食汝盡前，我拔其足汝便顚。汝遇食，須顧我，汝先我食如何可！乞兒紛紛方爭食，林子過之長太息。不讓固非佳，紛爭亦何得！官場士品半如此，我今借汝作樣子！」沽者麇至，幅直數十餅金，紙絹塞屋，益以版稅版權，歲入巨萬。版稅者，著作稿書坊代印，每書分其價十之幾；版權者，以著作稿售書坊，每千字價若干金；其豐歉壹視其人之聲譽以爲衡；而版稅版權之所饒益，並世所睹記，蓋無有及紓者也。紓有書室，廣數筵；左右設兩案：一高將及肋，立而畫；一案如常，就以作文；左案事暇，則就右案；右案如之；食飲外，少停晷也。作畫譯書，雖對客不輟；惟作文則輟。同縣陳衍戲呼其室爲「造幣廠」，謂動即得錢也。然紓頗疏財，遇人緩急，周之無吝色；中年喪妻；置妾，愛憐少子，而有不克家者。所著《畏廬文集》、《續集》、《三集》、《詩存》、《筆記》、《春覺齋論文》、《韓柳文研究法》，都若干卷。以民國十二年卒，年七十三歲。

詩（二）

1. 中晚唐詩

樊增祥——易順鼎（附：僧寄禪、三多、李希聖、曹元忠）——楊圻（附：汪榮寶、楊無恙）

方今之世，文有古今之殊；而古文之中，又有魏晉、齊梁與唐宋之分，所謂歧之中又有岐焉。惟詩亦然。獨文則唐與宋不分派；而詩則所謂「同光體」者，又喜談宋詩，以別於中晚唐一宗焉。

近來詩派大別為三宗：清季王闓運崛起湘潭，與武岡鄧輔綸倡為古體，每有作皆五言，力追魏晉，上窺《風》、《騷》，不取宋唐歌行近體。輔綸《白香亭詩》，高秀出《湘綺樓》之上。闓運自謂學二陸，至陶、謝已無階可登；而輔綸和陶，沖淡微遠，深嚌神味。衡陽曾熙學詩輔綸，又奉手闓運，述二人教學詩之法曰：「擬古而已。」蓋以為六朝詩人，皆有擬古之作；惟其能與古合，斯能與古離也。武陵詞人陳銳，字伯弢，為闓運弟子，著《裦碧齋論詩》，稱曰詩中之聖；而自為詩，初學漢魏選體；晚乃脫然自立，思深旨遠，雖時嫌生硬，尙不失為楚人之詩也。章炳麟詩不多作，每出一篇，韻古格高，欲軼湘綺。其弟子黃侃，五言頗窺庾鮑，皆屬此宗。張之洞總督兩湖時，嘗謂：「洞庭南北，有兩詩人。壬秋五言，樊山近體，皆名世之作。」

樊山者，恩施樊增祥也；早歲崇清詩人袁枚、趙翼；自識之洞，皆悉棄去；從會稽李慈銘遊，頗究心於中晚唐；吐語新穎，則其獨擅。龍陽易順鼎，固能爲元、白、溫、李者。於是流風所播，中晚唐詩極盛。然學者頗多，而佳者卒鮮；何者？蓋此體易入而難精也。至同光體者，閩縣鄭孝胥之倫，所爲題目同、光以來詩人，不專宗盛唐者也；出入南北宋，標舉梅堯臣、王安石、黃庭堅、陳師道、陳與義以爲宗尚，枯澀深微，包舉萬象；蓋衍桐城姚氏、湘鄉曾氏之詩脈，而不屑寄人籬下，欲以自開宗者也。此宗又分爲兩派：一派爲清蒼幽峭，自〈古詩十九首〉、蘇武、李陵、陶潛、謝靈運、王維、孟浩然、韋應物、柳宗元以下逮賈島、姚合、宋之陳師道、陳與義、陳傅良、趙師秀、徐照、徐璣、翁卷、嚴羽、元之范槨、揭傒斯、明之鍾惺、譚元春之倫，洗煉而烹鑄之，體會淵微，出以精思健筆；字皆人人能識之字，句皆人人能造之句；及積字成句，積句成韻，積韻成章，遂無前人已言之意、已寫之景；又皆後人欲言之意、欲寫之景。此一派當以鄭孝胥爲魁壘。其同縣陳寶琛，亦此中之健者；而五言佐以孟郊，七言參以梅堯臣、王安石及金之元好問；斯則鄭孝胥之所獨矣。孝胥嘗語學六朝詩者曰：「六朝詩非不佳妙，第陳陳相因，生意索然耳。」蓋學六朝者，能入而不能出；或不失古格而罕出新意，此固孝胥之所不許也。其一派生澀奧衍，自《急就章》、〈鼓吹詞〉、〈鐃歌十八曲〉以下逮韓愈、孟郊、樊宗師、盧仝、李賀、梅堯臣、黃庭堅、薛季宣、謝翺、楊維楨、倪元璐、黃道周之倫，皆所取法；語必驚人，字忌習見；此派推義寧陳三立爲巨子；而嘉興沈曾植作詩喜用僻典，與三立之好用奇字，又少異焉。

樊增祥，原名嘉，字雲門，號樊山，湖北恩施人。父燮，承襲一等輕車都尉，歷官湖南永州鎭總兵，酣飲不事事。巡撫駱秉章將劾之。湘陰左宗棠方以在籍舉人，佐秉章，主其軍政。燮恐，謁求解，伏地拜。宗棠不答，又詬讓燮。燮負武官至紅頂矣，亦慚怒相詬唾而出也。遂以剝餉乘轎被劾，罷官歸；謂增祥曰：「一舉人如此，武官尙可爲哉！若不得科第，非吾子也！」增祥天性聰穎，七歲讀唐詩；燮曰：「汝能對『開簾見月』否？」則應聲曰：「閉戶讀書。」燮心喜之而故訶曰：「書可對月耶！」時架上所有，自太白、香山、放翁、青丘而外，惟袁、蔣、趙三家詩；增祥不喜蔣而嗜袁、趙，放言高詠，動數百言；長老皆奇賞之。既而變被議，則課增祥爲舉業，日坐齋中教督；屬文，每數行，必取閱；閱必數數訶罵。中式同治丁卯舉人，而家益貧。先是，變歸，有衣裘數笥，斥賣略盡；則母夫人徐典釵珥繼焉。增祥既鄉舉，即爲人司書記以供菽水。會張之洞視學，至宜昌，見增祥文，奇賞之，延致賓座，詔以治學途徑；薦爲潛江書院山長，又移主江陵講席，日夕肆力於古。所爲詩文稿草，歲嘗逾寸，旋作旋棄，如剝筍籜，如斷蔗梢；夙昔下筆千言，至是七言八句，或終夕不成。自漢及今名篇俊句，手所甄錄者，不下數十卷，蓋於此事，獨得聖解；益以精思博學，手熟心虛，故其所作，稱心而出，如人人意中所欲言，而實人人所不能言。顧食貧自甘；每日薪蔬不過錢三十文；性不肉食，食或不托數枚，或湯餅一器，取諸市肆，並爨火省焉；而盡以所獲奉父母。母徐知增祥好書，每持館金歸，必檢數金畀之曰：「爾且可買書。」如是者十年。先是，之洞以同治丁卯典浙試，得士稱盛。增祥館之洞久，故與浙士親，因得見李慈銘，深相慕結；及計偕入都，遂受業焉。慈銘嘗曰：「今世學人能詩者，皆幽邃要窈，取有別趣。若精深華妙，八面受敵，而爲大家者，老夫與雲門不敢多讓。」增祥驚謝。慈銘嘆曰：「得失寸心知；子自視寧不佳耶？」以光緒丁丑成進士。之洞適自蜀還京，與增祥別且久，相見嘆曰：「子其終爲文人乎？事有其大且遠者，而日以風雅自命，辜吾望矣！」增祥皇然請業，盡屏所爲詞章之學，非有用之書不觀。之洞與增祥故皆好談，至是談益劇，達晝夜不止，相與上下千古，舉凡時政得失之由，中外強弱之形，人才消長之數；每舉一事，必往復再三，窮其原始，究其終極。所著《廣雅堂問答》一卷，即當日疏記者也。增祥縱橫有機智，五官並用，筆舌所至，顛倒英豪，雕繪萬象。執政畏而惡之；而勝流夙士，推襟送抱，莫不賞其奇逸。時俄事方棘，言者蜂起，增祥亦有論列，益見嫉焉。己卯冬，散館，試列二等，名與湖南孫宗錫相次；而宗錫在湘序第四，增祥在鄂第三。已而宗錫留館得編修；增祥竟改外。時清流方盛，之洞爲之盟主；廣雅堂中，戶屨恆滿；而增祥議論雅不附和；之洞疑其將持異同，故薦剡不及。會以父艱歸，服闋，久之，乃起謁選，得陝西宜川令。將行，李慈銘謂曰：「子之詩信美矣；而氣骨少弱。關中，漢唐故都，山川雄奧，感時懷故，當益廓其襟靈，助其奇氣。老夫讓子出一頭矣！」既之官，歷移咸寧、富平、長安三縣。居常服膺宋儒玩物之戒，公事未畢，不讀書觀畫；及退食蕭然，綠茗一杯，石葉數片，清吟抱膝，入興成章。嘗以〈春興〉八首寄慈銘，得報曰：「子詩日益遒上，曩所許不虛矣。」尋以母喪歸。張之洞方自廣督移鄂，延致之。之洞高掌遠蹠，舉措非常；初以增祥詩人，清談而已；久之，漸與謀議，乃大嘆挹曰：「雲門智計過人！」益見親待。服闋，還陝西，授渭南令。其為政尙嚴，而宅心平恕；所遇大吏，皆推誠相與；故得自行其志。貧賤日久，閱歷世故三十餘年；其於物態詭隨，情僞百變，無不揣摩已熟；又上自節鎭，下至令長，出入賓幕，更事最多；故尤達於吏治。少時好聽人折獄，無當意者；嘗曰：「使吾操丹筆從事，故當與此輩小異。」至是，果符曩言。每聽訟，千人聚觀；遇樸訥者，代白其意，適得其所欲言；其桀黠善辯、以訟累人者，一經抉摘，洞中竅要，皆駭汗俯伏，不得盡其詞；乃從容判決，使人人快意而止。以故所至良儒懷恩，豪強屛息；而於家庭釁嫌，鄉鄰爭鬥，及一切細故涉訟者，尤能指斥幽隱，反覆詳說，科其罪而又白其可原之情；直其事而又擿其自取之咎；聽者駭伏，以為詗察而得。實則熟於世情，長於鉤較，因此識彼，聞一知十；凡所侔揣，無不奇中。每行縣，一馬一僕，裹糧往返，不費民間一錢。其治盜，皆身自捕逐，立就擒縛；嘗謂人曰：「作吏最苦！臨事貴速，若晝寢夜宴，寄權於人，其所亡失，不知凡幾矣。」湘人趙元臣者，善相人。增祥詣之；一見嘆曰：「終身不得志也！」增祥謾曰：「吾寧窮餓死耶！」元臣曰：「非也！他人求之不得者，子得之皆若不足，是寧有滿志時耶？」增祥笑撫元臣肩曰：「然，子知我！」有日者謂增祥權極重。謾應曰：「宰相乎？督撫乎？」則曰：「非也！階不過四品。所謂權重者，譬如數人共事，必公一人尸之；人常逸而公獨勞；公常發謀而人皆退聽，此為權重耳。」增祥亦以為知我。二十許時，即好聚書；侵尋三十年，所得二十餘萬卷，而書畫碑帖之屬，又十餘巨簏；關內目為收藏家。增祥嘗曰：「意不能無所寄。聲色服玩，非性所嗜；此事差以自娛。若值攻取之場，赴功名之會，視棄此物猶敝屣耳。吾寧作虎頭痴哉？」自再入關，刑名錢穀箋啓會計之屬，皆身自為之。而鹿傳霖為陝西巡撫，榮祿爲西安將軍，更以記室參軍見委；他人十口不及詳、十手不及書者，獨從容庀治，咄嗟立辦；而意必警切，辭必宏麗，灝乎沛然，騰躍行墨。蓋自少至老，口誦之書殆逾萬卷；手抄之牘，不啻百本；腹笥充積，俯拾即是。其代鹿傳霖〈祝榮祿五旬晉九生日並送還朝祝嘏敘〉曰：

光緒二十年，恭遇皇太后六旬萬壽；直省將軍督撫以下奉詔入都祝嘏者四十二人，西安將軍仲華尚書與焉。鸞書紫檢，聽玉殿之宣名；駟鐵華鑣，待金商而啓節。傳霖與君輦下欽風，關中抗手；交蜀公如兄弟，望景倩若神仙；請以奚斯復宇之辭，附於繞朝贈策之誼，可乎？先是，癸巳二月，祝君生日，既嘗鐫詞綠玉，紀德金犀；第於君三朝出入之榮，平生忠亮之節，猶未盡也。粵自皇太后四旬萬壽；君方以工部尚書總管內務府事。上慈寧之徽號，手奉瑤函；進長樂之霞杯，親斟天酒。綠衣舞蹈，升玉階以糾儀；法曲教成，先大常而按拍。月華門里，指揮萬國之衣冠；上林苑中，輦致三山之花藥。凡茲慶典，並得贊襄。迨慈壽五旬，君年四十九。長依日月，近在蓬萊。中更十年，再逢萬壽。方謂奇章第宅，常居金椀之中；鄭公履聲，不離瑤階之上。而乃金馬自遙於萬里，袞衣不見者三年。寇平仲暫出中書，來掌北門之鑰；李衛公相將一妹，遠投西岳之書。未免周覽黃圖，瞻依丹御。盼紅雲於香案，想甜露於金莖。而孰知天子徘徊，最憶凌雲之氣；宮嬪笑語，時稱德雨之名；言祝慈釐，首銜明詔；定遠遺材官詣闕，方冀幸於還京；曹參趣舍人治裝，已心知其必召。傳霖以爲瞻天之願，不以中外殊；捧日之心，不以夷險易。方君之値內廷也，累月宿禁近之中，朝夕對平臺之上。黃家騎馬，頻至臣家；侍中珥貂，常拂御手。國事直如家事，重臣復是親臣。縟禮雲繁，明恩露湛。名駒玉帶，特頒錦樹之英；佳果新冰，先賜豫章之第。禁裡喧傳之口敕，日必數番；篋中未繳之詔書，動逾千首。璇閨鬢朵，無非內苑之花；嬌兒乳汁，盡出天廚之饌。諸王駙馬，多總角之交遊；二府三司，若布衣之昆弟。而復以羽林宿衛，領龍武新軍；頗牧出於禁中，孫吳走於帳下。君子貴盛，華裔傳之。君之強直，朝廷憚之。內務府者，典司御藥，句管金輿，大而朝廟之彝章，細及宮廷之服御；中官宣索，日累百紙，動稱進奉，莫詰從來。君請尚方所需，鈐以小璽。先帝曰「俞」，遂爲定制。此則東吳哲後，立明鼠矢之奸；南國昭奚，無復虎威之假。既而兩宮顧香山之佛寺，捨布地之金錢，爰詔水衡，規修紺宇，估值白金六十萬兩。君敷宣至理，引喻先朝，感動慈懷，卒得停寢。是則漢文罷露臺之役，所省猶微；昌黎諫佛骨之書，厥功非巨。簾子庫者，地接周陸，人多猥雜；宮中暑寒代嬗，簾簟一新，率用此曹司其除換；依棲靈囿，譬雉兔之群遊；居近液池，善魚龍之百戲。或言於慈聖，以左璫乏人，欲悉召入宮，給掃除之役。君述鐵牌之遺訓，引宮史之明條；雷霆赫然，明爭如故。卒使椒庭月朗，蘭掖風清；屏漢室之弄兒，罷齊廷之宮市。從此駿鸃冠底，競毀申屠；青雀窠中，爭讒斛律；而君遂引疾就第矣。屏居綠野，靜臥漳濱；清酒三升，瑤琴數弄。汲淮陽之臥閣，漸就痊平；庾武昌之據床，最工談詠。然且賢王屢顧，百闢紛來。紫微倘失君房，中書奚賴；天策不逢如晦，斷割無人。雖散地之優遊，仍忠謀之懇款。周公負扆，終資史佚之規繩。漢將如雲，全賴留侯之臥護。置酒召朔方之諸將，馳書救東林之黨人。北扉翰林，多公門之桃李；外夷館伴，欽上國之枏榴。皇上褒錄忠勛，眷懷耆舊，用伏波以安關隴，起韓琦而知永興。立馬蓮峰，呼鷹紫閣。八千子弟，一一能呼其姓名；百二關河，處處習知其險要。勸學增舉場之額，練兵頒奇器之圖。博訪材賢，力開風氣。徒以去京日遠，戀闕情深。明詔方宣，鋒車待發。御床近接，鄴侯重睹於龍顏；羽扇翩然，諸葛復還於魚水。今者年將周甲，節屆生申。阿母蟠桃，未啓瑤池之宴；曲江紅杏，先開旌節之花。百吏稱觥。千軍截鐙。深惟贈送之義，無忘忠愛之忱。是以規諫文章，頌武公於淇水；澤袍氣誼，美秦仲於〈車鄰〉。將軍此行，海內屬望。天子待於西邸，百司候於東門；玉佩穿花，緋衣倚樹。歌卿雲之五色，不盡揄揚；捧金鑒於千秋，依然風度。三分禮絕，仲華特冠崇班；千叟筵開，君實猶居末座。是皆然矣，抑有進焉：朝廷若問玉關內外，饋運艱阻之狀；則願君爲蕭酇侯。若問三輔左右，流離鴻雁之民，則願君爲汲長孺。如欲齊一法令，登崇俊哲，以臻貞觀開元之盛；則願君爲姚元之。如欲調和宮掖，贊成慈孝，以顯光獻宣仁之名，則願君爲韓魏國。如欲強國富民，綢繆邊圉；則願君爲李贊皇。如欲忠信文武，懾鄰卻敵；則願君爲富鄭公。若欲慰塞人望，隱懾夷情，擢用老成，蹐之樞要；則願君爲司馬端明。若欲威加四海，子惠元元，大計英謀，朝咨夕考；則願君爲耶律文正。若問柏梁建章，千門萬户之制；知君決不爲張茂先。若問方田水利，青苗手實諸法；知君更不屑爲王安石也。

陳善責難，以規爲頌，經國至謨，不難以尋常酬酢出之。觀其體贍而律調，志盡而文暢，應物掣巧，隨變生趣，執轡有餘，故能緩急應節矣。刊有《樊山文鈔》四卷，其中有駢有散，辭能舒徐，筆非遒緊，散文非當行。至其駢儷之文，安雅沖粹，無鉤章棘句之形，而情味婉篤，事理曲暢；短書小記，亦有生峭。而酬對賓客，處分庶事，從容文史，若不經意。居渭南久，虓虎改行，風俗清美；他州之民，稱爲仙界。榮祿內調，以中日戰爭起，幫辦軍務；後三年，總統武衛五軍。增祥適以卓異召對稱旨，記名以道府用，交榮祿差遣。自是增祥居榮祿幕者一年。拳變作，乃款段出都，返西安。既而兩宮西幸，榮祿以樞府秉筆無人，任增祥掌詔勅；罪己之詔，皆增削草。累擢陝西督糧道，布政使，移江寧布政使。張之洞七十歲。增祥方布政陝西，以文二千餘言壽之，爲儷體，用電報分日拍發，告之洞；中有四句云：「不嘉其謀事之智，而責其成事之遲；不諒其生財之難，而責其用財之易。」蓋之洞志大而才疏，任督撫四十年，凡所興作，多謀少成，而耗費巨萬萬，一時有「國家敗子」之目也。之洞以其極意斡旋，大聲朗誦，拊兒曰：「雲門誠可人哉！」增祥又以之洞禁士夫爲文用新名詞；有句云：「如有佳語，不含雞舌而亦香。盡去新詞，不食馬肝爲知味。」巧譬生新，亦爲之洞激賞者也。顧增祥所自喜者在詩；刊有《樊山詩鈔》六卷，以時地先後爲次，起同治九年庚午，迄光緒三十二年丙午，前後三十七年；又起宣統三年辛亥，盡民國二年，刊《樊山集外詩文》八卷；身世遇合，朝局滄桑，略可考見。徒以心能超覽，文無苦語，雖感深蒼涼，而辭歸綺麗。自言：弱冠以前，嗜袁子才、趙甌北。庚午，從南皮遊，遂捐棄故技，盡焚前作；存稿斷自庚午，猶宋人以《見黃》名集云。然詩境並不與同。遂涉溫庭筠、李商隱以溯劉禹錫、白居易，於此事頗具甘苦。今觀所作，隸事穩稱，風華掩映；

而骨力未遒，意境欠深，媚而不道，與文同蹊；性情所關，非可勉強；然而豎義常豐，涉情必顯，圓若流珠，熟於美醞；尤雅負其艷體之作，謂可方駕冬郎，《疑雨集》不足道也。賦〈前後彩雲曲〉並〈序〉，最爲時誦；其辭曰：

傅彩雲者，蘇州名妓也；年十三，依姊居滬上，艷名噪一時。某學士銜恤歸，一見悅之，以重金聘爲篷室，待年於外；祥零始調，金屋斯啓。攜至都下，寵以專房。學士持節使英，萬里鯨天，鴛鴦並載；至英，六珈象服，儼然敵體。莫故女主年垂八十，雄長歐洲，尊無與並。彩出入椒庭，獨與抗禮；嘗偕英皇並坐照相，時論榮之。學士代歸，從居京邸，與小奴阿福奸生一女。學士逐福留彩，寢與疏隔。俄而文園消渴，竟促天年。彩故與他僕私，至是遂爲夫婦。居無何，蓄略盡，所歡亦殂；仍返滬爲賣笑計，改名曰賽金花。蘇人公檄逐之。轉至津門，雖年逾三十，而艷名不減疇昔。己亥長夏，與客談此事，因記以詩。先是學士未第時，爲人司書記，居煙臺，與妓愛珠有嚙臂盟；比再至，已魁天下；據與珠絕。珠冤痛累日，竟不知所終。今學士已矣；若敖鬼餒，燕子樓空；唱〈金縷〉者，出節度之家；過市門者，指狀元之第；得非霍小玉冥報李十郎乎？余爲此曲，亦如元相所云：「甚願知之者不爲，而爲之者不惑耳。」

姑蘇男子多美人，姑蘇女子如瓊英。水上桃花如性格，湖中秋藕比聰明。自從西子湖船住，女貞盡化垂楊樹。可憐宰相尚吳棉，何論紅紅兼素素！山塘女伴訪春申，名字偷來五色雲。樓上玉人吹玉管，波頭桃葉倚桃根。約略鴉鬟十三四，未遣金刀破瓜字。歌舞常先菊部頭，釵梳早入妝樓記。北門學士素衣人，暫踏毬場訪玉眞。直爲麗華輕故劍，況兼蘇小是鄉親。海棠聘後寒梅喜，侍君居外明詩禮。兩見瀧岡墓草青，鴛鴦弦上春風起。畫鷁東乘海上潮，鳳凰城裡並吹簫。安排銀鹿娛遲暮，打疊金貂護早朝。深宮欲得皇華使，才地容齋最清異；夢入天驕帳殿遊，閼氏含笑聽和議。博望仙槎萬里通，霓旌難得彩鸞同。詞賦環球知繡虎，釵鈿橫海照驚鴻。女君維亞喬松壽，夫人城闕花如繡；河上蛟龍盡外孫，虜中鸚鵡稱天后。使節西持婁奉章，錦車馮嫽亦傾城。冕旒七毳瞻繁露，盤敦雙龍贈寶星。雙成雅得君王意，出入椒庭整環佩；妃主青禽時往來，初三下九同遊戲。裝束潛將西俗嬌，語言總愛吳娃媚。侍食偏能饜海鮮，投書亦解翻英字。鳳紙縇來鏡殿寒，玻璃取影御床寬。誰知坤媼山河貌，只與楊枝一例看。三年海外雙飛俊，還朝未幾相如病；香息常教韓壽聞，花枝每與秦宮並。春光漏泄柳條輕，郎主空嗔梁玉清；只許丈夫驅便了，不教琴客別宜城。從此羅帳怨離索，雲藍小袖知誰託；紅閨何日放金雞，玉貌一春鎖銅雀。雲雨巫山枉見猜，楚襄無意近陽臺；擁衾總怨金龜婿，連臂猶歌赤鳳來。玉棺畫下新宮啓，轉麈玉郎長已矣。春風肯墜綠珠樓，香徑還思苧羅水。一點奴星照玉壺，樵青婉孌漁童美；繐帷猶掛鬱金堂，飛去玳梁雙燕子。那知薄命不猶人，御叔子南先後死。蓬巷難栽北里花，明珠忍換長安米。身是輕雲再出山，瓊枝又落平康里。綺羅叢裡脱青衣，翡翠巢邊夢朱邸。章臺依舊柳鬖鬖，琴操禪心未許參；杏子衫痕學宮樣，枇杷門榜換冰銜。吁嗟乎！情天從古多緣業，舊事煙臺那可說！微時菅蒯得恩憐，貴後萱芳都棄擲，怨曲爭傳紫玉釵，春遊未遇黃衫客。君既負人人負君，散灰扃户知何益？歌曲休歌〈金縷衣〉，買花休買馬塍枝；彩雲易散玻璃脆，此是香山〈悟道詩〉！

某學士者，吳縣洪鈞，光緒間，出使英、俄、德、奧諸國者也，故增祥以洪容齋影之。嘗語人曰：「禍水何能溺人；人自溺之。出入青樓者可以彩雲爲鑒！」厥後彩雲以庚子入京，會八國聯軍至，統師者德國瓦德西，則彩雲前媵洪鈞出使時所私昵也；至是重續墜歡，侍瓦居儀鸞殿。爾時聯軍駐京，惟德軍最酷；留守諸大臣結舌坐視，莫之誰何。而彩雲則言於瓦，止其淫掠。又曰：「琉璃廠，中國數千年文物之所萃也；幸毋毀！」凡瓦之欲使中國過於難堪者，彩雲必爭之。迨議賠款，則抑減其數；而於是朝局斡旋，民生之利賴，不在諸公之衮衮，而繫彩雲之纖纖。此可謂中國奇恥極辱也。然士大夫之向詛罵者，一轉而頌彩雲之能效忠於國矣。雖然，彩雲則何知。一日，謂瓦曰：「中國之蒐人材，在八股試帖；將相於是出焉。」瓦用其言，乃於金臺書院集諸生而試之，示期懸榜如制。文題「以不教民戰」；試題「飛旆入秦中」。試之日，人數溢額；瓦爲評定甲乙，考得獎金者，咸欣然有喜色。自此事出，而內之譽彩雲者，頌聲未歇，又或大詬以爲喪心辱國也。增祥乃著〈後彩雲曲〉以敘其事；可以覘國勢之不競，世變之淩夷焉。其辭曰：

納蘭昔御儀鸞殿，曾以宰官三召見；畫棟珠簾靄御香，金床玉几開宮扇。明年西幸萬人哀，桂觀蜚廉委劫灰；虜騎亂穿驛道走，漢宮重見柏梁災。白頭宮監逢人說：庚子災年秋七月。六龍一去萬馬來，柏林舊帥稱魁傑。紅巾蟻附端郡王，擅殺德使董福祥；憤兵入城肆淫掠，董逃不獲池魚殃。瓦酋入據儀鸞座，鳳城十家九家破；武夫好色勝貪財，桂殿秋清少眠臥。聞道平康有麗人，能操德語工德文；狀元紫誥曾相假，英后殊施並寫眞。柏林當日人爭看，依稀記得芙蓉面。隔越蓬山十二年，瓊華島畔邀相見；隔水疑通雲漢槎，催妝還用天山箭。彩雲此際泥秋衾，雲雨巫山何處尋？忽報將軍親折簡，自來花下問青禽。徐娘雖老猶風致，巧換西裝稱人意。百環螺髻滿簪花，全匹鮫綃長拂地。雅娘催下七香車，豹尾銀槍兩行侍。鈿車遙遵輦路來，羅襪果踏金蓮至。歷亂宮帷飛野雞，荒唐御座擁狐狸。將軍攜手瑤階下，未上迷樓意已迷，罵賊還嗤毛惜惜，入宮自詡李師師。言和言戰紛紜久，亂殺平人及雞狗。彩雲一點菩提心，操縱夷獠在纖手；胠篋休探赤仄錢，操刀莫逼紅顏婦。始信傾城哲婦言，強於辯士儀秦口；後來虐婢如蝮虺，此日能言賽鸚鵡；較量功罪相折除，僥幸他年免繯首。將軍七十虯髯白，四十秋娘盛釵澤；普法戰罷又經年，枕席行師老無力。女閭中有女登徒，笑捋虎鬚親虎額；不隨槃瓠臥花單，那得馴狐集金闕。誰知九廟神靈怒，夜半瑤臺生紫霧。火馬飛馳過鳳樓，金蛇舕舑燔雞樹。此時錦帳雙鴛鴦，皓軀驚起無襦袴。小家女記入抱時，夜度娘尋鑿壞處。撞破煙樓閃電窗，釜魚籠鳥求生路。一霎秦灰楚炬空，依然別館離宮住。朝雲暮雨秋復春，坐見珠槃和議成。一聞紅海班師詔，可有青樓惜別情。從此茫茫隔雲海，將軍頗有連波悔。君王神武不可欺，遙識軍中婦人在；有罪無功損國威，金符鐵券趣銷毀；太息聯邦虎將才，終爲舊院蛾眉累。蛾眉終落教坊司，已是琵琶彈破時；白門淪落歸鄉里，綠草依稀具獄詞。世人有情多不達，明明禍水褰裳涉。玉堂鵷鷺愆羽儀，碧海鯨魚喪鱗甲。

何限人間將相家，牆茨不掃傷門閥，樂府休歌〈楊柳枝〉，星家最忌桃花煞。今者〈株林〉一老婦，青裙來往春申浦。北門學士最關渠，西幸叢談亦及汝。古人詩貴達事情，事有闕遺須拾補；不然落溷退紅花，白髮摩登何足數。

讀者至以比清初吳偉業之〈圓圓歌〉；而〈後曲〉有當詩史，劇勝〈前曲〉，嘉興沈曾植以爲的是香山，不只梅村者也。增祥爲詩甚捷疾，案頭詩稿，用薄竹紙訂厚百餘頁，蠅頭細字，下筆數行，極少點竄，不數月又易本矣。友人侯官陳衍嘗輯《師友詩錄》，以增祥之詩多而選難，欲於往來贈答之外，專選其艷體詩；而爲之辭曰：「後人見雲門詩者，不知若何翩翩年少。豈知其清癯一叟，旁無姬侍；且素不作狹邪遊者耶！」方增祥遊宦關中時，同官涂少卿，江西宿士；謂其弟子田生曰：「子之師，奇男子也。自弱冠至四十，不御內者十七年；此豈易到耶？」蓋增祥二十餘喪妻，至三十九乃續娶也。迨老，聞妻侄納姬，以詩規之云：「樊山詞筆擅風華，一世曾無稱意花。冰簟銀床涼雨夜，人生無過獨眠佳！」好色不淫，彌見風趣；輕薄少年，慎無以增祥爲藉口也。生平論詩，以清新博麗爲主；工於隸事，巧於裁對，見人用眼前習見故實，曰：「此乳臭小兒耳！」作詩萬首，而七律居其八九；次韻疊韻之作尤多，無非欲因難見巧也。近代詩人，其隸事之精，致力之久，益以過人之天才，蓋無逾於增祥者。入民國，歷任總統府祕書長，顧問。以退宦詩人，寓都下；文酒過從，與周樹模少樸、左紹佐笏卿號楚中三老，而並時楚人中；及與增祥同舉秀才者，只左紹佐一人而已。紹佐，應山人，一字竹笏，於清季官廣東雷瓊道，有政聲；詩詞均戛戛獨造；所爲日記，密行精楷，數十年如一日；詩在昌黎、東坡之間，與增祥不同，而交期極篤。增祥有〈與笏卿論詩長歌〉，其詞曰：

君不見蘭子七劍兩手中，中有五劍常在空；巧手能虛以運實，開鑿渾沌皆玲瓏。又不見單父種花驪花宮，萬花顏色無一同；匠心能以素爲絢，坐使枯寂回春風。兵家在以少克眾，權家在以輕起重。道家在以靜制動，詩家在以獨勝共。能言人所不能言，如山出靈無不宣；能圓人所不能圓，如月三五懸中天。百汲不竭井底泉，任燒不絕香上煙。百花釀作酒一甗，白藥煉成丹一丸。五味入口取其甘，五色入目取其鮮，五聲入耳取其和，惟貌不獨取其妍。取之杜蘇根底堅，取之白陸户庭寬，取之溫李藻思繁，取之黃陳奥突穿。言之有物餅中餡，裁之成幅機中練，視之無跡水中鹽，出之則飛匣中劍。無意何能作一經？無筆何以役萬靈？無才何以籠群英？無學何由躋老成？無法何所謂尺繩？無事何爲足重輕？一字不安眾所議，八面受敵誰則能。老笏雜言昨挑戰，意亦學韓通其變。六十餘年窮生活，爲君一騁雕龍辯。詩林簻簻百尺竿，老年進步如少年。學我者死殊不然，果如我語詩其仙。

增祥之詩，緝裁巧密，尤工隸事；而論詩乃貴虛以運實，素以爲絢；不獨取其妍而已。尤不拘宗派，每語於人曰：「向來詩家率墨守一先生之集，其他皆束閣不觀；如學韓、杜者必輕長慶；學黃、陳者即屏西崑；講性靈者，則明以前之事不知；遵選體者，則唐以後之書不讀。不知詩至能傳，無論何家，必皆有獨到之處，少陵所謂『轉益多師是我師』也。人所處之境，有臺閣，有山林，有愉樂，有幽憤。古人千百家之作，濃淡、平奇、洪纖、華樸、莊諧、斂肆、夷險、巧拙，一一兼收並蓄，以待天地人物形形色色之相感，吾即因以付之：此即所謂八面受敵，人不足而我有餘也。所蓄既富，加以虛衷求益，旬鍛季煉；而又行路多，更事多，見名人長德多，經歷世變多，合千百人之詩以成吾一家之詩。此則樊山詩法也。」初取徑於中、晚唐；而晚年亦爲宋詩，〈與蘇戡冬雨劇談〉之作，瘦淡仿鄭孝胥體，不爲側艷。而孝胥和詩，亦備極傾倒之。辭曰：

久於南皮坐，習聞樊山名。老矣始一見，趙璧眞連城。落筆必典贍，中年越崢嶸。才人無不可，皎若日月明。春華終不謝，一洗窮愁聲。南皮夙自負，通顯足勝情。達官兼名士，此祕誰敢輕！晚節殊可哀，祈死如孤煢。其詩始抑鬱，反似優生平。吾疑卒不釋，敢請樊山評。

嘗序伯嚴詩，持論闢清切。自嫌誤後生，流浪或失實。君詩妙易解，經史氣四溢。詩中見其人，風趣乃雋絕。淺語莫非深，天壤在毫末。何須塡難字，苦作酸生活。會心可忘言，即此意已達。

窮愁固易工，尤患寧愛好；奮飛抉世網，結習猶煩惱。午怡論詩骨，見謂飢不飽。心知小潺湲，河海愧浩渺。何期樊山老，閩荔喻益巧：荔甘而詩澀，唐突天下姣；庶幾比諫果，回味得稍稍。嗜澀轉棄甘，攢眉應絕倒。（原注：夏午詒贈詩云：「世人無此骨，餐之不療飢。」）

說者謂能傳增祥生平，不僅足徵此日之詩派焉。顧增祥自負一代詩伯，從不輕許可人詩。某甲自負能詩，每對增祥誦所作。增祥不耐，一日嗤以鼻曰：「君詩多不協韻，且誤用故事。於他人尙不應如此，矧向余賣弄，尤可不必！」甲面發赤，謝曰：「小子學殖荒落以致此也。」增祥撫掌狂笑曰：「田無一草，不得言『荒』；樹無一果，奚所用『落』。君胸無點墨，猶之無草之田，無果之樹，何荒落之有！」甲不勝慚，發怒。增祥不顧也。獨誦龍陽易順鼎之〈初至關中〉詩，則傾倒備至。如「翠華西幸周王駿，紫氣東來李叟牛」；「關百二重秦代月，宮三十六漢時秋」，「雲從武帝祠邊散，雨自文王陵下來」，「城堞雉連秦晉樹，關門牡繡漢唐苔」，評云：「精麗無匹。」「何忍呼他爲禍水，尙思老我此柔鄉」，評云：「綺艷。」「流殘清灞無情水，畫出阿房不霽虹」，評云：「名句。」集句之「詞客有靈應識我，好雲無處不遮樓；河山北枕秦關險，故國東來渭水流」，評云：「巧匠運斤。」譚者詫爲得未曾有。然順鼎意殊不足；語於人曰：「余〈初入關中〉詩，精麗綺艷者寧止此！如『瑤池雪作簾前水，玉並花爲檻外峰。《三輔黃圖》天下壯，九洲黛色此間濃』；『行人立馬羅敷水，仙客乘鸞玉女祠。天地魂銷還有我，漢唐才盡久無詩』；『渭城小雪如朝雨，秦地殘雲似美人。一百二重愁望遠；五三六點欲催春』；詩雖不多，而無一聯不簇簇生新，戛戛獨造。試向漁洋《菁華錄》中覓之，恐欲求如此之一聯，亦未必可得也。」順鼎〈詠古詩六十首〉，偕增祥作，蓋仿西崑體而爲之者。增祥甚賞宋仁宗「西夏不過鱗甲患；長秋微惜爪痕傷」一聯。順鼎曰：「樊山未爲知言。自評以諸葛武侯一聯爲第一。其聯云：『萬牛回首因龍臥，三馬驚心爲虎來』，蓋詠武侯詩無人不用『龍』典，而用『虎』典者，止余一人，可謂工巧精切矣。孫伯符一聯云：『小弟坐分三足鼎；大喬方稱並頭花』，有此驚才，當爲第二。唐明皇一聯云：『三郎枉自除安樂；四紀何曾保莫愁』，天生巧對，竟無人對過，當爲第三。此外則西楚霸王云：『早知秦可取而代；晚嘆虞兮奈若何。霸業祖龍分本紀；詩才妾馬入悲歌』；又一首兩聯云：『二十有才能逐鹿；八千無命說從龍。咸陽宮闕須臾火；天下侯王一手封』。第四句自謂奇絕橫絕；非如此不能將項羽爲人寫出。項王可愛，此詩亦可愛；當爲第四。虞姬云：『死憐斑竹湘妃廟；生笑桃花息國祠。良史他年如作傳，美人當日定能詩』，當爲第五。張麗華云：『雞臺夢尚愁高熲；馬嵬詩應怨鄭畋』，詠張麗華斷無人能用鄭畋典，當爲第六。明太祖云：『開國不能降保保，復仇豈意仗圓圓』，當爲第七。至如漢高祖之『公然亭長能爲帝；奇絕英雄不讀書』，文帝之『宣室客來湘水外；露臺金出鄧山餘』，賈生之『黃老學興儒術廢；蒼生對易鬼神難』，光武之『上界星辰都作將；故人天子不能臣』，劉聰之『生比季龍先作帝；死同擒虎尚稱王』，晉元帝之『半壁江山牛易馬，渡江人物鯽隨龍』，王猛之『家在第三峰下住；孫於重五日間生』，隋文帝之『普六非常知最早；獨孤誤我悔應遲』，羅隱之『偕鄭五終唐〈雅〉、〈頌〉；討朱三合魯《春秋》』，宋太祖之『水色碧時留寡婦；火光紅處產孩兒』，神宗之『面垢臣思追孔子，顙寬君本類高辛』，較之西崑諸公以一二聯膾炙千古者何如！」時兩宮西狩，而順鼎以道員領行在所轉運也。聞者咋舌，以爲順鼎之磊落自喜，軼增祥矣。增祥以民國二十年三月十四日卒於北平。年八十六；遺詩三萬篇。

順鼎字仲碩，一字實父，自署曰懺綺齋，又自號眉伽，晚署哭盦，湖南龍陽人。父佩紳，累官江蘇布政使。順鼎天生奇慧，三歲，讀《三字經》，琅琅上口。五歲能作對。其父以「鶴鳴」使對。應聲曰：「犬吠。」父曰：「犬吠再對之。」曰：「猿啼。」「又作何對？」曰：「鳳舞。」曰：「『鳳舞』更不可無對。」曰「龍翔。」父大驚喜。有神童之目。自謂張夢晉後身；又自謂張船山、張春水後身；以爲王子晉再世爲王曇首，三世爲夢晉，四世爲船山，五世爲春水，實則春水及見船山，焉得爲其後身？不過天性詭誕，託所心好者以自誇異耳。十五歲補諸生，刻詩詞各一卷，曰《眉心室悔存稿》。其七言律句如「眼界大千皆淚海；頭銜第一是花王」，「生來蓮子心原苦，死傍桃花骨亦香」，「秋月一丸神女魄，春雲三折美人腰」，「寸管自修香國史，萬花齊現美人身」，「飛龍藥店輸金屋，走馬蘭臺感玉溪」，「僕本恨人猶僕僕，卿須憐我更卿卿」；七言樂府諸篇如「冰蟾走入誰家樓，喚起樓中無限愁」，「貂裘公子氣如虹，十萬金錢擲秋雨」，及〈七夕篇〉之「紅淚流成無定河，香肩倚倦長生殿」等句，皆傳誦一時，稱曰才子。十六歲，隨父貴東道古州任所，有容園，以榕得名，得句云：「日斜花外紅如此；人立榕陰碧欲無。」中光緒丁丑舉人，時年十七，以是年冬應禮部試北上，取道江南，騎一衛冒大雪入南京城，遍訪六朝及前明遺跡。一日中成〈金陵雜感〉七律二十首，其警句如「地下女郎多艷鬼，江南天子半才人」，「淘殘舊院如脂水，住慣降王沒骨山」，「桃花士女桃花扇，燕子兒孫燕子箋」，「衰柳綠連三妹水，冰楓紅替六朝花」，「如此江山奈何帝，誤人家國寧馨兒」，哀感頑艷，亦有口能誦者也。忠州李士芬號能詩，爲湘鄉曾國藩總督兩江時所稱，讀〈金陵雜感〉詩有一聯云：「蔣侯死去留青骨，江令生還負黑頭」，謂曰：「何不改蔣侯死去留青史！」順鼎舉蔣子文青骨成神事告之。士芬大嘆服，因贈詩云：「爛熟《南朝史》；瀾翻東海波。」其爲老輩折服有如此者。嘗問業於王闓運。闓運詫嘆，與湘鄉曾廣鈞並稱兩仙童；顧不然其詭誕，諷以書曰：「海內有如祥麟威鳳，一見而令人欽慕者；非吾賢與重伯耶（曾廣鈞字重伯）？然亦惹非笑，不盡滿人意者：重伯好利，仲碩好名故也。好名，不獨好忠孝之名；即母姊皆仙，白呂神交，皆是浮名。見諸行事，害不及人，故無妨也；筆之於書，有目共見，則生同異矣。同必有異，異則必損名；強爲無傷，人必傷之。故吾爲『仙童』之說，謂夫仙童有玉皇香案者，兄日姊月，所見美富，土苴諸天，遺棄一切，是上等也。有幽居岩穴，草衣木食者；一旦入世，則老虎亦爲可愛，金銀無非炫耀；乃至耽著世好，情及倡優，不惜以靈仙之姿，爲塵濁之役；物欲所蔽，地獄隨之矣。請賢擇於斯二者。」順鼎發書不爲意也，自負才氣。會中日戰起，我軍敗績，乃割遼東、臺灣以媾和。

順鼎慷慨上書，請都察院代奏，大旨謂：「遼東者，北洋之藩籬。臺灣者，南洋之門戶。天下畏盜之人，必求遠盜；未有揖盜於門內而求其不發篋探囊。天下畏虎之人，未有納虎於室中，而冀其不磨牙吮血。倭既據我內地，且將取我民心：以利誘之，而桀黠者必爲倭爪牙；以威迫之，而駑弱者必爲倭魚肉。行見流民無所依歸，而西晉雄、特之禍起；奸民相與勾結，而嬴秦勝、廣之變生。驅魚爲淵，瞻烏誰屋；中國將來必無可固之人民，可守之山河。」書上，不省；則間關航海，走臺灣，欲贊劉永福軍，爲海外扶餘。既至，見事已不可爲，乃脫身歸國。時論推爲氣節功名之士。年三十，以同知候補河南，尋捐道員。驟冀大用，不得，志意牢落，有句云：「三十功名塵與土；五千道德粕兼糟。」沉滯無所事事，如是者六年，遂棄官，入浙，訪詩僧寄禪，偕遊普陀山，賦詩，得「海是空王淚，雲爲織女槎」，「三代以前無貝葉，六經而外有芙蓉（釋典有《蓮華經》。《離騷》注：芙蓉一名蓮華）」，「龍來拜佛成童子，客到遊山變女人」諸句，自以爲奇雋。溧陽狄平子者，常喜以禪論詩，見之嘆曰：「蘊含萬有，超妙極矣！」然以名士談禪，未空色相，不如寄禪一律曰：「到此彌知佛理深，普門日夜演潮音。蓮爲大士出塵相，海是空王度世心。今古滄桑從變幻，魚龍多少任浮沉。喜遊華藏莊嚴剎，吐我生平浩蕩襟。」可謂聿浚道源，得來曾有；不僅禪門本色，不染一塵也。

寄禪者，本湖南湘潭姜畬黃姓農家子。幼孤貧，爲人牧牛。十餘歲時，投山寺出家爲僧；燃兩指供佛，故又號八指頭陀；具宿慧，能爲詩，初不識字，以畫代詩；不知「壺」字，輒畫壺形，自言：「初學爲詩，甚苦。其後登岳陽樓，忽若有悟，遂得句云：『洞庭波送一僧來。』靈機偶動，率爾而成，不謂竟得詩奧。」其後僧衆推主長沙上林寺，爲士大夫所禮重。獨葉德輝郋園謂之曰：「工詩必非高僧。古來名僧，自寒山、拾得以下，若唐之皎然、齊己、貫休，宋之九僧、參寥、石門，詩皆不工；而師獨工。其爲僧果高於唐宋諸人否耶？」寄禪不服。德輝書楹聯贈之，有「正法眼空三教論；中唐音變九僧詩」之句；亦謂其詩自工而僧固不高也。主上林方丈一年，童童僕僕，無一日頃閑。德輝又舉吳茵次諷大汕之語語之曰：「和尚應酬雜遝，何不出家？」寄禪笑頷之，不能答。辭上林席；還姜畬，宿楊度晰子山齋。度出屏紙，強其錄詩，十字九誤，點畫不備，窘極大汗。書未及半，言願作詩以求赦免。度許之，命題〈擊缽〉，洪編立成。後遊天台，得「袖底白生知海色；眉端青壓是天痕」一詩；莫不稱誦。未幾，主天童方丈，作〈白梅詩〉，遠近傳寫，呼之曰白梅和尚。一日，下山，睹流水，憬然有悟，爲詩曰：「流水不流花影去，花殘花自落東流；落花流水初無意，惹動人間爾許愁。」入民國，湘中寺產爲黨人所據，寄禪被推爲中國佛學會會長，以二年入京請願發還，與內務部主管司長某言語抵牾。某怒，起摑其頰。寄禪歸所主法源寺，一夕，憤懣而死。楊度則收其平日詩文遺稿，付刊行世，都十九卷，曰《寄禪上人集》。其詩大抵清空靈妙，音旨湛遠，以視順鼎，一清一艷，有人間天上之別。順鼎溺於綺語，不能出。少年之作，如「星光忽墮岸千尺，水氣平添波一層」等句，綺障日深，不可復睹矣。又入廬山，於三峽澗上，築琴志樓居之，若將終身。而幽憂佗傺，中喪其母，乃作〈哭盦傳〉以見其意曰：

哭盦者，不知何許人也。其家世姓名，人人知之，故不述。哭盦幼奇慧。五歲陷賊中；賊自陝、蜀趨鄖、襄，以黃衣繡葆縛之馬背，馳數千里，遇蒙古蕃王大軍，爲騎將所獲，獻俘於王。哭盦操南音，王不能辨，乃自以右手第二指濡口沫，書王掌。王大喜曰：「奇兒也！」抱之坐膝上；趣召某縣令，使送歸。十五歲，爲諸生，有名。十七歲舉於鄉。所爲詩歌文詞，天下見之。稱曰才子。已而治經，爲訓詁考據家言。治史，爲文獻掌故家言。窮而思反於身心，又爲理學語錄家言。然性好聲色，不得所欲，則移其好於山水方外，所治皆不能竟其業。年未三十而仕，官不卑；不二年棄去；築室萬山中，居之，又棄去。綜其生平二十餘年內，初爲神童，爲才子；繼爲酒人，爲遊俠少年，爲名士，爲經生，爲學人，爲貴官，爲隱士；忽東忽西，忽出忽處，其師與友謔之稱爲「神龍」。其操行亡定，若儒若墨，若夷若惠，莫能以一節稱之。爲文章亦然，或古或今，或樸或華，莫能以一詣繩之。要其輕天下，齊萬物，非堯舜，薄湯武之心，則未嘗一日易也。哭盦平時謂天下無不可哭，然未嘗哭；雖其妻與子死不哭；及母歿而父在，不得渠殉，則以爲天下皆無可哭；而獨不見其母爲可哭。於是無一日不哭，誓以哭終其身，死後而已，自號曰哭盦。

好爲恢詭，索性使然。而闓運則重詒以書曰：「僕有一語奉勸：必不可稱哭盦。上事君相，下對吏民，行住坐臥，何以爲名？臣子披昌，不當至此。若遂隱而死，朝夕哭可矣。且事非一哭可了；況又不哭而冒充哭乎？闓運言不見重，亦自恨無整齊風紀之權；坐睹當代賢豪，流於西晉；五胡之禍，將在目前。因君一發之，毋以王夷甫識石勒爲異也。」獨兩湖總督張之洞愛其才，又傷其不遇，意頗憐之。招入幕，又畀以兩湖書院分教；亦不自得。二十五年冬，以大臣薦召見，意氣發舒，賦〈紀恩詩〉，有句云：「金擲民膏二萬萬，珠含天淚一雙雙！」蓋慈禧皇太后諭中日戰敗，賠款巨萬，爲之淚下也。此聯盛傳都下，謂「二萬萬」極不易對；而順鼎以「一雙雙」對之，可謂神通狡獪矣。又有句云：「股肱周室留黃髮，羽翼商山進紫芝。」不十日而立大阿哥，以尚書崇綺爲師傅，說者謂建儲爲順鼎所請；而商山四皓有綺里季，即影師傅崇綺也。其上宰相王文韶詩云：「北虜亦知司馬相，南人都是臥龍兒。太皇太后嘉中國，天上天孫福子儀。」榮祿詩云：「心捧九重雙日月，手攜二十八星辰。廟堂范老寒西夏，帷幄留侯定奉春。」皆諛非其實；而順鼎脫口無慚。上榮祿詩又有句云：「行地中猶洪水抑，措天下若泰山安。」時增祥在榮祿幕，爲言相公亟賞此聯。順鼎誇稱以爲榮，士論薄之。一出爲廣西右江道，將出都，有句云：「新詞欲賦〈賀梅子〉，他日應呼易柳州。」以右江道治柳州也。樊增祥調以詩，有「好收側貳作蠻姬」之句。順鼎和韻云：「已辦腰刀思殺賊，未留鬚戟爲謀姬。」或詰謀姬何意，順鼎曰：「『謀』字有二解：與姬謀，一解也；謀納姬，一解也。」聞者大笑。既抵官，無所展布，尋爲兩廣總督岑春萱劾罷；遂以不振，而益肆力於爲詩。

順鼎詩才綺絕，自少至壯，所作將萬首。尤工裁對，與樊增祥稱兩雄。惟增祥不喜用眼前習見故實，而順鼎則必用人人所知之典。增祥詩境，到老不變；而順鼎則變動不居，學大小謝，學杜，學元、白，學皮、陸，學李賀、盧仝，無所不學，無所不似；而風流自賞，以學晚唐溫、李者爲最佳。所刻自《眉心室悔存稿》以後，有《丁戊行卷》、《摩圍閣詩》，及《出都》、《吳蓬》、《樊山》、《沌水》、《蜀船》、《巴山》、《錦里》、《峨眉》、《青城》、《林屋》、《遊梁》、《廬山》、《宣南》、《嶺南》、《甬東》諸詩錄，蓋足跡所至十數行省；一行省一集也。而以《四魂集》爲最所自喜。號於人曰：「余所刻《四魂集》，譽之者滿天下，毀之者亦滿天下。湘綺樊山皆極口毀之者也。然文章千古事，得失寸心知，余自信此集爲空前絕後、少二寡雙之作。蓋毀余者皆以好用巧對爲病；即張文襄亦屢言。不知以對屬爲工，乃詩之正宗。凡開國盛時之詩，無不講對屬者。如唐之初盛，宋之西崑，明之高劉皆然。自作詩者不講對屬而詩衰，詩衰而其世亦衰矣。杜詩亦講巧對；如『子雲清自守，今日起爲官』，及『大司馬』、『總戎貂』之類。況余詩對仗皆用成語，且不喜用僻典，而所用皆人人所知之典，又皆寓慷慨、悲歌、嬉笑、怒罵於工巧渾成之中。自有詩家以來，要自余始獨開此派矣。其尤工者，如『城郭人民丁令鶴，樓臺冠劍子卿羊』，『雲汝衣裳龍鳥往，風其臣妾馬牛奔』，『月雲鄂國八千里，冰雪蘇卿十九年』，『潮州謫宦能驅鱷，汐社遺民有拜鵑』，『六月圖南海東運，七星在北漢西流』，『送別五千人檇李，壓裝三百顆離支』，『東雲龍向西雲路，南海牛從北海風』，『丁令威眞返遼海，申包胥合哭秦廷』，『鳶肩火色賓王相，鶴涙風聲太傅兵』，此皆無一字無來歷，又無一字用僻典，又無一字稍雜湊而不渾成。必如此方可以講對仗也。《四魂集》中凡用古人名，非屬對甚工者不用，如『過江兵馬狸終斃，亡國河山鼠亦妖』，『竟同鵬舉死冤獄，無怪馬遷修謗書』，『中朝黨誤牛僧儒，西域胡譏馬伏波』，『喚女惟聞木蘭父，哭夫不顧杞梁妻』，『李怨牛恩朋黨論，桃生羊死賤貧交』，『酎金罰已寬荀彘，盈篋書都示樂羊』，『肯事春農王相國，漫同秋壑賈平章』，『覓得屠蘇劉白墮，偕來廣柳魯朱家』，『邊牆故跡熊經略，幕府高賢鹿太常』，『中朝舊議封關白，上相新聞使契丹』，『忍恥滅吳求范蠡，寫憂適越學梁鴻』，『即墨田單爲守將，睢陽南八是男兒』，『深州未出牛元翼，浪泊難歸馬伏波』，此皆屬對工巧，而用典隸事，又極精切，所以可貴耳。余嘗有一推倒一時豪傑之論云：無工巧渾成對仗，竟可以不必作詩。蓋塵羹土飯，人云亦云之語，雖數十萬首，亦作不完；何必千首雷同，徒費紙墨乎？雖然《四魂集》中不僅以屬對工巧爲尚也；其隸事之精切，設色之奇麗，用意之新穎，皆兼而有之。如『殿腳至今多婦女，露筋前代有神人』，『此日盟猶存白馬，何人塞欲賣盧龍』，『海上魚龍眞跋扈，淮南雞犬豈平安』，『石馬汗流唐祚永，銅駝淚下杞憂深』，『星臨吳分堅當敗，雪滿淮西濟可擒』，『蓬萊海上三千歲，荊杞山中二百州』，『鶴語今年時令異，烏知屋底達官空』，『似聞文帝寬黃屋，每念高皇困白登』，『棘門、灞上皆兒戲，太液、昆明是水嬉』，『下澤當騎款段馬，常山枉策率然蛇』，『似報韓人仇俠累，未聞鄭伯減宣多』，『肯讓秦人剪鶉首，欲回周紀次天黿』，『王母有圖呈益地，麻姑無術救揚塵』，『丹穴生靈熏越翳，烏桓部落奉田疇』，『泛海零丁文信國，渡瀘兵甲武鄉侯』，『梳頭逆旅逢張妹，椎髻蠻夷起趙佗』，『痛哭珠崖原漢土，大呼倉葛本王人』，『折節太原公子在，感懷貞定弟昆多』，『見說杜鵑啼蜀帝，不妨桀犬吠唐堯』，『謝公昔欲凌窮髮，葛相今思入不毛』，何其隸事之精切也！『天吳紫鳳爲奇服，含景蒼龍有佩刀』，『雌龍雄鳳曾北走，銅駝金狄有東遷』，『重攀碧柳重魂斷，一步紅橋一淚流』，『雞唱一聲天已白，馬通三尺地皆黃』，『黃帝畫圖公玉帶，素王書讖卯金刀』，『白龍鱗甲爲刀柄，翠鳳翎毛作帚叉』，『鱗甲玉龍三百萬，觚棱金爵九重雙』，『鰲騰軸底思掀地，龍入窗中欲攫人』，『韜略六三差虎豹，〈騷辭〉廿五感龍鸞』，『白狼元菟都非我，青雀黃龍已贈人』，『青綠山川圖小李，丹黃村落認諸楊』，『黃耳音書隔人海，紅毛衣服共雲山』，『虎齒所居樓十二，鴻毛難載水三千』，『元蜂赤蟻蒼梧野，紫蟹黃魚白葦莊』，『南窗朱鳥貽書札，東國青童畏佩刀』，『麒麟鳳鳥爲先戒，翡翠鯨魚入小詩』，『胭脂坐令輸胡地，翡翠何曾賺越裝』，『館問碧蹄平秀吉，城尋赤嵌鄭成功』，何其設色之奇麗也！『緊急春寒如戰事，遲延花信似家書』，『露布定寒西夏國，雲臺應畫富春山』，『軍書竟日如經讀，詩卷他年作史看』，『墨磨盾鼻爲詩硯，錢掛矛頭當畫叉』，何其用意之新穎也！其實皆人人眼前語，皆人人意中語，他人或眼前有之而意中無之，或意中有之而筆下無之，我不過取他人之眼前者意中者，而出之於我筆下耳。至集成語用虛字爲句者，如《蘇詩》『君但未知其趣耳，臣今時復一中之』之類，古人亦常有之。《四魂集》中最喜集成語用虛字，而無不渾灝流轉者；所以獨開一派，突過前人也。如『江潭搖落樹如此，鷃鴂晨鳴草不芳』，『母兮顧復生成我，某也東西南北人』，『朝去黃河暮黑水，雲橫秦嶺雪藍關』，『罛濊濊施鱣潑潑，車轔轔過馬蕭蕭』，『惟民所止畿千里，與汝遊兮古九河』，『謳歌恐不謳歌汝，笑罵還由笑罵他』，『蓼蓼者莪應葬我，離離彼黍不關卿』，『未識明年在何處，請看今日是誰家』，『藤夢蘆荻如夔府，薜荔芙蓉似柳州』，『魂歸來些蘋齊葉，心悅君兮木有枝』，『錦纜朱簾鷗與鵠，紅頸白項燕兼鳥』，字字如拋磚落地，又如生鐵鑄成，不能不謂之絕調矣！更有其句創格，開古人所未開之境者；如『慶歷衆賢之進日，元和惟斷乃成年』，『布衣臣本南陽者，冠冕人皆北斗之』，『與諸君飲黃龍耳，若有人乘赤豹兮』，此與《四魂集》中『北海知劉豫州否？南朝有李侍郎無』一聯，及『南朝可謂無人矣！北海猶知有備耶』一聯，皆可以橫絕千古也。用成語爲句而平仄不調者；如『曰歸曰歸嗟歲暮！其雨其雨嘆朝陽』，古稱名作。《四魂集》中此體有數首；如『相頭上冠將腰箭，母手中線兒身衣』，『其惟雲乎雨天下，何多日也露泥中』，『我徂東山別西土，王命南仲城朔方』，成語對仗之工，古今無兩矣！集中更有音節高亮悲壯之作，如『九葉藩封周正朔，千年禮樂漢衣冠』，『人料苻堅難勝晉，帝知周勃可安劉』，『立馬岱宗青未了，聞雞天下白如何』，『渡河氣壯周王兕，入蔡寒侵晉國貂』，『生當火色鳶肩上，死不烏頭馬角還』，『雪窖冰天前路永，雲階月地此生休』，『裹革屍當麋作粉，衝冠髮亦煉成鋼』，『無定河邊新鬼在，長安市上故人多』，『屬國未收蒼海郡，單于猶在白登臺』，『如龍如虎詩無敵，爲鶴爲猿國有兵』，『皂帽遼東歸路斷，白衣易水哭聲多』，『水欲接天天接水，花難如雪雪如花』，『唐陵漢寢淒翁仲，禹甸堯封媚夜叉』，『自然流涕如周顗，何以銷憂有杜康』，『鼉憤龍愁滄海外，猿驚鶴怨草堂前』，『帆席有情搴海月，褐衣無恙繡天吳』，『海上星方明太白，天邊月又照流黃』，『漢棄珠崖非得已，越熏丹穴果何如』，『廿年賜姓空開國，再世降王已入朝』，『蠻煙瘴雨添行色，海水天風和哭聲』，『未許朱三是天子，尙留南八是男兒』，似此之類，亦不可以枚舉也。」

蓋高自標置，譽不容口如此。然唐言寡實，又不檢於行。其在仕途，頗工逢迎之術，惟有類飢鷹，飽即揚去；又恃寵而驕，以是見賞如張之洞，亦鮮克有終。嘗以俚語爲詩，上之洞云：「三十三天天上天，玉皇頭戴平天冠。平天冠上豎旗竿，中堂更在旗竿巔」，蓋譏之洞好佞諛也。之洞見之，爲之掀髯笑樂；不之譴也。中年以往，日以詩詞寫其牢騷；然誨淫之作，居什之八九。順鼎自以爲玩世不恭，或俳優畜之，而順鼎彌軼蕩自喜。

會民國更元，歲逢癸丑，新會梁啓超邀都人士於三月三日，修禊京師之萬生園，仿蘭亭故事也。諸名士會而賦詩，而順鼎長歌當哭，可以覘革除之際，都下士夫之用心焉。其辭曰：

噫吁戲悲哉！今日非同前代崇禎之甲申，今日豈同前代順治之乙酉？我生不幸，逢此前代義熙之甲子；我生何幸，逢此前代永和之癸丑！義熙甲子宜止酒，順治乙酉宜得酒，永和癸丑宜行酒。古人最重三月三、九月九。九月九乃陶元亮所專，三月三爲王逸少所有。吾輩生於古人後，事事皆落古人之窠臼。豈知今日此身一半化爲會稽山陰人，一半化爲彭澤斜川叟。酒在口，筆在手；劍不必懸腰，印不必繫肘。鶯含桃，魚貫柳；冠任汝沐猴，衣任汝成狗。喜有釣臺朋，幸少金谷友。昨者樊山寄詩云：「蓮社人居晉宋間。」今日吾亦賦詩云：「蘭亭禊在清明後。」西直門，萬生園，先朝創造資遊觀，不知曾費幾許水衡錢。中有牡丹廳，採蓮船。如水之車，如龍之馬，奔馳於其外；如斗之花，如鳳之鳥，充牣於其間。我亦嘗攜壺觴，聽管弦，逢初三下九，攜三五二八，銷三萬六千。我昔嘗有句云：「照臉臉霞皆北地，壓眉眉黛是西山。」此詩未成僅斷句，此遊亦復不記爲何年。梁夫子，招我何爲至於此？君著書數百萬言，遠過習鑿齒；在外十有六年將及晉重耳。其學可以左右十三經，貫串廿四史；此才何止上下五千年縱橫九萬里。來從析木津，恰看桃花水。七十二沽春水生，一百五日東風起；東風吹花花怒開，東風吹人人老矣。昔年丁酉，與君相見於湘川；今年癸丑，與君相見於燕市；我已憔悴枯槁，非復神禫弔靡；君之顏色尚覺女偶如嬰兒，君之容貌尚覺姑射如處子，況有聖人之才，更如卜梁倚。方持玉杯斷國論，方用鐵函貯《心史》。且傾銅斗洗金罍兮，飲此天寶之詩人，貞元之朝士。或言「不爲無益之事，何以遣有涯之生」；或言「以後種種，譬如今日生；從前種種，譬如昨日死」；或言「前不見古人」，或言「不恨古人吾不見，恨古人不見吾狂耳」；又聞孔云「不曰如之何，吾末如之何」，又聞孟云「然而無有爾，則亦無有爾」。使我茫然莫知其所以，勿令下士聞之聲如蒼蠅笑不止。噫吁戲悲哉！吾嘗聞堯氏舜氏之歌辭曰：「菁華已竭，褰裳去之。」又嘗聞穆滿氏、西王母氏之歌辭曰：「道里悠遠，山川間之。」方今朱幹苓落猶可期，白雲黃竹何須悲。且相與採華芝，玩菊籬，餐蕨薇；亦安用談刑天，説精衛，稱欽䲹。梁夫子，與其有朱、虎、熊、羆、伯夷、龍、夔同列廿二人，召鳳使之南；不如有驊騮、騄駬、山子、盜驪亟行三萬里，追日使不西。所以候人之歌曰：「猗」，梁鴻之歌曰：「噫」，丁令威之歌曰：「城郭猶是人民非，何不學仙冢累累」，楚接輿之歌曰：「鳳兮鳳兮，何德之衰！往者不可諫，來者猶可追」，古儒家之歌曰：「青青之麥，生於陵陂。生不布施，死何用含珠爲」，漢田家之歌曰：「種一頃豆，落而爲萁。生不行樂，死何以虛謚爲」；元亮曰：「時運而往矣」，逸少云：「死生亦大矣」。此與「春非我春」、「日新又新」，皆爲前哲之良規。然則今日之日兮，當一刻千金爲要素；明日之日兮，當以寸陰尺璧爲前提。梁夫子，勿我訶！帖不必摹臨河，圖不必彷上河。試問百年之間，癸丑能有幾；正恐中年以後，上巳還無多。何況今日之共和，遠非昔日之共和。國曰支那，土曰娑娑。曆曰婁羅，時日刹那。捧劍有金人，流觴有玉女，臥冢無石麟，流涕無銅駝。「慶雲爛兮，糺縵縵兮」，再聽明日之國歌，有酒不飲意如何！

蓋詩之詭誕極矣，所以寄鬱勃之思也。時袁世凱爲大總統，次子克文以才捷愛幸，順鼎秉意投契，屢與譚宴，如楊修之於曹植焉。作〈寒雲茗話圖記〉曰：

南海有亭，題額曰流水音者，蓋禁籞勝地，瀛臺比鄰；而在今爲寒雲主人讀書之所也。水隔衣帶，睇儀鸞殿而可招；塢藏畫船，疑倚虹堂之在望。軒檻掩映，房櫳窈深，宜青綠以畫山，非丹朱之罔水。宋人詞云：「檀欒金碧，婀娜蓬萊。」斯境似焉。爰有翠松磊砢，爭學虯翔；素瀑潺湲，時窺猿飲。石皆削立，將睹日觀之峰；泉盡伏流，直探星宿之海。距龍樓鳳闕而近，在鸚洲鳧渚之間。主人讀書其中，問寢多暇，於是命儔嘯侶，挈榼提壺，招甫白以論文，延荊關而讀畫。滄江虹月，若登米家之船；紫泉煙霞，不下隋宮之鎖。豈意軒冕之內，有此俊人；但覺圖書以外，無他長物。忘駒陰之移晷，樂麈尾以談玄。老聃所稱：「雖有榮觀，燕處超然」；道林所言：「雖在朱門，如遊蓬户」；以今方古，殆過之矣。時則玄冥司契，旰光執權，驗澤腹而既堅，卜天心而漸復。水失環珮，猶疑有聲；冰成琉璃，誤認爲地。尋詩而緣磴道，如鶴一一以上天；照影而立橋陰，無魚六六之可數。觴詠將倦，談諧復生。鄉環如虎之犬，不使臥乎階前；漢祠如龍之馬，不許駕乎門外。方其攝影也，主人如欲振衣千仞岡；方其臨池也，眾賓如欲濯足萬里流。及執節益恭，則主人穆穆然如冬涉淵；及其推襟盡歡，則眾賓熙熙然如春登臺也。夫尊嚴之所，罕接章縫；華朊之胄，不親山澤。窮魚濡沫，每相呴於江湖；候蛩感秋，始爭吟於圃砌。若乃香草十步，馨桂一山；人望如神仙，自視若寒素。去天不盈尺，而謝韋杜二曲之紛華；爲地僅方丈，而收壺嶠三山之佳勝。寒山千尺雪，奪席宦光；廬岳一囊雲，爭墩寧獻。其相較也，不已多乎？其人乃屬汪子鷗客作圖，而余爲之記。癸丑仲冬十日。

其後袁氏僭帝，而順鼎閒居日下，貧不能自存。克文問：「君能屈志小就否？」對曰：「枯魚入水，豈遑擇流；窮鳥奔林，烏暇問木？」遂薦爲印鑄局參事，兩權印鑄局長，志滿意得，狂喜欲絕。亦作詩以自寫其幸。既而帝制事敗，袁氏發恨死，克文南行；而順鼎侘傺失志，浮泊京師。又以日者言：「壽不過五十九。」歌場舞榭，放蕩益甚。賦〈買醉津門雪中〉成詠三絕云：

焉知餓死但高歌，行樂天其奈我何？名士一文值錢少，古人五十蓋棺多。
訪戴尋梅意略同，樓臺寂寞水晶宮。小車出沒飛花裡，疑是山陰夜雪蓬。
雪水斟來置竹爐，歌姬院裡著狂夫。平生陶穀韓熙載，乞食烹茶畫兩圖。

士夫誦而悲之。以民國九年卒，年五十有九。

順鼎與樊增祥，同一好爲綺語，形諸歌詠。而增祥持躬清謹，不如順鼎之恣娛聲色。然增祥潦倒晚景，一同順鼎之侘傺末路。道路傳言，謂增祥之未病也，國民軍初定北平，有新貴爲母壽；各要人擬制屏，欲得增祥文。增祥老壽，未能戒之在得；世亦知其貧而原之。乃於新貴之母，則以爲特件，索潤甚奢，且須先潤後墨。居間者謂：「送屏諸人皆有身分；豈有食言不饋之理？若必先潤，未免予人難堪。」增祥乃勉成一文。不意送屏者以此大不快，序成，謂不合格，退還。增祥自以文有大名，遭此其辱，發憤遂病，倚榻成〈罪己〉詩，中有「錢可通神亦載鬼，方知文字不療貧」之句。既死，其友人綿竹曹經沅纕衡爲治喪，挽詩曰：「句多詼詭寧諧俗，文漸頹唐只爲貧。」略跡論心，出以斡旋。而有署怏恩仇館主作悼詩，乃云：「傳後原非只易米，潤金兩字誤先生。」直言相規，不只婉諷矣。

增祥爲詩，驚才絕艷；然祈者向不多。杭州三多六橋、丹徒丁傳靖闇公其著也；而三多爲勝。三多稱增祥詩弟子，工於隸事，得其師法。於清末，歷官綏遠都統，庫倫駐防大臣；尤熟於滿蒙各地方言，與故實稍雅馴者，多以入詩。而歌行似增祥，尤似易順鼎；七律似順鼎，尤似增祥。增祥、順鼎愛伶人賈璧雲美，各爲長歌以張之，極侔色揣稱之能事。而三多贈賈詩，獨以少許勝多許；詩云：「萬人如海笑相迎，月扇雲衫隱此生。我惜賈郎仍不幸，倘逢劉季亦良平。」以張良貌似婦人女子，陳平美如冠玉，皆子都宋朝之美，非西施鄭旦之美，可謂擬於其倫。又贈羅惇曧詩有句云：「人品如西晉，家居愛北平」，穩稱雅切，咸得增祥師法。

增祥與易順鼎詩學溫李，而轉益多師，變化自我。時則有專學李商隱者，當推湘鄉李希聖、吳縣曹元忠兩人爲著。希聖，字亦元，光緒壬辰進士，官刑部主事。庚子之變，著有〈拳匪傳信錄〉，自肇亂至於西狩，不及萬言，能盡情變，自負可追王闓運〈湘軍志〉。通籍後，始學爲詩，有作必七律，以玉溪生自許；著有《雁影齋詩存》，中〈湘君〉一篇，爲光緒帝珍妃而作也。珍妃不悅於慈禧太后，將西狩，呼之出，投井中死；詩以哀之。其辭曰：

青楓江上古今情，錦瑟微聞嗚咽聲。遼海鶴歸應有恨，鼎湖龍去總無名。珠簾隔雨香猶在，銅輦經秋夢已成。天寶舊人零落盡，隴鸚辛苦說華清。

希聖每喜自譽其詩，嘗自舉其得意之作，誦一絕句曰：

□□重逢又十年，雲門風物尚依然。楊花瘦盡桃花落，開到酴醾更可憐！

自言：「其鄉雲門寺旁，鄭氏三女，皆有色；長者嫁一兵，次嫁賈人，先死；三者尤艷，感而題壁。」而與後來爲歐陽君重〈題吳楚兩生圖〉一絕格調相同。辭曰：

京兆相逢俠少場，吳生落拓楚生狂。短衣匹馬橫門道，一試郊原春草長。

侯官陳衍曰：「『吳生』句正好與『楊花』句作對；而後詩尤俊逸。」每許其詩，謂可肩隨元之薩天錫云。曹元忠，字君直，號夔一，光緒甲午舉人；以詞有名。詩不常作，學玉溪生，工處時出雁影齋上，專事摘艷薰香，託於芬芳悱惻，有《北遊小草》。如〈贈天韻閣主〉二律曰：

碧玉小家女，青樓大道旁。楊花生命薄，李樹代誰僵。涼笛縈煙思，秋衣怨夕香。南湖好風月，端合住鴛鴦！

誤入華鬘劫，回頭計總差。樓前盡珠翠，門外卓金車。風響衣交串，日嬌裙透花。誰知紅燭夜，背坐泣琵琶。

可謂工整綿麗矣。

順鼎既逝，增祥亦老。而用薰香摘艷之詞，抒感時傷事之旨，由李商隱沿洄以溯白居易杜甫，而詩史自命，譽滿江左者，則有楊圻焉。

楊圻，原名鑒瑩，字雲史，江蘇常熟人。父崇伊，字莘伯，光緒庚辰進士，授編修，由御史外放漢中府知府。圻少負不羈之譽，與元和汪榮寶、江都何震彝及同縣翁之潤，皆以名公子擅文章，號江南四公子。年十七，娶大學士直隸總督李鴻章女孫，就館甥焉。通州范當世爲幕府上客，見其詩出入溫李，嘆曰：「楊郎清才！」二十一歲，以秀才爲詹事府主簿。道揚州，遇老伶工蔣檀青，嘗侍文宗於圓明園，追話恩幸，不覺泣數行下；爲賦〈檀青引〉而弁以傳，自負絕艷警才，不在王闓運〈圓明園詞〉之下。長沙張百熙誦之，謂江東獨步；遂以詩有盛名，而自署曰江東楊圻云。其辭曰：

蔣檀青，京師人，其先越產也。善彈箏吹笛，工南北曲；文宗時，樂部推第一。長安名士宴賓客，非檀青在座則不歡。初高宗建圓明園於京師西北，園景宏麗。時海宇宴安，府庫充牣，高臺深地，極遊觀之樂；歲以首夏幸園，冬初還宮；歷仁宗宣宗以爲例。文宗時，梨園尤盛；設升平署以貯樂工，內務府掌之；設南府，命樂工教內監之秀穎者習歌舞。當夫棠梨春晚，梧桐秋末，萬幾之暇，輒召兩部奏新曲。檀青發喉，則天顏懌霽，賞賚過諸伶。文宗中葉，粵匪據金陵，捻匪擾皖豫；英法齟齬，與戰不利；東南多事，海內騷然。上抑鬱不樂，稍近聲色。總管圓明園事務大臣文豐方寵盛，承旨遣人採江浙美女以進，更廣治臺沼以居之。諸姬皆漢人，殊色善歌舞。咸豐十年七月，英法聯軍犯天津；勝保與戰，敗績；敵長驅入北京。時秋暑猶盛；上方與諸美人避暑福海，蕩木蘭之舟，歌涼風之曲；聞變，於八月八日，倉猝率后妃皇長子巡幸木蘭。詔恭親王留守京師。奸民李某導聯軍刦圓明園，珠玉珍寶盡出。三朝御府希世之物，不知紀極；掠殆盡，擇其尤者以奉英法軍；縱火焚宮殿，火三日不息；諸美人不知所終。文豐北向再拜，投福海，死之；從者郎員數人。恭親王既議和於禮部；事定，檀青乃赴行在；明年七月，文宗皇帝崩於避暑山莊行殿；梓宮奉安，返京師。嘗於暮春入園，帝所居山高水長、朗吟閣、環碧亭、無邊風月閣、聽鶯館、無盡意軒、麗矚軒、影湖樓及諸美人院，赭壁參差，不可指辨；惟福海潺潺，鳥啼花落而已。慟哭出，不忍再往。從人遊江南；江淮間亂，無所業；檀青抱箏沿門賣曲爲活。迄穆宗中葉，湘淮軍克金陵，平捻匪，東南定，再見中興；而檀青貧，終不得返京師。京師方重靡靡之音，無工崑曲者；於是諸伶中，亦無有知檀青姓氏者矣。朝廷稍稍聞圓明園之毀，禍由李某，下獄窮治，誅之；籍其產以賜文豐家屬焉。後三十餘年，而東吳楊雲史年二十一，遊廣陵，宴客平山堂。江山春暮，花絮際天，乃命絲竹以佐詩酒。坐上遇檀青，知余之自京師來也，清歌一聲，彈箏一曲，白髮哀吭，淚隨聲下。問所哀，爲余述宮中事甚悉，言「咸豐九年三月某夕，牡丹堂牡丹盛開。月出，上勅諸美人侍夜宴，置酒賞花於鏤月開雲之臺。春寒未解，以紫貂薦地，寶炬千百，珠翠瑟瑟，靚妝如雲；召宴明皇沉香亭故事數折。花月之下，春光如醉，歌聲遏雲，不能自已。上顧諸美人嗟賞，賜伽楠牟尼、碧玉帶鉤各一事，西洋文錦兩襲。內宮引余跪花陰謝恩，春露滴雲鬟，舞衣猶未脫也。由今思之，四十餘年矣。每念先皇恩，如隔世事。」因嘆曰：「從此以往，無復此樂矣！」言已欷歔。余亦愀然。時光緒乙未四月也。今歲秋，復見之青溪花舫，哀音愴愴，益老矣。嘗讀少陵〈逢李龜年〉詩，於流離之況，寄國家之感。余悲檀青之與龜年，同一流落也；乃爲傳而長歌之。丁酉冬十月，識於京師。

江都三月看瓊花，寶馬香輪十萬家。一代興亡天寶曲，幾分春色玉鉤斜。玉鉤斜畔春色去，滿川煙草飛花絮。都是尋常百姓家，欲問迷樓誰知處。高臺置酒雨溟溟，賀老彈詞不忍聽；二十五弦無限恨，白頭猶見蔣檀青。雕欄風暖凝絲竹，筵上驚聞朝元曲。其時雨腳帶春潮，江南江北千山綠。朱弦斷續怨滄桑，望帝春心暗斷腸；欲說先皇先墜淚，千言萬語總心傷。坐客相看共嗚咽，金徽彈罷愁難絕；同時傷春事不同，飄零身世何堪說！家在京師海岱門，少年往事不堪論：旗亭舊日多名士，北海當年侍至尊。太行北盡仙園起，靈臺縹緲五雲裡；年年豹尾幸離宮，百官扈從六宮徙。萬戶千門魚鑰開，柳煙深淺見蓬萊；妝樓明鏡雲中落，別殿笙歌畫裡來。祖宗旰食勤朝政，百年文物乾坤定。萬方鐘鼓與民同，九重樂事怡天聽。建康殺氣下江東，百二關河戰火紅；猿鶴山中啼夜月，漁樵江上哭秋風。軍書旁午入青鎖，從此先皇近醇酒；花萼樓前春晝長，芙蓉帳裡清宵久。三山清明照瑤臺，夾道珠燈擁夜來。一曲吳歌調鳳琯，後庭玉樹報花開。臨春、結綺新承寵，玉骨輕盈珍珠重。避面寧教妒尹、邢，當筵未許憐張、孔。太液春寒召管筵，官家小宴杏花天。昭陽宮裡春如海，五鼓初傳〈燕子箋〉。鞓紅照睡繁華重，絕代佳人花扶擁。南府新聲妒野狐，升平獨賜龜年俸。夜半青娥掃落花，深宮月色照羊車。庸知銅雀春深事，留與詞人賦館娃！當時海內勤王事，慨慷誓師有曾、李。未見江頭捷旗來，忽聞海畔夷歌起。避暑溫殿夜氣清，宮花露冷月華明。驚心一曲〈長生殿〉，直是漁陽鼙鼓聲。延秋門外黃昏路，城闕生塵妃嬪去；穆王從此不重來，馬上天顏頻回顧。來朝胡騎繞宮牆，凝碧池頭踞御床。昨夜〈採蓮〉新製曲，月明多處舞衣涼。太白睒睒欃槍吐，雲房水殿都淒楚；咸陽不見阿房宮，可憐一炬成焦土。和戎留守有賢王，八駿西幸入大荒。金粟堆空啼杜宇，蒼梧雲冷泣英皇。居庸日落離宮暮，北望幽州空煙樹。初聞哀詔在沙丘，已報新君歸靈武。鼎湖龍靜使人愁，福海悠悠春水流。山蝶亂飛芳樹外，野鶯啼滿殿西頭。梨園寂寞閑煙雨，百草千花愁無主；漢家仙掌下民間，秦宮寶鏡知何處。玉泉山下少人行，瓊島春陰水木清。獨有漁翁斜月裡，隔牆吹笛到天明。繁華事散堪悲慟，玉輦清遊憶陪從。明年重過德功坊，梨花落盡柳如夢。小臣掩面過宮門，犬馬難忘故主恩。檀板紅牙今落魄，尋常風月最銷魂。十年血戰動天地，金陵再見眞王氣。南部煙花北地人，天涯那免傷心淚。武帝旌旗滿九州，湘淮諸將盡封侯；兩宮日月扶雙輦，萬國車書拜五洲。獨有開元伶人老，飄泊秦淮鬢霜早。夜夢簾間唱謝恩，玉階叩首依宮草。糊口江淮四十年，清明寒食飛花天。春江酒店青山路，一曲〈霓裳〉賣一錢。君問飄零感君意，含情彈出宮中事；亂後相逢話太平，咸豐舊恨今猶記。憐爾依稀事兩朝，千秋萬歲恨迢迢。至今煙月千門鎖，天上人間兩寂寥。

情詞哀亂，音節蒼涼，令人低徊欲絕。其後江南詞人盧前（字翼野），爲撰《琵琶賺雜劇》者也。自是圻遊宦京師，少年跳踉，遇大俠王正誼，傾心交歡。光緒二十六年庚子，八國聯軍入京；君相以下逃徙一空；而正誼獨以匹夫御敵死。乃賦〈哀大刀王五〉而繫以序曰：

王正誼，字子彬，回教人；少爲盜，出沒燕豫秦隴間，稱大刀王五，吏莫能得。所取皆贓賄，得財濟貧困，稱義盜。因案自首。有司嘉其義，薄責，釋之。乃設鏢局於京師，以保運輜重爲業；立子彬旗，數千里無警也。折節下士，喜近名流文人。戊戌春，余識之，時過從。余居京師久，習與士大夫遊；與子彬言，乃與世殊；豁如也。庚子，死於拳匪之亂。多軼事，世多記載之。長眉豪氣，今拱木矣！

長安誰健兒？王五四海友。高顴貫大鼻，河目膽如斗。策馬過其門，遮客不得走；大臂如巨椽，持我坐並肘；呼妻出見客，布衣椎髻婦。殺雞具面餅，酌我巨觥酒。大聲談刀劍，眼光忽左右。自言：「少年事，談笑殺人夥。天下多奸吏，安得盡授首！悖入不悖出，此理天不取。男兒貴坦白，爲盜何足醜！英雄如落日，忽焉已衰朽。」我時方弱冠，聞言前席久。問以刀劍術，大笑握我手：「公子好書生，才智得未有。一人何足敵，六經乃眞守。豚兒令讀書，君能教之否？世道促浩劫，飢寒十八九。天下一指掌，有事十年後。」斯言猶在耳，斯人木已秀。眞氣見肺肝，愧死肉食臭。乃知山澤間，奇士或一覯。人生共天地，流品何薄厚。苟不知禮義，衣冠有禽獸！

圻頗尙氣好奇，優伶俠少，咸與推誠；而頗不慊意士大夫。二十七歲，爲戶部郎中，舉光緒壬寅順天鄉試，爲南元；調郵傳部主稿，薪優冠京曹。顧默察同官多海內才俊，所爲類胥吏瑣屑事，而干請征逐，終日皇皇然；覺今日所謂用者，在此不在彼。而矯其弊者，且爲異說詭行，舉倫常體法制文物，百世之大防大經，一切摧陷爲快；曰：「將以求治也。」才智之士，則揚波而煽焰焉；其勢寖至反道敗德，殆哉岌岌。而執政大吏，且薦拔如不及，以爲斯人不出，如蒼生何！乃嘆或者古今事殊，俯仰咸不自得。而聞南洋群島有海山之勝，中國人數十萬居之，長子孫焉。心壯而慕之，請於外部，奏充英屬南洋領事，駐新嘉坡。所居頗幽勝，水木數里，風月清夜，孤島絕壁，高詠獨嘯，不知人間何世。既而辛亥國變，自以弱冠從政，事德宗者十二年，事幼帝者三年，棄職歸里。常熟山水秀絕吳中。圻於是營繕園林，尤愛種梅，多高出於檐。繼娶徐，艷而有文；夫婦吟嘯，圻有「一囊詩句但謀妻」之句。帶甲滿地，天下無乾淨土。而圻則林臥江鄉，寂寞人外，玩婦弄兒，若將終身焉。江西督軍陳光遠以民國九年十月，延致之幕，請爲祕書。張宗昌方據袁州；光遠患其逼也，謀逐之。圻以重苦民，諫毋用兵。既而宗昌敗走，士民流離數郡。光遠乃以十年正月爲所部陣亡將士開追悼會。圻挽聯曰：「公等都遊俠兒，我也得幽燕氣，可憐北去滯蘭成，聽鼙鼓一聲，愴然出涕；醉後摩挲長劍，閒來收拾殘棋，慚愧西來依劉表，看春江萬里，別有傷心。」又賦〈南昌軍幕感懷〉詩，有句云：「白骨如山諸將貴，黃金滿地五丁愁。」哀時憂民，人爭傳誦。有以告光遠者，謂譏其佳兵而好貨也；且曰：「楊祕書欺我輩不識字，至敢以劉表擬公，謂公終如表讓成都耳。」光遠慚怒，拍案起曰：「我不薄雲史，何辱我！」方張樂設飲，遽命罷。座客愕然，爲圻解言：「讓成都，是璋非表。表官江右，爲漢末八俊。」終不解。一客憤，取〈表本傳〉趨入，擲案上曰：「談何容易做劉表！」光遠閱之，乃釋然曰：「我過矣！」

圻即草牘乞放歸曰：「圻東吳下士；將軍謬採虛聲，致之幕府，時陪閻公之座，遂下陳蕃之榻，頗思盡其愚悃，有裨萬一。得山妻徐書，謂『園梅盛開，君胡不歸！』不禁他鄉之感。復動思婦之懷。清輝玉臂，未免有情；疏影高窗，亦復可念。清狂是其素性，故態因之復萌。敢效季鷹煙波之請，乞徇林逋妻子之情，予以休假，遂其山野。庶白雲在山，靚妝相對，此中日月，亦足爲歡；則將軍之賜也！」明日，遂行。光遠知不可留，則致贐千金。及門，閽者曰：「渡江矣！」光遠意亦悵然。圻之行也，道出九江，遠遊匡山之黃龍寺。僧問姓字已；曰：「公非別有傷心之楊祕書乎！」會吳佩孚以兩湖巡閱使，奉曹錕之命，督師攻趙恆惕於湖南，駐宜昌；聞圻名，電招入幕。佩孚起家諸生，頗以文字相賞會；自是一心奉事，稱曰主公。佩孚既取岳州，與趙恆惕媾和以解，歸練兵洛陽。而圻以祕書長從，睹盜賊橫行，官利民懦，感懷愴然，賦〈哀中原〉以獻；辭曰：

賊來復官來，旦夕命如絲。嗟乎大河南，手足將安施！近年盜如毛，數數攻城池。飄忽若風雨，流亡滿澤陂。大郡如臨敵，小縣聞聲馳；飽掠復他去，空城棄如遺。狐狸出以晝，貔貅守其雌。婦女走山谷，老弱化爲骴；千里絕炊煙，午夜無啼兒。大索良家子，獰笑令納資；贖命妻子切，救子父母慈；置身刀俎上，悉索焉避辭；豈不惜傾家，求免虎口飼；平時聚斂才，驅雀惟恐遲；此時官何往，哀呼寧或知。資賊在苟免，猶得留銖錙；忽聞官已至，民喜忘其飢。官曰「爾通賊」，結舌莫置詞。喘息猶未定，俯就獄吏笞。亂後四壁立，賂贖將何資？賊來官先去，賊去官殺之。獻俘上大吏，加爵功有差。賊去已經年，城中何伏屍。所望父母心，後來乃若茲！死官不死賊，良民理如斯。哀哀河南民，爾曷生今時？爾生不如死，死矣則莫悲！

佩孚讀之震怒，任馬志敏、田維勤、靳雲鶚、丁香玲爲四司令，分區兜剿，誅渠魁張國威、范明新；民稍安枕焉。佩孚方以武力統一爲國是；而圻則哀大盜竊發，強藩割據，莫不以革命爲名，脅制衆心；遂有詩曰：

「歷數豈有歸，英雄徒虛僞。天意本無常，人事亦何爲！得士必殺人，螳雀爭覦覬。一姓豈終極，孤城幾易幟；寧令萬骨枯，成我數年事。所謂弔伐心，大盜勝者貴；逐鹿滿今古，心跡豈同異。哀哉衆生靈，浩劫將焉避！」可謂慨乎言之；佩孚亦不罪也。自是山海關之戰，雞公山之役，黃州、岳州之走，佩孚疲於奔命；而圻則間關相從，無役不與。佩孚再起不振，而圻則依佩孚而名益重，詩酒倜儻，每有作，爭相傳寫，稱曰「詩史」，媚曰「詩閥」焉。刊有《江山萬里樓詩鈔》十三卷，而佩孚爲之序，分少年、壯年、中年、強年四集；欲以力振唐音，不落宋人啞澀之體。所作七古皆長慶體，自〈檀青引〉以外，如〈金谷園曲〉、〈天山曲〉、〈長平公主曲〉，緣情綺靡，直欲突過梅村。而〈天山曲〉，長數千字，紀香妃事，自有七古以來，無此長篇也。特是彈冠新朝，猥託攀髯之痛；委身強藩，特多阿諛之辭；進退失據，殊有足爲詩史玷者焉。此外元和汪榮寶，字衮甫，入民國，爲日本公使多年。在昔嘗官京曹，與曹元忠及常熟張鴻橘隱往還，從事西崑，相戒毋作西江語，有《西磚酬唱》之集；西磚者，張鴻所居胡同名也。故其少壯之作，隱約縟麗，神肖玉溪；及後乃參取異派之長，致力於荊公、山谷、宛陵、後山諸集，其清超遒上，詩境益進；鄭孝胥亦稱其工。然西崑面目，固猶蛻之未盡也。而常熟有楊無恙讓漁者，學玉溪而能變；所刊《無恙吟稿》，隱文譎喻，義歸翰藻，而亦頗擺脫陳法，自出手眼；陳三立蓋亟許之云。

2. 宋詩

陳三立（附：張之洞、范當世、及子衡恪方恪）——陳衍（附：沈曾植）——鄭孝胥（附：陳寶琛、及弟孝檉）——胡朝梁——李宣龔（附：夏敬觀、諸宗元、奚侗、羅惇曧、羅惇㬊、何振岱、龔乾義、曾克耑、金天羽）

陳三立，字伯嚴，江西義寧人；晚築室金陵，署曰散原精舍，又稱三原老人；故湖南巡撫寶箴子也。少而文，有風概，與湖北巡撫譚繼洵之子嗣同，福建巡撫丁日昌之子惠康，提督吳長慶之子保初齊名，天下稱四公子。而三立早為故侍郎出使英法大臣湘陰郭嵩燾所知，集中〈留別墅遺懷詩〉所稱「綺歲遊湖湘，郭公牖我最；其學洞中外，孤憤屏一世」者也。光緒丙戌進士，官吏部主事，不坐曹，侍父湖南巡撫任。天懷湛發，志意尤瓌瑋，嘗思振掔摧頹，幸贊乃父，作新百度。戊戌政變，三立以名公子與康有為、梁啓超交關中外作氣勢，聲稱藉甚。而四品卿軍機章京楊銳、劉光第又皆因寶箴薦以達德宗，既以駢誅；慈禧太后惎之甚，褫父子職。遂侍父歸南昌；而寶箴以光緒二十六年庚子夏，聞拳匪之亂，發憤死。既而兩宮回鑾，黨禁稍解，遂移家金陵；自是肆力為詩。陶寫情性，呼之欲出。有〈遣興〉一律云：

> 而我於今轉脫然，埋愁無地訴無天。昏昏一夢更何事，落落相看有數賢。懶訪溪山開畫軸，偶耽醉飽放歌船。詩聲尚與吟蟲答，老子痴頑亦可憐！

又有〈城北道上〉一律云：

> 晶礫新馳道，晴霆迭馬蹄。屋陰銜柳浪，裾色潤瓜畦。詣客能相避，偷閒亦自迷。歸棲枝上鵲，為我盡情啼。

又〈至滬訪鄭太夷〉云：

> 生還真自負，雜處更能安。意在無人覺，詩稍與世看。所哀都赴夢，可老得加餐。吐語深深地，吹裾海氣乾。

三詩乃庚子以後移寓金陵作，眞氣磅礴。不假雕飾，沉憂積毀中，乃能吐屬閑適如此。蓋三立爲詩學韓愈，既而肆力爲黃庭堅，避俗避熟，力求生澀，與薛士龍季宣絕似。然其佳處可以泣鬼神，訴眞宰者，未嘗不在文從字順中也。而荒寒蕭索之境，人所不道，寫之獨覺逼肖，而一出自然，可謂能參山谷三昧者。其題〈豫章四賢象拓本〉第三絕云：

駝坐蟲語窗，私我涪翁詩。鑱刻造化手，初不用意爲。

世人只知以生澀爲學庭堅，獨三立明其不然，此所以夐絕人人。其爲〈濮青士觀察丈題山谷老人尺牘卷子〉曰：

我誦涪翁詩，奧瑩出嫵媚。冥搜貫萬象，往往天機備。世儒苦澀硬，了未省初意；粗跡撏毛皮，後生渺津逮。書何獨不然，筆法摹訛僞；九州炫贋本，蛇蚓使眼瞇；岩拓亦損眞，略具銀鉤勢。望古忝邑子，遺墨期購致。鄰寺守傳幅，號稱小三昧。髫髻轉郡國，坐失摩挲地。屬聞散人家，居奇千金利。濮叟騷雅宗，襲珍辱持示。阿誰乞伽佗，想見娛遊戲。風日發光妍，珠璣蘊溫粹。宛窺虞柳全，漸拾義獻墜。鋒銳斂沖夷，乃副儒者事。取證內外集，波瀾與莫二。得此誇家雞，政爾適寤寐。後有五百年，永寶十行字。劣詠汙敗毫，憑叟哂以鼻。

蓋論定黃氏，有不同人云亦云者。嘗以宣統元年刊《散原精舍詩》二卷，鄭孝胥序其端曰：

伯嚴詩，余讀至數過，嘗有越世高談、自開戶牖之嘆。己酉春，始欲刊行，又以稿本授予曰：「子其爲我擇而存之。」余雖喜爲詩，顧不能爲伯嚴之詩，以爲如伯嚴者，當於古人中求之。伯嚴乃以余爲後世之相知，可以定其文者耶？大抵伯嚴之作，至辛丑以後，尤有不可一世之概。源雖出於魯直，而莽蒼排奡之意態，卓然大家，非可列之江西社裡也。往有巨公與余談詩，務以清切爲主，於當世詩流，每有「張茂先我所不解」之喻；其說甚正。然余竊疑詩之爲道，殆有未能以清切限之者。世事萬變，紛擾於外；心緒百態，騰沸於內；官商不調而不能已於聲，吐屬不巧而不能已於辭；若是者，吾固知其有乖於清也。思之來也無端，則斷如復斷，亂如復亂者，惡能使之盡合？興之發也匪定，則倏忽無見，惝怳無聞者，惡能責以有說？若是者，吾固知其不期於切也。並世而有此作，吾安得謂之非眞詩也哉，噫嘻，微伯嚴，孰足以語此！

此孝胥贈樊增祥詩所稱：「嘗序伯嚴詩，持論闢清切」者也。序中巨公，即指南皮張之洞也。晚清名臣能詩者，前推湘鄉曾國藩，後稱張之洞。國藩詩學韓愈、黃庭堅，一變乾、嘉以來風氣，於近時詩學有開新之功。之洞詩取歐陽修、蘇軾、王安石，宋意唐格，其章法聲調，猶襲乾、嘉諸老矩步，於近時詩學有存舊之思。國藩識巨而才大，寓縱橫詼詭於規矩之中，含指揮方略於句律之內，大段以氣骨勝，少琢煉之功。而之洞則心思致密，言不苟出；用字必質實，造語必渾重，勿弔詭；寫景不虛造，敘事無溢辭；用典必精切，不泛引，不鬥湊；立意必己出，毋襲故，毋阿世；稱心而出，意不求工；刊落纖濃，寧質勿綺；雖以風致見勝處，亦隱含嚴重之神，不剽滑；其生平宗旨，取平正坦直。最不喜黃庭堅，題其集曰：「《黃詩》多槎牙，吐語無平直，三反信難曉，讀之鯁胸臆。如佩玉瓊琚，捨車徒荊棘；又如佳茶荈，可啜不可食。子瞻與齊名，坦蕩殊雕飾。」幾於徵聲發色，不啻微言諷刺；而見詩體稍僻澀者，則斥爲江西魔派，不當意也。三立嘗從之洞遊武昌，有〈九日從抱冰宮保至洪山寶通寺送梁節庵兵備〉一律云：

嘯歌亭館登臨地，今日都城隔世尋；半壑松篁藏梵籟，十年心跡比秋陰；飄髯自冷山川氣，傷足寧爲卻曲吟。作健逢辰領元老，下窺城郭萬鴉沉。

詩在三立為最清之作，而之洞誦之，哂曰：「元老那能見領於人！」又稱「逢辰」二字為不經（逢辰二字，陳師道、朱熹常用之）蓋亦不解之一。然之洞督鄂之日，嘗聘三立校閱經心兩湖書院卷，先施往拜，備極禮敬。而三立亦稱之洞詩重厚寬博，在近代諸老之上焉。

三立之詩，晚與鄭孝胥齊名；而早從通州范當世遊，極推其詩；以當世亦學黃庭堅也。當世嘗錄示〈甲午客天津中秋玩月〉之作。三立誦嘆絕曰：「蘇黃而下，無此奇矣！」因酬以詩稱「吾生恨晚數千歲，不與蘇黃數子遊。得有斯人力復古，公然高詠氣橫秋」者也。當世困厄寡諧，一出客直隸總督李鴻章所，意氣甚歡。既更世難，抑鬱牢愁一發以詩，有《范伯子詩集》，功力甚深，下語不肯猶人，峻峭與三立同。而三立筆勢壯險，彷彿韓愈、黃庭堅。當世意思牢愁，依稀孟郊、陳師道。顧三立喜之特甚，為子娶當世女，有〈衡兒就滬學須過其外舅肯堂通州率寫一詩令持呈代柬〉一律云：

吾嘗欲著〈藏兵〉論，汝舅還成〈問孔〉篇。此意深微俟知者，若論新舊轉茫然。生涯獲謗餘無事，老去耽吟倘見憐！胸有萬言艱一字，摩莎淚眼問青天。

志意牢落可想。蓋三立名公子，既蹉跌不用，然不能忘情經世，則一發之於詩。其〈甲辰感春〉詩云：

雜置王霸書，其言綜治亂：慷慨一時畫，指列亦璀璨。世運疾雷風，幻轉無數算；冥冥千歲事，孰敢恣臆斷；況當所遭值，文野互持半。垂示不過物，道苦就羈絆；又若行執燭，迎距光影判；倍譎勢使然，安能久把玩？巍巍孔尼聖，人類信弗叛；劫為萬世師，名實反乖謾。起孔在今茲，舊說且點竄。摭彼體合論，差協時中讚。吾欲哀百家，一以公列貫；與之無町畦，萬派益輸灌。國民如散沙，披離數千歲。近儒合群說，嘵嘵徒置喙。無當下民心，反脣笑以鼻。「痾癢本非我，我愛焉所寄。」

生今探道本，亦可決向避。天地有與立，綢繆非細事。吾尤痛民德，緐然滋朋僞；東披躓於西，寧獨窒厥智！環球懸宗教，始賴繕萬類。廝養煬灶間，上帝臨無二。俗化得基礎，然後圖明備。嗟我號傳孔，梓潼雜兒戲。回釋既浮剽，耶和益相懟。向見龍川翁，組織別樹幟；謬欲昌其說，用廣師儒治。惜哉畏彈射，又倚厭世義。徒黨散四方，杳茫竟誰嗣！

咄嗟渤海戰，樓檣湧山岳；長鯨掉巨蛟，咋死落牙角。騰抶三島銳，其勢病飛雹。立國何小大，呼吸見強弱。稍震邦人魂，酣夢徐徐覺。方今鏖群雄，萬鈞操牡鑰。之死而之生，妙巧詎苟託；醉飽視息地，一映颸掃籜。奮起刀俎間，大勇藏民瘼。茲事動鬼神，躍與淚血薄。一士滄瀛歸，蒼黃發裝橐。攜取太和魄，佐以萬金藥。曰「舉國皆兵」！曰「無人不學」。

皆戛戛生新而絕不爲餖飣者！然辛亥國變以後，則詩體一變，錯於杜、梅、黃、陳間矣。〈癸丑由滬還會陵散原別墅雜詩〉云：

入門成生還，躊躇顧室廬；凝塵掃猶積，陰蘚侵階除；几案未改位，簽架稍紛拏。檐間新巢燕，似訝客曳裾；貓犬飢不還，帙落乾死魚。紙堆棄遺禮，略辨誰某書。因嗟訌變始，所掠半爲墟。長旗巨刃前，守者對欷歔。就撫手植樹，汝留劫燼餘！

夙戀山水區，辛勤營此屋，草樹亦繁濃，頗欣生意足。移居席未暖，烽燧已在目；提攜臥疾雛，指星庇海曲；淒息屢改火，奮身看新築；四望帶城陴，春氣染花竹。狹巷聞賣漿，居鄰喚黃犢。卸裝此盤桓，倏駭萬霆逐。窗壁爲動搖，坐立幾俱仆；地震兼鳴嘯，平生所歷獨。夜中震復然，破寐叫庸僕；置彼災祥說，一枕百憂續！

鍾山親我顏，鬱怒如不平；青溪繞我足，猶作嗚咽聲。前年恣殺戮，屍橫山下城；婦孺蹈借死，塡委溪山盈。誰云風景佳，慘憺弄陰晴。檐底半畝園，界劃同棋枰。指點女牆角，鄰子戕驕兵。買菜忤一語，白刃耀柴荊。側跽素髮母，拏嬰哀哭並。叱咤卒不顧，土赤血奔傾。夜樓或來看，月黑磷熒熒。

前兩首敘述曲折，後一首鬱怒嗚咽；革命之師，號曰弔民；而兵驕民殘，可謂極繪寫之能；誦者恍若聞睹焉。

初三立之移家金陵也，日從兩江總督端方遊，評品書畫，意氣甚歡。端方將具疏復其官。三立堅辭，慨然知時不可爲，煩冤離憨，一放於詩。而爲文恣肆奇峻，吳汝綸讀之曰：「是欲不立宗派，有意爲曾文正者；然談何容易！」李希聖則稱其文在陳承祚、范蔚宗之間。而三立自言：「余少年名習爲文章，與南豐劉君孚京字鎬仲者遊。而君爲之愈專且勤，所治書淫於周秦漢諸子雜家；所爲文亦本之，不闌入唐以後體勢及宗派諸說；與余頗持同異，互標舉掎摭爲噱樂。時君以主事廁刑部，俸入微，頗假士大夫責文弔賀，受金贍乏絕。一日，君屬草稿，意蹇產良苦；乃取篋中有所謂《續古文辭類纂》者，溷君几案，謾語以：『且讀且效爲之！惡有日聒劉子政、班孟堅，賤易鹽米至此乎！』未幾，余去都。君以書告曰：『用公言，吾所賣文果易就；然累吾文益即卑近者，公也。』余大笑。方是時，海內才俊故舊集輦下，過逢絡繹；而日以道義術業相切礪。晨夕昵語，爲余所兄事而弟畜之者，獨君與豐城毛君慶蕃字實君兩人而已！」蓋早歲用事於文之劬且久有如此。顧海內爭誦其詩，至眞知其文者不多。自隨其父廢退居南昌，越一年，拳禍作，而父以憂死。乃作〈崝廬記〉以抒憤曰：

西山負江西省治，障江而峙，橫亙二三百里，東南接奉新、高安諸山，北盡於彭蠡；其最高峰曰蕭壇，下紛羅諸峰，隆伏綿綴，上為青山之原，吾母墓在焉。墓旁築屋，前後各三楹，雜屋若干楹，施樓其上，為遊廊，與母墓相望；取「青山」字相並屬之義，名崝廬。初吾父為湖南巡撫，痛窳敗無以為國，方深觀三代教育理人之原，頗採泰西富強所已效相表裡者，放行其法。會天子慨然更化力新政，吾父圖之益自喜，究用此得罪；免歸南昌。因得卜葬其地。明年，遂葬吾母，穴左亦預為父壙，光緒二十五年之四月也。吾父既大樂其山水雲物，歲時常留崝廬不忍去，益環屋為女牆，雜植梅、竹、桃、杏、菊、牡丹、芍藥、雞冠、紅躑躅之屬。又闢小坎，種荷蓄儵魚；有鶴二，犬貓各二，驢一。樓軒窗三面當西山，若列屏，若張圖畫；溫穆杳藹，空翠蓊然撲几榻，鬚眉帷帳衣履，皆映黛色。廬右為田家，老樹十餘虧蔽之；入秋葉盡赤，與霄霞落日混茫為一。吾父淡蕩哦對其中，忘飢渴焉。嗚呼，孰意天重罰其孤，不使吾父得少延旦暮之樂；葬母僅歲餘，又幾葬吾父於是耶？而崝廬者，蓋遂永為不肖子煩冤茹含，呼天泣血之所矣。嘗登樓跡吾父坐臥憑眺處，聳而向者山耶？演迤而逝者陂耶、疇耶？繚而幻者煙雲耶？草樹之深以蔚耶？牛之眠者鬥者耶？犬之吠，雞之鳴，鵲鴝群雉之噪而啄、呴而飛耶？然滿目淒然，滿聽蕭然瑟然，長號而下。已而沉冥以思：今天下禍變既大矣，烈矣；海國兵猶據京師，兩宮久蒙塵，九州四萬萬人民皆危蹙莫必其命。乃益大慟，轉幸吾父之無所睹聞於茲世者也。其在《詩》曰：「誰生厲階，至今為梗！」又曰：「莫肯念亂，誰無父母！」曰：「凡今之人，胡僭莫懲！」然則不肖子即欲朝歌暮哭，憔悴枯槁，褐衣老死於茲廬以與吾父母魂魄相依，其可得哉！廬後檐下植二稚桂，今差與檐齊。二鶴死其一，吾父埋之廬前尋丈許，親題碣曰鶴冢。旁為長沙人陳玉田冢；陳蓋從營吾母墓工，有勞，病終崝廬云。

蓋傷戊戌政變之無成功以至於斯也，意有與〈甲辰感春詩〉相發者焉。然而德宗奉慈禧太后西狩回鑾，遂下詔變法，開學堂，練新軍，籌備憲政，言新政者囂然並起，鹵莽滅裂，而革命隨之，以有民國；目擊傷心，寖又悟變法圖治之未可求速效，急功近利之無裨於富強；遂見於〈庸盦尚書奏議序〉曰：

庸盦尚書既退居滬瀆，乃輯生平揚歷所得奏議，區爲十六卷，授刊竟，命三立序其端。竊維國家興廢存亡之數：有其漸焉；非一朝夕之故也；有其幾焉，謹而持之，審愼而操縱之，猶可轉危爲安，銷禍萌而維國是也。吾國自光緒甲午之戰畢，始稍言變法。當是時，昧於天下之大勢，怙其私臆，激蕩馳驟，愛憎反覆，迄於無效，且召大釁，窮無復之，遂益採囂陵之說，用矯誣之術，塗飾海內外耳目。於人才風俗之本，先後緩急之程，一不關其慮。而節鉞重臣，號爲負時望、預國聞者，亦復奮舌摩掌，揚其瀾而張其焰，曲徇下上狂逞之人心，翹然以自異。於是人紀之防墜，滔天之象成，而大命隨之矣。是故今日禍變之極，肇端雖不一轍；而由於高位厚祿士大夫不過其漸，不審其幾，揣摩求合，無特立之節，蓋十而六七也；豈不痛哉！尚書當官京兆時，值庚子禍作，躬捍大難；旋督漕淮上，遷河南江蘇巡撫，擢督湖廣，最後爲直隸總督。其爲治務培國本，恤民隱。凡所敷陳，常持大體，度勢所能行，不欺其志；於預備立憲列上諸疏，尤言人所不敢言。往者三立從湘陰郭筠仙侍郎遊。侍郎以爲中國侈行新政，尚非其人，非其時；輒引青城道人所稱「爲國致太平，與養生求不死，皆非常人所能。且當守國使不亂，以待奇才之出；衛生使不夭，以須異人之至」；鄭重低徊以寄其意。侍郎，世所目爲通中外之略者也；其所守如此。時少年盛氣，頗忽而不察。今而知老成瞻言百里，驗若蓍蔡，爲不可易。乃觀於當書疏，語中往復於重綱紀，挽學術，誡變更之繁，匡陵躐之弊，類皆切摯戇直，孤忠謇謇，有可揭日月而泣鬼神者。嗚呼，其於青城道人守國使不亂之旨，倘有合歟！後之治國故者，討其勛績，綜厥終始，愀然於尚書之不幸而垂空文，亦一代得失之林也。

庸盦尚書者，前直隸總督陳夔龍也。三立此序，感慨家國興廢之故。低徊引郭侍郎之言，憂心悄悄，乃深追悔少年之盛氣，變法激蕩馳驟之迄於無效，前後易慮，何啻南北馳；此直索解人不得也。

三立諸子皆能詩；而長子衡恪名最著，即三立寫詩束范當世署曰「衡兒」者也；字師曾，多能藝事，篆刻逼漢人，畫得元人倪瓚、黃公望風味；而爲詩喜學謝靈運、謝惠連之作，由沉鬱出清迴；尤摯言情。婦范早卒；繼娶汪，又卒，悲之甚，有〈春綺卒後百日往哭殯所感成三首〉云：

我居西城闉，君殯東郭門。迢迢白楊道，萋萋荒草原。來此盡一哭，淚洗兩眼昏。既不篚簋設，又無酒一尊。焚香啓素幄，四壁慘不溫。念我棺中人，欲呼聲已呑；形影永乖隔，目渺平生魂。我何不在夢，時時聞笑言？倏忽已三月，卒哭禮所敦。我哭有已時，我悲鬱難宣。藕斷絲不絕，況此綢繆恩。苦挽已殘月，留照心上痕。

故人九原土，新人三寸棺；相繼前後水，一往不復還。我何當此戚，淚眼送奔瀾。生時入我門，綠髮承珠冠。死別即塵路，靈輀載鳴鑾。忽忽十年事，眞作百歲觀。念此常惻愴，凋我少壯顏。少壯能幾何，厭浥朝露團，會當同歸盡，萬事空漫漫！

孑身轉脫然，於我一何忍。相期白首歡，豈意娛俄頃。當時攜手處，一一苦追省：伸紙見遺墨，檢奩得零粉。衣綻何人補，書亂惟自整。亦有庭院花，獨賞不成景；一昨致盆蘭，三日葉枯殞；似我同心人，壽命吝不永。鬱陶對暗壁，淚若繁星隕。天乎何困余，江海弔寒梗。有生有憂患，此味今再領。

侯官陳衍評：「第二首『冠』、『鑾』二韻，眼前事，人不能道。愈瑰麗，乃愈悲痛，信有不堪回首者。」春綺，其婦字也。又〈題春綺遺像〉云：

人亡有此忽驚喜，兀兀對之呼不起。嗟余隻影繫人間，如何同生不同死！同死焉能兩相見，一雙白骨荒山裡。及我生時懸我睛，朝朝伴我摩詩史。漆棺幽閟是何物？心藏形貌差堪擬。去歲歡笑已成塵，今日夢魂生淚泚。

〈月下寫懷〉云：

叢竹綠到地，月明影斑斑。不照死者心，空照生人顏。

詞意淒厲，蓋亦悼亡之作。陳衍謂其眞摯處突過乃父。三立詰衍何乃譽兒以抑父？衍應之曰：「此正吾輩求之不得者。恐君詞若有憾，實乃深喜之。向在都，嘗與林宰平推究古今聞人，其子往往趕不上；此與家學濡染之說，豈不大相反？宰平曰：『此殆諺所謂近廟欺神之故也。』」相與大笑而罷。顧衡恪詩不多作，特以畫名，自稱徐天池轉生，屢夢天池與論畫，且告之曰：「我得年七十有三，汝壽如之。」自許當得大年，而以民國十二年卒，年三十有幾；士論惜之。

衡恪之弟方恪，字彥通，亦能詩。陳衍贈以詩曰「詩是吾家事，因君父子吟」者也。衍嘗論衡恪眞摯，而方恪則名貴，有感於京師南妓，作〈梁溪曲〉，其詞曰：

曲罷眞能服善才，十年海上幾深杯。不知一曲梁溪水，多少桃花照影來。
休言滅國仗鬟眉，女禍強於十萬師。早把東南金粉氣，移來北地奪胭脂。
燈痕紅似小紅樓，似水簾櫳似水秋。豈但柔情軟似水，吳音還似水般柔。

自跋言「前清末年，京師南妓最盛，皇室貴冑，無不惑溺，遂以苞苴女謁亡國。而梁溪亦成北來南去之李師師」云。然方恪詩有酷似其父者，如〈爲先母卜兆域至臨安法華山中夜宿蘭若〉云：

荒山獨夜自驚神，鼠落鴟騰簌屋塵。燈影撲床疑有魘，松濤如海欲沉身。免懷顧復承家日，換劫艱難拜墓人。明日出門愁雨腳，麻鞋趼足仰蒼曼。

陳衍以爲雜諸〈散原精舍詩〉嶠廬諸作，幾不能辨也。

陳衍，字叔伊，少時，嘗夢至一處，重樓疊閣，闃其無人；有書數百櫥，隨手抽數冊閱之，書邊印「石遺某某」，書中似是自己著作；醒時只記如此，書中云何，則忘之矣。時方閱《元遺山集》，因遂自號石遺；蓋以舊字叔伊，「遺」、「伊」國語同音；「石」、「拾」同音，而「叔」訓「拾」也。中式光緒壬午舉人，官學部主事，歷任京師大學、廈門大學文科教授。生而警敏；四歲誦《千家詩》，喜「花開紅樹」、「綠樹陰濃」、「黃梅時節」、「去年花裡」諸首，別有會心。五年，父用賓授《四子書》、《毛詩》、《春秋左氏傳》、《尚書》，日必數千言，若《尚書．禹貢》、《左傳》公子重耳之出亡、韓、城濮、邲、鄢陵之戰，皆起訖，限一日背誦。衍則臨睡熟讀，倦極乃寢；詰旦遲明起，奔立案頭，一手披衣一手翻書朗誦，適時，廚下晨餐熟，則成誦矣。一日，讀《孟子．不仁者可與言哉》章，一日，讀〈小弁小人之詩也〉章，喜其音節蒼涼，抗聲往復。父自外歸，聞之色喜曰：「此兒於書理，殆有神會。」九歲，兄書授唐詩，自秋徂冬，王維、孟浩然、韋應物、柳宗元詩皆成誦，上及陳子昂、張九齡之作，次年，乃及李白、杜甫與晚唐諸家，每言：「夜讀時，見案頭瓶中所插折枝菊花梅花，秀色香韻，沁入腦際，胸中一種詩味，不可名言。」十歲以後，畢誦《詩》、《書》、《易》、《春秋》、《左傳》、《周禮》、《禮記》、《爾雅》，習爲制舉之文。然終年學爲詩，日課一首；蓋書之教也。書胸中不滯於物，詩境超逸，於白居易、蘇軾爲近；中間爲陳師道、陸游、楊萬里，爲陸龜蒙、皮日休，雅不以空言神韻，專事音節爲岑參、李頎、孟浩然、韋應物、柳宗元之所爲者爲然。衍秉其教；旁逮考據，以唐、宋、金詩，皆有紀事，而元獨無，遂輯《元詩紀事》。其教人學詩，必因材性之所近，不主一家；而自爲詩，則欲薈萃古人之所長以自名家。如〈與默園論詩即送其行〉曰：

> 黃生手持荊公詩，密密圈點吟哦之。此中海藏久探索，更無餘地堪因依。君家雙井富書卷，驅使詰屈或汝師。茲行山水入八桂，劍鋩羅帶相參差。柳韓筆力借磨礪，勿怨世路多嶇崎！

又〈胡詩廬詩存題後〉曰：

> 君於五七言，氣體均不俗；問其不俗故，服膺在山谷。山谷之爲人：磊砢見節目；生長山水窟，歷皖湘黔蜀。世間清剛氣，貫湊入骨肉。發爲詩文字，可喜不可欲。知者謂堅凝，不知謂嚴酷。君生於其鄉，師又谷之續；今詩盡谷體，谷致杜之曲。別古體爲今，吾國之所獨。音業與古異，貌自爲唐局。李（白、賀）孟（郊）不律詩，二杜（審言、甫）沈陳屬。陳律何鏗然，五古古自復。要知杜與黃，萬卷胸積蓄；當其欲下筆，萬象森瞻矚；春蹂範奇偶，左右罔不足。七言始〈騷經〉，劉、項節猶促：〈式微〉云兆端，「帝力」更高躅。〈柏梁〉不易韻，杜韓廝二瀆。然實〈騷〉之流，兩句韻一束。但省其「兮」字，一韻自起伏。又視古樂府，長短句盡劇；試將枚蘇李，用韻一細讀；顯與歌曲流，同流而異瀆。因君偶放言，敢謂識歸宿。

蓋教黃舍荊公以學山谷；而詔胡勿以山谷自限，而進之以杜韓也。至〈論詩一首送覲俞同年歸里〉，則曰：

> 君從故鄉來，忽索我詩看。言逢畏廬說：「子詩近所罕。」因得讀君詩，湖上作居半。湖光與山淥，著筆不肯散。自言探詩境，一葉墜浩漫。岷峨在何許，蜀道險不憚。我從學詩來，亦復思之爛。樂天善閑適，柳子工嗟嘆。孟郊驁且雄，次山碎何惋，奇兵雙井出，短劍渭南鍛。老樹曲而直，頹雲連復斷。連宵快縱談，歸棹惜歲晏。何當小旗亭，畫壁賭之渙。

蓋欲集古人之長以自名家也。尤喜翹稱渭南；蓋近人爲詩，喜學北宋，學陸游者特少；故表而出之也。嘗語人曰：「放翁七言近體，工妙宏肆，可稱觀止。古詩亦有極工者；蓋薈萃衆長以爲長也。」以光緒二十四年，應兩湖總督張之洞辟召。之洞督鄂久，值中外多故，而武昌居長江上流，形勢扼要；之洞以陶侃自命。衍未許之。有友人同在幕府，酷嗜賭；衍因以詩規之曰：「摴蒱運甓等無用，互訟廷尉難爲平。」蓋兼諷之洞也。而衍爲從事久，誦說計學。之洞則爲新庶政，方以作業劇而財匱，無所爲計；而用衍之謀，通輕重之權，以鑄銅圓，消息財貨；遂以講武興學，顯名中朝；其議自衍發之也。學則博聞強記，自經史子集以逮小學、金石、目錄、山經、地志，靡所不賅貫；有叩斯應。而泓深渟蓄，久乃不掩，發爲文章以抒胸中之瑰偉，皆不屑屑襲古人窠臼，而異軍別張以自開派。偉辭獨鑄，詩最有名；蓋有會於宋賢梅堯臣之洗煉，蘇軾之諧暢，楊萬里之拗折，陸游之宏肆，而以上窺韓愈之雄奇詼詭，白居易之蕭閑曠適，熔裁而出之一手，精思健筆，時有拙語，而氣能運之，成章以達，透闢生峭，與陳三立、鄭孝胥一時之爭雄，同出宋賢西江，而蹊徑各別。三立奧峭而出之以磊砢。孝胥枯澀而抒之以清適。衍則奧衍而發之以爽朗，鑿幽出顯，力破餘地，此其所獨也。客武昌，謁嘉興沈曾植。曾植見刺，張目視曰：「豈著《元詩紀事》之衍耶？是固吾走琉璃廠肆，以朱提一流之所購讀者。」衍曰：「吾丙戌在都，聞鄭蘇戡誦君詩，相與嘆賞，以爲同光體之魁傑。」蘇戡，鄭孝胥字也。曾植，字子培，號乙盦，浙江嘉興人，光緒庚辰進士，累官安徽布政使。顧是時曾植方以京曹官掌教兩湖書院，博極群書，於遼、金、元史及輿地，尤精熟；初若不屑意爲詩。衍曰：「吾亦耽考據。其實談經說史，皆爲人作計，無與己事；作詩尚是自家意思，自家言說。此外學問皆詩料也。」曾植意動，因言：「吾詩學深，詩功淺，夙喜張文昌、玉溪生、山谷內外集，而不輕詆七子詩。」「詩學深」者，謂閱詩多；「詩功淺」者，作詩少也。衍曰：「君愛艱深，薄平易，則黃山谷不如梅宛陵。」時人無道梅堯臣者，因貽《宛陵集》殘本以贈。時鄭孝胥亦在武昌，投衍詩索和。衍句云：「著花老樹初無幾，試聽從容長醜枝。」孝胥曰：「此本《宛陵》詩。」因贈衍詩曰：「臨川不易到，宛陵何可追。憑君嘲老醜，終覺愛花枝！」自是始有言宛陵者，實自衍一人倡之。所居與沈曾植鄰，談詩過從極歡。平生論詩，渭「詩莫盛於三元」；三元者，上元開元，中元元和，下元元祐也。曾植戲學時語應曰：「三元，皆外國探險家覓新世界，殖民政開埠頭本領。」衍言：「今人強分唐詩宋詩，又咎同光以來捨唐詩不爲而爲宋詩。不知宋詩皆推本唐人詩法，力破餘地耳。歐陽修、梅堯臣、蘇軾、王安石、黃庭堅、陳師道、陸游、楊萬里諸家，唐詩岑參、高適、李白、杜甫、韓愈、孟郊、劉禹錫、白居易之變化也。陳與義、陳傅良、嚴羽及永嘉四靈徐照、徐璣、翁卷、趙師秀諸家，唐詩王維、孟浩然、韋應物、柳宗元、賈島、姚合之變化也。故開元、元和者，世所分唐宋人之樞紐也。若墨守舊說，唐以後之詩不讀，有日蹙國百里而已。」然衍論詩宗宋，而於宋詩之弊，亦極言之；曰：「咸同以來，古體詩不轉韻，近體詩不尙聲，貌之雄渾焉爾；其弊也，蓄積貧薄，翻覆只此數意數言；或作色張之，非其人而爲是言，非其時而爲是言，視貌爲六朝、盛唐之言者無以勝之也。余於詩文，無所偏好，以爲惟其能與稱耳。淺嘗薄植，勉爲清雋一二語，自附於宋人之爲；江湖末派之詩耳。」刊有《石遺室詩集》十卷，附《補遺》一卷，《續集》二卷；每語人曰：「江右詩家，五十年來，惟吾友陳散原稱雄海內。後生英俊，謬以余與海藏儕諸散原，方諸北宋蘇王黃三家，以爲海藏服膺荊公，遂以自命；雙井爲散原鄉先哲，散原兀傲僻澀似之，皆成確證；因以坡公屬余。余於詩不主張專學某家，於宋人固絕愛坡公七言各體，興趣音節，無首不佳；五言則具體而已，向所不喜。雙井後山，尤所不喜。日本博士鈴木虎雄特撰《詩說》一卷，專論余詩，以爲專主張江西派。實大不然。余七古向鮮轉韻，七律向不作拗體，皆大異山谷者；故時論不盡可憑。若自己則如魚飲水，較知冷暖矣。至鄙人續刻詩二卷，似近來之我，頗非昔時之我；形容變盡，語音亦變。往嘗爲海藏言之，今則輪到我矣。此外尙有百首詩待刻，亦多非故我。所讀時賢號稱能詩者之詩，多不過癮，如何如何！」日本文學士神田喜一郎慕衍名，過訪，謂：「公所著《尙書》、《周禮》、《禮記》、《考工記》、《說文》諸書尙未讀過；惟見《元詩紀事》、《近代詩鈔》、《詩話》，因談鈴木虎雄博士著《詩說》，謂主江西派，然否？」衍應之曰：「大家詩文，要有自己面目，絕不隨人作計。自《三百篇》以逮唐宋各大家，無所不有，而不能專指其何所有。蓋不徒於詩中討生活也。」神田極以為然。

衍喜說詩，所著有《石遺室詩話前編》三十卷，《續編》六卷，上下古今，靡所不論及；蓋自有《詩話》以來，未有如是之浩博者。其論古今人詩曰：「李習之論文，謂：『六經之創意造言，皆不相師。故其讀《春秋》也，如未嘗有《詩》也。其讀《詩》也，如未嘗有《易》也。其讀《易》也，如未嘗有《書》也。其讀屈原、莊周也，如未嘗有六經也。』古之詩人亦然。一人各具一筆意。謝之筆意，絕不似陶；顏之筆意，絕不似謝；小謝之筆意，絕不似大謝。初唐猶然。至王右丞而兼有華麗、雄壯、清適三種筆意。至老杜而各種筆意無不具備。大曆十子，筆意略同。元和以降，又各人各具一種筆意。昌黎則兼有清妙、雄偉、磊砢三種筆意。北宋人多學杜韓，故工七言古者多。南宋人稍學韋柳，故有工五言者。南渡，蘇黃一派流入金源。宋人如陳簡齋、陳止齋、范石湖、姜白石、四靈輩，皆學韋柳，或至或不至。惟放翁無不學，獨七言古不學韓蘇。誠齋學白、學杜之一體。此其大較也。」

又曰：「詩貴風骨。然亦要有色澤，但非尋常脂粉耳；亦要有雕刻，但非尋常斧鑿耳。有花卉之色澤，有山水之色澤，有彝鼎圖書種種之色澤。王右丞，金碧樓臺山水也。陳後山，淡淡靛青巒頭耳。黃山谷則如赭石，時復著色朱砂。陳簡齋欲自別於蘇黃之外，在花卉中，為山茶、臘梅、山礬。『吳波不動，楚山叢碧』，李太白足以當之。『木葉微脫，石氣自青』，孟浩然足以當之。『紛紅駭綠』，韓退之之詩境也。『縈青繚白』，柳子厚之詩境也。」

又曰：「五律四十字，字字清高，惟初唐至太白為然。老杜五律，高調似初唐者，以『國破山河在』一首為最。自大曆以後，高調者漸少。宋人七律可追唐人；五律罕可誦者，其高者僅至晚唐而止。蓋一句只五字，又束於聲律對偶，難在結響有餘音，易同於排律句調。欲學初唐五律，求之於音節，須求之於用字；音節由用字出也。」

又曰：「嚴滄浪云：『少陵詩法如孫吳，太白詩法如李廣。』殊為得之。孫吳有實在工夫；李廣則全靠天分，不可恃也。漁洋於滄浪，不取此二語，而取『羚羊掛角』之說；蓋未嘗學杜故也。表聖之『不著一字，盡得風流』，已在可解不可解之間。『羚羊掛角』，是底言乎？至如禪家所云『兩頭明，中間暗』，及詩家之『鴛鴦繡出從君看，不把金針度與人』，竟是小兒得餅，且將作謎語、索隱書而後已乎？漁洋更有『華嚴樓閣，彈指即現』之喻；直是夢魘，不止大言不慚也。」

又曰：「學古人，總要能變化。曹孟德〈苦寒行〉中云：『熊羆對我蹲，虎豹夾路啼。』少陵〈石龕詩〉云：『熊羆哮我東，虎豹號我西。我後鬼長嘯，我前狨又啼。』蓋變本加厲言之；而用之篇首，與曹公用之篇中者，尤見罕兀。〈水會渡詩〉『大江動我前』，又用此種句法。《草堂詩》之『舊犬喜我歸，低徊入衣裾；鄰舍喜我歸，酤酒攜葫蘆；大官知我來，遣騎問所須；城郭知我來，賓客隘村墟』，則用〈木蘭辭〉而小變換之。他人之學少陵者，王荊公思王逢原云：『廬山南墮當書案，湓水東來入酒巵。』非從『沲水流中座，岷山到此堂』（少陵〈奉觀嚴鄭公廳事岷山沲江畫圖十韻〉句）來乎？『青山捫虱坐，黃鳥挾書眠』，非從『鉤簾宿鷺起，丸藥流鶯囀』（少陵〈水閣朝霽奉簡雲安嚴明府〉句）來乎？但『廬山』一聯，視『沲水』一聯無不及。『鉤簾』一聯，何等自然；『青山』二語，則所謂『是底言』矣。山谷之『淒其望諸葛』，則明用〈晚登瀼上堂〉之『淒其望呂葛』耳。」

又曰：「少陵之『邊秋一雁聲，露從今晚白』，從江淹〈別賦〉『值秋雁兮飛日，當白露兮下時』不覺脫化而出。『月是故鄉明』，亦翻用謝莊『隔千里兮共明月』意耳。」

又曰：「少陵詩用字之有來歷者，如〈甘林〉之『脫粟爲爾揮』，言長老留飯也，『揮』字，用范彥龍『恨不具雞黍，得與古人揮』句。」

又曰：「杜陵古詩，往往將後面意撮在前面預說，使人不易看出線索；退之作文之善於蔽掩，即此法也。如〈遣懷詩〉爲高適李白敘哀而作；『芒碭』十字，似登臺語；而寓意極微，語切友生，懷深先帝。上句喻云馭上賓，時事改易；下句喻庸庸求食，無復功名之想。此二句置在未入『先帝』之先，故無所閡口，而使人不覺；下面即緊頂先帝好武，敘拓境後，便接以存歿，中間全無曲折，蓋亦倒找勢耳。通篇要旨，全在『氣酣』二十字中，言先皇升遐後，三人皆無望於進取。白佯狂詩酒，懇辭還山，原是避諸楊之禍；集中有〈懼讒〉一詩，又句云：『讒惑英主心，恩疏佞臣計。』史稱帝每欲官白，輒爲妃子所沮；適先曾授鉞淮南，爲李輔國所沮毀，改授詹事，後來攝鉞西川，旋經內召，身雖顯於肅代間，特以資格遷官；以云受知，則未也！〈甘林詩〉『子實』四句，即長老語；卻用『主人』二句倒押在後；杜詩如此筆法甚多。」

又曰：「少陵〈別唐十五誡因寄禮部賈侍郎至詩〉，言唐負經濟才，九載相逢，仍舊未遇，豈甘槁餓老死；設其此舉一虛，勢必千謁鎮帥，謀以他途進身。『胡星』六句，所以著驕將悍帥之夥；末『念子善師事，歲寒守舊柯』二句，祝其遇合；如其不然，不可改操。後來昌黎〈送董召南序〉，用意全本此詩。」

又曰：「今人作詩：學元白者視詩太淺，視元白太淺也。學韋柳者視詩太深，視韋柳太深也。學溫李者，只知溫李之整麗。學韓蘇者，只知韓蘇之粗硬。非直知諸家者也。」

又曰：「濤園說詩，時有悟人處；嘗云：昌黎〈南山詩〉，連用五十一『或』字；少陵〈北征〉已有『或紅如丹砂，或黑如點漆』之句；實則莫先於《小雅．北山》『或燕燕居息，或盡瘁事國』，十二句連用十二『或』字。余謂〈北山〉將苦樂不均兩兩相較；視〈南山〉專狀山之形態，有寬窄難易之不同。〈北山〉到底竟住，斬截可喜。〈南山〉則不免辭費，故中多複處，如『或戾若仇讎』，非即『或背若相惡』乎？『或密若婚媾』，非即『或向若相佑』乎？『或隨若先後』，非即『或連若相從』乎？其餘『或赴若輻輳』與『或行而不輟』，『或妥若弭伏』與『或頹若寢獸』，大同小異之處尚多。故昔人謂〈北征〉不可無，〈南山〉可以不作也。且其迭用『若』字，『如』字，『或』字，又本於〈高唐賦〉之『湫兮如風，淒兮如雨』，『若生於鬼，若出於神』；〈神女賦〉之『耀乎若白日初出照屋梁，皎若明月舒其光』，『曄乎如華，溫乎如瑩』；〈洛神賦〉之『翩若驚鴻，婉若遊龍』，『彷彿兮若輕雲之蔽月，飄搖兮若流風之回雪』，『皎若太陽升朝霞，灼若芙蕖出淥波』，『肩若削成，腰如約素』，『或戲清流，或翔神渚，或採明珠，或拾翠羽』諸句來也。等而上之，〈淇奧〉之『如切如磋，如琢如磨』，『如金如錫，如圭如璧』；〈板〉之『如塤如篪』，『如璋如圭，如取如攜』；〈蕩〉之『如蜩如螗，如沸如羹』；《三百篇》早有之矣。」

又曰：「白樂天〈寄韜光禪師〉云：『一山門作兩山門，兩寺原從一寺分。東澗水流西澗水，南山雲起北山雲。前臺花發後臺見，上界鐘聲下界聞。遙想吾師行道處，天香桂子落紛紛。』此七言律創格也。惟靈隱韜光兩寺實一寺，『一山門實兩山門』者，用此格最合。其餘東西澗，南北峰，前後臺，上下界，無一字不眞切，故此詩不可無一，不能有二。惟東坡能變化學之，〈遊西菩寺〉次聯云：『白雲自占東西嶺，明月誰分上下池』，略翻樂天意說之。掘〈咸淳臨安志〉，寺前有東西雙峰，寺中有清涼池、明月池，有似靈隱韜光；故東坡亦分『東西』、『上下』言之。又〈贈上天竺辯才師〉云：『南北一山門，上下兩天竺。』又〈自普照遊二庵〉云：『長松吟風晚雨細，東庵半掩西庵閉。』皆用此例；亦以天竺寺有上下，庵有東西故也。王摩詰〈訪呂逸人詩〉云：『城上青山如屋裡，東家流水入西鄰』，又樂天詩所自出。」

又曰：「宛陵古體用意筆，多本香山；異在香山多用偶，宛陵變化用奇；香山多五言，宛陵變化以七言。東坡意筆曲達，多類宛陵；異在音節，梅以促數，蘇以諧暢；蘇如絲竹悠揚之音，梅如木石摩戛之音。放翁、誠齋皆學香山，與宛陵同源。世於香山，第賞其諷諭諸作，未知其閑適者之尤工。於放翁、誠齋，第賞其七言近體之工似香山，未知其古體常合宛陵、香山以爲工；而放翁才思較足耳。」

又曰：東坡七言古，全用對句排奡到底，本於老杜〈岳麓山〉、〈道林二寺行〉。他如〈洗兵馬〉、〈追酬高蜀州人日見寄〉，則全用對句而有轉韻；東坡卻少學。後山七律，結聯多用澀語對收，則學杜而得其皮者。山谷、鐵厓多學杜之七言絕句。」

又曰：「蘇長公之詩，自南宋風行，靡然於金；元明中熄；清而復熾，二百餘年中，大人先生殆無不濡染及之者。大抵才富者喜其排募，趣博者領其興會。即學焉不至，亦盤硬而不入於生澀，流宕而不落於淺俗；視從事香山、山谷、後山者受病較鮮，故爲之者衆。張廣雅論詩，揚蘇斥黃，略謂：『黃吐語多槎牙，無平直，三反難曉，讀之梗胸臆；如佩玉瓊琚，捨車而行荊棘；又如佳茶，可啜而不可食。子瞻與齊名，則坦蕩殊雕飾，受黨禍爲枉。』亦可見大人先生之性情樂廣博而惡艱深，於山谷且然，況於東野、後山之倫？廣雅過蕪湖，弔袁漚簃，則云：『江西魔派不堪吟，北宋清奇是雅音。雙井半山君一手，傷哉斜日廣陵琴！』不喜江西派，即不滿雙井；特本漁洋說：『山谷雖脫胎於杜，顧其天姿之高，筆力之雄，自闢門庭。宋人作《江西宗派圖》，極尊之，以配食子美，要亦非山谷意』云云。故陽不貶雙井，而斥江西爲『魔派』；實則江西派豈能外雙井？雙井豈能高過子美，雄過子美，而自闢門庭哉？漁洋未用功於杜，故不知杜，不喜杜，亦並不知黃，乃爲是言。」

又曰：「余嘗謂達官而足山林氣者，莫如荊公。荊公佳句，皆山林氣重，而時覺黯然銷魂者，所以雖作宰相，終爲詩人也。余嘗語子培，荊公詩甚妖冶。子培曰：『何以言之？』余曰：『惝惘俯凌波，殘妝壞難整』，不謂之妖冶，得乎！」

又曰：「宋詩人工於七言絕句，而能不襲用唐人舊調者，以放翁、誠齋、後村爲最。大約淺意深一層說，直意曲一層說，正意反一層側一層說。誠齋又能俗語說得雅，粗語說得細；蓋從少陵、香山、玉川、皮、陸諸家中一部分，脫化而出也。如『歸去江南無此景，未須吃飯且來看』，『中間不是平林樹，水色天容拆不開』，『點檢風來無覓處，破窗一隙小於錢』，『小兒不耐初長日，自織筠籃勝打閑』，『醉去昏然臥綠窗，醒來一枕好淒涼』，『皀莢樹陰黃草屋，隔籬犬吠出頭來』。全首如：『詩人長怨沒詩材，天遣斜風細雨來。領了詩材還又怨，問天風雨幾時開』，『晴明風日雨乾時，草滿花堤水滿溪。童子柳陰眠正著，一牛吃過柳陰西』，『莫言下嶺便無難，賺得行人錯喜歡。正入萬山圈子裡，一山放出一山攔』，『風雨掀天浪打頭，只須一笑不須愁。近看兩日遠三日，氣力窮時會自休』。此外以粗語俗語入詩者，未易悉數。善學之，可以上追聖俞、後山；不善學而一味爲之，或流於釘鉸擊壤。後世袁簡齋多學誠齋。近人則竹坡先生（寶廷）、木庵先生（陳書）、林暾谷（旭）亦時爲之。」

又曰：「陳簡齋五言古，在宋人幾欲獨步；以宋人學常建、劉愼虛及韋、柳者鮮也。至〈夏日集葆眞池上〉一首，尤爲壓卷之作。厲樊榭平生所心摹力追者，全在此種。」

又曰：「厲樊榭先生《樊榭山房詩》，爲浙派領袖，在清風行頗久，至近日稍衰。然其參會唐宋，於漁洋、竹垞外自樹一幟；雖以沈歸愚之主張漢魏盛唐，亦盛稱之。實則五言古、七言律、七言絕句，佳者甚多。七言古才力薄弱，局勢平常；五言律殊少神味；非其所長耳。」

又曰：「有清二百餘載，以高位主持詩教者，在康熙曰王文簡，在乾隆曰沈文愨，在道光、咸豐，則祁文端、曾文正也。文簡標舉神韻；神韻未足以盡〈風〉、〈雅〉之正變，〈風〉則〈綠衣〉、〈燕燕〉諸篇，〈雅〉則『楊柳依依，雨雪霏霏』，『穆如清風』諸章句耳。文曰言詩，必曰溫柔敦厚。然孔子刪詩，〈相鼠〉、〈鶉奔〉、〈北門〉、〈北山〉、〈繁霜〉、〈谷風〉、〈大東〉、〈雨無正〉，〈何人斯〉以迄〈民勞〉、〈板〉、〈蕩〉、〈瞻卬〉、〈召旻〉，遽數不能終其物，亦何嘗『溫柔敦厚』者？而皆勿刪。祁文端學有根柢，與程春海侍郎爲杜，爲韓，爲蘇黃；輔以曾文正、何子貞、鄭子尹、莫子偲之倫，而後學人之言，與詩人之言合而恣其所詣；於是貌爲漢魏六朝盛唐者，夫人而覺其面目性情之過於相類，無以識其若人之言也。夫文簡、文愨，生際承平，宜其詩之爲『正風』、『正雅』；但其才力爲『正風』則有餘，爲『正雅』猶或不足。文端、文正以來喪亂雲膴，迄於今變故相尋而未有屆，其去〈小雅〉廢而《詩》亡也不遠矣。」

又曰：「詩至晚清同光以來，承道咸諸老，蘄向杜韓，爲『變風』、『變雅』之後，益復變本加厲；言情感事，往往以突兀陵厲之筆，抒哀痛迫切之辭；甚且戲笑怒罵，無所於恤。矯之者則爲鉤章棘句，僻澀聱牙，以至於志微噍殺，使讀者悄然而不怡然。皆豪傑賢知之子乃能之；而非愚不肖所及也。道咸以前，則慴於文字之禍，吟詠所寄，大半模山範水，流連景光；即有感觸，絕不敢顯然露其憤懣，藉詠物詠史以附於比興之體；蓋先輩之矩矱類然也。自今日視之，則以爲古處之衣冠而已。」

又曰：「後山學杜，其精者突過山谷，然粗澀者往往不類詩語。暾谷學後山，每學此類；在八音中，多柷敔，少絲竹，聽之使人寡歡。若循此春夏行冬令，則四十五十，尚何詩之可爲！」

論作詩之法曰：「詩貴淡蕩；然能濃至，則又濃勝矣。詩喜疏野；然能精微，又精善矣。『鳴鳩乳燕青春深，落花游絲白日靜』，『雷聲忽送千峰雨，花氣渾如百和香』，可謂濃至。『穿花蛺蝶輕輕舞，點水蜻蜓款款飛』，可謂精微。」

又曰：「詩要處處有意，處處有結構，固矣。然有刻意之意，有隨意之意；有結構之結構，有不結構之結構。譬如造一大園亭然；亭臺樓閣，全要人工結構；而疏密相間中，其空處不盡有結構也；然此處何以要疏，何以要空，即是不結構之結構。作詩亦然，一篇中某處某處要刻意經營，其餘有只要隨手抒寫者，有不妨隨意所向者。如走路然，今日要訪何人，今夜要宿何處，此是題中一定主意，必須歸結到此者。至於途中又遇何人，立談少頃；又逢何景，枉道一觀；迤邐行來，終訪到要訪之人，終宿到可宿之處而已。若必一步不停，一人不與說話，一步路不敢多走，是置郵傳命之人，擔夫爭道之行徑矣。譬之造屋，盡是樓閣構連，亭臺攢簇；並無山花野草生長之方，陂陀回伏自然之天趣矣。」

又曰：「詩有四要三弊：骨力堅蒼爲一要。興趣高妙爲一要。才思橫溢，句法超逸，各爲一要。然骨力堅蒼，其弊也窘；才思橫溢，其弊也濫；句法超逸，其弊也輕與纖。惟濟以興趣高妙，則無弊。唐之孟浩然、王摩詰、杜少陵、韋蘇州，宋之東坡、荊公、放翁，皆有眞興趣者。孟、韋才思，庸有不及時耳。漁洋自誇學王孟蘇州，則非有眞興趣，而才思骨力，不足以赴之。」

又曰：「詩最患淺俗。何謂淺？人人能道語是也。何謂俗？人人所喜語是也。」

又曰：「蘇戡言律詩要能作高調。余曰：『高調要不入俗調，要是自家語。』元裕之多是高調，卻無俗調。高季迪、前後七子喜高調，遂多俗調。東坡律句極少高調，屬對每以動宕出之；此祕發於沈佺期、王右丞，極變化於老杜。〈吳都賦〉云：嶔崟乎數州之間，灌注乎天地之半；七律中對，要有此二語體勢。」又曰：「余言作詩起調不落凡近易，結調不落凡近難。蘇戡言作詩用利筆易，用禿筆難；謂即詩家『折釵腳』，

『屋漏痕』之說耳。大抵詩要興象才思，兩相湊泊。有惘惘不甘之情，不自覺其動魄驚心，迴腸蕩氣也。有自然高妙之旨，乃使人三日思，百回讀也。」

又曰：「宛陵嘗語人曰：『凡爲詩，必能狀難寫之景，如在目前，含不盡之意，見於言外；乃能爲至。』此實至言。前二語。惟老杜能之；東坡則有能有不能。後二語，阮、陶能之；韋、孟、柳則有能有不能。惟宛陵此四語，前二語實難於後二語。姜白石《說詩》云：『僻事實用，熟事虛用，學有餘而約以用之，善用事者也。意有餘而約以盡之，善措詞者也。句中五餘字，篇外無剩語，非善之善者也；句中有餘味，篇中有餘意，善之善者也。始於意格，成於句字。詩有四種高妙：一曰理高妙；二曰意高妙；三曰想高妙；四曰自然高妙。一篇全在結句，如截奔馬，詞意俱盡；如臨水送將歸，盡意不盡詞。若夫意盡詞不盡，剡溪歸棹，是也。』此言頗盡作詩之妙。惟譬喻盡不盡處，亦有未當。截奔馬，正是詞盡意不盡。奔馬本意不止於是，截之使止於是。臨水送將歸，已是詞意俱不盡。然不過宛陵後二語而已。今人非不能如白石所言約以用之；然而學未嘗有餘矣；非不欲如白石所言約以盡之，然而意未必有餘矣；約又何足貴乎？句中且未能無餘字，篇外且不能無剩語；而遽言句中有餘味，篇中有餘意，亦誰信之？始於意格，成於句字，然後再言高妙。大抵作古體詩，患在無結想，患在結想之不高妙。作近體詩，患在意不足；如七律詩八句，奈無八句之意，則空滑搪塞，無所不至矣。但果是作手，尙張羅得來；八句中有兩三句三四句可味，餘亦可觀耳。意有餘，而後如截奔馬，如臨水送將歸，非施手段，善含蓄不可。意僅足，則剡溪歸棹，故作從容，故留餘地，工於作態而已。」

又曰：「鍾記室作《詩品》，遂謂：『淸晨登隴首，羌無故實。明月照積雪，詎出經典。思君若流水，既是即目。高臺多悲風，亦惟所見。』以示宗旨。由是流傳名句，寫景者居多，如老阮之『門外大江橫』，陶潛之『傾耳無希聲，在目皓已潔』（詠雪），「往燕無遺影，來雁有餘聲』，『採菊東籬下，悠然見南山』，大謝之『池塘生春草，園柳變鳴禽』，『曉霜楓葉丹，夕曛嵐氣深』，小謝之『紅藥當階翻，青苔依砌上』，『餘霞散成綺，澄江淨如練』，『天際識歸舟，雲中辨江樹』，丘遲之『風輕花落遲』，謝貞之『風定花猶落』，何遜之『夜雨滴空階』，皆寫景也。大約代不數人，人不數語。至隋煬帝忌人能作『空梁落燕泥』、『庭草無人隨意綠』句而殺之；亦可知工於寫景之不易矣。唐鄭翼觀崔信明全集，曰只有『楓落吳江冷』五字。孟浩然『掛席幾千里，名山都未逢，泊舟尋陽郭，始見香爐峰』四語；王摩詰至寫爲圖。『微雲淡河漢，疏雨滴梧桐』二語，舉座英華，盡爲擱筆。大曆以降，猶有常建『曲徑通幽處，禪房花木深』，錢起『曲終人不見，江上數峰青』諸傳作。韋蘇州之『春潮帶雨晚來急，野渡無人舟自橫』，後人取以建庵，名野渡庵。元和後，並講求一字兩字，如『僧推月下門』、『僧敲月下門』，『昨夜數枝開』、『昨夜一枝開』之類，開宋人許多詩說。祖詠〈賦終南殘雪〉，至『林表明霽色，城中增暮寒』，自謂意盡，不終篇而止。司空表聖自謂得味外味，亦第舉『綠樹連村』，『棋聲花院』二聯，皆寫景也。宋人除陸放翁、范石湖、楊誠齋外，往往寫景中帶著言情，一聯中或一句寫景，一句言情，或兩半句寫景，兩半句言情；豈好景果爲前人寫盡乎？抑亦嫌賦體淺直，不如比興深而曲耳。然景中帶情，六朝盛唐人已有之：如薛道衡之『人歸落雁後，思發在花前』，杜甫之『感時花濺淚，恨別鳥驚心』是也。沈休文云：『相如工爲形似之言。二班長於情理之說』，宋張戒《歲寒堂詩話》云：『建安、陶、阮以前詩，專以言志。潘、陸以後詩，專以詠物。上此言情與景分者也。劉彥和云：『因情造文，不爲文造情。』又曰：『情在詞外曰隱。狀溢目前曰秀。』梅聖俞云：『含不盡之意，見於言外。狀難寫之景，如在目前。』此言情與景合者也。宋人寫景句，膾炙人口者，如晏元獻之『梨花院落溶溶月，柳絮池塘淡淡風』，林和靖之『疏影橫斜水清淺，暗香浮動月黃昏』，『雪後園林才半樹，水邊籬落忽橫枝』，梅聖俞之『春洲生荻芽，春岸飛楊花』，『野鳧眠岸有閑意，老樹著花無醜枝』，東坡之『竹外桃花三兩枝，春江水暖鴨先知』，荊公之『坐看青苔色，欲上人衣來』，『細數落花因坐久，緩尋芳草得歸遲』，山谷之『近人積水無鷗鷺，時有歸牛浮鼻過』，亦不過代數人，人數語；視唐人傳作之多，不及遠甚。此外惟放翁之『小樓一夜聽春雨，深巷明朝賣杏花』，『山重水複疑無路，柳暗花明又一村』，『雲歸時帶雨數點，木落又添山一峰』，『白菡萏香初過雨，紅蜻蜓弱不禁風』，較多數聯耳。其東坡之『簾前柳絮驚春晚，頭上花枝奈老何』，『酒闌倦客唯思睡，蜜熟黃蜂亦懶飛』，陳簡齋之『客子光陰詩卷裡，杏花消息雨聲中』，詩中皆有人在，則景而帶情者矣。」

又曰：「作詩文要有眞實懷抱，眞實道理，眞實本領；非靠著一二靈活虛實字可此可彼者斡旋其間，便自詫能事也。今人作詩，知甚囂塵上之不可娛獨坐，『百年』、『萬里』、『天地』、『江山』之空廓取厭矣；於是有一派焉，以如不欲戰之形，作言愁始愁之態，凡『坐覺』、『微聞』、『稍從』、『暫覺』、『稍喜』、『聊從』、『政須』、『漸覺』、『微抱』、『潛從』、『終憐』、『猶及』、『行看盡』、『恐全非』等字，在在而是，捨此無可著筆。非謂此數字之不可用；有實在理想，實在景物，自然無故不常犯筆端耳。」

凡此之類，皆所謂語無泛設，洞中奧竅者。

衍之爲文，則極意避熟俗，而辭筆奇矯，於孫樵、王安石爲近，瘦硬通神，蓋學韓愈而得其一體。自以生平服事張之洞久，而挽清之新政新猷，無不自之洞發其端；而見聞之眞，無如己者，遂爲之傳曰：

張之洞，字孝達，一字香濤，直隸南皮人，晚自號抱冰；督兩廣時，創廣雅書院，廣雅書局，故又稱廣雅。父官貴州觀察使，生之洞，軀幹短小，不類北人，廣顙偉鼻，目三棱有光，修髯及腹，行坐揖讓，儀觀秩然。未冠，舉順天壬子鄉試第一，癸亥，始成進士。時粵匪方熾，詔廷對勿拘舊格式。之洞縱陳時事，然終以第三人及第。旋督學湖北，取士提倡樸學，才華次之；建經心書院，選高才生肄業，《校士錄》出，天下傳誦。丁卯、庚午，典浙江四川試，皆遍搜經策遺卷，名下士無一失者。遂督川學，著《輶軒語》、《書目答問》教士。道成以來，士溺於陳腐時藝，愈益不學；自是後進乃略識讀書門徑。有詆諆《書目》不盡翔實，稿非己出；然不害其勵學愛士勤勤意也。同治間，大亂初定，朝廷尚兢業，開言路。言者競進，頗黨伐同異；久而孝欽太后厭之。獨之洞多上書陳政事，不以參劾爲能。光緒初，由內閣學士簡授山西巡撫。京曹久不放疆吏，倚畀之重自茲始矣。未幾，法越事起，擢兩廣總督。沿海驛騷，方修炮臺樓船水戰具；之洞注意陸戰，專力籌軍餉，重顧廣西邊防，兼濟雲南，餘力及福建之臺灣，皆百十萬。以湘淮軍已暮氣，王德榜、潘鼎新輩連戰不利；乃起宿將粵人馮子材，畀以重任，諒山告大捷，爲自來中西構兵所未曾有。雲南宣光亦捷，法人勢大屈，浼英人議和，急請停戰。政府怵且暗，遂從之。之洞力爭，且密飭馮軍速戰；朝旨終連責，不得已，乃退師。粵俗多盜，多海賈，以博爲生；闈姓尤非法，士紳分肥——闈姓者，遇童子試，鄉會試，限稍僻之姓，射其中否，以百十萬爲博注；姓僻者，則有代之作文通關節，使之必中而後已。害亦甚矣。然禁之不易；籌餉無所出，則且因勢而重徵之，歲入恆百十萬。中國幣制，銅錢外，向用生銀互市；口岸則用外國所鑄銀圓，漸及內地；乃創鑄龍文銀圓；造兵輪船，商輪船，設水師學堂，諸要務繁然興矣。時鐵路風氣未開；惟臺灣巡撫劉銘傳言之最早，疑阻者眾。之洞以爲：「鐵路，國之脈絡。無鐵路，是人身無脈絡也；無幹路，是無督脈也。」乃建議首辦蘆漢幹路，而後西達秦晉，南通湘粵。中朝因調督湖廣。湖廣治武昌，督撫同城；自胡林翼以湘軍戡定武漢，開辦釐金，籌餉察吏，事權一歸巡撫；總督拱手而已。之洞至，興鐵廠、槍炮廠、紡紗、織布、繅絲、製麻、製革各廠；創設官錢局、造幣局，行用鈔票，鑄銀圓，以固根本，劑盈虛；攬鑄東三省、雲、貴、四川各省小銀圓，收其餘利，歲百十萬。用從事陳衍言，仿造外國暗寧銀紙；創鑄當十銅圓，當二銅錢，行用南北各省，至數千萬，餘利至千百萬；繼而鄰省競利，分劃行用疆界，而閉塞滯銷矣。又繼而京師集權，禁限各省鑄造，而銅幣業已充斥，值亦貶矣。議者咎銅圓之漁利病民，直不足當十。然一文錢既極敝而乏絕，無銅圓，即無以交易；失在銅價既貴，當用金銀主幣，不當用銅；有主幣，補助幣乃有限制；銅圓特一時濟急，先鑄者暫獲其利耳。湖北爲數省要衝。若鹽斤加稅，上藥加稅，罷釐金，行統捐，開富簽票，歲入增數百萬：益以沿江沙田，堤工堅實，漢口後湖漲灘，大冶、崇通鐵煤礦，會城內外築馬路、闢商場，生活窮民無算。用以添造槍炮及淺水兵輪。首開速成師範，兩湖完全師範，方言及普通中小各學堂；選派學生，留學東西國，甲於各省，先於各省。其講武則武備將弁各學堂，練軍全鎮，炮隊輜重各營，罔不具備。湖北列在小省，攤京餉，攤賠款，至方駕江南焉。庚子之亂，端王載漪矯旨命各疆吏攻擊居留外人。之洞不奉詔，與兩江總督劉坤一，兩廣總督李鴻章倡互保之策。北方鼎沸，東南晏然。前後坐鎮武昌二十年，中權兩江總督者二年；丁未，乃以大學士入爲軍機大臣，兼管學部。未幾，景帝、孝欽太后相繼崩殂，少帝立。醇王載灃攝政監國，專用親貴，至十部大臣中，惟司法學部屬漢人；以母弟載洵、載濤典水陸軍。載洵招權作威福，日營宮室，天下側目。載澤長度支，無所知；惟與之洞爭幣制，袒庇瑞澂以亡其國。之洞力爭親藩典兵，至於椎心嘔血，病旬月，以薨；遺疏有「守祖宗永不加賦之規，凜古人不戢自焚之戒」各語，天下誦之。生平獨立無奧援；惟高陽相國李鴻藻稍左右之。李卒，政府皆不以所爲爲然；剛毅翁同龢尤惡之。戊戌，景帝召，將內用；翁以留辦教案阻之，中途折回。之洞天資稍遲鈍，而精力過人，文章經濟之學，弗得弗措；思深憂長；眼光因之及遠；長慮卻顧，亦間坐此。宏獎知名士，無不羅致；然不與謀政事。所用多雜流奔走承意旨之人，亦無薦剡爲公卿大臣者。

論曰：《傳》曰：「長國家而務財用者，必自小人」；此大一統之世之言也。今不能與列強閉關絕約，入富強，已貧弱，猶爲此言，非騃則狂易耳。中國士夫諱言財用，見之洞用財如糞土，從而百端詬病之；然其家固不名一錢也。三十年經營財用，與外國理財家較挈短長，去之尚遠；而中國居高位者，遂未有其人。闈姓簽捐之類固不軌於正；鐵廠紗布絲麻各廠亦折閱相繼；然一易商辦，則贏利巨萬；一擊不中，謗者引爲大戒，豈不誤乎？獨銅圓鈔票暢行時，衍請以中國所自有金鑄造金幣，以數百萬建織呢大廠，可支三十年國用；遲回審顧，未之能從；茲可惜耳。爲專制之說者，至謂開學堂、派遊學、練兵造械爲亂階。彼驪山囚徒，又何嘗負笈之學子耶！

其爲文章，遣言造意不屑屑爲含蓄頓挫，以力脫盡桐城畦封。然並世文家，有力脫桐城畦封，與衍同，而取徑適相反。新城王樹枏《陶廬文稿》，造語逼韓退之，陳義師曾南豐，力救桐城脆薄之弊，有與為清雋、寧為繁衍者。而衍之文，取徑於孫可之，用筆似王半山，以矯桐城滑易之失，有與為妍媚、寧為峻削者。樹枏力有餘勁而或未雋。衍則氣有餘清而微傷妍。又衍直抒欲言，不事間架，而或失之碎，不成片段者。其鄉人林紓誦說桐城以傳門戶；而衍不然。然以矜慎矯平熟，以琢煉救滑易，則又不同趣而同歸。顧紓矜慎而或為搔首弄姿；衍琢煉而不害粗頭亂服；蓋紓用功在煉辭，而衍著意欲煉骨也。然以矜慎傷氣，以琢煉傷格；紓潤澤而不腴；衍清雋而未逸；得趣不得筆，有筆又無氣，則又不同工而同病。刊有《石遺室文集》、《續集》、《三集》、《四集》，自序謂「生平」無韻之文，何啻二三千首。教授京師、武昌各學校，說經之文數百首，論吏之文數百首。論文之文百十首。佐幕臺北武昌，草奏書札數百首。賣文海上十年，壽言數百首，雜報論說又數百首；而少時里居課經義治事詞章於書院者不與焉。今皆棄不取。尚有數百首，屬於詞載告語各類。」下筆纚纚不肯自休。而垂老經意之作，莫如《福建通志》：凡六百餘卷，約一千萬言，皆以一人心力目力經營論篹。其新創門類為前志所未有者：如〈通紀〉二十卷，〈方言志〉二十卷，〈藝文志提要〉七十六卷，〈藝文志附錄〉五卷，〈板本志〉八卷，〈金石志〉三十卷，〈三經〉三十五卷，〈河渠書〉十一卷，〈儒行傳〉六卷，〈酷吏傳〉、〈滑稽傳〉、〈宦者傳〉各一卷，〈分類列女傳〉七卷；其改名目者，為〈高士傳〉五卷，〈高僧傳〉一卷，〈神仙傳〉一卷，〈道士傳〉二卷；而新政不在此論焉。所採取必載出處，皆主廣義，寧繁毋簡；曰：「此史料也，以備後人刪節可也。」

嘗讀姚鼐〈泰山記〉，寂寥短章，故示高簡，不為題壓，世稱傳作；而衍殊不以為然。曰：「東漢馬第伯〈封禪記〉，洋洋二千言，蓋必如是，乃移不到他山去。若〈姚記〉，則普通高山皆是矣；諸峰或得日，或不得日，最是警語；然以狀衡山，不更善乎！」迨宣統辛亥，遊泰山，作記一篇，二千餘言，所以狀泰山者，特為窮工盡妍。又得五言律四首，以為：「古今登岱，未為傳作。惟少陵〈望岳〉一詩，然實未嘗登，乃想像之作；末四句凡高山皆可用，不必岱也。獨余詩廣大雄深，殆無抗手者矣。」衍雅好山水，足跡遍上谷、居庸、昌平、泰岱、嵩山、華山、衡山、匡廬，羅浮、峨眉，京西之香山、翠微，江上之金、焦、北固、鍾山、石鐘、西山、赤壁，漢上之大別，郎官，西湖之南北兩峰，及其他諸名勝，無地不賦詩，無詩不雅切云。

顧以性好說詩；同輩有作，必請論定，而衍抗論得失，謂：「趙甌北言：『元遺山才不甚大，書卷亦不甚多，較之蘇、陸自有大小之別；然正惟才不大，書不多，而專以精思銳筆，清煉而出；故其廉悍沉摯，勝於蘇、陸。』蘇戡詩七言古今體，酷似遺山；正可引甌北說以爲論耳。」嚴復相告：「或以此言告蘇戡，蘇戡慍矣。」衍乃致書孝胥以解之。孝胥答曰：「兄敘吾詩許與太過，刻後自視殊不慊；奈何不許知者之評騭乎？僕雖不德，然恩怨恢疏，不介於抱；至友朋相愛之情，老而彌篤；知我有幾人，豈所忍怒哉？」既而孝胥有詩稿一卷，爲衍塗竄。客竊以獻諸孝胥。孝胥鄙之，告衍。衍曰：「公乃牛奇章，吾則劉夢得。」蓋唐宰相牛僧孺文字，嘗爲劉禹錫竄點殆盡，厥後二人相見，親好如故相識；故衍以爲況也。

陳衍論詩，當代最推陳三立、鄭孝胥。然三立奇崛雄肆，以山谷爲門戶，而根極於韓愈。孝胥淒惋深秀，以柳州樹骨幹，而潤澤以半山。

鄭孝胥者，字太夷，蘇戡其號，福建閩縣人也；中式光緒壬午鄉試榜首，與林紓同榜。紓方治詩古文詞。孝胥問爲詩祈向所在。答以《錢注杜詩》、《施注蘇詩》。孝胥曰：「何不取法乎上？」意在漢魏六朝也。取蘇軾「萬人如海一身藏」詩意，自名其樓曰海藏，又集其所爲詩曰《海藏樓詩》凡八卷，以年先後爲次。其三十以前，專攻五古，規模謝靈運而浸淫於柳宗元，又以孟郊琢洗之；沉摯之思，廉悍之筆，一時殆無與抗手。三十以後，乃肆力於七言，自謂爲吳融、韓偓、唐彥謙、梅堯臣、王安石；而最喜王安石。嘗言：「作詩工處，往往有在悵惘不甘中者。」此其所爲與樊增祥、易順鼎異趣者也。張之洞誦孝胥詩，亦極推重曰：「蘇戡是一把手！」閑適之作，夷曠沖淡；而骨力堅煉，罔一字涉凡近。詩體百變，咸衷以法，語質而韻遠，外枯而中膏，吐發若古之隱淪；同縣陳寶琛贈以詩曰「蘇龕詩如人，志潔旨彌復」者也。寶琛，字伯潛，號弢庵，又號橘隱，同治戊辰進士，名輩先孝胥而詩名不如。宣統遜國，官太保，撫時感事，一託於詩，有《滄趣樓集》；尤長於五古，潛氣內轉，眞理外融，肆力於韓愈、王安石，出入於蘇軾、黃庭堅，幽思峭筆，略與孝胥相似。顧寶琛樂易長厚，與人爲亡町畦；而孝胥則自負經世之略，好奇計，抵掌談兵，有口辨。於清之季，嘗以道員賞四品京堂，率湖北武建軍，督辦廣西邊防。既柄兵，驟擢用。顧所自喜者在詩，與人書曰：「何意以詩人而爲邊帥！」或震邊帥之貴，乃解以詩曰：

高樓先生耽苦吟，廿年來往江之潯。何曾夢見煙瘴地，蠻荒一落顏爲黔？連城三月脫鬼手，龍州還對山嶔嶔。邊關形如馬振鬣，戍卒狀似猿投林。風情收拾付隔世，坐覺老大來相侵。豈無春花與秋月，路絕不到詩人心。終年望餉數不至，欲和〈乞食〉誰知音？此人此地寧足愛，廟堂用意殊難尋，天高匪高海匪深。平生詩人豈不貴，何以卑我空傷今！

襟抱可想。顧孝胥之乘邊也，著短後衣，勤放哨，教打靶，振刷士氣，日日儼對大敵，以此坐鎭兩年，威惠甚著。已又不適，以光緒三十一年乞罷歸江南。三十三年，中朝再以安徽按察使、廣東按察使徵，皆不起。宣統二年，東三省總督錫良方營遼沈；孝胥至，爲策劃十餘事，疏上不報；於是悒悒，至京師。尋南歸。明年，再抵京師，投刺中朝貴人，署曰詩人鄭孝胥。於唐柳宗元、孟郊、韋應物、韓愈、吳融、唐彥謙，宋梅堯臣、王安石諸人詩，皆手寫。〈錄貞曜先生詩題後〉云：

復古孤莫立，佞今群所褒。初非榮世物，而亦爲名勞。風雅業墜地，士心茲淫慆。先生不偶生，結束歸堅牟。咄嗟浮游子，沒齒徒滔滔。

高意屬秋迥，惠心屏春華。手揮海上琴，衣綴岩間霞。詩濤湧退之，束手徒咨嗟。羌以意表論，邈茲神理遐。不爲一世可，坐使千秋嘩！

五年南國遊，一卷東野詩。寄余獨往意，重此絕世辭。連城必良玉，三染必素絲。勿驚絢爛文，終與大璞期。夷厚含陶思，超異同謝規。誰言中唐聲，此是〈小雅〉遺。太息貞懿士，老死山嶷嶷。端人思無邪，篤行言自文；運思雖匪涯，立義各有云。下士逐紛華，百年心如熏；性情蕩不支，榮枯隨世氛。行跖而言夷，此語非所聞。余表先生節，以振頑懦群！

畢生獨吟詩，得此物外身。中有感懷篇，惻愴難具陳：玉堂悲玄鳥，故國望星辰；素月忽經天，鴟鴞不可因。憂時匪吾事，遠念何酸辛。位卑懼爲罪，言孫遇益屯。「春暉」一終曲，忠孝兩齗齗。咄哉眉山叟，銅斗豈足論！

〈錄韋蘇州詩題後〉云：

達華即沖漠，散性難自整。豈云與俗殊，意獨得沉省。平生一深念，異代愛雋永。三嘆古之賢，曾同惜徂景。

〈錄柳州詩畢題卷後〉云：

河東文章伯，童冠拔時選；翻飛觸世網，壯歲坐遷轉。盛名自取病，眾詬實不淺；懲疚辭徒悲，晚景遇益蹇。麗思郁欲流，驚才踽未展。橫經眇心貫，讀〈騷〉儷躬踐；蓄悲語離奇，取幽氣奧衍；發爲淡蕩作，噓吸出墳典。五言暨七言，老手廢雕篆；每放寂寞遊，偶託釋、老辯。鮑、謝方抗行，李、杜足非靦。以茲復妙篇，千古解宜鮮。當代競宗韓，北辰故易顯。那知東方曙，啓明上雲巘。晴窗與往復，塵慮得驅遣。心折〈弔屈〉文，語息特修謇。偉人不世出，我輩類狂狷，懷哉文先生，吾硯蝕秋蘚！

三詩未收入《海藏樓詩》，然可以徵孝胥詩功所自出。其〈書韋詩後〉云：

爲己爲人之歧趣，其徵蓋本於性情矣。性情之不似，雖貌合，神猶離也。夫性情受之於天，胡可強爲似者？苟能自得其性情，則吾貌吾神，未嘗不可以不似似；則爲己之學也。世之學者，慕之斯貌之；貌似矣，曰異在神；神似矣，曰異在性情。嗟乎，雖性情畢似，其失已不益大歟！吾終惡其爲佞而已矣。韋詩清麗，而傷雋，亞於柳；多存古人舉止，則高於王。遺王而錄韋，與其不苟隨時；然亦不可與入古。柳之五言，可與入古矣；以其淵然而有渟也。柳之論文也，曰「得之爲難」。韋之爲韋，亦曰「得之而已矣」。弗能自得其性情而希得古人之得；盡爲人者也。

可以窺其生平論詩之宗旨焉。

生平論詩，以爲寫景視記事、抒情爲難。舉古人名句如柳宗元之「壁空殘月曙，門掩候蟲秋」，「回風一蕭瑟，林影久參差」，白居易之「一道斜陽鋪水中，半江瑟瑟半江紅」，王安石之「南浦辭花去，回舟路已迷。暗香無覓處，日落畫橋西」，趙師秀之「行向石欄立，清寒不可云。流來橋下水，半是洞中雲」，其極超妙者。人不過一聯兩聯。而所自得意者，則「亂峰出沒爭初日，殘雪高低帶數州」，「月影漸寒秋浩洞，柝聲彌厲夜嵯峨」，「月黑忽驚林突兀，泉枯惟對石嶕嶢」，「楚澤混茫方入夏，暮雲峭崒忽連山」，「白下溪流向人靜，紫金山色入春妍」，「入春風色連林覺，過雨山園一半開」，「兩郡楚山臨岸起，一江初日抱樓生」七聯。可謂「夥頤沉沉」矣。

孝胥爲詩，一成則不改。與陳衍書曰：「骨頭有生所具，任其支離突兀也。」稟性喜雨，愛誦姜夔「人生難得秋前雨，乞我虛堂自在眠」二句。其〈同南通張謇夜坐吳氏草堂賦詩〉云：

一聽秋堂雨，知君病漸甦。欲論十年事，庭樹已模糊。

略用姜詩意也。所作七言絕句，以〈子朋屬題山水小幅〉兩絕及〈吳氏草堂〉兩絕爲最工。其〈子朋屬題山水小幅〉云：

江東顧五倦遊還，占取城西水一灣。卷卷清詩皆入畫，底須俗筆汙溪山！

二士風流比阮、嵇，年來物役苦難齊。欲知白下閑蹤跡，只向書堂覓舊題。（原注：子朋所居深柳讀書堂中，餘舊日題詩最多。）

〈題吳氏草堂〉云：

雨後秋堂足斷鴻，水邊吟思入寒空。風情誰似霜林好？一夜吳霜照影紅。

水痕漸落霜漁汀，秃柳枝疏也自青。喚起吳興張子野，共看山影壓浮蘋。

陳衍最喜誦兩題之第二絕；曰：「韋蘇州之『獨憐幽草』，蘇東坡之『竹外桃花』，不是過也。」孝胥之詩，得趣宋之王安石；而論文則推唐之柳宗元；其《海藏樓雜詩》之七云：

幼時學爲文，獨喜柳子厚；〈斷刑〉與〈時令〉，熟讀常在口。近人尚桐城，其論深抑柳。陽湖分支派，相襲亦已久。柳文彼所輕，學柳更可有！奇人吾煒士，愛我忘其醜；咨嗟愧室辭，沉至信高手，子亦毗陵宗，胡不憚眾詬？損名勿輕言，意子適被酒。

蓋推柳文如此。及所自作，情文騷楚，則得柳之幽峭紆鬱，有〈擬謝靈運怨曉月賦〉云：

夢既覺兮心然疑；下匡床兮搴羅帷。有厭厭之纖月，託夜堂而徘徊。徘徊兮何其？怨綺疏兮天涯。漏促光沉，窗涵影弱。乍訝孤飛，旋愁將落。腹顧菟而誰懷？鎖關山而無鑰。浮雲兮尚羊，羌自寶兮精光。惜殘宵之荏苒，眾星紛其燿芒。奈須臾之流影，帳修途之阻長；山岩岩而向曙，海蕩蕩而無梁。寄瑤華於千里，勞引領兮相望。

〈誄燕文並敘〉云：

初秋早起。牆隅露草間，墜燕，且斃矣；取視幾，俄而遂斃；瘞之東院芭蕉之下，坎深及咫。旬日，草茸茸然合其墟也。誄之以文曰：

惟此一抔，微塵瘞愁。雕梁墜月，老翅傷秋。寒暑幾何，星火既流；恨沉滄海，夢鎖高樓。終古江南，芳草悠悠。鶯啼花落，鴻過庭幽。並隨逝往，杳與今留。

昔人評柳文以爲「豐縟精絕」；如孝胥之〈擬謝〉、〈誄燕〉兩文，殆庶幾焉。

孝胥詩文之外，喜作書，筆力挺秀，而瘦硬特甚；蓋原本蘇軾而參以變化者。顧於古人書，極推王安石。有〈作書久不進憤賦此〉一詩云：

作書無難易，要自習之久。苟懷世人譽，俗筆終在手。古今衹此字，點畫別誰某。必隨人作計，毋怪落渠後。但當一掃盡，逸興寄指肘；行間馳眞氣，莫復摶土偶。時賢爭南北，擾擾吾無取；狂奴薄有態，得者進猿叟。達哉臨川言：「忘鑿妍與醜！」（原注：王荊公詩：「誰初妄鑿妍與醜，坐使學士勞筋骸。」）

學書欲何爲？坐使百事廢；規規摹古人，久之意不快；冥追愈向上，聊以避前輩；人云似某某，竊用引爲愧。雖古亦猶人，面目那可對？作眞不如草，稍悟竟奚異。誰能起自運，寫此蓋世氣？每奇王介甫，下筆風雨至。聊爲宋仲溫，千紙勿惜費！（原注：宋克仲溫杜門染翰，日費千紙。）

〈雜詩〉云：

能書由天資，成就在學力。遍搜古人奇，一悟或有得。篆分絕矜嚴，取勢常以逆；草眞趨雋永，神味務自適。唐庸宋益弛，晉魏誠造極。掃去殊未能，豈免爲人役。幼年慕從祖，淳古仍宕激。中年觀忠端，獨往深莫測。米顚恨其手，坐受談口厄。縱手且勿談，破柱來霹靂。（原注：米元章詩云：「有口能談手不隨。」）

此可以證其學之劬。而論書則貴行筆之完。〈簡夢華〉云：

夢華足下：

屬書高麗紙，輒以奉還。書殊不佳，然亦有所妄見。昔之論書者曰「圓健」。「健」誠是也。「圓」之義乃未了，徒增後生魔障；終無悟入地，必當正之則宜曰「完」。夫書以氣脈爲主。結字之工，在於行筆；如人筋骸百節，面目四肢，都無殘損；充以涵養，成後精神煥發，生韻迥出。結字隨時不同；惟行筆無不足之病，則於長短肥瘠反正之中，各具起伏往來頓擲之觀。每作一筆，神理俱備，合而成字，親於骨肉；所謂「完」也。觀近人作，結字每苦支離，行筆動傷夭札；因無完筆，遂無完字。又其下者，但辨行列，則小史之技爾。然僕爲此言，大不自量。米老曰：「有口能談手不隨。」言之不怍，則爲之難；皆吾病也。既爲足下書畢諦視，益慚。姑述代談，即訊文祉。

夢華者，金壇馮煦也；極嘆孝胥爲至論。

孝胥之弟曰孝檉，稚辛其字也；能詩如其兄。將之江南，〈留題福州西湖禪壁一律〉云：

一天離緒望吳門，彳亍湖壖晝易昏。山槲葉黃詞客面，水萁花瘦女兒魂。上方聽法傳清梵，他日尋詩拂壞垣。誰爲慰留行不得？痴禽著意太溫存。

時光緒二十二年也。迨辛亥國變歸里，舊地重遊，重賦一律云：

曾聞共命是頻伽，啼落曼陀一樹花。七字題詩猶疥壁，廿年歸客已無家。遠峰掃黛眉如語，舊事成塵眼欲遮。只有湖波留不盡，照人青鬢點霜華。

題曰：「歲丙申將去福州，留詩西湖禪壁，和者數十首。頃歸自吳，滄桑換世，壞壁重題，他日又當若何觸棖也！」「山槲」一聯，極似陸游「斷橋煙雨梅花瘦，絕磵風霜槲葉深」。「七字」一聯，極似蘇軾「老僧已死成新塔，壞壁無因見舊題」。廉悍不如乃兄，而婉約勝焉。

孝胥之詩，與陳三立齊名。三立弟子，推鉛山胡朝梁爲高第。而學孝胥詩者，則以侯官李宣龔爲最早云。

胡朝梁，字子方，自號詩廬。詩以外無他好。爲人嬲觀劇，自午至酉，萬聲闐咽中，攢眉搜腸，成五言古一篇，蓋和其師陳三立〈題聽水第二齋〉韻者。其爲詩專學黃庭堅，七言律中二聯，多兀傲不調平仄。〈夏日即事〉云：

人生快意是會合，盡日好風來東南。芳塘半畝水清淺，茅屋一間人兩三。看水看山殊未厭，栽桑栽竹粗已諳。青雲可致不須致，我願食貧如薺甘！

〈寫義寧師詩竟輒書所觸以呈〉云：

大塊噫氣幻萬千，上飛下走日月旋。詩人能事通造化，驅使萬物歸新篇。吾師讀書善養氣，胸次浩蕩收百川。作詩不須故作勢，卻自凌厲橫無前。

〈夏居漫興〉云：

雙塘之水明如鏡，一帶垂楊青可攀。得意醉而非醉候，遊身材與不材間。有時嚄唶仰天語，消得尋常負手閒；幸是中年健腰腳，短衣匹馬好還山。

〈述懷〉云：

年年作計隨人後，短髮長歌只自疑。來日萬端付之酒，江南片月爲吾私。非關早歲思齊物，合有寒儒瘦到詩。我已窮於孟東野，高天厚地更何之！

疏宕遒雋，大率類是。陳三立許其直造宋賢勝處。而陳衍則告之曰：「蓋仿山谷之學杜，得其一體者。在杜如『愛汝玉山草堂靜，高秋爽氣相鮮新。有時自發鐘聲響，落日時見泡樵人』，『錦官城西生事微，烏皮几在還思歸。昔去爲憂亂兵入，今來惟恐鄰人非』，如此之類，不過百首之一二。在山谷則十首之三四。然猶僅三四也。君則十之七八矣。不俗在此，僅能不俗亦在此。」朝梁深服其言，而不能改也。

李宣龔，字拔可；早年爲詩，學陳師道。及從鄭孝胥遊，乃爲王安石。而孝胥之爲漢口鐵路局總辦也，宣龔實爲記室。時陳衍在武昌，宣龔旬日必過詣衍所，有詩云：

石遺小住藤爲屋，無悶新居竹滿庭。準擬過江尋一憩，午涼容我作詩醒。
不知魚鳥歸何處，卻與蚊蠅共一區；眼底了無芳草色，那能長日閉門書！

蓋最早爲孝胥詩派者。孝胥在日本有詩題曰：「決壁施窗，豁然見海，名之曰無悶。」詩中無悶，即指孝胥也。後孝胥去職。宣龔又有〈過盟鷗榭有懷太夷奉天一律〉云：

庭前病檜自蕭疏，門外驚鷗不可呼。飽聽江聲十年事，來尋陳跡一篇無。投荒坐惜人將老，望魯空嗟道已孤。賴有勝天堅念在，稍分肝膽與枝梧。

盟鷗榭者，蓋漢口鐵路局之臨江一室，而孝胥決壁施窗以爲燕客譚濤之所者也。宣龔之學詩，實於是大成焉。

宣龔詩最工嗟嘆，蓋古人所謂淒惋得江山助者。〈題吳文劍隱鑒園圖〉云：

事業欲安說！溪邊柳成圍；當時叩門人，百過亦已衰。此園在城東，地偏故自奇。世俗便貴耳，濁醪爭載窺！那識賞寂寞，但聞簧與絲。我向喜獨遊，扁舟弄連漪。拊檻一片雲，鍾山遠平籬。花竹不迎拒，魚鳥無瑕疵。豈惟客忘主，青溪吾所私。中間共出處，就官淮之湄。土瘠民力瘁，百無一設施。鄂渚將再邁，征車方北馳。歸途望楚氛，被服鷁退飛。陵谷事已改，變遷到茅茨。相逢忽攬卷，不收十年悲。〈鄭記〉似柳州，平淡乃過之：夙忝文字飲，可能欠一詩。巷南數椽屋，有枝亦無依。倘免耀耀畏，滔滔還當歸。芳草結忠信，吾言茲在茲！

蓋宣龔少遊金陵，後自築屋青溪旁，小有林亭，經國變，頗遭蹂躪；又目擊武昌兵亂，吟此寄懷，正鄭孝胥稱王安石詩所云「工處有在悵惘不甘中者」。論者謂：「此詩二十年青溪鍾阜間交遊蹤跡，直舉孝胥《海藏樓詩》：《吳氏草堂》、《晚登吳園小臺》、《正月二日詩筆》、《上巳吳園修禊》、《濠堂》、《題吳鑒泉新城水榭》、《舟過金陵》諸詩懷抱而萃之一詩」云。

宣龔有詩友二人：曰新建夏敬觀劍丞，曰紹興諸宗元貞壯。宗元審曲面勢，善使逆筆，而造語用意，胥求透過一層者。惜其太少。而宗元以爲得此已足；若必求益，則賣菜傭所爲已。早年隨宦江西，得交敬觀而來談詩。及寓滬時，始與敬觀唱和，味雋而永，有「二妙」之目。敬觀生平論詩所服膺者東野、宛陵；及聽自爲，則刻意鍛煉，不肯作一猶人語。陳衍嘗嘲之曰：「吾子詩卓自樹立，視鄉老陳散原，尚思徐行後長者否也？」因題其詩稿曰：「命詞薛浪語，命筆梅宛陵。散原實兼之，君乃與代興。」蓋追散原之逸軌者。當塗奚侗無識宦金陵久，奉手散原，詩語奇崛，亦爲近之。而順德羅惇曧掞東、羅惇㬊敷庵，二難競爽，咸推詩伯。然而惇曧蒼秀，惇㬊謹嚴；惇曧氣體駿快，得東坡之具體；惇㬊意境老淡，有後山之遺響。跡其成就，其在散原，亦猶蘇門之有晁、張也。侯官黃濬秋岳嘗從陳衍學，詩工甚深；天才學力，皆能相輔，有杜韓之骨幹，兼蘇黃之詼詭，其沉著隱秀之作，一時名輩，無以易之。晚乃私淑於三立，氣體益蒼秀矣。其鄉老林紓不以詩名，早歲有作，則學梅村；而六十以後，漸爲蒼秀，自命杜陵詩史；惟結體鬆緩，未能精嚴，寫數十首示陳衍。衍謂工者二三，不工者七八，寓書勸其刪汰，媵以一絕，有「鋪張排比杜陵人」之句（「鋪張排比」四字，元稹以贊杜甫）；而紓則大不悅；以視於濬，殊覺前賢畏後賢也。長樂梁鴻志衆異有作，必請益陳衍；其詩植骨杜韓，取徑臨川，工爲嗟嘆，頗得介甫深婉不追之趣；蓋鄭孝胥之同調矣。陳衍言：「鄉人中能爲深微淡遠之詩者，有何振岱梅生，非惟淡遠，時復濃至；其用力於柳州、郊、島、聖俞、後山者，皆頗嚌其胾也。龔乾義惕庵，則詩思窈曲，而辭多僻澀，造語使事迴不猶人。」蓋乾義於三立爲近，而振岱則孝胥之流也。顧衍又言：「近賢詩清脆者多，雄俊者少。獨閩縣曾克耑履川兀傲不群，可以走僵籍湜。」克耑論詩主雄深雅健，以謂：「詩之能深者未必雄，能健者未必雅。雄而深，斯爲眞雄；健而雅，斯爲眞健；此固繆合而不可分。世之視浮囂爲雄，粗獷爲健者不喻焉；疲心於字句之末，自足於艱晦逼仄，而笑縱橫悲壯之作爲『可以驚四筵，不可適獨坐』者不喻焉。」所致力者，陶潛、阮籍、杜甫、韓愈、蘇軾、黃庭堅諸家，要歸之於杜；亦博其趣於孟郊、李賀、李商隱、韓偓、王安石、陸游；宋以下作者，元好問外，涉獵而已。刊有《涵負樓詩》八卷。凡茲所論，咸足以張西江之壁壘，而殿同光之後勁者也。晚近詩派，鄭孝胥以幽秀，陳三立以奧奇，學詩者，非此則彼矣。顧有異軍突起，爲詩壇樹赤幟者，當推吳江金天羽松岑。天羽才氣橫肆，極不喜所謂同光體；越世高談，自開戶牖；論詩宗旨，可於其答樊山老人一書徵之。以謂：「詩之爲學，根乎性識，成乎服習，性習相守，流別以成。甄綜大要，蓋有三途：劉彥和曰：『在心爲志，發言爲詩。』夫心之精微，不達於毫素。志之鬱結，寧播乎聲樂。是故隱文譎喻，冥心絕跡，哀樂百端，驚聽回視，『變雅』、〈離騷〉是其初祖。浣花、東野尤工悴吟。趙宋一代，西江、永嘉遂成澀調。夫其激音內轉，妙思側出，踠駿足於蟻封，握鷙爪於蟠木，勁折奧邃，良足饜心。而末學滯固，依聲逐影；愛謝傅風流，吟當擁鼻；師德耀高志，出必椎髻，斥崔顥爲輕薄，呼阮籍爲老兵；枝條纖曲，華葉萎悴，空山啄木之響，里巷舂杵之節，勞歌互答，以爲娛賞。論者謂爲山林文學，雖非精詁，良亦近似。此其一也。慘舒異節，弁侈殊音；六藝之道，有隱有顯。是以能文之士，含咀百家，韜會六籍，經典深富，方冊隱曖，體憲乎兩漢，考文乎六代，振綺乎徐、庾，駢秀乎盧、駱，訂律乎元、白，緘情乎溫、李。至清代梅村，蔚成詩國；《碧城》、《瓶水》，亦足附庸。然其蔽也，豐詞少骨，繁采寡情，驅使故實，義隱跡晦。況今梯抗四達，心靈棣通，詩歌文學，同乎政理。是以拜輪、戈德、囂俄之倫，並馳聲區外，萬口吟風。乃如吾國文學，四傑、七子、長慶、西崑，一經鞮譯，將剽剝儷偶，擺落典制；鴻裁雅什，聲理不爛。『日角』、『天涯』之句，『丁年』、『甲帳』之吟，『生張』、『熟魏』之佳嘲，『黃祖』、『烏孫』之勁對，味同嚼蠟，或將嘩笑。故知倉頡造文，單音獨體，音通乎律，質有其文；二偶俶落乎《典謨》，四聲萌柢乎《三百》，遷地弗良，永爲國性。此其二也。有清一代，詩體數變。漁洋神韻，倉山性靈，張洪競氣於輦轂，舒王騁艷於江左，風流所屆，遂成輕脫。夫口饜粱肉，則苦筍生味；耳倦箏笛，斯蘆吹亦韻。西江傑異，甌閩生峭，狷介之才，自成馨逸。纖文弱植，未工模寫，而瓣香無已，標舉宛陵。洎夫臨篇搦翰，乃不中與鍾譚當隸圉。文質兩敝，在乎偏霸；圖霸不成，齊晉分裂。世有大雅君子，張皇墜緒，振起宗風，張樂洞庭之野，敷座靈山之會，九幽覷怪，千仞刷翮；胚胎六義，吐納百家，揖讓莊馬之庭，出入李杜之囿，體左鮑以樹骨，躡顏謝以振采，服陶韋以滌志，規韓孟以厲氣，狎坡谷以廣志，撫陸范以盡態，此數子者皆情條敷暢，思業高奇，景羨方矩，作程遐域。視彼任昧，雅鄭殊科；安得有縟藻之病，而鉤吻之勞乎！」其所自造，能副所言；自謂：「我詩有漢魏，有李、杜、韓、蘇，有張、王小樂府，有長吉，有楊鐵厓，有元、白，有皮、陸，有遺山、青邱，而皆遺貌取神，不襲形似。自幼學義山，人不知也；學明遠、嘉州，人不知也；學山谷，人不知也；然於此數家功最深。」斯蓋寸心得失之言；刊有《天放樓詩集》、《續集》。陳衍謂：「其才思如礦出金，如鉛出銀，在明則楊升庵，在清則龔定盦，可相彷彿。及其老筆紛披，殊有杜少陵所云絕代佳人，『摘花不插鬢，採柏動盈掬』之態。」並著於篇以備考論焉。

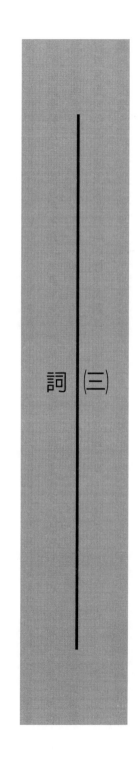

詞(三)

朱祖謀(附:王鵬運、馮煦)——況周頤(附:徐珂、邵瑞彭、王蘊章、龍沐勛)

談詞學者,非如詩與文之歧其途也,一以宋詞之常州派爲宗。蓋詞莫盛於宋,而宋人目詞爲小道,名曰「詩餘」。及讓清而詞學大昌。秀水朱彝尊、錢塘厲鶚先後以博奧淡雅之才,舒窈窕之思,倚於聲以恢其壇宇。浙派流風,泱泱大矣。浙派始於朱彝尊,蓋承明詞之弊,而崇尚清靈,欲以救嘽緩之病,洗淫曼之陋也。然標格僅在南宋,以姜夔、張炎爲登峰造極之境。厲鶚繼之,而好用新事;後生效之,以捃摭爲工;流極所至,爲餖飣,爲寒乞。其後乃有常州派起。張惠言、董士錫《易》學大師;周濟治《晉書》,號爲良史;各以所學益推其誼,張皇而潤色之,由樂府以上溯《詩》、〈騷〉,闡意內言外之旨,推文微事著之源;蓋至於是,而詞家之業乃與詩家方軌並馳,而詩之所不能達者,或轉借詞以達之。張惠言爲常州開山之祖;其論詞以深美閎約爲旨,緣情造端,興於微言,以相感動。董士錫、周濟稍後出,而士錫則惠言甥也。士錫與濟至交,而論說互相短長。士錫初好玉田,而濟謂之曰:「玉田意盡於言,不足好。」濟不喜清眞,而士錫推其沉著拗怒,比之少陵。抵牾者一年,士錫益厭玉田,而濟遂篤好清眞,以爲:「初學詞求空,空則靈氣往來。既成格調,求實,實則精力彌滿。初學詞求有寄託,則表裡相宜,斐然成章。既成格調,求無寄託;無寄託,則指事類情,仁者見仁,知者見智。北宋詞,下者在南宋下;以其不能空,且不知寄託也。高者在南宋上，以其能實，且能無寄託也。南宋，則下不犯北宋拙率之病，高不到北宋渾涵之詣。故曰：詞非寄託不入，專寄託不出。一物一事，引而申之，觸類多通，驅心若游絲之罥飛英，含毫如郢斤之斫蠅翼，以無厚入有間，既習已，意感偶生，假類畢達，閱載千百，謦咳弗違，斯入矣。賦情獨深，逐境必寤，醞釀日久，冥發意中，雖鋪敘平淡，摹繪淺近，而萬感橫集，五中無主；讀於篇者：臨淵窺魚，意爲魴鯉；中宵驚電，罔識東西；赤子隨母笑啼，鄉人緣劇喜怒，抑可謂能出矣。余所望於世之爲詞人者蓋如此。」著有《詞辨》一書，又選《宋四家詞》以爲倚聲之正鵠。四家者：曰周邦彥、辛棄疾、王沂孫、吳文英。其所望於詞人之讀是選者，問途碧山，歷夢窗、稼軒以造乎清眞。自張惠言有「緣情造端，興於微言以相感動」之論，而詞之體乃尊。自周濟有「非寄託不入，專寄託不出」之論，而詞之學乃大。浙派但事綺藻韻致，已爲下乘，論者謂南宋之作法於涼。要之浙派之詞，朱彝尊開其端，厲鶚振其緒，皆奉白石、玉田爲圭臬，不肯進入北宋人一步，況唐人乎。故南北宋者，世所分浙派常州之樞紐也。常州以拙、重、大，學北宋之渾涵。浙派以鬆、輕、靈，學南宋之清空。常州派興而浙派替。至挽近世，仁和譚仲修崛起同、光之間，乃衍張惠言、周濟之學以纂《篋中詞》十卷，蓋皆清詞也。又取濟所纂《詞辨》而評之，自謂持論小異，而折衷柔厚則同；所著《復堂詞》，大雅遒逸，深得張惠言深美閎約之旨；而傳其學於杭縣徐珂仲可。由是浙江杭州有常州之學。同時有高密鄭文焯叔問者，奉天鐵嶺人，漢軍；其自稱高密鄭氏者，文焯自詭託於康成之後也；所著詞曰《樵風樂府》，感興微言，淡遠沉著。其少工側艷，而不盡協律；遊吳中十年，學琴於江夏李復翁，極論古音，乃大悟「四上競氣」之旨；於白石自度曲所記音拍，能以意通之，深明管弦聲數之異同，上以考古燕樂之舊譜，撰成《詞原校律》一書，而能因《姜詞》以上溯唐譜，推求詞律之本原，爲研求詞學者別闢途徑。文焯既留心於樂律，故其詞亦偏宗周邦彥、姜夔。兩宋詞人號知音能自製曲者，惟柳永、周邦彥、姜夔最爲大家；而姜詞旁譜，至今猶在，爲其有跡可尋，因求其聲律，而兼及其格調；故文焯中年，於《白石詞》致力尤深；其教人亦捨白石外，並在禁例；而晚乃兼涉夢窗，以上追清眞。又謂：「東坡詞氣韻格律，並到空靈妙境。」

則受臨桂王鵬運之薰染也。鵬運，字佑遐，一作幼霞，自號半塘僧鶩，於光緒朝官禮科掌印給事中，號強直敢言事；而慈禧太后及德宗常駐頤和園，鵬運爭之尤力。卒以不見容去位，之江南，尋客死。鬱伊無聊之概，一於詞陶寫之。所著詞刊爲《半塘定稿》。其詞窈眇而沉鬱，義隱而旨遠，蓋道源碧山，復歷稼軒、夢窗以上追東坡之清雄，還清眞之渾化；與周濟之說固契若針芥也。由是常州詞派流衍於廣西矣。鵬運死，而文焯寂寞不求聞；乃群推歸安朱祖謀、臨桂況周頤爲詞宗，二人之學，蓋一出於王鵬運云。

朱祖謀，原名孝臧，字古微，號漚尹；世居浙江歸安之埭溪渚上彊山麓，唐白居易所謂「惟有上彊精舍，與劉商居之仙知」者也，自號上彊村民，因題其集曰《彊村詞》。少時隨宦河南，遇王鵬運，交相得也。鵬運之治詞也，蓋取誼於周濟，而取律於萬樹。萬樹者，於康熙間嘗著《詞律》以糾駁《嘯餘譜》（明程明善撰）、《塡詞圖譜》（清賴以邠撰）及諸家詞集之訛，即所稱萬紅友者是也。鵬運常語人曰：「萬氏持律太嚴，弊失之拘。然使來者之有人，綜群言於至當，俾倚聲一道，不致流爲句讀不葺之詩，則篳路開基，萬氏實爲初祖。」而祖謀強識分銖，宗萬氏而益加博究，上去陰陽，矢口平亭，不假檢本；鵬運憚焉，謂之律博士。然祖謀之詞學，實受之鵬運者爲多。祖謀以光緒癸未進士，殿試二甲第一人，授編修。二十二年赴官京師。鵬運方官御史，舉詞社，邀之人。顧鵬運性喜宏獎，於祖謀則繩檢不少貸，微叩之，則曰：「君於兩宋途徑，固未深涉；亦幸不睹明以後詞耳。」因貽所刊《四印齋詞》十許家，四印齋者，鵬運所以自署其室者也。又約校《夢窗詞》四稿，謂：「以空靈奇幻之筆，運沉博絕麗之才，幾如韓文杜詩，無一字無來歷。」時時語以源流正變之故，旁皇求索，從南宋入手；明以後詞，絕不寓目。如是者三年，則曰：「可以視今人詞矣。」示以顧貞觀、厲鶚、蔣春霖等所作。二十六年，拳匪入京師，洶洶將作亂。祖謀以侍讀學士，與太常袁昶侍郎許景澄上疏力諫，格於端王不得達。慈禧太后召王大臣議攻使館。昶侃侃力爭。德宗持景澄而泣。祖謀抗聲曰：「拳匪不可恃，袁昶言是也！」太后勃然變色，詢「言者爲誰」？祖謀徐徐白姓名，語雜浙音。太后不辨，幸不及於難。聯軍入京，都人士駭而走，祖謀則偕修撰劉福姚就鵬運以居。三人者，痛世運之凌夷，知患氣之非一日致，則發憤叫呼，相對太息。既困守窮城，乃約爲詞課：拈題刻燭，喁於唱酬，日爲之無間。一闋成。賞奇攻瑕，詼諧間作，若忘其在顛沛兀鼿中，而自以爲友朋文字之至樂。即世所傳《庚子秋詞》也。鵬運投劾，之上海，講學於南洋公學，而祖謀以太后回鑾，得前疏，讀之流涕；遂擢禮部侍郎，視學廣東，奉詔南下，遇於上海，鵬運則出示所爲詞九集，將都爲《半塘定稿》，約曰：「吾兩人作，交相校訂。」祖謀攜其稿之粵，以《彊村詞》郵致，索刪定，鵬運復以書曰：

> 大集琳琅，日來料量課事訖，即焚香展卷，細意披吟，宛與故人酬對。昨況夔笙渡江見訪，出大集共讀之，以目空一世之況舍人，讀至〈梅州送春〉、〈人境廬話舊〉諸作，亦復降心低首曰：「吾不能不畏之矣！」夔笙素不滿某某，嘗與吾兩人異趣，至公作則直以獨步江東相推，非過譽也。若編集之例，則弟日來一再推求，有與公意見不同之處，請一陳之：公詞庚辛之際，是一大界限。自辛丑夏與公別後，詞境日趨於渾，氣息亦益靜，而格調之高簡，風度之矜莊，不惟他人不能及；即視彊村己亥以前詞，亦頗有天機人事之別。鄙意欲以已見《庚子秋詞》、〈春蟄吟〉者編爲別集，己亥以前詞爲前集，而以庚子〈三妹媚〉以次以迄來者爲正集，各制嘉名，各不相雜；則後之讀者，亦易分別。叔問詞刻，集勝一集，亦此意也。自世人之知學夢窗，皆所謂「但學蘭亭面」者。六百年來，眞得髓者，非公更有誰耶？夔笙喜自詫，讀大集竟，浩然曰：「此道作者固難，知之者能有幾人？」可想見其傾倒矣。拙集既用《味黎集》體例，則〈春明花事〉諸詞，其題目擬〈金明池〉下書「扇子湖荷花」題，序則另行低一格，而去其「第一」、「第二」等字，似較大方。公集去之良是；體例決請如此改繕。暑假不遠，擬之若耶上冢，便遊西湖。江干暑濕，不可久留；南方名勝，當亟遊，以便北首。

時光緒三十年夏五月也。祖謀得書之浹月，而鵬運客死蘇州矣。祖謀慟之甚，遂以書弁《彊村詞》之首，而哭之以詞；即《彊村詞》卷二、卷三載〈木蘭花慢〉、〈哨遍〉、〈八聲甘州〉諸闋也。而〈木蘭花慢〉、〈八聲甘州〉兩闋尤淒絕！

〈木蘭花慢〉　程使君書報半塘翁亡。翁將之若耶上冢，且爲西湖猿鶴之問，遽逝湖中；賦此寄哀。時方爲翁校刊《半塘定稿》，故章末及之。

馬塍花事了，但持淚問西泠。信有美湖山，無聊瓶缽，倦眼難青。飄零。水樓賦筆，要扁舟一繫暮年情。才近要離冢側，故人眞個騎鯨！（自注：「昔年和翁生壙詞有云：『傍要離穿冢爾，何心長安。』翁笑曰：『息壤在彼。』豈讖耶？」）　瑤京何路問元亭，九辨總無靈。算浮生銷與功名抗疏，心事傳經。冥冥。夜臺碎語咽，飄風鄰笛不成聲！恨墨盈箋未理，暗蟲涼墮愁燈！

〈八聲甘州〉　暮登靈岩絕頂，叔問爲述半塘翁。昔年聯棹之遊，歌以抒哀，用夢窗韻。

倚蒼岩半暝，拂春裾千鬟亂明星。信閑僧指點愁香黏徑，荒翠通城。故國鴟夷去遠，斷網越絲腥。銷盡興亡感，一塔鈴聲。　招得秋魂來否？對冷漪空酹，夢難醒。問琴弦何許？飄淚古臺青。好湖山孤遊翻懶，又咽風衰笛起前汀。把筇去小斜廊路，雙屧苔平。

祖謀按試廣東，務以拔取眞才，汪兆銘即出其門。見朝政日非，掛冠歸，買宅蘇州，與鄭文焯商量詞學，並以校刊歷代詞集自任焉。

祖謀之詞，初學吳文英，晚又肆力於蘇軾、辛棄疾二家；而於軾詞尤所嗜喜，遂校刊《東坡樂府》，而屬金壇馮煦序其端曰：

詞之有南、北宋，以世言也；曰秦、柳，曰姜、張，以人言也。若東坡之於北宋，稼軒之於南宋，並獨樹之幟，不域於世，亦與他家絕殊。世第以豪放目之，非知蘇、辛者也。顧二君專刻，世不恆有。坡詞尤鮮善本。古微前輩，詞家之南董也，酷嗜坡詞，乃取世所傳毛、王二刻，訂訛補闕，以年爲經，而緯以詞。既定本，屬煦一言簡耑。煦嗜坡詞，與前輩同。綜其旨要，厥有四難：詞尚要眇，不貴質實；顯者約之使隱，直者揉之使曲。一或不善：鉤輈格磔，比於禽言；撲朔迷離，或儕兔跡。而東坡獨往獨來，一空羈靮，如列子御風以遊無窮，如藐姑射神人吸風飲露而超乎六合之表。其難一也。詞有二派：曰剛與柔；毗剛者斥溫厚爲妖冶，毗柔者目縱佚爲粗獷。而東坡剛亦不吐，柔亦不茹；纏綿芳菲，樹秦、柳之前稱；空靈動宕，道姜、張之大輅；唯其所之，皆爲絕詣。其難二也。文不苟作，寄託寓焉。所謂文外有事在也。於詞亦然。然世非懷襄，而效靈均〈九歌〉之奏；時非天寶，而擬杜陵〈八哀〉之篇；無病而呻，識者恫之。而東坡夙負時望，橫遭讒口，連蹇廿年，飄蕭萬里；酒邊花下，其忠愛之忱、幽憂之隱，磅礴鬱積於方寸間者，時一流露；若有意，若無意，若可知，若不可知。後之讀者，莫不睪然思，逌然會，而得其不得已之故；非無病而呻者比。其難三也。夫側艷之作止以道淫；悠謬之詞或將損性，拘虛小儒懸爲徽纆。而東坡涉樂必笑，言哀以嘆。暗香水殿，時軫舊國之思；缺月疏桐，空弔幽人之景；皆屬寓言，無慚大雅。其難四也。噫，東坡往矣。前輩早登鶴禁，晚棲虎阜；沉冥自放，聊氣玉局之詞；峭直不阿，幾蹈烏臺之案；其如東坡，若合符契。今《樂府》一刻，殆亦有曠百世相感者乎！若夫校訂之審，箋注之精，則前輩發其幾矣。此不具書。時宣統二年夏五月也。

馮煦者，母朱，夢僧拈花入室，遂寤而生，字以夢華。少好詞賦，有江南才子之目。累舉不第。至四十五歲，實爲光緒十二年丙戌，成一甲三名進士，授編修。廷對策用雙行，文仿陸宣公《奏議》，書作鍾元常體。閱卷大臣大學士張之萬、侍郎徐郙怪而抑之。而尚書翁同龢、潘祖蔭則力主進呈。臚唱，跪螭蚴下，慈禧太后遙見之，顧謂左右曰：「此老名士！」累官安徽巡撫，上疏請核名實，明賞罰，忤朝旨罷斥。入民國，起總纂《江南通志》，年已八十，猶能作蠅頭小楷。著有日記，積六十二年，迄歿之日，皆精楷不苟，都四十五冊。所爲駢散文，陶染典籍，衷於物則。詩則無體不工。旁究倚聲，一以南唐北宋爲則；嘗就常熟毛晉《汲古閣匯刊》之《宋六十一家詞》，擇其尤精粹者，爲《宋六十一家詞選》十二卷。所定例言，談詞者奉爲模楷。少時嘗以詞質正仁和譚獻。獻故推本周濟之旨，發揮光大，稱詞家名宿；跋其稿曰：「閱丹徒馮煦夢華《蒙香室詞》，趨向在清眞、夢窗，門徑甚正，心思心邃，得澀意。惟由澀筆，時有累句，能入而不能出；此病當救以虛渾。單調小令，上不侵詩，下不墮曲，高情遠韻，少許勝多，殘唐北宋後，成罕格。夢華有意於此，深入容若、竹垞之室，此不易到。」雖有微詞，然期於增美釋回，蓋以古作者待煦矣。煦與祖謀有同賦精忠柏，用岳飛〈滿江紅〉舊韻各一闋，蓋作於民國以寄思者。

〈滿江紅〉　賦精忠柏，敬用忠武舊韻　朱祖謀

大木無陰，渾不是眾芳雕歇。相望處靈旗風雨，於今爲烈。亙古心堅如鐵石，何人手植無年月。向南枝應有舊啼鵑，聲淒切。　奸檜鑄，沉冤雪。幽蘭瘞，仇讎滅。問喬柯幾見金甌完缺？朱鳥定飄枋得淚，碧苔錯認萇弘血。更空出玉骨冷冬青，悲陵闕！

〈滿江紅〉　同古微前輩賦精忠柏，敬踵岳忠武韻　馮煦

蕭艾披昌，邈今世眾芳衰歇。留一木孤撐天宇，寸心尤烈。七百餘年陵谷變，英靈猶戀西湖月。算亭陰鬼雨怒濤飛，身悲切！　離九節，凌冰雪。傳海外，何生滅！恁撫柯舒嘯唾壺敲缺。古殿苔封蟲食篆，空枝春盡鵑啼血。問南朝遺孽檜分屍，孱王闕？

祖謀又有〈清明渝樓同夢華〉之〈高陽臺〉、〈六么令〉兩闋：

〈高陽臺〉

短陌飛絲平碾曲，市簾江柳爭青。中酒年光，買春猶有旗亭。彩幡長記花生日，甚彩窗兒女心情。盡安排畫幨吳縑，鈿閣秦箏。白頭未要相料理；要哀吟狂醉，消遣浮生。無主東風，博勞怨不成聲。朦朧幾陣東闌雪，算今年又看清明。怕相逢睇燕歸來，猶訴飄零！

〈六么令〉

碧紗煙語，恩怨無端的。分明宋牆東畔，簾幕幾重隔。扶夢花燈宛轉，不照傷心色。後期今夕，青天碧海，未道相思是無益。蠟燭花還有淚，惜別筵前滴。羅帶詩本無題，出意機中織。千萬秦箏素手，莫教危弦急。鳳帷鴛席，能拚憔悴，知否金釵未堪擘？

蓋兩人同調常相酬答也，聲情激楚，有弦外之音焉。既而汪兆銘為行政院長，以前清補學官弟子出其門；奉手致幣以明束修之敬，而祖謀誼不以受；兆銘一不之強也。祖謀又有為〈曹君直題趙子固凌波圖〉之〈國香慢〉一闋曰：

一幨湘魂，正捐璫水闊，泛琴煙昏。江臯幾叢憔悴，留伴靈均。日暮通詞何許？有嬋媛北渚含顰。國香縱流落，未許東風換土移根！經年亡國恨，料銅槃冷透，鉛淚漬痕。故宮天遠，鵝管從此無春。補作宣和殘譜（《宣和畫譜》無水仙），盡消凝老去王孫。不成被花惱，步入鷗波，滿襪秋塵。

調亦淒咽，殆所謂「弦弦掩抑聲聲思」者矣。曹君直者吳縣曹元忠也。祖謀以民國六年校刻唐、五代、宋、金、元詞總集四種，別集一百六十八家，名曰《彊村叢書》。蓋詞起晚唐，越三百餘年，而有南宋之刻《百家詞》（據《直齋書錄解題》於〈笑笑詞〉一條下云：「自南唐二主以下，皆長沙書坊所刻，號《百家詞》」）；

又四百餘年，爲明末造，而有常熟毛晉《汲古閣》之刻。又且三百年，而後有祖謀之校刻也。千祀以來，詞苑於是爲第三結集矣。元忠蓋與有力，遂屬爲之序曰：

彊村侍郎校刻唐、五代、宋、金、元詞，以元忠嘗助搜討，共抱微尚；約書成爲序其首。今年秋工竣，得別集百有十三家，總集所收，猶不以此數。盛矣哉，自《汲古》以來，至於近時，朋舊若《四印齋》、《靈鶼閣》、《石蓮山房》、《雙照樓》諸刻，皆未足方，雖然，彊村是刻之所以獨絕者，則尚不因此。蓋嘗取近世所傳《國策》、《管》、《晏》、《荀》、《列》諸子書錄，而知其校刻各詞，猶有劉向家法，爲不可及焉，按向所校讎，以中書爲主，尚取太史書，太常書，大中大夫卜圭書，射聲校尉立書，臣富參書，校除複重，定著篇數；可見雖據善本，猶待參訂也。而彊村所校如之。其於誤字；如以「趙」爲「肖」，以「齊」爲「立」，以「盡」爲「進」，以「賢」爲「形」，以「夭」爲「芳」，「又」爲「備」，「先」爲「牛」，「章」爲「長」，每云：「皆已定殺青可繕寫。」可見實事求是，不妨改字也。而彊村所校又如之。顧彊村所尤致意者，則在聲律；故於宮調旁譜之屬，莫不悉心校定；或非向之所及。然《漢書．藝文志》既載〈河南周歌詩〉，又附〈河南周歌聲曲折〉；既載〈周謠歌詩〉，又附〈周謠歌詩聲曲折〉；度向所校，必亦精審如彊村可知。則又惜其書久亡，並無書錄之可證也。且夫唐、五代、宋、金、元之詞，漢、魏、六朝之樂府也。往讀《宋書．樂志．漢鼓吹鐃歌》十八曲，至〈有所思〉之「妃呼豨」，〈臨高臺〉之「收中吾」，雖以索解無從；然猶得據王僧虔啓所云：「諸調曲皆有聲有辭，辭者歌詩，聲者若『羊吾夷伊那何』之類。」引爲比列。獨至宋「鼓吹鐃歌」〈上邪〉、〈晚芝田〉、〈艾如張〉諸曲，幾於滿紙皆「幾令吾，微令吾」，令人口呿吞撟，不知其作何語。及考諸《樂府解題》，則云：「凡古樂錄；皆大字是辭，細字是聲，聲辭合寫致然。」然後知樂府工伶官，既無左騏、史妠、謇姐名倡理董其事；士大夫復以非肄業所及而不屑道；又誰爲之刊正者？故自宋迄梁，不過七八十年；而沈約所見已驕駁如此。使當時有如彊村者出而校勘，豈非《宋史・樂志》〈導引六州〉、〈十二時〉、〈降仙臺〉之流，縱音節不傳不可歌，寧至不可讀哉！然則漢、魏、六朝樂府，以聲辭雜糅之故，等諸若存若亡；知凡夫唐、五代、宋。元詞之僅存者，欲延墜緒於一線，殆非精校傳刻不可。我彊村惟有鑒於此，故《夢窗》鋟版者三，而《草窗》亦至於再；餘諸家亦復廣搜珍祕，博訪通雅，必使毫髮無憾而後已。豈不以南宋所傳〈望瀛十二遍散序〉無拍，《韻語陽秋》能言之，而今不可知矣；〈夷則商霓裳羽衣曲〉十一段起第四遍至煞拍，《碧雞漫志》能言之，而今又不可問矣？姑無論大曲也，甚而纏慢小令，若《詞源》所稱張樞《寄閒集》旁綴音譜者，今且無自訪求；恐再閱百年，即此總集別集百數十家，亦將灰飛煙滅。不及時整娖，安知不如劉向所言：「爲其俎豆管弦之間，小不備，絕而不爲以至大不備，惑莫甚焉。」不得不盡力以爲之乎？則又用心與向相同；不但校讎守其家法已也。元忠故詳言之，以告當世讀《彊村叢書》者。

蓋近今詞集之校刻，王鵬運《四印齋》造其端，而祖謀實以是書集其大成；志益博而智專，心益勤而業廣，其有功於詞學者不淺也。徒以裒然巨帙，卒業爲難；而闡詞學之閫奧，詔後生以途轍，始宋徽宗皇帝，迄李清照，凡八十七人，人選數首，曰《宋詞三百首》，比之於《唐詩三百首》。中以周邦彥、吳文英爲最多，蓋求之體格神致，以渾成爲主旨也。況周頤嘗翹以語人曰：「能循途守轍於三百首之中，必能取精用宏於三百首之外。益神明變化於詞外求之，則夫體格神致間，尙有無形之訢合、自然之妙造，即更進於渾成，要亦未爲止境。無止境之學，必有以端其始，莫如《宋詞三百首》。」蓋甚推其書也。及所自爲，大抵寄綿密於藻麗，抒情感於比興，而融諸家之長，聲情益臻樸茂，清剛雋上，並世詞家推領袖焉！

祖謀以詞名，顧詩亦入能品，〈和遠根乞米曲〉曰：

宣州詩翁恆苦飢，索米夢持篆窠歸。舉家噉粥癯不肥。平原筆力弩釋機，先生研田十年耜，溉墨一斗鍵其扉。臨川三昧熒熒暉，濃鋒蹶豈諸城痱，赫蹏紙百不供揮。璽書增俸疇敢睎，月料半流埒茹薇，焉能休糧脱塵鞿？道山延閣接太微，胡不陳書紫宸闈？胡不曼胡短後衣？捷書夜草旌頭飛，何爲顑頷幽篁圍，乾愁漫誕不可磯？諸公遑辨「妃」與「豨」，一丘之貉蒙庶幾，菜佣求益來已稀。牛鐸黃鐘荒是非，枵然者腹負大誹，安用陶胡奴米爲？逝將著鞭驂子騑。安吳筆訣絕几韋，他年奇字森煙霏。

又題〈胡惜仲金光明勝經卷子〉二絕曰：

妙伽偈諦絕傳衣，花雨香中舊捷扉。一逝翩如黃鵠子，刺天海水又群飛！

江左一流今日盡，詩篇連卷共誰論？不如自拔爐煙坐，饒舌豐干已不言！

詩研煉似陳三立，而用事下語或失之晦。陳衍稱之曰：「詩中之夢窗」，允矣。以民國二十年辛未冬卒，年七十五歲。

臨桂況周頤者，名周儀，以諱清宣統溥儀名，遂改周頤；夔笙其字，別號蕙風。官內閣中書，王鵬運致祖謀書所稱「目空一世之況舍人」也。少而察惠，讀書輒得神解；垂髫應府縣學試，冠其曹，舉案首。同考或竊竊低語：「何以稚子，獨爭上流？」知府事者至榜示謂：「廣右以靈淑所鍾毓，誕此英才；所望爲賢父兄者，善爲掖進，俾以有用之身，致國家之用；則宦轍所至，亦復與有榮」云。九歲，補博士弟子員。十三歲，賦詩，有句云：「薄酒並無三日醉，寒梅也隔一窗紗。」其姊婿蔣楝材見而誡之曰：「童子學詩，何乃作衰颯語！」十八歲舉優貢。一日，往省姊，偶得《蓼園詞選》讀之，試爲小詞，而沉浸者日以深；其集中附有《存悔》一卷，即十七前作也。輕倩流慧，理境兩絕；有曰：「春小於人，花柔似汝。雲涯悵望知何處？」每謂神來之筆，若有所感；至於垂老追念，都難爲懷。二十一，舉光緒五年鄉試。乃娶於趙，伉儷綦篤。夫人擅雅樂，因並習操縵，儼然理曲。既而宦遊京國，遵例官內閣中書，與王鵬運同官，益以詞學相砥礪。並治金石文字，凡有碑版無不羅致，得萬餘本，中《龍門造象》千餘本；尤長於許氏《說文》，名聲訓詁，潛造精研；故其治碑版，並爲淵源之學。尋以會典館纂修敘勞，用知府分發浙江，曾參兩江總督端方幕府。端方藏碑版甲於海內，輒屬周頤定之，《陶齋藏石》一記，蓋出手纂。時合肥蒯光典禮卿以進士官道員，分發江南，與周頤學不同；乃薦興化李詳以間之，每見端方，必短周頤而稱詳。一日，端方招飲，光典又及周頤。端方太息曰：「亦知夔笙必將餓死。但我端方在，絕不容坐視其餓死耳！」周頤聞之，感激涕下，而致怨於李詳。詳以不得志於端方。既而端方入川被殺；詳以詩弔之，有云：「輕薄子雲猶未死，可憐難返蜀川魂！」「輕薄子雲」，蓋指周頤也。自是有宴會，周頤與詳，必避不相見。而周頤濡古既深，字畫必謹，自以氏況，見人書「況」字只寫兩點爲「况」則必斥其訛；而爲之加成三點水焉；又睹文書中「金樽」字，必塗去木旁作「尊」字，諸如此類，崇古不苟。馮煦戲稱之爲「況古人」。而所自喜者尤在詞；嘗自謂：「世界無事無物不可入詞；但在余能自運其筆，使宛轉如意耳。」所著曰《第一生修梅花館詞》、《二雲詞》、《香櫻詞》、《蕙風詞》。遜國而後，家國之感，身世之情，所觸日深，而詞格亦日遒上；頓挫排宕，柔厚沉鬱，千闢萬灌，略無爐錘之跡；而又嚴於守律，一聲一字，悉無乖舛。方之古人，庶幾白石；亦自謂五百年後，得爲白石，亦復相類也。錄其二詞；聊當舉隅：

〈齊天樂．秋雨〉

沈郎已自拚憔悴，驚心又聞秋雨。做冷欺燈，將愁續夢，越是宵深難住。千絲萬縷，更攙入蟲聲，攪人情緒。一片蕭騷，細聽不（作平）是故園樹！　沉沉更漏漸咽，只檐前鐵馬，幽怨如訴。倘是殘春，明朝怕有無數飛花飛絮。天涯倦旅，記滴向蓬窗，更加淒苦。欲譜瀟湘，黯愁生玉柱。

〈四字令〉南陵徐積雨得小銅印，文曰「石家侍兒」，白文方式，以拓本見詒，報之以詞。

石家侍兒，綠珠宋禕。當年畢竟阿誰，挎銀榆紫泥？香名未知，鄉親更疑。（綠珠，廣西博白人，余舊有「綠珠紅玉是鄉親」小印。紅玉，陳文簡侍兒，墓在臨桂淒霞山麓）願爲宛轉紅絲，繫裙腰恁時。

蓋周頤之詞，細膩熨貼，典麗風華，闊大不及祖謀，而綿密則過之焉。然周頤之詞學，實得助於祖謀者不鮮，嘗語人曰：「余之爲詞，二十八歲以後，格調一變，得力於半塘。比歲守律綦嚴，得力於漚尹。人不可無良師友也。」周頤爲詞崇性靈，而或傷尖艷；既與王鵬運同官中書，鵬運詞夙尚體格，於周頤異趣，多所規誡。又以所刻宋、元人詞屬爲校讎，自是周頤得窺詞學之深，所謂「重、拙、大」，所謂「自然從追琢中出」，積心領神會之，而體格爲之一變。蓋聲律與體格並重也。周頤之詞，僅能平仄無誤；或某調某句有一定之四聲，昔人名作皆然，則亦僅守勿失而已。未能與鵬運之一聲一字，剖析無遺也。鵬運刻詞至三十餘家，周頤任校勘者多。當其時，海宇澄清，人物豐穰，廠肆購書之樂，葦灣清遊之勝，裙屐畢集，似可終古。鵬運笑傲煙霞，一燈斗室。周頤以詞學相砥礪，傳授心法；而亦並傳鵬運之半榻一燈；其煙具，皆鵬運所饋遺也。如是者二十年。既鵬運卒，乃與祖謀相切磋。祖謀於詞不輕作，恆以一字之工，一聲之合，痛自刻繩；而因以繩周頤。周頤亦恍然向者之失，斷斷不敢自放，乃悉根據宋、元舊譜，四聲相依，一字不易，其得力於祖謀，與得力於鵬運者同。如〈甲午展重陽日邃父招同半塘登西爽閣子美因病不至〉，調寄〈蝶戀花〉云：

西北雲高連睥睨，一抹修眉，望極遙山翠。誰向西風傳恨字，詩人大抵傷憔悴。　有酒盈尊須拚醉，感逝傷離（自注：端木子疇前輩於數日前謝世），何況登臨地！巹好秋光圖畫裡，黃花省識秋深未（自注：西爽閣在京師土地廟下斜街山西會館，可望西山）？

自跋云：「金元已還，名人製曲，如《西廂記》、《牡丹亭》之類，皆平仄互叶，幾於句句有韻；付之歌喉，極致流美。溯其初哉肇祖，出於宋人填詞。詞韻平仄互叶，丁北宋已有之，姑舉一以起例：賀方回〈水調歌頭〉云：『南國本瀟灑，六代浸豪奢。臺城遊冶，襞牋能賦屬宮娃。雲觀登臨清暇，璧月流連長夜，吟醉送年華。回首飛鴛瓦，卻羨井中蛙。訪烏衣，尋白社，不容車。舊時王謝，堂前雙燕過誰家？樓外河橫斗掛。淮上潮平，霜下檣影落寒沙。商女蓬窗罅，猶唱〈後庭花〉！』蕙風此作，倘有合者。」又〈題徐仲可舍人（珂）女公子（新華）山水畫稿〉，調寄〈玉京瑤〉云：

玉映傷心稿，鳳羽清聲，夢裡仙雲幻（自注：用徐陵母五色雲化爲鳳事）！故紙依然，韶年容易淒婉。乍洗淨金粉春華，淡絕處山容都換。瑤源遠。湘苹染墨，昭華攄管（自注：徐湘苹，徐昭華皆工畫），茸窗舊掃煙嵐。韻致雲林，更楷模北苑。陳跡經年，蟫奩分貯絲繭黯。贈瓊，風雨蕭齋，帶孺子泣珠塵漬。簾不卷，秋在畫圖香篆。

自跋曰：「此調爲吳夢窗自度曲，夷則商犯無射宮腔。今四聲悉依夢窗，一字不易。」蓋抗心希古，嚴於守律，大率類此。

周頤論詞最工，細入毫芒，能發前人所未發，所著曰《香海棠館詞話》、《餐櫻廡詞話》。論詞境曰：「詞境以深靜爲主。韓持國〈胡擣練令〉過拍云：『燕子漸歸春悄，簾幙垂清曉。』境至靜矣；而此中有人如隔蓬山，思之思之，遂由靜而見深。蓋寫境與言情非二事也；善言情者，但寫境而情在其中；此等境界，唯北宋人詞往往有之。持國此二句尤妙在一『漸』字。」又曰：「《小山詞·阮郎歸》云：『天邊金掌露成霜，雲隨雁字長。綠杯細袖趁重陽。人情似故鄉。蘭佩紫，菊簪黃，殷勤理舊狂。欲將沉醉換悲涼，清歌莫斷腸。』『綠杯』二句，意已厚矣；『殷勤理舊狂』五字三層意。『狂』者，所謂『一肚皮不合時宜』，發現於外者也；『狂』已『舊』矣，而『理』之，而『殷勤理』之，其狂若有甚不得已者。『欲將沉醉換悲涼』，是上句注腳。『清歌莫斷腸』，仍含不盡之意；此詞沉著厚重，得此結句，便覺竟體空靈。」又曰：「東坡詞《青玉案．用賀方回韻送伯固歸吳中》歇拍云：『作個歸期天已許，春衫猶是，小蠻針線，曾濕西湖雨。』上二句未爲甚艷，『曾濕西湖雨』是清語；非艷語；與上二句相連屬，便成奇艷絕艷，令人愛不忍釋。」又曰：「詞有淡遠取神，只描取景物，而神致自在言外，此爲高手。然不善學之，最易落套，亦如詩中之假王、孟也。劉招山〈一翦梅〉過拍云：『杏花時節雨紛紛，山繞孤村。』頗能景中寓情。」又曰：「羅子遠〈清平樂〉：『兩槳能吳語』，五字甚新。楊柳波頭，荷花蕩口，暖風十里，翦水咿啞，聲愈柔而景愈深。嘗讀《飲水詞．望江南》云：『江南好，虎阜晚秋天。山水總歸詩格秀，笙簫恰稱語音圓。人在木蘭船！』『笙簫』句與此『兩槳』句，同一妙於領會。」又曰：「《空同詞．浪淘沙．別意》云：『花露漲冥冥，欲雨還晴。』能融景入情，得迷離惝恍之妙。『漲』字亦煉。」又曰：「韓子畊《高陽臺．除夕》云：『頻聽銀簽，重燃絳蠟，年華衮衮驚心。餞舊迎新，能消幾刻光陰？老來可慣通宵飲，待不眠還怕寒侵。掩清尊，多謝梅花伴微吟。鄰娃已試春妝了，更蜂枝簇翠，燕股橫金。勾引春風，也知芳意難禁。朱顏那有年年好，逞艷遊贏取如今！恣登臨，殘雪樓臺，遲日園林。』此等詞語淺情深，妙在字句之表。便覺刻意求工，是無端多費氣力。」又曰：「《履齋詞．二郎神》云：『凝佇久，驀聽棋邊落子一聲聲靜。』〈千秋歲〉云：『荷遞香能細。』此『靜』與『細』，亦非雅人深致未易領略。」又曰：「王易簡〈謝周草窗惠詞卷慶宮春〉歇拍云：『因君凝佇，依約吳山，半痕蛾綠。』此十二字絕佳，能融景入情，秀極成韻，凝而不佻。」又曰：「塡詞景中有情，此難以言傳也。元遺山〈木蘭花慢〉云：『黃星幾年飛去？淡春陰，平野草青青。』平野春青，只是幽靜芳倩；卻有難狀之情，令人低徊欲絕。善讀者約略身入景中，便知其妙。」又曰：「黨承旨《月上海棠．用前人韻》後段云：『斷霞魚尾明秋水，帶三兩飛鴻點煙際。疏颯秋聲，似知人倦遊無味。家何處？落日西山紫翠。』融情景中，旨淡而遠。又〈鷓鴣天〉云：『開簾放入窺窗月，且盡新涼睡美休。』瀟灑疏俊極矣。尤妙在上句『窺窗』二字。窺窗之月，先已有情。用此二字，便曲折而意多；意之曲折，由字裡生出，不同矯揉鉤致，不墮尖纖之失。」又曰：「段誠之《菊軒樂府．江城子》云：『月邊漁，水邊鉏。花底風來，吹亂讀殘書。』前調〈東園牡丹花下酒酣即席賦之〉云：『歸去不妨簪一朵，人也道看花來。』騷雅俊逸，令人想望風采。〈月上海棠〉云：『喚醒夢中身，鵓鳩數聲春曉』，前調云：『頹然醉臥，印蒼苔半袖』，於情中入深靜，於疏處運追琢，尤能得詞家三昧。」又曰：「眞字是詞骨；情眞景眞，所作必佳。金章宗詠聚骨扇云：『忽聽傳宣須急奏，輕輕褪入香羅袖。』此詠物兼賦事，寫出廷臣入對時情景，確是詠聚骨扇，是章宗詠聚骨扇。仙題他人，挪移不得。」又曰：「密國公璹詞，《中州樂府》著錄七首，姜、史、辛、劉兩派，兼而有之，〈春草碧〉云：『舊夢回首何堪，故苑春光又陳跡。落盡後庭花，春草碧』，〈青玉案〉云：『夢裡疏香風似度，覺來惟見，一窗涼月，瘦影無尋處』，並皆幽秀可誦；〈臨江仙〉云：『薰風樓閣夕陽多；倚闌凝思久，漁笛起煙波』，淡淡著筆，言外卻有無限感愴。」又曰：「遺山句云：『草際露垂蟲響遍』，寫出目前幽靜之境，小而不纖，妙在『垂』字、『響』字，此二字不可易。」

論詞筆曰：「《清眞詞．望江南》云：『惺忪言語勝聞歌』，謝希深〈夜行船〉云：『尊前和笑不成歌』，皆熨帖入微之筆。」又曰：「詞亦文之一種。名家詞筆，亦有理脈可尋；所謂蛇灰蚓線之妙。如范石湖《眼兒媚．萍鄉道中》云：『酣酣日腳紫煙浮，妍暖試輕裘。困人天氣，醉人花底，午夢扶頭。春慵恰似春塘水，一片縠紋愁。溶溶泄泄，東風無力，欲皺還休』，『春慵』緊接『困』字『醉』字來，細極。」又曰：「潘紫岩詞，余最愛其《南鄉子．題南劍州妓館》一闋，小令中能轉折，其詞筆有尺幅千里之勢。詞云：『生怕倚闌干，閣下溪聲閣外山。空有舊時山共水，依然，暮雨朝雲去不還！相見躡飛鸞，月下時時認佩環。月又漸低霜又下，更闌，折得梅花獨自看。』歇拍尤意境幽瑟。」又曰：「詞筆『艷』與『麗』不同。『艷』如芍藥牡丹，慵春媚景。『麗』若海棠文杏，映燭窺簾。薛梯飆詞工於刷色，當得一『麗』字。〈醉落魄〉云：『單衣乍著，滯寒更傍東風作，珠簾壓定銀鉤索。雨弄初晴，輕旋玉塵落。花唇巧借妝梅約，嬌羞才放三分萼。尊前不用多評泊，春淺春深紅向杏梢覺。』當得一『艷』字。」又曰：「曾宏父〈浣溪沙〉云：『紫禁正須紅藥句，清江莫與白鷗盟』，尋常稱美語，出以雅令之筆，閱之使不生厭。」又曰：「翁五峰〈摸魚兒〉歇拍云：『沙津少駐。舉目送飛鴻，幅巾老子，樓上正凝佇。』東坡〈送子由詩〉：『時見烏帽出復沒』，是由送客者望見行人，極寫臨歧眷戀之狀。五峰詞乃由行人望見送者：客子消魂，故人惜別，用筆兩面俱到。」又曰：「劉伯寵《水調歌頭．中秋》云：『破匣菱花飛動，跨海青光無際，草露滴明璣。』『跨海』云云，是何意境！下乃忽作小言。子雲所云：『大者含元氣，細者人無間』，略可喻詞筆之變化。」又曰：「近人作詞，起處多用景語虛引，往往第二韻方約略到題，此非法也。起處不宜泛寫景，宜實不宜虛，便當籠罩全闋，他題挪移不得。唐李程作〈日五色賦〉，首云：『德動天鑒，祥開日華』，雖篇幅較長於詞，亦以二句隱括之，尤有弁冕端凝氣象。此旨可通於詞矣。」又曰：「名手作詞，題中應有之義，不妨三數語說盡。自余悉以發抒襟抱所寄託，往往委曲而難明；長言之不足，至乃零亂拉雜，胡天胡帝。其言中之意，讀者不能知，作者亦不蘄其知，以爲流於跌宕怪神，怨懟激發而不可以爲訓；則亦楚徒之騷些云爾。夫使其所作，大都衆所共知，無甚關係之言，寧非浪費紙墨耶！」又曰：「詞筆固不宜直率，尤切忌刻意爲曲折。以曲折藥直率，即已落下乘。昔賢樸厚醇至，由性情學養中出，何至蹈直率之失？若錯認直率爲眞率，則尤大不可耳。」又曰：「黨承旨〈青玉案〉云：『痛飲休辭今夕永；與君洗盡滿襟煩暑，別作高寒境。』以鬆秀之筆，達清勁之氣，倚聲家精詣也。『鬆』字最不易做到。」又曰：「金古齊散汝弼，字良弼，官近侍副使，《風流子．過華清作》云：『三郎年少客，風流夢，繡嶺蟲瑤環。看浴酒發春，海棠睡暖；笑波生媚，荔子漿寒。況此際，曲江人不見，偃月事無端。羯鼓數聲，打開蜀道；〈霓裳〉一曲，舞破潼關。馬嵬西去路，愁來無會處，但淚滿關山。賴有紫囊求進，錦襪傳看。嘆玉笛聲沉，樓頭月下；金釵信杳，天上人間。幾度秋風渭水，落葉長安。』正大三年刻石臨潼縣，今存。詞筆藻耀高翔，極慷慨低徊之致。」又曰：「姚成一《雪坡詞．霜天曉角．湖上泛月歸》換頭云：『煙抹山態活，雨晴波面滑。』五字對句，上句讀作上二下三，

『抹』字叶韻，不勉強，尤饒有韻致。詞筆靈活可喜。」又曰：「宋江致和〈五福降中天〉句：『秋水嬌橫眼，膩雪輕鋪素胸。』以『鋪』字形容膩雪，有詞筆畫筆所難傳之佳處，無一字可以易之。」又曰：「詞筆能直固大佳。顧所謂『直』誠至不易，不能直率也。當於無字處爲曲折，切忌有字處爲曲折。」又曰：「雲林〈壽彝齋太常引〉云：『柳陰濯足水浸磯，香度野薔薇。芳草綠萋萋。問何事王孫未歸？一壺濁酒，一聲清唱，簾幙燕雙飛。風暖試輕衣。介眉壽遙瞻翠微。』壽詞如此著筆，脫然畦封，方雅超逸，『壽』字只於結處一點。後人可取以爲法。」

論詞句曰：「『詩酒尙堪驅使在，未須料理白頭人』，少陵句也。《梅溪詞．喜遷鶯》云『自憐詩酒瘦，難應接許多春色』，蓋反用其意。」又曰：「盧申之〈江城子〉後段云：『年華空自感飄零，擁春酲，對誰醒？天闊雲閑，無處覓簫聲。載酒買花年少事，渾不似舊心情。』與劉龍洲詞『欲買桂花重載酒，終不似少年遊』，可稱異曲同工。然終不如少陵之『詩酒尙堪驅使在，未須料理白頭人』爲倔強可喜。」又曰：「草窗〈少年遊．宮詞〉云：『一樣春風，燕梁鶯戶，那處得春多』，即『梨花雪，桃花雨，畢竟春誰主』之意；俱從義山『鶯啼花又笑，畢竟是誰春』脫出。」又曰：「《竹山詞．虞美人．詠梳樓》云『樓兒忒小不藏愁，幾度和雲飛去覓歸舟』，較『天際知歸舟』更進一層。」又曰：「寄閑翁〈風入松〉云『舊巢未著新來燕，任珠簾不上瓊鉤』，用『待燕歸來始下簾』句意，翻新入妙。〈戀繡衾〉云『自不怨東風老，怨東風輕信杜鵑』是未經人道語。」又曰：「宋周端臣〈木蘭花慢〉句云『料今朝別後，他時有夢，應夢今朝』，呂居仁〈減字木蘭花〉云『來歲花前，又是今年憶昔年』，命意政同而遣詞各極其妙。」又曰：「仲彌性〈浪淘沙〉過拍云『看盡風光花不語，卻是多情』，語淡而深。〈憶秦娥．詠木樨〉後段云『佳人斂笑貪先折。重新爲翦斜斜葉。斜斜葉，釵頭常帶一段秋風月』，末二句賦物上乘，可謂藥纖滯之失。」又曰：「大卿榮諲《詠梅．南鄉子》云：『江上野梅芳，粉色盈盈照路旁。閒折一枝和雪嗅，思量，似個人人玉體香。』『似個』句艷而質，猶是宋初風格，《花間》之遺。」又曰：「宋名詞多尙渾成，亦有以刻畫見長者。沈約之〈謁金門〉云『猶倚危闌清晝寂，草長流翠碧』，又云『寒色著人無意緒，竹鳴風似雨』，〈如夢令〉云『忺睡飲睡，窗在芭蕉葉底』，〈念奴嬌〉（刻本無題，當是詠海棠之作）云：『醉態天眞，半羞微斂，未肯都開了』，雖刻畫而不涉纖，所以爲佳。」又曰：「陳夢弜〈和石湖．鷓鴣天〉云：『指剝春葱去採蘋。衣絲秋藕不沾塵。眼波明處偏宜笑，眉黛愁來也解顰。巫峽路，憶行雲，幾番曾夢曲江春。相逢細把銀釭照，猶恐今宵夢似眞。』歇拍用晏叔源『今宵剩把銀釭照，猶恐相逢是夢中』句；恐夢似眞，翻新入妙；不特不嫌沿襲，幾於青勝於藍。」又曰：「張武子〈西江月〉過拍云：『殷雲度雨井桐凋，雁雁無書又到。』昔人句云：『江頭數盡南來雁，不寄西風一幅書。』此詞括以六字，彌覺沉頓。」又曰：「馬古洲〈海棠春〉云：『護取一庭春，莫彈花間鵲』，用徐幹臣『悶來彈鵲，又攪碎一簾花影』，可謂善變。」又曰：「黃雪舟詞清麗芊綿，頗似北宋名作。其〈水龍吟〉云：『柔腸一寸，七分是恨，三分是淚』，蓋仿東坡『春色三分，二分塵土，一分流水』之句；所不逮者，以刻鏤稍著痕跡耳。其歇拍云：『待問春怎把千紅，換得一池綠水』，亦從『一分流水』句引申而出。」又曰：「吳樂庵《水龍吟．詠雪次韻》云『興來欲喚羸童瘦馬，尋梅灞首。有客遮留，左援蘇二，右招歐九。問聚星堂上，當年白戰，還更許追蹤否』，此詞略仿劉龍洲〈沁園春〉『斗酒彘肩，醉渡浙江，豈不快哉！被香山居士，約林和靖與坡公等駕勒吾回』云云，而吳詞意較勝。」又曰：「塡詞之難，造句要自然，又要未經前人說過。自唐五代以還，名作如林；那有天然好語，留待我輩驅遣。必欲得之，其道有二：曰『性靈流露』，曰『書卷醞釀』。性靈關天分，書卷關學力。學力果充，雖天分少遜，必有資深逢源之一日；書卷不負人也。中年以後，天分便不可恃；苟無學力，日見其衰退而已。江淹才盡，豈眞夢中人索還錦囊耶？」又曰：「易祓〈喜遷鶯〉云『記得年時膽瓶兒畔，曾把牡丹同嗅』，語小而不纖。極不經意之事，信手拈來，便覺旖旎纏綿，令人低回不盡。納蘭成德〈浣溪沙〉云『被酒莫驚春睡重，賭書消得潑茶香，當時只道是尋常』，亦復工於寫情，視此微嫌詞費矣。〈喜遷鶯〉歇拍云：『強消遣，把閑愁推入花前杯酒』，由舉杯消愁意翻變而出，亦前人所未有。」

論詞與詩之別曰：「《吹劍錄》云：『古今詩人間出，極有佳句。陳秋塘詩『不知筋力衰多少，但覺新來懶上樓』，按此二句，乃《稼軒詞．鷓鴣天》歇拍。或者俞文豹氏誤記耶？此二句入詞則佳，入詩便覺未合。詞與詩體格不同處，其消息即此可參。」又曰：「趙愚軒〈行香子〉云『綠陰何處？旋旋移床』。昔人詩句『月移花影上闌干』。此言移床就綠陰，意趣尤生動可喜。即此是詞與詩不同處。可悟用筆之法。」

論詞律曰：「《梅溪詞．尋春服感念．壽樓春》有句云『幾度因風飛絮，照花斜陽』，又云：『最恨湘雲人散，楚蘭魂傷。』『風飛』、『花斜』、『雲人』、『蘭魂』並用雙聲迭韻字；是聲律極細處。」又曰：「入聲字於塡詞最爲適用。付之歌喉，上、去不可通作，惟入聲可融入上、去聲。凡句中去聲字，能遵用去聲固佳；若誤用上聲，不如用入聲之爲得也。上聲字亦然。入聲字用得好，尤覺峭勁娟雋。」又曰：「上、去聲字，近人往往誤讀；如動靜之『靜』，上聲，誤讀去聲；暝色之『暝』，去聲，誤讀上聲。作詞既守四聲，則於宋人用『靜』字者用上聲，用『暝』字者用去聲，斯爲不誤矣。顧審之聲調，反蹈聱牙戾喉之失。意者宋人亦誤讀誤用耶？遇此等處，惟有檢本人他詞及他人此詞徵之，庶幾決定從捨。特非精研宮律者之作，不足爲據耳。」又曰：「宋人名作於字之應用入聲者，間用上聲；用去聲者絕少。檢《夢窗詞》知之。」又曰：「詞用虛字叶韻最難。稍欠斟酌，非近滑，即近佻。憶二十歲作〈綺羅香〉過拍云：『東風吹盡柳綿矣』，端木子疇前輩埰見之，甚不謂然，申戒至再。余詞至今不敢復叶虛字。又如『賺』字『偷』字之類，亦宜愼用。『兒』字尤難用之至，此字天然近俚，用之得如閨人口吻，即亦何當風格。若於此等難用之字，筆健能扶之使堅，意精能練之使穩，庶極專家能事矣。此境未易臻，仍以不用爲是。」又曰：「畏守律之難，輒自逃律外，或託前人不專家未盡善之作以自解，此詞家大病也。守律誠至苦；然亦有至樂之一境。常有一詞作成。自己亦既愜心，似乎不必再改，惟據律細勘；僅有某某數字於四聲未合；即姑置而姑存之，亦孰爲責備而求全者。乃精益求精，不肯放鬆一字，循聲以求，忽然得至雋之字；或因一字改一句，因此句改彼句，忽然得絕警之句；此時曼聲微吟，拍案而起，其樂何如！雖剝珉出璞，選薏得珠，不逮也。彼窮於一字者，皆苟完苟美之一念誤之耳。」

論詞與曲之別曰：「曲有煞尾，有度尾。煞尾如戰馬收韁，度尾如水窮雲起；煞尾，猶詞之歇拍也。度尾猶詞之過拍也，如水窮雲起，帶起下意也。塡詞則不然。過拍只須結束上段，筆宜沉著；換頭另意另起，筆宜挺勁。稍涉曲法，即嫌傷格。此詞與曲之不同也。」又曰：「元人製曲，幾於每句皆有襯字，取其能達句中之意；而付之歌喉，又抑揚頓挫，悅人聽聞；所達『遲其聲以媚之』也。兩宋人詞，間亦有用襯字者。王晉卿云：『燭影搖紅向夜闌，乍酒醒、心情懶』，『向』字『乍』字是襯字。」又曰：「兩宋人塡詞，往往用唐人詩句。金元人製曲，往往用宋人詞句；尤多排演詞事爲曲。關漢卿、王實甫《西廂記》，出於趙德麟《商調蝶戀花》，其尤著者。就一句一事而審諦之。塡詞之用筆用字何若？曲由詞出，其淵源在是。曲與詞分，其經途亦在是。曲與詞格迥殊，而能得其並皆佳妙之故，則於用筆用字之法，思過半矣。」

論詞之代變曰：「六朝已還，文章有南北之分，乃至書法亦然。姑以詞論：金元之於南宋，時代略同；疆域之不同，人事爲之耳，風會曷與焉？如辛幼安先在北，何嘗不可南？如吳彥高先在南，何嘗不可北？顧細審其詞，南與北確乎有辨。其故何耶？或謂《中州樂府》，選政操之遺山，皆取其近己者。然如王拙軒、李莊靖、段氏遁庵菊軒，其詞不入《元選》；而其格調氣息，以視《元選》諸詞，亦復如驂之靳；則又何說？南宋佳詞能渾至。金元佳詞近剛方。宋詞深致能入骨，如《清眞》、《夢窗》是。金詞清勁能樹骨，如蕭閑、遁庵是。南人得江山之秀；北人以冰霜爲清。南或失之綺靡，近於雕文刻鏤之技；北或失之荒率，無解深裘大馬之譏。善讀者抉擇其精華，能知其並皆佳妙。而其佳妙之所以然，不難於合勘而難於分觀；往往能知之而難明言之。然而宋、金之詞之不同，固顯而易見者也。」又曰：「《清眞詞》有句云『多少暗愁密意，惟有天知』、『最苦夢魂，今宵不到伊行』，『拚今生對花對酒，爲伊淚落』，此等語愈樸愈厚，愈厚愈雅。至眞之情，由性靈肺腑中流出。不妨說盡而愈無盡。南宋人詞如姜白石云『酒醒波遠，政凝想明璫素襪』，庶幾近似。然已微嫌刷色。明已來詞纖艷少骨，致斯道爲之不尊。竊嘗以刻印比之：自六代作者，以縈紆拗折爲工；而兩漢方平正直之風，蕩然無復存者。」厥辭甚夥，最其要者著於篇。

方清末造，周頤故以文學有大名，端方總督兩江，禮致入幕又優以稅差。既入民國，竄居海上無所事；賃廡一廛，漸以不繼室人以無米告；占〈減字浣溪沙〉云：

逃墨翻教突不黔，瓶罍何暇恥罍鹽。半生辛苦一時甜。　傳語枯螢共寧耐，每憐飢鼠誤窺覘。頑夫自笑爲誰憐！

又集《左傳》、《通鑒》語署楹聯曰：「余惟利是視（晉侯使呂相絕秦）！民以食爲天（賈閏甫謂李密語）。」蓋牢落可想焉。以民國十五年秋卒，年六十有六。

而碩果僅存，獨一朱祖謀矣。然自王鵬運之歿，朱祖謀、況周頤更主詞壇，導揚宗風；而後學者乃趨向北宋，以深美閎約爲歸；佻巧奮末之風，自此而殺。餘杭徐珂仲可、淳安邵瑞彭次公、無錫王蘊章西神亦皆以詞有名，年輩差次，而歸趣略同；則朱祖謀、況周頤導揚之力也。祖謀旋亦老死；而傳其學於萬載龍沐勛榆生；蓋以平生校詞朱墨兩硯並爲一匣者與之，而以當衣缽之傳焉。

(四) 曲

王國維——吳梅（附：童斐、王季烈、劉富梁、魏絨、姚華、任訥、盧前）

詞盛於宋，劇起於元。而詞者，劇曲之所自出也。顧能詞者不必識曲。而並世之治詞以進於劇曲者，有海寧王國維、長洲吳梅。

王國維，字靜安，亦字伯隅，號觀堂，亦曰永觀。生而歧嶷，讀書通敏，年未冠，文名噪於鄉里。尋入州學，以不喜帖括之文，再應鄉舉，不中程。於時值中日戰役，我師敗績，海內士夫爭抵掌言天下事，謀變法。國維方冠年，思有以自試，乃之上海，顧倀倀無所遇。適上虞羅振玉叔蘊與吳縣蔣黼伯斧結農學社於上海，移譯東西各國農學書報；以乏譯才，遂以光緒二十四年戊戌夏，立東文學社，聘日本藤田豐八博士爲教授。國維乃往受學，寫所爲詠史絕句於同舍生扇頭。振玉見而賞異，遂拔之儕類之中，爲贍其家。而國維之知學問途轍以自發聞名家，皆振玉有以啓之也。國維欲以其間治古文辭；自以所學根柢未深，讀江子屏《漢學師承記》，欲於此求修學途徑。振玉詔之曰：「江氏說多偏駁。本朝學術實導源於顧亭林處士。厥後作者輩出，而造詣最精者，爲戴氏（震）、程氏（易疇）、錢氏（大昕）、汪氏（中）、段氏（玉裁）及高郵二王。」因以諸家書贈之。國維雖加流覽，然方治東西洋學術，未遑致力於此。治日文之餘，則從藤田博士受歐文及西洋哲學、文學、美術，尤喜韓圖、叔本華、尼采諸家之說，發揮其旨趣，爲《靜安文集》。歲庚子，既畢業東文學社。振玉適主武昌農學校，以教授多日人，乃延國維任譯授。明年東渡，留學日本物理學校。而其時革命之說大昌。振玉移書，謂：「留學諸生，多後起之秀，其趨向關係於國家者甚大。曷有以匡救之？」國維答書言：「諸生鶩於血氣，結黨奔走，如燎方揚，不可遏止。料其將來，賢者以殞其身，不肖者以便其私。萬一果發難，國是不可問矣。」時有閩中薩生均坡與國維同留學，亦入黨籍。國維以書告振玉曰：「薩固賢者；然性高明而少沉潛。彼既入籍，見所爲必非之。惟背之則危身；從之則違心。邇見其居恆鬱鬱，恐以此夭天年也！」已而薩生果夭，如國維言。尋以腳氣病歸，止振玉家。病愈，乃薦之南通師範學校，主講哲學、心理、倫理諸學。甲辰秋，振玉主江蘇師範學校；乃移國維於蘇州，凡三年，刻所爲詩詞，駸駸致力於文學。以爲：「生百政治家，不如生一大文學家。何則？政治家與國民以物質上之利益，而文學家則與以精神上之利益。夫精神之與物質，二者孰重？物質上之利益，一時的也。精神上之利益，永久的也。前人政治上所經營者，後人得一旦而壞之。至古今之大著述，苟其著述一日在，則其遺澤且及於千百世而未沫。故希臘之有鄂謨爾也，意大利之有唐旦也，英吉利之有狹斯丕爾也，德意志之有格代也，皆其國人人之所尸而祝之、社而稷之者。而政治家無與焉。惟文學家能與國民以精神上之慰藉，而國民之所恃以爲生命者。若政治家之遺澤，絕不能如此廣且遠也。」顧獨謂中國無純文學，中國文學無悲劇，闢奇論以砭往古，樹新義而詔後生。其言曰：「『自謂頗騰達，立登要路津。致君堯舜上，再使風俗醇』，非杜子美之抱負乎？『胡不上書自薦達，坐令四海如虞唐』，非韓退之之忠告乎？『寂寞已甘千古笑，馳驅猶望兩河平』，非陸務觀之悲憤乎？如此者，世謂之大詩人矣。至詩人之無此抱負者，與夫小說、戲劇、圖畫、音樂諸家，皆以侏儒優倡自處，世亦以侏儒優倡畜之；所謂『詩外尚有事在』，『一命爲文人，便無足觀』，我國人之金科玉律也。嗚呼，美術之無獨立之價值也久矣；此無怪歷代詩人多託於忠君愛國，勸善懲惡之意以自解免；而純粹美術上之著述，往往受世之迫害而無人爲之昭雪者也！以是之故：所謂詩歌者，則詠史、懷古、感事、贈人之題目稱滿充塞於詩界；而抒情敘事之作什伯不能得一；其有美術上之價值者，僅其寫自然之美之一方面耳。甚至戲曲小說之純文學，亦往往以懲勸爲旨；其有純粹美術之目的，世非惟不知貴，且加貶焉。故曰：『中國無純文學，一也。純文學，以詩歌、戲曲、小說爲其頂點；以其目的在描寫人生故。而所謂描寫人生者，在描寫人生之苦痛與其解脫之道，而使我儕馮生之徒於此桎梏之世界中，離其生活之欲之爭鬥而得其暫時之平和。若然者，唯悲劇能之。昔雅里大德勒於《詩論》中，謂：『悲劇者，所以感發人之情緒而高上之。』而如恐懼與悲憫二者，爲悲劇中固有之物；由此感發而人之精神於焉洗滌。然而我國人之精神，世間的也，樂天的也；故代表其精神之戲劇小說，無往而不著此樂天之色彩；始於悲者終於歡，始於離者終於合，始於困者終於亨；非是而欲饜閱者之心，難矣。若《牡丹亭》之〈返魂〉，《長生殿》之〈重圓〉，其最著之一例也。《西廂記》之以〈驚夢〉終也，未成之作也；此書若成，我烏知其不爲《續西廂》之淺陋也？有《水滸傳》矣；曷爲而有《蕩寇志》？有《桃花扇》矣；曷爲而又有《南桃花扇》？有《紅樓夢》矣；彼《紅樓復夢》、《補紅樓夢》、《繼紅樓夢》者，曷爲而作也？又曷爲而有反對《紅樓夢》之《兒女英雄傳》？故我國之文學中，其具厭世解脫之精神者，僅有《桃花扇》與《紅摟夢》耳。而《桃花扇》之解脫非眞解脫也；滄桑之變，目擊之而身歷之，不能自悟，而悟於張道士之一言，且以歷數千里冒不測之險，投縲紲之中所索之女子，才得一面，而以道士之言，一朝而捨之；自非三尺童子，其誰信之哉！故《桃花扇》之解脫，他律的也，而《紅樓夢》之解脫，自律的也。且《桃花扇》之作者，但借侯、李之事，以寫故國之戚，而非以描寫人生爲事。故《桃花扇》，政治的也，國民的也，歷史的也。《紅樓夢》，哲學的也，宇宙的也，文學的也。此《紅樓夢》之所以大背於我國人之精神，而其價值，亦即存乎此。彼《南桃花扇》、《紅樓復夢》等，正代表我國人樂天之精神者也。故曰『中國文學罕悲劇』也。」具見所著《靜安文集》。徒以議多違俗，物論駭之；尋遭禁絕，不行於世。

國維年三十一，而有《靜安文集》之刻；是爲光緒三十年丁未也。先一年，振玉奉學部奏調；至是薦國維於尙書榮慶，命在學部總務司行走。入都以後，始治宋、元以來通俗文學，而殫瘁於宋之詞，元之曲。著有《人間詞話》，論詞標舉境界；謂：「有境界則自成高格，自有名句。五代、北宋之詞，所以獨絕者在此。而境非獨謂景物也；喜怒哀樂，亦人心中之一境界；故能寫眞景物、眞感情者，謂之有境界；否則謂之無境界。『紅杏枝頭春意鬧』，著一『鬧』字而境界全出，『雲破月來花弄影』，著一『弄』字而境界全出。境界有大小，不以是而分優劣。『細雨魚兒出，微風燕子斜』，何遽不若『落日照大旗，馬鳴風蕭蕭』？『寶簾閑掛小銀鉤』，何遽不若『霧失樓臺，月迷津渡』也？有造境，有寫境，此理想與寫實二派之所由分。然二者頗難分別，因大詩人所造之境，必合乎自然；所寫之境，亦必鄰於理想故也。有有我之境，有無我之境。『淚眼問花花不語，亂紅飛過秋千去』，『可堪孤館閉春寒，杜鵑聲裡斜陽暮』，有我之境也。『採菊東籬下，悠然見南山』，『寒波淡淡起，白鳥悠悠下』，無我之境也。有我之境，以我觀物，故物皆著我之色彩。無我之境，以物觀物，故不知何者爲我，何者爲物。古人爲詞，寫有我之境者爲多；然未始不能寫無我之境；此在豪傑之士，能自樹之耳。無我之境，人唯於靜中得之。有我之境，於由動之靜時得之。故一優美，一宏壯也。」更進而辯詞境，有隔不隔之別，而謂：「南宋遜於北宋。白石寫景之作，如『二十四晚蟬，說西風消息』，雖格韻高絕；然如霧裡看花，終隔一層。梅溪、夢窗諸家寫景之病，皆在一隔字。即以一人一詞論，如歐陽公〈少年遊〉詠春草上半闋云：『闌干十二獨憑春，晴碧遠連雲。二月三月，千里萬里，行色苦愁人』，語語都在目前，便是不隔。至云『謝家池上，江淹浦上』，則隔矣。白石〈翠樓吟〉：『此地宜有詞仙，擁素雲黃鶴，與君遊戲。玉梯凝望久，嘆芳草萋萋千里。』便是不隔。至『酒祓清愁，花消英氣』，則隔矣。然南宋詞雖不隔處，比之前人，自有淺深厚薄之別。『生年不滿百，常懷千歲憂，晝短苦夜長，何不秉燭遊』，『服食求神仙，多爲藥所誤。不如飲美酒，被服紈與素』，寫情如此，方爲不隔。『採菊東籬下，悠然見南山；山氣日夕佳，飛鳥相與還』，『天似穹廬，籠蓋四野。天蒼蒼，野茫茫，風吹草低見牛羊。』寫景如此，方爲不隔。古今詞人，詞格之高，無如白石；惜不於意境上用力，故覺無言外之味，弦外之響，終不能與於第一流之作者也。南宋詞人，白石有格而無情，劍南有氣而乏韻；其堪與北宋人頡頏唯一幼安耳。幼安之佳處，在有性情，有境界。」此國維論詞之大概也。所爲《人間詞話》，自謂境界不隔，足追五代、北宋名家。《蝶戀花．昨夜夢中》，可置之《花間集》中；而《浣溪沙．天末同重》則頗有李後主氣象；爲論詞者所重焉。

顧所殫心者尤在劇曲，著有《曲錄》六卷，《戲曲考原》一卷，《宋人曲考》一卷，《優語錄》二卷，《古曲腳色考》一卷；而國維所自愜意者莫如《宋元戲曲史》，蓋綜生平論曲之旨而集其大成者也。大旨以爲：「戲曲之原，蓋始於古之巫者，實以歌舞爲職，以樂神人者也。其後有俳優。晉有優施，楚有優孟，『優』之爲言調戲也。巫與優之別：巫以樂神；而優以樂人。巫以歌舞爲主，而優以調謔爲主。巫以女爲之；而優以男爲之。優孟爲孫叔敖衣冠，而楚王欲以爲相；優旃一舞，而孔子謂其笑君，則於言語之外，其調笑亦以動作行之；與後世之優頗復相類。後世戲劇，當自巫優二者出。惟古之俳優，但以歌舞及戲謔爲事。自漢以後則間演故事。而合歌舞以演一事者，則始於北齊，如〈蘭陵王入陣曲〉、〈踏搖娘〉，著於《舊唐書．音樂志》，皆有歌有舞以演一事。而前此雖有歌舞，未用之以演故事；雖演故事，未嘗合以歌舞；不可謂非戲之創例也。唐代歌舞戲之外，又有滑稽戲。始於開元，盛於晚唐。其與歌舞戲不同者；則一以歌舞爲主，一以言語爲主。一則演故事，一則諷時事。一爲應節之舞踏，一爲隨意之動作。此其異也。然後代之戲劇，必合言語、動作、歌唱以演一故事，而後戲劇之意義始全；故眞戲劇必與戲曲相表裡；而戲劇實濫觴於宋之歌曲也。宋之歌曲，其最通行而爲人人所知者，是爲詞，亦謂之近體樂府，亦謂之長短句；宋人宴集，無不歌以侑觴；然大率徒歌而不舞。其歌舞相兼者，則謂之傳踏，亦謂之轉踏；亦謂之纏踏。其初恆以一曲連續歌之。然至汴宋之末，則其體漸變，先以引子，引子後只有兩腔迎互循環。此外又有曲破與大曲，則曲之遍數雖多，然仍限於一曲。至合數曲而成一樂者，則自諸宮調始。諸宮調者，小說支流，而被之以樂曲者也。其所以名諸宮調者；則由宋人所用大曲，傳踏不過一曲，其在同一宮調中甚明；惟此編每一宮調中，多或十餘曲，少或一二曲，即易他宮調；合若干宮調以詠一事，故曰諸宮調。今考周密《武林舊事》載官本雜劇段數二百八十本；其用普通詞調大曲，法曲、諸宮調者，至一百五十本。其用大曲、法曲、諸宮調者，則曲之片數頗多，以敷衍一故事，自覺不難；而單用詞調及曲調者，只有一曲，當以此曲循環敷衍，如傳踏之列。則知南宋劇曲，實綜合種種之樂曲。至成一定之體段，用一定之曲調，而百餘年間無敢逾越者，則元雜劇是也。自有元雜劇而後中國之眞戲曲出。元雜劇之視前代戲曲之進步，約而言之，則有二焉。宋雜劇中用大曲者幾半。大曲之爲物，遍數雖多；然通前後爲一曲，其次序不容顚倒，而字句不容增減；格律至嚴，運用不便。其用諸宮調者，則不拘於一曲；凡同在一宮調中之曲，皆可用之；顧一宮調中，雖或有聯至十餘曲者，然大抵用二三曲而止；移宮換韻，轉變至多；故於雄肆之處稍有欠焉。元雜劇則不然。每劇則用四折；四折之外，意有未盡，則以楔子足之；或在前，或在各折之間，每折易一宮調；每調中之曲，必在十曲以上，其視大曲爲自由，而較諸宮調爲雄肆。且於正宮之『端正好』、『貨郎兒』、『煞尾』，仙呂宮之『混江龍』、『後庭花』、『青歌兒』，南呂宮之『草池春』、『鵪鶉兒』、『黃鐘尾』，中呂宮之『道和』，雙調之□□□『折桂令』、『梅花酒』、『尾聲』，共十四曲，皆字句不拘，可以增損。此樂曲上之進步也。其二則由敘事體而變爲代言體也。宋人大曲，就現存者觀之，皆爲敘事體。金之諸宮調，雖有代言之處；而大體只可謂之敘事。猶元雜劇之爲物，合動作、言語、歌唱三者而成；紀所歌唱者曰曲，紀動作者曰科，紀言語者曰賓曰白；自於科白中敘事，而曲文全爲代言，亦不可謂非戲曲上一大進步也。然元劇所用曲，仍不出宋雜劇或出普通詞調，或出大曲，或出諸宮調；而諸曲配置之法，亦有如傳踏之以二曲迎互循環者；其事實之取材於宋雜本官劇者尤不少。然則元曲之佳處何在？曰：『自然而已矣。』古今之大文學，無不以自然勝，而莫著於元曲。蓋元劇之作者，其人均非有名位學問也；其作劇也，非有藏之名山，傳之其人之意也。彼以意興之所至，爲之以自娛娛人。關目之拙劣，所不問也，思想之卑陋，所不諱也；人物之矛盾，所不顧也。彼但摹寫其胸中之感想與時代之情狀；而眞摯之理與秀傑之氣，時流露於其間。故謂元曲爲中國最自然之文學，無不可也。明以後傳奇無非喜劇；而元則有悲劇在其中；就其存者言之；如《漢宮秋》、《梧桐雨》、《西蜀夢》、《火燒介子推》、《張千贊殺妻》等，初無所謂先離後合，始困終亨之事也。其最有悲劇之性質者，則如關漢卿之《竇娥冤》，紀君祥之《趙氏孤兒》；即列之於世界大悲劇中，亦無愧色也。元劇關目之拙，固不待言，此由當日未嘗重視此事；故往往互相蹈襲，或草草爲之。然如武漢臣之《老生兒》，關漢卿之《救風塵》，其布置結構，亦極意匠慘淡之致。然元劇最佳之處，不在其思想結構，而在其文章；其文章之妙，亦一言以蔽之，曰：『有意境而已矣。』何以謂之有意境？曰：寫情則沁人心脾，寫景則在人耳目，述事則如其口出是也。古詩詞之佳者，無不如是。元曲亦然。其言情述事之佳者，如關漢卿《謝天香》第三折：

【正宮端正好】我往常在風塵，爲歌妓，不過多見了幾個筵席，回家來仍作個自由鬼。今日倒落在無底磨，牢籠內！

馬致遠《任風子》第二折：

【正宮端正好】添酒力，晚風涼；助殺氣，秋雲暮。尚兀自腳趔趄，醉眼模糊。他化的我一方之地都食素。單則俺殺生的無緣度。

語語明白如話，而言外有無窮之意，又如《竇娥冤》第二折：

【鬥蝦蟆】空悲戚，沒理會。人生死，是輪回，感著這般疾病，値著這般時勢；可是風寒暑濕，或是飢飽勞役，各人證候自知。人命關天關地，別人怎生替得；壽數非干一世。相守三朝五夕，說甚一家一計。又無羊酒緞匹，又無花紅財禮；把手爲活過日，撒手如同休棄。不是竇娥忤逆，生怕旁人論議。不如聽咱勸你，認過自家晦氣；割捨得一具棺材，停置幾件布帛，收拾出了咱家門裡，送入他家墳地。這不是你那從小兒年紀指腳的夫妻。我其實不關親，無半點淒愴淚。休得要心如醉，意如痴，便這等嗟嗟怨怨，哭哭啼啼！

此一曲直是賓白，令人忘其爲曲。元初所謂當行家，大率如此。至中葉以後，已罕覯矣。其寫男女離別之情者，如鄭光祖《倩女離魂》第三折：

【醉春風】空服遍晒眩藥，不能痊，知他這腌臢（骯髒）病何日起？要好時直等的見他時，也只爲這症候因他上得！一會家縹渺呵，忘了魂靈；一會家精細呵，使著軀殼；一會家混沌呵，不知天地。

【迎仙客】日長也，愁更長；紅稀也，信尤稀；春歸也，奄然人未歸。我則道相別也數十年，我則道相隔著數萬里。爲數歸期，則那竹院裡刻遍琅玕翠。

此種詞如彈丸脫手，後人無能爲役。至寫景之工者；則馬致遠之《漢宮秋》第三折：

【梅花酒】呀！對著這迥野淒涼，草色已添黃，兔起早迎霜，犬褪得毛蒼。人搠起纓槍，馬負著行裝，車運著糇糧，打獵起圍場。他，他，他，傷心辭漢主；我，我，我，攜手上河梁。他部從，入窮荒；我鑾輿，返咸陽；返咸陽，過宮牆；過宮牆，繞回廊；繞回廊，近椒房；近椒房，月昏黃；月昏黃，夜生涼；夜生涼，泣寒螿；泣寒螿，綠紗窗；綠紗窗，不思量！

【收江南】呀！不思量，便是鐵心腸；鐵心腸，也愁淚滴千行。美人圖今夜掛昭陽。我那裡供養，便是我高燒銀燭照紅妝。

（尚書云）陛下回鑾罷，娘娘去遠了也！（駕唱）

【鴛鴦煞】我煞大臣行，説一個推辭謊。又則怕筆尖兒那火編修講。不見那花朵兒精神，怎趁那草地裡風光！唱道佇立多時，徘徊半晌。猛聽的塞雁南翔，呀呀的聲嘹亮；卻原來滿目牛羊。是兀那載離恨之氊車半坡裡響。

以上數曲，直所謂『寫情則沁人心脾，寫景則在人耳目，述事則如其口出』者。第一期之元劇，雖淺深大小不同，而莫不有此意境也。古代文學之形容事物也，率用古語，其用俗語者絕無；又所用之字數，亦不甚多，獨元曲以許用襯字故，故輒以許多俗語，或以自然之聲音形容之，此自古文學上所未有也。例如《西廂記》第四本第四折：

【雁兒落】綠依依牆高柳半遮。靜悄悄門掩清秋夜。疏剌剌林梢落葉風。昏慘慘雲際穿窗月。

【得勝令】驚覺我的是顫巍巍竹影走龍蛇，虛飄飄莊周夢蝴蝶，絮叨叨促織兒無休歇，韻悠悠砧聲兒斷絕。痛煞煞傷別，意煎煎好夢兒應難捨，冷清清的咨嗟，嬌滴滴玉人兒何處也！

此猶僅用三字也。其用四字者，如馬致遠《黃粱夢》第四折：

【叨叨令】我這裡穩丕丕土坑上迷颩沒騰的坐，那婆婆將粗剌剌陳米喜收希和的播，那蹇驢兒柳陰下舒著足乞留惡濫的臥，那漢子去脖項上婆娑沒索的摸。你則早醒來了也麼哥，可正是窗前彈指時光過！

其更奇者，則如鄭光祖《倩女離魂》第四折：

【古水仙子】全不想這姻親是舊盟，則待教祆廟火刮刮匝匝烈焰生，將水面上鴛鴦忒楞楞騰分開交頸。疏剌剌沙鞲雕鞍撒了鎖鞓。廝琅琅湯偷香處喝號提鈴。支楞楞爭弦斷了不續碧玉箏。吉丁丁璫精磚上摔破菱花鏡。撲通通東井底墜銀瓶。

又無名氏《貨郎旦劇》第三折，則所用疊字，其數尤多：

【貨郎兒六轉】我則見黯黯慘慘天涯雲布，萬萬點點瀟湘夜雨；正值著窄窄狹狹、溝溝塹塹路崎嶇。黑黑暗暗彤雲布；赤留赤律、瀟瀟灑灑，斷斷續續、出出律律、急急魯魯陰雲開去；霍霍閃閃電光星注。正值著颼颼摔摔風，淋淋渌渌雨，高高下下、凹凹答答一水模糊。撲撲簌簌、濕濕渌渌疏林人物，卻便似一幅慘慘昏昏瀟湘水墨圖。

由是觀之，則元劇實於新文體中自由使用新言語；在我國文學中，於《楚辭》、《內典》外，得此而三，然其源遠在宋、金二代；不過至元而大成。其寫景抒情述事之美，優足以當一代之文學；又以其自然，故能寫當時政治及社會之情狀，足以供史論家論世之資者不少。又曲中多用俗語，故宋、金、元三朝遺語所存甚多，輯而存之，理而董之，自足爲一專書。此又言語學上之事，而非此書之所有事也。」蓋國維之盛推元劇如此。自序其書曰：「一代有一代之文學。楚之騷，漢之賦，六代之駢語，唐之詩，宋之詞，元之曲，皆所謂一代之文學，而後世莫繼焉者也。獨元人之曲，爲時既近，託體稍卑，故兩朝史志與《四庫．集部》均不著錄。後世儒碩皆鄙棄不復道。而爲此學者，大率不學之徒；即有一二學子以餘力及之，亦未有能觀其會通，窺其奧窔者。余讀元人雜劇，以爲能道人情，狀物態，詞彩俊拔，而出乎自然，蓋古所未有，而後人不能彷彿也。輒思究其淵源，明其變化之跡，以爲非求諸唐、宋、遼、金之文學，弗能得也。世之爲此學者，自余始。

其所貢於此學者，亦以《宋元戲曲史》一書爲多。非吾輩才力過於古人，實以古人未嘗爲此學故也。」識者信其言之非誇。然國維沉思於宋、元以來通俗文學者，先後不逾三年；蓋未若治哲學之久也；而所獲則遠過之。國維治哲學，未嘗溺新說而廢舊聞；其治通俗文學，亦未嘗尊俚辭而薄雅故。迄辛亥國變，振玉掛冠神武門，避地東渡，航海走日本。國維則攜家相從。振玉乃勸之專研國學，而先於小學訓詁植其基，並與論學術得失，謂：「尼山之學在信古。今人則信今而疑古。本朝學者疑《古文尚書》，疑《尚書孔注》，疑《家語》，所疑固未嘗不當。及大名崔氏著《考信錄》，則多疑所不必疑。至於晚近，變本加厲，至謂諸經皆出僞造。至歐西之學，其立論多似周、秦諸子。若尼采諸家學說，賤仁義，薄謙遜，非節制，欲創新文化以代舊文化；則流弊滋多。方今世論益歧，三千年之教澤，不絕如線；非矯枉不能返經。士生今日，萬事不可爲，拯此橫流，捨反經信古末由也。君年方壯，予亦未至衰暮，守先待後，期與子共勉之！」國維聞而忸然，自懟以前所學未醇，乃取行篋《靜安文集》百餘冊，悉摧燒之；欲北面稱弟子。自是又盡棄所治宋元文學，專攻經、史，日讀注疏盡數卷，旁及古文字聲韻之學，如是者數年，所造益深且醇。先振玉三年反國。振玉割藏書十之一贈之，送之神戶，執國維手曰：「以君進德之勇，異日以亭林相期矣！」迄以治殷墟龜甲文成名。而國維之學，於是爲三變矣。其治殷墟甲骨文也，考之史事制度與文物以知其時代之情狀；本之《詩》、《書》以求其文之義例；考之古音以通其義之假借；參之彝器以驗其文字之變化。所撰〈殷卜辭中所見先公先王考〉及〈殷周制度論〉，義據精深，方法縝密，極考證家之能事；而於周代立制之源，及成王周公所以治天下之意，言之尤爲眞切。自來說諸經大義，未有如國維之貫串者。國維之學，於讓清二百餘年中，最近歙縣程瑤田易疇及吳縣吳大澂意齋。程氏所著書，以精識勝而以目驗輔之；其時古文字古器物尚未大出，故局途雖啓而運用未宏。吳氏之書，全據近出之文字器物以立言，其源出於程氏，而精博則遜之。國維識力不亞程氏，而步吳氏之軌躅，又當古文字古器物大出之世，故其規模大於程，而精博則過吳，能由文字聲韻以考古代之制度文物，並其立制之所以然；其術在由博而反約，由疑而得信，務在不悖不惑，當於理而止。其於古人之學說亦然。國維嘗謂：「今之學者，於古人之制度文物學說無不疑；獨不肯自疑其立說之根據。」有慨乎其言之也。孜孜兀兀，沒身而止，都十五六年。生平治學，蓋以考證學爲至劬且久云。而處心積慮，所欲號於天下人人者，又志不在此。嘗以爲：「自三代至於近世，道出於一而已。泰西通商以後，西學西政之書，輸入中國，於是修身齊家治國平天下之道，乃出於二。光緒中葉，新說漸勝；逮辛亥之變，而中國之政治學術，幾全爲新說所統一矣。而原西說之所以風靡一世者，以其國家之富強也。然自歐戰以後，歐洲諸強國情見勢絀，道德墮落，本業衰微，貨幣低降，物價騰湧，工資之爭鬥日烈，危險之思想日多。甚者如俄羅斯赤地數萬里，餓死千萬人，生民以來，未有此酷。而中國此十餘年中，紀綱掃地，爭奪頻仍，財政窮蹙，國幾不國者，其源亦半出於此。嘗求其故，蓋有二焉：西人以權利爲天賦，以富強爲國是，以競爭爲當然，以進取爲能事；是故挾其奇技淫巧，以肆其豪強兼並，更無知止知足之心，浸成不奪不饜之勢。於是國與國相爭，上與下相爭，貧與富相爭。凡昔之所以致富強者，今適爲其自斃之具，此皆由貪之一字誤之。此西說之害，根於心術者一也。中國立說，首貴用中。孔子稱過猶不及，孟子惡舉一廢百。西人之說，大率過而失其中，執一而忘其餘者也。試言其尤著者：國以民爲本，中外一也。先王知民之不能自治也，故立君以治之；君不能獨治也，故設官以佐之；而又慮君與官吏之病民也，故立法以防制之；以此治民，是亦可矣。西人以是爲不足，於是有立憲焉，有共和焉。然試問立憲共和之國，其政治果出於多數國民之公意乎，抑出於少數黨人之意乎？民之不能自治，無中外一也。所異者，以黨魁代君主，且多一賄賂奔走之弊而已。孔之言患不均，《大學》言平天下，古之爲政，未有不以均平爲務者；然其道不外重農抑末，禁止兼併而已。井田之法，口分之制，皆屢試而不能行，或行而不能久。西人則以是爲不足，於是有社會主義焉，有共產主義焉。然此均產之事，將使國人共均之乎，抑委託少數人使均之乎？均產以後，將合全國之人而管理之乎，抑委託少數人使代理之乎？由前之說，則萬萬無此理。由後之說，則不均之事俄頃即見矣。俄人行之，伏屍千萬，赤地萬里，而卒不能不承認私產之制度；則曩之洶洶，又奚爲也？抑西人處事，皆欲以科學之法馭之。夫科學之所能馭者，空間也，時間也，物質也，人類與動植物之軀體也。然其結構愈複雜，則科學之律令愈不確實。至於人心之靈，及人類所構成之社會國家，則有民族之特性，數千年之歷史與其周圍之一切境遇，萬不能以科學之法治之。而西人往往見其一而忘其他，故其道方而不能圓，往而不知返。此西說之弊，根於方法者二也。至西洋近百年中，自然科學與歷史科學之進步，誠爲深邃精密，然不過少數學問家用以研究物理，考證事實，琢磨心思，消遣歲月斯可矣。而自然科學之應用，又不勝其弊；西人兼併之烈，與工資之爭，皆由科學爲之羽翼。其無流弊如史地諸學者，亦猶富人之華服，大家之古玩，可以飾觀瞻，而不足以養口體。是以歐戰以後，彼土有識之士，乃轉而崇拜東方之學術；非徒研究之，又信奉之；數年以來，歐洲諸大學議設東方學講座者以數十計。德人之奉孔子老子說者，至各成一團體。蓋與民休息之術，莫尙於黃、老；而長治久安之道，莫備於周、孔；在我國爲經驗之良方，在彼土尤爲對症之新藥；是西人固已憬然於彼政學之流弊，而思所變計矣。我惛不知，乃見他人之落阱而輒追逐其後，爭民施奪，處士橫議，以共和始者，必以共產終。」垂涕而道，而世人不果所言，則見以爲迂遠而闊於事情；猶稱其考古之學，爲前無古人，後啓來者。然徵文考獻，有裨文學；厥推闡揚元劇，開其篳路之功也。遜帝宣統欽其學行，賞食五品俸，賜紫禁城騎馬，命檢昭陽殿書籍，監定內府所藏古彝器。既而遜帝遁荒天津，國維受聘爲清華研究院教授；以民國十六年四月，感時喪亂，自沉頤和園之昆明湖，於衣帶中得遺墨曰：「五十之年，只欠一死。」海內識與不識，罔不惜其學而閔其愚；使不即死，所造未可量也。特是曲學之興，國維治之三年，未若吳梅之劬以畢生；國維限於元曲，未若吳梅之集其大成；國維詳其歷史，未若吳梅之發其條列；國維賞其文學，未若吳梅之析其聲律。而論曲學者，並世要推吳梅爲大師云。

吳梅，字臞安，一字靈鳷，又號霜崖。少有志治曲學，常曰：「詩文詞曲並稱。余謂詩文固難，而古今名集至多；且論文論詩諸作，指示極精。惟詞曲最難從入；而曲爲尤難。何者？詞自南唐、兩宋，名家著述，易於購取；學者有志，尙可探索。曲則自元以還，關、馬、鄭、白之作，不可全見；吳興百種而外，存者不多。有明一代，名世者不過王於一、阮圓海二三十人；而其所作，已在有無之間。且塡詞賓白之法，素乏專書。詞隱之《南詞譜》、玄玉之《北詞譜》不易得，所依據者不過《西廂》、《琵琶》數種而已。」以年十八作《風洞山傳奇》。顧僅爲其詞而已，未能度曲也。心輒怏怏，嘗謂「欲明曲理，須先唱曲；《隋書》所謂『彈曲多，則能造曲』是也。」吳中里老多善謳者，乃從問業；往往就曲中工尺旁譜，教以輕重疾徐之法。進叩所以，則曰「非余之所知也；且唱曲者可不問此。」顧梅意有不慊，遂取古今雜劇傳奇，博覽而詳核之，積四五年，出與里老相問答，咸駭卻走。里老中有俞宗海粟廬者，工爲書，而度曲尤臻神妙；獨與親交。梅從之遊，途徑斯闢。會康有爲、梁啓超變政，事敗，而有爲之弟廣仁與楊深秀、楊銳、林旭、劉光第、譚嗣同六人，駢戮都市；所謂六君子是也。梅聞而哀焉；爲譜代奇，名曰《血花飛》。昭文黃振元爲之序，而梅大父懼以文字賈禍，遂取其稿焚焉。既能度曲，乃核審律。所自得意者，嘗爲吳江陳去病題《徐寄鹿女史西泠悲秋圖》，圖爲悲紹興女子秋瑾之以革命被戮平墓而作者，用越調〈小桃紅〉一套，其中〈下山虎〉，固舉世所稱難作者也。嘗誦《幽閨記》中一支云：「大家體面，委實多般，有眼何曾見，懶能向前。他那裡弄盞傳杯，恁般靦腆；這裡新人忒煞虔。待推怎地展，主婚人不見憐。配合夫妻，事事非偶然。好惡姻緣總在天！」曲中「大」字及「懶能向前」句，「待推怎地展」句，「事非偶然」句，四聲一字不可移易，而自以爲題此一支之能因難見巧也，其辭曰：

> 半林夕照，照上峰腰。小冢冬青少；有柳絲數條。記麥飯香醪，清明拜掃。怎三尺孤墳，也守不牢！這冤怎樣了！土中人，血淚拋；滿地紅心草，斷魂可招。你敢也俠氣陰風在這遭！

以較《幽閨記》，自詫青出於藍焉。又嘗作《雙淚碑》傳奇，僅成四折：未成書也。丹徒丁傳靖者，亦工詩詞；作〈滄桑艷〉、〈霜天碧〉二曲，詞采葩發，才名甚盛；輒以貽梅。獨梅規其不律，與之書曰：

琇甫足下：

承惠〈滄桑艷〉、〈霜天碧〉二曲，循誦再三，渲染忠綴，雅近《倚晴》之境。就文而論，無可獻疑。弟敢瀆進一言於左右者：則以足下之才之大，苟範之以韻律而不逸於先正之規，雖玉茗百子猶將斂手；而惜夫出之之易也。夫雜劇之名，濫觴〈宋志〉。傳奇之作，發軫金源。顧當時管器，專力弦索；所陳樂色，間以胡聲；嘈雜緩急之間，南人至不能按。迨及元季，永嘉乃興，揚關馬之流風，創爲院本；而伶官舊格，不盡屢一時士夫之心。於是君美、菊莊之徒斐然有作；樂府聲調之遺，户工嘌唱之法，規模略具，堂奥斯成。然而對山募國工以正音，天池拜德明而按拍，齗齗刌黍，非故爲其難也，蓋鄭重之也。足下麗藻天授，敢不心傾；弟所樂與足下商榷者，宮調與音韻之際耳。宮調者，六宮十一調也。音韻者，五音十九部也。凡所謂曲，必隸屬於一宮一調；而聲之抑揚高下，又各視其所隸之宮調以爲衡。而此一宮一調之中，所隸諸曲，雖多至百數，其聲之抑揚高下，能者早辨之於無聲，初不必製譜而知之也。惟此宮調之意，尤各有所歸。黃鐘宜富貴纏綿也，則詞之富麗者屬之。仙呂宜清新綿邈也，則詞之雋逸者屬之。是故爲詞者，必先審其情勢之哀樂而定之於一宮；復酌其牌名之繁簡而歸之於一套；然後晰其陰陽，辨其清濁，審其板之疏密，稱其詞之美惡；要歸諸自然而已矣。能如是，則神而明之，存乎其人；即小德出入，明者亦無所吹求，此凌次仲所謂「傳奇無定法」；而《清遠》、《四夢》所以終難見諸場上也。至於音韻要守中州；周德清之說，惟供北詞；范昆白之書，僅利南曲。眞文庚清之分，齊微魚模之辨，運用變化，惟在一心，深甫《大典》不足法焉。雖然，猶有難至者在也。引子過曲，人所盡知；而過曲有長短剛柔之殊，有近慢緩快之別；鼓色板格，又有疾徐正贈之不同。則至於斯者，惟因時制宜，操縱合度，不囿於勢，不逸於範，竭吾力焉已耳；局促之與耎駑，安得謂之良馬哉？弟少喜度曲，輒復倚聲。往者劉君子庚屢述盛意，不圖並世尚有斯人；豈知握手之期，即在此日，其愉快以爲何如耶？用略陳其愚，惟垂察焉。

蓋嚴於核律如此。顧虛衷博採，有工度曲者，輒造論得失。嘗訪仇淶之於金陵。金陵言度曲，仇爲最，爲歌〈渡江〉、〈彈詞〉二折。梅以爲口齒不如吳人；而轉調換氣，有廣陵先正之規。仇意歡然。時民國初定，金陵以大都再遘兵禍；爲語秦淮舊事。梅感其言，作北詞〈折桂令〉曰：

記秦淮載酒曾過，畫舸回燈，水榭聽歌，歡事無多。河橋依舊，花月消磨。走青樓，擻不住新亭風火；渡清溪，填不平故國風波。回首蹉跎，十載如梭，說甚麼金粉南朝，倒變做春夢東坡！

因即訂譜歌之，一時聞者皆惘惘也。

初梅以精詞曲，任北京大學文科教授，尋轉任東南大學，廣州中山大學，南京中央大學，所著有《顧曲麈談》、《百嘉室曲選》、《南北九宮簡譜》等書，皆論曲之作。其論詞與曲之遞變曰：「我國文學改變之跡，皆由自然，非一二大文豪所得左右其間也。自樂府不能按歌，而唐人始有詞；太白、香山開其先，至飛卿而其藝遂著。南唐、兩宋，更發揮光大之。於是詞學乃獨樹一幟矣。金、元入主中原，舊詞之格，往往於嘈雜緩急之間，不能盡按，遂糅雜方言，別立一格，名之曰曲；創始於董解元，而關漢卿、馬東籬、鄭德輝、白仁甫乃達其變。然則曲也者，爲宋、金詞調之別體。當南宋詞家慢近盛行之時，即爲北調榛莽胚胎之日。一時中原弦索，披靡天下；非復垂虹橋畔，淺斟低唱光景矣。然則詞之變而爲曲，亦有端倪可尋乎？曰：有之，即宋時大曲是也。宋人宴集，無不歌以侑觴；其歌以詞一闋爲率，其有連續歌此一闋者，如趙德麟之〈商調蝶戀花〉十章，詠〈會眞〉之事，亦徒歌而不舞。其所以異於普通之詞者，不過將此詞牌疊用成套，以詠一事而已。宋時官本雜劇，皆以詞牌疊用成套，而《東京夢華錄》載雜劇隊舞之制極詳；是已具搬演戲劇之性質矣。至《樂府雅詞》又備錄〈董穎薄媚〉大曲一套；其曲牌有「排遍」、「大攧入破」、「虛催」、「袞遍」、「催拍」、「歇拍」、「煞袞」等名；更與《董西廂》及元人雜劇相類。而東坡〈哨遍〉隱括〈歸去來辭〉，雖開代言之體，然以數曲代一人之言。且專賦吳越故事者，實自董穎此套爲始。要之德麟〈蝶戀花〉十曲開董解元之先聲；此套則爲元套數雜劇之祖。故戲曲之極盛於金、元，實自宋詞變化中來；而大曲尤爲詞與曲嬗蛻之顯而易見者也。始也承兩宋詩餘之格，而移易其聲調，出辭淵雅，有類秦柳，是曰小令；趙閑閑〈青杏子〉、元遺山〈驟雨打新荷〉是也。繼則沿宋人大曲之制，擇同調各曲，聯綴成篇；寫懷賦物，各稱其才；是曰散曲；張祿之《詞林摘艷》，郭蒼岩之《雍熙樂府》，凡所輯錄者皆是也。此皆有辭而無科白者也。董解元《西廂》爲諸宮調體，有白語矣；而科介則闕焉。科介具者有二：作北曲者爲雜劇，作南曲者爲傳奇，至是戲劇之用始備矣。北劇極盛於元，南戲繼起有明。而原南戲之興，當在宋光宗朝，永嘉人作《趙貞女》、《王魁》二傳，實爲首唱。或云宣和間已有萌芽，至南渡時則盛行，號曰〈永嘉雜劇〉；其文字即本宋人詞，而益以里巷歌謠，不協宮徵；士大夫罕有傳習者。至元時，北劇蔚興，南戲衰熄。迨高則誠《琵琶傳》出，盡洗胡元古魯兀剌之風，而易之以纏綿頓宕之聲；又得明高皇帝獎許，於是海內向風，別名爲南曲；以元套雜劇爲北曲，而相驂靳。此一時也，溦川楊康惠公梓得貫雲石之傳，嘗作《豫讓》、《霍光》、《尉遲敬德》諸劇，流傳宇內；與中原弦索抗行。而長子國材復與鮮於去矜交遊，以樂府世其家，總得南聲之祕奧，別創新音，號爲海鹽調；江西兩京間翕然和之。此一時也。嘉、隆間，太倉魏良輔、崑山梁辰魚以善謳名吳下。良輔探討聲韻，坐臥一小樓者十餘年，考訂琵琶板式，造水磨調，辰魚作《浣紗記》付之，流麗穩協，天下始有清音，號曰崑曲；歷世三百，莫不俯首傾耳，奉爲雅樂。此猶宋代嘌唱家用就舊聲而加以泛艷者也。此又一時也。明之中葉，雜劇亦用南詞，傳奇間取北曲者，此又事之變也，不可繩之以法也。自明以來，南詞特盛；論其高下，派別攸分：《荊》、《劉》、《拜》、《殺》，諧俗者也。《香囊》、《玉玦》，藻麗者也。湯奉常之新穎，沈壽寧之古拙，吳石渠之雅潔，范香令之工練，協律修詞，並足爲法。遜清一代，高莫如東塘，大莫如昉思。《藏園》、《湖上》，雖雅鄭不同，非二家之敵也，夫聲歌之道，遠本風詩。體格之尊，嚴苦樂府。自艷語贈答，動乖典章；才士寄情，不辭猥褻；君子觀之，輒復鄙棄。抑知雕繪物情，模擬人理，極宇宙之變態，爲文章之奇觀；又烏可以小技薄之也哉！」

又論詞與曲之別曰：「今人言聲歌之道，輒將詞曲並舉，一若二者無異；此不知音者之言也。七音十二律，互乘爲八十四調；以宮乘律爲宮，以其他六音律爲調，而以限定樂器管色之高低，無論詞曲一也。惟按歌則大不同。諸詞皆一字一音，初無繁聲介乎其中，與朱子所述〈鹿鳴〉、〈四牡〉等十二章詩譜，按之相合；是與北曲之馳驟，南曲之柔峭，絕不相類。此其異於按歌者一也。至於用韻，曲尤謹嚴。蓋塡曲之韻，既非詩韻，又非詞韻，其間去取分合，大抵以入聲分派三聲，而各將一韻分清陰陽；如世傳之《中原音韻》與《中州音韻》皆是也。大凡詞韻與曲韻相異者，詞中所用入韻有協入三聲者，有獨用入聲者，故萬不可守入派三聲之例，則入聲一部，斷不能缺；此曲家所以不可用詞韻也。且詞韻支思與齊微合併爲一；居魚、蘇模二韻，寒山、桓歡、先天三韻，家麻、車遮二韻，艷咸、廉纖二韻，亦合而爲一。而曲則各判畛域，不可假借；以開口與閉口出音各殊，鼻音與顎音吐字宜細。蓋不分析，則發音不純，起調畢曲，無所歸宿矣。惟曲韻亦有較詩詞寬者，詩則東與冬不能混，蕭與豪又不能相合。詞雖略寬，顧如魂元之類，有的亦稍當區別。而曲則江陽一致，庚亭不分；宜合平上去三聲而共用之，選韻尤綽有餘地，固詩與詞所萬萬不能者也。此其異於用韻者二也。詞之長調，意內言外。自宋以來，作者雖多，而論其體列，止有小令、中令、長調之分耳。按諸起調畢曲之說，則首韻與兩結韻，各宜愼重下字。然曲則注重在尾格；而每注之起畢，反不必斤斤焉。一支者名小令；二支四支者名重頭；全套有尾者名散套；其繁簡多寡，與詞大異。此其異在結構者三也。詞之作法，不論小令、中調、長調，一言以蔽之，曰雅而已矣。曲則有雅有俗。何也？詞無角目，曲有角目也。兩宋名詞具在，大抵主賓酬酢，皓齒一轉而已；但冀一牌脫稿，即可引吭發聲，初無套數之多少，更無忠佞之分配也。曲則有清曲、戲曲之分。清曲與詞尚近，無容費辭；劇曲則邪正賢奸，最宜分析。然而生旦之神情易寫，淨丑之口吻難描。舊傳奇中，淨丑諸曲，往往失之太雅，不合本相；不知淨丑多市井小人，非若生旦之可以文言見長；身不讀書，何能以才語相向乎？是誤以作詞之法作曲也。此其異在塡詞者四也。今人混曰『詞曲』，寧非與於不知言之甚者耶！」

又論南曲與北曲之別曰：「王元美曰：『南曲重板眼，北曲重弦索。南字少而調緩，緩處見眼；北字多而調促，促處見筋。南主柔媚，北主剛勁。南宜獨奏，北宜和歌。』此說極是。惟北曲有倍難於南者：北詞調促而辭繁，下詞至難穩愜；而襯字無定法，板式無定律，初學塡詞，幾於無從入手。不如南曲之襯字不多，且有一定格式。檢南詞定律，正襯分明；若北曲，則諸家所定之譜，頗有出入，偶一較對，何去何從。清初如《大成宮譜》、《欽定曲譜》之類，雖多所發明；而按諸各家之說；其間尙費斟酌。至《嘯餘譜》、《吳騷合編》等書，於北詞往往不點板式；而以襯作正，以正誤襯，不一而足；令人無從遵守。惟近來時伶，熟習諸套，若者爲襯，若者爲正；譜中聚訟之處，可就腳本之工尺旁譜中決之。此其難在塡詞者一也。且北曲不尙詞藻，專重白描；胡元方言，尤須熟悉；句法字法，別有一種蹊徑；與南曲之溫柔典雅，大相懸絕。如《西廂》『繫春心情短柳絲長，隔花陰人遠天涯近』，語妙今古。顧在當時，不甚以此等艷語爲然，謂之行家生活，即明人謂『案頭之曲』，非『場中之曲』也。實甫如『顛不剌的見了萬千，似這般可喜娘罕曾見』，及『鶻伶淥老不尋常』等語，卻是當行出色。故作南曲，詞章佳者尙易動筆；若作北曲，則語語不可夾入詞賦話頭，以俚俗爲文雅；雖詞章才子，對此無所措手矣。試遍檢明、清傳奇，南曲佳者至多，北詞佳者絕少，皆坐此病。昔洪昉思與吳舒鳧論塡詞之法。舒鳧云：『須令人無從濃圈密點。』時昉思女在座曰：『如此則天下能有幾人可造此詣！』此其難在本色者二也。且北曲無唱入聲，而以入聲諸字俱派入三聲；蓋以北人言語，本無入聲；故唱曲亦無入聲也。然必分派入三聲者，何也？北曲之妙，全在於此；蓋入聲本不可唱，唱而引長其聲，即是平聲。南曲唱入聲無長腔，出字即斷；其間有引長其聲者，皆平聲也。何則？南曲唱法以和順爲主，出聲吐腔，重在字頭，不必四聲鑿鑿，故可稍爲假借。至北曲則平自平，上自上，去自去，字字清眞，出聲、過聲、收聲，守定《中原音韻》，分毫不可假借；故唱入聲，亦必審其字勢該近何聲，及可讀何聲，派定唱法；出聲之際，歷歷分明，亦如三聲之本音不可移易；然後唱者有所執持，聽者分明辨別。此其難在唱入聲者三也。故曰『南曲易，北曲難』也。然亦有北曲可不求工，而南曲不可不求工者，即賓白一事是。元人雜劇，以賓白敘事，以詞曲寫情，故每折之首，先將一折中人出場齊備，說明事跡何若，而後作大套長曲；及其演串登場，歌者自歌，白者自白；一人居中司歌，其賓白諸人環侍左右；先令賓白者出場，兩旁分立；待此一折中人齊集以後，然後正末登場，引吭而歌；衆人或和歌，或介白。是故賓白在元劇僅爲點清眉目而設，不必求工；即每折抹去賓白，亦無不可。崑調悠揚，一字可數轉，雖數人分唱，而仍苦其勞；故曲中賓白，萬不可少；一則節唱者之勞，二則宣曲文之意；非若元劇止供和聲介曲之用也。且元人各曲，善用騰挪之法；每一套中，其開手數曲輒盡力裝點飽滿；而於本事上，入手時不即擒題；須四五曲後方才說到；是一套之曲，不啻一篇文字；不必換一曲牌，更另換一意思也，故視賓白爲無足輕重。南曲則一套之中，唱者既係多人，意境勢難合一；不獨生旦同場，必須分清口角；即同是一生，同是一旦，措詞亦各有分寸；名爲一套，實則一曲之意；而於關捩轉折之際，能顯其優美之趣者，則全在乎賓白。曲中詞曲，歌時絲竹嘈，一時未必即能領會；十分佳妙，只顯七分；而賓白則一時一語，人人皆知，不分雅俗；每當筆酣墨飽之時，常有因得一二句好白，而使詞曲亦十分暢達，加倍生色者。如《牡丹亭．驚夢》折白曰：『好天氣也。』以下便接〈步步嬌〉『裊晴絲吹來閑庭院』一曲，可謂妙矣。試思若無『天氣』二字，此曲如何接得上？又云『不到園林，怎知春色如許』，以下便接〈皂羅袍〉『原來姹紫嫣紅開遍』一曲；試思若無『不到園林』二語，曲中『原來』云云，如何可接？斯其顯而易見者矣。」

又論北曲之宜知務頭曰：「務頭者，曲中平上去三音聯串之處也，如七字句，則第三第四第五之三字，不可用同一之音；大抵陽去與陰上相連；陰上與陽平相連，陽上與陰平相連亦可；每一曲中，必須有三音相連之一二語，或二音相連之一二語，此即爲務頭處。周德清《中原音韻》論務頭曰：『要知某調某白字是務頭，可施俊語於其上。』蓋塡詞家宜知某調某句某字作務頭，而施以俊語也。換言之，謂當先自定以某句某字爲務頭，定其去上，析其陰陽，而用俊語實之；不可拘牽四聲陰陽之故，遂致文理不順也。」

又論南曲之宜檢板式曰：「板拍所以爲曲中之節奏。北曲無定式，視文中襯字之多少以爲衡，所謂死腔活板，是也。南曲則每宮每支，除引子及本宮賺不是路外，無一不立有定式。如仙呂宮之〈河傳序〉共三十二板，〈桂枝香〉二十三板，其下板處，各有一定不可移動之處，謂之板式。文人善歌者少，往往不明板式之理，或任意多加襯字；以致上一板與下一板相隔太遠；遂令唱者趕板不及，甚者落腔出調者，皆塡詞時不檢板式之病也。未塡詞之先；必先將欲塡之曲檢出，細察此曲之板式，其疏密若何；若板式至簡，或上句之末一板與下句之第一板中間間隔多字者，則下句之首萬不可再加襯字矣。」

又論字音與曲調之殊曰：「聲中字音，以上聲爲最高；而在曲調中則上聲諸字，反處極低之度。又去聲之音，讀之似覺最低；不知在曲調中，則去聲最易發調，最易動聽。故逢去上兩字連用之處，用去上者必佳，用上去者次之；所謂卑亢之間，最難連貫也。凡事自上而下較易，自下而上較難：自去聲至上聲，由上而下也；自上聲至去聲，由下而上也。所以去上之聲，必優美於上去。總之就曲調之高低，以律字音之卑亢。調之低者，宜用上聲字，調之高者，宜用去聲字；而上聲字能少用，則所塡諸詞，無不可被管弦者矣。」嘗怪古今曲家自金源以迄今日，其間享大名者不下數百人；所作諸曲，其膾炙人口者亦不下數十種。而獨於塡詞之道則闕焉不論，遂使千古下人，欲求一成法而不可得。於是宗《西廂》者以姸媚自喜，宗《琵琶》者以樸素自高，而於分宮配調、位置角目、安頓排場諸法，悉委諸伶工，而其道益以不彰；雖有《中原音韻》及《九宮曲譜》二書，亦止供案頭之用，不足爲場上之資。自以少時潛心於此，叩之曲家，卒無人曉示本末者。

既鑽究有會，乃喟然曰：「曲學之所以不昌者，無他，在識曲者之務自祕而已矣。從來文章之事，就其高深言之，各有見到之處，父不能傳諸子，師不能傳諸弟，此固難言；惟規矩準繩，必須耳提面命，才能有所步趨。今一切不講，使人暗中捫索，在祕而不宣者，以爲塡詞之法，非盡人所能；且此法無人授我；我豈肯獨傳於人？寧箝吾舌，使人莫名其妙，而吾略爲指點之，則人將以關、馬、鄭、白尊我矣。此所以迄無成書也。夫文章，天下之公器，非我之所能獨私；何必斬而不與至如是哉？」故不憚罄竭所曉，苦心分明，啓曲學之徑途，詔來者以不誣焉。爰斥專知，擷共喻，而撰其要著於篇。

梅藏曲之富，一時無兩。蓋南北遨遊，手自搜羅者垂二十年，益以朋好所詒，弟子所錄，架積日多，蓋六百種。嘗謂：「曲雖小伎，藝兼聲文。往昔明嘉、隆間金陵唐氏有《富春堂》演劇百種，萬曆中吳興臧氏有《雕蟲館元曲選》，崇禎末海虞毛氏有《汲古閣六十種曲》，近二十年中，貴池劉世珩、武進董康復有《匯刻傳奇》及《十段錦》、《盛明雜劇》等諸刊本。網羅放失，可謂勤矣。顧《富春》、《汲古》二本，稀如星鳳，未易購求。《雕蟲》舊槧，雖有復刊，而流傳未廣。劉、董兩家，刊印頗精，而散曲不多，終嫌漏略。」因輯所藏，刊其尤者，曰《奢摩他室曲叢》，凡一百五十種，分散曲、雜劇、傳奇三類。臧、毛等輯，僅具一體，固未足與擬；而《散曲叢書》，自來無刊。茲分別集、總集兩目，體類大備；蓋著錄之所未睹也。

凡散曲之屬十一：曰《小山小令》，曰《夢符小令》（以上乾隆重刻嘉靖本），曰《樓居樂府》（嘉靖常評事集本），曰《碧山樂府》，曰《南曲次韻》（以上崇禎張宗孟本），曰《浮海堂詞稿》（影鈔嘉靖本），曰《擊筑餘音》（舊鈔本）；此散曲別集之屬也。曰《詞林摘艷》（嘉靖吳江張氏本）；曰《南詞韻選》（吳江沈氏原本），曰《吳騷合編》（武林張楚叔刻本），曰《太赮新奏》（影鈔江南圖書館藏崇禎刻本），此散曲總集之屬也。

凡雜劇之屬六十五：曰《風雲會》，曰《藍采和》，曰《赤壁賦》，曰《野猿聽經》，曰《豫讓吞炭》（以上影鈔嘉靖本），曰《桃源景》，曰《常椿壽》，曰《香囊怨》，曰《復落娼》，曰《得騶虞》，曰《仗義疏財》，曰《踏雪尋梅》，曰《團圓夢》，曰《牡丹品》，曰《牡丹園》，曰《牡丹仙》，曰《繼母大賢》，曰《仙官慶壽》，曰《慶朔堂》，曰《悟眞如》，曰《曲江池》，曰《煙花夢》，曰《豹子和尚》，曰《小桃紅》，曰《喬斷鬼》，曰《半夜朝元》，曰《八仙慶壽》，曰《蟠桃會》，曰《辰鉤月》（以上宣德憲藩本），曰《不伏老》，曰《僧尼共犯》（以上影鈔嘉靖本），曰《遊春記》，曰《中山狼》（以上崇禎張宗孟本），曰《歌代嘯》（影鈔本），曰《駕座記》，曰《寒衣記》（以上影鈔嘉靖本），曰《紅砂》，曰《碧紗》，曰《挑燈劇》（以上倘湖小築本），曰《鴛鴦夢》（午夢堂本），曰《西樓劍嘯》（鈔袁籜庵自訂西樓本），曰《祭皋陶》（安雅堂全集本），曰《坦庵四種》（坦庵自刻本），曰《後四聲猿四種》（舊鈔本），曰《春水軒九種》（賜錦樓本），曰《四大痴四種》（山水鄰本）。

凡傳奇之屬七十六：曰《琵琶》，曰《幽閨》（以上陳眉公評本），曰《荊釵》（李卓吾評本），曰《三元》，曰《和戎》（以上富春堂本），曰《葵花》，曰《劍舟》（以上廣慶堂本），曰《青樓》，曰《目連救母》（以上富春堂本），曰《鳳求凰》，曰《花筵賺》，曰《長命縷》（以上山水鄰本），曰《還魂》（冰絲館本），曰《紫釵》（竹林堂本），曰《邯鄲》（獨深居本），曰《南柯》（玉茗堂集本），曰《紫簫》（汲古閣本），曰《紅梅》（玉茗堂評本），曰《碧珠》（萬曆刊本），曰《東郭》，曰《醉鄉》（以上白雪齋本），曰《紅梨》（洛誦生原刻本），曰《紅梨》（快活庵評本），曰《新灌園》，曰《女丈夫》，曰《夢磊》，曰《灑雪堂》，曰《精忠旗》，曰《量江記》，曰《酒家佣》，曰《楚江情》，曰《雙雄》，曰《萬事足》（以上墨憨齋重訂本），曰《綠牡丹》，曰《畫中人》，曰《西園》，曰《療妬羹》（以上兩衡堂本），曰《情郵》（粲花齋初刻本），曰《快活三》（乾隆內府鈔本），曰《息宰河》（且居初印本），曰《異夢》（玉茗堂評本），曰《題塔》（萬曆刻本），曰《彩舟》，曰《投桃》（以上環翠堂原刻本），曰《珊瑚玦》，曰《雙忠廟》，曰《元寶媒》（以上容居堂原刻本），曰《廣寒香》（書帶草堂本）；曰《眉山秀》（一笠庵原刻本），曰《雙金榜》，曰《燕子箋》，曰《春燈謎》，曰《牟尼合》（以上石巢園原刻本），曰《偷甲》，曰《雙錘》，曰《魚籃》，曰《萬全》，曰《十醋》，曰《雙瑞》，曰《四元》（以上金陵坊刻），曰《乞巧》（康熙刻本），曰《香草吟》，曰《載花舲》（以上曲波園原刻本），曰《芙蓉樓》（雙溪原刻本），曰《空青石》，曰《念八翻》，曰《風流棒》（以上粲花別墅原刻本），曰《揚州夢》，曰《雙報應》（以上葭秋堂原刻本），曰《珊瑚鞭》（穿柳堂原刻本），曰《稱人心》，曰《蝶歸樓》（以上舊鈔本），曰《報恩緣》，曰《才人福》，曰《文星榜》（以上古香林原刻木），曰《伏虎韜》（奢摩他室鈔本）。

盡發所藏，播之儒林。百五十種中，如《詞林摘艷》、《太霞新奏》、《誠齋諸劇》、《桐威》四種，皆詞林逸品，曲苑鴻篇，向傳其名，罕睹其籍，而梅蒐採所及：別集總集，則取才尚精；雜劇傳奇，則選錄從廣。作者寓意，不厭詳求，遺事軼聞，附書簡末。朱祖謀之《彊村詞編》，及梅之《曲叢》一刻，咸稽古葺佚，蔚爲巨觀，而駢峙於當代。文章之囿，於是爲不落寞矣。所自爲曲，曰《霜厓四劇》：一《湘眞閣》，二《無價值》，三《西臺慟哭記》，四《惆悵爨》。而《惆悵爨》子目又四類：一云《香山老出放楊柳枝》，一云《湖州守乾作風月司》，一云《高子勉題情圍香曲》，一云《陸務觀寄怨釵鳳詞》。模寫物態，雕繪人事，濡染既廣，吐屬自俊。而弟子傳其學者，有江都任訥仲敏，從梅遊，就奢摩他室居，盡發藏曲讀之，纂《讀曲概錄》五冊。江寧盧前冀野，亦梅弟子也；著有《飲虹五種曲》，曰《琵琶賺》、《茱萸會》、《無爲州》、《仇宛娘》、《燕子僧》。梅爲序之曰：「近世工詞者或不工曲：至北詞則絕響久。君五折皆俊語，不拾南人餘唾，高者幾與元賢抗行。」民國二十一年一月，日人犯我上海，以焚商務印書館；而梅之《奢摩他室曲叢》毀焉，精槧中輟，學者所恫。而前則承其緒業，專治令套，蒐羅孤本，匯刊二十七種，曰《飲虹簃所刻曲》云。宜興童斐伯章，亦以文人而工度曲，引商刻羽，細校毫芒；纂有《中樂尋原》一書，備論八十四調之原，樂器弦管之法，以及聆音作譜之方，復取古代舊譜，一爲之釐訂，上自〈關雎〉，下至唐詩宋詞南北曲，粲然畢具。梅讀之而稱曰：「蘇祇婆琵琶入中國，適當雅樂亡佚之時，四旦二十八調，爲後世言燕樂者之祖。惟七角調名，大抵居吟宮之位，非角調之正聲，嘗疑而不得其解；及讀斐所著〈論琵琶借角〉之說，始悟南北詞之角調，皆沿琵琶舊稱；而古時七角正音，轉多堙晦。得斐一言而深谷峭壁，夷爲康莊，不亦大可快耶！昔淩氏《燕樂考原》，陳氏《聲律通考》，所論金元樂名之異同，宮調正犯之要妙，多有前人未發者。顧釋理而遺器，審音而略譜，未能如斐之明且備。」然斐於梅十年以長，而致推梅爲能自力，非己所逮也。又有梅同縣人曰王季烈君九者，嘗論崑曲之在今日，其優於他種歌曲者：一曰文詞之典雅，二曰音調之紆徐，三曰字音之正確，四曰口訣之細密。顧此四端，一人之精力，未必能悉行精究，則不妨分途程功。長於文藻者任製曲之事。精於音律者任譜曲之事。耳聰口敏嗓亮者任度曲之事。合此三種人才精心研究，始得盡崑曲之能事也。論構成崑曲之次第，則先塡詞，次製譜，而後度曲。然論習崑曲之次第，則須先習度曲，而後學塡詞製譜；蓋不習度曲，則曲牌之選擇，襯字之安放，四聲之布置，決不能得其宜；縱使曲文極佳，而不能被之管弦。因著《蚓廬曲談》四卷。先度曲，次製曲，次譜曲，終乃論其源流沿革。而尤精審曲譜。以俗工沿誤，有乖正音，與嘉興劉富梁鳳叔輯《集成曲譜》一書，都四百餘折：選戲劇，則採曲律詞章之兼善；訂宮譜，則求古律俗耳之並宜；曲文曲牌，皆悉心訂正；小眼賓白，一一詳載；鑼段笛色，無不注明；斯足集曲譜之大成，示學者以指南。而吳梅《奢摩他室曲叢》之刊，則嘗索序季烈，而以冠編首焉。蓋吳中曲學，啓篳路自俞宗海；而金聲玉振以吳梅及季烈；歌場壇坫，大江以南，莫與京也。山陰魏鹹鐵三、貴築姚華茫父，亦以能文章、審曲律有名當世。姚華纂《菉猗室曲話》，校訂毛晉刻《六十種曲》極核也。而王季烈之刻《集成曲譜》，魏鹹序焉。然皆不如梅之著名。

梅爲南社社員之一。而南社者，創始於讓清光緒己酉，爲東南革命諸巨子所組合；雖衡政好言革命，而文學依然篤古：詩唱唐音，不尙西江；文喜掞藻，亦非桐城；無一定宗派，初以推倒滿清爲主，故多叫囂亢厲之音。又一派則喜學爲龔自珍之體，徒爲貌似而失其勝概；其下者，更辭無涓選，殊足爲玷。但就其錚錚者而論，亦足各自成家。其尤著者：慈利吳恭亨悔晦、醴陵傅熊湘鈍根、成都吳虞又陵、吳江陳去病佩忍、柳棄疾亞子、涇縣胡蘊玉樸庵以詩文；香山蘇玄瑛曼殊、山陰諸宗壯貞長、順德黃節晦聞、番禺沈宗畸太侔、潘飛聲蘭史以詩；淳安邵瑞彭次公、餘杭徐珂仲可、無錫王蘊章西神以詞；順德蔡有守哲夫以金石書畫；而梅以曲；各以所能擅聞於世，稱矯矯者，亦文章之淵藪，而儒者之林囿也。始發起者，陳去病、柳棄疾及松江高旭天梅；而柳棄疾連被推爲社長。春秋佳日，必爲文酒之會。其地則在上海之愚園者爲多；歲匯所著，出《南社叢刊》兩巨帙，分詩文詞選三種，已刊至二十餘集。其中多憤世嫉時，慷慨悲歌之作。與少陵詩史相近也。它如善化黃興克強、桃源宋教仁漁父、三原於右任、廣東汪兆銘精衛之徒，皆一時政雄，而隸籍南社，焜耀斯世焉。謹援《明史·文苑傳》附紀復社、幾社之例，附於末。

下編　新文學

(一) 新民體

康有爲（附：簡朝亮、徐勤）——梁啓超（附：陳千秋、譚嗣同）

當代之文，理融歐亞，詞駁今古，幾如五光十色，不可方物；而要其大別，曰古文學，曰今文學，二者而已。談古文學者，或遠祧中古以上，或近禰近古而還。王闓運、章炳麟、劉師培、李詳、孫德謙、蘇玄瑛之文與詩，蓋遠祧中古以上者。其近禰近古而還者，文則有王樹枏、賀濤、馬其昶之爲湘鄉，姚永樸、永概兄弟及林紓之爲桐城派焉。詩則有易順鼎、樊增祥、楊圻之中晚唐，陳三立、鄭孝胥、陳衍之宋詩焉。詞則有朱祖謀、況周頤之爲常州派焉。曲則有王國維、吳梅之治元劇焉。此古文學之流別也。論今文學之流別：有開通俗之文言者，曰康有爲、梁啓超。有創邏輯之古文者，曰嚴復、章士釗。有倡白話之詩文者，曰胡適。五人之中，康有爲輩行最先，名亦極高；三十年來國內政治學術之劇變，罔不以有爲爲前驅。而文章之革新，亦自有爲啓其機括焉。

有爲，康氏，原名祖詒，字廣廈，號長素，廣東南海人。世以理學傳家，爲粵名族。祖贊修，官連州教諭，治程朱之學；多士矜式。父達初，早卒，乃受教於大父，授以書，過目不忘。七歲，能屬文，有志於聖賢之學，里黨傳以爲笑，戲號之曰「聖人爲」；蓋以其開口輒曰「聖人聖人」，故冠於名以爲謔也。有爲以十九歲喪大父。年十八始遊同縣朱次琦之門，受學焉。次琦，粵中大儒也；湛深經術，其學根柢於宋儒，而以經世致用爲主；窮理治事，刮磨漢宋紛紜之見，惟尙躬行。一出爲山西襄陵令，出則徒步，入則虀鹽，朝饔夕飧，皆三十錢；終身布袍；樸學高行，學者翕然宗之。其弟子有名者，厥稱順德簡朝亮及有爲。朝亮堅苦篤實，一慕其師：所注《論語》、《尙書》，折衷漢宋而抉其粹，最爲次琦高弟。而有爲則詭誕敢大言，異於朝亮；言學雜佛耶，又好稱西漢今文微言大義，能爲深沉瑰偉之思；實思想革新者之前驅。而發爲文章，則糅經語、子史語，旁及外國佛語、耶教語，以至聲光化電諸科學語，而治以一爐，利以排偶；桐城義法至有爲乃殘壞無餘；恣縱不儻，厥爲後來梁啓超新民體之所由昉。學問文章，不盡類次琦也。然生平言學必推次琦。次琦著書，晚歲皆自焚之；既卒三十年，其子之紱輯佚，凡詩二十卷，文數十篇；而有爲乃序之以顯大其學。其辭曰：

以躬行爲宗，以無欲爲尙，氣節摩青蒼；窮極問學，捨漢釋宋，原本孔子，而以經世救民爲歸；古之學術有在於是者，則吾師朱九江先生以之。先生令山西襄陵百九十日，政化大行。以巡撫某爲某親王嬖入，拂衣歸。講學於其九江鄉禮山草堂垂三十年。先生爲先祖連州公之友，先君知縣公與伯叔父兩廣文公皆捧杖受業。有爲未冠，以回、參之列，辟弭受學，則先生年垂七十矣。望之凝凝如山岳；即之溫溫如醇酒；碩德高風，不言而化，興起奮發於不自知焉；乃知以德化人之遠也。先生授學者以四行五學。四行：一曰敦行孝悌，二曰崇尙名節，三曰變化氣質，四曰檢攝威儀。五學：一曰經，二曰史，三曰掌故，四曰義理，五曰詞章。日一登堂講學，諸生敬侍，威儀嚴肅。先生博聞強記，不挾一卷，而徵引群書，貫穿諷誦，不遺隻字；學者錄之，即可成書一卷；今所傳《禮山講義》，是也。然十不能得六七。至夫大義所關，名節所繫，氣盛頰赤，大聲震堂壁；聽者悚然。爲才質無似，粗聞大道之傳，決以聖人爲可學，而盡棄俗學；自此始也。先生天才敏雋，少以神童聞於粵。方十三齡，儀徵阮文達督粵而召之，試詩而大驚；闢學海堂，授爲都講。沉浸經史掌故詞章之學。凡吾粵長老，若曾勉士之經，侯君謨之史，謝蘭生之詞章，皆翕受而自得之；旁及金石書畫，罔不窮經極微。當是時，漢學方盛，餖飣爲上，獵瑣文而忘大誼，矜多聞而遺躬行。先生敻識高行，獨不蔽於俗；厲節行於後漢；探義理於宋人。既則捨康成，釋紫陽，一一以孔子爲歸。其行如碧霄青雲，懸崖峭壁；其德如粹玉馨蘭，琴瑟彝鼎；其學如海；其文如山，高遠深博，雄健正直；蓋國朝二百年來，大賢巨儒，未之有比也。黎洲精矣，而奇佚氣多；船山深矣，而矯激太過；先生之學行，或於亭林爲近似；而平實敦大過之。著書滿家，以爲所知，有《國朝學案》、《國朝名臣言行錄》凡百卷；《蒙古記》、《晉乘》各數十卷；詩文數十卷；晚皆自焚之，世多疑焉。意者先生疾世之嘩囂，多以文學炫寵，而以身爲法耶？夫言之不足化人久矣，文人之亡實多矣。天下無我是書，而教化遂以陵夷，人心遂以熄絕，則其書必當存也；天下無我是書，而教化亡大損，人心未至滅；則先聖先哲之遺書具在，循而行之，大道可宏，生民可救；則何以著作炫世乎？孔子曰：「予欲無言。」子思述《中庸》之末曰：「聲色之以化民末也。上天之載，無聲無臭，至矣！」先生之德，於是至矣。後之人受不言之教，以躬行爲歸，何必遺書！否則著書等身而中心藪慝，其書愈多，其名愈彰，其壞風俗，敗國家愈甚，是毒吾民也，奚取焉！予小子稍有所述作，每念先生焚書之旨，未嘗不反省而悚然曰：「吾豈有心歟？抑出不得已不忍人之心歟？其昔人曾發之而亡待已之喋喋歟？否則宜焚之也！」先生卒於光緒壬午之春，年七十五。詩文既盡焚，無一傳，同門友營祠墓畢，議遺文。簡廣文竹居、胡茂才少愷皆博學高行，以先生惡表襮嘩囂，紹述遺旨，相約勿刻；至於今又垂三十年矣。雖然，令先生無一字流於後世，於先生至人之德，不言之教，則不背矣；於後人思慕之意，則非也。先生嗣子之紱明敏克家，搜輯先生佚詩文於鄉里中，得《是汝師齋詩》一卷，《大雅堂詩集》一卷，皆三十歲前作；及佚文數十篇，皆書札爲多；蓋皆流傳於外，先生無從焚者。先生之文雄深雅健，深入秦漢之奧；爲今所爲文，皆受法於先生。此率爾之文，少日之作，誠不足以見先生之萬一。然丹鳳一羽，夏鼎一足，得之亦爲至寶；與其棄之，無寧過而存之。且大義亦時見焉。後之學者，稍聞遺訓而瞻文采，不猶愈於無耶？故敢違先生之旨，負同門之約，刻而布之；誠知罪戾，不遑避矣。先生諱次琦，號稚圭，又字子襄，南海縣人；道光丁未進士，行事詳於《平陽水利碑》。用弁卷端。其《是汝師齋詩》，刻於粵之學海堂。光緒三十四年秋九月，弟子康有爲記。

蓋誦說次琦如此。然有爲之學，從次琦入，而不從次琦出。次琦制行謹篤；而有爲權奇自喜。次琦學宗程朱；而有爲旁騖西漢，稱微言大義，自負可爲帝王師，言天下大計。早歲酷好《周禮》，嘗貫穴之，著《政學通義》。後見井研廖平所著書，乃盡棄其舊說。廖平者，王闓運弟子。闓運以治《春秋公羊》聞於時。平受其學，著《四益館經學叢書》十數種，闡今文家法，開蜀學；嘗以其間來分校廣雅書院。而有爲之通《公羊》，明改制，蓋染於平之說者爲多也。有爲最初所著書曰《新學僞經考》。「僞經」者，謂《周禮》、《逸禮》、《左傳》及《詩》之《毛傳》，凡西漢末劉歆所力爭立博士者。「新學」者，謂新莽之學。時清儒誦法許、鄭者，自號曰漢學。有爲以爲此新代之學，非漢代之學，故正其名曰新學；而《新學僞經考》之作，最其要旨：一曰：「西漢經學，並無所謂古文者；凡古文皆劉歆僞作。」二曰：「秦焚書，並未厄及六經，漢之十四博士所傳，皆孔門足本，並無殘缺。」三曰：「孔子時所用字，即秦漢間篆書，即以文論，亦絕無今古之目。」四曰：「劉歆欲彌縫其作僞之跡，故校中祕書時，於一切古書，多所羼亂。」五曰：「劉歆所以作僞經之故，因欲佐莽篡漢，先謀湮亂孔子微言大義。」而微言大義之所寄，則在於《春秋公羊》。有爲之治《公羊》也，不斷斷於其書法義例之小節，專求其微言大義，即何休所謂「非常異義可怪之論」者。定《春秋》爲孔子改制創作之書，謂文字不過其符號，如電報之密碼，如樂譜之音符，非口授不能明。又不惟《春秋》而已。凡六經皆孔子所作，昔人言孔子「述而不作」者誤也。孔子蓋自立一宗旨，而憑之以進退古人，去取古籍。孔子改制，恆託於古。堯舜者，孔子所託也；其人有無不可知；即有，亦至尋常，經典中堯舜之盛德大業，皆孔子理想上所構成也。又不惟孔子而已；周秦諸子，罔不改制，罔不託古，老子之託黃帝，墨子之託大禹，許行之託神農是也。近人祖述何休以治《公羊》者，若劉逢祿、龔自珍、陳立輩，皆言「改制」。而有爲之說，實與彼異。有爲所謂「改制」者，蓋稱「政治革命」、「社會改造」而言也。故喜言「通三統」；「三統」者，謂夏、商、周三代不同，當隨時因革也。喜言「張三世」；「三世」者，謂「據亂世」、「升平世」、「太平世」愈改而愈進也。孔子之改制，上掩百世，下掩百世，故尊之爲教主。謂歐洲之尊景教，爲治強之本；故恆欲儕孔子於基督，乃雜引讖緯之言以實之；於是有爲心目中之孔子又帶有神祕性矣。具見所著《孔子改制考》。教人讀古書，不當求諸章句、訓詁、名物制度之末，當求其義理，所謂義理者，又非言心言性，乃在古人創法立制之精意。於是漢學宋學，皆所唾棄。《僞經考》既以《古文經》爲劉歆所僞造；《改制考》又以《今文經》爲孔子託古之作；於是今文古文，皆待考定；數千年共認神聖不可侵犯之經典。於是根本發生疑問，引起學者之懷疑批評，而國人之學術思想，於是乎生一大變化。有爲言孔子託古改制；而所以學孔子者，亦必出託古改制。孔子之託古改制，見其義於《春秋》；而有爲之託古改制，則託其說於〈禮運〉。有爲以《春秋》三世之義說〈禮運〉；謂「升平世」爲「小康」，「太平世」爲「大同」。〈禮運〉之言曰：「大道之行也，天下爲公。選賢與能，講信修睦。故人不獨親其親，不獨子其子；使老有所歸，壯有所用，幼有所長，鰥寡孤獨廢疾者皆有所養；男有分，女有歸。貨惡其棄於地也，不必藏諸己。力惡其出不於身也，不必爲己。是謂『大同』。」有爲謂此爲孔子之理想的社會制度。曰：「天下爲公，選賢與能」，後世之所謂「民治主義」存焉。曰：「講修信睦」，後世之所謂「國際聯合主義」存焉。曰：「人不獨親其親」，「使老有所歸」，「鰥寡孤獨廢疾者皆有所養」，後世之所謂「老病保險主義」存焉。曰：「不獨子其子」，使「幼有所長」，後世之所謂「兒童公育主義」存焉。曰：「壯有所用」，曰「男有分」，後世之所謂「職業固定主義」存焉。曰：「貨惡其棄於地，不必藏諸己」，後世之所謂「共產主義」存焉。曰：「力惡不出於身，不必爲己」，後世之所謂「勞作神聖主義」存焉。謂《春秋》所謂「太平世」者即此。乃衍其條理爲《大同書》，凡若干事（一）無國家，全世界置一總政府，分若干區域。（二）總政府及區政府，皆由民選。（三）

無家族，男女同棲不得逾一年，屆期須易人。（四）婦女有身者入胎教院，兒童出胎入育嬰院。（五）兒童按年入蒙養院及各級學校。（六）成年後，由政府指派分任農工等生產事業。（七）病則入養病院，老則入養老院。（八）胎教、育嬰、蒙養、養病、養老諸院，爲各區最高之設備，入者得最高之享樂。（九）成年男女，例須以若干年服役於此諸院，若今世之兵役然。（十）設公共宿舍、公共食堂，有等差，各以其勞作所入，自由享用。（十一）警惰爲最嚴之刑罰。（十二）學術上有新發明者，及在胎教等五院有特別勞績者，得殊獎。（十三）死則火葬，火葬場比鄰爲肥料工廠。《大同書》之具體計畫如是。全書數十萬言，於人苦樂之根原，善惡之標準，言之極詳辯；然後說明其立法之理。其最要之關鍵，在毀滅家族。有爲謂：「佛法出家，求脫苦也；不如使其無家可出。謂私有財產爲爭亂之源；無家族，則誰復樂有私產，若夫國家，則又隨家族而消滅者也；夫而後大同之世，不斬而自至。」有爲懸此鵠爲人類進化之極軌，於齊家治國平天下而外，獨樹新義，固一無依傍，一無剿襲；著書立說在三十年前，而其理想與今世所謂「世界主義」、「社會主義」者多合符契，而國人之政治思想，於是乎又生一大變化。凡此皆次琦所不敢道、不知道者也。初有爲從學次琦，凡六年而次琦卒；又屏居獨學於南海之西樵山者四年；乃出而有事於四方：北走山海關，登萬里長城；南遊江漢，望中原；東詣闕里謁孔林；浪跡於燕、齊、楚、吳、荊、襄之間，察其風土，交其士大夫；西溯江峽，如桂林。疇昔山中所修養者，一一案之經歷實驗。如是者五六年。嘗以其間道香港、上海，見西人殖民政治之完整；屬地如此，本國之更進可知；因思其所以致此者，必有道德學問以爲之本原。乃悉購江南製造局及西教會所譯出各書，盡讀之。時所譯者皆初級普通學，及工藝、兵法、醫學之書，否則耶穌經典論疏耳。於政治哲學，毫無所及。而有爲以其天稟學識，別有會悟，能舉一以反三，因小以知大；自是於其學力中別闢一蹊徑。有爲自言：「上海製造局譯印新書，始於同治三年，其書經所購自讀及送人者共三千餘冊，綜計製造局開辦以來，三十年間鬻書總額，不過一萬一千餘冊。而其一人所購，竟達四分一以上。」可見當日風氣之不開；而有爲能自任以開風氣也。既而造京師，乃上書乞見尚書師傅翁同龢，請問言事，不納。

時同龢以毓慶宮師傅，爲戶部尚書，兼管國子監事，清德雅望，重於朝廷。有爲又因國子監祭酒盛昱以通於同龢，具封事，極陳時局艱危，請及時變法以圖自強，乞爲代奏。同龢惡其訐以爲直；曰：「無裨時局，徒長亂耳。」書格不達。獨戶部侍郎曾紀澤於有爲變法之議，相親莫逆。而有爲獻議，以朝鮮闢爲萬國公地，紀澤尤爲賞嘆云。然無術以進之。有爲既鬱無所舒，乃游心藝事，於廠肆間，搜得漢、魏、六朝、唐、宋碑版數百本，從容玩索，學爲書，其執筆本得法於朱次琦，主虛拳實指，平腕豎鋒；其用墨浸淫於南北朝，而知氣韻胎格。乃廣涇縣包世臣所著爲《廣藝舟雙楫》，論篆隸變化之由，派別分合之故，世代遷流之異，而序其端曰：

可著聖道，可發王制，可洞人理，可窮物變；則刻鏤其精，冥縩其形爲之也。不劬於聖道、王制、人理、物變，魁儒勿道也。康子戊、己之際，旅京師，淵淵然憂，悁悁然思，俯覽萬極，塞鈍勿施，格絀於時，握發熱然，似人而非。厥友告之曰：「大道藏於房，小技鳴於堂，高義伏於床，巧䍿顯於鄉。標枝高則隕風，累石危則墜牆。東海之鱉，不可遊於井；龍伯之人，不可釣於塘。汝負畏壘之材，取桀杙，取欂櫨，安器汝？汝不自克以程於窮，固宜哉！且汝爲人太多，而爲己太少；徇於外有而不反於內虛；其亦暗於大道哉！夫道，無小無大，無有無無。大者，小之殷也。小者，大之精也；蟭螟之巢蚊睫，蟭螟之睫又有巢者；視虱如輪，輪之中虱復傳緣焉。三尺之畫，七日遊，不能盡其蹊徑也；拳石之山，丘壑岩巒，窈深窅曲，蟣蠓蚋生，蛙嬪之夜，蒙茸茂焉；一滴之水，容四大海，洲島煙立，魚龍波譎，出日沒月。方丈之室，有百千億獅子廣坐，神鬼神帝，生天生地。反汝虛室，遊心微密，甚多國土，人民豐實，禮樂黼黻，草木龍鬱。汝沖禫其中，弟靡其側，復何驚哉？盍黔汝志，鋤汝心，悉之以陰，藏之無用之地以陸沉！山林之中，鐘鼓陳焉；寂寞之野，時聞雷聲。且無用者，又有用也。不龜手之藥，既以治國矣。殺一物而甚安者，物物甚安焉；蘇援一枝而入微者，無所往而不進於道也。」於是康子憣然捐棄其故，洗心藏密，冥神卻掃，攤碑摛書，弄翰飛素，千碑百記，鉤午是富，發先識之覆疑，窍後生之宦奧。是無用於時者之假物以遊歲暮也。國朝多言金石，寡論書者；惟涇縣包氏鉱之揚之；今則孳之衍之，凡為二十七篇；論書絕句第二十七。永維作始於戊子之臘，實購碑於宣武城南南海館之汗漫舫，老樹僵石，證我古墨焉。歸歟於己丑之臘，乃理舊稿於西樵山北銀塘鄉之淡如樓；長松敗柳，侍我草玄焉。凡十七日，至除夕，述書訖；光緒十五年也。述書者，西樵山人康有為也。

有為論書絕精，顧強不知以為知，誇誕其詞；所作又不能稱是；而轉折多圓筆，六朝轉筆無圓者；倘所謂「吾眼有神，吾腕有鬼」（《廣藝舟雙楫．述學篇》語），不足以副之歟？有為固自知之矣。

有為既以上書言變法，被放歸西樵山。鄉人目為怪。新會梁啓超方與南海陳千秋同學於學海堂，獨好奇，相將謁之；一見大服，遂執業為弟子；共請有為開館講學。而以光緒十七年，於長興里設黌舍焉；則所謂萬木草堂是也。二人者，既夙治漢儒許、鄭之學，千秋尤精洽，聞有為說，則盡棄其學而學焉。《新學偽經考》之作，二人者多所參議也。有為經世之懷抱在大同，而其觀現在以審次第，則起點於小康撥亂。有為論政之鵠的在民權，而其揆時勢以謀進步，則注意於君主立憲。雖著《大同書》，然祕不以示人，其弟子最初得讀此書者，陳千秋、梁啓超，讀則大樂，銳意欲宣傳其一部分。有為弗善也，而亦不能禁其所為。後此萬木草堂學徒多言大同矣。而有為謂：「今方為據亂之世，只能言小康，不能言大同；言則陷天下於洪水猛獸。」其教弟子，以孔學、佛學、宋明學為體，以史學、西學為用。其教旨專在激厲氣節，發揚精神。其學綱，曰志於道（格物克己，勵節慎獨），據於德（主靜出倪，養心不動，變化氣質，檢攝威儀），依於仁（敦行孝弟，崇尚任恤，廣宣教惠，同體飢溺），游於藝（禮、樂、書、數、畫、槍）。其學目，曰義理之學（孔學、佛學、周秦諸子學、宋明學、泰西哲學），考據之學（中國經學、史學、萬國史學、地理學、數學、格致科學），經世之學（政治原理學、中國政治沿革得失、萬國政治沿革得失、政治實際應用學、群學），文章之學（中國詞章學、外國語言文字學）。其課外作業，曰演說（每月朔望課之），曰札記（每日課之），行之校內者也；曰體操（每間一日課之），曰遊歷（每年假時課之），行之校外者也。而其組織則有爲自爲總教授，而立學生中三人或六人爲學長，曰博文科學長（主助教授及分校功課），約禮科學長（主勸勉品行、糾檢威儀），干城科學長（主督率體操）；其圖書儀器之室，亦委一學生專司之，曰書器庫監督。凡學生人置一札記簿；日記讀書治事所心得以自課，月朔則繳呈之；而有爲爲之批評焉。每日在講堂演述必四五小時；論一事，必上下古今以究其沿革得失，又引歐美以比較證明之；又出其理想之所窮，及懸一至善之鵠以進退古今中外，蓋使學者理想之自由日以發達，而別擇之知識亦以生焉。方是時，義烏朱一新鼎甫以御史言事罷官，主廣州之廣雅書院。既舊學高望，重實行而屏華士，聞有爲之敢爲高論，而心不然焉，乃貽書規曰：「君之熱血，僕所深知。然古來惟極熱者，一變乃爲極冷；此陰陽消長之機，貞下起元之理。純實者甘於淡泊，遂成石隱；高明者率其胸臆，遂爲異端；此中轉捩，只在幾希。故持論不可過高，擇術不可不慎也。君伏闕上書，僕蓋心敬其言，而不能不心疑其事。孔子之贊〈艮卦〉，孟子之論蚳鼃，其義可深長思耳。莊生之書，足下所見至確，而其言汪洋恣肆，究足誤人。凡事不可打通後壁。老莊釋氏皆打通後壁之書也。愚者既不解；智者則易溺其心志，勢不至敗棄五常不止，豈老莊釋氏初意之所及哉？然吾夫子則固計及之矣，以故有『不語』，有『罕言』，有『不可得而聞』。凡所以爲後世計者，至深且遠。今君所云云，毋亦有當『罕言』者乎？讀書窮理，足以自娛；樂行憂違，貞不絕俗；願勿以有用之身，而逐於無涯之知也。漢學家治訓詁而忘義理，常患其太淺。近儒知訓詁不足盡義理矣，而或任智以鑿經，則又患其太深。夫淺者之所失，支離破碎而已，其失易見；通儒不爲所惑也。若其用心甚銳，持論甚高，而兼濟之以博學，勢將鼓一世聰穎之士顛倒於新奇可喜之論：而惑經之風，於是乎熾。戰國諸子，孰不欲明道術哉？好高之患中之也。僕故不敢不罄其愚：冀足下鑱去高論，置之康莊大道中，使坐言可以起行；毋徒鑿空武斷，使古人銜冤地下，而仍不得六經之用也。道也者，如飲衢尊然，無知愚賢不肖，人人各如其量挹之而不窮。世之人，以其平淡無奇也，往往喜爲新論以求駕乎其上，遂爲賢智之過而不之悟。竊恐大集流傳，適爲毀棄六經張本耳。足下兀兀窮年，何可倒持太阿而授人以柄？始則因噎廢食，終且舐糠及米，其殆未之思乎？原足下之所以爲此者，無他焉，蓋聞見雜博爲之害耳。其汪洋自恣也取諸莊，其兼愛無等也取諸墨，其權實互用也取諸釋，而又炫於外夷一日之富強，謂有合吾中國管商之術，可以旋至而立效也；故於聖人之言燦著六經者悉見爲平淡無奇，而必揚之使高，鑿之使深；惡近儒之言訓詁，破碎害道也，則蕩滌而掃除之。以訓詁之學，歸之劉歆，使人無以自堅其說，而凡古書之與吾說相戾者，一皆詆爲僞造；夫然後可以唯吾所欲爲，雖聖人不得不俯首而聽吾驅策。噫，足下之用意則勤矣；然其所以爲說者，亦已甚矣！足下不信壁中古文，謂《史記·河間》、〈魯共王傳〉無壁經之說。夫當史公時，儒術始興，其言闊略，〈河間傳〉不言獻書，〈魯共傳〉不言壞壁，正與〈楚元傳〉不言受詩浮丘伯一例。若《史記》言古文者，皆爲劉歆所竄，則此二傳，乃作僞之本；歆當彌縫之不暇，豈肯留此罅隙以待後人之攻？足下謂歆僞《周官》，僞《左傳》，僞《毛詩》、《爾雅》，互相證明，並點竄《史記》以就己說；則歆之於古文爲計固甚密矣；何於此獨疏之甚乎？史公〈自敘〉年十歲，則誦古文；〈儒林傳〉有《古文尚書》，其他涉古文者尚夥；足下悉以爲歆之竄亂。夫同一書也，合己說者則取之，不合者則僞之；此宋元儒者開其端；而近時漢學家尤甚；雖有精到，要非僕之所敢言也。」有爲送難往復，再三不休。迨二十年秋，以著書講學。被御史奏參，下粵督查究；避居桂林之風洞，而過桂山書院，撰《桂學答問》以答士夫之來問學者。

有爲之學，以《孔子改制考》樹骨幹，以《新學僞經考》張門戶，而《答問》爲開示途轍。其論經學，一裁以《公羊》；由《公羊》以通六經，由孟子而學孔子，而欲以孟子通《公羊》，以《荀子》通《穀梁》，由《春秋繁露》以發《公羊》之義例，由《白虎通》以觀禮制之折衷。《大戴禮記》當與《小戴禮記》同讀，皆孔門口說。《尚書大傳》、《韓詩外傳》，亦皆孔門口說，與《繁露》、《白虎通》並重。「七經緯」亦皆孔門口說，中多非常異義。然後由《五經異義》（用陳壽祺疏證本）以讀《新學僞經考》，而別古今，分眞僞；然後知孔子所以爲聖人，以其改制而曲成萬物，範圍萬世也。其心爲不忍人之仁，其制爲不忍人之政。仁道本於孝悌，則定爲人倫；仁術始於井田，則推爲王政；孟子發孔子之道最精，而大率發明此義，蓋本末精粗舉矣。《春秋》所以宜獨尊者，爲孔子改制之跡在也，《公羊》、《繁露》所以宜尊信者，爲孔子改制之說在也；能通《春秋》之說，則六經之說，莫不同條而共貫；而孔子之大道可明矣。其治諸子，亦如治經；孔子以六經改制。諸子亦各以所學改制。諸子改制，正可明孔子之改制也。《呂氏春秋》、《淮南子》爲雜家，諸家之理存焉。尤可窮究。其論宋學：以爲宋儒專言義理，《宋元學案》薈萃之，當熟讀《明儒學案》，言心學最精微，可細讀。《近思錄》爲朱子選擇，《小學》爲做人樣子，可熟讀。千年之學，皆出於朱子；《朱子大全集》及《語類》，宜熟讀。數書皆宜編爲日課，與經史並讀。《小學》尤爲入手始基也。

其論讀史：二十四史宜全讀，而以《史記》、兩《漢》爲重。《史記》多孔門微言大義。《漢書》雖爲劉歆僞撰，而考漢時事，捨此不得。《後漢》爲孔子之治，風俗氣節至美；范蔚宗又妙於激揚；皆有經義，皆妙文章，故三史宜熟讀。秦漢間日改用孔子之制，可細心考之，當日有悅懌也。三史破，餘史可分政事、人文四者讀之，自易。然讀史當知史例；《史通削繁》可讀；《十七史商榷》、《廿二史考異》、《廿一史四譜》可參考；而《廿一史札記》尤通貫，並詳掌故治亂，不止史例矣；宜熟讀。讀史尤貴貫串。編年之史，莫如《資治通鑑》、《續資治通鑑》。紀事則有《左傳紀事本末》、《通鑑紀事本末》、《宋元紀事本末》、《明史紀事本末》，皆貫串群史之書，可熟觀精考。掌故則「三通」並稱。杜佑《通典》，鄭樵《通志》，馬端臨《文獻通考》，而《通考》最詳，宜與《通鑑》同讀，可改稱爲「二通」也。若《通典》詳於禮而多僞說；《通志》惟二十略爲精，餘皆史文，故應不如《通考》。

其論詞章之學：文先讀《楚辭》，次讀《文選》，則材骨立矣。《文選》當全讀，讀其筆法、調法、字法，兼讀《駢體文鈔》，則能文矣。讀《古文辭類纂》，韓、柳集，則有法度矣。若欲成家數，當浸淫秦漢子史，乃有得。桐城派編薄，不足師也。詩則導源《文選》；《唐宋詩醇》所選極精，可全讀。王、孟、韋、柳、李、杜、韓、白、蘇、陸各大家集，均隨性之所近學之；而杜爲宗。《杜詩鏡詮》最佳，宜全讀。此外二李宜學；玉谿之綿麗，昌谷之奇麗，眞所謂「不廢江河萬古流」者。賦亦導源《文選》，而《賦滙》爲巨觀。唐賦以王粲、黃滔爲宗，選本無佳者；當於《文苑英華》求之；不得已，則律賦必以國朝賦，以吳錫麒、顧元熙爲宗；大要樹骨於六朝，研聲於三唐而已。

其論學書，以爲：楷法率宗唐碑，歐顏爲尚。庸《石經》尤爲有益，既供摹臨，尤資考證。若欲以書名，則包愼伯《藝舟雙楫》及吾之《廣藝舟雙楫》，遍見千碑乃能之；初學末易語此；博學詳說，淬逮後學，亦宏通，亦平實。

其論朱子《小學》爲做人樣子，入手始基；楷法須摹唐碑歐顏，而下遽教以《藝舟雙楫》；皆極平實之論也。後學鶩其宏通而忽其平實；有爲又放言高論，益之以怪。朱一新更諍以書曰：「學術在平淡，不在新奇。宋儒之所以不可及者，以其平淡也。世之才士，莫不喜新奇而厭平淡；導之者復下以平淡而以深奇。學術一差，殺人如草；古來治日少而亂日多，率由於此。世亟需才，才者有幾？幸而得之，乃不範諸準繩規矩之中，以儲斯世之用；而徒導以浮誇，竊恐詆古人之不已，進而疑經；疑經之不已，進而疑聖；至於疑聖，效可多矣。」顧有爲不爲動。入京師；以《新學僞經考》獻同龢；欲以微感其意，而同龢狃於故常，驚詫不已；以爲眞說經家一野狐也，益不欲見之矣。方是時，我敗於日，海軍殲焉。乃率其徒從禮部試，公車入都者凡數千人，上書申變法之議，世所傳「公車上書」者是也。中國之有群衆的政治運動，於是乎託始。及赴禮部試，題爲「達巷黨人曰大哉孔子」；而有爲試文，結語曰：「孔子大矣，孰知萬世之後，復有大於孔子者哉！」蓋隱以自況也。房考閱之，咋舌棄去。至二十一年乙未成進士，出侍郎李文田之門。文田惡其敢爲詭誕，殿試得有爲卷，抑置三甲；遂授職工部主事，不得翰林；有爲大恨，竟削門生之籍。自是四年之間，凡七上書，申前議。而有爲自負其口，工捭闔；於古今中外史跡，及人名年號統計之數目字，皆能歷舉無訛，見者驚其強記；而論議縱橫，放得開，收得住，波瀾極壯，首尾條貫；上說下教，雖天下不取，強聒而不捨者也。既通籍，住上斜街，仍顏其室曰萬木草堂；僕從十許人，夾陛侍立，如王公貴人。久宦京朝，賓朋雜遝，爭以望見顏色爲幸。徒從既衆，乃立強學會於京師，繼設分會於上海，尋復開保國會於北京。朝論漸變，聲生勢張；旬日之間，必遍謁當國貴臣，見輒久談，或頻詣見。時翁同龢最號得君，在毓慶宮授帝讀久，以戶部尙書協辦大學士；又爲軍機大臣，在總理各國事務衙門行走，以忠誠結主知，以和平劑群囂。天下之士，奔走其門，而亦有爲之所欲借重以要君者也；乃謁同龢於總理衙門，高睨大談，其大要歸於變法；所具封事，曰立制度，新政局，練民兵，開鐵路，借外債數大端。同龢心憒其狂而無以難也，爲遞折上。有爲七上書而姓名達帝聽；其最後書，請告天祖，誓群臣，以變法定國是。德宗誦之感憤；詔以有爲前後折並《俄皇彼得變政記》皆呈慈禧太后覽，而命同龢宣索有爲所進書，令再寫一份遞進。同龢對「與有爲不往來」。帝問：「何也？」曰：「此人居心叵測。」帝曰：「前此何以不說？」對曰：「臣頃見其所著《孔子改制考》知之。」帝默然。間日，帝又宣索有爲書。同龢對如前。帝發怒詰責。同龢對傳總署令進。帝以同龢老臣，又師傅；必欲借以進有爲而間執諸大臣之口，不許，曰：「著汝詣張蔭桓傳知。」同龢曰：「張蔭桓日日進見，何不面諭？」帝終不許。同龢退，乃告蔭桓。同龢既不悅於有爲；而有爲則故固不知，日日揚言於朝曰：「翁師傅薦我矣，謂康某才百倍老臣也。」德宗則既激發於有爲之上書，乃以光緒二十四年戊戌四月二十四日下詔誓改革，其詔章則仍以屬同龢，而同龢先以示其門生南通張謇者也。顧二十七日，即下詔斥同龢攬權狂悖，開缺回籍。同龢則聞駕出，亟趨赴宮門，伏道旁碰頭，帝回顧無言，神采極凋索也。於是文武一品官及滿漢侍郎補缺者，咸具折謝太后。太后則已有疑於帝矣，特逐同龢以示警耳；而帝不爲意。二十八日，召見有爲；詔悉進所著書：曰《日本明治變法考》，曰《俄大彼得變政致強考》，曰《突厥守舊削弱記》，曰《波蘭分滅記》，曰《法國革命記》，曰《孔子改制考》，曰《新學僞經考》，曰《董子春秋學》，凡八種。德宗既讀所進《波蘭分滅記》一種，淚承於睫，汍瀾潤濕紙；曰：「吾中國幾何不爲波蘭之續矣！」特賞給編書銀二千兩。又以有爲言，顯擢內閣候補侍讀楊銳，刑部候補主事劉光第，內閣候補中書林旭，江蘇候補知府譚嗣同四人，均著賞四品卿銜，在軍機章京上行走，參預新政事宜；所謂「四新參」者是也。廢八股，開學堂，汰冗員，廣言路，凡百設施，不循故常；而有爲發縱指示，實管其樞。內閣學士闊普通武又以有爲指，奏請行憲法而開國會。廷議不以爲然，德宗決欲行之。大學士孫家鼐諫曰：「若開議院，民有權而君無權矣。」帝喟然曰：「朕但欲救中國耳；若中國得救，朕雖無權無害！」於是大臣不悅。大學士榮祿既出爲直隸總督，謁帝請訓。適有爲奉旨召見，因問：「何辭奏對？」有爲第曰：「殺二品以上阻撓新法大臣一二人，則新法行矣！」榮祿唯唯，循序俯伏，因問：「皇上視康有爲何如人？」帝嘆息不早用也。已而榮祿赴頤和園謁辭皇太后。時李鴻章新失職，放居賢良祠；謝皇太后賞食物，同被叫入。榮祿奏：「康有爲亂法非制。皇上如過聽，必害大事，奈何？」因顧鴻章，謂：「鴻章多歷事故，不可不爲皇太后言之。」太后問曰：「鴻章意云何？」鴻章即叩頭稱皇太后聖明。太后嘆息：「兒子長大，寧知有母？我問不如不問。汝爲總督，憑汝所知好爲之，勿負我！」榮祿即退出。有爲告人：「榮祿老辣，我非其敵也。」太后既以榮祿言益疑德宗。而德宗珍妃、瑾嬪皆編修文廷式女弟子。珍妃尤得寵，慫恿帝大考翰詹，預知賦題爲《水火金木土谷》，以告廷式，使宿構考取第一；並代妃兄捉刀，列高等。既而與太后爭諧價鬻官，先鬻廣州織造於玉銘，又鬻上海道於魯伯陽。旨下，兩江總督劉坤一不識伯陽何如人，電奏詰問。爲太后所知，召珍妃訊實，撻而幽之。母子間嫌隙益深矣。於是譚嗣同進密計，說帝召見武衛軍統領袁世凱，好言撫之，擢兵部侍郎；而嗣同夜馳謁世凱，傳帝旨，詔以勒兵廢太后，誅榮祿。世凱患嗣同躁，又憚榮祿，不即發也。榮祿則微有聞，伺世凱來謁，卒問之。世凱既不得隱，則以歸誠於榮祿。事洩，太后怒，臨朝訓政，奪帝柄而錮諸。急逮御史楊深秀及譚嗣同、林旭、楊銳、劉光第與有爲之弟曰廣仁者，駢戮焉，世所謂「戊戌六君子」。廣仁以康有爲弟，而深秀以常言得三千桿毛瑟圍頤和園有餘也。各省惟湖南行新政最認眞，得罪最甚，巡撫陳寶箴、學政江標、巡警道黃遵憲皆革職。然太后終疑帝之任有爲，以翁同龢故；乃下詔罪同龢，著地方官嚴加管束，禁交關賓客；其詞以薦康有爲也。獨有爲先期得帝旨，令逃走，且曰：「他日更效馳驅，共建大業」，則微行之上海，得英人以兵艦迎護，至香港，僅乃免於難也。遂署號曰更生。自是亡命海外，作汗漫遊者十六年，隨從奴子皆頂戴如戈什。華僑望見，疑爲中國大臣，輸款饮左，日盈於門；則以其間糾合海內外同志，名其會曰保皇會，一以聲援在幽之德宗，一以消殺革命之勢力。卒無有成功。而意氣不衰。足跡所之，遍十三國；率以爲莫吾中國若也，作〈愛國歌〉以見意曰：

登地頂崑崙之墟，左望萬里，曰維神洲。東南襟滄海，西北枕崇丘。岳嶺環峙，川澤匯流。中開府之奧區，萬國莫我侔。

我江河浩浩萬餘里，其餘百川無涯涘。江南十里必有川，深廣可以泛汽船；新頭、恆河與密士失必，淺窄僅比我小泉；來因、多鐃、泰吾士、先河、秦擺，皆是短小流涓涓；幼發拉的、底格里兩河，難比江河之長源。萬國無我水利專。巨山廣澤，大野深林，原隰陵衍，江河溪潯；千百里間，必備崇深。相彼印度與北美，萬里平原無寸嶺。埃及、波斯、阿拉伯，沙漠沉沉。地形自歐洲之外兮、無與我並駕而倚衿。

地兼三帶，候備寒暑。川岳含珍，原野平楚：五金薈萃，萬寶繁朊。以花爲國，燦爛天府。橫覽大地，莫我能與！

鳥獸昆蟲，果蓏草木；億品萬匯，物產繁毓。羽毛齒革，錦繡珠玉。衣食器用，內求自足。五色六章，袨絺爲服；飲饌百品，美備水陸。冠絕萬國，猶受多福！

巍巍我祖，懿惟黃帝；天啓神靈，創始治世。監視萬國，無如赤縣地。自崑崙西，東徙臨蒞。時巡鎮撫，師兵營衛。有苗蚩尤，鐵額銅頭；是戮是平，乃統九洲。力牧開闢，風後宣猷。倉頡制字，文明休休。

惟我文明，曰五千年。歷史綿遠莫我先！埃及金字陵，中絕文明不傳；印度九十六道，微妙多不宣。惟我聖作文字遠而存。堯舜讓帝創民主，孔子改制文教宣，漢、唐開闢益光大，東亞各國皆我文化權。希臘與周末，文章盛賀梅。羅馬更是強漢世，皆只當我雲來孫；何況歐洲諸國之後生，島陸群種，屬更何言！

我同胞兮祖軒轅，《世本》族譜百世傳；皆諸侯大夫遺子孫，金枝玉葉布中原。於今兄弟五萬萬，同一源。地球之大姓，莫我遠原，萬圖之人民，莫我庶繁！

中華地大比全歐，全國同文東亞洲。日本、高麗、安南，皆我語言文字之遺留。雖有閩、粵音稍轉，十六省語能通郵。印度文二十，語言分四流。歐洲十餘國，國國語文殊異難搜求：奧國十四文；英之威路士與愛爾蘭，語言殊異難講聞。彼遍設鐵路尚如此，我無鐵路乃能同語文。大地同化之力，無如我神。

神禹開華夏，秦漢大一統。長城萬里壓巃嵸，張騫西域遠鑿空，漢武唐太鞭四夷，南朔東西皆入貢。郭侃百日滅波斯，天朝自古諸蠻重。亞洲國土我最尊，上國之人眾所奉。至今安南、印度稱阿叔，二千年內神威動。

我人相好端金色，我人聰明妙神識，我國製作最先極。據几著褲持著飲食。突厥、印度、埃及號文明，不褲手食坐地席；英用刀匕二百年，倍根之世尚不識。惟我聖賢豪傑多如卿，文化武功如交織。我心怦怦起感激，大地文明世家我第一！

我若生高麗兮，一時脅罷兵而亡，噫！我若生阿富汗、暹羅之小國寡民兮，雖自厲而無能強，噫！我若生印度兮，久爲奴而無鄉，噫！我若爲突厥、波斯之人兮，教力壓而難揚，噫！我即爲荷蘭、比利時、瑞典、丹墨之國民兮，蕞爾強善而難張，噫！我又爲德、法、奧、意諸強之民兮，爭雄於歐，而難逞大力於太平洋，噫！方霸義之相競兮，非有廣士眾民難回翔。唯我有霸國之資兮，橫覽大地無與我頡頏。我何幸生此第一大國兮，神氣王長！

我之哲學包東西，我無壓力無所迷。我欲自強兮，一號而心齊；大呼而奮發，氣銳神橫飛。我速事工藝汽機兮，可以歐、美爲府庫；我人民四五萬萬兮，選民兵可有千萬數。我金鐵生殖無量兮，我軍艦可以千艘造。縱橫絕五洲兮，看黃龍旗之飛舞！

有爲不以詩名；然辭意非常，有詩家所不敢吟，不能吟者。蓋詩如其文，糅雜經語、諸子語、史語，旁及外國佛語、耶教語；而出之以狂蕩豪逸之氣，寫之以倔強奧衍之筆。如黃河千里九曲，渾灝流轉，挾泥沙俱下，崖激波飛，跳踉嘯怒，不達海而不止；返虛入渾，積健爲雄；權奇魁壘，詩外常見有人也。

自負爲先知先覺；及爲文章，譽己如不容口。言大道，則薄後進而以爲不如我知。論政俗，則輕歐、美而以爲不及中國，每語人曰：「未遊歐洲者，想其地皆瓊樓玉宇，視其人若皆神仙才賢；豈知其放僻邪侈，詐盜遍野。故謂百聞不如一見也。」時亦以此召鬧取怒。然筆墨通於情性；而怪奇偉麗，往往震發於其間；此所以使好奇愛博者不卒棄也。方居外國爲亡人，受其保護，而議論常輕之，自矜自重。尤喜以孔子學說衡量歐、美一切宗教、道德、政治、風俗，猶之林紓以古文義法，衡量歐、美文學也。所言之躓不免於非；而要期於輔世長民，拂俗匡時，足以資論證、備考鏡。

其論宗教曰：「吾於二十五年前，讀佛書與耶氏書，竊審耶教全出於佛。其言靈魂，言愛人，言異術，言懺悔，言贖罪，言地獄天堂，直指本心，無一不與佛同。其言一神創造，三位一體，上帝萬能，皆印度外道之所有；但耶改爲末日審判，則魂積空虛，終無入地獄、登天堂之一日；不如說輪迴者之易聳動矣。其言養魂甚粗淺，在佛教中，僅登斯陀含果，尚未到羅漢地位。考印度九十六道之盛，遠在希臘開創之先；則七賢中畢固他拉之言靈魂，戒殺生，已有所自。蓋希臘之與印度，僅隔波斯，舟車商賈大通則文學教化，亦必互相輸轉。波斯已侵印度，至亞力山大半吞印度，印之高僧人士，必多有人波斯、希臘而行於巴勒斯坦、猶太之間，此尤淺而易徵者矣。且以外儀觀之，耶教亦無一不同於佛教焉。不娶妻，一也。出家不仕宦，二也。堂上供像以敬禮，或木像金像畫像，三也。左右設白蠟燭多對，燒香，四也。案上陳花瓶，五也。神前設壇，几案布席，六也。供酒食，七也。僧衣袈裟亦有斜條，八也。合掌跪拜，九也。肩掛數珠，或手弄之，乃至人民多然；女子頸皆掛之，與蒙滿俗同，而今施之中國長官矣，十也。神前晝夜點長明燈，十一也。鳴鐘磬，十二也。神前跪誦經，十三也。朝夕禮拜諷誦；十四也。有食齋日，斷肉，十五也。僧居寺中修習，十六也。

女尼，十七也。出遊著法服，十八也。削髮之一部，十九也。有僧正法王統之，二十也。路德之娶妻改像法，猶日本親鸞之改眞宗，西藏蓮華生之娶妻改紅教，雖人情盛行，實非教主正義。考其內心外禮，無一不同；其爲出於印之教無可疑。英之學士多證其然。惡士佛大學教習麥古士米拉作《宗教起元論》，以《新約》證之《佛典》皆同，尤可爲據矣。佛兼愛衆生，而耶氏以鳥獸爲天之生以供人食，其道狹小不如佛矣。然其境詣雖淺，而推行更廣大者，則以切於愛人而勇於傳道。其傳道者曾以十三代投獅矣，耐勞苦，不畏死而行之。而又不爲深山枯寂閉坐絕人之行，日爲濟人之事，強聒不捨，有此二者，此其雖淺易而彌大行歟？夫道在養魂，行在醫濟，身神並有以養，而又以大仁大勇推之，蔑不濟矣。雖近者哲學大盛，哥白尼、奈端重學日出，達爾文物體進化之說日興，其於一神創造上帝萬能之理，或多有不信。然方今愚夫多而哲士少，尚當神道設教之時；設無畏警，則盡借人力，其於遷善改過者必不勇。蓋觀於朱子爲無鬼論而可證矣。耶教以天爲父，令人人有四海兄弟之愛心，此其於歐、美及非、亞之間，其補益於人心不鮮。但施之中國；則一切之說，皆我舊教之所有。孔教言天至詳，言遷善改過，言鬼神，無不備矣；又有佛教補之；民情不順，豈能強施。因救人而兵爭，至於殺人盈城野，未能救之而先害之，此則不可解者矣。求之中國，獨墨子傳道於巨子以爲後，至死百餘人而爭之，可謂重大矣。巨子，即教皇也，墨子尊天明鬼，尙同兼愛，無一不與耶同。使墨子而成教主，中國亦有教皇出矣。但墨子有妻而多鬼，此則不同。其道火觳，夫不言魂而尙苦行，此必不可行者也。莊子以爲去於王遠，豈不宜哉？大古之爲教主者，多有異術以聳人心；觀佛之服大迦葉及諸梵志，皆以異術；耶穌亦然。墨子乃從哲學者，王陽明亦直指本心，頗與耶同；然皆有道而無術。于吉之流有術無道。惟張道陵尊天尙仁，又有符咒之術，道術全備，殆與耶同。其張角三十六方同日起，幾成教皇矣；而一敗不振，而晉名臣謝安、郄鑒等尙奉其道；盧循亦然，必有可觀者。若寇謙之所挾大矣；然又有術無道。推諸子所以致敗，則以中國孔子之道，無所不備；雖以佛教之精深，尙難大行；況餘子哉？其中虛者，外得侵之；其中實者，外物不入。中國本自有至精美之教，此諸子之所以難大盛也。故佛教至高妙矣，而多出世之言，於人道之條理未詳也。基督尊天愛人，養魂懺惡，於歐、美爲盛矣；然而今中國人也，於自有之教主如孔子者，而又不得尊信之：則是絕教化也。夫雖野蠻，亦有其教；否則是爲逸居無教之禽獸也。今以人心之敗壞，風俗之衰敝；稍有識者，亦知非崇道德不足以立國矣。而新學之士，不能兼通中外之政俗，不能深維治教之本原；以歐、美一日之強也，則溺惑之。以中國今茲之弱也，則鄙夷之。溺惑之甚，則於歐、美敝俗秕政，歐人所棄餘者，摹仿之惟恐其不肖也。鄙夷之極者，則雖中國至德要道，數千年所尊信者，蹂躪之，惟恐少有存也。於是有疑孔教爲古舊不切於今者，有以爲迂而不可行者。吁，何其謬也！夫倫行或有與時輕重之小異，道德則豈有新舊中外之或殊哉？而今之新學者，竟囂囂然昌言曰：方今當以新道德易舊道德也。嗟夫，仁、義、禮、智、忠、信、廉、恥，根於天性，協於人爲，豈有新舊者域！《中庸》之言德，曰聰明睿智，寬裕溫柔，文理密察，齋莊中正，發強剛毅；而仁智勇爲達德；豈有新舊者哉，豈有能去之者哉！歐、美之賢豪，豈有離此德者哉！即言倫行父慈子孝，兄友弟恭，君仁臣忠，夫義婦順，朋友有信，豈如韓非眞以孝、弟、忠、信、貞、廉爲『六虱』乎？則必父不慈，子不孝，兄不友，弟不恭，君不仁，臣不忠，夫不義，婦不順，朋友欺詐而不信，然後爲人而非虱，爲新德而非舊道乎？推彼之言新道德者，蓋以共和立國，君臣道息，因疑經義中之尊君過甚也，疑爲專制壓民之不可行也。豈知先聖立君臣之義，非專爲帝者發也：《傳》曰：『王臣公，公臣卿，卿臣大夫，大夫臣士，士臣僕，僕臣隸，隸臣皀，皀臣輿，輿臣台。』由斯以觀，士對大夫爲臣，而對僕爲君；僕對士爲臣，而對隸爲君矣；故嚴其父母曰家君，尊家長曰『君』，此庶人亦爲君之證也。故秦漢人相謂爲『君』、『臣』。漢、晉時，郡僚對郡將稱『臣』，且行君臣之義焉。而今人與人言，尙尊人爲『君』，自謙爲『僕』焉。蓋『君臣』云者，猶一肆一農之有主伯亞旅云爾。其司事總理之主者，君也。其奔走分司百執事之亞旅，臣也。總理待百執事，當仁而有禮。百執事待總理，當敬而盡忠。豈非天然至淺之事議，萬國同行之公理者哉？豈惟歐、美力行之，其萬國前有千古，後有萬年，豈能違之哉？藉使總理之待百執事，不仁而無禮；百執事之待總理，不忠而傲慢；其可行乎？若以是爲道，恐一商肆一工廠一農場之不能立也。自梁以後，禁屬官不得稱臣，改稱下官；於是臣乃專以對於帝者。今若不以君臣爲然，則攻梁武帝，可也；以疑孔子，則無預也。孔子之作《春秋》也，各有名分，其道圓周；故書『君』，無道也；書『臣』，臣之罪也。莒人弒其君庶其。《公羊》曰：『書人以弒者，衆弒也，君無道也。』豈止誅臣弒君而已哉？故孟子曰：『聞誅一夫紂矣，未聞弒君。』孔子曰：『湯、武革命，順乎天而應乎人。』今之言革命者，實紹述於孔子。若必如宋儒尊君而抑臣，則孔子必以湯、武爲篡賊矣。蓋孔子之道，溥博如天，並行不悖，曲成不遺，乃定執君臣一義以疑聖，豈不妄哉！孔子於《禮》設三統，於《春秋》成三世，於亂世貶大夫，於升平世斥諸侯，於太平世去天子。故〈禮運〉孔子曰：『大道之行也，某未之逮也，而有志焉。大道之行也，天下爲公，選賢與能。』孔子之所志也，但嘆未逮其時耳。孔子何所不備！法國經千年封建壓制之餘，學者乃始倡人道之義，博愛、平等、自由之說。新學者言共和、慕法國者，聞則狂喜之，若以爲中國所無也；揭竿樹幟以爲新道德焉，可以易舊道德也。夫人道之義故美也。《中庸》曰：『仁者人也。』孟子釋之曰：『仁者人也，合而言之道也。』故人與仁合，即謂之道。孔子曰：『道二，仁與不仁而已矣。』故《中庸》又曰：『道不遠人，人之遠人，不可以爲道；故以人治人，改而止。』則『人道』之義，乃吾《中庸》、《孟子》之淺說，二千年來，吾國負床之孩、貫角之童皆所共讀而共知之。昔日八股之士，發揮其說，鞭闢其辭，無孔不入，際極天人；是時歐人學說未出未發，但患國人不力行耳，不患不知也。乃今得『人道』二字奉爲舶來之新道德品，而以爲中國所無也，眞所謂家有文軒而寶人之敝駟也！夫《中庸》、《孟子》，孔子之學也，非僻書也；而今妄人不學無知，而欲以舊道德爲新道德也。人有醉狂者，見妻於途，驚其美而摟之，以爲絕世未見也。及歸而醒，乃知其爲妻也。今之所謂新道德者，無乃醉狂乎！《論語》曰：『仁者愛人』，『泛愛衆』；韓愈〈原道〉猶言『博愛之謂仁』。《大學》言平天下，曰：『絜矩之道。』《論語》子貢曰：『我不欲人之加諸我也，吾亦欲無加諸人。』豈非所謂博愛、平等、自由而不侵犯人之自由乎？《論語》、《大學》者，吾國貫角之童、負床之孩所皆共讀而共知之；昔日八股之士，發揮其說，鞭闢其義，際極人天。是時歐人學說未出未發，患國人不力行也。乃今得『博愛』、『平等』、『自由』六字，奉爲西來初地之祖訣，以爲新道德品，而以爲中國所無也，眞所謂家有錦衣而寶人之敝屣也。夫《論語》、《大學》，孔子之學也，非僻書也；而今妄人不學無知，而欲以新道德爲舊道德也。貧子早迷於異國，遇父收恤撫養之而不知也；謬以爲他富人贈以瓔珞也。今之妄人，不學無知，奚以異是也！以《論語》、《大學》、《中庸》之未知未讀，而妄攻孔子爲舊道德。夫孔子，以人爲道者也，故《公羊》家以孔子爲與後王共人道之始。蓋人有食味被服別聲安處之身，而孔子設爲五味五色五聲宮室之道以處之。人有生我，我生，同我並生，並遊並事偕老之身；而孔子設爲父子、夫婦、兄弟、朋友、君臣之道以處之。內有身有家，外有國有天下；孔子設修身、齊家、治國、平天下之道以處之。明有天地、山川、禽獸、草木，幽有鬼神；孔子設爲天地、山川、禽獸、草木、鬼神之道以處之。人有靈氣魂知死生運命，孔子於明德養氣，窮理盡性以至於命，無不有道焉。所謂人道也，上非虛空之航船道，下非蛇鼠之穿穴道；孔子之道，凡爲人者不能不行之道。故曰：『何莫由斯道也。』凡五洲萬國，教有異，國有異；而惟爲僧出家者，不行孔子夫婦之一道而已。此外乎？凡圓顱方趾號爲人者，不能出孔子之道外者也。夫教之道多矣：有以神道爲教者，有以人道爲教者，有合人神爲教者。要教之爲義，皆在使人去惡而爲善而已；但其用法不同，聖者皆是醫王，並明權實而雙用之。古者民愚，陰冥之中，事事物物，皆以爲鬼神；聖者因其所明而怵之，則有所畏而不爲惡，有所慕而易向善；故太古之教，必多明鬼；而佛、耶、回乃因舊說，爲天堂地獄以誘民。獨孔子敷教在寬，不語神怪，不尚迷信，故教以仁讓，務民之義；不如佛、耶、回之天志明鬼。然治古民用神道；漸進，則用人道。吾昔者視歐美過高，而以爲漸至大同；由今按之，則升平尚未至也。孔子於今日猶爲大醫王，無有能易之者；而病者乃欲先絕醫，殆北矣。則是歐洲宗教道德，不如中國一也。」

論政治曰：「人民之性，有物則必爭，平等則必爭；至於國土尤爭之甚者。故自種族而併成部落，自部落而合成國家，自國家而合成一一統之大國，皆經無量數之血戰，僅乃成之。故自分而求合者，人情之自然。孔子倡大一統之說，孟子發『定於一』之論，蓋目睹爭地以戰，殺人盈野，故大倡統一以救之。李斯紹述荀卿之儒學，預聞微言，故丞相綰等請立諸子以爲侯王；始皇用李斯言不行，乃分天下以爲三十六郡。自是封建廢；中國遂以二千年一統，民安其生；比之歐洲千年黑暗之亂禍，其治安多矣。然我國幸而一統得以久安；不幸則以無競爭而退化。求所由然，則我國地形，以山環合；歐西地形，以海回旋。山環，則必結合而定一。海回，則必畸零而分峙。故馬其頓、羅馬之一統，實年不過六七百；而戰國、三國、六朝、五代之分裂，亦不過六七百年。我國數千年，以合爲正，以分爲變。歐洲數千年，以分爲正，以合爲變。此則其大同而相反之故；而一切政俗因之。嗚呼，豈非地形哉！我昔堯、舜咨岳，盤庚進民，豈非憲政公諸庶民之具體？而中國亙古乃無議院政體，民舉之司者；國民非不智也；地形實爲之也。蓋民權之起，必由小國寡民，或部族酋長之世，地方數十里十餘里不等；人民自千數百至數萬，人多相識；君不甚尊，去民不遠；而貴族爭政，君位難久，迭代爲君，而漸陵夷以臻議院政體出焉。而歐洲數千年時之有國會者，則以地中海形勢使然；以其港島槎枒，山嶺錯雜，其險易守，故易於分立而難於統一。分立，故多小國寡民，而王權不尊，而後國會乃能發生焉。若印度則七千里平陸，文明已數千年，在佛時雖分立多國而皆有王，人民繁多，君權極尊，國體久成，非同部落。若波斯則自周時已爲一統之大國，帝體尤嚴。埃及、巴比倫、亞西里亞更自上古已爲廣土衆民之王國。至阿剌伯起立更後，不獨染於舊制，亦其教理已非合群平等之義，益無可言。凡此古舊文明之國，則必廣土衆民而後能產出文明；既有廣土衆民，則必君權甚尊，而民權國會皆無從孕育矣。況我中國之一統，已當黃帝、堯、舜之世；蓋古號九州爲『中國』者，在大江以北，太行以南，曠野數千里，地皆平陸，無險可守；故爲一統帝國之早之遠，在萬國之先。不止成國體，立君權而已；既爲數千里之大國衆民，則君權必尊，無可易者。統全大地論之：他國野番之部落，會議蓋多；但無從得文明以立國。亞洲之文明立國已久，則以大國衆民，君權久尊而堅定，無從誕生國會。惟歐洲南北兩海，山嶺叢雜，港汊繁多。羅馬昔者僅闢地中海之海邊，未啓歐北之地；至歐北既啓，則無有能統一之者。以亞洲之大，過歐十倍，而蒙古能一之。而歐洲之小，反無英雄定於一；故至今小國林立。而意大利、日耳曼中自由之市，若嘢呢士、漢堡之類時時存焉。至英以條頓種與挪曼人同漂泊於不立顛，傳其舊俗而世行之。至西一千二百六十五年；約翰王時，遂定大憲章，日益光大，以至今日而推行於天下。英國世有王，而國會不廢，久之且全奪王權，而成爲立憲最堅之政體；而大地立憲政體皆法之。此爲大地最奇特之事，亦絕無而僅有之事。蓋考英當威廉由荷蘭入主英國之時，當我清康熙二十七年，而是時英全國人口不過五百萬，區區小國寡民，故克林威爾之革命，亦不過如春秋時列國之廢逐其君，晉厲、宋殤之弑，魯昭、衛輒之出，若是者不可勝數。衛人立晉，乃出於衆，貴族柄政，蓋視爲常。蘇格蘭、愛爾蘭之混一不久，上溯約翰世又四百年，計其時英國僅英倫一隅，當西一千二百六十五年，人民必不過二百餘萬；如威廉第一之世，不過百餘萬耳；立國於宋世，亦不過人口數萬或十數萬；名雖有王，不過如今滇、黔土司之酋長耳。蓋民數甚少，則君不尊大；地僻海隅之一島，則羅馬及東方大一統之宏規不見；故能傳其舊俗而不至滅絕。及文明大啓，則國會已堅；而又有希臘、羅馬議會故事，傅會之以爲民治之極隆；而國會之制，遂爲大地之師焉。故日耳曼之分國雖多，而獨能傳其舊俗者（日耳曼開創之始，擴闢山林，粗開部落，未成國土，未有君王。部落既多，群族相鬥，必開會謀之。凡稱戈之卒皆得預議，不能荷戈者不得預會。所議者，公舉頭目將軍及編兵之事。而預會者亦只有贊成可否之權，無發言之權。焚火射矢以集衆於丘陵林叢，可者舞蹈，不可者擊器以亂之；其大不願者則投戈於地。此種集會，實爲英倫國會制之俶落權輿矣）。不屬他國而屬英倫，則以邊海之小島寡民故也。故曰地形使然也。然則中國之不爲議院先進，非中國人智之不及，而地勢實限之也。吾又遊法國煙弗列武庫，正室有各國戎衣，吾國御用甲胄及將士之服存焉。御用甲繡龍，銅片蔽足二，玉如意夾之；咸豐十年，法、英聯軍入京得之者也。惟兵士衣寬袖褂，背心博褲，直非武服，置之各國兵服比較中，非止慚色，亦覺異觀，不倫不類，鮮有不以爲笑者。豈知吾國一統久矣，養兵僅爲警察，只以捕內盜，原非以敵外侮，故謂通國數百年無兵可也。夫苟如歐洲之群雄角立，安得不治兵？觀吾戰國時，魏有蒼頭，秦有武騎，齊有武士，可見矣。惟爲一統，天下一家；環我小夷，皆悉主臣，聽吾鞭笞，無敢抗行者；故可罷兵息民，僅存巡警；此眞一統天下之宏規，而非歐人諸小競爭所能望我治平者也。然則兵衣寬博，乃益見吾一統、久安不競之盛規。但今者汽船大通，萬國溝合；吾已夷爲列國，非復一統，冬夏既更，裘葛殊異，而猶用昔者一統之規以待強敵，則大謬矣。然歐人經千年黑暗戰爭之世，若亦甚矣。今讀《五代史》，五十餘年之亂殺，尙爲不忍；而忍受千年之黑暗亂爭乎？今中國遲於歐洲之治強，亦不過讓之先數十年耳。吾國方今大變，即可立取歐人之政藝而自有之；豈可以數十年之弱，而甘受千年之黑暗乎！」則是歐洲分爭，不如中國統一者又一也。

論法治曰：「中國奉孔子之教，固以德禮爲治者也。孔子曰：『道之以德，齊之以禮，有恥且格。道之以政，齊之以刑，民免而無恥。』太史公曰：『法者，制治之具，而非制治清濁之原也；故法出而奸生，令下而詐起。』中國數千年不設辨護士，法律疏闊而獄訟鮮少。戴白之老，長子抱孫；自納稅外，未嘗知法律。蓋以半部《論語》治天下，國民自以禮義廉恥，孝悌忠信，相尙相激，而自得自由故也。今南洋華人父子兄弟之間，開口即曰『沙拉』。『沙拉』，歐化哉。『沙拉』者，法律也；蓋以個人獨立之義，有國而無家，故薄恩義而但尊法律。然奸詐盜僞，大行於奉法之中。誠哉其免而無恥也！法治乎，何足尊！」則是歐洲法治，不如中國禮治者三也。

論自由曰：「中國人之生長於自由而忘自由，猶之其生長於空氣而不知空氣爲何物耳。世之浮慕共和自由平等者，必稱法國。夫法國之所以不得不革命者，以法國王者之下，尙有群侯大僧之交爲壓制也。夫法之小當吾兩省耳；而建侯十萬。當時德國封建三十萬。奧封建二萬。英尤至小，封建六萬餘。一侯之下，分地主無數。地主皆爲封君，有治民之權。其稅也，王取十之五，僧取十之四，侯則聽其所取，乃至刈麥之刀，燒麵之鍋，必租於侯而不能自由。營業職工，皆有限禁；物價皆聽發落；民之物產，隨意沒取；聚會言論，皆有禁限。違舊教者焚之。民刑皆無定律，惟判官之所輕重，而君大夫之夫人公子女公子，皆得擅刑訊罰而置私囚焉。民禁不得爲吏，禁不得適異邦，但充封君之奴。女子惟封君之所取；其嫁也，必待封君之宿而後得配夫焉。民久苦壓制之酷毒，故大呼『不自由，毋寧死』也。所求自由者，非放肆亂行也：求人身自由，則免爲奴役耳；免不法之刑罰、拘囚、搜檢耳；求營業之自由，免除一切禁限耳；求所有權之自由，不能隨意沒取耳；求聚會言論信教之自由，今煌煌著於憲法者是矣。求平等者，非絕無階級也；求去其奴佃而得爲官吏，預公議、民刑裁判、納稅，皆同等而已。試問吾中國何如？中國之爲小地主，聽人民自有田地；蓋自戰國以至於今，乃在羅馬未出現之前，不止日耳曼矣。自秦、漢已廢封建，人人平等，皆可起布衣而爲卿相；雖有封爵，只同虛銜；雖有章服，只等徽章。刑訊到案，則親王宰相與民同罪。租稅至薄，乃至取民十分之一，貴賤同之。鄉民除納稅訴訟外，與長吏無關。除一二儀飾黃紅龍鳳之屬稍示等威，其餘一切皆聽民之自由，凡人身自由，營業自由，所有權自由，集會、言論、出版、信教自由，吾皆行之久也矣。法大革命所得自由平等之權利，凡二千餘條；何一非吾國人民所固有，且最先有乎？但有之已數千年，而忘之不知誇耳。今吾國欲再求自由，除非遇店飲酒，遇庫支銀，侵犯人而行劫掠，必更無自由矣。今法人尙存世爵數萬，仍有尊稱，吾乃無之；吾國突進於法多矣。今吾國欲再求平等，則將放肆亂行，絕無階級。法之平等、自由，果若此乎？嗟乎，紀綱盡破，禮教皆微，何以爲治！故中國之人早得自由之福已二千餘年。而今之妄人不察本末，以歐人一日之強，乃欲並其毒病醫方而並欲效法而服之。昔有貴人，有癰而割之，血流殷席，命幾不保。有貧子美好無病，慕貴人之舉動，乃亦引刀自割，貌爲呻吟，已而剖傷難合，卒以自斃。今吾國妄人媚外者，自以爲取法於法、德，發狂呼號，日以革命自由爲事；不幾類美好貧子引刀自割，貌爲呻吟，卒以創傷自斃者？豈止見笑於歐、美之識者，無病服毒，不其傷乎！」則是歐洲平等自由，不如中國先進者四也。

論婦女獨立曰：「巴黎之以繁麗聞於大地者，在其淫坊妓館、鏡臺繡闥，其淫樂竟日徹夜。已領牌之妓凡十五萬，未領牌者不可勝數。若其女衣詭麗，百色鮮新，爲歐土冠。各國王子，寧捨帝王之位而流戀巴黎之妓樂。而貴家婦女，亦多有出而爲妓者。法人自由既甚，故婦女多不樂產子，有胎則墮之，以故戶口日少。蓋自同治九年，德法戰時，法人已逾三千萬，迄今亦不過三千餘萬，就此二三十年間，德之人，增至六千二百餘萬，英增至四千餘萬，而法乃日衰。若仍此不變，法可自絕滅，不待人滅絕之也。此其故何哉？一薄於教孝也。夫婦女之生子，自孕妊至誕育撫養，至苦矣。當其妊也，行動飲食，臥起皆不便，男女之道又絕；至妊成而產，則痛苦呻吟如割，或有害及生命者；幸而母子無恙，則撫嬰劬勞，乳之哺之，提之攜之，夜則轉側號啼，病則撫摩按抱，時而竟夕不寐，當餐不食。以其生育之撫養之勞苦之甚也，故孔子立法尚孝，教子報之；故《詩》曰『欲報之德，昊天罔極』也。以中國之厚於父母，故父母樂於生子而望倚養於終身，報之於耆老。是故女有生子之望，人無墮胎之俗；故中國人民繁多，過於萬國；蓋有由也。今歐、美之俗：人人自立，父母不能有其子；劬勞而撫子，子長而嫁娶，別父母而遠居，積財而不養父母；歲時省親，僅同作客；其父困絕而不必養；其母病而不之事。既無得子之報，然則爲婦女者何所望於子？安所肯捨性命、忍嗜欲、耐勞苦，而生之撫之；毋寧預絕其萌以省事耶？一婦女自立也。凡天下之忍苦耐勞待人者，必其不能自立，不得已而出之者也。苟能自立，則自由綽綽，何事忍苦耐勞而待無所爲之人哉？今婦女之於子也，產之至苦也，撫之至勞也，育之至艱也，不知若何艱苦；然後得子之成立，則待我之老而子養焉，待子之富貴而我尊榮焉，甘耐無窮之勞苦，而思有以易之。今我自能養，我自能富貴尊榮，無事於求人待人；然則何爲竭十餘年之力，忍苦耐勞而生子養子哉？毋寧預絕其萌而先墮之。美國墮胎之俗，有同於法；婦人居常之論，皆不願有子矣。美之禁墮胎也，罰銀六千元，囚三年，然不足以禁之。德、英婦女之好淫樂而自立，今雖未至於法之地位；然獨立之風既扇，亦必不能久矣。其婦女爲教習者，且多不願嫁人。然則歐、美之人口，不其危乎？嗟夫，天下萬事，皆賴人類爲之；若人類減少，則復愚。人類滅絕，則大地復爲狉獉草昧之世。而人之生也，皆賴婦女。故婦人不願有子，乃天下之大變，洪水猛獸不烈於此者也。而法、美以文明自由聞；乃先有之，且盛行焉。立法之難，得乎此則失乎彼。抑女而過甚，則非男女平權之義；矯之以獨立，又有生人道盡之悲。談何容易得其宜乎？今之學者，不通中外古今事勢；但聞歐人之俗，輒欲捨棄一切而從之，謬以彼爲文明而師之。豈知得失萬端，盈虛相倚，觀水流沙轉而預知崩決之必至。苟非虛心以察萬理，原其始而要其終，推其因而審其果者，而欲以淺躁一孔之見，妄爲變法，其流害何可言乎！」則是歐洲婦女獨立，不如中國教孝者五也。

論衣服曰：「中國飲食衣服之美，實冠萬國，他日必風行萬國。凡美者，人情之所愛。絲服之美，自在優勝劣敗之例；不能以歐人一日之長而見屈也。吾國地兼三帶，衣服亦備寒暑，既無印度之薄縠，天衣無縫；亦非歐土之厚絨，緊迫其身；不寬不緊，易減易增，披服簡便，過於歐、美遠矣。歐土多寒，故西服用絨，緊束其身。若我溫帶，施於盛暑，汗淋如漬，尤損衛生，限以三襲，大寒不能加，盛暑不能減，於觀不美，於體不宜。吾昔病於紐約，美醫謂我曰：『中國服制最宜。曾有千人大會，莫不感寒，惟中國公使獨無恙。若他日變法，一切可變，惟服制必不可變！』吾謂歐服以絨，中服以絲，取材不同。歐服尚披禽獸之毛，羶腥未除；而絲則我天產至美之物也。若吾國捨其天產而從人，則一國四萬萬人皆服毡絨之服，一人四襲，一襲至賤者二十金，並革履毡帽，人必百金而後可。是我捨數萬萬金之絲，無所用之，而須購絨革之服料於外。以人百金計之，是費四五萬萬兆而納貢於外，過於八國聯軍之賠款尚百倍也。且吾中國乃大地絲產國也，民之衣食於絲織者以數千萬計也。今一易服，全國衣履冠帶主人皆盡失業，絲織者彷徨而不知所措矣。何爲變本加厲，傾民之所有以自斃乎？萬國皆不產絲；而爲中國獨有之天產；上考〈禹貢〉，蠶桑絲篚，已在四千年前，故服物之五色六章，最爲妙麗。此天以最厚吾中國者，寧可棄天貺乎？棄天貺者不祥，棄土產者自斃，服毡絨者退化，隨人後者無恥。印度豈不變服，益爲奴耳；於自立何有！將欲以此爲親；吾面既黃，雖欲親而安能親？日本小島耳，炮聲隆隆，則歐、美畏媚之。近各國王宮，多爲日本裝殿，而美人暑時，亦多爲日本服，但使內政修明，物質精美，炮艦大橫庚庚，則中國絲服，自爲大地所美而師之。若徒改服乎，則印度人與黑人之改服，何見親之有？吾奴吾奴耳。何有堂堂數千年文明之中國，撫有天產吾絲，文章之美，而自棄之，以俯從深林後起日耳曼之毡服！」則是歐服毡絨，不如中國絲服者六也。

論膳食曰：「膳食之美，必地爲大陸而後得之。大地之國，吞大陸者四域；歐土、波斯、印度及中國耳。

印度諸教盛行，多所戒禁，或不食豕，不食羊，或不食牛，不食鳥，或全戒殺生，若此，則食不能美。且其地奇熱，好食苦辣腥臭之味，尤爲印人所獨，而外人不能入口焉。波斯信回教與火教，亦多所禁食。歐土自中世紀黑暗世後，侯國競爭，國境小或十數里，界關隔絕，百貨難通，則食品難集；至今尚孌而不切，醬齊之和後加焉；其食之未精，可知也。惟中國自漢一統，地兼三帶，百貨駢集，品兼水陸；故八珍之美，自周已精，故用醬以和齊入味，先切而用箸棄刀，已在周時矣。今歐洲美食，皆稱巴黎；然法國之食，皆出自西班牙，班人僻鄉亦解調和，吾遊班及墨，覺其價賤而精，尙過於法也。班之食學，又出於葡；吾遊葡京理斯本，聞其饌名，有與粵同。蓋葡自一千四百九十年，哥侖布尋得美洲，至一千五百三十餘年，遂得澳門。是時英培根之世，尙用手食而未用刀割，其未能調和，不待言也。葡人以東方之食味，移植葡京，乃大變焉。是時推班與葡並驅海外，撫有全美，民大富而備海陸之珍，故班首學葡食。法路易十四遺孫非特臘第五王班，貴婦宮女、大臣從者數千人，及王長而後歸法，乃移班食味於法。路易十四盛陳宮室服食以懷柔十萬諸侯，於是食饌之美大進，風行歐、美焉。然葡食實我所出，班食爲吾孫，法食爲吾曾孫，歐、美爲吾雲來；突厥日本切食，尤爲吾嫡嗣。蓋吾食之博而至精，冠於萬國，且皆師我者也。歐食美否不論；但今尙設五味架，從後加味，味不能入，其爲不知和可見矣。而今吾國乃反盛行西食。若以同食不潔，則吾明以前無不異食者，上考宋之《武林遺事》，下考戲劇，猶可推見；何不每人異器，如日本然？既可得潔，又保己國之美食，而何事棄己萬國最美之饌而退化從人哉？」則是歐人膳食，不如中國先進者七也。

論酗酒曰：「法人之好酒極矣。吾遊巴黎；入店不飲。酒家請曰：『吾巴黎無不飲酒者。』乃爲飲之，則法人之沉湎可見矣。《書．酒誥》曰：『群飲，汝勿佚，盡執拘以歸於周，予其殺！』此與道光年間重懲鴉片之刑同。夫飲酒小過，何至懲以殺刑？蓋當時風俗沉湎之極，故欲以嚴懲之。吾觀歐、美人醉酒之風：夜臥於道而嘩於市，歸驅其妻而爭殺開槍致死者，比比也。所經小市大衢，酒店相望；竟日作工所入，盡付酒家，而導淫演殺，與酒爲鄰。若此敗風，惟吾國無之。歐、美皆然，惟法人爲尤甚耳。蓋吾國酒俗爲過去世矣。不知者開口媚歐、美人爲文明；試入賣酒壚，觀其喧嘩；與我孰爲文明哉？近世鴉片之毒，弱人體質，厥害爲中國數千年所無。然其毒自外來，去之不難，不如酒之甚也。即以鴉片店之患，一榻橫陳，亦豈有嘩爭鬥殺之害乎？天下人道之大患，莫甚於相殺，故以酒菸相比，酒之害爲尤烈也。」則是歐人嗜酒，不如中國吃鴉片者八也。

論宮室曰：「吾昔聞羅馬文明，尤聞建築妙麗，傾仰甚至。及親至羅馬而遍歷名王之古宮，乃見土木之惡劣，僅知用灰泥與版築而已。其最甚者，不知開戶牖以導光。以王宮之偉壯，以尼羅之窮奢，而猶拙蠢若此；不獨無建章之萬戶千門，直深類於古公之陶復陶穴。吾國山西富人，尚有穴山作屋，僅取中溜以通光，穿室數十重，壁蓋厚數尺，乃極似羅馬古帝宮焉。若法路易十四之宮，誇爲世界第一者，雕鏤固精；然僅此一大座；比之吾國帝居禁城之宏壯，相去尚十百倍。突厥波斯之宮殿，吾未之見；印度壯麗亦未極閎。若除此外，則中國帝室皇居之壯大，實爲大地第一。蓋萬里大國，二千年一統致然。自建章、未央千門萬戶，由來久矣。此其雄規，實關文明；不得以專制少之。今以《三輔故事》所述漢武帝之宮比之：建章宮，度爲千門萬戶；其東則鳳闕，高二十餘丈，上有銅鳳凰；立神明臺，井幹樓，皆高五十丈；輦道相屬焉，其上有九室，形或四角八角。張衡賦謂『井幹迭而百層』，與巴黎之銅樓何異？其北大液池，中有漸臺，高二十餘丈；中有蓬萊、方丈、瀛洲、壺梁，象海中三神山龜魚之屬；其南有玉堂壁門、大鳥；承露盤高二十丈，大七圍，以銅爲之；上有金銅仙人掌，至唐尚存，李賀尚見之，有〈金銅仙人辭漢歌〉。其甘泉宮之通天臺，高三十丈，可望長安城，其上林苑連綿四百餘里，離宮別館三十六所。《漢書》稱成帝之昭陽殿，中庭彤朱，赤壁青瑣，殿上髹漆，砌皆銅沓，黃金塗，白玉階，壁帶往往爲黃金釭，函藍田璧，明珠翠羽飾之。班固〈西都賦〉所謂『雕玉璞以居楹，裁金璧以飾鈺，屋不呈材，牆不露形，裛以藻繡，絡以綸連；隨侯明月，錯落其間；金銜銜璧，是謂列錢；翡翠火齊，流離含英』是也。此不過偶舉一二耳。若《漢書》稱秦之驪山，高五十餘丈，周回五里，石槨爲遊館，人膏爲燈燭，水銀爲江海，黃金爲鳧雁，珍寶之藏，機械之變，棺槨之麗，宮館之盛，不可勝原。而阿房宮三百餘里，作者七十萬人；破各國，寫其宮室；門列金人十二，每重二十四萬斤，門以磁石爲之；前殿東西五百步，南北五十丈，可坐萬人，下可建五丈旗；二百里內，宮觀二百七十，甬道複道相連，帷帳鐘鼓不移而具；周馳爲閣道，自殿抵南山，表南山之顚以爲闕；復爲複道，渡渭，至咸陽，北至九嵕甘泉，南至長陽五柞，東門至河，西門至汧渭，東西八百里，離宮相望。木衣綈繡，土被朱紫。宮人不徙，窮年不能遍。由此觀之：吾國秦皇、漢武時宮室文明之程度，過於羅馬不可以道里計矣。惟羅馬亦有可敬者：二千年之頽宮古廟，至今猶存者無數，危牆壞壁都中相望；而都人累經萬劫，爭亂盜賊經二千年，乃無有毀之者。今都人士，皆知愛護，皆知嘆美，皆知效法，無有取其一磚，拾其一泥者，而公保守之以爲國榮。令大地過客皆得遊觀，生其嘆慕，睹其實跡拓影而去，足以爲憑。而我國阿房之宮，燒於項羽，大火三月。未央、建章之宮，燒於赤眉之亂。仙掌金人爲魏明帝移於鄴，已而入於河北。齊高氏之營高二十六丈者，周武帝則毀之。陳後主結綺、臨春之宮，高數十丈，咸飾珠寶，隋滅陳則毀之。餘皆類是。故吾絕少五百年之宮室。即如吾粵巨富若潘、盧、伍、葉者，其居宅園林皆極精麗，幾冠中國。吾少時皆嘗遊之。即若近者十八甫伍紫垣宅，一門一窗，一欄一楯木，皆別花式，無有同者；而以伍家不振，忽改爲巷，遂使全粵巨宅，無一存者。夫以諸巨富之講求土木，不惜巨資；其玲瓏窈窕，皆幾經匠心。若如日本之日光廟及奈良廟，遊者收資，歲入數十萬。而所存美術精品，後人得由此益加改良進步；則其美術豈不更精焉？乃不知爲公衆之寶。而一旦掃除，後人再欲講求，亦不過僅至其域，談何容易勝之乎？故中國數千年美術精技，後人或且不能再傳其法。若宋偃師之演劇木人，公輸墨翟之天上木鳶，張衡之地動儀，諸葛之木牛流馬，北齊祖恆之輪船，隋煬之圖書館，能開門掩門、開帳垂帳之金人，宇文愷之行城，元順帝之鐘錶，皆不能傳於後，至使歐、美今以工藝盛強於地球。此則我國人不知保存古物之大罪也。不知保存古物，則眞野蠻人之行爲，而我國人乃不幸有之；則雖有千萬文明之具，亦可耗然盡矣。」則是歐人宮室，不如中國宏偉者九也。

論浴房曰：「歐人浴房，但分男女室；男與男赤體同浴，女與女赤體同浴，日本則男女同浴，吾國粵人廉恥最重，無赤體相對者；故粵無浴室。歐人尙樂，故雕刻皆尙赤體，宜其浴無擇也。然今則頗尙恥，以短褲遮其下體。瑞典與日本同，並不用短褲矣。蓋浴爲潔體之大事，可以祛病；浴爲樂魂之妙術，可以暢懷。獨樂不如同樂，故多同浴。各國多同之，《史記》譏『於越之俗，男女同川而浴』；蓋人道之始必如此。及其後廉恥日進，則男女異浴；又進而惡其穢也，不肯裸以相見，則人人異室矣。吾遍觀大地各國，人情無不好浴者。惟西藏、布丹、廓爾喀人不好浴，故最不潔；則以難得水之故，且極寒之故也。野蠻不浴。據亂同浴。升平之世，廉恥與亂世異，則尙異浴。太平大同之世，人各自立，人各自由，則復歸於同浴耶。」則是歐人據亂同浴，不如中國異浴之爲升平者十也。

凡此之類，度長絜大，極世界之美，無逾中國。未嘗不發憤而道曰：「吾國人不可不讀中國書，不可不遊外國地，以互證而兩較之；當不至爲人所恐嚇而自退處於野蠻也。日本著書多震驚歐、美者。此在日本之小島國則然，豈吾五六千年地球第一文明古國，而若此之淺見寡聞乎？」因滙所睹記，成《歐洲十一國遊記》，而序其端曰：

將盡大地萬國之山川、國土、政教、藝俗、文物，而盡攬掬之，採別之，掇吸之，豈非凡人之所同願哉？於大地之中，其尤文明之國土十數；凡其政教、藝俗、文物之都麗鬱美，盡攬掬而採別掇吸之；又淘其粗惡而薦其英華焉；豈非人之尤所同願耶？然史弼之征爪哇也，誤以爲二十五萬里。元卓術太子之入欽察也，馬行三年乃至。博望鑿空，玄奘西遊，當道路未通，氣機未出之世，山海阻深，歲月澶漫。以大地之無涯，而人力之短薄也；雖哥侖布、墨志領、岌頓曲之遠志毅力，而足跡所探遊者，亦有限矣。然則欲攬掬也，孰從而攬掬之？故夫人之生也，視其遇也。芸芸眾生，閱億萬年，遇野蠻種族部落交爭之世，居僻鄉窮山之地，足跡不出百數十里者，蓋皆是矣。進而生萬里文明之大國，而舟車不通，亦亡由睹大九洲而遊瀛海；吾華諸先哲，蓋皆遺恨於是。則雖聰明卓絕，亦爲區域所限。英帝印度之歲，南海康有爲以生；在意王統一前三年，德、法戰之前十二年也。所遇何時哉？汽船也，汽車也，電線也，之三者，縮大地促交通之神具也；汽船成於我生之前五十年；汽車成於我生之前三十年；電線成於我生之前十年；而萬物變化之祖，爲瓦特之機器，亦不過先我八十年。凡歐、美之新文明具，皆發於我生百年之內外耳。萃大地百年之英靈，竭哲巧萬億之心精，奔走萶萃，發揚蜚鳴，磅礴浩瀚，積極光晶，匯百千萬億泉流而成江河湖海，以注於康有爲之生也，大陳設以供養之；俾康有爲肆其雄心，縱其足跡，窮其目力，供其廣長之舌，大饕餮而吸飲焉。自四十年前，既攬掬華夏數千年之所有；七年以來，汗漫四海。東自日本、美洲，南自安南、暹羅、柔佛、吉德、霹靂、吉冷、爪哇、緬甸、哲孟雄、印度、錫蘭，西自阿剌伯、埃及、意大利、瑞士、奧地利、匈加利、丹墨、瑞典、荷蘭、比利時、德意志、法蘭西、英吉利，環周而復至美。嗟乎！康有爲雖愛博好奇，探賾研精，而何能窮極大地之奇珍絕勝，置之眼底足下，攬之懷抱若此哉？縮地之神具，不自我先，不自我後；特製竭作以效勞貢媚於我。我幸不貴不賤，亡所不入，亡所不睹；俾我之耳目聞見，有以遠軼於古之聖哲人。天之厚我乎，何其至也！夫中國之圓首方足，以四五萬萬計。才哲如林，而閉處內地，不能窮天地之大觀。若我之遊蹤者殆未有焉。而獨生康有爲於不先不後之時，不貴不賤之地，巧縱其足跡、目力、心思，使遍大地；豈有所私而得天幸哉？天其或哀中國之病，而思有以藥而壽之耶？其將令其攬萬國之華實，考其性質色味，別有良楛，察其宜否，製以爲方，採以爲藥，使中國服之而不誤於醫耶？則必擇一能若不死之神農，使之遍嘗百草；而後神方大藥可成，而沉痾乃可起耶？則是天縱之遠遊者，乃天責之大任；則又既皇既恐，以憂以懼；慮其弱而不勝也。雖然，天既強使之爲先覺以任斯民矣；雖不能勝，亦既二十年來晝夜負而戴之矣。萬木森森，百果具繁，左捋右擷，大嚼橫吞，其安能不別良楛、察宜否、審方製藥，以饋於我四萬萬同胞哉？方病之殷，當群醫雜沓之時，我國民分甘而同味焉，其可以起死回生，補精益氣以延年增壽乎？吾之謂然，人其不然耶？吾於歐也，尚有俄羅斯、突厥、波斯、西班牙、葡萄牙未至也。於美也，則中南美洲未窺，而非洲未入焉。其大島若澳洲、古巴、檀香山、小呂宋、蘇祿、文萊未過。則吾於大地之藥草，尚未盡嘗；而製方豈能謂其不謬耶？抑或惡劣之醫書可以不讀；或不龜手之藥可以治宋國；而猶有待於遍遊耶？康有為曰：「吾猶待於後遍遊以畢吾醫業。」今歐洲十一國遊既畢；不敢自私，先疏記其略以請同胞分嘗一臠焉。吾為廚人，而同胞坐食之；吾為畫工。而同胞遊覽也；其亦不棄諸！

其自任以天下之重如此。自稱「童而好諷詩；顧學以經世，至在撣理，不能雕肝嘔肺以為詩人。而嗜杜甫詩若出性生，能誦《全杜集》，一字不遺。又性好遊，玩山水，愛風竹；船脣馬背，野店驛亭，不暇為學，則餘事為詩。及戊戌遘禍，遁跡海外，五洲萬國，靡所不到，風俗名勝，託為永歌；若拔抑塞磊落之懷，日行連犿奇偉之境，臨睨舊鄉，邅回故國，閱劫已夥，世變日非。靈均之行吟澤畔，騷些多哀；子卿之嚙雪海上，平生已矣。河梁隴首，遊子何之；落月屋梁，水波深闊，嗟我行邁，皆寓於詩」。既而遊突厥，道出所謂耶路撒冷者，猶太人哭所羅門城壁，男婦百數，日午憑城淚下如縻，誠萬國所無也。喟然曰：「惟有教有識，故感人深遠。吾念故國，為〈愴然賦〉。」凡一百韻。其辭曰：

崇壁嚴仡仡，圍山上摩天；巨石大盈丈，瑩滑工何妍。築者所羅門，於今三千年。城下聚男婦，號哭聲咽闐：日午百數人，曲巷肩駢連；憑壁立而啼，涕淚湧如泉。慘氣上九霄，悲聲下九淵。始疑沿具文，拭淚知誠縣。電氣互傳載，眞哀發中宣。一人向隅泣，不樂滿堂緣。借問猶太亡，事遠難哀憐；萬國有興廢，遺民同銜冤？譬如父母喪，痛深限年旬；豈有遠古朝，臨哭旦夕酸？羅馬後起強，第度揚其鞭；雖殺五十萬，流血染城闉。當時嚴上帝，清廟金碧鮮。我來瞻遺殿，華嚴猶目前。珍寶移羅馬，痛心亦難喧。正當吾漢時，渺茫何足云。吾國二千載，亡國破京頻；劉石亂中華，洛陽慘風雲；侯景圍臺城，一切文物焚；耶律執重貴，雅樂遂不聞；暨至宋徽欽，汴京虜君民。豈無思古情，頗感騷人魂？或作懷古詩，亦傳哀弔文。未有憑城哭，至誠逮野人；婦嬰同灑淚，千載慟遺民。吾跡遍萬國，奇駭何感因？答言：「祖摩西，奉天創業勤；艱苦出埃及，轉徙紅海濱。帝降西奈山，特眷吾家春。十二以色列，奄有佐頓川。大闢所羅門，兩王尤殊勛：拓邊大馬色，築廟耶路顛。武功與文德，焜耀死海湑；餘波躍耶回，大地遍遵循。人種我最貴，天孫我最親。豈意滅亡後，蹂躪最慘辛！羅馬與薩遜，蹈藉久紛紜；英暴當中世，俄虐今尚繁。遺種八百萬，飄蕩大地魂；有家而無國，處處逐辱艱。被虐誰爲護？蒙冤誰爲伸？傳言上帝愛，我呼彼充塡。窮途無控訴，憑城啼吾先。」言罷又再啼，四壁啼益喧；哀哀不忍聞，吾亦爲垂漣。亡國人皆恨，惟汝有教賢！他國不知愁，同化久忘筌。汝誠文明民，文明成瘴愆；區區此遺黎，艱苦抱守艱。雖然猶太教，今猶立世間。吾遊墨西哥，文字皆不傳；英哲與圖器，泯滅成無存；讀學皆班文，性俗忘祖孫；豈比汝猶太，能哭尚知原！哀哀念遠祖，仁孝無比援。他日買故國，獨立可復完。先咷必後笑，物理固循環。吾哀猶太人，吾回睨中原：四萬萬靈胄，神明自羲軒；唐虞啓大文，禹湯文武聯；孔聖實文王，制作大禮尊。聖哲妙心靈，圖器文史篇。後生坐受之，枕胙忘其源：如胎育佳兒，如釀蘊良醇。我形胡自來？我動胡自遷？我識與我神，明覺胡爲先？喜怒胡自起？哀樂胡所偏？我詠歌舞蹈，我飲食文言。一一英哲人，化我同周旋。忘之我坐忘，悟之大覺圓。一往情與深，思古吾翩躚。莊周夢化蝶，吾實化國魂。若其國竟殤，哀慟不知端。凡亡非我亡，畸士託古詮。吾未免爲人，多情猶爲牽。吾爲有國故，身家頻棄捐；哭弟哀友生，柴市埋冤雲。哭墓已不獲，先骸掘三墳。十死亡海外，讒侮百險煎。受詔久無功，纏身萬苦難；十載逋亡人，拂逆痛心肝。我本淡蕩人，方外樂談玄。胡事預人國？誤爲不忍纏？今既荷擔之，重遠難釋肩。地獄我甘入，爲救生民艱；受苦固所甘，忍之復忍焉。久忍終難受，去去將舍旃。浩蕩諸天遊，歡喜作散仙。天外不能出，大地不能捐。國籍不能去，六鑿不能穿。猶是中國人，臨睨舊鄉園。睊睊涕被席，眈眈傷我神。類告愛國者，猶太是何人？

其辭磊落而英多，其意激切而孤憤；揆之古人，獨《湛然居士集．西遊詩》、長春眞人《西遊記》中詩、陳剛中《交州集》可相彷彿；然有其俶詭，而無慷慨也。嘗以爲中國不可行民主；傅會孔、孟，旁援歐、美，其大要歸於強國庇民，因時制宜。故曰：「天下無萬應之藥；無論參朮苓草之貴，牛溲馬勃之賤，但能救病，便為良方。天下無無弊之法；無論立憲、共和、專制、民權、國會一切名詞，但能救國宜民，是謂良法。執獨步單方者，必非良醫。執一政體治體者，必非良法。故學莫大乎觀其會通，識莫尚乎審其時勢。〈禮運〉曰：『時為大，順次之，體次之。』協於時，宜於人，順於地，庶幾良法矣。孟子曰：『民為貴，社稷次之，君為輕。』社稷者國也；國權、民權、君權三者迭遞代興而時為輕重者也。專制之世，則君權重。太平之世，則民權重。此皆自然之勢，而克當其宜者也。歐洲民權君權之爭，在百年前矣；至數十年來，君權之說已絕，餘波蕩於亞洲。若民權乎？則在百年前歐美最盛之時；而數十年來國權之說忽盛；俾斯麥以此強德國；雖以美國平民之政，羅斯福亦大倡霸國之義，而各國亦皆鼓吹之。處列強並峙，日事競爭，少不若人，即至夷滅；故霸國之義，不得不倡者，時為之也。昔在春秋戰國之時，管、商之學，專以國權為重。孔、孟意存一統，則專以民權為先。義各有為也。凡學說之盛衰，視其時宜。倡國權說於法國革命之時，則無當矣；倡民權說於德國既強之後，尤為大謬矣。以美國之富盛，昔無海軍時，則德人極輕之；近年大治海軍，則德人重之。日本以戰俄之故，重人民之賦稅；然日之威棱震於全球矣。倘使美、日猶主重民之義；則曰稅太重，民難負擔；美而治兵，尤悖華盛頓、孟祿之訓。然而美日不得不重國而輕民者，誠察時勢之宜，不得已也。故重民而張民權之說，乃歐、美百年前之舊論，於藥則為渣滓，於制則為芻狗，於米則為秕糠，於花則為落瓣。乃吾國通明之士，號稱新學，而拾歐、美之殘羹冷炙以為佳饌新烹，於胃則不宜，於體則不協；小之致病，大之致死。蓋失其的，悖其順，非其宜故也。」

既斥民權而崇國權，國權所寄，必在君主。其初戊戌變政，則進君主立憲之說。及至辛亥革命，益倡虛君共和之論。終莫之用，而革命有成功，建號民國；於是發憤而道曰：「南方之魁桀何嘗無帝制自為之心？而矯為民主共和之說以餌於民曰：『貧富共產也』，『人人可為總統議員也』，『若入吾黨，可得富貴也』，甚至謂『改民主共和後，米價可賤也，可不納稅也』。此與『迎闖王可免錢糧』何異哉？愚民樂其便己也，信而從之。強豪傑頡者輟耕壠上，倚嘯東門，平寧已久，無從發憤，藉爲亂具，僥幸圖成。風氣所鼓，四海之人習見梟雄誇詐之夫，能爲共和之大言，能爲自由之謬論，因時乘勢，襲據土壤，紛紛攀附，各借權勢。其誇壘尤甚者，中分天下，指揮風雲；政府則敬畏之，乃至借外款千百萬以媚事之。其次亦復上將勛位，剖土分藩。下之灶養市魁，皆一蹴而秉麾紆組，列鼎鳴鐘，呼叱而金帛盈山，顧盼而聲色列屋；其車馬、宮室、服食之豪侈過於王公；其頡頏、橫暴、跋扈、肆睢之氣勢行於州縣。向之偷兒、里盜、椎埋剽竊之夫，進稱雄於州邑，退亦爲政於鄉里，橫行攘據，武斷鄉曲。然則誰不慕之？誰不輾轉效之？權利之思想已溢，自由之勢力彌充，進無所慕於古，退有以榮於人，時風衆勢，卷而成俗，人所羨慕，皆在此徒，苟不破法律，作奸欺，謀亂略，營黨私，何以充塞其權利之私，彌滿其自由之壑乎？即有廉讓之士，而風俗既成，坐而相化，則織衣大幘，謹厚者亦復爲之。故當今之世，人不謀亂，更復何事，而塗澤以歐、美之文明。群衆所尚，報紙所嘩，則新世界之所謂『共和』、『平等』、『自由』、『權利思想』諸名詞也。夫『自由』者，縱極吾欲云爾。『權利思想』者，日思爭拓其私云爾。所謂『平等』者，非欲令人人有士君子之行；不過鋤除富家貴族，而聽無量數之暴民橫行云爾。所謂『共和』者，倒帝者之專制，自餘則兩黨相爭，陳兵相殺，日爲犯上作亂云爾。以風俗所尚，孕育所成，則只有爲洪水猛獸布滿全國而已。今夫地方自治，至美之良法也；而中國行之，則惟資豪猾武斷鄉曲，未見能於地方興利也。設辯護士，豈非保護貧弱者之美意哉？而中國行之，則劫賊橫行；及被捕獲，則亦將延辯護士而解脫；於是盜劫日滋。其他辯護士之日誘人訟以破人產者無論也。若夫官制棄資格而聽長官自拔，則惟有引用親私；負販牛醫，皆上列大位，下綰銅墨；甚至一丁不識，人皆懷非分之想；人情既不能無私利，則官方何自而整。任官若此，而望其牧民任職，豈非欲入而閉之門哉？若廢科舉而用學校，則學者自聽講義、讀課本外，束書不觀，乃至中國相傳之名物日用之書，亦不之識；其愚閉喬塞殆甚於八股之時；而八股之士尚日誦先聖之經，得以淑身而善俗。今學校之士則並聖經而不讀，於是中國數千年之教化掃地；而士不悅學，惟知貪利縱欲，無所顧忌，若禽獸然。其他舉議員，入政黨，則惟有挾勢鬻金以把持縱肆、敗風壞俗而已。然則所謂『共和』、『民權』、『平等』、『自由』者，實不過此十數萬之暴民得之耳。此十數萬暴民之『民權』、『平等』、『自由』，誠肆睢儻蕩，無所不用其極矣。試問吾四萬萬同胞，誰則實得民權乎？民權託之代議；夫誰能代我民者？其立義已爲大謬。況我所欲舉者未必被舉，既爲多金所買，又爲大力所擠；而吾民實俯首嘆恨而無所與焉。故民權者，大黨十數要人之權；而於我四萬萬同胞何與焉。又試問，吾四萬萬同胞，誰實得平等、自由乎？彼千百暴民之魁，憑權據勢，占領土壤，汽車聽其盤遊，女色惟其所擇，車馬流水，金帛堆山；發言有權，一電而各省響應；橫行如意，舉步而開會歡迎；總統則畏其亂而羅籠之，報館則借其勢而張皇之，隨意居遊，惟所欲適，無不平等，無不自由。故平等、自由者，彼千數百暴民之平等、自由；吾民宛轉於虐政之下，一言有誤而槍死，一事見誣而槍死，薄言往訴，普天無告。然則吾四萬萬同胞，誰實得平等、自由乎？夫使吾四萬萬同胞，果皆得民權、平等、自由，則個人各得其權利，而國權必屈。方今列強並爭之世，猶非所宜也。然四萬萬人果眞得民權、平等、自由，則少屈國權，而伸個人之權利，猶之可也；無如四萬萬人皆無所得於民權、平等、自由，而僅令千數百之暴民得民權、平等、自由；是排除一人之專制，而增設千數百人之專制也。名稱『共和』，實曰結黨而圖共亂；號爲『民主』，實以少數而行專制；戴假面，則朱脣玉貌；揭暗幕，則青面獠牙。」言之若有餘悸也。情不能以自禁，辭不免於過訐，播所欲言，署曰「不忍」。

或訟共和之美，在揚民權。則正告之曰：「人實誑汝！共和者，歐制沉稱之辭；且大誑於中國。夫號稱『共和』者，乃凡在國民人人得發其意之謂。民意昭宣，民權發皇；盧騷之流大發其義。此在歐洲，古之希臘，中世之威尼斯、致那華，及德之漢堡、罕伯雷、伯來問、佉倫、佛蘭拂及今之瑞士，蕞爾之國，百數十萬之民：而大事，則人民共議，則誠得民意矣。選舉則人人有權，則亦庶幾民權矣。盧騷亦謂『二萬人之國，可行共和』。若二萬人者，或可眞得民意，眞行民權矣；此不過如吾粵之大鄉云爾。吾粵南海之九江、沙頭，順德之龍山、容奇、桂州，新會之外海，番禺之沙灣。皆聚十數萬人爲一鄉，此於盧騷之二萬人已過之；其立鄉約，行鄉法，能得民意與民權與否，尚不可知也。南美洲之各共和國也，若玻里非、委內瑞拉、烏拉圭、巴拉圭，皆以數千人舉一議員。即巴西、阿根廷、秘魯、智利之大，亦不過以萬人舉一議員。塞維、布加利牙、希臘、羅馬尼亞，亦略皆以萬人舉一議員。若比利時、荷蘭、挪威、丹麥亦不過以萬人舉一議員。即英國之大，爲憲法選舉之祖，亦不過以三萬人選一議員。然當威廉第三入英之際，英民不過四百萬；至與拿破侖交戰之時，亦不過五百萬，是時英最盛昌，亦不過萬人選一議員耳。夫尊民意民權者，不能直達，而以『代議』名之；苟不能如瑞士之直議，何權之有！人與人面目既殊，心意必異；父子師弟，亦難強同。而謂所舉之人能達我意，必無是理也。故以一人舉一人，已不能得其意；況以萬數千人而舉一人？人人異意；而謂能以一人曲肖萬數千人之意，代達萬數千人之意，有是理乎？故萬數千人選一議員之國，號稱代議，其說已大謬矣。雖然，若英國三萬人選一議員。三萬人者，亦如吾粵一巨鄉耳；既以代議爲制，勢不能不選於衆。三萬人之鄉，其有才賢，鄉人略皆知之，則雖不能得民意，發民權；然既自民之耳目心思所自舉者，則亦可謂之民舉也。德、法以十萬人舉一人；日本以十三萬人舉一人；更不能比於英矣。然十萬之鄉縣，耳目亦近；彼憲政既久，選舉既熟，或能知其人者，謂之民舉焉，亦未嘗不可也。至如中國之大，人民之多，今之選舉法也，以八十萬人選一人。夫八十萬人之多數，地兼數縣，或則數府，壤隔千里，少亦數百里；吾國道路不通，山川絕限，人民無識，交遊未盛，選舉不習；則八十萬人之中，渺渺茫茫，既爲大地選舉例之所無；而曾謂八十萬人者，能知其人而舉之；其人又能代達八十萬人之意乎？此尤必無之理也。然則在今大地中，凡百有國，皆可言『民意』、『民權』；惟我中國能言『民意』、『民權』，則無之也，徒資數萬之暴民而已。是大妄也，是欺人也；惟國民眞愚，乃受其欺耳。夫歐、美之說，知直議不可得，則詭以代議爲民以欺人。然曰『代議』，雖不得民意民權，告朔餼羊，猶有其名也。而今選舉之學說，則猖狂而大言曰：『代議者，乃代一國之政，非代民個人之意也。』此說也，則明明非代民之意矣。以實事言之，彼議員自議國政，非代民之意。以虛名言之，則此學說亦大聲疾呼非代達民之意；然於其憲法也，於其國會也，於其選舉法也，則大書特書曰『代議院』也，『代議員』也。名實相反，言議相乖；實而案之，不過欺民而已，不過豪猾之士欲摟奪國政，借民權民意以欺人而已。無論議員之選，出於金錢與勢脅也，難於得民望也；即不然，要必非民權民意而代民議，則可斷斷言也。夫既非民意民權，非代民議，則今之國會大聲疾呼曰『代議』者，豈不大謬哉！代金錢而議，則有之矣；代勢力而議，則有之矣；代民意而議，則未之見也。故在歐人之說，已是辭窮而爲欺民誘衆之計矣；我國地等全歐，人民倍之，國與民相去甚遠。民意民權必不可得，而學歐、美人之舌，大聲疾呼曰『民意』、「民權」。我今質問四萬萬人，『汝有何權？』『所選舉者誰爲汝意？』『議員所陳，誰得汝心？』吾意眞選舉之人，必不及四千；而得其心意者，必不及千也。若云權乎權乎，誰則有之？欺人自欺，無俟言矣。」

或謂民主之治，託之政黨。又激論之曰：「人實欺汝！政黨者，歐治積弊之俗；且大戾於中國。夫以英國政體之美，爲萬國之最。其爲政黨也，武人不得入，法官不得入，諸吏不得入，非學人富商尋常工商不得入。其本黨之得權也，獲官者不過六十人，餘皆無所報酬。全國官吏皆不動，工商皆安業。其爲政黨者，不過如買馬票者之視鬥馬；所買票之馬得勝，則爲之撫掌大喜，歡忭舞蹈，不知其然而然。買馬票者猶有所獲利也；此政黨中之六十者得官者也；其他政黨人絕無報酬而奚樂爲之？蓋彼積數百年之風俗，貴人罷居，富人無事，以爲遊戲博獵之舉而爲歡娛者耳。譬如昔之試得科第者，其本省人得狀元，本府縣人得翰林，本鄉人獲舉貢青衿；其省府縣鄉之人無所分杯酒肉羹之惠也；更無所謂報酬也；而接聞報時，莫不欣然色喜，莫解其所以然者。又若觀競渡焉，兩曹之觀競者無所報酬也，而咸樂捐賞執花擊鼓以助競事；於其曹之勝也，大喜若狂；若是云爾。然英人之攻之者，猶謂政黨爲奸詐之府，腐敗之藪也。若夫美國平民政治之政黨，則各地方皆有波士握權，把持黨事，魚肉良善，武斷一切，納賄作奸，甚者殺人。其爲禍害，美人已痛心疾首之矣。我不得美之長，而先收其短，今且學而青出於藍焉。以吾所睹：非其黨不官。入其黨，則可無法。借其黨以遍握權要，魚肉良善，出入罪惡，吞踞財產，殺戮人民，禁錮異黨，封禁報館，強占選舉，萬惡皆著矣。蓋未有政黨之前，中國有法律；既有政黨之後，中國無法律。未有政黨之前，人民生命財產得保全；既有政黨之後，人民生命財產不保全。未有政黨之前，人民言論身體得自由；既有政黨之後，人民言論身體不自由。吾夙昔仰慕歐、美首創政黨，曾不意政黨之害至是也。夫政黨豈無佳士？然既入其中，則為大勢所驅而不能自拔矣。政黨愈大，則薰蕕愈雜，整率愈難。若其為法之山岳黨乎？挾勢橫行，斯為屠伯矣。」極言急論，若有不得已。

而袁世凱為總統，致書稱國老，其大旨謂：「京洛故人，河汾弟子，咸占匯進，宏濟艱難。愛國如公，寧容獨善！」厚幣卑禮，款致之京師而一見焉。有為謝勿赴也。然國權之論，進步黨遂襲之以相袁世凱盜國專制；久之，國民黨燼，而進步黨亦傾，卒以釀洪憲之禍也。世凱既殆，有為彌用自喜；昌言無忌，好惡拂人之性。久之，漸為論政持國是者所不喜，獨長江巡閱使張勛有貳心於民國，陰贊其說而加隆禮焉，則以遜帝復辟之說進也。勛則曰：「諾，是吾志也。汝其問諸馮華甫。」馮華甫者，副總統領江蘇省督軍馮國璋也。有為乃以勛意贊於國璋及故廣西督軍陸榮延；皆無違言。國璋且曰：「張紹軒豈能辦此？倘君出，我則執鞭弭以從。」有為則大喜，乃屬周樹模以致告於段祺瑞。時段祺瑞方以國務總理，不得志於總統黎元洪，而元洪又挾國會自重，鞅鞅以失職；則應曰：「民主日爭，非君主不能已亂。但只可有其形式，不可用其精神。」有為曰：「此我之所謂『虛君共和』者也。段芝泉同我矣，我則問諸徐菊人。」徐菊人者，東海徐世昌，民國之元老，遜帝之太傅，一時稱為巨人長德者也；既聞有為之言，而協贊焉。有為則以復於張勛曰：「衆謀僉同矣。」於是十四省督軍以六年五月，會議徐州，謀復辟，署盟書，信誓旦旦，畫諾惟謹，而推勛為主盟，問以親卒三千人入京師解散國會，於七月一日迎遜帝溥儀號宣統者出復辟。溥儀年十一歲，初聞復辟之謀，問師傅曰：「我即出，將置民權何地？」師傅曰：「權仍在民；皇上即君臨天下，亦無權。」溥儀曰：「即如是，何必復辟？」師傅曰：「民意也。」溥儀曰：「事之不成將集衆謗，必集以詬厲於我矣。」師傅無以應也。至是勛挾溥儀以行大事，既逐黎元洪避日本使館，而不戒於段祺瑞。祺瑞既借勛手以逞志黎元洪；乃徐起乘勛之敝，一舉而覆其軍，再造共和，以收民望。馮國璋以副總統代元洪爲總統。段祺瑞再起柄國。自勛之復辟僅十二日，而事敗，走荷蘭使館，既知見紿於祺瑞、國璋，而利用之爲驅除大難者，則大憤曰：「此一役也，豈吾一人意，而用集謗於我也！」將公布所署盟書以告於國人，而探篋則無有矣。有爲既以勛謀主，被名捕，逃而免。則憤而致書徐世昌，累五千言，發其事焉；然後知所謂「復辟」者，凡段祺瑞、馮國璋及世昌咸與於謀。世所傳與〈徐太傅書〉，刊見《不忍》第九第十之合冊者也。顧有爲議論堅持中國宜虛君共和，不宜民主如故。既蹶不振，重草共和平議，條其利害，凡九萬言，而敘其端曰：

吾二十七歲著《大同書》，創議行大同者。吾兩年居美、墨，加七遊法；吾居瑞士，一遊葡，八遊英，頻遊意、比、丹、那；久居瑞典；十六年於外，無所事事。考政治，乃吾專業也。於世所謂共和，於中國宜否，思之爛熟矣。其得失，關中國存亡，至重也。不揣愚昧，以爲邦人君子，百爾所思，不如我所知；以所見聞，草成《共和平議》四卷，數十篇。昔《呂氏》、《淮南》之成，懸之國門，有能易一字者，予以千金。吾今亦懸此論於國門，甚望國人補我不逮，加以詰難。有能證據堅確，破吾論文一篇者，酬以千圓！

其果於自信如此。然發生民之疾苦，扶共和之極敝，至謂：「搔首問天，惟民國之鞠凶。今惟創業之偉人，爭權之政客，借以掠民爭利者，數百人外，無不厭民主者矣。或者外國之遊學生，中下階級之軍官，各學校學生，蔽於近見而無遠識，寡於閱歷而侈聽聞；與夫海外華商，空慕共和之美名，未受共和之實害，亦或安焉。自爾之外，數萬萬國民，無不聞民主而談虎色變，畏之惡之，苦之厭之，但不敢公然筆之於書，以告我國民耳；則恐獲罪云爾。」其言爲人人所欲吐，其意則人人之所囁嚅，未嘗不可爲世之大人先生當頭一棒喝也。自是不問世事，創天遊學院於上海。盛名所招，從遊無算，獨稱鄉人林奄方。每語人曰：「吾昔講學萬木草堂，門下最高材者，爲曹泰與陳千秋二人。梁卓如之思路，常賴二子浚發爾。非其匹也。惜皆夭死，年不過二十五六，爲吾生第一恨事。今林生茂才力學，意態與著偉絕似，而行純無疵且又過之。」奄方年二十，而文筆奇警，思力亦偉，投函《甲寅周刊》爲長沙章士釗所稱道；字跡矯健，尤似有爲。顧貧無所得食，投考上海郵局以執事，不能竟學也。有爲尤以爲恨云。

有爲稟賦絕異，老而不衰。雖擯不容於世，然無所屈於人。復辟既敗，所至見嫉，而有爲未嘗以自挫。其垂歿之年，實爲民國十五年，以事至天津；人頗議其陰謀再復辟也。漢文《泰晤士報》訾之尤甚，標題康有爲大逆不道字，連載數日不休。有爲讀之無怍色。長沙章士釗亦辟地天津；往過焉，談次及之。有爲微喟曰：「書云：『兼弱攻昧。』今吾國士夫之昧，眞是駭聞。共和國以民意爲從違。民意多數曰何者，政即何從；其中並無獨禁君政不談之理。法蘭西有君政黨，赫然列席國會，豈是祕事？何吾人之昧，一至於此！」然言下亦無遽色，徐曰：「吾生平不喜攻人，惟著《新學僞經考》，爲辨學術源流，有所詆諆，如箭在弦，不得不發耳。此外則一聽人毀我，我決不毀人，士君子爲國惜才，以誠接物，其道應爾。」士釗爲神移者久之。而有爲年則七十二矣。口辨懸河，聲若洪鐘，精神矍鑠，見者辟易。士釗退語人曰：「二十年前，聞之服南海者曰：『天下之醜詆南海者，其人直未嘗見之耳；見之，未有不易侮爲敬者也。』吾嘗舉其語以爲笑。而今見之，乃信異人。」其明年，國民軍再奠江南；有爲走死於青島，年七十三。

有爲自以生平擔荷斯道之重，比於孔丘；抗顏爲人師，無所於讓。方講學萬木草堂，弟子著籍者衆；尤賞南海曹泰、陳千秋。曹泰，字著偉，年二十二，署語壁柱曰：「我輩耐十年寒，供斯民暖席；朝廷具一副淚，聞天下笑聲。」最耽哲理，思想淵淵入微；嘗爲《儒教平等義》十餘篇，未成。晚年欲窮魂學之精髓，以爲佛教密咒，必有特別妙諦，捐棄百學以冥索之；居羅浮歲餘，以暴病卒。其文豪放連犿，波譎雲詭，能肖其心思。從有爲作八比文，題爲〈天地之大也人猶有所憾〉，凡二千餘言，萬怪皇惑，不可思議。末兩比云：「〈同人〉以啕爲始，則憂患已伏於生時；可知泣血漣而，即降孕已受天囚之慘。」「〈未濟〉以火爲歸，則乾坤必毀於灰燼；可知亢龍有悔，即上帝難爲乞命之身。」有爲亟賞其名理。侍有爲遊桂林，題詩崖璧曰：「大地權輿我到遲，也曾歌泣也懷思。深山大澤堪容劍，天老地荒獨有詩。龍蛇昔曾歸覺想，涅槃今欲證心期。我行幸有微風舵，元氣舟中任所之。」蓋亦哲人之詩也，其精神意趣可想矣。陳千秋，字通甫，與曹泰同縣，累見姓氏於梁啓超著書。梁啓超以辛卯計偕試入京師。千秋贈以詩，有句云：「非無江湖志，跌宕恣遊遺。蒼生慘流血，敝席安得暖！」又爲啓超題箑數語曰：「伊川賞『夢魂慣得無拘檢，又踏楊花過謝橋。』通甫賞『蝴蝶上階飛，風簾自在垂。』二詞誰工？請問知者。」好學能文，才望甲於一邑。以諸生推主西樵鄉局，練民團五百人，興一學校，建一藏書樓，治盜禁賭，風化肅然。鄉中十餘萬人，奉令惟謹；而爲豪強不便，起而訐之，千秋則發憤嘔血以死也。嘗爲《仁說》一書，其持論略與瀏陽譚嗣同之《仁學》相出入；又著《性論》、《教宗平議》等書，皆未及成，臨歿，則手取摧燒之。年二十二；有爲尤慟之。其後有爲命草堂諸子匯刊日課札記，繫以詩三絕曰：「萬木森森散萬花，垂珠連璧照紅霞。好將遺寶同珍護，勿任摧殘毀瓦沙。」「春華秋實各爲賢，幾年傷逝化風煙。偶登群玉山頭望，八萬珠瓔總可憐。」「萬木森森萬玉鳴，隻鱗片羽萬人驚。更將散布人間世，化身萬億發光明。」於時陳千秋曹泰則已逝矣；故第二絕云云，蓋傷之也。刻竟不成，而兩人所著散佚既盡，其名氏亦漸湮沒以無聞於世。世所知名者，首梁啓超，其次三水徐勤。勤之從有爲遊者二十有四年，與有爲共患難者十有五年，其待有爲至忠且敬也。美、墨、非、澳、亞環海之國民黨二百埠，皆附有爲而隸屬於保皇者；定名於丙午，因以丙午國民黨名；皆勤總護之以秉成於有爲。有爲之居東也，日本前文部大臣國民黨魁犬養毅，議員柏原文太郎同遊於熱海，驅車於湯河，俯仰海山，縱論人物，問於有爲曰：「吾識先生門弟子多矣，若徐勤者，德行第一，至誠不息；其爲孔門之顏淵耶？若梁啓超之文學，其爲門下之子夏乎？」獨梁啓超文章駿發，傳誦海內，尤善論議，名高出於徐勤云。

梁啓超者，字卓如，別署任公，廣東新會人也。六歲畢業五經。八歲學爲文。九歲能日綴千言。顧家貧，無它書可讀，惟有《史記》、《綱鑒易知錄》、《唐詩》諸書，日以爲課，咸成誦。老輩有愛其慧者，贈以《漢書》、《古文辭類纂》；則大喜，讀之卒業焉。十二歲，補新會縣學生。十三歲，始治段、王訓詁之學，遂負笈入省城之學海堂。學海堂者，讓清嘉慶間總督阮元所立，以訓詁詞章教學粵人者也。十七歲中式光緒辛卯廣東鄉試舉人。主考李端棻奇其文，以女弟歸之。年十八，計偕入京師。報罷歸，重肄業學海堂；乃得與陳千秋交。千秋語之曰：「吾聞康先生在京師上書請變法；不報，被放南下。吾往謁焉。其學乃爲吾與子所未夢及，吾與子師之矣。」康先生者，康有爲，喜持《公羊》家所謂「非常異義可怪之論」。時人故迂怪少之，而啓超聞千秋言；獨好奇，介以謁。啓超自以少年擢科第，且於時流所重難之訓詁辭章，咸窺途轍；以此沾沾自喜。有爲一見，則一一斥其非學。至是啓超乃盡失所恃，惘惘然歸，竟夕不得寐；明日再謁，請何學而可。有爲乃告以陸、王心學，而並及史學、西學之梗概。啓超則大服，願執業爲弟子。自是決然捨去舊學，自退出學海堂，而間日請益於萬木草堂。顧有爲不輕以所學授人；草堂常課，《公羊傳》以外，則點讀《資治通鑑》、《宋元學案》、《朱子語類》等書，又時時習古禮。啓超勿嗜也，則與千秋相偕治周、秦諸子及佛典，亦涉獵清儒經濟書及譯本西籍；皆就有爲決疑滯。居一年，乃聞所謂「大同義」者，喜欲狂，銳意謀宣傳。有爲謂非其時，然不禁也。啓超治《僞經考》，時復不慊於其師之武斷；後遂置不復道。其師好引緯書，以神祕性說孔子，啓超亦不謂然。啓超謂「孔門之學，後衍爲孟子、荀卿二派，荀傳小康，孟傳大同。漢代經師，不問爲今文家古文家，皆出荀卿；二千年間宗派屢變，一皆盤旋荀學肘下。孟學絕而孔學亦衰。」於是專以絀荀申孟爲標幟；引孟子中指責「民賊」、「獨夫」、「善戰服上刑」、「授田制產」諸義，謂爲大同精義所寄，口倡道之。又好墨子，誦說其「兼愛」、「非攻」諸論。啓超屢遊京師，漸交當世士大夫；而其講學最契之友，前稱陳千秋。千秋既早死，乃交錢塘夏曾祐、瀏陽譚嗣同。曾祐方治龔自珍、劉逢祿之所謂今文家言，每發一義，輒相視莫逆。而嗣同則治王夫之之學，喜談名理，談經濟；及交啓超，亦盛言大同，著《仁學》。而肩超之學，受夏譚影響亦至巨。其後啓超捨講學而有志從政；創一旬刊雜誌於上海，曰《時務報》。自著《變法通議》，批評秕政；而救敝之法，歸於廢科舉，舉學校；亦時時發民權，但微引其緒，未敢昌言；厥爲啓超投身論政之發軔也。已而嗣同與黃遵憲、熊希齡等設時務學堂於湖南長沙，聘啓超主講席。啓超至，則承有爲之學，以《公羊》、《孟子》教，課以札記。學生僅四十人，而蔡鍔最稱高材生焉。啓超每日在講堂四小時，夜則批答諸生札記每條或至千言，往往徹夜不寐；所言皆傳會古學以闡民權；又多言清代故實，臚擧失政，盛昌革命。其論學術，則自荀卿以下，漢、唐、宋、明、清學者，掊擊無完膚。時學生皆住堂，不與外通，議論激張，人無知者；及年假，諸生歸省，出札記示親友。全湘大嘩。顧宛平徐仁鑄方爲湖南學政，尤禮異啓超，著《輶軒今語》，獨申引其說，頒之學官。士論益不服。而首發難者，長沙葉德輝煥彬著《翼教叢編》數十萬言，將康有爲所著書及啓超批札記以至《時務報》諸論文，逐條痛斥。而張之洞方總制湖南北，則著《勸學篇》以折衷新舊；旨趣亦與啓超不同。於是啓超寢不安於位。既則隨有爲走京師，上書論變法之宜亟；開強學會，開保國會，啓超咸與贊畫有力。尋以侍郎徐致靖薦，總理衙門薦，被召見。詔辦大學堂譯書局事務。啓超既有爲高第弟子，參聞祕計；方造譚嗣同，有所議討；而抄捕南海館之報至。南海館者，康有爲之所居也。嗣同從容語啓超曰：「昔欲救皇上，既成蹉跌；今欲救康先生，亦恐無及。吾已智盡能索，惟有一死以報知己耳。雖然，天下事知其不可而爲之。足下盍入日本使館，謁伊藤氏，請致電上海領事而救先生焉？」啓超則以是夕宿日本使館；而嗣同竟日不出門以待捕者。捕者既不至，則於其明日入日本使館，與啓超見，勸東遊。日使從旁諷曰：「不如君偕！」嗣同不可。再三強之。嗣同曰：「各國變法無不從流血而成。今中國未聞有因變法而流血者，此國之所以不昌也。有之請自嗣同始！」因顧啓超曰：「不有行者，無以圖將來；不有死者，無以酬聖主。今康先生之生死未可知。程嬰杵臼，月照西鄉，吾與足下共勉之！」而不知有爲之先期逃遁也；嗣同既不免於難；而啓超則乘日本大島兵艦以東，遂亡命日本，作〈去國行〉以見志曰：

嗚呼，濟艱乏才兮儒冠容容，佞頭不斬兮俠劍無功。君恩友仇兩未報，死於賊手毋乃非英雄！割慈忍淚出國門，掉頭不去吾其東。東方古稱君子國，種俗文教成我同。爾來封狼逐逐磷齒瞰西北，脣齒患難尤相通。

大陸山河若破碎，巢覆完卵難爲功。我來欲作秦廷七日哭，大邦猶幸非宋聾。卻讀東史說東故，卅年前事將毋同。城狐社鼠積威福，王室蠢蠢如贅癰；浮雲蔽日不可掃，坐令螻蟻食應龍。可憐志士死社稷，前僕後起形影從。一夫敢射百決拾，水户薩長之間流血成川紅。爾來明治新政耀大地，駕歐凌美氣葱龍。旁人聞歌豈聞哭，此乃百千志士頭顱血淚回蒼穹！

時日本新變法圖強有成功。而啓超師弟謀改制，乃不容於中國，故有所激發。自是啓超避地日本，既作《清議報》醜詆慈禧太后；復作《新民叢報》痛詆專制，導揚革命。章炳麟《訄書》、鄒容《革命軍》先後出書，海內風動，人人有革命思想矣。而其機則自啓超導之也。啓超早年爲詩如其文；詞旨不甚修飭，而淋漓感慨，惻惻動人，此固所長；然非所論於詩界革命之詩也。詩界革命之說，始倡於夏曾祐，而譚嗣同和焉。嗣同有詩詠〈金陵聽說法〉云：「綱倫慘以喀私德，法會盛於巴力門。」喀私德之爲言，即 Caset 之譯音；蓋指印度分人爲等級之制也。巴力門，即 Parliament 之譯音；蓋英國議院之名也。所爲詩喜撏扯舶來新名詞以自表異，大率類此。而啓超不謂然，曰：「過渡時代，必有革命。然革命者，當革其精神，非革其形式。吾黨近好言詩家革命。雖然，若以堆積滿紙新名詞爲革命；是又滿州政府變法維新之類也。能以舊風俗，含新意境；斯可以舉革命之實矣。」譚嗣同既死；啓超獨稱夏曾祐與嘉應黃遵憲，諸暨蔣智由，並推爲新詩界三傑。其實三人皆取法古人，並未能脫盡畦封。中國與歐美諸洲交通以來，持英鴷與敦槃者，不斷於道；而能以詩鳴者，惟黃遵憲，毅然有改革詩體之志；模山範水，關於外邦名跡之作，頗爲夥頤；其成就雖未能副其所期；然規模既大，波瀾亦宏，世稱「硬黃」，一時巨手矣。蔣智由、夏曾祐皆喜摭用新理西事入詩；而智由則宗李翰林，風格固規模前人；是啓超所謂「以舊風格，含新意境」者也。惟三人皆頗摭用新理西事以潤澤其詩，與譚嗣同同；而啓超則頗以傷格爲譏耳。

啓超既被放海外，而時時以文字牖導國人，前後爲《清議報》、《新民叢報》、《新小說》、《政論》、

《國風報》諸雜誌，暢其旨意；而《新民叢報》播被尤廣，國人競喜讀之，銷售至十萬冊以上。清廷雖嚴禁，不能遏也。其間亦爲革命排滿之論。而其師康有爲深不謂然，屢責備之；繼以婉勸，兩年之間，函札數萬言。啓超亦不慊意當時革命家之所爲，懲羹而吹齏，持論稍變矣。初，啓超爲文治桐城；久之捨去，學晚漢、魏、晉，頗尚矜練；至是酣放自恣，務爲縱橫軼蕩，時時雜以俚語、韻語、排比語，及外國語法，皆所不禁，更無論桐城家所禁約之語錄語，魏、晉、六朝藻麗俳語，詩歌中雋語，及《南》、《北》史佻巧語焉。此實文體之一大解放。學者競喜效之，謂之「新民體」；以創自啓超所爲之《新民叢報》也。老輩則痛恨，詆爲「文妖」。然其文晰於事理，豐於情感。迄今六十歲以下四十歲以上之士夫，論政持學，殆無不爲之默化潛移；可以想見啓超文學感化力之偉大焉。錄〈俾士麥與格蘭斯頓〉一文。其辭曰：

歐洲近世大政治家，莫如德之俾士麥，英之格蘭斯頓。俾士麥之治德也，專持一主義，始終以之。其主義云何？則統一德意志列邦是也。初以此主義要維廉大帝而見信用；繼以此主義斷行專制，擴充軍備；終以此主義挫奧蹶法，排萬難以行之。畢生之政略，未嘗少變。格蘭斯頓則反是，不專執一主義，不固守一政策；故初時持守舊主義，後乃轉而爲自由主義；壯年極力保護國教，老年乃解散愛爾蘭教會；初時以強力鎮壓愛爾蘭，終乃倡愛爾蘭之當自治；凡此諸端，皆前後大相矛盾；然其所以屢變者，非爲一身之功名也，非行一時之詭遇也，實其發自至誠，見有不得不變者存也。夫世界者，變動不居者也。一國之形勢與外國之關係，亦月異而歲不同也。二三十年前所持之政見，至後年自覺其不適用而思變之；智識日增之所致乎，庸何傷焉！故能如格蘭斯頓者，可謂之眞守舊矣。俾公堅持其主義，而非剛愎自用者所得借口。格公屢變其主義，而非首鼠兩端者所可學步。曰：惟至誠之故。

凡任天下大事者，不可無自信力。每處一事，既見得透，自信得過，則以一往無前之勇氣以赴之；以百折不回之耐力以持之；雖千山萬壑，一時崩圻，而不以爲意；雖怒濤驚瀾，驀然號鳴於腳下，而不改其容；

猛虎舞牙爪而不動；霹靂旋頂上而不驚；一世之俗論囂囂集矢，而吾之主見如故。若此者，格蘭斯頓與俾士麥正其入也。格公倡議愛爾蘭自治之時，自黨分裂，腹心盡去；昨日股肱，今曰仇敵；而格公不少變，乃高吟曰：「捨慈子兮涕滂沱，故舊絕我兮涕滂沱，嗚呼，綿綿此恨兮恨如何！爲國家之大計兮，我終自信而不磨！」俾公爲行德國之合邦，或行專斷之政策，或出壓制之手段；幾次解散議院而不顧；幾次以身爲輿論之射鵠而不懼；嘗述懷曰：「以我身投於屠肆，以我首授於國民；我之所以謝天下蒼生者，盡於是矣。雖然，我之所信者終不改之，我之所謀者終不敗之！」嗚呼，此何等氣概，此何等肩膀！非常之原，黎民懼焉。非有萬鈞之力，則不能守一寸之功。

啓超之文，篇幅之巨，亦創前古所未有。古人以「萬言書」爲希罕之稱，而在啓超無書不萬言，習見不鮮也。《俾士麥與格蘭斯頓》一文，洋洋六百餘言，在古人不爲短幅；而在啓超則札記小品耳。然紆徐委備，往復百折，而條達疏暢，無所間斷；氣盡語極，急言竭論，而容與間易，無艱難勞苦之態；遣言措意，切近的當；能令讀者尋繹不倦，如與曉事人語，不驚其言之河漢無涯。嗚呼，此啓超之文之所爲獨闢一徑者也。啓超自東渡以來，已絕口不談「僞經」，亦不甚談「改制」；而其師康有爲大倡設孔教會，定國教祀天配孔諸議，國中附和之者衆；而啓超不謂然。常以爲「中國思想之痼疾，在『好依傍』與『名實混淆』，而有爲亦未能自拔。其大同之學，空前創獲；而必謂自出孔子。及至孔子之改制，何爲必託古？諸子何爲皆託古？則亦『依傍』、『混淆』也已。此病根本不拔；則思想終無獨立自由之望！」啓超蓋於此三致意焉。於是啓超學術思想，別出於康有爲而自樹一派，屢起而駁之，語具《新民叢報》。

啓超見世之學爲新民體者，學其堆砌，學其排比，有其冗長，失其條暢，於是自爲文章，乃力趨於洞爽軒闢。《國風報》已臻潔淨，樸實說理，不似《新民叢報》之渾灝流轉，挾泥沙俱下；然排比如故，冗長如故。既，清廷遜國，啓超自海外歸，欲以言論與國人相見。而革命黨人不悅；以爲「啓超曾主張君主立憲。在今共和政體之下，不應有發言權；即欲有言，亦當先自引咎以求恕於疇昔之革命黨。」而啓超歸國之日，正黃興出都之日；其時國民黨本部已以決議不攻啓超，且願與民主黨合；以爲啓超，民主黨之暗中黨魁也。其時國民黨人方痛罵之；而黨魁黃興則殷勤願見梁某顏色；以啓超在大沽遇風阻滯，候至數日而未見，遂遺書痛罵，危言激論，謂其不慊於共和，希圖破壞。而啓超之徒，亦有疑於平昔所主張，與今日時勢不相應，捨己從人，近於貶節；因囁嚅而不敢出言。獨啓超意氣洋洋，不欲授革命黨人以間；而獨居深念，知不盡言且無幸。既抵京師，出席報界歡迎會，歷陳二十年辦報之經過，而卒言之曰：「我欲以言論與國人相見，不可不以我之爲我，自陳於國人之前。我則立憲黨人也；我尤不可不以立憲黨之爲立憲黨，剖析以陳國人之前。即以近年立憲黨所主張：對於國體，主維持現狀；對於政體，則懸一理想以求必達；此志固可皎然與天下共見。夫國體與政體本不相蒙；稍有政治常識者，類能知之矣。當去年九月以前，君主之存在尙儼然爲一種事實；而政治之敗壞，已達極點。於是憂國之士，對於政治前途發展之方法，分爲二派；其一派則希望政治現象日趨腐敗，俾君主府民怨而自速滅亡者，即諺所謂苦肉計也；故於其失政，不屑復爲救正，惟從事於祕密運動而已。其一派則不忍生民之塗炭，思隨事補救，以立憲一名詞，套在滿政府頭上，使不得不設種種之法定民選機關，爲民權之武器，得憑藉以與一戰。此二派所用手段，雖有不同。然何嘗不相輔相成？去年起義至今，無事不資兩派人士之協力，此其明證也。然則前此曾言君主立憲者，果何負於國民？在今日亦何嫌何疑而不敢爲國宣力？至於強誣前此立憲派之人爲不慊共和，則更無理取鬧。立憲派人，不爭國體而爭政體。其對於國體主維持現狀，吾既屢言之：故於國體，則承認現在之事實，於政體，則求貫徹將來之理想。夫於前此障礙極多之君主國體，猶以其現存之事實而承認之，屈己以活動於事實之下；豈有對於神聖高尙之共和國體，而反挾異議者？夫破壞國體，惟革命黨始出此手段耳。若立憲黨，則從未聞有以搖動國體爲主義者也。故在今日擁護共和國體，實行立憲政體，此自論理上必然之結果。若夫吾儕前此所憂革命後種種險象，其不幸而言中者十而八九；事實章章，在人耳目，又寧能爲諱？既能發之，則當思所以能收之。自今以往，其責任之艱巨，視前十倍。今激烈派中人，其一部分則謂吾既已爲國家立大功、成大業矣；疇昔爲我盡義務之時期，今日爲我享權利之時期；前此所受窘逐戮辱於清政府者，今則欲取什伯倍之安富尊榮於民國以爲償，此種人自待太薄，既不復有責備之價值。其束身自好者，則謂吾前此亦已盡一部分之責任，進國家於今日之地位矣；自今以往，吾其可以息肩，則翛然塵外而已。而所謂溫和派者，則忘卻自己本來爭政體，不爭國體；因國體變更，而自以爲主張失敗，無話可說；如鬥敗之雞，垂頭喪氣；如新嫁之娘，扭扭捏捏。而不知現在政治之絕未改良，立憲主張之絕未貫徹。若謂前此曾言君主立憲之人，當共和國體成立後，即不許其容喙於政治；吾恐古往今來，普天率土之共和國無此法律。吾儕惟知中國人之中國，盡人有分，而絕非一部分人所得私。前清政府以國家爲其私產，以政治爲其私權；其所以迫害吾黨，不使容喙於政治者，無所不用其極。吾儕未敢緣此自餒而放棄言責也。況在今日共和國體之下，何至有此不祥之言！」聞者莫不動容；即革命黨亦無以難之。乃爲《庸言報》以儆戒於國人；而睹國人忻於共和之名而昧其實也。作〈罪言〉曰：

無其實而尸其名，君子曰不祥；而狂愚騖焉。天下騖名之民，則未有過今日之中國者也。英人以守舊聞天下，我亦以守舊聞天下。彼舊其名而新其實。我舊其實而新其名。今英之王，非猶乎昔之王也？然固名曰王。其卡邊匿（內閣）非猶乎昔之卡邊匿也？其巴力門（國會）非猶乎昔之巴力門也？然固名曰卡邊匿、巴力門。乃至一切法制禮俗，實質日日蛻變，轉瞬陳跡；而千百年前之名，抱守勿棄也。我則反是，實莫或察而惟名之斷斷。鈞是人也：名曰鹽嫫，相望卻走；易名嬙施，則嘖嘖共道其美也。廄無馬，指鹿，錫以馬名，則相慶曰吾有馬矣。忽焉榜於國門曰「立憲」，國遂爲立憲國，民遂爲立憲國民也。忽焉榜於國門曰「共和」，國遂爲共和國，民遂爲共和國民也。門以內勿問也，而日以所榜自豪。人所有者，我勿容無有也。有責任內閣乎？曰有。有政黨乎？曰有。有獨立法庭乎？曰有。有自治團體乎？曰有。有學校乎？曰有。有公司乎？曰有。有能參政之女子乎？曰有。有能征討之軍士乎？曰有。乃至有曠世間出之偉人乎？曰有。「朝」弗善也，易以「府」；「諭」勿善也，易以「令」；「軍機處」弗善也，易以「祕書廳」；「內閣」弗善也，易以「國務院」。「尚」、「侍」弗善也，易以「總、次長」；「督撫」弗善也，易以「都督」；「鎮」、「協」弗善也，易以「師」、「旅」。「爵秩」弗善也，易以「勛位」；「大人」、「老爺」弗善也，易以「先生」。他人積百數十年而僅聞者，或更積百數十年而猶懼未致者，我一旦而盡有之。疇者共指爲萬惡之藪者，一易其稱而眾善歸焉。偃師陳戲，魚龍曼衍；瞿曇說法，樓臺彈指。集事之易，進化之速，殆莫吾京也。狙公賦芧，朝三暮四，名實未虧，喜怒爲用；我不喜怒於實而喜怒於名，其智抑加狙一等矣。久假不歸，安知非有？名不足以欺天下，固可聊以自娛。雖然，啖名不飽，殉名自賊。及並其名而墮焉，則實落材亡，固已久矣。嗚呼！

他所論說稱是也。誦其文者比之東坡之嬉笑怒罵，俱成文章焉。時國內士夫，人人效爲啓超文，而啓超轉自厭倦所爲，時時以詩古文辭質正於望江趙熙、閩縣陳衍諸人；而趙熙尤所心折。趙熙，字堯生。遜清宣統末，由翰林院編修轉江西道監察御史，奏劾郵傳部尚書盛宣懷借債賣路，直聲震朝宇。而詩功湛深，蒼秀密栗，成之極易。見者莫不以爲苦吟而得，其實皆脫口而出，不加錘煉者也。嘗與同官楊增犖及陳寶琛、陳衍數人聯句，意思蕭閑，若不欲戰；而占句特多，下筆則纚纚不自休。同輩樊增祥、易順鼎、陳三立外，莫與比捷。而詩格各不同；尤工言山水。增犖改官將之蜀。熙成〈竹枝詞〉三十首送行，專寫入蜀山水，自鄂渚至成都者。陳衍誦而愛之，請書一橫幅見畀。熙立增首尾四詩爲贈云：「石遺老子天下絕，談詩愛山無世情。太好金華讀書處，聞風心到錦官城。」「送客魂銷下里詞，故人楊子最能詩。遲君一縱巴山棹，細雨迎秋唱竹枝。」「千山萬水三生約，好句親題送子雲。西向定將人日報，草堂花發最思君。」「水驛山程約略齊，並應漁具手中攜。閑吟爲伴陳無己，一夜鄉心到蜀西。」次日，衍相過，熙送行詩，又增爲六十首矣。衍以告增犖，無不嘆其敏捷。增犖在京師，詩名甚盛；高秀似放翁；閑適出右丞；其風骨峻峭之作，又時近文與可、米元章；詩境時與熙不同；而致嘆熙之縋幽鑿險，範山模水，出以歌詠，直有抉天心、探地肺之奇；不徒以捷給見長也。熙自言：「三十前學詩。三十後專治小學古文。年近五十又學詩。文章高下之境，一一懸量胸中，求以自立；乃知世之馳逐虛聲者，政隳若海也。有知以來，荷交海內通人，其性好大都不一。今老矣；追數一生聞見，仍以仁者爲至難。若詞采蔚然，或周知雅故，鳳皇之異於凡鳥，毛羽固殊；然自別有和盛之德也。」每觀近人刻集多空陋；心嗤其鶩名而無本，遂自戒不輕付刻。問學道義，相知者無不愛敬。而啓超聞聲愾慕，致其相思，每不自覺長言永嘆，感慨之深也。方其遁荒海外，有〈庚戌秋冬間因若海納交於趙堯生侍御，從問詩古文辭，所以進之者良厚，顧羈海外，迄未識面，輒爲長謠以寄遐憶〉一詩；其辭曰：

道術無古今，致用乃爲貴。交親無新舊，相尚在風義。我以古人心，納交當世士。夙慕蜀多才，捧手得數子；直節劉子政，粹德楊伯起（原注：裴村、叔嶠兩京卿）。其人與其言，磊磊在青史。早年所往還，尤敬延陵季；諸郎盡麟鳳，呢我逾昆季（原注：吳季清先生及德嗣鐵樵、仲弢、子發兄弟）。料簡心相宗，研索象數旨。執御訖無成，哭寢但頹泚。觥觥周孝侯，剛果通大理。官節遍三川，氣骨橫一世。此並趙侯友，夙昔不我棄。趙侯雲中鶴，軒軒抗高志；名節樹藩籬，藝林厚根柢。峨眉從西來，去天尺有咫，終古孕冰雪，元精逼象緯。御風問眞源，獨往恣所止。八十四盤陂，陂陂印屐齒。蕩胸極雄深，即境領新異。所以其文行，邈與俗殊致。開元及元和，去今各千祀；君獨遵何轍，接彼將墜紀？詩撼少陵律，筆摩昌黎壘。擇言轉氣盛，刊華得神擬。浩浩揚天風，鬱鬱斐蘭芷，幽幽繚洞壑，漠漠弄洲沚。訣蕩天門開，恢詭蜃市起；迅健駿下坂，淡宕魚戲水。有時一篇中，攝受萬態備；探源析正變，證指愜醇肆。自從同光來，斯道久陵替。豈期萬人海，復聽九皋唳。固知言皆宜，要在中有恃；文章雖小道，可以覘識器，釋褐及中年，簪筆作諫議。上策皆賈晁，陳義必牧贄；遙遙千聖心，落落天下計；昔昔勤論思，字字進血淚。亦知逆耳言，夙干道家忌；黎元正倒懸，斧鑕安得避？回天精衛瘏，逐惡鷹鸇鷙；諫草留御床，直聲在天地。自我出國門，交舊半棄置。遯聽得雲天，懷想空夢寐。何期絕塵姿，盼睞及下駟。群動蟄三冬，尺素枉千里。我學病馳鶩，所養失端委。皇皇求助友，懇懇得礱砥；商量到劃分，往復累百紙。吁嗟末俗心，相應以驕僞。豈聞傾蓋交，乃辱百朋賜！天步正艱難，民生日憔悴；銜石念海枯，入淵援日墜。吾徒乘願來，爲此一大事。君其體堅貞，走也將執轡。燕市風蕭蕭，須浦月彌彌。相望不相即，歌答雜商徵。閑居潘安仁（潘若海），就我方謀醉。聊因天末風，一訊君子意！

時民國建元之前二年庚戌也。民國既建，入都；則時時與林紓、陳衍、易順鼎過從；述志言情，間出儷體。答〈宋伯魯書〉曰：

芝棟先生几下：

蕭瑟平生，哀時淚盡；從軍書劍，雙鬢飄零。仰靈光其嵯峨，標清流之眉目；關西稱爲夫子，天下唯有使君。憶昔春明之遊，夢如隔世。撫今感往，下淚如縻。鉤黨西京，朝衣東市；蘭摧瓜蔓，骨折心驚；蜚語載以百車，知名盡於一網；投井其洶洶下石，戴盆則鬱鬱瞻天；獄急同文，令嚴大索。公既註議，僕亦遁荒。或削跡柏臺而荷戈，或竄身櫻島而橐筆。解手背面，星紀再更。私謂此生，無再相見。不意命懸虎口，誓驗烏頭；整頓乾坤，二三豪俊；吳竟鹿遊目睹，梁以魚爛自亡。至於僕者，皮骨已空，文字不死。公乃以口舌之先聲，比廓清於武事。見譽其過，烏敢承哉！帝社既屋，公名如山。每念履綦，苦探息耗。茲承錫以咳唾，慰其索離。重喜高賢，謀參閫幄：畢緘咨答邊防，近見頗牧；山濤言議民事，暗合孫吳。方之古人，風采與匹。又假麾下之餘閑，度秦中之支部。導宣政略，藻鏡人倫。從者如雲，所居成市。從此蓮花千葉，觀山先拜主峰；神木萬年，設治不遺邊縣。同人拜賜，吾道西行。疏示經用不充，故黨務多蹇。已如尊旨，轉告同儕。苟活水之有源，必分支以普潤。仍煩棘手，共矢素心。譬猶河導龍門，天擘華岳，茲事非公莫屬矣。僕叨冒時譽，因緣幸會，無才試吏，有路妨賢。倘獲拭目升平，屏身隴畝，釋禽魚於籠縛，訪蓑笠之交遊，親覿燕私，追談憂患。尋求白渠之故址，考訂黑水之眞源，登龍首而盛緬未央，涉輞川而遐瞻杜曲，賦詩灑酒，一覽千秋；蓋不勞域外之遊蹤，而自極生人之奇趣者矣。頃間主國即眞，兵釁鏖靖。特公私掃地，禮教橫流；正俗救貧，驟無長計。即僕所司刑獄，有策亦付懸談。財力窟空，人才消竭。在昔白雲宿吏，坐曹猶鮮專家；今則黃領稚年，筮仕即爲長令。師門甫別，宦牒同榮，更事未深，攫謗奚免。此欲案無留牘，獄鮮冤聲；亦恐貌飾維新，口嘶諛頌。不剪茲弊，奚以臨民！伏維我公學行絕人，經綸冠世，前所云云，治本攸繫。是用頓首上請，爲國乞言；庶幾日照潼關，不吝分明逮仆矣乎。南海師頃奉家諱，未計出山。後有所聞，續日郵報。即今世網逼側，願公珍嗇自壽，黃髮相期，下情豈勝向往之至。不官。

宋伯魯者，昔官御史，與啓超歡好；而以預於戊戌變政謫戍者也。方戊戌政變之無成也，梁啓超以致怨於袁世凱。及袁世凱當國，爲臨時大總統，則曲意以交歡於啓超。啓超既不慊於革命原動力之所謂國民黨者；於是擁其徒從以組進步黨而自爲之魁。世凱遂用之以傾國民黨也。而進步黨者，則共和黨之所自出。迨事之急，長沙章士釗遇武進楊廷棟翼之於江蘇都督程德全所。廷棟則共和黨員也。士釗爲言：「項城杖視共和黨，杖南方狗。狗斃，杖亦隨手棄耳。」不聽。國民黨之初計，既欲破進步黨與袁世凱之聯合，以孤世凱之勢；又欲破啓超與進步黨之聯合，以孤進步黨之勢。卒不得逞，而有寧滬之役，以資袁世凱削平東南，擯國民黨而放流之，當選爲第一任大總統，蓋多借重於啓超。國民黨既覆，袁世凱以鳳凰熊希齡爲國務總理。希齡不可。啓超以大義敦勸，謂「苟利國家，何恤小己！」希齡不得已起，欲成第一流經驗與第一流人才之內閣，而以啓超長教育。啓超堅辭。希齡大不懌，詰曰：「我不欲出，而公責以犧牲。我既犧牲，而公乃自潔；豈熊希齡三字，不抵梁啓超三字之值價耶？公且不出，其他何望！」聲色俱厲。而世凱聞啓超之堅不出，昌言：「大局如此，社會責我不用新人；及竭誠相推，而新人復望望然。」啓超乃親見世凱，自明出處之義。會希齡入謁，世凱乃謂：「總理在此，君可自與商之。」苦辭往復，不得要領出。希齡黯然。總統府祕書等惕然。世凱乃語人曰：「任公不任，成何說話！」啓超不得已起，爲司法總長，顧無所設施，爲世凱撰擬文字，出入諷議。會遜國隆裕皇太后卒；代表大總統致祭〈清德宗帝后奉安文〉曰：

中華民國二年十二月十二日，大總統袁世凱謹代表國民遣官趙秉鈞、梁啓超、朱啓鈐、蔭昌、岷源、陸建章、馬龍標等，致祭於大清德宗景皇帝、大清孝定景皇后之靈曰：嗚呼！遏密而如喪考妣：已韜天山之義娥；聞善而若決江河，同頌女中之堯舜。三千牘神功聖德，民不能忘，卅六宮懿範徽音，史猶可述。惟我德宗景皇帝沖齡踐祚，變法圖強；孝思不廢於寢門，儉德彌彰於卑服。龍髯遽逝，鼎湖棄烏號之弓，馬鬣未封，橐泉待魚膏之燭。望蒼梧而叫虞帝，不返六螭；歌〈黃竹〉而弔周王，難回八駿。孝定景皇后堯門表瑞，姒屋垂型。傷別鵠於離弦，感鬥麟於失鏡。神器不私一姓，大同則天下爲公；惠澤流於千春，讓德則萬邦惟憲。方冀翟褕日暢，慈竹長青。何期鸞掖風淒，柰花竟白。銜哀二聖，永痛重泉。在天之靈爽倘憑；率土之哀思彌切。雖配天配地，無改駿奔之容；而葬陰葬陽，未合鮒魚之象。今者靈輀並舉，吉壤同安；六合霜淒，萬人雨泣。拜漢家之陵墓，長對南山；降弟子之靈旗，倘逢北渚。鬱葱佳氣，定產夏黃之芝；邃窋幽扃，豈愴冬青之樹。再窺松柏，應見雲飛；遲薦櫻桃，佇看春熟。九夏飲帝臺之水，象爲耕而馬爲耘，八方懷女几之山，鸞自歌而鳳自舞。尚饗！

一書一文，於啓超中年以後爲別調；倘初年學晚漢、魏、晉，綺習未除，而有忍俊不禁者耶。於是之時啓超亦時時學爲桐城文以應人請；而因事抒慨，亦致深切動人；是其天性善感，終非描頭畫角所可幾也。跋周印昆所藏〈左文襄書牘〉曰：

《左文襄公書牘》三冊，皆公上其外姑周太君及致其妻弟汝充汝光兩先生者也。公歿後三十餘年，汝光先生之孫印昆始搜綴裝池之，自寶襲焉，且以遺子孫。啓超謹按：公微時，館甥於周者且十歲。其間常計偕如京師；授學陶文毅家，撫其孤，理其產；後乃入駱文忠幕，漸與聞國家事矣。而筠心夫人猶依母而居；女公子亦育於外氏。故公與周氏昆弟，分雖姻婭，而愛厚過骨肉；其視周母若母也。此三冊者，則當時十餘年間所相與往復也。其間以學業相砥礪，以功名相期許者，固往往概見；而其泰半乃家人語，謀所以治生產作業，計農畜出入至纖悉。蓋文襄自始貧無立錐地，其儼然成家室，無恤飢寒自此時也。昔劉玄德論人物，以謂「求田問舍，爲陳元龍所羞」。而躬耕之孔明，則三顧之；抑何以稱焉？吾又嘗讀〈曾文正公家書〉，其訓厲子弟以治生產作業，計農畜出入至纖悉，殆更甚於左公書；又何以稱焉？蓋恆產恆心之義，豈惟民哉？士亦有然。士不至以家計攖慮，乃可以養廉，可以一志。而恃太倉之米以自贍畜者，其於進退之間既鮮餘裕矣。印昆與啓超同生亂世，不能畸處岩穴之行；寒苦盜廩，而以任天下事自解嘲；其視昔賢所以善保金玉者何如哉！吾跋斯冊而所感僅此；後之攬者，亦可以知其世也。

跋尾署甲寅四月，蓋民國之三年也。於是啓超既一出爲袁世凱之司法總長，尋轉幣制局總裁，以無所事事辭職；貽書世凱曰：「以不才之才，爲無用之用。」世凱笑曰：「卓如非不才，總裁實無用！」自以平日所懷政略，百不施一二；而徒食於官以自愧厲，故感激而發若此。會歐戰初起，遂假館西郊之清華學校，作〈歐洲戰役史論〉以詔國人，意甚自得。有〈甲寅冬假館清華學校，著書成〈歐洲戰役史論〉，賦示校員及諸生〉一詩；其辭曰：

在昔吾居夷，希與塵容接；箱根山一月，歸裝稾盈篋。雖匪周世用，乃實與心愜。如何歸乎來，兩載投牢筴；愧俸每頳泚，畏譏動魂慴。冗材憚享犧，遐想醒夢蝶。推理悟今吾，乘願理夙業。郊園美風物，昔遊記逌怗。願言賃一廡，庶以容孤笈。其時天逢凶，大地血正喋；蘊怒夙爭鄭，導釁忽刺歙。解紛使者標，合縱載書畝。賈勇羞目逃，鬥智屢踵躡。遂令六七雄，傞舞等中魔。瀾倒竟疇障，天墜眞已壓。狂勢所簸薄，震我臥榻軨；未能一丸封，坐遭兩鯨挾。吾衰復何論，天僇困接折。猛志落江湖，能事寄簡牒；試憑三寸管，貌彼五雲疊。庀材初類匠，詗勢乃如諜。遡往既纚纚，衡今逾喋喋。有時下武斷，快若髭赴鑷；哀哉久宋聾，持此餉葛鰪。藏山望豈敢，學海願亦輒。月出天宇寒，攜影響廊屧。苦心碎池凌，老淚潤階葉。咄哉此局棋，圻角驚急切；錯節方余畀，畏途與誰涉。莘莘年少子，濟川汝其楫。相期共艱危，活國厝妥帖。當爲雕鳶墨，莫作好龍葉。夔空復憐蚿，目若不見睫。來者倘暴棄，耗矣始愁喋。急景催跳丸，我來亦旬浹。行袖東海石，還指西門喋。慚非徙薪客，徒效恤緯妾。晏歲付勞歌，口呿不能嚕！

綜前所述，可知啓超歸國以來，則亦時時喜治所謂詩古文辭者；蓋其時在京師投簡札而與過從者，大率治詩古文辭者多也；最折服爲趙熙，每有所爲，常以質正焉。又有〈寄趙堯生侍御以詩代書〉一篇；其辭曰：

山中趙邠卿，起居復何似？去秋書千言，短李爲我致。生客睹欲奪，我怒幾色市。此復憑羅隱，寄五十六字。把之不忍釋，旬浹同臥起。稽答信死罪，慚報亦有以：昔歲黃巾沸，偶式鄭公里。豈期薑桂性，遽攖魑魅忌；青天大白日，橫注射工矢。公憤塞京國，豈直我髮指；執義別有人，我僅押紙尾。怪君聽之過，喋喋每掛齒；謬引汾陽郭，遠拯夜郎李。我不任受故，欲報斯輒止。復次我所歷，不足告君子。自我別君歸，嘐嘐不自揆，思奮軀塵微，以救國卵累。無端立人朝，月躔迅逾紀。君思如我戇，豈堪習爲吏？自然枘入鑿，窘若磨旋蟻。默數一年來，至竟所得幾？口空瘏罪言，骨反銷積毀。君昔東入海，勸我愼衽趾。戒我坐垂堂，歷歷語在耳。由今以思之，智什我豈翅；坐是欲有陳，操筆此顙泚。今我竟自拔，遂我初服矣。所欲語君者，百請述一二：一自繫匏解，故業日以理；避人恆兼旬，深蟄西山阯；冬秀餐雪檜，秋艷摘霜柿；曾踏居庸月，眼界空夙滓；曾飲玉泉水，洌芳沁痓脾。自其放遊外，則溺於文事；乙乙蠶吐絲，汩汩蠟泫淚；日率數千言，今略就千紙；持之以入市，所易未甚菲；苟能長如茲，餒凍已可抵。君常憂我貧，聞此當一喜。去春花生日，吾女既燕爾；其婿夙嗜學，幸不橘化枳；兩小今隨我，述作亦斐亹。君詩遠垂問，紉愛豈獨彼。諸交舊蹤跡，君倘願聞只：羅癭跌宕姿，視昔且倍蓰；山水詩酒花，名優與名士；作吏更制禮，應接無停晷。百凡皆芳潔，一事略可鄙；索笑北枝梅，楚璧久如屣。曾蟄蟄更密，足已絕塵機。田居詩十首，一首千金值（原注：蟄廠躬耕而喪其資）；豐歲猶餬飢，騫舉義弗仕；眼中古之人，惟此君而已。彩筆江家郎（原注：翊雲），在官我肩比。金玉兢自保，不與俗波靡；近更常爲詩，就我相礱砥；君久不見之，見應刮目視。三子君所篤，交我今最摯。陳林黃黃梁（原注：陳征宇、林宰平、黃孝覺、黃哲維、梁眾異），舊社君同氣，而亦皆好我，襟袍互弗閟。更二陳（原注：弢庵、石遺）一林（原注：畏廬），老宿眾所企。吾間一詣之，則以一詩贄。其在海上者，安仁（原注：潘若海）嘻憔悴。顧未累口腹，而或損猛志。孝侯（原注：周孝懷）特可哀，悲風生陟屺；君曾否聞知，備禮致弔誄？此君孝而愚，長者宜督譬。凡茲所舉似，君或稔之備；欲慰君索居，詞費茲毋避。大地正喋血，毒螫且潛沸。一發之國命，懍懍馭朽轡。吾曹此餘生，孰審天所置？戀舊與傷離，適見不達耳。以君所養醇，宜夙了此旨。故山兩年間，何惜以適己？篋中新詩稿，曾添幾尺咫？其他藏山業，幾種竟端委？酒量進抑退，抑遵昔不徙？或一比持戒，我意告者詭。豈其若是恝，辜此郫筒美！所常與釣遊，得幾園與綺？門下之俊物，又見幾騄駬？健腳想如昨，較我步更駛。峨眉在戶牖，賈勇否再擬？瑣瑣此問訊，一一待蜀使。今我寄此詩，媵以《歐戰史》；去臘青始殺，敝帚頗自喜。下走代班籍，將勿笑遼豕？尤有《亞匏集》，我嗜若膾胾；謂有清一代，三百年無此。我見本井蛙，君視謂然否？我操茲豚蹄，責報乃無底。第一即責君，索我詩瘢痏；首尾塗乙之，益我學根柢。次則昔癸丑，褉集西郊沚；至者若而人，詩亦雜瑾玭；丐君補題圖，賢者宜樂是。復次責詩卷，手寫字櫛比；凡近所爲詩，不問近古體；言多斯益善，求添吾弗恥。最後有所請，申之以長跪：老父君夙散，生日今在邇；行將歸稱觴，乞寵以巨製。烏私此區區，君義當不諉。浮雲西南行，望中蜀山紫。懸想詩到時，春已滿杖履。努力善眠食，開抱受蕃祉。桃漲趁江來，佇待剖雙鯉。歲乙卯人日，啓超拜手啓。

趙熙以外，啓超又盡裒生平所爲詩數百首，畀之陳衍曰：「子爲我正之。」衍亦奮其筆削，未嘗有所遜謝退讓諉避也。曰：「任公詩如其文，天骨開張，精力瀰滿。顧任公〈庚戌秋冬間，因若海納交於趙堯生侍御，從問詩古文辭，輒爲長謠以寄遐憶〉一詩；『銜石念海枯』句，與上『回天精衛瘏』句事復；不如易『精衛』爲『鵾鸘』，與『瘏口』、『回天』意均合。大抵古體長於近體；惟七律中對時有未工整處；古體詩用韻有上去聲通押者，似非所宜。」啓超亦不爲嫌也。此四五年中，厥爲啓超文學之復古時期焉。

啓超既相袁世凱以翦國民黨；國民黨盡，袁世凱專政，啓超亦不用事，遂反粵而省其父。既而入都，道南京。江蘇將軍馮國璋告之曰：「我聞總統將帝制自爲；我輩不力爭，無以謝天下！」遂偕啓超俱入京以謁袁世凱也，將以諫。既入見，世凱知二人欲有言，即稱曰：「外論欲我稱帝以定民志。然天下盡人可更變共和國體；惟我不可變更共和國體。我爲民國元首，就任之日，信誓旦旦，爲民國永遠保存此國體。我若渝誓，人即不言，我何面目以臨民上！」辭氣慷慨。尋又曰：「我已小築數椽於英倫；若國民終不見捨，行將以彼土作汶上。」兩人噤不發一言而出。啓超行且顧國璋微語曰：「我觀總統意無他；訛傳耳。」國璋慚應曰：「然，訛傳耳。」國璋南歸；而啓超則赴天津，杜門讀書，若示無意於天下，信世凱之果不爲帝也。俄而總統府憲法顧問美博士曰古德諾者，昌言共和國體不適中國國情，著爲〈共和與君主論〉，歷舉中美、南美、墨西哥諸共和國之卒以壞國殘民，以大戒於國。群情震沸。於是參政院參政楊度遂發起籌安會，以研討君主民主國體二者之於中國孰爲適也。啓超既誦古德諾之論，以語其徒，且罵且哂曰：「此義非外國博士不能發明耶！則其他勿論，即如鄙人者，雖學說譾陋，不逮古博士萬一，然博士今茲之大著，直可謂無意中與我十年舊論，同其牙慧。特恨透闢精悍，尚不及我十分之一、百分之一耳。此非吾妄自誇誕，坊間所行《新民叢報》、《飲冰室文集》，何啻百十萬本？可覆按也。獨惜吾睛不藍，吾髯不赤，故吾之論宜不爲國人所傾聽耳。嗚呼，前事豈復忍道！吾願國中有心人，試取甲辰、乙巳兩年《新民叢報》之拙著一覆觀之。凡辛亥迄今數年間，全國民所受苦痛，何一不經吾當時層層道破！其惡現象循環迭生之程序，豈有一焉能出吾當時預言之外！然而大聲疾呼，垂涕婉勸，遂終無福命以荷國民之嘉納；而變更國體所得之結果，今則既若是矣。夫孰謂共和利害之不宜商榷？然商榷自有其時。當辛亥革命起初，其最宜商榷之時也。過此以往，則殆非復可以商榷之時也。嗚呼，天下重器也，可靜而不可動也。豈其可以反覆嘗試，廢置如弈棋；謂吾姑且自埋焉，而預計所以自搰之也？吾自昔常標一義以告於衆，謂吾儕立憲黨之政論家只問政體，不問國體。蓋國體之為物，既非政論家之所當問，尤非政論家之所能問。方當國體彷徨歧路之時，政治之一大部分，恆呈中止之狀態，殆無復政象之可言；而政論更安所麗！苟政論家而牽惹國體問題，政導之以入彷徨歧路：則是先自壞其立足之基礎，譬之欲陟而捐其階，欲渡而捨其舟。故曰『不當問』。何以言乎『不能問』？凡國體之一彼一此，其驅運而旋轉之者恆存夫政治以外之勢力。其時機未至耶，絕非緣政論家之贊成所能促進。其時機已至耶，又絕非緣政論家之反對所能制止。以政論家而容喙於國體問題，實不自量之甚。故曰『不能問』。豈惟政論家為然。常在現行國體基礎之上，而謀政體政象之改進，此即政治家唯一之天職；苟於此範圍外越雷池一步，則是革命家或陰謀家之所為；豈堂堂正正之政治家所當有！故鄙人生平持論，無論何種國體，皆非所反對；惟在現在國體之下，而思以異議鼓吹他種國體；則無論何時，皆必反對！」世凱既借啓超以剪國民黨而無所於憚；獨畏啓超有異議，則饋之十萬金，曰：「敢以為太公壽也。」將以餌而閒執啓超之口。顧啓超則謝不受，而著〈異哉所謂國體問題〉一文，以覆於世凱，以播之國中，而清議漸彰。卒出祕計以脫其弟子蔡鍔於羈，俾之出走，而起兵雲南，討袁世凱之罪。蔡鍔之走，啓超則與把臂約曰：「行矣勉旃！事幸而捷，吾黨毋以寵利居成功，不獵官，不怙權，還讀我書。敗則以死殉之，不走租界，不奔外國！」蔡鍔諾，請如命。袁世凱既失蔡鍔，所以偵啓超者嚴甚。啓超懼不免，微服行；中宵與婦訣，婦送之門曰：「上自君舅，下逮兒女，我一身任之。君但為國死，毋反顧也！」容烈而辭壯，啓超為神王焉。既抵上海，則航海走安南，間關千里，之南寧，說廣西將軍陸榮廷舉兵北出，取湖南以應蔡鍔。而廣東將軍龍濟光既受袁世凱之命，引兵西向，示欲攻榮廷，牽之不得北。而蔡鍔久困瀘州，兵頓勢絀；啓超計無所出，則隻身走廣州，撫龍濟光而柔之，卒熸世凱，而奠民國，啓超之力也。世凱既死，副總統黎元洪代爲大總統。國民黨再起用事，乃制憲法，於是啓超在北京虎坊橋演說〈憲法之綱領〉，大旨懲前失，戒師心，按時立論，聞者震悚。

會歐戰停，美、英、法、日、意五強國開和會於巴黎，而日本方要盟是利，以謀侵占我山東。我以陸徵祥、顧維鈞爲和會代表。而啓超則以私人往。既至，萬國報界方設俱樂部於巴黎，則以啓超之爲中國報界名主筆也，輒盛饌具宴焉。蓋和會開時，萬國報界俱樂部嘗宴饗者四人；一美之國務卿蘭辛，一英之外交大臣巴爾福，一希臘首相維亞柴羅，皆一代之英；而其一則中國名主筆梁啓超也，顧以日人之狡焉啓疆於我也。僉議不邀日本。而日本新聞記者五人，則志願參加焉。於是啓超輒即席以演說山東問題曰：「假有一國而欲承襲德人在吾山東侵略主義之遺產者，此和平之公敵，而爲世界第二大戰之媒者也！」四座爲之鼓掌，日記者無如何。

美記者賽蒙氏以著《戰史》有名者也，則問於啓超曰：「汝回國將何以？豈欲攜西洋之所謂科學文明以歸餉遺國人耶？」啓超曰：「然！」賽蒙太息言曰：「汝毋然！西洋競富強。中國尙仁義。富強者，科學之所致也。仁義者，經典之所遺也。然而爭民施奪，末日將至；西洋文明則破產矣。噫，甚矣憊！」啓超愕曰：「然則公將何以？」賽蒙曰：「我歸杜門不事事，靜俟公之輸中國文明以相救拔爾。」啓超爲之憮然。顧此一役也，啓超之於國事裨補也鮮，而學問文章之轉變也甚大。其文學轉變之足徵者，即由復古文學而駸駸回向新民體；又捨詩古文辭不爲，而時時爲語體文也。在英京〈與弟仲策書〉曰：

仲弟鑒：

半載無書，知觖望者不獨吾弟也。淹法三月，昨日又來英矣。今日最稱清暇，草草寄此紙，地遠訊疏，殆恆情耶。默計一書往復，例須三月，甫執筆而興已減。吾書固稀，弟亦不數；餘親朋幾無一字。以云觖望，彼此均也。而此間之忙，又爲乏書之最大原因，弟宜察之。今當首述吾四月來之狀況，以慰遠懷：簡單言之，則體氣日加強，神志日加發皇也。起居雖非嚴格的有節制；然視國內生活較有秩序；運動及呼吸空氣時較多；故體胖而顏澤。最近影相，曾次第奉寄，試以較去歲病後，所影殆如兩人矣。至內部心靈界之變化，則殊不能目測其所屆；數月以來，晤種種性質差別之人，聞種種派別錯綜之論，睹種種利害衝突之事；炫以範像通神之圖畫雕刻，摩以回腸蕩氣之詩歌音樂，環以恢詭蔥鬱之社會狀態，飫以雄偉矯變之天然風景。以吾之天性富於情感，而志不懈於向上；弟試思之，其感受刺激，宜如何者。吾自覺吾之意境，日在醞釀發酵中；吾之靈府，必將產生一絕大之革命性。革命產兒爲何物？今尚在不可知之數耳。數月來，主要之功課，可分爲四：一曰見人。二曰聽講義。三曰遊覽名所。四曰習英文。法國方面之名士，已見者殆十之七八，其多見者，則政治家及哲學家、文學家也。政治家除專制怪傑之克里曼梭外，殆皆已見。克氏專派一屬員來相接待，維兩度約見皆以忙而訂後期。大約此人須待彼下野後始見矣。法之政黨以十數，自極右黨，自極左黨，其首領皆已見，覺氣味最好者爲社會黨，次則王黨，次則天主教黨；所謂溫和共和黨。急進共和黨者最占勢力，而最爲無聊；中庸君子之性質，萬方同概也。學者社會極爲沉瀣。第一流之哲學家三人，皆已見，且成交契。其文學家則第二流者略已見。最著名之兩人已不在巴黎，未獲見；將來必當見也。巴黎人最富於社交性，每赴茶會一次，可得友無算。吾於其他茶會多謝絕；惟學者之家，有約必到；故所識獨多；若再淹留半年，恐全巴黎之書呆子，皆成知己矣。所見人最得意者有二：其一爲新派哲學巨子柏格森。其二爲三國協商主動人大外交家笛爾加莎。二人皆爲十年來夢寐願見之人，一見皆成良友，最足快也。笛氏與克里曼梭，兩雄相厄，今方爲失敗者；然其人精悍諳練，全法之政界殆罕儔匹，將來必有活動無疑。彼之外交，精通歐洲情狀；而對於遠東實多隔膜。他日再見，當有以進之。吾輩在歐訪客，其最矜持者，莫過於初訪柏格森矣。吾與百里、振飛二人，一日分途預備談話資料；徹夜讀其所著書，檢擇要點以備請益。振飛翻譯，有天才，無論何時，本皆縱橫自在；獨於訪柏氏之前，戰戰慄慄，惟恐不勝。及既見，為長時間之問難，乃大得柏氏褒嘆，謂吾儕研究彼之哲學極深邃云，可愧也。吾告以吾友張東蓀譯彼之《創化論》，已將成；彼大喜過望，索贈印本，且允作序文；乞告東蓀努力成之；毋使我負諾責也。除法人外，則美國人最多見。五全權已見其四，為威爾遜、蘭辛、何斯大佐、槐德。惟英人甚寡緣，其要人皆未得一面也。此外小國名士見者甚多：希臘各當局尤稔熟，因歸途欲遊雅典，特與結歡也。芬蘭、波蘭人極力運動我往遊彼國，然交通太不便，未必能成行。遊歷地方頗少，初到時，曾以十日之力遊戰地及萊因河左岸聯軍占領地，其後復遊北部戰地，又一遊克魯蘇大鐵廠；除此三外，未嘗出巴黎一步。將來法國南部農工業最盛處，非遊不可。惟在法遊歷，有一難題：因其政府招待太殷勤，每遊一次，必派數員隨伴；且旅費皆政府供給；吾受之滋愧，因此頗阻遊興也。往巴黎雖有數月，然遊覽名勝頗少，因每日太忙，惟來復稍得休暇，則盡一日之力以流連風景，故所得殊少。其間有可特別相告者三事：其一遊隧道內，陳髑髏七百萬具，皆大革命時發掘累代古墳，羅列此間者；當為世界獨一無二之壯觀，入之勝讀佛經七百萬卷也。其二遊盧騷故居，即著《民約論》處；其閽人言亞洲人來遊者，以吾輩為嚆矢也。其三有一七十八歲之老女優，當拿破侖第三時已負盛名者，多年不登場矣。某日為一文豪紀念，特以義務獻技，其日吾本約往參議院旁聽；臨時謝絕，改往聽之，因得一瞻西方譚叫天之顏色；實此行一段奇事也。又曾乘飛機騰空五百基羅米突，曾登最大之天文臺，窺月裡山河，土星光環。此皆足記者。至博物館、圖書館、美術館等，皆匆匆而已。最苦者，每詣一處，其政府皆先知照該館，館長職員等全部官樣迎送，甚感局促也。生平不喜觀劇，弟所知也；至此乃不期而心醉，每觀一次，恆竟夜振蕩不怡，而嗜之乃益篤。雖然，為時日所限，往觀尚不逮十度也。吾在此發憤當學生，現所受講義：一、戰時各國財政及金融。二、西戰場戰史。三、法國政黨現狀。四、近世文學潮流。即此已費時日不少矣。其講義皆精絕，將來可各成一書也。他日復返法，尚擬請柏格森專為講授哲學，不審彼有此時日否耳。此行若通歐語，所獲奚啻十倍；前此蹉跎，雖悔何裨，今惟汲汲作補牢計耳。故每日所有空隙，盡舉以習英文，雖甚燥苦；然本師（丁在君）獎其進步甚速，故興益不衰。吾弟讀至此，則吾每日之起居注，可以想像得之矣。質言之，則數月來之光陰，可謂一秒一分未嘗枉費。所最鞅鞅者，則中國人之拜往寒暄，飮食征逐，奪我寶貴時間不少，此亦無可如何也。弟察此情形，則我書稀闊之罪，當可末減耶？所最負疚者，此行與外交絲毫無補也。平情論之：失敗之責任什之七八在政府，而全權殊不足深責。但據吾所見：事前事後，因應付失當者亦正不少，坐視而不能補救，付諸浩嘆而已。三四月間謠言之興，懸想吾弟及同人不知若何怫怒。爾來見京滬各報爲我訟直者，亦復多方揣測，不得其眞相。其實此事甚明了，製造謠言，只此一處，即巴黎專使團中之一人是也。其人亦非必特有所惡於我；彼當三四月間，興高采烈，以爲大功告成在即，欲攘他人之功，又恐功轉爲人所攘，故排亭林，排象山。排亭林，妒其辭令優美，驟得令名也。排象山者，因其首領，欲攻而代之也。又恐象山去而別有人代之也，於是極力謀毀其人；一紙電報，滿城風雨。此種行爲，鬼蜮情狀，從何說起。今事過境遷，在我固更無勞自白。最可失者，以極寶貴之光陰日消磨於內訌，中間險象環生；當局冥然罔覺；而旁觀者又不能進一言。嗚呼！中國人此等性質，其何以自立於大地耶？

蓋啓超遊歐時，學問思想之變，具詳所著《歐遊心影錄》。此文僅引其緒而已。大抵啓超爲人之所以異於其師康有爲者：有爲執我見，啓超趣時變；其從政也有然，其治學也亦有然。有爲常言：「吾學三十歲已成，此後不復有進，亦不必求進。」啓超不然，常自覺所學於時代爲落伍，而懍後生之可畏；數十年日在彷徨求索中。故有爲之學，站定腳跟，有以自得者也；啓超之學，隨時轉移，巧於通變者也。方啓超之遊歐洲而歸也，驟見軍閥稱兵，黨人横議，民不聊生；事益無可爲，乃宣言不談政治，意以文學自障，捨一時而爭百年之業。少年有績溪胡適者，新自美洲畢所學而歸，都講京師，倡爲白話文，風靡一時；意氣之盛，與啓超早年入湘主時務學堂差相埒也。啓超則大喜，樂引其說以自張，加潤澤焉。諸少年噪曰：「梁任公跟著我們跑也。」以視民國初元，啓超日本歸來之好以詩古文詞與林紓、陳衍諸老相周旋者，其趣向又一變矣。顧啓超出其所學，亦時有不「跟著諸少年跑」，而思調節其橫流者。諸少年排詆孔子，以「專打孔家店」為揭幟；而啓超則終以孔子大中至正，模楷人倫，不可毀也。諸少年斥古文學以為死文學；為駢文乎，則斥曰選學妖孽；倘散文乎，又謚以桐城謬種；無一而可。而啓超則治古文學，以為不可盡廢，死而有不盡死者也。啓超論文之旨，則具見於〈論中國韻文裡頭所表現的情感〉、〈中學以上作文教學法〉兩文。蓋一為清華學校之文學的課外講演，而一則演講於東南大學者也。嘗謂：「文章之大別為三：一記載之文。二論辯之文。三情感之文。」其〈論中國韻文裡頭所表現的情感〉一文，所以治情感之文。而〈中學以上作文教學法〉，則論記載之文與論辯之文者也。其〈論中國韻文裡頭所表現的情感〉曰：

韻文是有音節的文字；那範圍從《三百篇》、《楚辭》起，連樂府、歌謠、古近體詩、填詞、曲本乃至駢體文都包在內，我這回所講的，專注重表現情感的方法有多少種。是希望諸君把我所講的做基礎，拿來和西洋文學做比較；看看我們文學家表示情感的方法缺乏的是那幾種。先要知道自己民族的短處去補救；才配說發揮民族的長處。這是我講演的深意，現在請入本題。

向來寫感情的，多半是以含蓄蘊藉為原則，像那彈琴的弦外之音，像吃橄欖的那點回甘味兒，是我們中國文學家所最樂道。但是有一類的情感，是要忽然奔進一瀉無遺的；我們可以給這類文學起一個名，叫做奔進的表情法。例如碰著意外的過度的刺激，大叫一聲，或大哭一場，或大跳一陣；在這種時候，含蓄蘊藉是一點用不著；凡這一類都是情感突變，一燒燒到白熱度，便一毫不隱瞞，一毫不修飾，照那情感的原樣子，進裂到字句上。這種表現法，十有九是表悲痛；表別的情感，就不大好用。我勉強找，找得《牡丹亭．驚夢》裡頭：「原來是姹紫嫣紅開遍，似這般都付與斷井頹垣！」這兩句確是屬於奔進表情法這一類。他寫情感忽然受了刺激，變換了一個方向，將那霎時間的新生命，進現出來；眞是能手。我意悲痛以外的情感，並不是不能用這種方式去表現。他的訣竅，只是當情感突變時，捉住他「心奧」的那一點，用強調寫到最高度。那麼，別的情感，何嘗不可以如此呢？蘇東坡〈水調歌頭〉便是一個好例：「明月幾時有？把酒問青天。不知天上宮闕，今夕是何年。我欲乘風歸去，又恐瓊樓玉宇，高處不勝寒！」

這全是表現情感一種亢進的狀態，忽然得著一個「超現世的」新生命，令我們讀起來，不知不覺也跟著到他那新生命的領域去了。這種情感的表現法，西洋文學裡頭恐怕很多，我們中國卻太少了。我希望今後的文學家努力從這方面開拓境界。

第二種叫做回蕩的表情法，是一種極濃厚的情感蟠結在胸中，像春蠶抽絲一般把他抽出來。這種表情法，看他專從熱烈方面盡量發揮，和前一類正相同。所異者，前一類是直線式的表現。這一類是曲線式或多角式的表現。前一類所表的情感，是起在突變時候，性質極爲單純，容不得有別種情感攙雜在裡頭。這一類所表的情感，是有相當的時間經過；數種情感交錯糾結起來，成爲網形的性質。人類情感在這種狀態之中者最多，所以文學上所表現，亦以這一類爲最多。這種表情法，我們中國人也用得很精熟，能夠盡態極妍。

現在講第三種是含蓄蘊藉的表現法。這種表情法，向來批評家認爲文學正宗，或者可以說是中華民族特性的最眞表現。這種表情法，和前兩種不同：前兩種是熱的，這種是溫的；前兩種是有光芒的炎焰，這種是拿灰蓋著的爐炭。這種表情法，也可以分三類：

第一類是情感正在很強的時候，他卻用有很節制的樣子去表現他；不是用電氣來震，卻是用溫泉來浸；令人在平淡之中慢慢的領略出極淵永的情趣。他是把情感收斂到十足，微微發放點出來；藏著不發放的還有許多。但發放出來的，確是全部的靈影；所以神妙。這類作品，自然以《三百篇》爲絕唱。

第二類的蘊藉表情法，不直寫自己的情感，乃用環境或別人的情感烘托出來。這一類詩，我想給他一個名字，叫做「半寫實派」。他所寫的事實，是用來做烘出自己情感的手段，所以不算純寫實。他寫的事實，全用客觀的態度觀察出來，專從斷片的表出全部，正是寫實派所用技術，所以可算得半寫實。

第三類的蘊藉表情法，索性把情感完全藏起不露，專寫眼前實景（或是虛構之景）；把情感從實景上浮現出來。這種寫法，《三百篇》中很少。北齊有一位名將斛律光，是不識字的，有一天，皇帝在殿上要各人做詩。他衝口做了一首，便成千古絕調，那詩是：

「敕勒川，陰山下；天似穹廬，籠蓋四野。天蒼蒼，野茫茫，風吹草低見牛羊。」

這時是獨自一個人騎匹馬在萬里平沙中所看見的宇宙，他並沒說出有甚麼感想。我們讀過去，覺得有一個粗豪沉鬱的人格活跳出來。須知這類詩，和單純寫景詩不同。寫景詩以客觀的景爲重心，他的能事在體物入微，雖然景由人寫，景中離不了情，到底是以景爲主。這類詩以主觀的情爲重心，客觀的景，不過借來做工具。

第四類的蘊藉表情法，雖然把情感本身照原樣寫出；卻把所感的對象隱藏過去，另外拿一種事來做象徵。這類方法，起自《楚辭》，篇中許多美人芳草，純屬代數上的符號，他意思別有所指。若不是當作代數符號看；那麼，屈原到處調情，到處拈酸吃醋，豈不成了瘋子？自《楚辭》開宗後，漢、魏五言詩，多含有這種色彩。中、晚唐時，詩的國土被盛唐大家占領殆盡，溫飛卿、李義山、李長吉諸人，便想專從這裡頭闢新蹊徑。這一派後來衍爲西崑體，專務撏扯詞藻，受人詬病。近來提倡白話詩的人，不消說是極端反對他了。但就唯美的眼光看來，自有他的價値。就如《義山集》中〈碧城三首〉的第一首：

「碧城十二曲闌干，犀辟塵埃玉辟寒。閬苑有書多附鶴，女牆無樹不棲鸞。星沉海底當窗見，雨過河源隔座看。若使曉珠明又定，一生長對水晶盤。」

這些詩他講的甚麼事，我理會不著。拆開一句一句的叫我解釋，我連文義也解不出來。但我覺得他美，讀起來令我精神上得一種新鮮的愉快。須知美是多方面的；美是含有神祕性的。我們若還承認美的價値，對於這種文學，是不容輕輕抹煞呵。

現在要附一段專論女性文學。近代文學寫女性，大半以「多愁多病」爲美人的模範。古代卻不然。《詩經》所讚美的是「碩人其頎」，是「顏如舜華」。《楚辭》所讚美的是「美人既醉朱顏酡，娭光眇視目層波」。

《漢賦》所讚美的是「精耀華燭，俯仰如神」，是「翩若驚鴻，矯若遊龍」，凡這類形容詞，都是以容態之艷麗，和體格之俊健合構而成；從未見以帶著病的懨弱形態爲美的。以病態爲美，起於南朝，適足以證明女學界的病態。唐、宋以後的作家，都汲其流；說到美人，便離不了病，眞是文學界一件恥辱。我盼望往後文學家描寫女性，最要緊先把美人的康健恢復才好！

此啓超論情感之文學也。論非情感之文學曰：

文章作用，和語言一樣，都是要把自己的思想傳達給人家。但是所謂思想，實具有兩種條件：（一）有內容的，譬如令小兒爲文，他胸中本來一無所有，強令執管，決不成文。又如考試的八股文章，和駢體的應酬文字，雖然成文，還是沒有內容的；所以於文章上絕無價值。（二）有系統的。雖然有了種種思想，還須加以有條理的排列才好。否則如亂石一堆，不能成文。古人說「言之有物」，就是有內容；「言之有序」，就是有系統。傳達思想亦有兩條件：（一）須適中。所言嫌多或嫌少，都不合。吾們做文章，須要言所欲言，不多不少；意盡則言止，到恰好的地位才輿。（二）須明晰。傳達思想，須使人能明白。孔子云：「辭達而已矣」，可知辭貴乎「達意」。復加「而已」兩字，可知「達意」之外，無事他求也。大凡做成功一篇文章，總須具備此四種條件才好。

至於做文章的功夫，可分做兩步：

（一）結構。（二）修辭。結構可以學而致，修辭則要在天才。同一意思，或說來索然無味，或說來妙趣環生，此全在天才。孟子云：「大匠能予人以規矩，不能使人巧。」我說：「教師能夠教人做文章的一個結構；未必能教人做文章修辭一定修得好。」但是文章有結構而不好的，斷乎沒有無結構而能好的。我今天講的就是怎樣整理思想成一個結構。

結構也各種文章不同。文章種類，可以思想途徑之不同而區分爲兩類：（一）將客觀的事物取入以充吾思想之內容者，爲客觀的，屬記述文。（二）以我之思想發出者，爲主觀的，屬論辯文。然而人人不能不用功夫做客觀之敘述，不必人人能做主觀的論辯。因爲主觀的論辯需要自出主張；有識見，才有議論，這不是容易的，就是主觀的論辯，也離不掉客觀的事實做材料。倘使我們一切事物，見見聞聞都像影戲一樣閃過去就算；不能做客觀的敘述功夫；那就要做主觀的論證，也全沒有把鼻。所以客觀的敘述最要緊，也最有用。

客觀的敘述可分兩種：（一）記靜態。（二）記動態。靜態是一事物已經完全或比較的已成固定狀態，或前後均有變動而中間一部已歸靜止。記靜態，和繪畫一樣；一人形狀，儘管前後無定，那繪畫者，只取現在一定之形狀來畫。又如山水風景，儘管氣象萬千，畫的人只取在所呈之景象來畫一樣。舉個例，就像一種書之提要是。動態是人、物、事的活動狀況。記動態，係記人、物、事活動之過程；如留聲機，各人曲調不同，而高下疾徐，皆能傳出；又如電影，僅視其一片，不成形象；及統合演放，可成一完全戲劇；如傳記及記事本末等皆是。大抵記述文，不外記靜態與動態。或記靜中之動，或記動中之靜，或記靜中之靜，或記動中之動，皆不外靜動兩種。

靜態有單純的，有複雜的。如做一種書之提要，係單純的；做幾種書之提要，則爲比較的複雜。又如記一山一河，爲單純的；記許多山，許多河，則爲複雜。動態亦然；如一人在一時間有一種動作，爲單純的；記多數人在一時間有種種動作；或在不同時間爲一種動作，爲複雜的。文章難易之分，即在於是。記單純者較易。記複雜者較難。惟無論記何種狀態；精神須顧到兩方面：（一）外表的。（二）內容的。如敘一種書共幾篇幾頁，爲外表的；而是書之要義在何處，則爲內容的。又如作戰記，孰勝孰敗，爲外表的；而其人之性格品行等，均能借以看出，爲內容的。

作文有以簡馭繁之法，即收空間與時間之關係而整理之。凡空間發生一事，或時間發生一事，均有不並容性；即在一時間發生之事，在空間必不相容；反之在空間發生之事，在時間亦必不相容。記靜態以空間爲主，時間爲輔。記動態以時間爲主，空間爲輔。但無論記空間與時間，尤有一種原則，即不能單記平面；必須有一部甚詳，一部較略，配搭成文；這就是所謂思想的整理。

此其大略也（〈中學以上作文教學法〉並非據《改造》四卷九號刊載梁氏手定講稿，乃錄自《時事新報》通信中，以較簡賅也）。啓超自歐遊歸，壹屏向者新民體之政論不爲；而周遊講學，歷任東南大學、清華研究院教授，時時爲語體文之學術論著以餉遺我國人。又欲創設國學院，其設計可得而陳者六事：第一、編審國學叢書。以一百種爲一集，其目分學術思想（以校理闡發先哲某家某派之學說爲主，其譯述外國書及自己創作皆不採）、文藝（以詮述批評前代作家或作品爲主，自己創作不採）、歷史（一各科專史，如中國文學史、中國音樂史之類，題目或總或分，或大或小，皆不拘。二時代史，如有史以前史、春秋史、兩漢史等）、地理、自然科學（例如中國礦物學、中國生物學等）、社會現狀等項。此叢書由本院擬定題目，聘請專家編著，或收已成之稿；其海外著作可採，或亦譯登；每年最少出二十四種；除專聘所編外，其投著稿譯稿者，或優給酬金，或受其版權，或量給奬勵金，版權仍歸作者。第二、編輯近代學術文編及國學海外文編。略師賀氏《經世文編》之例，廣搜清初迄今學者專集、及雜誌中所發表凡研究國學有價值之文字（專書不錄），分類編錄，使學者可以盡見難得之資料，且省翻檢之勞。此書以一年完成之。海外文編，則專譯歐、美、日本研究中國學術事情之著者。第三、編製大辭書。一百科總辭書，二分科專門辭書。第四、校理古籍。凡古籍有不朽價値而較難讀者，例如六經、諸子、四史、《通鑑》等，擇出二三十種，精校簡擇，加圈點符號，補圖表，冠以詳核之解題，令青年學子人人能讀，且引起興味，擬於五年內將最重要的古籍校理完竣。第五、續輯四庫全書。搜輯四庫未收書及乾、嘉以後名著，編定目錄，撰述提要。第六、重編佛藏。精擇各宗派代表之經論，刪僞刪複，再益以續藏中之主要論疏，約泐成三千卷，各書附以提要。造端宏大，以語掌邦教者，徒驚其言之河漢無涯而已。每自敘曰：「啓超學問欲極熾；其所嗜之種類亦繁雜。每治一業，則沉溺焉，集中精力，盡拋其他；歷若干時日，移於他業，則又拋其前所治者。以集中精力故，故常有所得。以移時而拋故，故入焉而不深。嘗有詩題其女令嫻《藝蘅館日記》云：『吾學病愛博，是用淺且蕪；尤病在無恆，有獲旋失諸。百凡可效我，此二無我如。』顧啓超雖自知其病而改之不勇；中間又屢爲無聊的政治活動所牽率，耗其精而荒其業。識者謂啓超若能永遠絕意政治，且裁斂其學問欲，專精於一二點，則於將來之思想界，當更有所貢獻，否則亦適成清代思想史之結束人物而已。」可謂有自知之明者也。用以卒吾篇。其最近刊布著書：有《中國歷史研究法》、《先秦政治思想史》、《清代學術概論》、《梁任公近著》、《梁任公學術演講集》諸書，茲不具論；而著其涉於文學者。以民國十七年卒，年五十七。

(二) 邏輯文

嚴復——章士釗

自衡政操論者習爲梁啓超排比堆砌之新民體，讀者既稍稍厭之矣；於斯時也，有異軍突起，而痛刮磨湔洗，不與啓超爲同者，長沙章士釗也。大抵啓超之文，辭氣滂沛，而豐於情感。而士釗之作，則文理密察，而衷以邏輯。邏輯者，侯官嚴復譯曰「名學」者也。惟士釗爲人，達於西洋之邏輯，抒以中國之古文；績溪胡適字之曰「歐化的古文」；而於是民國初元之論壇頓爲改觀焉。然中國言邏輯者，始於嚴復，而士釗邏輯古文之導前路於嚴復，猶之梁啓超新民文體之開先河自康有爲也；故敘章士釗者宜先嚴復，猶之敘梁啓超者必溯康有爲。然而康有爲、梁啓超之視嚴復、章士釗，其文章有不同而同者；籀其體氣，要皆出於八股。八股之文，昉於宋、元之經義，盛於明、清之科舉，朝廷以之取士者逾六百年。而其爲之工者，無不嚴於立界（犯上連下；例所不許），巧於比類（截搭釣渡），化散爲整，即同見異，通其層累曲折之致；其心境之顯呈，心力之所待，與其間不可亂、不可缺之秩序，常於吾人不識不知之際，策德術心智以入愼思明辨之境涯，而下墮於鹵莽滅裂。每見近人於語言精當，部分辨晰，與凡物之秩然有序者，皆曰合於邏輯矣；蓋假歐學以爲論衡之繩墨也。然就耳目所睹記，語言文章之工，合於邏輯者，無有逾於八股文者也。此論思之所以有裨；而數百年來，吾祖若宗德術心智之所資以砥礪而不終萎枯也歟？迄於清末，而八股之文隨科舉制以俱廢；而流風餘韻猶時時不絕流露於作者字裡行間。有襲八股排比之調，而肆之爲縱橫軼宕者；康有爲、梁啓超之新民文學也。有用八股偶比之格，而出之以文理密察者；嚴復、章士釗之邏輯文學也。論文之家，知本者鮮。獨章炳麟與人論文，以爲嚴復氣體比於制舉；而胡適論梁啓超之文，亦稱蛻自八股；斯不愧知言之士已。若論邏輯文學之有開必先，則不得不推嚴復爲前茅；敘章士釗而先嚴復，庶幾先河後海之義云。

嚴復，原名宗光，字又陵，一字幾道，福建侯官人也。早慧，師事同里黃宗彝，治經有家法，飫聞宋、元、明儒先學行。讓清同治間，同縣沈葆楨號知兵，以巡撫居憂在里，奉詔創船政，招試英髦，儲海軍將才；得復文，奇之，用冠其曹；則年十四也。五年卒業，分派揚武軍艦爲練習生。艦長爲英人德勒塞，英之海軍中校也；攜之周歷南洋黃海及日本各口岸。是時日本方籌辦海軍；揚武至，聚觀者萬人空巷。既而德勒塞歸國，瀕行，謂復曰：「君之海軍學術，已卒業矣。然學問一事，並不以卒業爲終點，此後自行求學之日方長。君如不自足自封，則新知無盡。」復之所以終身盡瘁於學者，謂德勒塞啓之云。光緒二年，派赴英國海軍學校，肄戰術及炮臺建築諸學。是時日本亦始遣人留學西洋，伊藤相、大隈伯之倫皆其選；而復試輒最上第。湘陰郭嵩燾以侍郎使英，時引與論析中西學同異，窮日夕不休。比學成歸，葆楨已薨，無用之者。於是發憤治八比，冀以科第顯；納粟爲監生，應南北鄉試者再，傯得復失。而合肥李鴻章方總督直隸，領北洋大臣，器復之能，乃辟教授北洋水師學堂。復見朝野玩愒，而日本同學歸者，既用事圖強，徑剪琉球，則大戚。常語人不三十年，藩屬且盡，繯我如老牸牛耳。聞者弗省。鴻章亦嫌其危言激論，不之親也。法越事裂；鴻章爲德璀琳輩所紿，皇遽定約；慧言者摘發，疑忌及復。復亦憤而自疏。及鴻章大治海軍，以復總辦學堂；不預機要，奉職而已。甲午之戰，海軍熸於日，割地賠款，僅以無事。德宗大恨，銳欲變法，特詔遴人才。復被薦，以二十四年戊戌秋召對稱旨；退上皇帝萬言書，大略言：「中國積弱，於今爲極；此其所以然之故，由於內治者十之七，由於外患者十之三耳。而天下洶洶，若專以外患爲急者，此所謂爲目論者也。今日各國之勢，與古之戰國異。古之戰國務兼併；而今之各國謹平權；此所以宋、衛、中山不存於七雄之世；而荷蘭、瑞士、丹麥尚瓦全於英、法、德、俄之間。且百年以降，船械日新，軍興日費，量長較短，其各謀於攻守之術也亦日精，兩軍交綏，雖至強之國，無萬全之算也；勝負或異，死喪皆多；且難端既構，累世相仇；是以各國重之。使中國一旦自強，與各國有以比權量力，則彼將隱銷其侮奪覬覦之心；而所求於我者，不過通商之利而已；不必利我之土地人民也。惟中國之終於不振而無以自立，則以此五洲上腴之壤，無論何國得之，皆可以鞭笞天下，而平權相制之局壞矣。慮此之故，其勢不能不爭；其爭不能不力。然則必中國自主之權失，而後全球殺機動也。雖然，彼各國豈樂於是哉？爭存自保之道，勢不得不然也。今夫外患之乘中國，古有之矣。然彼皆利中國之弱。而後可以得志。而今之各國，大約而言之，其用心初不若是；是故徒以外患而論，則今之爲治，尚易於古叔季之時。夫易爲而不能爲，則其故由於內治之不修，積重而難返；而外患雖急，尚非吾國病本之所在也。其在內治云何？法既敝而不知變也。今日吾國之富強，民之智勇，無一事及外洋者；其所以然之故，所從來也遠。大抵建國立群之道，一統無外之世，則以久安長治爲要圖；分民分土，地丑德齊之時，則以富國強兵爲切計；此不易之理也。顧富強之盛，必待民之智勇則後可幾；而民之智勇，又必待有所爭競磨礱而後日進；此又不易之理也。歐洲國土，當我殷、周之間，希臘最盛，文物政治皆彬彬矣。希臘中衰，乃有羅馬。羅馬者，漢之所謂大秦者也，庶幾一統矣；繼而政理放紛，民俗抵冒，上下征利，背公營私。當此之時，峨特、日爾曼諸種起而乘之，蓋自是歐洲散爲十餘國焉，各立君長，種族相矜，互相砥礪，以勝爲榮，以負爲辱。蓋其所爭，不僅軍旅疆埸之間而止；自農工商賈至於文詞學問，一名一藝之微，莫不如此。此所以始於相忌，終以相成，日就月將，至於近百年；其富強之效，遂有非餘洲所可及者。雖曰人事，抑亦其地勢之乖離破碎使之然也。至我中國則北起龍庭、天山，西緣葱嶺、輪臺之限，而東南界海，中間數萬里之地，帶山礪河，渾整綿亙，其地勢利爲合，而不利爲分；故當先秦、魏、晉、六朝、五代之秋，雖暫爲據亂，而其治終歸於一統。統既一矣，於此之時，有王者起，爲之內修綱維而齊以法制，外收藩屬而優以羈縻，則所以御四夷而撫百姓，求所謂長治久安者，事已具矣。夫聖人之治理不同；而其求措天下於至安而不復危者，心一而已。聖人之意，以謂天下已治已安矣，吾爲之彌綸至纖悉焉，俾後世子孫謹守吾法，而有以相安養、相保持，永永樂利，不可復亂；則治道至於如是，是亦足矣。吾安所用富強爲哉？是故其垂謨著誡，則尚率由而重改作，貴述古而薄謀新。其言理財也；則重本而抑末，務節流而不急開源；戒進取，敦止足，要在使民無凍餓，而有以制豐歉，供租稅而已。其言武備也；則取詰奸宄，備非常，示安不忘危之義；外之無與爲絜長度大之勁敵，則無事於日講攻守之方，使之益精益密也；內之與民休息，去養兵、轉餉之煩苛；則無由蓄大支之勁旅也。且聖人非不知智勇之民之可貴也，然以爲無益於治安而或害吾治；由是凡其作民厲學之政，大抵皆去異尚同；而旌其純良謹愨；所謂豪俠健果、重然諾、與立節概之風，則皆懲其末流而黜之矣。夫如是，數傳之後，天下靡靡馴伏，易安而難危，亂民無由起，而聖人求所以措置天下之方，於是乎大得。此其意非必欲愚黔首、利天下、私子孫也；以爲安民長久之道莫若此耳。蓋使天下常爲一統而無外，則由其道而上下相維，君子親賢，小人樂利，長久無極，不復亂危；此其爲甚休可願之事，固遠過於富強也。不幸爲治之事，弊常伏於久安之中；而謀國之難，患常起於所防之外；此自前世而已然矣。而今日乃有西國者，天假以舟車之利，闖然而破中國數千年一統之局；且挾其千有餘年所爭競磨礱而得之智勇富強以與吾相角；於是吾所謂長治久安者，有饞然不終日之勢矣。今使中國之民，一如西國，則見國勢傾危若此，方且相率自爲，不必驚擾倉皇，而次第設施，自將有以救正；而數稔之間，吾國固已富已強矣。顧中國之民有所不能者，數千年道國明民之事，其處勢操術與西人絕異故也。夫民既不克自爲，則其事非倡之於上，固不可矣。然所以成其如是者，率皆經數千載自然之勢流衍而來，對待相生，牢不可破；故今日審勢相時而思有所變革，則一行變甲，當先變乙，及思變乙，又宜變丙，由是以往，膠葛紛紜。設但支節爲之，則不特徒勞無功，且所變不能久立。又況興作多端，動糜財力，使其爲而寡效，則積久必至不支，此亦事之至可慮者也。」所論通達治體，而出之以至誠悱惻；徒以其後言變法而推極論之，必先破把持之局。語爲大臣所嫉，格不得上。而政局亦變，德宗被幽。後二年拳匪禍作。自是避地居上海者七年。

復既擯不用，則殫心著述，蘄於匡時拂俗。既於學無所不窺，舉中外治術學理靡不究極原委，抉其失得，證明而會通之；一治之以名學而推本於求誠。誠者非他，眞實無妄之知是已。名學者，求誠之學也。顧其所重尤專在求；據已知以推未知，席既然以睹未然。其已知既然，爲公例可也，爲散著可也。名學所辨論，非所信者也；在據所徵以爲信。蓋信一理一言者，必不徒信也，必有其所以信者；此所以信者，正名學所精考微驗而不敢苟者也。顧吾國所謂學，告吾以所以信者則如何：自晚周、秦、漢以來，大經不離言詞文字而已；求其仰觀俯察，近取諸身，遠取諸物，如西人所謂學於自然者，不多遘也。夫言詞文字者，古人之言詞文字也；乃專以是爲學，故極其弊爲支離，爲逐末，既拘於墟而束於教矣；而課其所得，或求諸吾心而不必安，或放諸四海而不必準；如是者，轉不若屛除耳目之用，收視反聽，歸而求諸方寸之中，輒恍然而有遇；此達摩所以有廓然無聖之言，朱子晚年所以恨盲廢之不早，而王陽明居夷之後亦專以先立乎其大者教人也。惟善爲學者不然；學於言辭文字以收前人之所以得者矣；乃學於自然。自然者何？內之身心，外之事變，精察微驗，而所得或超於向者言辭文字外也；則思想日精，而人群相爲生養之樂利，乃由吾之新知而益備焉；此天演之所以進化，而世所以無退轉之文明也。知者，人心之所同具也。理者，必物對待而後形焉者也。吾心之所覺，必證諸物之見象，而後得其符也。王陽明謂：「吾心即理。」使六合曠然無一物以接於吾心；當此之時，心且不可見，安得所謂理者哉？此中國言明心見性，而不本之格物致知者之所以爲修辭不立其誠也。然執是遂謂中國言詞文字之所著者一切無當於學，則亦不可也。古書難讀，中國爲甚。英國名學家穆勒約翰有言：「欲考一國之文字語言而能見其理極，非諳曉數國之言語文字者不能也。」豈徒言語文字之散著者而已？即至大義微言，古之人殫畢生之精力以從事於一學，當其有得，藏之一心則爲理；動之口舌、著之簡策則爲詞；固皆有其所以得此理之由，亦有其所以載焉以傳之故。自後人之讀古人之書，而未嘗爲古人之學；則於古人所得以爲理者，已有切膚精憮之異矣。又況歷時久遠，簡牘沿譌；聲音代變，則通假難明；風俗殊尙，則事意參差；夫如是，則雖有故訓疏義之勤，而於古人詔示來學之旨，愈益晦矣。故曰「讀古書難」。

雖然，彼所以託爲而傳之理，固自若也。使其理誠精，其事誠信，則年代國俗無以隔之。其故不傳於茲，或見於彼，事不相謀而各有合，考道之士以其所得於彼者，反以證諸吾古人之所得，乃澄湛精瑩，如寐初覺；其親切有味，較之占畢爲學者萬萬有加。而生今日者，乃轉於西學得識古之用焉。此可與知者道，難與不知者言也。夫以西學識古，以實驗治學，後來胡適倡新漢學者之所持以爲揭幟；而實導之於復。復常以爲中西二學，兼途並進，或者借自它之耀，祛舊知之蔽。譯有英哲赫胥黎《天演論》、斯密亞丹《原富》、耶方斯《名學淺說》、穆勒約翰《名學》、《群己權界論》、斯賓塞爾《群學肄言》、甄克思《社會通詮》、法人孟德斯鳩《法意》諸書。凡譯一書，與他書有異同者，輒旁考博證，列入後案，張皇幽眇，以補漏義；尤能以古文辭達奧旨，而不斷斷於字比句次之間。國人之言以古詩體譯西詩者，自蘇玄瑛；言以古文辭譯小說者，自林紓；而言以古文辭譯歐西政治、經濟、哲學諸科，蓋自復啓其機鑰焉。自以生平師事服膺者，厥惟桐城吳汝綸；每譯一書，必以質正。汝綸既高文碩望；常以「晚周以來，諸子各自名家。其大要有集錄之書，有自著之言。集錄者，篇各爲義，不相統貫；原於《詩》、《書》者也。自著者，建立一幹，枝葉扶疏，原於《易》、《春秋》者也。漢之士爭以撰著相高；其尤者，《太史公書》繼《春秋》而作；揚子《太玄》，擬《易》而爲之；是皆所謂一幹而枝葉扶疏者也。及唐中葉，而韓退之氏出，源本《詩》、《書》，一變而爲集錄之體；宋以來因之。是故漢氏多撰著之編；唐、宋多集錄之文，其大略也。集錄既多，而向之所謂撰著之體不復多見；間一見之，其文采不足以自發，知言者擯焉勿列也。獨近世所傳西人書，率皆一幹而衆枝，有合於漢氏之撰著。」又惜吾國之譯言，大抵弇陋不文，不足傳載其義；獨推復博涉兼能，文章學問，奄有東西數萬里之長；揚子雲筆札之功，趙充國四夷之學，美具難並，鍾於一手，求之往古，殆邈焉罕儔。復常虛心請益，而汝綸則自謙不通西文；顧亦時有獨見。嘗答書於復以論譯西書曰：

> 來示謂新舊二學，當並存具列，且將自它之耀，以祛蔽揭翳，最爲卓識。某前書未能自達所見，語輒過

當。本意謂中國書猥雜，多不足行遠；西學行，則學人日力奪去大半，益無暇瀏覽向時無足輕重之書；而姚選《古文》則萬不能廢，以此爲學堂必用之書，當與六藝並傳不朽也。若中學之精美者，固亦不止此等。往時曾太傅言：「六經外有七書，能通其一，即爲成學。七者兼通，則間氣所鍾，不數數見也。」七書者，《史記》、《漢書》、《莊子》、《韓文》、《文選》、《說文》、《通鑒》也。某於七書皆未致力，又欲妄增二書，其一姚公此書，餘則曾公《十八家詩抄》也。但此諸書，必高材秀傑之士乃能治之。若資性平鈍，雖無西學，亦未能追其途轍。獨姚選《古文》，即西學堂中亦不能棄去不習，不習則中學絕矣。世人乃欲編造俚文以便初學；此廢棄中學之漸，某所私憂而大恐者也。區區妄見，敬以奉質。別紙垂詢數事，某淺學不足仰副明問，謹率陳臆說，用備採擇：歐美文字與我國絕殊；譯之，似宜別創體制，如六朝人之譯佛書，其體全是特創；今不但不宜襲中文，並不宜襲用佛書。竊謂以執事雄筆，必可自我作古。又妄意彼書固自有體制，或易其辭而仍其體，似亦可也。不通西文，不敢意定。獨中國諸書無可仿效耳。來示謂「行文欲求爾雅，有不可闌入之字，改竄則失眞，因任則傷潔」，此誠難事。鄙意與其傷潔，毋寧失眞。凡瑣屑不足道之事，不記何傷。若名之爲文，俚俗鄙淺，薦紳所不道；此則昔之知言者，無不懸爲戒律，曾氏所謂「辭氣遠鄙」也。文固有化俗爲雅之一法，如左氏之言「馬矢」，莊生之言「矢溺」，公羊之言「登來」，太史之言「夥頤」，在當時固皆以俚語爲文，而不失爲雅。若《范書》所載「鐵脛尤來」、「大槍」、「五樓」、「五蟠」等名目，竊料太史公執筆，必皆芟薙不書。不然，勝廣項氏時，必多有俚鄙不經之事，何以《史記》中絕不一見？如今時「鴉片館」等比，自難入文，削之自不爲過；倘令爲林文忠作傳，則燒鴉片一事，固當大書特書；但必敘明原委，如史公之記〈平準〉，班氏之敘〈鹽鐵論〉耳；亦非一切割棄，至失事實也。姚郎中所選文，似難爲繼；獨曾文正《經史雜鈔》能自立一幟；王、黎所續，似皆未善。國朝文字，姚春木所選《國朝文錄》，較勝於《二十四家》。然文章之事，代不數人，人不數篇。若欲備一朝掌故，如《文粹》、《文鑒》之類，則世蓋多有。若謂足與文章之事，則姚郎中之後，止梅伯言、曾太傅及近日武昌張廉卿數人而已，其餘蓋皆自鄶也。來示謂「歐洲國史，似中國所謂『長編』、『紀事本末』等比」。然則欲譯其書，即用曾大傅所稱《敘記》、《典志》二門，似爲得體。此二類，曾云「於姚郎中所定諸類外，特建新類」；非大手筆不易辦也。歐洲記述名人，失之過詳；此宜以遷、固史法裁之。文無剪裁，專以求盡爲務，此非行遠所宜。中國間有此體，其最著者，則孟堅所爲〈王莽傳〉；若〈穆天子〉、〈飛燕〉、〈太眞〉等傳，則小說家言，不足法也。《歐史》用韻，今亦以韻譯之，似無不可，獨雅詞爲難耳。中國用韻之文，退之爲極詣矣。私見如此，未審有當否？

復致服其言，常語人曰：「不佞往者每譯脫稿，輒以示桐城吳先生；老眼無花，一讀即窺深處；蓋不徒斧落徽引，受裨益於文字間也。故書成必求其讀，讀已必求其序。」已而汝綸卒；復感傷不已，集玉溪、劍南詩句爲挽曰：「平生風義兼師友。天下英雄惟使君！」每言：「吾國人中，舊學淹貫，而不鄙夷新知者，吳先生一人而已。」初復之譯書最先出者，赫胥黎《天演論》。汝綸讀，嘆絕曰：「自中土翻譯西書以來，無此鴻製；非直天演之學，在中國爲初鑿鴻濛；亦緣自來譯手無似此高文雄筆也。顧蒙意尚有不能盡無私疑者：以謂執事若自爲一書，則可縱意馳騁；若以譯赫氏之書爲名，則篇中所引古書古事，皆宜以原書所稱西方者爲當，似不必改用中國人語。以中事中人，固非赫氏所及知。法宜如晉、宋名流所譯佛書，與中儒著述顯分體制，似爲入式。」顧復自以志在達旨，不盡從也。定爲〈譯例〉三事：

一譯事三難：信、達、雅。求其信，已大難矣。顧信矣不達，雖譯猶不譯也，則達尚焉。海通以來，象寄之才，隨地多有；而任取一書，責其能與於斯二者，則已寡矣。其故在淺嘗，一也；偏至，二也；辨之者少，三也。今是書所言，本五十年來西人新得之學，又爲晚出之書。譯文取明深義，故詞句之間時有所顚倒附益，不斤斤於字比句次，而意義則不倍本文，題曰「達旨」，不云「筆譯」；取便發揮，實非正法。什法師有云「學我者病」，來者方多，幸勿以是書爲口實也。

一西文句中，名物字多，隨舉隨釋，如中文之旁支，後乃遙接前文，足意成句。故西文句法，少者二三字，多者數十百言。假令仿此爲譯，則恐必不可通；而刪削取徑，又恐意義有漏。此在譯者將全文神理融會於心，則下筆抒詞，自然互備。至原文詞理本深，難於共喻，則當前後引襯以顯其意。凡此經營，皆以爲達，即所以爲信也。

一《易》曰：「修辭立誠。」子曰：「辭達而已。」又曰：「言之無文，行之不遠。」三者乃文章正軌，亦即爲譯事楷模；故信達而外，求其爾雅。此不僅期以行遠已耳；實則精理微言，用漢以前字法句法則爲達易。用近世利俗文字則求達難。往往抑義就詞，毫釐千里。審擇於斯二者之間，夫固有所不得已也，豈釣奇哉！不佞此譯，頗貽艱深文陋之譏；實則刻意求顯，不過如是。又原書論說，多本名數格致及一切疇人之學；倘於之數者向未問津，雖作者同國之人，言語相通，仍多未喻。矧夫出以重譯也耶？

它所譯大率似此。大抵不肯於汝綸所稱「與其傷潔，毋寧失眞」而已。顧復自言：「《原富》之譯，與《天演論》不同。下筆之頃，雖於全節文理，不能不融會貫通爲之；然於辭義之間無所顚倒附益，獨於首部篇十一〈釋租〉之後，原書旁論四百年以來銀市騰跌，文多繁贅，而無關宏旨；則概括要義譯之。」又言：「穆勒約翰《群己權界論》，原書文理頗深，意繁句重。若依文作譯，必至難索解人；故不得不略爲顚倒。此以中文譯西書定法也。」質言之，曰「譯意」而已；故不斷斷於字比句次之間也。雖至名義亦然。顧謹於造辭，矜愼不苟，自謂：「一名之立，旬月踟躕。」譯赫胥黎《天演論》曰：「新理踵出，名目紛繁。索之中文，渺不可得；即有牽合，終嫌參差。譯者遇此，獨有自具衡量，即義定名。顧其事有甚難者。即於此書上卷〈導言〉十餘篇，乃因正論理深，先敷淺說；僕始翻『卮言』，而錢塘夏穗卿（曾佑）病其濫惡，謂：『內典原有此種，可名『懸談』』。及桐城吳丈摯父（汝綸）見之，又謂：『卮言既成濫詞，懸談亦沿釋氏，均非能樹立者所爲，不如用諸子舊例，隨篇標目爲佳。』穗卿又謂：『如此則篇自爲文，於原書建立一本之義稍晦。』而『懸談』、『懸疏』諸名，『懸』者繫也，乃會撮精旨之言，與此不合，必不可用。於是乃依其原目，質譯『導言』；而分注吳之篇目於下，取便閱者。此以見定名之難；欲避生吞活剝之誚，有不可得者矣。他如『物競』、『天擇』、『儲能』、『效實』諸名，皆由我始。」譯斯密亞丹《原富》曰：「『計學』，西名葉科諾密；『葉科』此言『家』，『諾密』爲聶摩之轉，此言『治』、言『計』；則其義始於治家，引而申之，爲凡料量經紀撙節出納之事；擴而充之，爲邦國天下生食爲用之經。蓋其訓之所包至衆，故日本譯之以『經濟』，中國譯之以『理財』。顧必求吻合，則經濟既嫌太廓，而理財又嫌過陋。自我作古，乃以『計學』當之；雖計之爲義不止於地官之所掌，平準之所書；然考往籍『會計』、『計相』、『計偕』諸語，與常俗『國計』、『家計』之稱，似與希臘之聶摩，較爲有合。故《原富》者，『計學』之書也。然則何不徑稱『計學』而名『原富』？曰：『從斯密氏之所自名也。』且其書體例，亦與後人所撰計學，稍有不同：達用多於明體，一也。匡謬急於講學，二也。其中所論，如部丙之篇二、篇三，部戊之篇五，皆旁羅之言，於計學所涉者寡，尤不得以科學家言例之。云『原富』者，所以察究財利之性情，貧富之因果，著國財所由出云爾。故《原富》者，計學之書，而非講計學者之正法也。計學於科學爲內籀之屬。內籀者，觀化察變，見其會通，立爲公例者也；如斯密、理嘉圖、穆勒父子之所論者，皆屬此類。然至近世，如耶方斯、馬夏律諸書則漸入外籀，爲微積曲線之可推，而其理乃益密。此二百年來計學之大進步也。計學以近代爲精密；乃不佞獨有取於是書而以爲先事者：蓋溫故知新之義，一也。其中所指斥當軸之迷謬，多吾國言財政者之所同然，所謂從其後而鞭之，二也。其書於歐、亞二洲始通之情勢，英、法諸國舊日所用之典章，多所纂引，足資考鏡；三也。標一公理，則必有事實爲之證喻；不若他書勃率理窟，潔淨精微，不便淺學，四也。」譯穆勒約翰《名學》曰：「『邏輯』此翻『名學』。其名義始於希臘，爲『邏各斯』一根之轉。『邏各斯』一名兼二義；在心之意，出口之詞，皆以此名；引而申之，則爲論爲學；故今日泰西諸學，其西名多以『羅支』結響，『羅支』，即『邏輯』也；如『斐洛羅支』之爲字學，『唆休羅支』之爲群學，『什可羅支』之爲心學，『拜詞羅支』之爲生學，是已，精而微之，則吾生最貴之一物，亦名『邏各斯』；此如佛氏所舉之『阿德門』，基督教所稱之『靈魂』，老子所謂『道』，孟子所謂『性』，皆此物也。故『邏各斯』名義最奧衍，而本學之所稱爲『邏輯』者，以如貝根言，是學爲一切法之法，一切學之學；明其爲體之尊，爲用之廣，則變『邏各斯』爲『邏輯』以名之，學者可以知其學之精深廣大矣。『邏輯』最初譯本，爲固陋所及見者，有明季之《名理探》，乃李之藻所譯；近日稅務司譯有《辨學啓蒙》。曰『探』曰『辨』，皆不足與本學之深廣相副；必求其近，姑以『名學』譯之，蓋中文惟『名』字所函，其奧衍精博與『邏各斯』字差相若；而學問思辨，皆所以求誠；正名之事不得捨其全而用其偏也。」譯穆勒約翰《群己權界論》曰：「或謂舊翻『自繇』之西文『里勃而特』，當翻『公道』；猶云事事公道而已；此其說誤也。謹按『里勃而特』，原古文『里勃而達』，乃自由之神號，其字與常用之『伏利當』者同義；「伏利當」者，無罣礙也，又與『奴隸』、『臣服』、『約束』、『必須』等字爲對義。『公道』西文自有專字曰『札思直斯』，二者義雖相涉，然必不可混而一之也。中文『自繇』，常含放涎、恣睢、無忌憚諸劣義；然自是後起附屬之話，與初義無涉。初義但云不爲外物拘牽而已；無勝義，亦無劣義也。夫人而自繇，固不必須以爲惡；即欲爲善，亦須自繇。其字義訓，本爲最寬。『自繇』者，凡所欲爲，理無不可，此如有人獨居世外；其自繇界域，豈有限制；爲善爲惡，一切皆自本身起義，誰復禁之。但自入群而後，我自繇者，人亦自繇；使無限制約束，便入強權世界而相衝突。故曰：『人得自繇，而必以他人之自繇爲界。』此則《大學》挈絜矩之道，君子所恃以平天下者矣。穆勒此書，即爲人分別何者必宜自繇，何者不可自繇也。斯賓塞《倫理學．說公》一篇，言：『人道所以必得自繇者，蓋不自繇則善惡功罪皆非己出，而僅有幸不幸可言，而民德亦無由演進，故惟與以自繇而天擇爲用，斯郅治有必成之一日。』佛言：『一切衆生，皆轉於物；若能轉物，即同如來。』能轉物者，眞自繇也。是以西哲又謂：『眞實完全自繇，形氣中本無此物，惟上帝眞神，乃能享之；禽獸下生，驅於形氣，一切不由自主，則無自繇而皆束縛。獨人道介於天物之間，有自繇，亦有束縛。治化天演，程度愈高，其所得以自繇自主之事愈多。』由此可知『自繇』之樂，惟自治力大者爲能享之；而氣稟嗜欲之中，所以纏縛驅迫者，方至衆也。盧梭《民約》其開宗明義，謂『斯民生而自繇』此語大爲後賢所呵。亦謂初生小兒，法同禽獸，生死飢飽，權非己操，斷斷乎不得以自繇論也。名義一經俗用，久輒失眞。如老氏之『自然』，蓋謂世間一切事物，皆有待而然；惟最初衆父，無待而然；以其無待，故稱『自然』，惟『造化』、『眞宰』、『無極』、『太極』爲能當之；乃今俗義，凡順成者皆『自然』矣。又如釋氏之『自在』，乃言世間一切六如變幻起滅；獨有一物，不增不減，不生不滅；以其長存，故稱『自在』。惟力質本體，恆住眞因，乃有此德。乃今欲取涅槃極樂引申之義，而凡安閑逸樂者皆『自在』矣，則何怪『自繇』之義，始不過謂自主而無以罣礙者；乃今爲放肆、爲淫佚、爲不法、爲無禮；一及其名，惡義坌集；而爲主其說者之詬病乎？穆勒此篇所釋名義，只如其初而止，柳子厚詩云：『破額山前碧血流，騷人遙住木蘭舟。東風無限瀟湘意，欲採蘋花不自由。』所謂『自由』，正此義也。『由』、『繇』二字，古相通假。今此譯皆作『自繇』字，不作『自由』者，非以爲古也，蓋其字依西文規例，本一繫名，非虛乃實；寫爲『自繇』，欲略示區別而已。」凡此之類，皆幾經籀討，而後定一名，下一義。學者稱之曰「侯官嚴先生」。自是士大夫多傾向西人學說；而復則以爲「自由」、「平等」、「權利」諸說，由之未嘗無利；脫靡所折衷，則流蕩放佚，害且不可勝言，其究必有受其弊者。獨居深念，嘗謂近者吾國以世變之殷，凡吾民前者所造因，皆將如此食其報。而淺謭剽疾之士，不悟其所從來如是之大且久也；輒攘臂疾走，謂以旦暮之更張，將可以與勝我抗也；不能得，又搪撞號呼，欲率一世之人，與盲進以爲破壞之事。顧破壞矣，而所建設者，又未必其果有合也；則何如稍審重而先咨於學之爲猶愈也。每於廣衆中陳之，急言急論。顧聞者不以爲意，輒謂復之過計也。以光緒三十一年，因事赴倫敦，孫文適在英，聞復之至，造訪焉。復乃爲痛陳中國民品之劣，民智之卑，即有改革，害之除於甲者，將見於乙；泯於丙者，將發於丁。如不從教育下手，更新何日。文曰：「俟河之清，人壽幾何。君思想家，我乃實行家也。」遂不復見云。

復既以海軍積勞敘副將矣；盡棄去，入資爲同知，洊擢道員。宣統元年，海軍部立，特授協統，尋賜文科進士出身。其鄉人鄭孝胥調以二詩：其一曰：「嚴侯本武人，科舉偶所慕。棄官更納粟，被刖嘗至屢。平生等身書，弦誦遍行路。晚邀進士賜，食報一何暮。回思丙丁間，春闈我猶赴；都門有文會，子作必寄附；傳觀比尤王，一讀舌俱吐。誰知厄場屋，同輩空交譽。天傾地維絕，萬事逐煙霧；八股竟先亡，當時殊不悟。寒窗抱卷客，億兆有餘詛。吾儕老更黠，檢點詩戲具。煩君發莊論，習氣端如故。」其二曰：「左侯（左宗棠）居軍中，嘆息謂歐齋（林壽圖以進士出身，官陝西布政使。時左官陝甘總督也）：『屈指友朋間，才第有等差。進士勝翰林，舉人又過之。我不得進士，勝君或庶幾。』歐齋奮然答：『霞山（劉蓉以諸生從戎，累官陝西巡撫）語益奇。舉人何足道，卓絕惟秀才！』言次輒捧腹，季高怒豎眉。觀君評制藝，折肱信良醫。少年求進士，得之特稍遲。風味如甘蔗，倒嚼境漸佳。何可遽驕滿，持將傲吾儕！不穀雖不德，自知背時宜。三十罷應試，庚寅直至斯。誓抱季高說，不顧歐齋嗤。君詩貌煩冤，內喜堪雪悲。官里行相促，老蒼仗頭皮。八股縱已亡，身受伏餘威；知君不忘故，得意還見思。」亦以證復曩昔之治八股者劬耳。旋充學部名詞館編纂。其後章士釗董理其稿，草率敷衍，乃彌可驚，嘆復借館覓食，未拋心力爲之也。旋以碩學通儒徵爲資政院議員。三年，授海軍部一等參謀官。

袁世凱與復本雅故；其督直隸，招復不至，以爲恨。既罷政，詆者蜂起。復獨抗言折之，謂：「世凱之才，一時無兩。」則又感復。及被舉爲臨時大總統，遂聘復長京師大學堂，充公府顧問，參政院參政，及憲法起草委員。復恆昌言：「國人識度不適於共和。」又言：「自由平等者，法律之所據以爲施，而非云民質之本如此也。夫言自由而日趨於放恣，言平等而在在反於事實之發生。此眞無益，而智者之所不事也。大抵治權之施，見諸事實，故明者著論，必以歷史之所發見者爲之本基；其間籀取公例，則必用內籀歸納之術而後可存。若夫向壁虛造，用『前有』、『假如』之術；立爲原則，演繹之；及其終事，罔不生心害政。盧梭之《民約論》出，以自由平等爲天下號，適會時世，民樂畔古；而盧梭文辭又偏悍發揚，語辯而意澤，能使聽者入其玄而不自知。顧所謂『民居之而常自由、常平等』者，盧梭亦自言其爲歷史之所無矣。夫指一社會，考諸前而無有，求諸後而不能；則安用此華胥、烏托邦之政論而毒天下乎？況今吾國人之所急者，非自由也，而在人人減損自由，而以利國善群爲職志。至於『平等』，本法律而言之，誠爲平國要素，而見於出占投票之時；然須知國有疑問，以多數定其從違，要亦出於法之不得已；福利與否，必視公民之程度爲何如。往往一衆之專橫，其危險壓制，更甚於獨夫，而亦未必遂爲專者之利。是以其書名爲救世；於窮檐編戶，嫗煦燠咻；而其實則慘刻少恩，恣睢暴戾。」乃著〈民約平議〉一文，其說本之英哲家赫胥黎。而戴袁世凱者，利復有言，又以復雄文高名，欲資之以稱帝。始發其謀者楊度。憲法顧問美博士古德諾氏〈共和與君主論〉既發表之第三日，楊度訪復於西城舊刑部街之居，侈陳其比來博塞之利；謂「數日前，挾二千金之天津，訪所眷某姬，約友作雀戲，以千元作底，加旺子百元，和與翻無限制；會吾輪莊牌，作餅子清一色，案上碰出八九餅；手中一餅三枚，二五餅對碰等和；旁家發一餅，以常情論，吾無開槓理。顧吾欲借以卜吾運之亨塞，乃舉手中牌七枚，翻以示人曰：『吾既槓一餅，已無異自宣吾蘊，尚何祕爲？苟吾運果佳者，所需二五餅，終當摸索自得之；天緣湊巧，或且槓上開花矣。』不意翻取諸槓頭之牌視之，果爲二餅；遂以一色全對成和，作五翻計算，合旺子之數，一次所贏，已逾萬金也。吾以是知吾運已入亨通之境；意有所圖，必當如願。近謀組織一公司，朋輩爭相互股，群思託蔭於吾，冀有所膏潤」云。復聞度言之津津，若有至味，頗不識何所取意。

次日，度復相過，問：「見古德諾〈君主論〉乎？」曰：「見之。」問：「公視今日政治，何如前清？共和果足以使中國臻於富強興盛乎？」復喟爾而言曰：「此一時殊未易答。辛亥改革之頃，清室曾頒布憲法信條十九，誓以勿渝。僕於其時主張定虛君之制，使如吾言，清室怵於王統之垂絕幸續，十九信條必將守之惟謹，不敢或背，而君臣之義未全墮地，內外百官猶有所懾。國事之壞，當不至如今日之甚，或得如英國國君端拱無爲而臻於上理，未可知也。」度曰：「惟然；我將與同志諸人組合一會，名曰籌安，專就吾國是否宜於共和，抑宜於君主，爲學理之研究。古德諾引其端，吾等將竟其緒。國中士庶，向惟公之馬首是瞻。請公爲發起人，可乎？」復懼然作色曰：「適吾所云，不過追維既往，聊備一說。國經改革，原非一蹴可期其大治。君主之制，所賴以維繫者，厥惟人君之威嚴。今日人君威嚴既成覆水；貿然復舊，徒益亂耳。僕持重人所共知，居恆每謂國家革故鼎新，爲之太驟；元氣之損，往往非數十百年不易復。故世俗所謂革命，無問其意在更民主抑君主，凡卒然盡覆已然之局者，皆爲僕所不取。國家大事，寧如弈棋，一誤豈容再誤？吾國之宜有君而輿屍征凶，此雖三尺童子知之；而所難者，孰爲之君。此在今日，雖爲聖者，莫知適從；鄙意誠所重憚。」度磨之曰：「而公曾不聞之乎？德皇威廉一再語梁崧生公使、袁芸臺公子（梁士詒、袁克定）：『中國非君主不治；長此不更，爲害必且累及世界。』其言誠洞中肯綮。以公之明，詎尙見不到此？且吾輩但事研究，可耳。至君主應否規復之議一決，吾輩之責任已畢。若夫實施，別有措置。爾時水到渠成，尙何重憚之有？」復又曰：「若然，則欲君主便君主可耳。自古覬覦大位者，一惟勢力是視；何嘗有待於研究哉？」度乃以大義相劫，正色告曰：「政治之弛張，不本之學術，於理未融，即於情不順。公宿學雅望，士林瞻仰；既知共和國體之無補於救亡，即不宜苟安聽其流變！」復意不能無動，乃曰：「籌安會，足下必欲成之；僕入會爲會員，貢一得之愚，固未嘗不可。特以研究相號召，不能強人主張以必同也。」度乃起告別，尋語曰：「日者相者俱判吾鵬程萬里，行且將扶搖上青天。吾不已告公博塞之微，其通亨且若彼？公果降心相從，何鰓鰓慮天閼也？」復至是始悟昨之侈言博塞，意在以諷喻，爲今日遊說張本耳。

明日，度具柬邀復晚餐，柬敘同座，則孫毓筠、劉師培、李燮和、胡瑛姓名赫然在焉，皆度所要給以發起籌安會者也。復既以疾辭。至晚宴散，度復相過。復固辭不見。度怏怏去。夜逾半，度忽遣使以一書相詒，謂：「籌安會事，實告公，蓋承極峰旨。極峰諭非得公爲發起人不可，固辭恐不便。事機稍縱即逝。發起啓事，明日必見報。公達人，何可深拒？已代公署名，不及待復示矣。」緘尾並綴「閱後付火」四字。復得書，倉卒不知所爲。明日籌安會啓事出；而復列名發起人第三。閽者啓：「門首晨出，即有壯士二人荷槍鵠立；

詢之，則謂長官恐匪黨或相擾，遣來警衛也。」於是復杜門不出；籌安會召議事，輒稱疾謝之；直至籌安會解散，未嘗一蒞石駙馬街，望籌安會之門。

及梁啓超有異議，其論一出，風動海內。而世凱謀所以折其議者，乃以爲非復莫屬，署券四萬金，令內史夏壽田持以謁復，請爲文以難啓超。復卻其幣，告壽田曰：「吾苟能爲，固分所應爾。若以貨取，其何以昭信天下？非主座見命之意也。容吾徐圖之以報命。」壽田唯唯退。而復得要脅之書，無慮二十通，或諷以利害，或脅以刺殺，或責其義不容辭而詭稱天下屬望。所署姓字眞僞不得知，要皆謂復非有以折啓超而關其口不可，復籌慮數日。乃詣壽田，舉所得諸函示之曰：「梁氏之議，吾誠有以駁之。惟吾思主座命爲文，所祈以祛天下之惑而有裨於事耳。閩中諺云：『有當任婦言之時。有姑當自言之時。』時勢至今，正當任婦言之。吾雖不過列名顧問，要爲政府中人，言出吾口，縱極粲花之能事，人方視之爲姑所自言；非惟不足以祛天下之惑，或轉爲人借口，吾以是躊躇不輕落筆，非不肯爲也。爲之而有裨於事，吾寧不爲哉？至於外間以生死相恫嚇，殊非吾所介意。吾年逾六十，病患相迫，甘求解脫而不得；果能死我，我且百拜之矣！」壽田以白世凱。世凱知其意不可奪，駁梁啓超之文乃改命孫毓筠爲之。是故名與籌安發起之列者六人；世謂之「籌安六君子」，語含諷嘲。餘五人皆有美新之作，勸進之文，而楊度〈君憲救國論〉，最傳誦人口。獨復學問文章，冠絕後輩，未嘗有隻字著論；而語於人曰：「大總統宣誓就職之後，以法律言，於約法有必守之義務。不獨自變君主不可訓，且宜反抗餘人之爲變。堂堂正正，則必俟通國民之要求。顧民意之於吾國，乃至難出現之一物；使不如是。則共和最高國體，亦無所云不宜者矣。」徒以名高爲累，遂爲世凱所浼，英人多辣司氏謂其友曰：「世凱苟具卓犖之識，積學如嚴先生輩正不應牽令入政治漩渦，摧毀國之精英。然未嘗以不如己意而殺其身；賢於貴國古代奸雄遠矣。」

世凱既失志以死。而黎元洪代爲總統，知復之不與謀也，故緝治籌安肇首，復不與焉。顧明令未頒之先，頗有傳復不爲元洪所諒者。林紓至泣涕以迫復宵遁。復慨然曰：「吾俯仰無愧怍，雖被刑，無累於吾神明；

庸何傷！」夷然處之。然千夫所指，清望頓減矣。顧復通知古今，善於覘國；既感時驚心，有所切論；知之者以爲警世之危言，不知者以爲遜朝之殷頑也。然談言微中，不爲苟同；足以資監觀裨國是者，不鮮焉。

方袁世凱之爲大總統也，國人震其威名，以爲可遺大投艱。而復則殊不謂然；曰：「中國之弱，其原因不止一端；顧其大患，在下習凡猥，而上無循名責實之政。齊之強以管仲，秦之起以商鞅，其他若申不害、趙奢、李悝、吳起，降而諸葛武侯、王景略，唐之姚崇，明之張太岳，凡爲強效大抵皆任法者也。吾國人學術既不發達，而於公中之財，人人皆有巧偷豪奪之私，如是而增國民負擔，誰復甘之！草衣木食，潛謀革命，則痛哭流涕，訾政府窮凶極惡；一旦竊柄自雄，則捨聲色貨利，別無所營；平日愛國主義，不知何往。以如是之國民，雖爲強者奴隸，豈不幸哉！是故居今而言救亡，惟申韓庶可用。除卻綜名核實，豈有他途可行！試觀歷史，無論中外古今，其稍獲強效者；何一非任法者耶？項城固一時之桀，顧吾所心憾不足者，無科學知識，無世界眼光；又過欲以人從己，不欲以己從人；一切用人行政，未能任法而不任情也。望其轉移風俗，奠固邦基，嗚呼，非其選爾！顧居今之日，平情而論，於新舊兩派之中，求當元首之任而勝項城者誰乎？此國事之所以重可嘆也。財匱民窮，不爲根本救濟之法，方戚戚以斷炊破產爲憂；刻意聚斂，以養君爲最急之事，尚何能爲民治生計乎？教育強國根本，而革命以後，此論久不聞矣。」

及世凱之敗也，國人怒其稔惡，又以亟去之爲快。而復意又不然；曰：「項城此時去，則天下必亂，而必至於覆亡。德人有言：『祖國無上；爲此者，一切無形有形之物，皆可犧牲。』復之不勸項城退位，非有愛於項城也；無他，所重在國故耳。夫項城非不可去，然必先爲其可以去。蘇明允謂：『管仲未嘗爲其可以死，其於國爲不忠。』使項城而稍有天良，則前事既差，而此時爲一國計，爲萬民計，必不可去。而他日既爲可去之後，又萬萬不可以留。蓋使項城今日而去，則前者既爲不義，而今日又爲其不仁。使項城他日而留，則前者既爲其寡廉，而他日又爲其鮮恥。故曰『今日必不可去，他日必不可留』也。歷觀各報，函電旁午，壹以迫項城退位爲宗。顧退位矣，而用何道出之，使神州中國得以瓦全？則又毫無辦法。故復常謂中國黨人，無論帝制共和兩派，蜂起憤爭；而跡其行事，誅其居心，要皆以國爲戲以售其權利憤好之私，而爲旁睨胠篋之傀儡。以云愛國，邈乎遠矣！夫中國自前清之帝制而革命，革命而共和，共和而一人政治，一人政治而帝制復萌，誰實謂之！至於此極！彼項城固不得爲無罪；而所以使項城日趨於專，馴至握此大權者，夫非辛壬黨人、參衆兩院之搗亂，靡所不爲，致國民寒心，以爲寧設強硬中央，驅除洪猛，而後元元至息肩喘喙之地故耶？不幸項城不悟，以爲天下戴己，遂占亢龍，遽取大物；一著既差，威信掃地。嗚呼，亦可謂大哀也已！然所謂帝制違誓種種，特反對者所執之詞；而項城之失人心，一敗至於不可收拾者，固別有在，非帝制也。蓋項城之失敗衆矣；而最制其死命者，莫如財政；項城之敗著夥矣，而莫厲於暗殺。項城自柄政以還，於中交兩行，其虧負顯然可指者過四千萬；而黠昧通挪，經梁士詒、葉恭綽爲之騰攫者，尙過此數。不得已；梁士詒倡停止付現之院令，蓋以逢項城之意，欲取中國銀行預備金以爲濟急之計。乃京、漢而外，舉不奉令；則事已全反其所期，而徒爲益深益熱之敗著。嗚呼，吾曹終日憂嘆，爲國懷破產之懼；而項城則長作樂觀，泥沙揮霍；小人逢長，因而啜葉促訾，是其敗宜久矣！就職五年，民不見德；不幸又値歐戰發生，工商交困，百貨瞢騰，而國用日煩；一切賦稅；有加無減。社會侈靡成風，人懷非望。此即平世，已不易爲；乃國體適於此時議變更，遂爲群矢之的。且項城自辛亥出山以來，得以首出庶物者，無他，舊握兵權而羽翼爲盡死力故也。生性好用詭謀以鋤異己。往者勿論，乃革命軍動，再行出山，至今若吳祿貞、若宋教仁、若趙秉鈞、若應桂馨，最後若鄭汝成、若張思仁，若黃遠庸，海宇嘩然，皆以爲項城主之。夫殺吳、宋，雖公孫子陽而外之所不爲；然猶可爲說。至於趙秉鈞、鄭汝成，皆平日所謂心腹股肱，徒以洩祕密之口，忍於出此，又況段祺瑞以不同意稱帝，杜門不動，數見危機。人間口語，怪怪奇奇，則群下幾何其不解體乎！夫求之財政則如彼；察之人心又如此；雖以魏武、劉裕當之，殆難爲力；矧非其倫！而自就職以來，於中國根本問題，毫末無所措注。即以治標而論：軍旅素所自許，而悍兵驕將，軍實戰械，皆未聞有統一之規。徒以因緣際會，群龍無首，爲衆所推；遂亦予聖自雄，以爲無兩。而以參衆兩院搗亂之太過，於是救時之士，亦謂中國欲治，非強有力之中央政府不可。新修約法，於法理本屬無當；而反對者少。無他，冀少獲救國之效已耳。而誰謂轉厚項城之毒乎？籌安會之起，私衷本不贊同。然丈夫行事，既不能當機決絕，登報自明；則今日受責，即亦無以自解。惟於此日取消帝制之後，而欲使我勸項城退位，則又萬萬不能。」

袁世凱既殆；而黎元洪代起爲大總統；國人推長者，謂其可息世囂、夷大難。而復意又不然；曰：「吾讀中西歷史，小人固覆邦家，而君子亦未嘗不失敗。大抵政治一道，如御舟然，如用兵然；履風濤，冒鋒鏑，各具手眼，以濟以勝爲期；能濟能勝而後爲群衆所託命。道德之於國君，譬之如財政家之信用，非是固不可行；然而乃其一節，而非其全能也。黎公道德，天下所信。然救國圖存，斷非如此道德所能有效。何則？以柔暗故。遍讀中西歷史，以謂天下最危險者，無過良善暗懦人：下爲一家之長，將不足以庇其家；出爲一國之長，必不足以保其國。古之以暴戾豪縱亡國者，桀紂而外，惟楊廣耳；至於其餘，則皆煦煦姝姝，善良謹葸者也。又況今日邦基隉杌，其能宏濟艱難、撥亂世而反之正者，決非僅僅守正高尚、如今人所謂道德者，足以集事。當是之際，能得漢光武、唐太宗，上之上者也；即不然，曹操、劉裕、桓宣武、趙匡胤，亦所歡迎。蓋當國運飄搖，干犯名義是一事；而功成治定，芟夷頑梗，得以使大多數蒼生安居樂業，又是一事。此語若對衆宣揚，必爲人人所唾罵。然細思之，今日政治唯一要義，其對外能強，其對內能治；所用方法，則皆其次。孟子謂：『行一不義，殺一不辜，雖得天下不爲。』此自極端高論，殆非世界所能有。然吾所患於袁氏者，以其多行不義，多殺不辜；而於外強內治兩言，又復未嘗夢到。觀其在位四年，軍伍之不統一，財政之紛亂；夫治標乃渠儂最急之圖，尚是如此；至其他根本問題，如教育、司法，尤不必論。綜其行事，所最爲中外佩服者，即其解散國會一事，謂其有利刃斬亂麻之能；而抵制日本要求不與焉。嘗觀陝西教士著一《見聞錄》，謂：「袁世凱大罪，不在規圖帝制；在於不審始終。至於事敗，轉使強盜群稱守正，匪人皆居成功；而民國之苦痛遂極。」此眞針針見血之語。夫國亂如此，北洋系經一番酣拳之後，既成暮氣而無能爲；則使有政黨焉，以其魄力盤踞把持，出而爲一切之治，鋤誅異己，號令出於一門，人曰『此暴民專制』也，而吾則曰『猶有賴焉』。而乃好惡拂人，貪酷無厭。假令一旦異己者亡，而同室之中，又乖離分張，芽孽萌動，而爭雄長矣。夫盜賊匪人，豈有久合之道？欲其利國，不益遠乎？此吾國前途所爲可痛哭也。」

其時梁啓超方以政論負天下望，而袁世凱之殆，又發難於啓超之一論，國人仰之如景星慶雲。而復意又不然；曰：「國家欲爲根本改革之計，其事前皆須有預備。而今之人，則欲一蹴而幾，又焉可得？少年人大抵狂於聲色貨利之際；即其中心地稍淨者，亦聞一偏之說，鄙薄古昔，而急欲一試，以謂必得至效。逮情見勢屈，始悟不然；此時即有次骨之悔，而所亡已多。今日之事，不如是耶？但問今日局面不可收拾之所由來，則其原因至衆，項城不過因其勢而挺之而已，非造成此勢者也。若論造成此勢，則清室自爲其消極；而康、梁以下諸公爲其積極；二者合，而大亂遂爲不得不成之勢。至於元二諸公，所謂推波助瀾，而其身亦在漩渦滾浪之中，欲不爲然，或不可得。夫滿清入關，以東胡種人而爲中國之主，比較而論，其暴君亂政，以視朱明、胡元要爲稀少。而一旦權臣欺其寡孤以與人市，臣民之中絕少爲之太息扼腕者，雖曰自取；而向來執筆出報諸公，不得不謂其大有效力耳。嗟嗟，吾國自甲午以來，變故爲不少矣。而海內所奉爲導師，以爲趨向標準者，首屈康、梁師弟。顧衆人視之以爲福首；而自僕視之，則以爲禍魁。何則？政治變革之事，蕃變至多，往往見其是矣，而其效或非；群謂善矣，而收果轉惡。是故深識遠覽之士，愀然恆以爲難，不敢輕心掉之，而無予智之習。而彼康、梁則何如？生長粵東，爲中國沾染歐風最早之地。而粵人赴美者多，赴歐者少，其所捆載而歸者，大抵皆十七八世紀革命獨立之舊義。其中如洛克、米勒登、盧梭諸公學說，驟然觀之，而不細勘以東西歷史、人群結合開化之事實，則未有不醺醉顛狂，以其說爲人道惟一共遵之途徑，仿而行之，有百利而無一害者也。而孰意其大謬不然乎！平生於《莊子》累讀不厭，因其說理語打破後壁，往往至今不能出其範圍。其言曰：『名，公器也，不可以多取。仁義，先王之蘧廬也，止可以宿，而不可以久處。』莊生在古則言『仁義』，使生今日，則當言『平等』、『自由』、『博愛』、『民權』諸學說矣。莊生言：『儒者以詩書發冢。』而羅蘭夫人亦云：『自由自由，幾多罪惡，假汝而行！』甚至『愛國』二字，其於今世最爲神聖矣。然英儒約翰孫有言：『愛國二字，有時爲窮凶極惡之鐵炮臺。』西國文明，自今番歐戰掃地遂盡。英國看護婦某氏正命之頃，明告左右，謂：『愛國道德爲不足稱。何則？以其發源於私，而不以天地之心爲心故也。』此等醒世名言，必垂於後，正如羅蘭夫人論刑時，對自由神謂『幾多善惡，假汝而行』也！可知談理論一人死法，便無是處。是故孔子絕四，而釋迦亦云：『如筏喻者，法尚應捨，何況非法。』而彼康、梁則何如？於道徒見其一偏而出言甚易。南海文筆沉悶。至於任公妙才，下筆不能自休；其自甲午以後，於報章文字，成績爲多，一紙風行，海內觀聽爲之一聳。僕嘗寓書戒之，勸其無易出言，致成他日之悔。當日得書，聞頗意動；而轉念乃云：『吾將憑隨時之良知行之。』由是猖狂無忌，暢所欲言；至學識稍增，自知過當，則曰：『吾不惜與自己前言宣戰。』然而革命、暗殺、破壞諸主張，並不爲悔艾者留餘地也。其筆端又有魔力，足以動人；言『破壞』，則人人以破壞爲天經；倡『暗殺』，則人人以暗殺爲地義；敢爲非常可喜之論，而不知其種禍無窮。往者唐伯虎詩云：『閑來寫得青山賣，不使人間造業錢。』以僕觀之；梁任公所得於雜誌者，大抵皆造業錢耳。今夫亡有清二百六十年社稷者，非他，康、梁也。何以言之？德宗固有意向之人君。向使無康、梁，其母子未必生釁。西太后天年易盡，俟其百年，政權獨攬，徐起更張；此不獨祖宗之所式憑，而亦四百兆人民之利賴。而康乃踵商君之故智，卒然得君，鹵莽滅裂，輕易猖狂，馴至於幽其君而殺其友；己則逍遙海外，立名目以斂人財，恬然不爲恥。夫曰保皇，試問其所保今安在耶？必謂其有意作亂，固屬大過；而狂謬妄發，自許太過，禍人家國，而不自引咎；則雖百儀、秦，不能爲南海作辯護也。至於任公，則自竄身海外以來，常以摧剝征伐政府爲能事；《清議》、《新民》、《國風》，進而彌厲；至於其極，詆之爲窮凶極惡，意若不共戴天。以一己之新學，略有所知，遂若舊制一無可恕，其辭具在，吾豈誣哉？於是頭腦簡單之少年，醉心《民約》之洋學生，至於自命時髦之舊官僚，乃群起而爲湯武順天應人之事；迨萬弩齊發，堤防盡隳，而天下洶洶，莫適誰主。蓋至辛亥壬子之交，天良未昧，任公悔之晚矣。於是熏穴求君，思及朱明之恪孫，曲阜之聖裔。乃語人曰：『吾往日議論，止攻政府，不詆皇室。』嗟嗟，任公生爲中國之人，讀書破萬卷，尚不知吾國之制，皇室政府不得歧而二之；於其體誠欲保全，於其用不得不稍留餘地，亦可謂枉讀一世之中西書矣。今夫中國立基四千餘年，含育四五百兆，是故天下重器，不可妄動；動則積屍成山，流血爲渠。古聖人所以嚴分義而威亂賊者以此，伊尹之三就桀者以此，周發之初會孟津而復散歸者以此，操、懿之久而後篡者亦以此。英人摩理有言：『政治爲物，常擇於兩過之間。』法哲韋陀虎哥有言：『革命時代，最危險物，莫如直線。』任公理想中人，欲以無過律一切政法，而一往不回，常行於最險直線者也；故其立言多可悔。迨悔而天下之災已不可救矣。今夫投鼠忌器，常智猶能與之。彼有清多罪，至於末造之親貴用事，壞法亂政，誰不知之。然使任公爲文痛詈之時，稍存忠厚，少斂筆鋒；不至天下憤興，流氓童騃盡可奉辭與之爲難，則留一姓之傳，以內閣責任漢人，爲君主立憲；所全豈不甚多？而無如其一毀而無餘何也。至於今日，事已往矣。師弟翩反，復睹鄉枌，強健長存，仍享大名，而爲海內巨子；一詞一令，依然左右群倫；而有清之社，則已屋矣。〈黃臺瓜〉辭曰：『種瓜黃臺下，瓜熟子離離。一摘使瓜好，再摘使瓜稀，三摘猶爲可，四摘抱蔓歸。』康、梁之於中國，已再摘而三摘矣。耿耿隱憂，竊願其愼勿四摘耳。大抵任公操筆爲文時，其實心救國之意淺，而俗諺所謂『出風頭』之意多。莊生謂：『蒯聵知人之過，而不知其所以過。』而德文豪哥德劇曲中，載有鮑斯特者，無學不窺，最後學符咒神祕術；一夜召地球神，而地球神至，陰森獰惡，六種震動。問欲何爲，鮑大恐屈伏；然而無術退之。嗟乎，任公既以筆端攪動社會至於此矣，然惜無術再使吾國社會清明；則於救亡本旨，又何濟耶？時局至此，當日維新之徒，大抵無所逃罪。僕雖心知其危，故《天演論》既出之後，即以《群學肄言》繼之，意欲蜂氣者稍爲持重。不幸捨其舊而謀其新，風會已成。而鄭蘇戡〈五十自壽長句〉有句云：『讀盡舊史不稱意，意有新世容吾儕。』嗟乎，新則新矣，而試問此爲何如世耶；大抵吾人通病，在睹舊法之弊，以爲一從夫新，如西人所爲，即可以得無弊之法；而孰意不然。專制末流，固可爲痛；則以爲共和當佳；而孰知其害乃過於專制。始知世間一切法舉皆有弊；而福利多寡，仍以民德民智高下爲歸。使其德智果高，將不徒新法可行，即舊者亦何嘗遂病。倘德與智，未足心知其意，即民權亦復何爲。其最受病，在用共和而不知選擧權之重，放棄販賣，匪所不爲。根本受病，此樹不能久矣。所以嘵嘵者：即以億兆程度，必不可以強爲；即自謂有程度，其程度乃眞不足；目不見睫，常苦不自知耳。辛亥革命，而段祺瑞執梃袁門，摟合武人以爲兵諫，宣統遜政，共和以成。八九年來，當以保障共和自任；然而於所以爲共和者，段氏寧夢見也？國會之唯利是視，摧剝民生，殆吾國有歷史來所未有。舊有風憲之官，言西法者皆以爲非善制；今則以其權畀國會矣。由是明目張膽，植黨營私；當國者只須有錢以豢養此輩議員，便可以諸善勿作，諸惡奉行，而身名仍復俱泰。嗚呼，眞不圖我生不辰，乃見如此世界也！間嘗深思世變，以爲物必待極而後反。前者擧國暗於政理，爲共和幸福種種美言誇辭所炫，故不惜破壞舊法從之。今之民國近十年矣，而時事如此；更復數年，勢必令人人親受苦痛，而惡共和與一切自由平等之論如蛇蠍，而後起反古之思；至於其時，又未必不太過。此社會鐘擺原例，無可奈何者也。往者突厥，群稱近東病夫，至十九稘末造，毅然變法；於是有少年突厥之特稱，列邦拭目觀其變化，僉謂自茲歐、亞接壤中間，將必有崛興之強國矣。顧乃大謬不然。數年之間，埃及、巴爾幹群屬幾盡；而最後乃不量德力，爲德所利用；屈指年月，更繪輿圖；不獨歐洲必無回部；即在安息、大食中間，亦不知占得幅員幾許。是故變法而興者，日本也。變法而亡者，突厥也。天時、地利、人事三者交匯以爲其因；此中消息至微，惟狂妄者乃欲矢口高論耳。吾輩託生東方，天賦以國；國者，其尊如君，其親如父。今乃於垂老之日，目擊危亡之機，欲爲挽救之圖，早夜思維，常苦無術。又熟知世界大勢，日見半開通少年，於醉夢中求漿乞酒，眞使人祈死不得。所絕對不敢信者，以中國之地形民質，可以共和存立；梁任公亦謂：『共和必至亡國。』而求所以出此共和者，又斷然無善術。嗚呼，今乃知當日肆口擊排清室，令其一毀無餘者，爲可恨也。《詩》曰：『無易由言。』人人自詭救國，實人人皆抱火厝薪之夫。一旦及之後知，履之後艱；雖痛哭流涕，輒指呵罵其所崇拜盲從之人，亦已晚矣。悲夫！」

既而喪亂頻仍，國人意又稍苦共和。康有爲乃與長江巡閱使張勛陰謀復辟。而復意又不然；曰：「九年鹵莽共和，天下事至於如此。自常識而論，復辟豈非佳事？惟君主之治，必須出於自力；其次亦須輔佐。況當武人擁兵時代，非聰明神武，豈能戡禍亂而奠治安。此時中國已患無才；至於滿人，更不消說。此正合歷史一姓不再興公例。倘鹵莽滅裂以圖之，非惟無補於蒼生；抑將叢詬於清室。名爲愛之，適以害之；萇叔違天，烏足尙乎！須知清室若可再興，則辛亥必不失國。當時天子聲靈，尙自赫耀；故家遺老猶有存者，手握雷霆萬鈞之勢。乃親貴亂政，授人口實，壞此山河；而謂今日憑借鴟張武夫，可以光復舊物？必不然矣。此議果行，大非舊朝之福！」

於時天下洶洶，一分而不可復合；北洋之軍閥，南方之民黨，紛紜角訟，各有借詞。而復則兩不以爲然；曰：「吾國革命之後，占勢力者不過兩系：軍人，一也；所謂民黨，二也。時局至此，民黨則被罪於軍閥之干政；而北洋軍人則歸獄於萬惡之國會。互相抨擊，殆無休時。顧我輩平情論之，恐兩派均難逃責也。數千年文勝之國，所謂兵者，本如蘇明允所稱：『以不義之徒，操殺人之器。』武人當令，則民不聊生；乃歷史上之事實。近數十年來，憤於對外之累敗，由是項城諸公得利用之，起而言尙武，言練兵。所以練兵；自唐以來，朝廷於有兵封疆，必姑息敷衍；清中興以後尤甚，此項城所以刻志言兵也。雖然，武則尙矣，而教育不先，風氣未改，所謂新式軍人，新於服制已耳；而其爲『不義之徒，操殺人之器』自若也。雖然，此類軍人亦惟在中國始能存立耳；稍與節制師遇，無不披靡。日本有某將官嘗言：『軍人娶得美妻，殖產至數十萬金，其人即非軍人。』然則歌童舞女，列屋環侍；偷糧蝕餉，積資數百千萬；其人尙有軍人資格耶？以如是之人而秉國成，淫佚驕奢，爭民施奪，國帑安得而不空虛？民生安得而不憔悴？由是浸淫成五季之局，斯爲幸耳。吾國原是極好清平世界。外交失敗，其過亦不盡在兵。自光、宣間，當路目光不遠，亦不悟中西情勢大殊，倜然主張練兵，提倡尙武；而當日所稟令者，依然是『以不義之夫，執殺人之器』。此吾國今日所由紛紜大亂，萬劫不復也。若夫民黨，尤爲可哀。侈言自由，假途護法。其在野也，私立名字，廣召黨徒，無事則以報紙爲機關，有事則借電報爲風雷，把持倡和，運動苞苴。一日登臺，所用者必其黨徒，曰：『此固美、法先進民主國之法程也。』蜂屯蟻聚，雖二十二行省全國官僚，不足以敷其位置；而徒黨之中，驢夫走卒，目不識丁，但前有搖旗吶喊之功，則皆有一臠分嘗之獲。吏治官方，掃地而盡。至其所謂『護法』者，亦不過所奉之辭而已。一旦手握重權，則破法者亦即此輩。軍人誠惡；然尚有統系紀律之存，其爲害或稍勝狂愚謬妄之民黨也。北洋軍人之奢驕淫佚，夫豈不知？然孰使此類之人，於社會有勢力而猶爲人心所繫者；民黨諸公宜自反也。民黨諸公，所畏忌無過北系軍人；顧識其眞際者，竊以爲不足畏。蓋北系名爲軍人，養尊處優，大抵暮氣。而民黨仰取俯拾，方在進行一是，無所忌憚，以必得爲主；故當勝也。然於『福國利民』四字，皆爲無望。群不逞志，太息俟時。而中央失政，方鎭恣睢，既授以可乘之隙，則群起而挺之。至於成事，則得位行權，各出其鉤爪鋸牙，以攘拿國帑、魚肉吾民者，猶吾大夫，未見君子。《詩》曰：『譬彼舟流，不知所屆。』吾國今日所最苦者，在於乏才。十年前，志士以政府腐敗之故，日日鳴鼓攻之，致令身無完膚；然於事無濟，徒假極無價值人，甚至強盜流氓以隙，使得借以爲資，生稱偉人，死鑄銅像。目下舉國若狂，是非自無定論。然我輩去後三十年，人心稍定時，回觀今日，不識當如何嘆恨，如何齒冷耳。從來歷史當國是國體大更動時，必呈此種現象；俟種種經歷喪失，流血已多，而後人天厭亂，漸趨正軌。合歐洲已事觀之，此時正佛家所謂浩劫，未見黃人之遂臻平世也。俄雖歐之大國，民物土地，泱泱雄風；而其間大公竊權，女謁弄政，寵賂苛法，與夫其民之不學，較之吾國，殆有甚焉。故雖蠶食亞洲；而一遇強對，輒復不振。比者其國半明之民，乘機革命，亦復定制共和。不知國之治亂強弱，初不繫此。蓋革命所制鋤者，特貴族耳；而民之愚暗，初不能一蹴而躋休明。而舊法堤防既墮，逞忿縱欲，二者必大橫決。故法經八十年而始有可循之軌，猶不足以盛強。最近者俄方且由革命而造成恐怖，由共和而流爲過激；其宗旨行事，實與百年前革命一派絕然不同。其人極惡平等自由之說，以爲明日黃花，過時之物；所絕對把持者，破壞資產之家與爲均貧而已。殘虐暴厲，據所記載，眞令人有天地末日之悲。故中國亂矣，而俄羅斯比之則加酷焉。此如中國明季政窳而有闖、獻，斯俄之專制末流而結此果，眞兩間劫運之所假手。與我中國，均不知何日始有向明之機！此時佇苦停辛，所受痛楚，要皆必循之階級。極端自由平等之說，殆如海嘯颶風，其勢固不可久；而所摧殺破壞，不可億計。此等浩劫，內因外緣兩相成，故其孽果無可解免。使可解免，則吾黨事前不必作如許危言篤論矣。」

黨競既烈，乃借辭外交，段祺瑞爲國務總理，以對德宣戰，不爲黎元洪所可，發憤走天津；而國會則佑元洪以逐祺瑞，僉謂德人無敗理也。而復則獨不謂然；曰：「西方一德，東方一倭，皆猶吾古秦，知有權利，而不信有禮義公理者也。德有三四兵家，且借天演之言，謂戰爲人類進化不可少之作用。顧以正法眼藏觀之，殊爲謬說。戰眞所謂反淘汰之事，羅馬、法國則皆受其敝者也。故使果有眞宰上帝，則如是國種，必所不福。又使人性果善，則如是學說必不久行。德意志聯邦自千八百七十年來，可謂放一異彩：不獨兵事船械，事事見長，起奪英、法之席；而國民學術，如醫、如商、如農、如哲學、如物理、如教育，皆極精進。乃不幸居於驕王之下，輕用其民以與四五列強爲戰；而所奉之辭又多漏義，不爲人類之所通韙。目論者徒見其摧堅破強，銳不可當。惟是兵戰之道，必計成功，不重鋒銳：項羽百戰百勝，而卒蹶於漢高。今之德皇，殆如往史之項羽，即勝巨鹿，即燒咸陽，終之無救於垓下。德皇即殘比利時，即長驅入巴黎，恐亦終無補於危敗也。蓋德皇竭力繕武二十餘年，用拿破侖與其祖維廉第一之術，欲以雷霆萬鈞，迅霆不及掩聰，用破法擒俄，而後徐及於英國，故其大命懸於速戰而大捷。顧計所不及者，英人之助比、法也，列國起致死爲抗也。德國極強，然孟賁、烏獲，力有所底；飆發雷奮；所虀粉者，比國耳；浸淫而及於法之北疆，顧咫尺巴黎，經百日而不能破；東不能入俄境；南不能庇奧鄰。至馬蘭之挫衄，而無成之局兆矣。及逾二年，則正蹈曹劌三竭之說。而英人則節節爲持久之劃；疏通後路，維持海權，聯合三國，不許單獨媾和。曹劌以一鼓當齊之三，以爲彼竭我盈；英人之術，正復如是。大抵德人之病，在能實力而不能虛心。故德、英皆驕國也；德人之驕，益以剽悍；英人之驕，濟以沉鷙。然則勝負之數，不待蓍蔡矣。嘗謂今日之戰，動以國從。戰事之起，於人國猶試金之石；不獨軍政兵謀關乎勝負，乃至政令、人心、道德、風俗，皆倚爲衡。俄廣土衆民，天下莫二；

然以蠶食小弱有餘，至於強對作戰，則無往不敗。昔之於日本，今之於德，皆其已事之明效也。此其故不在兵而在國之政俗。據今策之：縱橫二系，非一仆不止。而德意志國力之強，固可謂生民以來所未有；東西二面，敵三最強國矣；而比、塞雖小，要未可輕。顧開戰十閱月，民命則死傷以兆計；每日戰費不在百萬鎊以下；來頭勇猛，覆比入法，累敗俄人；至今雖巴黎未破，喀來未通，東則瓦騷尙爲俄守；海上無一國徽，殖民地十亡八九，然而一厚集兵力，則盡復奧所亡城；俄人退讓，日憂戰線之中絕；比境法北之間，聯軍動必以數千傷亡，易區區數基羅之地；所謂死齚乍不得入尺寸者也；不獨直抵柏林。雖有聖者，不能計其期日；即此法北肅清，比地收復，正未易言。此眞史傳之所絕無，而又知人事之大可恃也。英人於初起時，除一二兵家如羅勒、吉青納外，大抵皆以爲易與。及是始舉國憂悚，念以全國注之：而於政治，則變政黨之內閣而爲群策群力；於軍械子藥，則易榴彈以爲高炸；取締工黨，向之以八時工作者，至今乃十一時；男子衽兵革，女子職廠工；國債三舉，數逾千兆鎊，而猶苦未充。由此觀之，則英人心目之中，以條頓種民爲何等強對，大可見矣。故嘗謂國之實力，民之程度，必經苦戰而後可知；設未經是役，則德之強盛，不獨吾輩遠東之民不窺其實；即彼與接壤相摩者，舍三數公外，亦未必知其眞際也。使彼知之，則英人徵兵之制必且早行，法之政府於平日軍儲必不弛然怠缺而爲之備，明矣。今夫德以地形言，則處中央散地四戰之境；猶戰國之韓、魏也。顧自伏烈大力以來，即持強權主義；雖中經拿破侖之蹂躪，而民氣愈益深沉。千百八十年累勝之餘，一躍千丈；數十年磨厲以須，以有今日之盛強。由此而知：國之強弱無定形；得能者爲之教訓生聚，百年之中，由極強可以爲巨霸；觀於德，可徵已。德人之於英、法，文明程度相若；而政俗則大不同。德人雖有議院，然實尙武而專制，以戰爲國民不可少之聖藥；外交則尙誇詐，重調偵；其教民以能刻苦、厲競爭爲本；其所厲行，乃盡吾國申、商之長而去其短。日本竊其緒餘，遂能於三十年之中，超爲一等強國。而英、法則皆民主。民主於軍謀，最不便；故宣戰後，其政府皆須改組：不然，敗矣。日本以島國而爲君主立憲，然其經國訓民，不取法同型之英，而純以德爲師資者，不僅察其國民程度爲此；亦以一學英、法，則難以圖強故也。年來英國屢經失敗，其自救而即以救歐洲者，在幡然改用徵兵制之一著；否則至今尚未知鹿死誰手耳。世變正當法輪大轉之秋；凡古人百年數百年之經過，至今可以十年盡之。蓋時間無異空間，古之程度，待數年而後達者，今人可以數日至也。故一切學說法理，今日視爲金科玉律，轉眼已爲蘧廬芻狗，成不可重陳之物；譬如平等、自由、民權諸主義，百年以往，眞如第二福音；乃至於今，其弊日見，不變計者且有亂亡之禍。老夫年將七十，暮年觀道，十八九殆與前不同；以爲吾國舊法斷斷不可厚非。今有一證在此：有如英國十四年軍興以來，內閣實用人才，不拘黨系；足徵政黨，吾國歷史所垂戒者，至於風雨飄搖之際，絕不可行；一也。最後則設立戰時內閣；而各部長不得列席；此即是前世中書、樞密兩府之制，與夫前清之軍機處矣；二也。英人動機之後，俄、意諸協商國靡然從之。夫人方日蛻化，以吾制爲最便；而吾國則效顰學步，取其已唾棄之芻狗而陳之；此不亦大異也耶？方戰事勃發之初，以德人新興之銳，乘英、法積弛之政，實操十全勝算。爾乃入巴黎不能，趨卡來不至，僅舉比境與法北徼而不得過雷池半步者，此其中殆有天焉。及至曠日持久而不得志，則今日之事，其決勝不在戰陣交綏之中，而必以財政兵衆之數爲最後。德雖至強，而兵力固亦有限。試爲約略計之，則一年中，其死傷或云達三百萬，即令少此，二百餘萬當亦有之。而其東陲對俄之兵，報稱三百五十萬衆；如此則六百萬矣。而西面比、法之間，至少亦不下二百萬，是德之勝兵八百萬也。方戰之初，德人自言兵有此數，群詫以爲誇誕之言；乃今此衆已全出矣。英、法之海衆未熸，而財力猶足以相持。軍興費重，日七八兆鎊；久之，德必不支。要而言之：德之霸權，終當屈於財權之下。又知此後戰爭，民衆乃第一要義。吾國之繁庶如此，假有雄傑起而用之，可以無對。而日操戈同室，殘民以逞，爲足痛也。」

時論方趨歐化而訾讀經。而復則甚不謂然；曰：「吾垂老親見支那七年之民國，與歐羅巴四年亙古未有之血戰。覺歐人三百年之進化，只做到『利己殺人，寡廉鮮恥』八個字。回觀孔、孟之道，眞覺量同天地，澤被寰區。此不獨吾言爲然，往聞吾國腐儒議論，謂孔子之道必有大行人類之時，心竊以爲妄語。乃今聽歐、美通人議論，漸復同此。彼都人士研究中土文化之學者亦日益加衆，學會書樓，不一而足。即此可知天下潮流之所趨矣。士於國學，茫乎未有知，斯已耳。如其不然也，聆他國學說，觀他國國政民風，必益信吾國先聖之言爲不可易；而以其新知發揮舊學，轉足使之盛大而不窮。蓋心愈瀹者知愈通；量愈拓者氣愈平；而聖人之道，實已立其極也。中國目前危難，全由人心之非；而異日一線命根，仍是數千年來先王教化之澤。讀經之在學校，當特立一科；而所占時間，不宜過多。寧可少讀，不宜删節；期以熟讀，亦不必悉求領悟；而要必於童蒙之教植其基；非不知辭奧義深，非小學生所能領解；然如祖父容顏，總須令其見過；至其人之性情學識，自然須俟年長，乃能相喻。『四子』、『五經』亦然。皆中國數千年人倫道德之基，此時不妨先教諷誦；能解則解，不能解則置之，俟年長學問深時，再行理會，有何不可。若少時不肯盲讀一過，則終身與之枘鑿；徐而理之，殆無其事。雖然，其中有歷古不變者焉，有因時利用者焉；使讀書者自具法眼，披沙見金，則新陳遞嬗之間，轉足爲原則公例之鐵證。老夫行年將近古稀，竊嘗究觀哲理，以爲耐久無敝，尚是孔子之書。『四子』、『五經』，固是最富礦藏，唯須改用新式機器，發掘淘煉而已。顧古聖賢人所講學而有至效者，其大命所在，在實體而躬行；今日號治舊學者，特訓詁文章之士已耳，故學雖成，其於人群社會無裨益也。其次莫如讀史，當留心細察古今社會異同之點。古人好讀『四史』，亦以其文字佳耳。若研究人心政俗之變，則趙宋一代歷史最宜究心。中國所以成爲今日現象者，爲善爲惡，姑不具論；而爲宋人之所造就，什八九可斷言也。」

時論方戒早婚而崇自由。而復則亦不謂然；曰：「吾國前者以宗法社會，又以男女交際不同歐人，遂有早婚之俗，而末流或至病國，誠有然者。而今日一知半解之年少，莫不以遲婚爲主義，若有志於化民善俗。顧細察其情，則實不爾：蓋少年得此可以抵抗父母，奪其舊有之權；一也。心醉歐風，於配偶求先接洽，既察姿容之美惡，復測情性之淺深，以爲自由結婚之地；二也。復次凡今略講新學少年，莫不以軍國民自居，於古人娶婦所以養親之義本已棄如涕唾，至兒女似續尤所不重；則方致力求進之頃，以爲娶妻適以自累；假一不知誰氏女子以與之商終身不二之權利，則私計亦所不甘，則何若不娶單居？他日學成，幸而有百金以上之入；吾方挾此遨遊，脫然無累；群雌粥粥，皆爲肉欲之資；孰與挾一伉儷而啼寒號飢，日受開門七件之累乎？此其三也。用此三因，於是今之少年，其趨於極端者不但崇尚晚婚，亦多傫然不娶；又睹東西之俗，通悅逾閑，由是怨曠既多，而夫婦之道亦苦。不如中國數千年敬重女貞；男子娶婦，於舊法有至重之名義，乃所以承祭祀，事二親，而延似續。而用今人之義，則捨愛情俗欲而外，羌無目的之存；女色衰則愛弛，男財盡則義絕；中道仳離者往往而有。今試問二者之中，何法爲近於禽獸？則將悚然而知古禮之不可輕議矣。婚嫁舊法，至以子女爲禽犢，言之傷心。而新法自由，男女幸福，乃以益薄。今夫舊法之弊，時流類能言之。至一趨於新而不知所裁制，其害且倍蓰於舊，彼昏不知也。」

時論方廢文言而倡白話。而復則亦不謂然；曰：「北京大學陳獨秀、胡適、錢玄同諸君，主張言文合一而作白話文，意謂西國然也。不知西國爲此，乃以語言合之文字；而陳、胡諸君則反是，以文字合之語言。今夫文言文之所以爲優美者，以其名辭富有，著之乎口，有以導達奧妙精深之理想，狀寫奇異美麗之物態耳。如劉勰云：『情在辭外曰隱。狀溢目前曰秀。』沈約云：『相如工爲形似之言。二班長於情理之說。』梅聖俞云：『含不盡之意，見於言外。狀難寫之景，如在目前。』今試問欲爲此者，將於文言求之乎，抑於白話求之乎？詩之善述情者無若杜子美之〈北征〉；能狀物者無若韓吏部之〈南山〉。設用白話，則高者不過《水滸》、《紅樓》；下者將同戲曲中簧皮之腳本。就令以此教育易於普及，而遺棄周鼎，寶此康瓠，正無如退化何耳！世間萬事，無逃天演，革命時代，學說萬千；然而施之人間，優者自存，劣者自敗，雖千陳獨秀，萬胡適、錢玄同，豈能劫持其柄？則亦如春鳥秋蟲，聽其自鳴自止可耳。林紓輩與之較論，亦可笑也。」

好爲危言抗論，不爲隨俗，大率類此。而老病頹唐，感時發憤，無可告語，常自嘆恨曰：「我生之後，世界泯紛；眼見舉國飲狂，人理幾絕；而袖手旁觀，不能爲毫末補救。雖有透頂學識，何益人己之間！然則徒言學術，亦何與人事？此羊叔子所以不如銅雀伎也。吾人不善讀書，往往爲書所誤；是以以難進易退爲君子，以隱淪高尚爲賢人。不知榮利固不必慕，而生爲此國之人，即有爲國盡力之天職。往者孔子固未嘗以此教人，故公山、佛肸之召，皆欲往矣。而於沮溺之譏，則云：『天下有道，某不與易。』孔子何嘗以消極爲主義也？世事朝局，所以敗壞不可收拾如今日者，正坐吾輩自名讀書明理，而純用消極主義，一聽無數纖兒，撞破家居之故。使吾國繼此果亡，他年信史，平分功過，知亦必有歸獄也。吾六十之年又加四矣，羸病掃軌，自力不能，惟有浩嘆。向使年僅知命，抑雖老未衰，將鞭弭櫜韃出而從事；殺身亡家，所不顧耳！」

英使朱爾典歸國；而復往送之，與談朝局，撫今感昔，不覺老淚如綆。朱慰之曰：「君毋然！吾觀中國四千餘年蒂固根深之教化，不至歸於無效。天之待國猶人：眼前顛沛流離，即復甚苦；然放開眼孔看去，未必非所以玉成之也。君其勿悲！」復聞其言，稍爲破涕也。中年以來，既以文學爲天下所仰；雜文散見，不自留副；僅存詩三百餘首，樹骨浣花，取徑介甫，偶一命筆，思深味永，不僅西學高居上流也。其爲學一主於誠，事無大小無所苟；雖小詩短札，皆精美，爲世寶貴。而其戰術炮臺建築諸學，則反爲文學掩矣。以民國十年九月二十七日卒，年六十九。遺書三事，以詔子孫：一，中國必不亡，舊法可損益，必不可叛。二，新知無盡，眞理無窮，人生一世宜勵業求知。三，兩害相權，輕己重群。其用心端可知矣。

章士釗，字行嚴，湖南長沙人。少好文章，於唐宋八家，獨稱柳宗元，每語人曰：「子厚〈答韋中立書〉，自道文章甘苦，有曰：『參之《穀梁》以厲其氣。參之《孟》、《荀》以暢其支。參之《老》、《莊》以肆其端。參之《國語》以博其趣。參之〈離騷〉以致其幽。參之《太史》以著其潔。』夫於氣則厲；於支則暢，於端則肆，於趣則博，於幽則致，於潔則著，相引以窮其勝，相劑以盡其美，凡文章之能事，至此始觀止矣。就中『潔』之云者，尤爲集成一貫之德；有獲於是，其餘諸德自帖然按部而來；故子厚殿以爲文章之終事。自來文家，美中所感不足，蓋莫逾『潔』字之道未備。韓退之〈致孟東野書〉，一篇之中，至連用『其』字四十餘次，此科以助詞未甚中程，似不爲過。蘇子瞻論文，謂『宜求物之妙，使了然於口於手』，此獨到之見，恆人所無。然東坡之文，往往泥沙俱下；『氣盛』誠有之，『言宜』每不盡然，爲宜之道則奈何？曰：

凡思之未慊於意者，勿著於篇。凡字之未明其用者，勿廁於句。力戒模糊，鞭辟入裡，洞然有見於文境意境，是一是二；如觀遊澗之魚，一清見底；如察當檐之蛛，絲絡分明。命意遣詞，所定腕下必遵之律令，不輕滑過，要其歸於『潔』而已矣。」此士釗論文之旨也。讀書長沙東鄉之老屋，前庭有桐樹二，東隅老桐；西隅少桐。老者葉重蔭濃，蒼然氣古。少者皮青於直，油然愛生。時士釗年二十耳，日夕倚徙其間，以桐有直德，隱然以少者自命；喜白香山有「一顆青桐子」之句，因自號青桐子。二十一歲，負笈來南京，學於江南陸師學堂，總辦山陰俞明震恪士素擅學問，尤工爲詩，感物造端，攝興象空靈杳藹之域；晚益託體簡齋，句法間追錢仲文；嘗言「詩人非有宏抱遠識，必無佳構。」其爲人和雋兩至，飄然絕俗；能獎掖後生，尤重士釗。而士釗鄉人馬晉羲惕吾則主講國文，兼授史地。時校律嚴，爲士釗敬憚；然以此爲躁妄者不便。時值上海南洋公學大罷學後，陽湖吳敬恆稚暉主《蘇報》，特置《學界風潮》一欄，恣意鼓吹，士氣驟動，風靡全國。中國學生之以罷學爲當然，自敬恆之倡也。當時知名諸校，莫不有事，陸師亦不免焉。時士釗既以能文章，爲校士魁領，則何甘於不罷課而以示弱諸校。一日，毅然率同學三十餘人，買舟之上海，求與所謂愛國學社者合，並心一往，百不之恤。三十餘人者，校之良也，此曹一去，菁華略盡。俞明震知士釗魁率多士，函勸不顧，馬晉羲垂涕示阻，亦目笑存之也。自以爲壯志毅魄，呼嘯風雲，吞長江而吹歇潮矣。然三十餘人，由此失學者過半，或卒以惰廢不自振。中年以後，士釗每爲馬晉羲道之，往往有刺骨之悔；曰：「罷學之於學生，有百毀而無一成；何待他征？愚所及身親驗，昭哉可睹，既若此矣。」事在遜清光緒二十八年壬寅也。

方是之時，革命之說稍起，而孫文名字未著。章炳麟、吳敬恆及善化秦鞏黃力山、山陰蔡元培孑民之徒，次第張之。鞏黃掉臂綠林，潛蹤女閭，自爲風氣，罕與士夫接。而炳麟、敬恆、元培皆籍愛國學社。炳麟挾《駁康有爲書》一冊，沾沾自喜，儕類亦以此推之。敬恆以辯才聞於時；安塏第之演說，大擅江海；然其所言，能得人之耳，而未必得人之心。元培退然若不勝衣，與之言事，類有然諾而無諷示。士釗既罷學之上海，與諸公者合，周旋其間，獨抵掌說軍國民之義焉。炳麟則大喜，以爲得一奇士也。時滄州張繼博泉、巴縣鄒容蔚丹方以劫取日本留學監督姚某之辮，走上海，亦居愛國學社。而容著《革命軍》一書；士釗則潤澤之，初版簽書《革命軍》三字，乃士釗筆也；而容以序屬炳麟。一日，炳麟挈士釗與張繼及容同登酒樓，痛飲極酣，曰：「吾四人當爲兄弟，僇力天下事。」炳麟年最長，自居爲伯；而仲士釗，叔繼，季容；自是士釗弟畜二人而呼炳麟曰兄也。容十九歲，年最幼，而氣陵厲出士釗上，卒然問曰：「大哥爲《駁康有爲書》；我爲《革命軍》；博泉爲《無政府主義》；子何作？」士釗笑謝之而已；顧自內慚，乃據日本宮崎寅藏所著《三十三年落花夢》爲底本，成一小冊子，顏曰《孫逸仙》。而自序其端曰：

孫逸仙，近今談革命者之初祖，實行革命者之北辰；此有耳目之所同認。吾今著錄此書，標之曰《孫逸仙》，豈不尚哉？而不然。孫逸仙者，非一氏之新私號，乃新中國新發露之名詞也。有孫逸仙而中國始可爲，則孫逸仙者，實中國過渡虛懸無薄之隱針。天相中國，則孫逸仙之一怪物，不可以不出世；即無今之孫逸仙，吾知今之孫逸仙之景與魍魎，亦必照此幽幽之鬼域也。世有疑吾言乎？則請驗孫逸仙之原質爲何物，以孫逸仙之原質而製作之又爲何物。此二物者，非孫逸仙之所獨有，不過吾取孫逸仙而名吾物，則適成爲孫逸仙而已。既知此義，談興中國者，不可脫離孫逸仙三字。非孫逸仙而能興中國也，所以爲孫逸仙者而能興中國也。然則孫逸仙與中國之關係，當視爲克虜伯炮彈成一聯屬詞，而後不悖此書本旨。吾，黃帝之子孫也，有能循吾黃帝之業者，則視爲性命所在，且爲此廣義，正告天下；以視世之私誼相標榜、主張僞說、迷惑天下者，讀此書當能辨之矣。共和四千六百一十四年八月二十日。

其時天下固瞢然不知孫氏爲誰何者。上海同志與孫氏有舊者，獨一秦鞏黃，尤誦而喜焉。爲之序曰：「四年前，吾人意中之孫文，不過廣州灣一海賊也，而豈知有如行嚴所云云者？吾東洋人最好標榜，彼得毋又蹈此病？鞏黃閱人多矣；吾父理刑名，少小隨侍往來宦場中；繼又訪吾國之逋臣於東南群島；復求草澤無名之英雄於南部各省。龔璱人曰：『烏睹所謂奇虬巨鯨大珠空青者耶！』我行僕僕，亦若是則已矣。大盜移國，公私塗炭。秦失其鹿，喪亂弘多；而孫君乃於吾國腐敗尚未暴露之甲午乙未以前，不惜其頭顱性命，而虎嘯於東南重立之都會廣州府，在當時莫不以爲狂。而自今思之：舉國熙熙皞皞，醉生夢死，彼獨以一人圖祖國之光復，擔人種之競爭，且欲發現人權公理於東洋專制世界；得非天誘其衷而錫之勇者乎？吾曾欲著此書；而以三年來與孫君有識，人將以我爲名也，復罷之。今讀行嚴之書，與吾眼中耳中之逸仙，其神靡不畢肖。喜而爲之序。」鞏黃又曰：「熱心家初出門任事，其進誠銳；意若曰：『以齊王猶反手。』而不知前途有無限之荊天棘地。一旦失敗，則又徜徉歧路。是以朝秦暮楚，比比皆是。此則孫君之所以異乎尋常志士。讀者之所當注意，吾輩之極宜自勵者。」炳麟則爲題詞曰：「索虜披昌亂禹績，有赤帝子斷其[illegible]（嗌之籀文）。掩跡鄭洪爲民闢，四百兆民視此冊。」自是孫文、孫中山著爲文章，寖喧於士人之口矣。時孫文易名中山樵以避邏者，士釗著錄，用孫中山三字，綴爲姓字稱之。睹者大詫，謂無眞僞兩姓駢舉成名之理。然孫中山之名自此稱。而亦以其間時時投稿上海《蘇報》及《國民日日報》，中有署名青桐之詩歌，即士釗作也。會清廷遣俞明震以江蘇候補道來檢察革命黨。章炳麟、鄒容皆就逮；而士釗得脫，則以明震之厚重之也。士釗既免於難，乃還湖南，隨善化黃興克強，糾合湖南革命人物，創立華興會於長沙，又與洪幫哥老會合，舉事不成。士釗乃亡命日本，走江戶；則頓悟黨人無學，妄言革命，禍發且不可收拾，功罪必不相償。漸謝孫文、黃興，不與交往，則發憤自力於學；二十四歲，初習英文字母而不以爲恥。於是黃興以華興會併入孫文所主之興中會，及留學生有志革命者，合組同盟會於日本之赤坂；中分八部，各有專職，而以驅除韃虜，恢復中華，建立民國，平均地權爲信條。會衆三百餘人，舉孫文爲總理。已而章炳麟亦脫獄來會，一日在新宿寓廬，與壽州孫毓筠少侯迫士釗署約入同盟會，共圖大事。士釗不許，則動之以情，更劫之以勢，非署名者不得出室廬一步，如是者持兩晝夜，卒不許也。世風乍起，革命之說鼎盛一時。女子之教，且由外言不入，一躍而藩籬盡撤。士釗遁荒域外，見名門淑女，年十七八，無父兄師保自隨，獨遊異邦，呼朋嘯侶，男女無別，行止自便者無算，尤不謂然。顧於其中得一人焉，曰吳弱男，蓋廬江吳保初君遂之女也。保初為清故提督長慶謚武壯次子，為四公子之一。保初文弱穎異，長慶以為非將種，使入都師事故侍郎宗室寶廷。寶廷文章直節，早擅重名；方罷官，無以自存。長慶歲資助之而屬以保初。保初則濡染為清折閑肆之詩，遂識沈曾植、陳衍之倫；鄭孝胥至都，獨請業學詩稱弟子。孝胥素不主張弟子之說，堅拒之。而廬江陳詩者，年長於保初，又從而稱詩弟子焉。保初尚氣好文章，事事效法寶廷，為詩千百言立就；前後千百首，刊有《北山樓集》；音節悲壯，遣詞命意時近王安石；其回腸蕩氣之作，亦不亞《海藏樓》也。時剛毅方長刑部，自命刑名家，保初以蔭補主事，與爭一獄，讞稿反覆詻詻持不下，至擲稿於地，自褫公服出署去。既棄官居上海；慈禧太后臨朝，報效纍集，政日敝。保初乃電請歸政，康有為、梁啓超謀變法；保初奔走號召，助張目；而唐才常起事漢口，相傳保初與謀焉。兄保德懼連，將告密；又與保初婦謀紿而坑之；嗣子世炎具以告，逃之日本；逾年歸。袁世凱方為北洋大臣，以早為長慶所識拔，而謀得當於保初，月致二百金，使居金陵，勿得至上海；繼益百金，要以三事：不入都，不言朝政，不結交新黨，若圈禁於天津焉；恐其及禍也。世炎有神童之目，書過目不忘，十餘歲喉疾卒。保初傷之甚。唯二女弱男、亞男，遣遊學日本，勖女以詩，有「西方有美人，貞德與羅蘭」之句；而弱男倜儻好事，通中英文，足有才藻，至是邂逅士釗，自由締婚焉。弱男時為同盟會英文書記，與孫文上下議論，持極端歐化之說，又謂：「非平等自由，不足徵歐化」，氣焰萬丈。士釗初解字母，不能讀西書，雅不然之；然天下盛稱西方美人貞德羅蘭如是，無以難也。未幾，偕遊英倫。初至，與王小徐論賢母良妻，不協，憤而趨泥淀。居之三年，至是親接彼中婦女，往來大學教授及名牧師之家庭間，盡得其忠勤端靜，持家教子，非成年之女，無督不得獨出諸狀。乃徵賢母良妻，無礙歐化；歐化亦不盡於自由平等；而刮棄昔日之所輕信謬執，一以親炙於西賢者為歸，而漸化焉。自是以迄歸國，絕不問外事，尤鄙女子參政論，閉戶理家政、修文學；非親故，外間獲見其面者且罕。士釗每喟然曰：「嘻，歐化眞似之辨，吾妻今昔之殊，誠不料其相違之度如此之大也！然亦貴有人善體認焉而速改其度耳。庸詎知吾輩鬚眉男子之論西政西學，不與吾妻未遊歐前之言社會革命者同其謬妄耶？吾思之，吾重思之。」

士釗既之英，乃入倫敦大學，習政治經濟之學。顧最喜者邏輯，又通古諸子名家言，杷櫛梳理而觀其通。自國中言名學者，嚴復而後，莫之或先也。自是衡政論文，罔不衷於邏輯。每謂：「文自有邏輯獨至之境。高之則太仰，低焉則太俯；增之則太多，減之則太少；急焉則太張，緩焉則太弛。能斟酌乎俯仰多少張弛之度，恰如其分以予之者，惟柳子厚爲能；可謂宇宙之至文也！」黃花崗既敗，志士殉者七十二人，而至友楊守仁篤生同客英倫，自恨不與其役，發憤蹈海死。士釗旅居無憀，黯然有秋意；感於詩人秋雨梧桐之意，遂易「青」而「秋」焉！其時北京《帝國日報》屢徵士釗文，士釗則爲〈英憲〉各論，皆署秋桐二字與之。辛亥八月，革命突起，不數月而清帝遜位，共和告成，推孫文爲臨時大總統，奠都南京。然革命黨人所能依稀彷彿以渙然大號者，惟立國會、興民權，廓然數大事耳。其中經緯百端，及中西立國異同本義，殆無一人能言。士釗歸自英倫，晤桃源宋教仁遁初於遊府西街。教仁以能文善辯說有造於共和，而爲孫總統所倚重者也，則坦然相告曰：「子歸乎？吾幸集子所言，以時考覽，借明憲政梗概。」士釗問其故。教仁出示一帙，蓋士釗投寄北京《帝國日報》〈英憲〉各論，教仁次第裁取，已褒然成一冊也。於是士釗乃以明憲法、通政情，爲革命黨人所欲禮羅。吳敬恆、張繼、于右任之徒，聯翩而至，邀之入同盟會，士釗卒婉謝之。于右任方主《民立日報》，乃委己以聽。《民立日報》者，同盟會之機關報也。同盟會既得勢，不知所爲，唯四出抵排人。梁啓超嘗持立憲以與同盟會牾；至是歸國，求不見絕於同盟會，因揚言於衆曰：「吾夙昔言立憲者，手段也；目的同爲革命。」同盟會不聽，而訌益急；又不能持論，唯指與立憲黨有連，則莫不關其口而奪之氣。其湖北同盟會員王慕陶侃叔者，至抗辯於衆曰：「吾非忘八蛋，焉爲立憲黨！」海上群言，以次屏息。顧士釗習於邏輯，持論不爲詭隨。獨謂：「政黨政治成功之第一要素，在於黨德。黨德云者，即認明他黨爲合法團體，而聽其並力經營於政治範圍以內，以期相與確守政爭之公平律也；即英儒梅依所言『聽反對黨意見之流行』一語也。凡一時代急激之論，一派獨擅之以爲名高，因束縛馳驟人，使慴於其勢，不顯與爲抗，一遭反詰，甚且囁嚅無敢自承；於是此一派者，氣焰獨張，或隱或顯，壟斷天下之輿論而君之。久之他派盡失其自守之域，軒豁之態，如彈簧然，一唯外力之所施者以爲受；不論久暫全闕，天下大勢終統於一尊。然理詘不伸，利害情感鬱結無自舒發；群序既不得平流而進，國家社會之元氣，乖戾過甚，卒亦大傷。蓋不認反對黨之行爲爲合法；凡所爭執，隱之走入偏私，顯之流於暴舉，乃爲事勢之所必然。十七世紀，英倫之政爭紀錄，凡號爲陰謀史或流血史，有時總理退職，得安然亡命以去，且稱幸運焉者，即以此也。是故以和平改革四字，導領政治，使兩黨相代用事；非認反對黨之所爲有益於國，萬萬不可。且政黨不單行。凡一黨欲其黨內之常新，他黨忽爾消滅，或日形削弱，均非所利；蓋失其對待，已將無黨可言；他黨力衰，而己黨亦必至蟲生而物腐也。」壹本其平素所篤信而由衷者，質焉劑焉，持說侃侃，於同盟會意一不瞻徇。以此大躓於國人，然亦以此失同盟會歡。同盟會既改組爲國民黨；黃興緟要隸籍。士釗又不許，國民黨人大喧。士釗主《民立報》所爲文，以本字「行嚴」標識，未用「秋桐」，國民黨人既與士釗見相左，因訐前之投稿《帝國日報》署「秋桐」，而今匿情，若有隱圖；又揭楊守仁與士釗書，以明士釗故與立憲黨有連，不宜資《民立日報》以隱爲立憲黨道地。士釗則憤發捨去，楊□□懷中者，楊守仁之兄弟也，自柏林致書詢所以。士釗則復以書曰：

懷中學長左右：

得書知由瑞士復抵柏林，此行飽看山水，得詩幾何，以爲念也。公見《神州日報》，與弟抗論，頗覺不快，以爲政爭生涯，如是如是，恐弟以之灰心。想公決不料新聞記者之卑劣，日甚一日，在今日望公所見之《神州日報》，轉在天上也。《民立報》夙爲革命黨機關，光復時，聲光最盛。南京政府既立，同盟會人執政；南方新聞群以立憲派嫌怨，遇事不敢論列，《時報》至數週不載社論。當時惟《民立報》有作諍友之資地，于右任復以言論獨立頌言於人。弟因緣入該社，與右任要約，務持「獨立」二字不失；冀於同盟會炙手可熱之時，以中道之論進，使有所折衷，不喪天下之望。此種設想本不自量，至其心則無他也。自從《民立報》與同盟會提攜之道，不出於朋比，而出於扶掖。弟意有所不可，輒不妄爲假借；有時持論，勢不得不與黨人所見取義互有出入；而卒以此傷同盟會人之心。夫傷其心，宜也；弟決不以爲彼等咎。蓋弟非同盟會人；彼毀弟借該會機關傾軋該會，面質右任：「何事出此自殺之愚計」，「並何厚於章某而薄於本黨」。如此等語，皆非在情理之外。故彼輩造作誣詞，百計罵弟；弟概置之不問；而獨此等語不得不聽。何也？嫌疑所在，道德上說不過去也。弟既去《民立報》，謗詞復連載十餘日不休，若謂中國可亡，而章行嚴之名譽不可使存。公當不信行嚴返國，胡乃陡增如許聲價。夫天地之大，何所不容？弟涵養工夫雖不如公，此等流言，尚能包含下去；故彼等如何毀弟，無取爲公述之，惟篤生遺書一通，近發布於《中華民報》，中詆弟語甚眾；彼等遂引爲口實以中傷弟；是不得不有所質於公，冀得公一言以袪煩惑。篤生於公至親，於弟至友，在英時，三人形影相弔，自始未離一步。凡弟有負篤生，公必知之。篤生暮年感慨過多，好持無端涯之論以抹殺人，與吾二人意多不合，此當爲公所能憶。弟於篤生，風義本在師友之間，有所論議，因故避其鋒，而篤生輒斷斷不已。一日，以小事哄於弟寓，頓失常度。弟婦吳弱男至爲之駭走。弟以篤生忽有此意外之舉，中心痛之；而其事弟亦有失檢處，尤難爲懷；譬說之餘，至於雪涕。弟生平未嘗爲人流淚，獨此次不能忍；此景公親見之，諒未忘也。若而事者，篤生書中俱屑屑道之。罪弟負友，頗爲良證；然此尚非同盟會人發表遺書之意。彼意所在，乃欲實弟爲保皇黨耳。原書有「弟疑彼（原註：篤生）不忠革命，借詞責之；而已乃徘徊於梁卓如、楊皙子之間，既在《帝國日報》投稿，《國風報》上復有大作一首，又安足以服其心」云云，凡茲所言，實爲篤生末日褊狹之態造一肖像；弟實哀之之不暇，安忍以其言爲過？特未許他人竊之以妄罵人耳。弟與南海康氏未謀一面。自弟稍解政治，康之足跡即不見於國內。且篤生書中並未及康；以爲言者，則《國風報》上曾有大作一首，遂斷其依傍梁卓如耳。所謂大作者，乃論翻譯名義，見該報二十九期中，公熟知之。此事弟自始未以爲當諱；在《民主報》略談邏輯，首及譯名，並屢引前論，使爲左證。有蔡君爾文至據原論與弟馳辨，其書赫然在投函欄內，可考也。此於彼等，誠以謂最脆弱可攻處；而在弟則固久矣坦懷置之。以共和之邦，文網爾密，弟絕不願更爭旦夕之命也。至何以作此文者，則弟在東京，曾撰《雙枰記》小說求鬻；彭希明爲攜前半至梁處，支取稿費百元；乃稿未成而弟西渡，逾年，弟狀更窘，議重鬻焉；而前半在梁處，且百元亦無虛受理，乃與梁一通書，並以大作一首寄之，此其大略也。此外與梁有關，則彼創政聞社時，介於徐佛蘇、黃興之，曾在東京晤談一次，特寒暄數十語耳，未及政治；以其時弟以文學自炫，方鄙政治不談，且將西行，亦未遑及之也。此種關聯，較之某君（即發書者）與《新民叢報》之親切，實無可言；即較之篤生自身與梁之紀念，亦無可言（楊梁關係爲中國革命史上一大紀念，誼當爲表之）。篤生以此責弟，由於神經刺激過甚，遂乃舉社會一切事情而惡絕之。黃花崗敗後，什匿克之心理尤亢；吾輩日與之習，又是政見不合，因首承其蔽，而爲彼病態動作之目的物焉，殆不足奇。涉思及此，弟固不忍爲篤生過。惟弟與梁卓如並無密交，事實具在於是，一覽而知。弟爲此言，絕不許彼輩妄度弟意，以梁君方爲民國不韙之人，而弟必望望然去之，前此交誼，概置不顧。世風涼薄，此種隨處皆是。弟夙昔痛恨之。弟果與梁君締交彌篤，雖難解於儇薄少年之口語，斷不肯以夙昔所痛恨者反而效之；匪惟不效，弟猶且用力表出以爲反覆小人激勸。夫梁君自丁酉以還，於舉世醉夢之中，獨爲汝南晨雞，叫喚不絕，亙十餘年不休；一國迷妄，爲彼揚聲叫破者，豈在少量？此今日革命黨人捫心而自知者也。雖彼未嘗躬親革命之業，以致爲急激派所借口；而平心論事，彼昔年開導社會之功，自有其獨立自存之值，無取與後來功罪相提並論。且立國之業大矣，所有人才，奚必出於一途？以彼之學之才，移爲本邦建樹之資；其所成就，將非餘子可望。急激者必欲排而去之，諒是怠與忌之兩念驅之使爲。社會之公德心，如是缺乏，此弟與公言之所爲長太息者也。推彼等用心，以弟與康、梁有祕密交誼，而特畏爲人所發，故陽與同盟會人交歡，俾掩厥跡；今其穢史，出於與弟最昵，道德最高之楊篤生，弟必無顏更在民國言說短長焉矣。見地如此淺鄙，眞足令人噴飯。弟自癸卯敗後，審交接長江哥弟，非己所長，因絕口不論政事。竊不自量，欲遁而治文學以自見。此凡與弟習者皆能言之，十年來之革命事跡，與弟無關，此自事實。弟固未圖以是示異，並向何所妄有所稱說。弟苟欲掛革命黨招牌，則昔年談革命於東京，較之上海，尤為太平；何章太炎、孫少侯閉弟於室，強要入會而弟不許；此猶得曰熱心利祿？洋翰林非異人任，作黨人終未便也。今民國既建，革命已成，險阻艱難，變為榮華；依附末光，此其時矣；胡乃以吳稚暉、張博泉、于右任之敦勸，而弟不入同盟會；以黃克強、胡經武之推挽，而弟復不入國民黨？弟始終持此，弟自有其一人之見，人盡議其剛愎，盡訾其別有用心，而以明弟不惜革命黨之頭銜自重，要為有餘。弟被罵甚，革命黨中之知弟者，每舉弟昔年實行諸跡以謀間執，無論彼等可曰弟始革命而終保皇，其口仍不可以間執也。即間執矣，而弟謂大是隔靴搔癢之事。夫民國者，民國也；非革命黨所得而私也。今人深體挽近國民權利，自有為於其國；寧有以非革命黨之故，而受人非禮之排擊者！弟固不為保皇黨，而請讓一步承之。弟固不為政聞社員，而亦讓一步應之。凡此俱不足以使弟自生慚怍，退然無動；且正以革命黨貪天之功，於稍異己者妄挾一順生逆死之見以倒行而逆施，行見中華民國汩沒於此輩驕橫卑劣者之手而不可救；愈不得不困心橫慮，謀有以消其焰。吾舌可斷，斯言不可毀也。嗚呼，篤生留英之年，神經亢不可階。往往小故，在他人宜絕不經意者，而篤生視與地圻天崩無異，卒至親其所疏，疏其所親，顛倒誤亂，一至於是。諒公聞之，當不禁為之長嘆也。偶有所觸，書之不覺滿幅。若以此書有累篤生盛德，公責言至，亦所樂受。彼手寫遺詩，尚未付印，以正覓舊友作跋，欲並印為一冊。今謗言日至，此舉或不足傳篤生之名，而轉以敗之；故弟頗復悵怏躊躇爾。餘不白。士釗頓首。

士釗既失職於國民黨，而法理政論；一時推為宗盟。既痛當日輿論縛於黨見，意皆有所鬱結不得抒；則發憤為《獨立周報》以暢欲言；又怒國民黨人間執「秋桐」二字以為口實也，大書特書以示無畏。其發端辭引英國文家艾狄生所主撰之周報《司佩鐵特》；司佩鐵特者，袖手旁觀人之謂也，艾狄生實以自況；而士釗則借以致其企慕，隱寓旁觀者醒之意。而謚之曰「獨立」者，所以揭持論不為苟同之旨也。士釗既名重一時，出其凌空之筆，抉發政情，語語為人所欲出而不得出，其文遂入人心，為人人所愛誦，不啻英倫之於艾狄生焉。

時袁世凱為臨時大總統，方圖專政，而欲借途憲法以謀稱制。既知士釗之通憲法，而聞其不得志於國民黨也，則以孫毓筠為介，招入見，館之錫拉胡同，禮意稠疊，一惟士釗之意，欲總長，總長之；欲公使，公使之；舍館廣狹惟擇，財計支用無限；所責於士釗者，亦憲法為之主持而已。士釗則大窘。顧袁氏則以吳保初父子雅故，又嘗有恩；士釗，其親女夫，意可託大事也。促膝深談，具悉其所以為帝制者，其計井然，則尤大駭。宋教仁既見賊；士釗意自危，而其妻吳弱男又戒以勿受暴人羈縻；則盡遺其行李僕從，孑然宵遁。既抵上海，造黃興，方圖舉兵南京，士釗則袖出〈討袁之檄〉，而與章炳麟先後之武昌，說黎元洪同圖大事。元洪隱持兩端，而二次革命之役猝起。於是國民黨乃重認士釗為政友；岑春萱亦起而聲討袁世凱以稱大元帥，士釗則為之祕書。

既不克，士釗亦被名捕，東竄日本；知袁氏不可與爭鋒，而欲借文字以殺其焰；乃組《甲寅雜誌》社於日本之東京小石川區林町七十番地，以中華民國三年五月十日出版第一期；言不迫切，洞中奧會。袁氏之徒方以大難初夷，唯集權足以奠定；而士釗則揭聯邦論以持之。

聯邦論者，自民國初元，意已萌動，經癸丑二次革命之役，以集權制之反響，勢尤潛長；徒懾於袁氏之淫威，國內談士如丁佛言、張東蓀輩，詞旨可見，而無敢尸其名。截斷衆流，嚴立界說，毅然翹聯邦論以示天下，自士釗始也。袁氏之徒，方以大總統總攬治權，制為約法；而士釗則說統治權以折之。統治權者，出於歐文薩威稜帖。薩威稜帖者，猶言一國最高之權也；國而無此最高之權，則不國；此最高權而無國，則不詞。是故國家與統治權合體者也。從其凝而言之，為國家；從其流而言之，為統治權；之二物者，非二物也，一物而兩象者也：然而大總統非國家也，何能總攬統治權而與之合體？而欲明此別也，當先嚴國家與政府之分：國家者，統治權之本體也。政府者，領受國家之意思以敷陳政事者也。國家者，無責任者也，而政府不得不有之。今若以統治權之總攬者屬之政府，則爲之首長者勢將行其絕對無限之權而莫能制之；苟制止之，其事即等於革命。由前之說，是無國家；由後之說，是危政府。二者皆大不可也。惟厘國家、政府而二之，使各守其防，不相侵越，而後國政可得而理。國家之權無限；而政府之權則不得不有限。蓋政府者，國家所創置者也；苟政府之權而無限焉，則惟有通國家政府之藩，而反乎專治無藝之實；若而國者，並非絕無可以成立之道；惟憲法一物，不當存在。何也？憲法云者，其在歐文首以限制爲義，而政權所使，舉有一定之範圍，不得逾越。設或逾越，而即有法督乎其後。由斯以談，國家自有憲法以後，則政權無論大小要有限制；既有限制，即不得冒統治權之一名詞。今則以統治權之總攬者屬之大總統矣。吾聞行權絕對無限者，最後必有所以限之，其權亦與之爲絕對無限。限之如何？即法皇路易之頭之所以砍，英王查爾士之首之所以懸，桀、紂、幽、厲經歷朝以迄前清之所以死、所以流、所以滅、所以亡也。國民黨人既遁荒海外，而袁氏之徒務屏絕之不與同中國；士釗則曉之以政力向背論。政力向背論者：昔者英儒奈端治天文稱宗匠，斷言太陽系中有二力於焉運行，日者，全系之心也；一力吸行星而向之；一力復曳行星而離之；前者曰向心力；後者曰離心力；斯律既著，質學大進。後蒲徠士覃精史學，深明律意；以奈端之說，可通於政治，極言作政當保持兩力平衡之道。其說曰：「社會號有組織，必也合無數人無數團體而範圍之。其所以使此人若團體共相維繫，則向心力也；反之，人若團體因而瓦解，則離心力也。凡曰社會，無不有前力爲之主宰，此至易明；然謂後力可以悉量免除，自有社會以來，完美亦決不至是。蓋社會者，乃由小團體組織而成，而小團體中之個體，莫不各自有其中心環之而走，無論何之，不盡離宗。此種趨勢，對於他團體及其個體，其爲離立，絕非調融，可不俟辨。且也社會過大，人人之意見、希望、利益、情感，斷無全歸一致之理。彼之所以爲康樂，此或以爲冤苦；彼受如斯待遇而以爲足，此或受之而不能平。緩則別求處理，急且決欲捨去；社會之情，一傷至此。久而久之，勢且成爲中堅，所有憂傷疾苦，環趨進發，群體不裂，又復幾何。」夫所謂群體裂者何？即革命之禍之所由始也。然則欲禍之不起，惟有保其離心力於團體以內，使不外崩；斷無利其離而轉排之之理，苟或排焉，則力之盛衰原無一定；強弱相倚，而互排之局成；輾轉相排，輾轉相亂，人生之道苦，於國家之命亦將絕矣。由是兩力相排，大亂之道。兩力相守，治平之原。當民軍一呼，滿廷解紐，昔日之主張君憲者，轉而表同情於革命。此較之拿破侖第三既敗，共和政府已宣布於巴黎；而君憲之聲威，尚公然揚於全國；國民會議，以君黨名義而得選舉者，至居多數；因日在共和會議，昌言恢復帝政者，其爲勢順逆難易何似，不難想見。於法蘭西共和先烈，有道以立於楚歌四面之中；而吾首義諸君，乃不知利用衆山皆向之勢。

十三省代表集於漢口，議創臨時政府，其中多昔日主持立憲之徒，遂大爲革命黨人所齮齕，鳥獸散去，實則此諸人者爲執役民軍而來。其後唐紹儀南下議和，從行者多一時俊髦之士，而俱以昔日見黨不同，接洽未遑，即欲仇以白刃，致彼倉皇投止，狼狽北歸。保皇黨者，乃過去之名詞；當事者以欲張其鼓吹革命之功，乃日尋敵黨之宿慝以相媒孽。凡此數端，求於前舉政，則乃離心力之可轉爲向心力者；既爲所排而去；而國內所有一切離心力更不識所以位之使得其所，而日以獨伸向心力爲事。卒之離心力驟然潰決，全體以解，已竟陷於絕地而不自覺焉。以言今政府之所爲；彼既利用國民黨窮追離心力之勢，悉收之以向己，而人心以得，而同時乃不審籌一相當之地，以置不可收之離心力，使運行於法制之內，借投政治劑質之用，而措國家於和平之域也。劉廷琛、勞乃宣、宋育仁、章梫之徒，昌言復辟；輿論排之，指爲邪說；政府甚之，欲興大獄；士釗則進之以《政本論》。爲政有本，本何在？曰在有容。何謂有容？曰不好同惡異。近世立國，不外將國中所有意見情感利害希望維持而調護之，使一一各得其所。惟所謂各得其所，其所必異；異則黨派以生。君政者，亦黨派之得以爲幟者也；苟吾守異說至堅，斷無禁其存在之理。於是有爲事實之談者曰：「國體何事？既云確立，復容他說以叛之，視國家如弈棋，又焉可尚？」不知此正所以固國本也。蓋對抗國體之論，張之則爲頑詞，閉之則爲祕計。頑詞之張，誰則聽之；而一部分之孤懷野性，有所寄託；反側之志，既銷於言詞；寬大之名，復歸於民國；名曰張之，其實弛之，非失計也。反是叛國之辭，懸爲厲禁；感情既郁，詭祕橫生，國基縱不以是而顚，而軆軃時聞，大有害於和平進步之序。議者得無謂吾爲共和，有倡言復辟者，即當執而戮之肆諸市朝，以儆有衆。則法蘭西之山岳黨，曾爲之於百餘年前矣；不僅王黨被戮，即有通王之嫌，或溫和而可被以是嫌者皆上斷頭臺。彼豈不曰：「王孽既絕，共和之花當百年不凋？」乃死事之血未乾，王政之基復起，中經數王，往復數十載；至師丹敗後，拿破侖第三被擄，而共和始慶更生。時則建國諸賢深明治體，對於尊王反動之徒不加壓迫，轉與提攜議會之中，君政黨公然列席，初爲多數，逐年遞減，至今日仍存二十餘席焉。如此優容，轉不聞共和爲其所壞。此誠一孔之士所不可解；而明理之夫以爲自然者也。蓋其時君政黨跋扈於議會；國家之運命，彼實操之；帝政之不復甦，其間不能以寸。幸而其黨自有內訌，所擁各異，未能即決。苟民政黨過張其理想，迫之以不能堪，則反動立成，彼惟有自泯其爭端，相攜以制共和之死命已耳。倡共和者知其然也，相與讓之；只須保存共和之名以上；一切制度，自審其無可抗議，即惟其所欲；善養帝政餘孽之鋒，而待其自挫；聽其自然，卒未聞於共和有害。於以知褊狹者不可以謀國，浮淺者不可與議法。此誠觀於法蘭西之往事，而當著爲炯戒者也。且一說之起，必有其所由起。今復辟說之所由起者何也？此在稍明時勢之人，可以一言斷之，曰僞共和也。僞共和者何也？帝政其質，而共和其皮者也。質不異矣，我之質，胡乃獨貴於人之質？人求其質，而我必自貴，強人以從我，此安足以服之！今人痛排帝政，並不自認帝政之嫌，而輒翹共和以對。意謂共和之名，一出吾口，即有鬼神呵護，帝政邪說法當退聽。則拿翁設祭，華聖頓之靈翩然來格，斯可耳。不然，則我露其質，乃朝四而暮三；我蒙厥皮，亦朝三而暮四；名實未虧，而冀其喜怒爲用。狙公誠智，劉、勞、章、宋之徒，未見有若衆狙如莊生所稱也。《傳》曰：「堯舜率天下以仁，而民從之。桀紂率天下以暴，而民從之。其所令反其所好，而民不從。」今所令者共和也；而所好則不在是。凡民且爲離心，焉論俊秀！董子曰：「詰其名實，觀其離合，則是非之情，不可以相讕已。」愚固共和論中之走卒，而興言及此，對於復辟論者蓋不知所以爲情。由斯以談，復辟論非其本身足以自存；乃僞共和有以召之，明白甚矣。其因既得，攻復辟者惟有證明今日之共和非僞，或促進今後之共和使不爲僞而已。盍亦反其本矣！嚴復著〈民約平議〉一文，揭之天津《庸言報》以痛詆盧梭，而袁氏之徒張之以爲民權自由，群治之所由不進；士釗則折之以〈讀民約平議〉。〈民約平議〉者，嚴氏之所號稱自造，蓋全出於赫胥黎〈人類自然等差〉一文。赫氏爲生物專家，近世寡其輩流；而以拘墟於科學之律特甚，扞格不通，自相抵牾；是故以言物理，赫氏誠爲宗工；以言政理，時乃馳於異教；術業專攻，勢使然也。自有《民約論》以來，論者百家，名文林立，持說無論正負，要有不盡不竭之觀。嚴氏作爲平議，體亦大矣。乃皆外而不求，略而不論，獨取一生物學者之赫胥黎先入以爲之主；不知赫胥黎固非不認民約之說者；特其所謂約，不如盧梭作界之嚴耳。盧梭曰：「約以意，不以力。」而赫胥黎則曰：「無意無力，兩造相要，舉謂之約。」嚴氏今以產業見奪於人，吾無力與之相抗，因俯首帖耳從其條件，疑即盧梭之所謂「約」，反詞以詰之；冀崇拜民約者，無敢置對，詞窮而去。是殆先熟赫胥黎之論於胸。請得更誦盧梭之言曰：「約以意，不以力。屈於力者，乃勢之事，非意之事也。」然赫胥黎究非能堅守己說，而得其所以言約者，嚴氏蓋敷陳其意以入乎所譯《天演論》（下卷嚴意第四）；而撮其大旨，取數點焉；一曰民既合群，必有群約。一曰其爲約也，實自立而自守之，自諾而自責之。一曰尊者之約，非約也，約行於平等。一曰民權日伸，公治日出，亦復其本所宜然而已。茲數說者，皆不啻爲盧梭之書下以鐵板注腳；與赫胥黎他日之所以攻盧者；其意不符。赫氏之論平等，其說從體智身分而入，謂智愚強弱貴賤貧富之不同，自然而然，無法齊之。其言不爲無理。然當知此種不同，盧梭非無所見；以此間執盧梭，寧非無謂之尤。盧梭撰《民約論》，論產業終，結以一語曰：「吾今此語，當用以爲群制之本源，是何也？是乃民之初約，在不違反天然平等之性，而以道德法律之平等，取體質之不平等而代之。以體質之不平等，乃造物以加於人無可解免者也；由是民力民智縱或不齊，而以有約之故，其在法律乃享同等之權利。」是則智愚強弱之不一，盧梭已有說處此。至貴賤貧富之所由異，有時乃屬賢愚勤惰之結果；盧梭寧不知之？故其言曰：「以言平等，其愼勿以爲若權若富，吾人皆當保持同等之量。斯語之所謂，不外有權者不當使之爲暴；其行權也，務準乎位，依於法。富者不當使之足以買人；反之，貧不當使人不足自存，至於自鬻；如是而已。」是盧梭所以配置貴賤貧富之道，亦不如俗論所云，彼於權位財產，必芟夷蘊崇，絕其本根，然後快也。嗚呼，世人一耳盧梭之名，幾相驚以伯有矣！乃夷考其實，言之平正通達如此，且時時戒人勿作極端之思焉。英儒鮑生蔡嘗病盧梭之書爲人妄解，而發憤一道曰：「凡偉人之意見，一入常人之口，其所留意戒備，視爲不可犯者，輒犯之不已；甚且假其名以行焉。」此誠有慚乎其言之。袁氏稔惡，既以稱帝。梁啓超則領袖進步黨以與國民黨合而討袁；君子有清流大同盟之頌。而蔡鍔者，啓超高第弟子也，有雲南首義之功，意國民黨當下之。國民黨不樂。於是肇慶之軍事剛終，滬上之訌聲復起。方蔡鍔之起雲南也，岑春萓實入肇慶以爲兩廣都司令，辟士釗爲祕書長。啓超亦來會。士釗建議闢新運以別立政統，至少亦絕不復國會。啓超韙之，春萓亦以爲然。而湯化龍、吳景濂之徒大會滬上，以民意相劫持；天下重足而立，敢怒而不敢言；約法國會表裡唱和之局，咄嗟立成，春萓、啓超惕息莫敢動。世凱既殂，春萓釋兵以歸於滬，士釗則勸以從容養望，不可妄動，詞旨切至。春萓頷之。士釗即求入北京大學講邏輯，以三年不聞政相期。居頃之，春萓惑於人言，以爲桂軍必奉令，又欲恢復國會以收民望；一年之中，三約士釗之滬議行止。每議，釗輒力阻之；春萓則怏怏。士釗貽書痛陳桂軍不足恃，並言國會黷貨長亂，恢復無當國人意狀。春萓偶發其函於趙世鈺，議士大恨。春萓亦卒走粵，召國會，立軍府，而自爲總裁，急電相召，無立異餘地。士釗則降心相從。

自後啓超附於段祺瑞以征南。而春萓遮蔽民黨，用事於粵；士釗實爲上佐，言：「議員宜課資格，受試驗。」聞者大嘩。又在上海揭論，主憲法不由國會訂立。其文流傳，兩院中人指爲叛逆；而以士釗之亦爲議員也，張皇號召，削其籍。又以附之者衡政必曰學理，謚之爲政學系，時人爲之語曰：「北有安福，南有政學。」以爲大詬。曹錕乘之，用吳佩孚以敗段祺瑞；而岑春萓不容於孫文，亦以奔走失職。居無何，孫文亦爲其將陳炯明所放逐。士釗睹事無可爲，而疑代議之無裨治制；又懾於斯制惰力之未全去，所稱憲政祖國之英倫，尤如北辰所在，時論拱焉。乃於十年二月，於役歐洲，親加考覽，長途萬里，所懷百端，即紅海舟中，草致章炳麟書，歷陳國會之亂政，而謂：「有人民神聖、國會萬能諸說，稗販政治者流，得以奔走張皇，莫能頌言其非。惟兄集中有〈代議然否〉一論，造於遜清末年，主不設國會。其說建於未立本制之先，始爲人人所不能言，中爲人人所不敢言，卒爲人人所欲言而不知所以爲言。此誠不能不蒲伏於兄先識巨膽之下，不勝歡喜，深用自壯者也。」既抵英倫，歷訪其文人政士，而小說家威爾思，戲劇家蕭伯納，皆於民治有貶詞。威爾士約士釗赴其鄉園，納涼池畔，從容談及中國國政，慨然曰：「民主主義，吾人擊之使無完膚，只須十分鐘耳。但其餘主義脆弱，且又過之；持辯至五分鐘，便是旗靡轍亂。是民主政治之死而未僵，力不在本身，而在代者之未得其道。世間以吾英有此，群效法之，乃最不幸事。中國向無代議制，人以非民主少之，不知歷代相沿之科舉制，乃與民主精神深相契合；蓋白屋公卿，人人可致，豈非平等之極則？辛亥革命，貿然廢之（科舉之廢不待革命，威氏之言微誤），可謂愚矣。吾欲著一書曰《事能體合論》，意在闡明何事需用何能，何能始爲何事；事能之間，有一定之揀選方法，使之體合。中國民治，其病在事能之不體合也。」爲太息者久之。而蕭伯納之所以語士釗者，意尤恢詭。其言曰：「能治人者始可治人。林肯以來，政壇有恆言曰：『爲民利、由民主之民治。』然人民果何足爲治乎？如劇，小道也，編劇即非盡人能之。設有人言『爲民樂、由民編之民劇』，語之不詞，至爲章顯。蓋劇者，人民樂之而不審其所由然。苟其欲之，不能自制，而必請益於我。惟政府亦然。英、美之傳統思想，爲人人可以治國。中國則反是。中國人而躋於治人之位，必經國定之試程；試法雖未必當，而用意要無可議。今所當講，亦如何而使試符其用耳。」士釗又以所爲《業治論》質正於群家潘悌。潘悌舊爲工程師，乃樹立基爾特社會主義之先覺，而倡業治以矯巴力門制者也；則詔於士釗曰：「中國自立代議制，政事棼不可理。蓋所謂代議者，並未嘗代人民而議。且以選區如彼其遼闊，凡所以爲選者，其權例操於少數黨人之手；此曰代表，詞直不通。以此之故，凡政客下選區爲演說，其政綱類由自擇。人民於不自我起之爭論中，迫而指名一造，代己謀國；而其爭論又爲性至復，非深知其內容，是非莫明；即深知之矣，所列問題每浮僞不切事情，無關民福；選民縱英爽能斷，亦無所用。要之黨人所標政策，徒於己黨朋分政權而見爲利；以云利國，直去萬里。彼輩初挾理想而學爲政，而一例以騎牆派終，非無故也。蓋選區之分劃，絕不與實際相符。試思一區之中，利害百出，包舉於一人之身，如何可能？吾英謀矯此弊，因有基爾特制之創議。斯制非他，即所以運政治於實際者也。夫代議制之虛僞，以機體不立；故基爾特首袪是病，乃舉一國之人，類聚而群分之。如此爲分，其最自然之尺度曰業；誠以業者，人所相依爲命者也。彼談國政，恆不免於無意識；而本業夫惟不談，談則不離乎意識者近是。何以故？問題較簡，而已與之相習故。自有基爾特運動以來，發軔於英倫，風靡於歐、美大陸，使言政之家，論思一變；蓋以其說深抵巴力門制之創痛。而予意尤以中國爲饒有施行業治之機會。蓋所謂七十二行，氣力不足而行會未亡，以新治加於其上，爲勢甚順。中國果其實行，尤且得促西方之反省，使奉爲矩範，起而效法。此徵於今日西方人心之大覺，予語良非泛然。何也？以其厭惡今制，信念全失，思古幽情，油然以生；舉凡生活方式，使人由之，心差安而理差得爾。然吾之基爾特，於資本制未興以前即已消失；今以業治期之，宜先有準備工夫以資過渡。是何也？即計議資本如何可去，而基爾特如何可復也。中國斫喪未久，猶有存焉者；而在西方，則不反而求諸過去，不可得見也。」潘悌持之以正言莊論，威爾士、蕭伯納出之以嬉笑怒罵；而要歸於然否代議則一。於是士釗之政治信念全變。遂返國，道出法之里昂，而吳敬恆方爲里昂大學校長。士釗論議文章，敬恆所重；每謂寶山張嘉森君邁曰：「章行嚴之一嵙毛，無非佳者。」至是邀講演。將登壇；有粵生起指士釗大罵，詞不可堪，其大旨影射粵軍政府，無關問學。橫逆之來，士釗默爾。而敬恆噤聲拊掌，不知所出。粵生興盡自去，僅乃得講。私詢知爲陳炯明黨也；炯明資之來校，同伴凡數十人。時惟粵生多金，校費從出，號貴族，故跋扈如此。士釗私心自計，不審敬恆平日馭貴族何術者。

後數月，諸生哄而驅敬恆，布詞醜詆。敬恆則大憤絕去，歸國以後，誓不更興辦學事。私居聚議，每嚴顏斥若輩青年無望，恨恨不已。然敬恆持論大廷，建言新聞，則又大神聖而特神聖其新中國之新青年者，壹是有褒而無貶，有書而無但；且制爲通律曰：「學生與教習鬥者，學生必勝；猶之人民與政府戰者，人民必勝。」藉是長養天下學生暴動，曾不動色。士釗嘗引以爲怪焉。

士釗之歸國也，會曹錕以直隸督軍脅總統黎元洪而逐之。其大將吳佩孚練兵洛陽，聲討軍實以為奔走御侮之臣。曹錕彌洋洋自得，又欲借重議士餌誘以選為總統。士釗既未甘以自貨，遂遁而之滬，橐筆已久，輒復思動，而聯邦自治之說，士釗實倡之。趙恆惕遂據湖南以制省憲，自命為湖南自治省長；其宣布大政之就職文，即士釗筆也。既為《新聞報》有所撰述，其尤著者；曰〈論威爾遜〉、〈論列寧之死〉、〈論麥克道納內閣〉、〈農治述意〉，皆為時所稱誦。士釗自以《甲寅》得大名，益油然生嗣興前跡之思，名仍《甲寅》，刊則以周，招資授事，計議粗定，而軒波以大起。江蘇督軍齊燮元用吳佩孚之命，起兵以逐盧永祥於浙江，吳佩孚自將大軍出山海關以攻張作霖；馮玉祥隨吳佩孚出師而有貳志；取間道歸以襲北京，取曹錕而幽諸，殺其嬖人李彥青；遂與張作霖聯軍以夾擊吳佩孚，盡俘其衆；欲推一人以主國事。

段祺瑞既失職居天津，圖起用事，而以士釗能文善論思，有聲南北，請以為謀主。士釗乃置《甲寅周刊》不論而奔命以赴，與祺瑞左右謀以何道而起。士釗曰：「吾向主毀法造法，逆料有一時期，約法既壞，新法未生，總統舊稱無所用之；非別立一名不可。以前軍務院之撫軍長，及軍政府之總裁，獨是一隅自限之號；建位北京，軍民並治，取義當有未同。因念西史紀元前，羅馬初設民主，署曰公薩，譯家如嚴幾道、林琴南均取吾籍『執政』兩字當之，宏義雅名，向往彌切。曹錕竊國，黎黃陂移節上海，議立政府。愚不取法統說，以臨時執政制進；議雖未成，而竊以為段公再起，誼必出此。」於是段祺瑞以執政建號，開府北京；遂以士釗為司法總長，尋兼教育總長，自以習熟情偽，奮欲更張；於是渙然號於衆曰：「吾國興學許久，而校紀日頹，學績不舉。學生謀便曠廢。致倡不受試驗之議；即受試矣，或求指範圍，或脅加分數，醜跡四播，有試若無。為教授者，以所講並無切實功夫，復圖見好學生以便操縱：虛應故事，亦固其然。他國大學教授，在職愈久，愈見一學之權威；而吾國適得其反。夫留學生初出校門，講章在抱，雖無成業，條貫粗明；而又朝氣尚好，汙俗未染，驟膺教職，彌覺兢兢；此類人選他國至多置之研究院內、助教室中，而在吾國則為上品通材，良足矜貴；何校得此，生氣立滋，過此以往，漸成廢料；新知不益，物誘日多；內餡學生，外干時事，標榜之術工，空疏化爲神聖：獷悍之氣盛，一切可以把持。教風若斯，誰樂治學？北京八校；教授多至數百人，年耗庫款少亦二百萬元以上；歲終至無百頁可讀之書、三年可垂之籍以登學府而版國門。獨念吾華號爲文化古國。海通以還，學術途徑益形擴大。除舊籍所當加意整理外，近世應用科學及各邦文史政俗種種著錄，爲學子所萬不可忽者，所涉尤繁。使先輩講學之精神得存一二，今時述作將百倍於古而未有已。乃自上海製造局倡議譯書以還，垂四五十年，譯事迄無進步；而文字轉形蕪俚，所學未遑探索；鸞刀妄割，謬種流傳。無其書，有斯文將喪之憂；有之，轉發不如無書之嘆。昔徐建寅、華衡芳、李善蘭、徐壽、趙元益、江衡輩，所譯質、力、天算諸書，貫通中西，字斟句酌；由今視之，恍若典冊高文，攀躋不及；即下而至於格致書院課藝，其風貌亦非今時碩博之所能幾。以云進化，適得其反。髦士以俚語爲自足，小生求不學而名家；黃茅白葦，一往無餘。學者自捫，寧誠不怍？而爲之學生者：讀西籍，既乏相稱之功能；質本師，又乏可供之著述。幾紙數年不易、破碎不全之講義，尸祝社稷，於是出焉。此云興學，寧非背道！且也大學爲學術總集之名，猶之內閣爲政治總集之名。內閣有長財政者，不聞稱財政內閣；有長司法者，不聞稱司法內閣。今大學宜講農工業，竟自號農業大學與工業大學；大學宜講法律政治，復自號法政大學；甚至師範美術，文科中之一部耳，亦分別獨立，各稱大學；幹爲枝滅，別得類名，邏輯所不能通，行政所大不便：部落思想橫被學林。卒之兼課紛紜，師生旁午，學統盡壞，排娼風生。欲求首都有一宏深精進、條幹分明之大學，與倫敦、巴黎競爽，俟之百年，將亦難得。欲圖易俗，乃畫三策：一、本部設考試委員會，仿倫敦大學成例，學生入學畢業諸試，概由部辦。二、本部設編譯館，要求各大學教授通力合作，優加獎勵，期於必成，務使期年之間，有新著數十百種，布之黌舍，辭理並當，饜人取求。三、合併八校。騾議之日，士釗持說侃侃，無所避就，莫之能難。

然而風聲所播，詬謗乃叢。部試諸生，青年自視爲大逆不道，先生長者陽持靜默而陰和之，潛勢極張。宏獎著述，竟訛傳爲甄別教員，不加考詢，頑然抗議。合併八校，施受之間，暗潮不可終日。士釗又以其間重刊《甲寅》，論列時賢，於吳敬恆、胡適之倫，多所譏切；好惡拂人，彌以叢怨。而五月七日之事起。五月七日者，歲歲以紀念愛國爲循例者也；惟警廳以歲必滋事，禁止遊行，咨請教育部，轉知各校。士釗亦例照辦，黠者乃造轉知一文以揭於報，且甚其辭曰：「摧殘教育，阻撓愛國。」於是學生大恨，以爲「不撲殺此獠，賣國賊其何所懲」！建旗吶喊以趨魏家胡同十三號，欲得士釗而甘心焉。士釗遁，而毀其室也，士釗既知其後有大力者負之而趨，未可深究，則置不問。而獨居深念，意忽忽不樂；因吟白香山〈孤桐〉詩曰：「『直從萌芽拔，高見毫末始；四面無附枝，中心有通理。寄言立身者，獨直當如此！』孤桐孤桐，人生如此，尙復何恨！」因易字孤桐。其時北京女子師範大學學生，逐其校長楊蔭榆。蔭榆至，則持木棍磚石，叫罵追逐，無所不至，撕其布告，而易以學生求援宣言。北京大學學生從而應之，聲生勢張，男女嘯聚，鎖閉辦公室，把守校門，阻止校長教職員不許入。諸生跳梁於內，校長僑處在外。

士釗大怒，請於段祺瑞曰：「士釗少負不羈之名，長習自由之說。名邦大學，負笈分馳；男女同班，亦嘗親與。所有社會交際，兩性銜接之機緘締構，一一考求：其中流以上之家，凡未成年之女子，殆無不惟阿保之命是從，文質彬彬，至可愛敬。從未見有不受檢制，竟體忘形，聚嘯男生，蔑視長上；家族不知所出，浪士從而推波，僞託文明，肆爲馳驟；謹願者盡喪所守，狡黠者毫無忌憚；學紀大紊，禮教全荒，如吾國今日女學之可悲嘆者也！以此興學，直是滅學；以此尊重女子，直是摧辱女子！釗念兒女乃家家所有，良用痛心。當此女教絕續之秋，宜爲根本改圖之計。不如查照馬前次長處理美術專門學校成例，將女子師範大學停辦解散爲便。」祺瑞可其請。

部令一出，士論嘩然。於是號稱代表九十八校之學生聯合會，登報以聲討士釗之罪，曰：「章士釗兩次長教，摧殘教育，禁止愛國，事實昭然。敝會始終表示反對。乃近日復受帝國主義之暗示，必欲撲滅學生愛國運動而後快。不特不謀美專之恢復，且復勾結楊蔭榆，解散女師大，以數千女同學爲犧牲。此賣國媚外之章賊不除，反動勢力益將氣焰日高。不特全國教育前途受其蹂躪，而反帝國主義之運動亦將遭其荼毒矣。故敝會代表九十八校，不特否認章賊爲教長；且將以最嚴厲之手段，驅之下野。望我國人其共圖之。」誦者同然和之。

北京大學教授李石曾會士釗於廣座，攘臂起曰：「余本不欲言。惟今日京師女學，有一極悲慘之紀念，頗欲借以警告教育當局使知：女子師範大學學生，有爲警察毆傷者若干人。其導因爲外交問題，其表見爲摧殘女學。如此痛心之事，演於首都。已成之國學而不能保；何暇計及地方私立女學之成毀盛衰乎！」語甚悲壯，合座動色。士釗從容詰之曰：「石曾所稱警察毆傷女生若干人，果何所見而云然乎？石曾曾身親焉否乎？若僅以告者爲憑，則凡來教部駭告，及所告負責任之呈報，適得君言之反。當日警察，蓋絕未敢侵學生，徒見學生紛持木棍磚石，追逐校長，而爲從中調解而已。以北京學界見嫉之甚，保護弱者聲浪之高，而女師大又向爲一切教聯、學聯休戚與共之大轂。豈有女生傷及多人，事越三日，並一紙聲訴書而不得見；而魏家胡同十三號之門庭，復寧靜乃爾矣乎？石曾平旦視愚，豈求摧壓學生以爲己利者哉？諸君抹殺事實，廣構虛詞，鳥瞰先機，務鋤異己。狃使血氣未定之學子，恣爲一切壞亂之祕謀。此其用心，直不使有讀書種子留連京府，董理教務，以氣類之相感，爲學問之遠圖；而寧禽視鳥息於軍閥官僚之下，伺其顏色，倚爲奸利；偶有沖激，尋釁有名。而凡手持毛瑟，或腰帶指揮刀者，諸君乃立爲第二天性所暗示，不復正覰；而惟使夙稱同類同情，決不肯濫用政力侵陵學府者，不復有旋足吐氣之餘地。以愚不明心解，苦味其故。石曾思之，亦能示我轉語否乎？」石曾無以應也。

於是吳敬恆揚言於衆曰：「整頓學風，宜也。顧章行嚴何人，足言整頓學風乎？足解散女師大乎？若蔡孑民，斯可矣。」蔡孑民者，北京大學校長蔡元培也。兩公既高名宿學，不快士釗，沸騰群口。而士釗又以司法總長審查金佛郎案而予通過；事發，士論益嘩，以爲伙同受賄有據；再毀士釗之室，肆力而搗，盡量以攫；卒掃聚所餘，相與火之。呼嘯千百衆學生，十餘人爲之發縱指示，自門窗以至椅凳，凡木之屬無完者；自插架以至案陳，凡書之屬無完者；由笥而椸，無鍵與不鍵，凡服用之屬無完者；蕩焉盡焉，以得肆志爲快。

吳敬恆爲講其義曰：「此誠作官者之業報也。」士釗乃不得一日安於其位，相應而解官。然而士釗則以號於人曰：「吾官可解，吾道不可易也！由今之道，無變今之俗，擾攘終年，羌無一是，政益見其渾亂，學益趨於荒落。雖有聖方，祇速人死！」士釗解官而衆怒未已。

士釗好盡言而與衆立異，又工臧否人物。吳敬恆者，一世之人震而驚之，以爲人倫模楷，稱曰吳先生者也；而士釗則以與梁啓超、陳獨秀同譏切，以爲：「國人圖新之第一大病，在無辦法。其自謂有辦法者，其無尤甚。近世革新，分立憲、革命、共產三期，以梁先生尸立憲，吳先生尸革命，陳先生尸共產，允爲適當之代表人物。之三人者，各有所長，亦各有所短。以物爲喻：稚暉自始聞政以迄今茲，所領蓋爲游擊偏師；已既絕意勢位，復無何種作政綱領，惟於意之所欲擊者而恣擊之爾。蓋如盤天之雕，志存擊物，始無所不擊，終乃一無所擊，回旋空中，不肯即下。任公者，知更之鳥也。凡民之欲，有開必先；先之祕息，莫不知之；且凡所知，一一以行，乃致今日之我，紛紛與昨日之我戰而無所於恤。獨秀則不羈之馬，奮力馳去；言語峻利，好爲斷制；性狷急不能容人，亦輒不見容於人，則別樹一幟，爲馬克思之說以自寵異，回頭之草弗囓，不峻之坡弗上，盡氣途絕，行與凡馬同踣。如此等人，豈非世所謂魁異奇傑之倫？而各各所事之爲無裨於國，則如十日並出之所共照，無可詆讕。任公曰『立憲立憲』，今時憲安在者？稚暉曰『革命革命』，無命不革，已命且莫之逸，遑言其他。獨秀曰『共產共產』，試問民窮財盡，尚復何產可共？於是語其義也，莫不粹然成章，聞者悅服。至語其效，則同是亂天下有餘。何以故？曰無辦法故。蓋以主義而言主義，天下固未有持之而無故者；其見爲善不善，當以爲之之若何而定，不當以本身之存值而定。庚子而降，凡吾國魁異奇傑者之所爲倡，只圖倡之之時，快於心而便於口；至爲之偏何在而宜補，弊何在而宜救，事前既講之無素，事至復應之無方，魯莽滅裂，以國嘗試；一摘再摘，三摘四摘，以至今日空抱蔓歸，猶是一無辦法，了無進步。吾意無辦法矣，與其僞爲有辦法，四出繳繞，治絲益棼，以覆其國，無寧自承無辦法，少安無躁，使國家復其元氣，徐圖興造。稚暉、任公、獨秀以及不肖，皆試藥醫生，喪人之命至夥者也。」然而敬恆弗承也。敬恆尤喜言物質救國，自謂弄斧頭之年齡已過，未能爲勞工之神聖；入與倫敦西南工人爲鄰，習植鉛字數千；出攜柏林廊大克一具，以意攝取天然諸美，服勞自給，庶幾無負此生。其辭博辯雄偉，雜出莊諧，口無擇言，少年宗尚以爲一家。而士釗則以爲：「稚暉富於玄想，巍然大師。語其高，可與希臘諸哲抗席；語其低，乃不足與中學畢業生程材。英之威爾士，文行與稚暉相仿。顧稚暉薄威爾士不爲，筆陣偶張，旋復棄去。稚暉試思之：入植鉛字數千，出攜廊大克一具，食力不過百錢，爲烈不逾一手足者，此誠滿街皆是，何勞吳稚暉爲之？稚暉爲之，亦既二十年矣；語其所獲，果何益於盛衰成敗之數？」然而敬恆弗服也。憤懣之餘，習爲激宕；由是論鋒橫溢，毛舉細故。此其士釗得罪世所謂賢人君子者一矣。

新文化、新文學者，胡適之所以嘩衆取榮譽，得大名者也；而士釗則以爲：「新文化者，亡文化也。夫文章，大事也；曩者窮年矻矻，莫獲貫通；偶得品題，聲價十倍。今適之告之曰：『此無庸也。凡口所道，俱爲至文；被之篇目，聖者莫易！』彼初試而將疑，後倡焉而百和，如蚊之聚，雷然一聲。而其所謂白話，亦止於口如何道，筆如何寫；韻味之不明，剪裁之不解，分位之不知，道誼之不協，橫斜塗抹，狼藉滿紙，媸妍高下無力自判。已與徒黨輒悍然號於衆曰：『文學革命也！文學革命也！』以鄙倍妄爲之筆，竊高文美藝之名；以就下走壙之狂，隳載道行遠之業。跳踉以喜，風靡一時；處勢差比前清之談革命；而其縱闊之深至，更遠過之；何也？以運動之式可以公開，少年竊此以自便其不學，恣斯世盜名之圖。河流急轉，一瀉千里，又較之前清革命黨人艱貞爲國，前仆後起，如馬十駕乃登峻坡者，爲勢順逆不可比數也。而有一事相同；則持其故者，一切務爲劫持；凡異議之生，不察以理而制以勢，天下之人因亦競爲選懦以應之。老師宿儒如梁任公者，聞之且大喜，盡附其說以自張，尤加甚焉。諸少年噪曰：『梁任公跟著我們跑也！』有不肯跑者，則群訾曰『落伍落伍』，千人所指，不疾自僵。有不肯跑而稍稍匡救焉者，則群版其名曰反動；發爲口號曰『槍斃槍斃』，國人皆殺，時或不遠。而國家之教育機關不盡操縱於若輩之手不止。歷來之教育長官所不爲若輩頤使，位不安。京滬規模較大之書局所不遵若輩之教條出書，書不售。語其表也，似天下之論已歸於一；至語其裡，則不學者少數人發縱指示，強令夫天下之學者默焉以屈於己而已。如金在冶，不躍爲常；復假定天下之學者，自默焉屈於己外，無他道而已。爲問此默而屈者，其將與之終古否乎？與之終古，中國之文也化也將至何境矣乎？四五年來，自非無目，莫不見倫紀之凌夷，文事之傾落，如水就下、獸走壙，日蹙千里而未艾也。吾嘗澄心求之，以謂人本獸也；人性即獸性，其苦拘囚而樂放縱，避艱貞而就平易，乃出於天賦之自然，不待教而知，不待勸而能者也。使充其性而無道以節之，則人欲不得其養，爭端不知所屆，禍亂並至，而人道且熄。古之聖人知其然也，乃創爲禮與文之二事以約之，一之於言動視聽，使不放其邪心；著之於名物象數，使不窮於外物；復游之以《詩》、《書》六藝，使舒其筋力而瀹其心靈。初行似局，浸潤而安，久之百行醇而至樂出，彬彬君子；實爲天下之司命；默持而善導之，天下從風，炳焉如一；夫是之謂禮教，夫是之謂文化。斯道也，四千年來，吾國君相師儒續續用力以恢弘之，其間至焉而違，違焉而復至；所經困折，不止一端。蓋人心放之易而正之難；文事弛之易而修之難；質性如是，固無可如何者也。今乃反其道而行之；距今以前所有良法美意、孕育於禮與文者，不論精粗表裡，一切摧毀不顧；而惟以人之一時思想所得之，口耳所得傳，淫情濫緒，彈詞小說所得描寫，袒裼裸裎，使自致於世，號曰至美。是相率而返於上古榛榛狉狉之境，所謂苦拘囚而樂放縱，避艱貞而就平易，出於天賦之自然，不待教而知，不待勸而能者也。」然而胡適弗服也。適之言曰：「舊文學者，死文學也，不能代表活社會，活國家，活團體。」而士釗則曰：「此最足以聳庸衆之聽，而無當於理者也。凡死文學，必其跡象與今群渺所不相習，僅少數人資爲考古而探索之，廢興存亡，不繫於世用者也；今之歐人，於希臘、拉丁之學爲然，而吾也豈其儔乎？且弗言異國古文也，以英人而治趙瑟（Chaucer，十四世紀之詩人）即號難讀；自非大學英文科生，解之者寥寥。吾則二千年外之經典，可得琅然誦於數歲兒童之口，韓昌黎差比麥考黎（英十九世紀之文家）；而元白之歌行，且易於裴（Byron，裴倫）謝（Shellcy，謝烈與裴同爲十九世紀詩人）之短句，莎米更非其倫。『死』之云者，能得如是之一境乎？且文言貫乎數千百年，意無二致，人無不曉；俚言則時與地限之。二者有所移易，誦習往往難通。黃魯直之詞及元人之碑碣，其著例也。如曰『死』也，又在彼而不在此矣。」然而胡適仍弗服也，謂：「若社會一切書籍，均用文言著述，平民概不了解，必且失趣而廢然以返。吾人必一致努力爲白話文，以造成白話文之環境。」而士釗則曰：「白話文之環境，萬無造成之理。可以世界語（Esperanto）爲喻。夫世界之學問，包涵於英、德、法三國之文字者，爲量至大。而三國自身不能互通；有時英人有求於德，德人有求於法，猶且盡力移譯，彌其缺陷。今一旦舉三國之全量而廢置之，惟以瓠落無所容之世界語，使人之耳目心思，從而寄頓；道德學術，從而發揚。他文著錄，全譯既有所不能，能亦韻味全失，無以生感。同時嫻於他文者，復不能嚴爲之界，使俱屏而不用，乾枯雜沓，情見勢絀。此世界語之卒無能爲役也。惟白話文亦然。吾之國性群德，悉存文言；國苟不亡，理不可棄。今舉九家百流之書，一一翻成白話，當非適之力所能至。適之殫精著作，將《水滸》、《三國演義》、《西遊記》之心思結構，運用無遺；亦未見供人取求，應有而盡有。而又自爲矛盾，以整理國故相號召；所列書目，又率爲愚夫愚婦頑童稚子之所不諳。己之結習未忘，人之智欲焉傅？環境之說，其慮彌是，而無如其法之無可通也。夫文之爲道，要在雅馴。俚言之屏於雅，自無待論；而其蔽害之深切著明者，尤在不馴。凡說理層累之文，恆見五六『的』字，貫於一句，亙二三十言不休；耳治既艱，口誦尤澀；運思至四五分鐘，意猶莫明。請遺他詞，源乃不具；謀易他句，法亦不習；臃腫堆垛，語不成章。以今去文未遠，白話多出能文者之手，茅塞已呈是境。更越若千年，將所謂作文爲一事，達意又爲一事，打成兩橛，不見相屬。尤不僅此。文事之精，在以少許勝人多許；文簡而當，其品乃高。計世界文字之中，此點以吾文爲獨至。而白話文則反之。胎息《水滸》、《紅樓夢》之白話尤反之。其參入『的』、『嗎』、『哩』、『咧』及其他借撼聽覺，羌無意義之輔字而自成爲贅，尤不待言也。是文貴剪剔紛淆；而白話以紛淆爲尚；文貴整齊駿冗，而白話以駿冗爲高。立言無範，共喻爲艱，獷悍相師，如獸走壙。冥冥中文化瀕於破產，中國人且失其所以爲中國人而不自知，此誠斯文之大厄，而適之努力造成之環境也。」是其得罪當世所謂賢人君子者又一矣。

吳敬恆、胡適倡歐化以振垂亡之勢，而士釗則曰：「唯唯，否否，不然。歐洲者，工業國也；工業國之財源存於外府（即各國商場），伸縮力絕大；國家預算得量出以爲入：故無公無私，規模壯闊，舉止豪華，一一與其作業相應，無甚大害：一切社會惡德，出於其制之不得不然，所云：Necessaryevils 是也。而吾爲農國；全國上下百年之根基可得以工業意味釋之者，蕩焉無有。無有，而不論精粗大小，一惟工業國之排場是鶩，衣服器用，起居飲食，男女交際，黨會運動，言必稱歐、美，語必及臺賽，變本加厲，一切恣行無忌，實則比歐、美之 Necessarymerits 毫髮未具；而其 evils 在歐、美之國，所蘊而未發、或發而未盡者；而吾也由放依而馳騁，由馳騁而氾濫，赤裸裸地一無遮阻；轉使碧眼黃鬚兒，捲舌固聲於側，嘆弗如焉。此在國家，勢不得不舉外債、鬻國產，以彌其濫支帑金之不足；在私人，勢不得不貪婪詐騙、女淫男盜，以保其肆意揮霍之無藝。其至於今，圖窮匕見，公私塗炭，國之不亡，殆與行屍無異。而冥冥中人道墮壞，凡一群中應有同具之恆德，且不得備；其損失尤不堪言。昨年水災，地域之廣，難民之衆，災情之慘，自來所希聞也；而幸免之人，熟視無睹，將伯之呼莫應，同情之淚不揮。軍閥也者，爭城奪地如故；官閥也者，恆舞酣歌如故；學閥也者，甚囂塵上如故。上海《密勒評論》有 Impeg 者，論次其事，且及前代防潦工事之差完，四方捐輸之彌急，而一語曰：『中國博施濟衆之精神，近三十年，已不存矣。』是何也？即僞歐化有以克制之也。偶舉一證，可概其餘。民德之澆，滔滔皆是，乃至父無以教子，兄無以約弟，夫婦無以相守，友朋無以相信。群紐日解，國無與立。昔班嗣稱有學步於邯鄲者，曾未得其彷彿，又復失其故步，遂爾匍匐而歸。嗚呼，吾人今後，亦求得匍匐而歸爲幸耳！」吳敬恆、胡適倡革新以祛舊染之汙，而士釗則曰：「唯唯，否否，不然。新者對夫舊而言之。彼以爲反乎舊之即所謂新。今即求新，勢且一切捨舊；捨舊，何有歷史？而歷史者，則在人類社會諸可寶貴之物之中，最爲寶貴。今人競言教育；不知教育所以必要，旨在以前輩之所發明經驗傳之後人，使後人可以較少之心力博得較大之成效，不更似前輩走卻許多迂道，費卻許多目力，慘澹經營，才得築成僅可流傳之基礎而已。又嘗譬之：社會之進程取連環式；其由第一環以達於今環，中經無數環與接爲構。而所謂第一環者，見象容與今環全然不同；且相間之時，窅焉不屬。然諸環之原形，在邏輯依然各在，其間接又間接與今環相牽之故，俱可想像得之。故今環之人以求改善今環之故，不得不求知原環及以次諸環之情實，資爲印證。此歷史一科所由立；而知新者早無形孕育於舊者之中；而決非無因突出於舊者之外。蓋舊者非他，乃數千年來巨人長德、方家藝士之所殫精存積，流傳至今者也。思想之爲物，從其全而消息之，正如《墨經》所云：『彌異時，彌異所。』而整然自在；其偏之見於東西南北，或古今旦莫，特事實之適然；決無何地何時，得天獨全，見道獨至之理。『新』云、『舊』云，特當時當地之人，以其際遇所環，情感所至，希望嗜好所逼桚，惰力生力所交乘，因字將謝者爲『舊』，受代者爲『新』已耳。於思想本身何所容心？若升高而鳥瞰之，新新舊舊，蓋往復流轉於宇與久間，恆相間而迭見。其所以然，則人類厭常與篤舊之兩矛盾性，時乃融會貫通而邇於一。蓋凡吾人久處一境，飫聞而厭見，每以疲苶惱亂，思有所遷。念之初起，必且奮力向外馳去，冀得嶄新絕異之域以爲息壤；而盤旋久之，未見有得；於時但覺祖宗累代之所遞嬗，或自身早歲之所曾經，注存於吾先天及無意識之中。向爲表相及意志之所控抑而未動者，今不期乘間抵罅肆力，奔放而未有已。所謂『迷途知返』，返者斯時；『不遠而復』，復者此境；本期開新，卒乃獲舊。雖云舊也，或則明知爲舊而心安之；或則竟無所覺而仍自欺欺人，以爲新不可階。此誠新舊相銜之妙諦，其味深長，最宜潛玩者也。今之談文化者，不解斯義，以爲躁者乃離舊而僢馳，一是仇舊，而惟渺不可得之新是騖；宜夫不數年間，精神界大亂，鬱鬱倀倀之象，充塞天下。躁妄悍然，莫明其非，謹厚者菑然喪其所守；父無以教子，兄無以詔弟。以言教化，乃全陷於青黃不接、輵轕背馳之一大恐慌也。不謂誤解一字之弊，乃至於此。」如此之類，難以鋪陳；既以新舊相持，紛紜莫決；乃作《說輯》以解之，語詳《甲寅周刊》。

或以規曰：「子一年中所遺政跡，時議紛紜，都不必在念。蓋學風扇發，天下病焉，父兄之教莫先，整飭之方宜講，子營此事，且有同情。即金佛郎案，牽連國交，遲速必辦；爲國任重，得謗乃常，既寵賂之不章，奚怨毒之難解？世所期期以爲不可，而君坐以市天下之怨，絕友朋之好，行且蹈不測之罪，貽無窮之羞者，惟辦《甲寅周刊》一事耳。天下事，未可以口舌爭，胡嘵嘵以蒙恥召怒爲也？」士釗應之曰：「吾行吾素，知罪惟人。若其中散放言，刑踵華士；伯喈變容，罰同邪黨；生命既絕，詞旨自空。如其不爾，一任自然。愚生不工趨避之義，夙志不干違道之譽；天爵自修，人言何恤？懷君子而居易，遵輿誦之本務而已。」既而段祺瑞不得志於馮玉祥，又失張作霖之援；吳佩孚再起湖南，與張作霖聯兵以逼京師。段祺瑞出走，士釗隨之蹉跌以不振。而於是士釗之名，儒林所不齒；士釗之文，君子以羞道。然其後國民軍再奠江南，建號南京；而掌邦教者，並合諸大學，厲行考試，取締學生運動，頗用士釗計，蓋不以人廢言云。

士釗始爲《甲寅雜誌》於日本，以文會友，獲二子焉：一直隸李大釗，一安徽高一涵也。皆摹士釗所爲文，而一以衷於邏輯，掉鞅文壇，焯有聲譽。而一涵冰清玉潤，文理密察，其文尤得士釗之神。其後胡適著《五十年中國文學史》，乃以高一涵與士釗駢稱，爲《甲寅》派。及是唾棄甲寅不屑道，而習爲白話，倒戈以向，罵士釗爲反動，助胡適之張目焉。

（三）白話文

胡適（附：黃遠庸、周樹人、徐志摩等）

胡適，原名洪騂，字適之，安徽績溪人。父傳，諸生，以嚴正爲邑里所憚；尤究心宋儒理學，嘗用四言韻語，著《學爲人詩》及《原學》兩書以授適誦；歷官臺東直隸州知州；中日戰起，我割臺灣以和；乃棄官歸，歿於廈門；生適三歲矣。母馮，爲繼室，僅二十三歲，以適早孤，督教極嚴；每日昧爽，即促之披衣起坐，爲縷述父志業，且曰：「我一生只見汝父一完人耳，汝好學之！」往往涕隨聲下。跬步必謹；五歲，即就外傅，授《孝經》、朱子《小學》、四書、《易》、《書》、《詩》三經及《禮記》，皆能背誦；尤喜朱子《小學》。課餘則瀏覽《水滸傳》、《三國演義》、《紅樓夢》、《儒林外史》、《聊齋志異》小說家言，爲諸姊妹誦說，以爲笑樂。而母望之深，有不檢，未嘗不教誡，或罰跪；以故適畏母甚，客至，或爲兒嬉戲，母色禁目喻，遂慴不爲也。自謂涉世三十年，律己不敢不謹，接物不敢不恕者；非惟乃父理學之遺傳使然；抑亦母教爲之也。

十四歲，乃以母命負笈之上海求學，歷梅溪學堂、澄衷學堂、中國公學、中國新公學，遂以其間讀梁啓超主編之《新民叢報》，嚴復譯之赫胥黎《天演論》，振奮感動，而思想爲之銳變；乃取「優勝劣敗，適者生存」之意，更名曰適，而以適之爲字焉。始作白話文，暢所欲言，以載《競業旬報》。又從詩人胡朝梁學詩；讀陶淵明、杜甫、白居易諸家集；而喜白居易特甚，因錄明李東陽《懷麓堂詩話》於筆記中云：「作詩必使老嫗都解，固不可；然必使士大夫讀而不能解，此何故耶？」

以宣統二年赴北京，應賠款留學官費考試；三年七月，遂赴美國留學；讀歐、美人詩集漸多，因嘆：「吾國作詩，每不重言外之意，故說理之作極少。求一樸蒲（Pope）已不可多得；何況華茨活司（Wordswoth）、貴推（Goethe）、白朗吟（Browning）矣！」乃作詩以贈其友人安徽梅光迪曰：「梅君梅君毋自鄙！神州文學久枯餒，百年未有健者起。新潮之來不可止，文學革命其時矣，吾輩勢不容坐視。且復號召二三子，革命軍前杖馬箠，鞭笞驅除一車鬼，再拜迎入新世紀。以此報國未云菲，縮地戡天差可擬。梅君梅君毋自鄙！」光迪誦而非之，以書相規。而適持之益堅，以謂：「文學革命，在吾國史上，非創見也。即以韻文而論：《三百篇》變而爲〈騷〉，一大革命也。又變爲五言七言，二大革命也。賦變而爲無韻之駢文，古詩變而爲律詩，三大革命也。詩之變而爲詞，四大革命也。詞之變而爲曲，爲劇本，五大革命也。何獨於吾所持文學革命論而疑之？文亦遭幾許革命矣；自孔子至於秦漢，中國文體，始臻完備。六朝之文，亦有可觀者；然其時駢儷之體大盛，文以工巧雕琢見長，文法遂衰。韓退之所以稱『文起八代之衰』者，其功在於規復散文，講求文法；此一革命也。宋人談哲理者，深悟古文之不適於用，於是語錄體興焉；語錄體者，禪門所常用，以俚語說理記言；此一大革命也。蓋吾國言文之背馳久矣。自佛書之輸入，譯者以文言不足以達意，故以淺近之文譯之，其體已近白話；其後佛氏講義語錄，尤多用白話爲之者。及宋儒以白話爲語錄，遂成講學正體。至元人之小說，白話幾成文學的語言矣。總之：文學革命，至元而極盛；其時之詞也，曲也、劇本也、小說也，皆第一流之文學，而皆以白話爲之。其時吾國眞可謂有一種『活文學』出現。倘此革命潮流，不遭明代八股之劫，不遭前後七子復古之劫，則吾國之文學已成白話的文學，而吾國之語早成爲言文一致之語言，可無疑矣。但丁之創意大利文學，卻叟輩之創英文學，路德之創德文學，未足獨有千古矣。惜乎，五百餘年來半死之古文，以及半死之詩詞，復奪此『活文學』之席；而半死之文學，遂得苟延殘喘以至於今日。嗚呼，文學革命，何可更緩耶？文學革命，何可更緩耶？」而於是文學革命之論，始自適發其機械。初，梁啓超創新民之文體，章士釗衷邏輯爲論衡，斯亦我行我法，脫盡古人恆蹊者矣。然襲文言之體，或有明而未融之處。而士釗之邏輯文學，淺識尤苦索解，故當第一次《甲寅》風行之日，北京《亞細亞日報》記者黃遠庸致書士釗以相切論；曰：「居今論政，不知從何說起。遠意當從提倡新文學入手。綜之當使吾輩思潮，如何能與現代思潮相接觸而促其猛省；而其要義，須與一般之人生出交涉；法須以淺近文藝，普遍四周。史家以文藝復興爲中世改革之根本，足下當能悟其消息盈虛之理也。」士釗答曰：「提倡新文學，自是根本救濟之法；然必其國政治差良，其程度不在水平線下；而後有社會之事可言。文藝，其一端也。」觀其辭有抑揚，殆未以遠庸之言爲盡然。然胡適則謂：「士釗邏輯文學之大病，在不能『與一般之人生出交涉』，如遠庸所云也。」

遠庸，名爲基，以字行，江西九江人。父儒藻，文采秀發，諸生不第，遂薄宦浙江。母姚，漢上名族，習禮明詩。遠庸問學夙成，實資母教。年十六，補諸生。二十歲，舉於鄉。明年連捷，中前清光緒甲辰進士，以知縣即用。時朝廷設進士館。新第之授京職者，得入館肄業，或遊學外國，三年程其功課以爲高下而遷除之。遠庸不得京職，而有志於遊學，請於當國，再三乃許。於是赴日本，入中央大學習法律科，黽勉研索，昕夕無間；且以餘力旁及英吉利文字。己酉秋，學成回國，實爲宣統元年。調郵傳部，奏改員外郎。時掌部者爲尚書徐世昌、侍郎汪大燮、沈雲沛，咸相引重，派參議廳行走兼編譯局纂修官。會部纂《郵電航路四政條例》成。將奏御前，缺例言；諸曹郎皆以時促，不敢任，獨以屬遠庸，給札郎署，不逾晷，成數千言，敘述詳贍，文詞淵雅，見者服其工捷。遠庸之東遊而歸也，同里李盛鐸亦歸自歐洲，同僦居於海岱門內，遠庸方肆力於文學，又有志於朝章國故。盛鐸告之曰：「吾見歐士之諳近世掌故者，多爲新聞撰述家。以君之方聞博涉，必爲名記者。」而遠庸從事新聞記者之業，實基於此。國變以後，部長留之曹署；而遠庸絕意進取，謝不往也。時京滬諸報各以新聞論著相屬。遠庸文章，典重深厚，胎息漢、魏；及是爲洞朗軒闢，辭兼莊諧；尤工通訊；幽隱畢達；都下傳觀，有紙貴之譽。然論治不能無低昂，論人不能無臧否，而於國民黨尤多砭戒；以故名益盛而仇者忌者日益滋。及袁世凱爲帝，屬爲文以贊；而遠庸高名跡近，不欲應，不敢不應，草一文若諷若嘲。世凱既心不喜。而傳者遽言遠庸勸進也。徒以言論文章，觀聽所繫，世凱必欲用之，而仇袁者則必欲殺之。袁世凱欲使遠庸之上海，主干《亞細亞日報》以爲帝制張目。遠庸心知不可，久遲且無幸，亟浮海避日本。居數日，若有人蹤；東渡美洲，抵桑港，遇刺而死，年三十二歲。遠庸風神朗澈，和易近人。簪舄交錯之時，遠庸一至，則談諧泛演，四座春生。居日本久，縞紵彌廣，每當宴集，輒促致辭；音響方終，讚嘆盈耳。聞遠庸之死，咸奔走告語，太息彌襟，謂此才之不易得也。

生平持論，以爲：「文藝家之能獨立者，以其有人生觀。人生觀之結果，乃至無解決，無理想；乃至破壞一切秩序法律及世俗之所謂道德綱常：而文藝家無罪焉。彼其職在寫象；象如是現，寫工不得不如是寫；寫工之自寫亦復如是。故文藝家第一義在大膽；第二義在誠實不欺。技之工拙，存乎其人，天才亦半焉。吾國人之文學家好稱文以載道；而所謂古文學者，十有七八如此。大抵論教必尊孔，論倫理必尊禮教；論文必尊所謂古文；皆吾所謂專制一孔之見，其於今日決當唾棄。」海鹽朱聯沅芷青誦說其文而大賞嘆曰：「是能談新文藝者，吾生幾見？」遂相交歡。而遠庸自謂每見芷青，則一見一心醉，見即與談所謂新文藝者，其大旨以爲：「吾人今日思想界，乃最重寫實及內照之精神；雖甚粗糙而無傷也。余既不能修飾其思想，則亦不能修飾其文字；若眞有見之發怒而冷笑者，則即余文之價値也。」聯沅輒泠然善焉。聯沅既以早夭，遠庸又不良死，而於所謂新文藝者，徒託諸空言，未及見諸行事之深切著明也。然論文之貴寫實，薄古文；論教之非尊孔，斥禮教；若爲適之俶落權輿焉。

既而適入哥倫比亞大學，師事杜威博士，得聞所謂「實驗主義」者而大悅服之，每語於人曰：「我之思想，惟受兩人之影響最大：一赫胥黎。一杜威先生。赫胥黎詔我以疑。無徵則不信。而杜威先生則詔我以思，思必驗諸實。而所謂思必驗諸實者，有三說焉：一、從具體之事實與境地下手。二、一切學說與理想，不過爲待證之假設，而非天經地義。三、一切學說與理想，須以實行爲試驗。惟實驗爲眞理之唯一試金石。」又以杜威講學，每一制度或學說之起，必就歷史而闡其因時制宜之所以，以明法不虛立。於是適之所以傳授心法，而說明杜威「實驗主義」者，約以二事：一歷史的方法。一實驗的方法。遂用實驗的方法，以談國故之整理，而表彰清代學者的治學方法，以明休寧、高郵之言考據於科學精神有合。用歷史的方法，以言文學之革命，而盛唱歷史的文學觀念論，以見桐城之治古文與歷史進化相反。其大旨以爲：「文學者，隨時代而變遷者也。一時代有一時代之文學。周秦有周秦之文學。漢魏有漢魏之文學。唐宋元明有唐宋元明之文學。此非吾一人之私言，乃文明進化之公理也。左氏、史公之文奇矣；然施耐庵之《水滸傳》，視《左傳》、《史記》何多讓焉；〈三都〉、〈兩京〉之賦富矣；然以視唐詩宋詞，則糟粕耳。此可見文學因時進化，不能自止。吾主張『歷史的文學觀念』，而古文家則反對此觀念也。吾以爲今人當造今人之文學；而古文家則以爲今人作文必法馬、班、韓、柳；其不法馬、班、韓、柳者皆非文學之正宗也。吾之攻古文家，正以其不明文學之趨勢，而強欲作一千年、二千年以上之文；此說不破，則白話之文學，無有列爲文學正宗之一日。」會陳獨秀主編《新青年》雜誌，誦其說而張之；一紙不脛，四海波動；大儒噤口，後生傾風。又進而薄仁義，廢禮教，乃至如黃遠庸所云：「破壞一切秩序法律及世俗之所謂道德綱常。」所以鼓蕩天下之人心，而轉移一代之風氣者，以視當日梁啓超之《新民叢報》，且什佰過之不啻焉。及適自美國畢所學而歸，遂任北京大學文科教授，倡爲白話文；登高之呼，所以自號於天下者有三：曰八不主義（一須言之有物，二不摹仿古人，三須講求文法，四不作無病之呻吟，五務去爛調套語，六不用典，七不講對仗，八不避俗字俗語）也。曰歷史的文學進化觀念也。曰文學的試驗精神也。質言之曰「國語的文學，文學的國語」而已。稽其著述，言八不主義者，有〈文學改良芻議〉、〈建設的文學革命論〉焉。言歷史的文學進化觀念者，有〈歷史的文學觀念論〉、〈五十年來之中國文學史〉焉。至文學之試驗精神，則表以《嘗試集》之一序焉。《嘗試集》者，適所爲之詩集也，其爲文章，坦迤明白而無回瀾；條理清楚而欠跳蕩；闡理有餘，抒情不足。而詩亦傷於率易，絕無纏綿悱惻之致，耐讀者之尋味。昔人論詩文之妙，謂不厭百回讀；而適之爲詩，則只耐一回讀；幸尙清順明暢，不爲爛套惡俚耳。錄一二篇以見一斑：

〈病中得冬秀書〉

病中得他書，不滿八行紙，全無要緊話，頗使我歡喜！我不認得他，他不認得我，我總常念他，這是爲什麼？豈不因我們，分定長相親，由分生情意，所以非路人？豈不愛自由？此意無人曉！情願不自由，也是自由了！

〈新婚〉

十三年沒見面的相思，於今完結。把一樁樁傷心舊事，從頭細說。你莫說你對不住我，我也不說對不住你，且牢牢記取這十二月三十夜中天明月！

其詩由有韻而爲無韻，由五言七言之整齊句式，而爲長短隨意，自豪曰：「此詩體之大解放。」所云冬秀者，其妻江氏也。方適之未出國也，問名未娶；又江氏未受學校教育。而適遊美洲自由之邦，少年才俊，自由戀愛，非無艷遇；而適不忍相負，矢志無他，卒歸娶焉。然於友朋之離婚再娶者，則必以婚姻自由，放言高論，而特贊之。適天性敦厚，誦念母教，又頌其父治理學，可以儀刑子孫，爲刊《鈍夫先生年譜》；而言必非孝。每語於人曰：「吾人欲擁護民治，則不得不反對孔教之舊倫理。欲提倡科學，則不得不反對舊藝術、舊宗教。易言之，欲擁護民治與科學，即不得不反對國粹與舊文學耳。」章炳麟制言未嘗不平正，而舉止偏若佯狂。胡適律己未嘗不謹篤，而論議僻好新奇。然一時男女青年之蕩閑逾檢、放佚不可制者，何嘗不以適論議爲借口焉。一時和之而首爲驅除難者，陳獨秀及浙江錢玄同也。林紓、馬其昶之倫，皆文章老宿，而紓尙氣好辯，尤負盛名；爲適所嫉，摭其一章一句，縱情詆毀；復嗾其徒假名曰王靜軒者，佯若爲紓辯護；同時並刊駁難而聳觀聽。及紓弟子李濂鏜，欲訪所謂王靜軒者而與之友，則烏有先生也。嘆曰：「昔人所謂不信之至欺其友；不意鎧親見之！」紓則憤氣塡膺而無如何，既以摧抑不得伸喙。獨梅光迪及江西胡先驌故偕適留學美國，稱歡交；然論文學則斷斷不相下。適倡革命，而光迪、先驌主存古，與適相持。先驌尤褒彈不遺餘力。胡適以仿古之文言文爲死文學，而新倡之白話文爲活文學，文學有死活，無雅俗。胡先驌曰：「不然。文學之死活，以其自身之價値而定，而不以其所用之文字之今古爲死活。故荷馬之詩，活文學也，以其不死不朽也。喬塞（Chaucer）之詩，活文學也，以其不死不朽也。梭和科（Sophocle）之戲劇，活文學也，以其不死不朽也。席西羅（Cicero）之演說，活文學也，以其不死不朽也。蒲羅大（Plutarch）之傳記，活文學也，以其不死不朽也。反而論之：Edgar lee masters 之詩，死文學也，以其必死必朽也；不以其用活文字之故而遂得不死不朽也。陀司妥夫士忌、戈爾忌之小說，死文學也；不以其轟動一時，遂得不死不朽也。適之君之《嘗試集》，死文學，以其必死必朽也；不以其用活文字之故而遂得不死不朽也。物之將死，必精神失其常度；言動出於常軌。適之君輩之詩之鹵莽滅裂，趨於極端，正其必死之徵耳。一種運動之價値，初不繫於成敗；而一時之風行，亦不足爲成功之徵。捨以古今爲死活，則是世間無不朽之著作；而每種名著，時過境遷，至多亦不過流傳二三百年矣。天下寧有是理耶！」胡適以爲歐洲中古時，各國皆有俚語；而以拉丁文爲文言，凡著作書籍皆用之，如吾國之以文言著書也。其後意大利有但丁諸文豪，始以其國俚語著作，諸國踵興。今日歐洲諸國之文學，在當日皆爲俚語，迨諸文豪與，始以「活文學」代拉丁之死文學；有活文學而後有言文合一之國語也。胡先驌曰：「不然。語言若與文字合而爲一，則語言變而文字亦隨之變。故英之 Chaucer 去今不過五百餘年，Spencer 去今不過四百餘年；以英國文字爲諧聲文字之故，二氏之詩已如我國商周之文之難讀。而我國則周、秦之書，尚不如是。蓋歐文諧聲。中文辨形。諧聲之文字，必因語言之推遷而嬗變。辨形之文字，則雖語言逐漸變易，而文字可以不變；故吾國文字不若歐洲各國文字之易於變易也。向使言文合一，文隨語變。宋、元之文，已不可讀；況秦、漢、魏、晉乎？此正中國言文分離之優點。夫〈盤庚〉、〈大誥〉之所以難於〈堯典〉、〈舜典〉者，即以前者爲殷人之白話；而後者乃史官文言之記述也。故《元曲》之白話，於今不多可解。然宋、元人之文章，則與今日無別。論者不思其便利，而欲故增其困難乎？抑宋、元以上之學，已可完全拋棄而不足惜，則文學已無流傳於後世之價値，而古代之書籍可完全焚毀矣？斯又何解於西人之保存彼國之古籍耶？且西人言文何嘗合一？其他無論矣，即以戲曲論：夫戲曲本取於通俗也；何莎士比亞之戲曲所用之字至萬餘，豈英人日用口語須用如此之多之字乎？小說亦本以白話爲本者也；今試讀 Charlotte Bronte 之著作，則見其所用典雅之字極夥。其他若 Dr. Johnson 之喜用奇字者，更無論矣。且歷史家如 Macawlay、Preseott、Green 等，科學家如達爾文、赫胥黎，斯賓塞爾等，莫不用極雅馴、極生動之筆以記載一代之歷史，或敘述辯論其學理，而令百世之下，猶以其文爲規範；此又何如耶？大抵口語所用之字句多寫實，而文學所用之字句多抽象。用白話以敘說高深之學理，而欲期以剴切簡明，難矣。今試用白話以譯 Bergson 之創制《天演論》，必致不能達意而後已；若欲參入抽象之名詞、典雅之字句，則又不爲純粹之白話矣。又何必不用簡易之文言，而必以駁雜不純之口語代之乎？」胡適以爲「五言七言之詩，句法整齊，不合語言之自然，而有截長補短之病。故詩體之大解放，在打破一切枷鎖自由之枷鎖鐐銬。五七言之整齊句法，亦枷鎖詩體自由之一種枷鎖鐐銬也。」胡先驌曰：「不然。中國之有五七言詩，猶西國之有 Meter 也。惟歐語複音多，故不能如中國四言五言七言之整齊；然必高音低音錯綜而爲 Metet，而限定每句所含 Feet 之數；自希臘荷馬以來即然。主張解放之大詩家威至威斯（Wordsworth），以爲：『可悲之境況號情感，寫以句法整齊之韻文，以視用散文之效力爲久遠。』又謂：『由整齊之句法所得之快樂，蓋謂由不同而得有同之感覺之快樂。』辜勒律（Coleridge）已謂：『詩與文之別，即在整齊之句法與叶韻。』德昆西（Dequincey）以爲：『整齊之句法，可鋪助思想之表現。』漢特（J. H. Leigh Hunt）以爲：『詩之佳處，在全體整齊，而各部分變異。波（Poe）以爲：『整齊句法與音節皆不容輕易拋棄者。』英詩人德來登（Dryden）以爲：『韻之最大之利益，即在限制範圍詩人之幻想。蓋詩人之想像力，往往恣肆而無紀律；無韻詩，使詩人過於自由，常作多數可省，或可更加錘煉之句。苟有韻以爲之限制，則必將其思想以特種字句申說之，使韻自然與字句相應，而不必以思想勉強趁韻。思想既受有此種限制，審判力倍須增加，則更高深更清晰之思想，反可因之而生矣。』豈非句法之整齊與叶韻，爲詩體之不可廢者耶？考之歌謠，靡不以整齊句法爲之：『月光光，姊妹妹』；三言也。『月亮光光，照見汪洋』；四言也。『打鐵十八年，賺個破銅錢』；五言也。『行也思量留半地；睡也思量留半床』；七言也。此外，二、三、六言、八言、九言、十言特稀。蓋二言氣促。六言突兀。八九十言過長。八九十言即有之，亦必分爲三四五言小段，如『太夫人，移步出堂前』，雖爲八言，然爲三言與五言所合成；『蔡鳴鳳，坐店房，自思自想』，雖爲十言，然爲兩三言一四言所合成。可見四言五言七言者，中國語中最適宜之句法也。惟四言詩只盛於周，而五言古詩則自漢、魏以至於齊、梁，幾爲唯一之詩體；其時七言詩雖有作者，然不及五言之重要。即至唐、宋以還雖七言古興，而律詩大盛，然五言古始終占第一重要位置；直至今日，學詩者猶以爲入手之途徑，最後之規則；其間豈無故哉？蓋五言古既可言志，復能抒情；既可敘事，復能體物。阮步兵之〈詠懷〉，陳子昂之〈感遇〉，李太白之〈古風〉，皆言志之詩也。〈孔雀東南飛〉、〈木蘭詞〉，皆敘事之詩也。謝靈運之作，大半皆寫景之詩也。詩之能事，五言古幾盡能之。所不能者，爲七言古詩之剽疾流利、抑揚頓挫，與夫五七言近體詩之一唱三嘆，音調鏗鏘耳。七言古以剽疾流利、抑揚頓挫爲本，故宜於筆力矯健之作；故雖說理言志不及五言；而跌宕過之。然以七言古之跌宕委婉，一調叶其聲調，使之諧婉，則七言古詩中之長慶體，又爲敘事之良好工具矣。蓋敘事貴婉轉盡致，因之音節亦尚諧婉。長慶體全用律句以作古詩，其聲調之鏗鏘，情韻之纏綿，遂較平常之七言古詩出一頭地。元白不論，即梅村之能嗣響長慶，亦正以其用長慶體故也。至五七言律詩，以八句四韻之短幅，復以對偶爲要旨，自不能如五七言古極縱橫闊大、盡理窮物之能事。胡適之君必以不講對仗爲改良詩體之一事，則又與於不知詩之甚者也。夫天地間事物，比偶者極多，俯拾即是。雖在周、秦之世，諸子名理之言，亦尚排偶。而古詩十九首之『青青河畔草，鬱鬱園中柳』，『胡馬依北風，越鳥巢南枝』，蘇李詩之『昔爲鴛與鴦，今爲參與辰』，『燭燭晨明月，馥馥秋蘭芳』，『征夫懷往路，遊子戀故鄉』，皆爲對仗。至謝靈運之詩，則幾於自首至尾皆爲對仗。以後無論五七言古詩，皆寓偶於奇，雜以對仗。雖適之君所推崇之白香山、陸放翁之五七言古詩，亦對仗極多。放翁之五古，且有自首至尾，皆用對仗者。古來名人中之喜用單行以作古詩，惟元次山一人耳。近體詩惟五言七言排律不耐誦讀，其原因初不盡在對仗；蓋音調之過於諧婉，實爲一大原因。故雖以老杜五排之波瀾壯闊，而喜讀之者卒鮮也。在古詩之諧暢，作者能錯落其句法以救單調之害耳；此即漢特所謂『全體整齊而各部變異』，正所以『達到美之最後之目的』者也。夫單行與對仗，各用效用。單行句法，雄渾嚴整，厚重緩和；故不求流動而欲端整之作宜之。言非一端，亦各有當，寧必以去對仗爲盡作詩之能事乎？」先驌字步曾，江西南昌人，美國加利福尼亞大學農科學士，歷廬山森林局副局長，東南大學植物教授。顧先驌治植物學而好談文學，與胡適友善，而論文不爲惟阿。「時代精神」者，胡適之所騖也：先驌曰：「勿騖於『時代精神』，須知文學之最不可恃者，厥爲時代精神；以其事過境遷，不含『不朽』之要素也。」「文學創造」者，胡適之所誇言也。先驌曰：「勿誇言『創造』，而忘不可免之摹仿。須知茹古者深，含英咀華；『創造』即在摹仿之中也。」著有〈中國文學改良論〉、〈文學之標準〉、〈評嘗試集〉、〈評胡適五十年來中國之文學〉，具載《學衡雜誌》，皆難適而作。寖以失歡，絕交於適焉。

在前清光、宣之際，北京大學之文科，以桐城家馬其昶、姚永概諸人爲重鎮。民國新造，浙江派代之而興，章炳麟之徒乃有多人登文科講席；至是桐城派乃有式微之嘆。著於林紓《畏廬文集》者，可覆按也。然自陳獨秀爲文科學長，用適之說，一時新文學之思潮，又復澎湃於大學之內，浙士錢玄同者，嘗執業於章炳麟之門，稱爲高第弟子者也；爲人文理密察，雅善持論；至是折而從適，爲之疏附。適驟得此強佐，聲氣騰躍；既倡新文藝以摧毀古文；又講新文化以打倒禮教。而學生運動，亦適一力提倡以臻極盛；然而無以持其後；動而得謗，名亦隨之。老成持重者，詆爲洪水猛獸；而少年景從，以爲威麟祥鳳不啻。梁啓超清流夙望，亦心畏此咄咄逼人之後生，降心以相從。適亦引而進之以示推重；若曰：「此老少年也！」啓超則彌沾沾自喜，標榜後生以爲名高。一時大師，駢稱梁、胡。二公揄衣揚袖，囊括南北。其於青年實倍耳提面命之功，惜無扶困持危之術。啓超之病，生於嫵媚；而適之病，乃爲武譎。夫嫵媚，則爲面諛，爲徇從；後生小子喜人阿其所好，因以恣睢不悟，是終身之惑，無有解之一日也。武譎則尚詐取，貴詭獲；人情莫不厭艱巨而樂輕易，畏陳編而嗜新說。使得略披序錄，便膺整理之榮；才握管觚，即遂發揮之快；其幸成未嘗不可樂，而不知見小欲速中於心術；陷溺既深，終無自拔之一日也。然當是時，白話文乘新興之運，先之以《新青年》之摧鋒陷陣，胡適、陳獨秀、錢玄同諸人實爲主幹。而風氣所鼓，繼起應和者，北京則有《新潮月刊》、《每周評論》，上海則有《民國日報》附張之〈覺悟〉，《時事新報》之〈學燈〉，推波助瀾，一以「國語的文學，文學的國語」十字爲宣傳；是則適建設的文學之樹以爲鵠者也。於是教育部以民國九年頒「小學課本改用國語」之令；而白話文之宣傳，益得植其基於法令焉。刊有《胡適文存》三集。

適才高而意廣，既以放廢古文，屏斥舊學，放言無忌；而又不耐治科學，則詡詡焉談「科學方法」，欲以整理國故；又著〈一個最低限度的國學書目〉一文以詔天下學者；予智自雄。老師大儒，既震於科學方法，莫爲抵牾；又驚其言之河漢無涯涘。獨慈溪裘毓麐著論明科學方法之不足以治國學；又斥〈一個最低限度的國學書目〉之不免大言欺人。其論科學方法之不能以治國學曰：「吾東方固有之學術，其性質與今之所謂科學者迥別。研究科學及一切形質之學者，如積土爲山：進一簣，有一簣之功；作一日，得一日之力；論其所得之高下淺深，可以計日課程而爲之等第也。治心性義理之學者，如掘地覓泉：有掘數尺即得水者，有掘數丈始得水者，有掘百數十丈然後得水者，有掘百數十丈而終不得水者，有所掘深而得水多，亦有所掘深而得水反少者，有所掘淺而得水少，亦有所掘淺而得水反多者。而所得之水，又有清濁之分，甘苦之別，不能克日計工，而衡其得水之多寡清濁也。其一旦得水也，固由於積日累功而成；然當其未及泉也，則無論用力如何勤苦，經營如何之久，若欲預計其、成功之期，則固無人能言其明確之時日者也。所謂『掘井九仞而不及泉，猶爲棄井』也。治心性義理之學，亦猶是矣。當其體察鑽研，沉潛反覆，雖志一氣凝，用力極其勤奮；

苟未至於一旦豁然貫通之日，則無論用力如何勤苦，杳不知其成功之究在何時也。且此所謂一旦者，不能以日計，不能以月計，亦不能以年計；但由正知正見而人。至於用力之久，則終當有此一旦已耳。然亦有用力既勤且久而終無此一旦者，亦正不鮮。就其大別言之，有得人一言之啓發而即大悟者，有積數年數十年之力學苦參而始悟者；有勤奮終身而仍未大悟者，有勤奮終身而終不悟者。蓋學之偏於實者，其程效可以計功計日；學者偏於虛者，苟非實有所悟，則決無漸臻高深之望。語其成功，不聞用力之多寡，爲時之久暫也。明陳白沙先生論學曰：『學有由積累而至者，有不由積累而至者；有可以言傳者，有不可以言傳者。』大抵由積累而至者，可以言傳也；不由積累而至者，不可以言傳也。東西學術之別視此矣。凡西哲之學問，莫不重系統，有階級，故其學皆由積累而至，皆可以言語文字傳授者，若吾東方之學術則異乎是。不特性命之根源，精微之義理，本非可以積累而至，可以言傳；即九流末伎如醫卜星相之徒，苟語及精微之處，設於道一無所知，則終身亦決無自臻於高明之境。道如一大樹，聖賢得其根幹，方伎得其枝葉；此中道妙，父不能傳之於子，師不能授之於弟；亦不由積累而至，亦非可以言語傳授者也。聖賢相傳之道，非古聖能創作也；不能因其固有之道舉以告人耳。如黃山、天台之景，天下之奇觀也；然此境非吾曹所能創造，亦非吾曹所能建設。天地間原有此境；欲知此境，只須親到親見。聖賢不過先到此境，先見此境而已。吾人能篤信古聖之所指示，孳孳日進，終必有實到此境，實見此境之一日；迨已到已見之後，方知此境本爲古今人人之共有，既非先聖所能創作，亦非後聖所能改造。而如黃山、天台，天地間既實有此山，此山終古不改；則凡曾到此山者，其所見即無一不同。千萬年以前，曾見此山者，所說如是；千萬年以後，凡見此山者，所說亦必如是。決不能於實際增益分毫，亦決不能於實際減削分毫；以稍有增減，即與固有者、本然者不合也。歷聖所傳之道亦猶是矣。道既無二，道既不變，歷聖既同傳此道，宜所見無不同，所說亦無不同矣。不獨堯、舜、禹、湯、文、周、孔、孟同此道也，即推至羲、黃以前，下至後世程、朱、陸、王之所見，旁及柱下、漆園之所說，亦無不同也。不特中國諸聖之道同也，即西方大聖人所說，若語道之根源，亦無一不同也。蓋地無分東西，時無分今古，凡聖人設教之本心，無非欲世人共知此道，共明此道而已。此道範圍天地，無古無今，先天不違，後天奉時；諸聖之所明者明此，諸儒之所學者學此。不明此，不足以爲聖；不知此，不足以爲學；所謂唯此一事實，餘二即非眞之大道，無論何時何人，決非可以憑一己之心思才智，創立新說異見者也。以孔子之大聖，猶云『述而不作』。竊嘗論之：既爲聖人，必明大道；既明『大道』，即無可作。孔子祖述堯舜，無所謂作也；即堯舜亦不得謂之作，不過祖述堯舜以上之聖人而已；推而至於羲、黃以來，均述而非作；即推而至於羲、黃以上，亦無人可稱作者，何也？所謂聖學者，蓋天地間實有如是一件道理，聖人不過知此、見此、覺此、說此，欲人人共明此而已。此實際之道理，聖人不能增益分毫，亦不能減損分毫；如天地間既實有黃山、天台等山，前人曾遊此山者，既說山之高低遠近以示世人矣。山既經古人無稍改變；寧有後人見此山者，其所說竟與前人異乎？且此道不因世生聖人而有，亦不因世無聖人而滅；故道因聖人之存亡而分晦明，非因聖人之存亡而生有無；猶山初不因遊人之多少有無而少改變其原有狀態也。若云聖人有所創作，則此道不啻已爲聖人所私有；已不能謂之『先天而天不違，後天而奉天時』之大道矣。故曰：『先聖後聖，其揆一也。』又曰：『東海西海有聖出，此心此理同』也。西儒之言哲學，則全與之相反。哲學派別既多，意見各異。一說既興，則必有絕對相反之說與之並立；故既有一元說，則即有二元說起而與之抗；既有唯心論，則更有唯物論出而與之爭；各是其是，無所折中。而研此學者亦必兼收並包，莫定一尊。既無同揆之可言，更難期收一貫之效。是故西儒之治哲學，如人造園庭，各人所作各各不同。一人所作之園庭，可由一人之意匠經營而爲建設布置；故後人所作之園庭，不必同於前人，亦不難勝於前人。是以西儒之治哲學，往往後勝於前，今密於古；不同東方人之學道者，先聖既造其極，決無後可勝前之理。無論後人用力如何勤奮，悟道如何深遠，謂所見同於先聖，可也；謂所見等於先聖，可也；若謂所見異於先聖，或謂其過於先聖，則非愚即妄矣。爲學之道，惟信爲能人。孔子曰：『信而好古。』又曰：『篤信好學。』子張曰：『執德不宏，信道不篤，焉能爲有，焉能爲亡！』而以今日學者之淺陋，讀聖賢精微之經傳；苟非信至極處，決難望有所得也。

無論天資如何高明，用工如何勤奮，願十年之內萬不可輕言有疑。惟當以全身靠在聖賢語言上，然後虛心靜氣，優遊玩索，以身體之，以心驗之，從容默會於幽閑靜一之中，超然自得於書言象意之表。如口之於味，鼻之於臭，吾人欲知味臭之區別，設非親嘗之，親嗅之，則決無眞知確見之可言。論味則蜜與糖同甘，而糖之甘自異於蜜；梅與醋同酸，而醋之酸不同於梅。論臭則蘭蕙與旃檀之香同而復有別；鮑魚與屎尿之臭同而不相混；若欲詳辨四者之分別，雖使善文者覃思深慮而出之，仍不過得其彷彿而已；若復令讀其文者，即可辨其異同，則雖上智亦決不能也。然使其人一嘗其味，一嗅其臭，則雖愚夫，亦能立辨之而無爽焉。此即陽明所謂『啞子吃苦瓜，與爾說不得，爾要知此苦，還須爾自吃』。悟即自吃之謂也；可知不自吃，則終不知味；不自悟，則終於道無所得也。由信得悟。由悟證道。古人之論悟道也，曰：『言語道斷，心行處滅。』又曰：『口欲言而辭喪。心欲思而慮亡』，又曰：『窮諸玄辯，若一毫置於太虛。竭世樞機，似一滴投諸巨壑。』非古人好爲微妙幽深之語，使世人難於窺測也。蓋有以見道體本質如此。故曰：『此事極奇特，極玄妙，而又極平庸，極眞實。』其入手最要之方，則莫若靜，靜而後能定；既靜且定，然後能發慧；則吾心廣大、本體靈光發見，然後方可期有得耳。由信得悟，由靜生明，惟靜而後能虛靈。宋儒言心以虛靈爲貴，此言亦善；必虛而後能靈；既虛且靈，方能默契先聖精微之旨。若專以博學多聞爲貴，終其身皇皇然以搜求捃摭爲務，如清中葉漢學家之所爲，則此心已實而窒矣。實而窒，又焉能悟道妙哉？所以學道者，決非博觀強記、探賾索深之謂；必澄心息念，收視返觀而後期有得。其未得也，不能克日計功，由於積累而成；其已得也，先覺者亦不能以言語文辭傳之後進；學者苟非眞參實悟，無由知其妙微。若西儒之治哲學，則不外博覽群書、廣採物情，全憑意識以爲推求，歷舉事例以爲比較，無所謂澄心返觀之法也。大抵西人治學之途徑，不外分別、比較二術；名數質力，日擾其心，終日思索，神勞則昏，尚安有心體靈光發見之一日耶？聖賢之學，全由聖賢心體靈光發見，非由外得。故言道學者，前聖已造其極，決無後可勝前之理。故學儒者決無人能過孔孟，學道者決無人能過老莊，學佛者決無人能過釋迦。學者既明此理，則但當終身安心作孔、孟、老、莊之信徒，不當妄思欲作孔、孟、老、莊之試官。若近日淺人之所爲，字意未明，句讀未眞，便欲評其高下，論其是非，是無異人人可作孔、孟、老、莊之試官矣。人人欲作孔、孟、老、莊之試官，勢必至無人復能解孔、孟、老、莊之眞意矣。」

其論青年修習國學方法曰：「余見胡適所開〈國學書目〉，標曰『最低限度』。而所列之書，廣博無限：經學小學，則清代名家之大部著述，以及漢、魏、唐、宋諸儒之名著，無不列入。理學則宋、元、明、清學案及《二程全書》、《朱子全書》、《朱子大全集》、《陸象山全集》、《王文成全集》，復益以宋、元、明、清儒專集數十種。子則二十二子及其注解，復益以周秦後諸家所作、爲世所傳誦者。佛典則《華嚴》、《法華》等經，《三論》、《唯識》等論禪宗語錄，相宗注疏，廣爲搜羅。此所謂思想部也。若文學則歷代名人詩文專集百數十家，宋元來通行之辭曲小說多種。凡此皆胡氏之所謂『最低限度』書目也。然論其數量，則已逾萬卷；論其類別，則昔人所謂專門之學者，亦已逾十門。凡古來宏博之士，能深通其一門者，已爲翹然傑出之材；若能兼通數門，則一代數百年中，不過數人。若謂綜上所列諸門而悉通之者，則自周孔以來，尚未見其人。何也？人生數十寒暑，心思材力，究屬有限；而人之天資，語其所近，不過一二種；兼通數門，已稱多材。長詞章者未必兼通考據，有得於心性之學者未必樂鑽故紙。故精漢學如閻、戴、段、王，若語以宋明諸儒精微之說，未必能解也。工詩文者如韓、柳、歐、蘇，若與之辨訓詁音韻之微，則非所習也。文人談禪，不過供臨文時捃摭之資；若進而與之論教相，辨判科，則茫然矣。宋元詞曲巨子，若與之論經傳之大義，談老莊之玄旨，則瞠目結舌矣。天之生人，決無付以全知全能之理；而人之於學，非專習決不能精。凡人於一種學問，已得門徑，意趣日出，則所讀者必多同類之書；長經學者必多讀經傳之注解；工文辭者必多讀名家之專集。若捨其素習而讀他種書，則雖宿儒，無異初學；苟非以全力攻破其難關，將見始終格格不入。語曰：『讀書萬卷。』實則讀萬卷書尚非難事；而多讀門類不同之書以明其大義者，古今無幾人也。紀昀於近儒中讀書最富，而余讀其評理學之語，開口即錯；經學亦有隔膜。《曾文正公日記》有云：『閱《宋元學案》中《百源學案》，於邵子言數之訓，一無所解，愧憾之至。』陳蘭甫先生與友人書，自言：『生平未曾讀宋儒書；晚歲猶思補讀。』曾公命世之英，蘭甫博學而享大年，猶有未盡讀、未盡通之書。凡自謂於學無所不通，此僅可欺淺學無識之輩；若通儒則決無此論。而自漢唐以來，未聞有一人而兼經學、小學、性理、考據、佛典、詞章、詞曲之長者也。今以古今鴻儒碩士所萬不能兼通者，某先生乃標其名曰『最低限度』。吾不解某先生所謂『高等』者，其課程復將奚若。其將盡龍宮鐵塔之藏，窮三洞四輔之祕乎？凡此皆欺人之甚。而言者悍然不慚，聞者茫然莫辨。世人既多妄人，復多愚人；非妄人無以益愚人之愚；非愚人無以長妄人之妄。余讀近人著作，胸中輒作二疑。觀其繁稱博引，廣列群書，則疑其人無書不讀。及見其立論之淺謬，往往於古人極淺近之旨，尙未明了，則又疑其人實未曾讀過一書。今日學術界之大患，幾於無事不虛僞，無語不妄；且愈敢於妄語者，則享名亦愈盛。然而文人詭誕，自古有之：如清毛西河、戴東原二氏，二百年來，學者仰如泰斗；然二子均喜欺人，其生平示人之語，殆無一由衷之談。試翻《全謝山集》中之〈蕭山毛檢討別傳〉，及章實齋《文史通義》之〈朱陸篇書後〉兩篇，歷舉毛戴二人種種欺人妄語之事實，其例甚多。大抵文人好名而性復詭詐，其對於後進欽風慕名而向之請益者，則必廣舉艱深宏博之書多種以告，又復恍惚其詞，玄之又玄，令人無從捉摸。其實彼所舉之書，或僅知其書名，或得其梗概於書目提要中，其書固未曾入目也；或涉獵之而未得其大意，猶之未讀也。然在初學，震其高論，貿然從之；始爲好名喜功之心所歆動，尙能振奮一時；迨鑽研不久，久無所得，銳氣一消，頹然廢學，猶以爲彼自高明，我則昏昧，無由趨步；不知被其所欺，誤盡一生而不自知也。又凡人治一種學問，其入手之處，大抵得力於淺近之書；惟因其淺近，往往近俗，每爲通人所不屑道。故在好名之人，雖最初得力於淺近之書，往往終身諱莫如深，雖親友亦不輕泄。設有人問入手方法，則決不肯告人以己最初所讀之得力者，必別舉一艱深之書；聽者不察而深信之，始則扞格不入，繼則望洋生嘆，終亦必至甘於自暴自棄而已。余近年讀書稍多，見理稍明，覺今昔文人所說，大抵誇而不實，高而不切，欺世之意多而利人之心少，自炫之意多而作育之心少。余十數年前，思溫習四書，以應讀何種注解，詢之章太炎先生，當世所謂經學大師也。章先生即以劉寶楠《論語正義》、焦循《孟子正義》對。余讀之年餘，毫無所得，以其博而寡要也。翻然改計，日取朱子《四書集注》溫一二章，令可默誦，參以《四書反身錄》、《困勉錄》，《四書大全》、《松陽講義》、《四書近指》、《中庸集解》、《論語集解》、《論語義疏》、《論語後案》、及《通志堂經解》中宋元諸儒集釋，自覺年有進境。此余身歷之事。余深疾近世文人之誣誕，生平論學，誓不作欺人之語；學者但信吾言，終身自有受用眞實之處；切勿尙虛名而受實害也。修習國學，必以誦讀古書爲本；不外聖經賢傳及周秦諸子而已。自來學人苟於經子根柢之學無所窺見，雖文辭華贍，記誦丑博，終不免爲無源之末學，不足貴也。而自秦漢以來，論誦讀古書之法，無逾於朱子。朱子教人讀書之法，散見於《朱子語類》及文集者不下百數十條。而最其指要，只分五端：書須熟讀；熟則義理融浹，胸中不期效而效自至；一也。讀書時貴端身靜慮，意不外馳，則氣凝心明，義理自出；二也。心貴純一，業尙專精；泛濫群書，不如精一；少得多惑，古訓昭然；三也。聖意幽遠，未易窺測；凡情淺鄙，懸隔天壤；偶有所見，未必即是；一有執著，即塞悟門；四也。吾生有涯，義理無窮，虛心觀書，本意自見。穿鑿強通，必多誤謬；五也。古來名儒論學者衆矣，求其精當近切，收效廣而流弊少者，自以朱子之說爲最。何也？詞章考據之士或規規於考訂訓詁之細，或沉溺於聲調格律之中，不復探求經傳之大義，心性之微旨，故其說瑣細淺陋，終無當於聖賢之學。陸王言學，掃去一切枝葉，直截根源。上智之士聞其言而頓契微旨，自較徑捷。然世多中人而少上智；精微幽玄之旨自非常人所易領悟；稍有差誤，天壤懸隔；強加附會，誤人益深。朱子論學，以熟讀精思，循序漸進爲的。學者但循循不已，自有豁然貫通之一日。凡古人之書，讀之，覺中庸平直，無矜才使氣之語，而多忠厚惻怛之思者，必眞實語也。初讀之甚覺新奇可喜，繼讀之則無精意，其立說專求勝人，而惟以見知於世爲務者，必多僞言也。嘗見某禪師語錄，有佛兵魔光之辨；謂見之令人清涼安適者，佛光也。見之使人震耀蕩惑者，魔光也。其說甚辨。讀古人書亦猶是矣。然非曾經一番苦工，於學問根源處有所窺見者，亦未易辨其誠僞也。吾國舊書自六經外，後儒說理精深者，殆無過於周、邵、程、張諸子矣，此稍有識者所公認也。然吾讀數先生之書，若不能明者，甚深微妙之義耳；至於字句之間，顯明極矣，並無僻字奧語，予人以難解者。反之，如近人龔定庵、湯海秋輩，舉世所驚爲奇才碩學者也。余誦其書數過，亦實無過人之見地；惟喜以奇字僻典困人，淺學者自覺難解。若以顯明之筆出之，其意亦人所易知者也。誣世惑民，好名之過，於是著書者揀難的字以炫人；讀書者揀難的讀以誤己。蘇子瞻謂揚雄揀難的說以驚世釣名，往往『以艱深文其淺陋』，此實語也。凡讀古昔聖賢心性之書，就余一已經歷言之，至少有二種感覺：一曰觸發，讀之如觸電氣，全身震動。如《孟子．告子篇》中之〈牛山〉章、〈魚與熊掌〉章、〈放心〉章，其啓發人天良之語，均極痛切透闢；讀之如當頭棒喝，通體汗下；如深夜聞鐘，發人猛省。凡古人之書，讀之能觸發我性靈者，雖欲不好，不可得也。讀之而無所觸發，必其書無深意之可言；或讀者鈍根人，麻木不仁者也。二曰融合，即杜元凱所謂『若江海之浸，膏澤之潤，渙然冰釋，怡然理順，然後爲得』也。讀之，覺古人所說者無不恰好；又彼所言者皆爲我胸中所欲說，卻被他句句先我道出；更覺書中所說，添一字不得，減一字不得，一字不多，一字不少；當讀之時，讀者之心與作者之心融洽一片，無少間隔。上所說兩種境界，凡讀心性之書者，必同具此感覺；若始終無此感者，必其人頑鈍無知者也。」蓋毓麐自道所得如此。

毓麐，字匡廬，舊譯學館畢業，升入京師分科大學；以民國二年赴美，留學加利福尼大學，習政治經濟，五年而歸。自謂：「三十歲以前，爲一純粹學校之學生，所喜研究者，厥爲西儒之科學。吾以聖經賢傳，向不注意。及出國，目睹歐美社會之崇勢利而薄仁義，終無以善其後；而不如孔孟之道爲可大可久。」著有〈遊美見聞錄〉，刊登《時報》。方以新思潮澎湃，而適之焰高張於論壇，莫之省也。適既高談國故，而又鄙棄爲無用。或問：「若然，與其談國故，何如治科學？」則又應曰：「吾人爲學，何可挾功利之見？當視其性之所近，以治所學；爲眞理而求眞理，發明一字之古義，何必不與天文家之發見一恆星，其功相等？而清代漢學家之所以能於國故學有發明者，正以其所用方法，與科學方法暗合耳。」既則施施曰：「我之整理國故，欲以摧滅國故耳。」吳敬恆者，以科學為天下號者也；乃贊之曰：「中國之線裝書，只有適之配讀！」適則彌以自喜；而讀之之法，只有一途；即用清代漢學家之校勘訓詁方法，以求本子之訂正與古義之考定，是也。且曰：「古義亦只是古義而已，無裨於今也。」著有《中國哲學史》，最為世所傳誦。梁漱溟者，著東西文化及其哲學者也；讀之，則曰：「依胡先生之說，中國哲學亦不過如此而已。」而適則譎應之曰：「我之所以整理國故者，只欲人人知所謂國故者『亦不過如此而已』。」裘毓麐曰：「學術之放廢，一至如此，尚何言哉！」於是閉門讀書二十年。精究程朱，旁參釋典，積久有得而著為書。獨以生平服膺，最在太倉陸世儀《思辨》一錄，恨其未睹今日之極變，而不及與之論證也；遂以《思辨廣錄》題其篇。凡稿本三十餘冊。日本人有節譯本。

自適《嘗試集》出，詩體解放，一時慕效者，競以新詩自鳴。適乃作豪語曰：「中國詩界，必有大放光明之一時期！」又謂：「少年新詩人之中，康白情、俞平伯之起最早。自由詩之提倡，白情、平伯之功不少。白情只是要自由吐出心裡的東西。而平伯則主張努力創造民眾化之詩。假如吾人以此讀平伯之詩，則不能不謂之失敗。平伯之詩，往往索解不得，何能民眾化。」夫以「有什麼話，說什麼話；話怎麼說，就怎麼說」之白話詩，而云索解不得；此可知深入顯出，文學別有事在；而不在白話與非白話也。厥後新體之詩，始僅蔑棄舊詩規律，猶未脫舊詩之音節，再變而為無韻之詩，三變而為日本印度之俳句短歌，四變而至西洋體詩。李思純譏其「在單音獨體之漢字下而強用之，以造作拼音文字式之詩，其去常識已遠」（詳《學衡》）。然作者彌衆，陸離光怪，方且未休，章士釗謂「今之束髮小生，握筆登先；名流巨公，易節恐後。詩家成林，作品滿街」，將毋「詩界之光明時期」已至乎？學者亦久而無以饜厥心。縱有徐志摩之富於玄想，郭沫若之回腸蕩氣，謝冰心之親切動人，王統照之盡情哭笑，而陳勺水且言「中國新詩，至今未上軌道」（《樂群》）矣。揆厥原因：以「新詩無腳韻、平仄、音數三者，故體貌未具。深有慨於習作者，僅效西國少數之自由詩，而未睹英、德、俄、法之詩，大都有其嚴定之韻律，如吾國舊詩之所重」。聞一多亦言：「性不能詩者，方以格律爲束縛。」梁宗岱談詩：引姜白石「難處見作者」，與馬拉美「不難的就等於零」，爲中外古今之同見。且大呼曰：「誰謂典故窒塞情思？誰謂規律桎梏性靈？」此皆最近新詩運動者之論詩也。及朱湘《石門集》出，其第三編，嘗試十四行意體，凡七十一首。趙景深評之曰：「我國之作新詩，能嚴守十四行腳韻，作而多者，當以朱湘爲第一。」（並見《人間世》）今合陳、聞、梁三人之論，證以朱湘之習作，可知作新體詩之窮而當變，思復其初矣。女詩人黃廬隱〈讀詩偶得〉謂：「詩不可學，然亦不能不學。蓋不可學者，詩人銳敏之知覺，熱烈之情感，豐富之想像耳。而不可不學者，則其描寫之技巧，如音調之鏗鏘，聲律之和協等，皆由於鍛煉而成。」又曰：「太白五言，擬古學劉公幹，寫景效謝玄暉。以太白大才尚分而學之，則吾人學詩尤不能不揣摹各家之長。俟既得之，不難融化而自成風格。」又曰：「詩不可繩之以邏輯。其絕不通處，正其絕妙處。」嗚呼，凡茲所陳，皆合舊說。使十年以前而言者，當無不目爲迂腐，斥爲狂惑。曾幾何時，窮則反本。不式古訓久矣，今乃轉聞諸素習新詩之作家，嘗試未成，悔其可追！不用典而頓悟用典之妙，不摹仿而轉羨摹仿之功，悠悠蒼天，此何心哉；詩道如此，散文何如？

白話文之散體：有寫以中國之普通話，而文言雜廁，在所不禁者；適及梁啓超，是也。有摹仿歐文而謚之曰「歐化的國語文學」者，始倡於周樹人之譯西洋小說，以順文直譯爲尚；斥意譯之不忠實，而摹歐文以國語，比鸚鵡之學舌，託於象胥，斯爲作俑。效顰者乃至造述抒志，亦競歐化。《小說月報》盛揚其焰，然而佶屈聱牙，過於《周誥》；學士費解，何論民衆。上海曹慕管笑之曰：「吾儕生願讀歐文，不欲見此妙文也！比如上海時裝婦人，著高底西式女鞋，而跬步傾跌，益增醜態；崇效古人，斥曰奴性；摹仿外國，獨非奴性耶？」反脣之譏，或謔近虐。然始之創白話文以期言文一致，家喻戶曉者；不以「歐化的國語文學」之興而荒其志耶？斯則矛盾之說，無以自圓者矣。或者以白話之盛而有周樹人之「歐化的國語」，比之文言之盛而有章士釗之歐化的古文云。周作人論：「中國散文，適之、仲甫，清新明白，長於說理講學。平伯、廢名，澀如青果。志摩、冰心，流麗清脆。」而周樹人者，世所稱魯迅，周作人之兄也。論其文體，則以歐化國語爲建設；而朱自清則品之曰：「有中國名士風，有外國紳士風，有隱士，有叛徒，在思想上是如此。」然而胡適之創白話文也，所持以號於天下者，曰：「平民文學也，非士夫階級文學也。」一時景附以有大名者，周樹人以小說，徐志摩以詩，最爲魁能冠倫以自名家。而樹人著小說，工爲寫實，每於瑣細見精神，讀之者哭笑不得。志摩爲詩，則喜堆砌，講節奏，尤貴震動，多用疊句排句，自謂本之希臘；而欣賞自然，富有玄想，亦差似之；一時有詩哲之目。樹人善寫實，志摩喜玄想，取徑不同，而皆揭「平民文學」四字以自張大。後生小子始讀之而喜，繼而疑，終而詆曰：「此小資產階級文學也，非眞正民衆也。樹人頽廢，不適於奮鬥。志摩華靡，何當於民衆。志摩沉溺小己之享樂，漠視民之慘沮，唯心而非唯物者也。至樹人所著，只有過去回憶，而不知建設將來；只抒小己憤慨，而不圖福利民衆。若而人者，彼其心目中，何嘗有民衆耶！」若其漸由小己而轉向民衆以爲青年所推者，曰郭沫若、郁達夫。郭沫若代表青年抵抗一派；郁達夫代表青年頽廢一派；而其所以可貴，則要在意趣之轉向勞動階級。而於是所謂新文藝之新而又新者，蓋莫如第四階級之文藝，謚之曰普羅文學，其精神則憤怒抗進，其文章則震動咆哮，以唯物主義樹骨幹，以階級鬥爭奠基石，急言極論，即此可徵新文藝之極左傾向。而周樹人、徐志摩，則以文藝之右傾，而失熱血青年之望。其集會結社，則有文學研究會、新月社以代表右傾。而左傾者，則有所謂左翼作家聯盟、自由運動大同盟、無產階級文藝俱樂部、國際文化研究會、馬克思主義文藝理論研究會、普羅詩社、社會科學作家聯盟，風起雲湧，萬竅怒號；其不知者，尚闕如也。既以普羅文學不容於政府，而幽默大師林語堂因時崛起，倡幽默文學以爲天下號；其爲文章，微言諷刺，以嬉笑代怒罵，出刊物，號曰《論語》；而周樹人、徐志摩、郭沫若、郁達夫之流，胥有作焉。一冊風行，學子爭誦，其盛況比於《新青年》。更進而爲小品文之提倡，有《人間世》之刊行。不知者疑將追蹤莊周，欲謬悠荒唐，以廣俗士之心胸。顧其開宗明義，則曰：「十四年來，中國現代文唯一之成功，小品文之成功也。創作小說，即有佳作，亦由小品散文訓練而來」（發刊詞）。或又疑今之爲散文者，豈僅止此？此未悟《魯論》「道不同，不相爲謀也」。阿英有現代十六家小品之選。自作人迄語堂，附以小序，詳其流變；吾讀之而有感，喟然曰：此豈「今文觀止」之流乎？作人閉戶讀書，談草木蟲魚，有「田園詩人」之目。然流連廠甸，精選古版，未知與「短褐穿結，簞瓢屢空」之淵明何如？苦茶庵中又不知有否「田父野老」之往還也？樹人《阿Q正傳》，譯遍數國，有法、俄、英及世界語本。《吶喊》、《徬徨》，彌見苦鬥。然張若谷訪郁達夫於創造社，嘆其月入之薄，告知「魯迅年可坐得版稅萬金」，以爲盛事。語堂方張「小品」，魯迅則視爲有「危機」，謂：「在風沙撲面，虎狼成群之時，誰還有閑功夫，玩琥珀扇墜，翡翠戒指？即要悅目，當有大建築，堅固而偉大，用不著雅。」然語堂則「論小品文筆調」矣，「怎樣洗煉白話文」矣。《論語幽默文選》，雜採古史古集，近且編印《有不爲齋叢書》，先選《袁中郎集》，冠以一序，有曰：「東家是個普羅，西家是個法西，洒家則看不上這些玩意兒，一定要說什麼主義，咱只會說是想做人罷。今日之人，不讀聖賢書，又只懂得西洋文化之皮毛，難怪其矯性更甚。最有名的英文叢書，名爲《摩登叢書》，有選至西曆紀元前三五世紀者。現代中國人，只肯讀一九三四的西洋書，哪裡會懂得西洋文化之底蘊？又不肯讀古書，又何從知中國文化之底蘊？」準此以談，「書非三代兩漢不讀」之韓退之，尤爲摩登先師矣。語堂又本周作人《新文學源流》，取袁中郎「性靈」之說，名曰「言志派」。嗚呼，斯文一脈，本無二致；無端妄談，誤盡蒼生！十數年來，始之非聖反古以爲新，繼之歐化國語以爲新，今則又學古以爲新矣。人情喜新，亦復好古，十年非久，如是循環；知與不知，俱爲此「時代洪流」疾捲以去，空餘戲狎懺悔之詞也。報載美國孟祿博士論：「中國在政治上，文化上，尚未尋著自己。」惟不知有己，故至今無以自立。而王新民等，乃有〈中國本位的文化建設宣言〉，以今後當努力自求相詔。吾又不禁憶章士釗〈說輯〉之作，曰：「兩軍相抵，則奈何？曰惟輯以濟之而已。輯者，還也，車相避也。相避者又非徒相避也，乃乍還以通其道，旋乃復進也。」今之相抵，不僅文學，而文學之必通其道，爲一切文化建設之先聲，有不容疑者。自是以後，果皆「尋著自己」，「輯」而後造乎？予故著其異議，窮其流變，而以俟五百年後之論定焉。

跋

無錫國學專門學校諸生，索余所著《現代中國文學史長編》稿，而集資以鉛字排印貳百部，索跋於後。余搜討舊獻，旁羅新聞，草創此編，始民國六年，積十餘歲，起王闓運以迄胡適，裒然成巨帙，人不求備，而風氣變遷，大略可睹。其中陳石遺（衍）、康南海（有爲）兩老人，梁任公（啓超）、章行嚴（士釗）兩先生，皆曾以稿相示。惟任公晤談時，若有不愉色然；輒亦無以自解也。嗚呼！革命成功，此諸公者，或推或挽，多與有力；然冒寵利以居成功者，所在多有；而曾不圖革命之何以善其後。獨章太炎（炳麟）革命之文雄；而自始於革命有過慮之譚；長圖大念，不自今日。然而論者徒矜其博文，罕體其深識。康南海，維新之先鋒；而垂老有篤古之論，著《歐洲十一國遊記》，然疑歐化，若圖晚蓋；回首前塵，能無惘然。獨梁任公沾沾自喜，時欲與後生相追逐，與之爲亡町畦；若忘老之將至，而不免貽落伍之譏；耗矣哀哉！乃知推排成老物，此亦無可如何之事。任公嫵媚動人，南海權奇自喜，一師一弟，各擅千秋。嚴又陵（復）與南海、任公同時輩流，早年聲氣標榜，抵掌圖新，倡予和汝；而臨絕哀音，乃力詆康、梁，以爲「社會紀綱之滅裂，少年心行之浮薄，誰生厲階，二公實尸其咎」，感慨惻愴，言之雪涕。嗚呼！神器不可以一端窺；愚民不可以浮議擾；嚴叟國士，抑何見之晚也！章行嚴少小鬧學，意氣無前；而整飭學風，行嚴乃不自我先，不自我後，首發大難，不憚以今日之我，與昔日之我戰，召鬧取怒，功罪與天下人共見之；可謂磊落丈夫已。其他難以更僕數，余爲一一著於篇。於戲！舉一世之人徒見諸公者文采炤映，傾動當時；而不知柴棘滿胸，中有難言之隱，捫心不得，抱慚何窮。讀者以此一帙爲現代文人之懺悔錄可也。民不見德，唯亂是聞。觥觥諸公，高文動俗，徒快一時，果何爲乎？余文質無底，抱樸杜門，論治不緣政黨，談藝不入文社；差幸服習父兄之教，不逐時賢後塵。獨念東漢黨人，千古盛事。然鄭康成經師人師，模楷儒冠；而名字不在黨籍，談者高之。

自惟問學不中爲康成作奴僕；唯此一事，粗堪追隨，然而士無靖志，論喜驚衆。前人悔之，後來不悛；波隨流轉，漫漫安竭；長寫不測，知其何故哉？昔元微之撰〈會眞記〉，敘張生崔女事，所望知之者不爲，爲之者不惑。嗚呼，女用色媚，士以文淫；所操不同，惑志一也。知之不爲，爲之不惑。諸公已矣，來者監諸！至於載筆之法，次第之義，具詳敘目，此不論焉。

中華人民造國之二十一年十二月十五日

無錫錢基博跋於上海光華大學之西院

四版增訂識語

拙著《現代中國文學史長編》出版以還，自柳詒徵、胡先驌、鄭桐蓀、陳灨一、劉麟生、陳毖濤、潘式、王利器、郭斌佳諸君，或識或不識，莫不致書通殷勤，匡我不逮。而胡先驌、郭斌佳兩君，更有批評紹介之文，見於報章，纚纚千百言，獎勖交至。劉麟生君則全書校讀，拾遺補闕，以校勘記見遺。文章之契，通於性命。博文質無底，常愧無以答諸君厚我之雅。何圖萬本流傳，三版書罄，敢不融貫諸君之意，而就聞見之所及，重爲增訂；其有不知，蓋闕如也。從今歲五月二十日屬稿，迄今卒事，歷時一月又二十二日。

有舊有其人而傳改作者：如散文之馬其昶、姚永概、永樸、林紓；詩中晚唐之樊增祥，同光體之陳三立、陳衍；白話文之胡適；是也。有舊無其人而今增入者：如魏晉文王闓運之增附廖平、吳虞；駢文孫德謙後之增黃孝紓；散文馬其昶之增附葉玉麟，又增王樹枏、賀濤附張宗瑛、李剛已、趙衡、吳闓生；詩中晚唐樊增祥、易順鼎之增附三多、李希聖、曹元忠，又增楊圻附汪榮寶、楊無恙；同光體之增附奚侗、何振岱、龔乾義、曾克耑，又增異軍突起之金天羽；以及詞朱祖謀之增附龍沐勛，曲吳梅之增附盧前；是也。其他諸人，雖仍舊貫，各有增訂。以視原書，材料增十之四，改竄及十之五；而要蘄於詳略互見，脈絡貫通；神明不滅，而翔實過之。

此次增訂，有鄭重申敘，而爲原書所未及者三事：第一、疑古非聖，五十年來，學風之變，其機發自湘之王闓運；由湘而蜀（廖平），由蜀而粵（康有爲、梁啓超），而皖（胡適、陳獨秀），以匯合於蜀（吳虞）；其所由來者漸矣，非一朝一夕之故也。第二、桐城古文，久王而厭，自清末以逮民國初元，所謂桐城文者，皆承吳汝綸以衍湘鄉曾文正公之一脈，暗以漢幟易趙幟，久矣；惟姚永概、永樸兄弟，恪守邑先正之法，載其清靜，而能止節淫濫耳。第三、詩之同光體，實自桐城古文家之姚鼐嬗衍而來；則是桐城之文，在清末雖久王而厭，而桐城之詩，在民初頗極盛難繼也。此三事，自來未經人道，特拈出之。

方清之季，吳汝綸之在北直，張之洞之在東南，雖用事不用事、得位得勢攸異；而開風氣之先，綰新舊之樞，則兩公如出一轍也。特兩公者早死，未可以入現代。茲舉賀濤文，以〈吳先生行狀〉為代表作品；馬其昶文，以〈吳先生墓志銘〉為代表作品；而陳衍文，則以〈張之洞傳〉為代表作品；非惟以徵數公之文事，亦欲讀吾書者知學風士氣之有開必先也。其他諸人詩文，代表作品，非有關國家之掌故，即以驗若人之身世。廖平論文，謂：「欲為有才識之文，宜從史書中所錄文觀之，然後能詳其此文之關係何在，而其文之妙處始可求。但看選本則不能。如屠京山為文，專學《宋書》，是其例也。史書所錄之文，非於當時有關係之作，必當時最有名者，讀之增人才識。」博雖不敏，請事斯語。其人其文，必擇最有關係者。

會稽章學誠論《文史通義》，以謂：「文人記敘，往往比志傳修飭簡淨；蓋有意於為文也。志傳不盡出於有意，故文不甚修飭；然大體終比記事之文遠勝。蓋記事之文，如盆池拳石，自成結構。而志傳之文，如高山大川，神氣包舉，雖咫尺而皆具無窮之勢；即偶有文理乖刺，字句疵病，皆不足以為累。」博草創是書，未能竟體修飭；而自謂大力控摶，神氣包舉，由一人以貫十數人，摶數十人如一人，有往必復，無垂不縮。潘式君貽我書，以謂：「此書斷自現代，部勒精整，敘次貫串，其宛委相通之法，良得史公之遺。而摛辭雅潔，尤為獨出冠時。」「雅潔」愧曰未能，「部勒」則所經意，得失寸心，不敢自誣。如云「宛委相通，史公之遺」，雖不能至，然心向往之矣。

余讀《太史公書．商君列傳》，敘鞅欲變法，備列群臣廷辯之議；又著鞅自嘆為法之敝以終於篇，而為後世監戒；可謂有慨乎其言之。是書論列諸公，亡慮皆提倡宗風以開一代之新運；然利未形而害隨之，昔賢詠「一將功成萬骨枯」，吾則謂一儒成名，百姓遭殃。我生不辰，目睹諸公袞袞，放言高論，喜爲異說而不讓，令聞廣譽施於身；而不自知諸公之高名厚實何莫非億兆姓之含冤茹辛，有以成之。今吾儕小民，呻吟憔瘁於新政之下，疾首恫心，求死不得；末學小生，叫囂跳踉於新學說之中，急言竭論，迷復何日。而諸公聲名日高，慮無反顧。昔法國羅蘭夫人太息於「自由自由，天下人許多罪惡，假汝以行」！博則深致慨於「維新維新，中國人許多涕淚，隨汝以來」！誰生厲階，至今爲梗。然有自始爲之而即致其長慮卻顧者，章炳麟是也。有自始捨舊謀新，如恐不力，而晚乃致次骨之悔以明不可追者，陳三立、王國維、康有爲、嚴復、章士釗是也。有唯恐落伍，兢兢焉日新又新以爲追逐；而進退維谷，卒不掩心理之矛盾者；梁啓超、胡適是也。博檮昧無知曉，但掇拾排比諸公之行事及言論，散見於數十年中各報章，而參證之於本集，敘次之以系統。追憶昔年誦說王樹枏之抗論詆廖平，朱一新之貽書規南海，馬其昶之上疏論新政，方在弱冠，少年盛氣以爲頑朽，斥其昏庸；及今覆之，何乃不幸言中。生民道盡，驗於蓍蔡。然後知「利不百不變法」之爲老成瞻言也。時迫事近，其在今日：溺於風尚，中於意氣，必有以余論列爲不然者。吾知百年以後，世移勢變，是非經久而論定，意氣閱世而平心，事過境遷，痛定思痛，必有沉吟反覆於吾書，而致戒於天下神器之不可爲，國於天地之必有與立者。此則硜硜之愚，所欲與天下後世共白之者已。嗟嗟諸公，抵掌掀髯，日鶩聲氣之中；而博則抱樸守愚，寂處聲氣之外；用敢著旁觀之清，昭後車之鑒。金玉爾音，多言多敗，無易由言，慎之哉！吾聞嚴復之歿也，遺書戒子孫，謂：「中國必不亡，舊法可損益，必不可叛。」一言爲智，可懸日月。伯爾君子，尚哀吾言。

時在中華民國之二十五年七月十一日

錢基博自識於光華大學

國家圖書館出版品預行編目資料

現代中國文學史／錢基博著. ——初版. ——
臺北市：五南，2015.11
面； 公分
ISBN 978-957-11-8371-8（平裝）

1. 中國文學史

820.9 104020384

1XDG

現代中國文學史

作 者— 錢基博
發 行 人— 楊榮川
總 編 輯— 王翠華
企劃主編— 黃文瓊
責任編輯— 吳雨潔
封面設計— 童安安
出 版 者— 五南圖書出版股份有限公司
地 址：106台北市大安區和平東路二段339號4樓
電 話：(02)2705-5066 傳 真：(02)2706-6100
網 址：http://www.wunan.com.tw
電子郵件：wunan@wunan.com.tw
劃撥帳號：01068953
戶 名：五南圖書出版股份有限公司
法律顧問 林勝安律師事務所 林勝安律師
出版日期 2015年11月初版一刷
定 價 新臺幣450元